W0321919

LA MAÎTRESSE DES DÉLIRES

ŒUVRES DE TANITH LEE
DANS PRESSES POCKET

Le dit de la Terre Plate

1. Le Maître des Ténèbres
2. Le Maître de la Mort
3. Le Maître des Illusions
4. La Maîtresse des Délires
5. Les Sortilèges de la Nuit

Science-Fiction
Collection dirigée par Jacques GOIMARD

TANITH LEE

Le dit de la Terre Plate

LA MAÎTRESSE DES DÉLIRES

PRESSES POCKET

Titre original
DELIRIUM's MISTRESS

Traduction
E.C.L. MEISTERMANN

La loi du 11 mars 1957 n'autorisant, aux termes des alinéas 2 et 3 de l'article 41, d'une part, que les « copies ou reproductions strictement réservées à l'usage privé du copiste et non destinées à une utilisation collective » et, d'autre part, que les analyses et les courtes citations dans un but d'exemple et d'illustration, « toute représentation ou reproduction intégrale ou partielle, faite sans le consentement de l'auteur ou de ses ayants droit ou ayants cause est illicite » (alinéa 1er de l'article 40).

Cette représentation ou reproduction, par quelque procédé que ce soit, constituerait donc une contrefaçon sanctionnée par les articles 425 et suivants du Code pénal.

© 1986, Tanith LEE
© 1989, Presses Pocket pour la traduction française

ISBN 2-266-02728-X

Ce livre est dédié
A Rosemary Hawley Jarman,
Qui connaît la magie des mots du monde rond.

LIVRE PREMIER

SOVAZ :
LA MAÎTRESSE DE LA FOLIE

PREMIÈRE PARTIE

CHASSE DE NUIT

1

Il faisait nuit, et le jeune homme qui était assis sur le toit en terrasse garda un moment les yeux levés sur le grand dôme du ciel. Puis il lut dans son livre à voix haute :

— Bleu comme les yeux bleu foncé de ma bien-aimée, le crépuscule emplit les cieux. Les étoiles mettent leurs robes d'argent et, si elles sont belles, aucune ne l'est autant qu'elle.

Ses compagnons étaient allongés, appuyés sur les coudes, et le considérèrent d'un air intrigué. Il referma le livre et déclara :

— L'amour aussi est une simple folie.

Ce commentaire provoqua chez eux de frénétiques gestes de dénégation.

— L'amour n'existe pas. *L'amour* est le nom que donnent les femmes et leurs malheureux pères au piège d'une alliance.

— L'amour est un appétit. Pourquoi faire une chanson à propos d'une démangeaison ?

Le premier des jeunes gens eut un sourire. Il était d'une rare beauté, pâle, très blond, avec des yeux profonds de la couleur de la flamme qui brûle doucement dans la lampe. Au repos, il avait une expression douce. Il poussa un soupir de mélancolie suave.

— Oh, pauvre petit, firent-ils. Qu'est-ce qui trouble ainsi notre cher Oluru, ce soir ?

Oluru répondit :

— Une réponse, qui n'a pas de question.

— Une devinette ! s'exclamèrent-ils. (Ils sourirent et crièrent :) Fais-nous rire, Oluru !

D'un seul coup, les yeux d'Oluru scintillèrent comme ceux d'un renard qui chasse dans la nuit. Il bondit sur ses pieds, se lova, puis se mit en boule, puis se redressa dans les airs sur une seule main, en équilibre sur le toit. Il se mit alors à sautiller sur la main en criant d'une voix rauque et irritée :

— Oh, que ceci est fatigant. On pourrait penser aujourd'hui que les dieux auraient pu inventer une meilleure façon de voyager.

Ses compagnons, dûment distraits, éclatèrent de rire, applaudirent et traitèrent l'amuseur de tous les noms. Oluru continua de sautiller, bien qu'assurément l'un de ses gants de soie fine fût désormais en charpie. Il se dirigea vers le parapet occidental ; là, son mince corps à l'envers oscilla, donnant l'impression que ses pieds jonglaient avec les étoiles.

— Voyez, dit Oluru, voici où est tombé le soleil.

Et il passa par-dessus le parapet et s'évapora.

Les autres jeunes gens sur le toit de la taverne se levèrent d'un seul bond avec des hurlements d'horreur, renversant les jales de vin et autres accessoires. Oluru était le favori de leur seigneur, l'un des princes magiciens de la cité. Rapporter à ce puissant seigneur qu'Oluru s'était écrasé sur les pavés sept étages plus bas n'était pas une idée qui les séduisait.

Ils se précipitèrent au bord du parapet, se penchèrent et n'aperçurent dans l'étroite ruelle que les ténèbres qui s'amassaient.

Ailleurs, la ville s'étendait autour d'eux sous le ciel, ses terrasses emperlées de lampes, ses tours éclairées d'yeux éclatants. Il n'existait en ville aucun lieu où ils seraient en sécurité s'ils irritaient le prince, Lak Hezoor. Tout près s'élevait son palais, chacune de ses flèches transformée en chandelle noire par le fanal qui brûlait au plus haut, et chaque fanal semblait les fixer d'un air furieux.

La consternation. Certains coururent à l'escalier avec l'intention de descendre inspecter la rue. D'autres étaient déjà en train d'imaginer des excuses pour une mort violente qui n'avait absolument aucun rapport avec eux. Au beau milieu de cette débandade, Oluru surgit d'un arbre fruitier qui étendait ses branches le long du parapet oriental.

— Oui, l'amour est folie, dit Oluru. Comme toute chose. La piété, la méchanceté, le plaisir, le chagrin... chacun n'est que démence. En vérité, la vie elle-même...

— *Oluru !* s'exclamèrent les jeunes gens.

Deux d'entre eux se précipitèrent vers lui comme pour le corriger.

Oluru se terra contre l'arbre. Il leva ses deux mains aux gants couverts de bagues pour se protéger.

— Non... pardonnez-moi, mes amis... qu'ai-je fait pour vous mettre en colère ?

Les amis s'amassèrent d'un air menaçant. Oluru était toujours un modèle de lâcheté. Ils savaient qu'il serait terrifié par une menace ou un poing levé. Ils le morigénèrent, il pâlit de plus en plus et se recroquevilla entre les bras maigres de l'arbre fruitier. Il expliqua en bafouillant quelque peu qu'il avait saisi le dessous de l'acrotère pour se glisser invisible jusqu'à l'arbre de l'autre côté du bâtiment. Il n'avait pas voulu les irriter, seulement les distraire. Ils le laissèrent débiter son discours en se délectant de sa voix musicale qui vacillait tandis que ses yeux voguaient dans une mer de larmes inquiètes. Finalement, lorsqu'ils l'eurent suffisamment pressé et que seul l'arbre fragile sembla le maintenir debout, ils se radoucirent, l'enlacèrent joyeusement, l'embrassèrent et caressèrent sa chevelure dorée en jurant qu'ils lui pardonnaient tout, tant il leur était cher. Il éclata alors d'un rire tremblant. Il les remercia. Lorsqu'ils le lui demandèrent, il prit une lyre en bois doré et chanta pour eux d'une voix exquise. Elle était si belle, en fait, que, çà et là, des volets s'ouvrirent en silence. Heureux en amour et malheureux au jeu se penchèrent dans la nuit pour savourer la chanson d'Oluru.

Dans le pays de lyre, les cordes
M'apportent la musique en un mot.
Apporte-moi la magie dans ton regard ;
Car tes yeux sont comme une épée
Et ton sourire comme un oiseau
Qui chante dans un livre ancien...

— Tu me flattes, Oluru, dit quelqu'un. Mais tes flatteries sont les meilleures de toutes, et parfaitement en mesure.

Lak Hezoor, le prince magicien, vêtu de ses sombres atours, suivi de deux gardes, était monté sur le toit dans le silence le plus total. Lui et ses séides étaient capables de se déplacer sans un bruit s'ils le désiraient et ce genre d'arrivée silencieuse était typique. Ainsi surprenait-il ses courtisans dans leurs jeux les plus variés et les plus intimes. Tous avaient pris l'habitude, même durant les actes de la chair les plus frénétiques, de ne penser et, si nécessaire, de ne parler qu'en bien de leur seigneur. Sa longue chevelure bouclée était aussi sombre que son vêtement, et sur les mains gantées de Lak Hezoor brillaient des bijoux aussi sombres que la nuit. Aussi blonds qu'Oluru, au contraire, deux grands chiens de chasse tenus en laisse regardaient autour d'eux en frissonnant, impatients de chasser et de déchirer le premier être vivant disponible.

Les jeunes gens s'étaient tous inclinés. Mais ce fut Oluru que le prince magicien leva dans ses bras et embrassa sans hâte sur la bouche.

— Cette nuit, nous allons chasser, dit Lak Hezoor.

Ceux qui se trouvaient sur le toit et qui avaient prévu autre chose pour la soirée se hâtèrent de l'oublier. Oluru fut le seul qu'on entendit dire plaintivement :

— Mon seigneur, je déteste voir tuer...

— Alors, mon cœur, aux moments suprêmes de la mort, tu pourras dissimuler ton visage dans mon manteau et ne point regarder.

La lune se levait à l'heure où la chasse débuta. C'était la pleine lune et certaines exhalaisons et fumées de la ville magiquement tempérée la faisaient paraître inhabituellement grosse, de telle sorte qu'elle nanifiait les tours au-dessus desquelles elle était suspendue. Puis elle s'empourpra au-dessus de ce lieu et s'enveloppa dans un nuage. Mais la lumière fiévreuse le traversait malgré tout, délavant les chevaux noirs et les chiens noirs ou blancs de Lak Hezoor, étincelant sur les cors qui sonnaient bruyamment, les poignards, les joyaux et la foule d'yeux.

La cité dégorgea l'équipage, ses portails s'ouvrant brutalement sans qu'un seul ordre eût été donné. Une longue route pavée donnait sur la plaine. De part et d'autre de la route couraient des champs, des bosquets et des vignobles luxuriants, mais, à l'ouest, c'étaient les collines et une forêt ancienne. L'on racontait d'étranges histoires au sujet de cette forêt. Il s'y aventurait des hommes que l'on ne revoyait plus jamais ; ou bien il en sortait des êtres qui n'avaient rien d'humain, tout en ayant parfois forme humaine. Les maîtres magiciens de la ville se laissaient parfois tenter par cette forêt. Elle séduisait particulièrement Lak Hezoor, qui était intellectuellement obsédé par la nuit et tout ce qui était ténébreux, de la même manière que sa chair était également enflammée par les exemples d'une pâleur exceptionnelle.

C'était l'époque de la moisson et, de temps à autre, l'équipage, chevauchant sans relâche comme s'il était déjà derrière l'animal à courre, dépassait un campement éclairé par un feu ou un village en bordure de la route. Tout le commun se rassemblait alors pour se précipiter au bord de la route et louanger les princes magiciens, et Lak Hezoor en personne s'ils venaient à le reconnaître. Il n'eût pas été raisonnable d'agir différemment. Toutefois, il était rare que Lak Hezoor leur prêtât attention. Mais, lorsque les noires murailles vertigineuses de la forêt se dressèrent à moins d'un mille, le seigneur sorcier avisa quelque chose qui le stoppa net. Dans la prairie, une lampe à suif avait été accrochée à un poteau et un homme était agenouillé en dessous. Tout près, une jeune fille était attachée à un arbre. A la lumière ténue de la lampe, elle brillait aussi pâlement qu'une perle et ses longs cheveux bruns comme la cendre, entremêlés de fleurs blanches, constituaient son seul vêtement.

Lorsque Lak Hezoor tira sur les rênes, imité par ses compagnons, l'homme se précipita pour s'agenouiller sur la route.

— Parle, dit le prince.

— C'est la fille de ma sœur, elle vient d'avoir quinze ans et elle est vierge.

Lak Hezoor ne bougea pas de son cheval et examina

la jeune fille tandis que ses courtisans échangeaient des sourires entre eux et avec lui.

— Jadis, dit le seigneur Lak, les pucelles étaient ainsi abandonnées pour attirer les dragons. Attendrais-tu un dragon ?

— Non... oh, *non,* puissant Hezoor. C'est seulement qu'elle désire ardemment te procurer quelques instants de divertissement, voilà tout.

Lak Hezoor mit pied à terre. Il traversa le pré pour rejoindre l'arbre où la jeune fille était attachée, à moitié morte de terreur. Le magicien resta encore visible une seconde, penché sur cette proie digne d'un dragon. Puis un éventail de noirceur s'ouvrit et les dissimula tous deux. Dans ce noir, un serpent de feu rougeâtre sembla se tortiller et des étincelles jaillir, aveuglant tous ceux qui regardaient dans cette direction. Une fois ou deux, un cri perçant traversa le voile ensorcelé, mais ce fut tout.

L'homme qui avait offert sa nièce au seigneur attendait patiemment, les yeux baissés. Les courtisans sirotaient du vin à partir de fioles dorées, flattaient leurs chevaux et discutaient mode et jeu.

Lak ne consacra que peu de temps à sa transaction. Brutalement, il sortit de l'écran noir, aussi calme et net que s'il venait de savourer un fruit cueilli sur un buisson au bord de la route. L'écran magique se mit immédiatement à se dissiper derrière lui. Quelque chose de pâle apparut alors au sol, immobile, parmi les cheveux arrachés et les fleurs brisées.

— Qu'espérais-tu de moi ? demanda Lak Hezoor à l'oncle qui attendait patiemment. Pas grand-chose, j'espère, car elle s'est avérée très décevante.

— Non... oh, *non.* Je ne désirais que te plaire, seigneur.

— Eh bien, ce plaisir fut bien mince. Mais je tiendrai compte de ton intention. Je ne te châtierai point. Cela te suffit-il ?

— Puissant seigneur, je suis l'esclave de ta générosité.

Tandis qu'ils s'éloignaient au galop, un regard en arrière révéla que l'homme se penchait sur la tache pâle sur l'herbe, qui ne réagit point même lorsqu'il la roua de coups.

— Eh bien, mon Oluru, dit le prince magicien tandis

qu'ils franchissaient les hautes portes de la forêt, tu sembles abattu.

— Moi ? fit Oluru. Je créais simplement un poème en ton honneur.

— Ah. Voilà qui est bien. Tu me le diras plus tard.

Les profondeurs de la forêt, maintenant. Non pas son cœur, car cette forêt était si ancienne, si labyrinthique que nul n'aurait pu en percer le cœur, sauf quelque voyageur perdu dans ces lieux sinistres. A moins peut-être que la forêt n'eût plusieurs cœurs qui battaient lentement et hypnotiquement, leur rythme ralentissant d'une fraction et se renforçant d'un iota à chaque siècle.

Assurément, il existait des portions de la forêt où son atmosphère semblait bizarrement et profondément pesante. En l'un de ces lieux se trouvait un étang d'une profondeur inconnue où les animaux de la forêt, quels qu'ils fussent, venaient boire subrepticement. D'un autre côté, l'on prétendait que tout homme qui venait à boire de l'eau de la forêt était transformé sur-le-champ en animal : cerf, loup, farfadet ou quelque créature monstrueuse qui n'avait pas de nom.

L'étang était cerné de ténèbres, mais à travers les poutres colossales des arbres transparaissait le cercle de la lune. Elle n'était plus empourprée, mais froide, et son feu neigeux changeait l'eau mystérieuse en un miroir blanc tangible sur lequel on aurait cru possible de marcher.

A trois reprises, les hommes de Lak Hezoor débusquèrent un cerf. Pâles comme des fantômes, les animaux s'enfuirent en bondissant et la chasse les poursuivit follement. La lumière des torches crépitait à travers les branches. Les cris et les hurlements déchiraient les rideaux d'air feuillu. Ce bruit, cette précipitation et cette lumière dérangeaient parfois des oiseaux curieux (ou de quelconques créatures ailées) qui s'envolaient alors parmi les rameaux supérieurs des branchages. De temps à autre, s'allumaient des yeux désincarnés, qui s'éteignaient très rapidement. Quant au gibier, il disparut à deux reprises sans laisser de trace. Mais, lorsque le troisième cerf débucha, Lak Hezoor l'enveloppa d'un rayon éblouissant semblable à un filet.

Malgré tous ses efforts, ses déboulés et ses incartades, l'animal ne put échapper à sa magie. Il haletait bruyamment et gémissait comme une femme en couches, de telle sorte que les courtisans du magicien sentirent les poils se hérisser dans leur nuque. Mais l'animal finit par trébucher et le torrent de la meute s'abattit sur lui.

L'énorme bête était en fait une biche. La courre s'estima satisfaite pour le moment et se dirigea vers la clairière où l'étang brillait comme un miroir. Les hommes se défièrent de boire cette eau, mais aucun d'eux ne s'y aventura. Ils préférèrent se vautrer sur les tapis et les coussins préparés par les serviteurs de Lak Hezoor et boire du vin dans des verres fins que les feux transformaient en gouttes dorées.

Lak Hezoor supervisa en personne l'étripage de la biche et de temps à autre jeta des portions d'entrailles aux favoris de ses chiens qui frissonnaient. Tout près, Oluru était appuyé contre un arbre, le visage détourné, et sa main gantée posée délicatement sur le nez et la bouche.

— Viens, sois mon chien, mon bien-aimé, et je te donnerai un bout de foie, dit Lak Hezoor.

Oluru frémit, considéra son seigneur par-dessous ses longs cils et détourna le regard.

Lorsque Lak Hezoor se désintéressa de son sanglant ouvrage, il alla s'asseoir parmi les coussins et les feux. Il fit signe à Oluru de le suivre.

— Chante-moi donc cette chanson que tu façonnais en mon honneur.

— Elle n'est pas terminée, répondit nonchalamment Oluru.

Lak Hezoor fit tourner une des bagues de sa main gauche. Elle lâcha un rayon transperçant... c'était précisément celle qui avait enveloppé la biche dans son filet et l'avait affaiblie et tuée. La bague avait déjà eu le même effet sur les hommes.

— Je donne à Oluru trois de ses battements de cœur pour achever sa chanson, dit Lak Hezoor. Et comme son cœur bat très vite en ce moment, je pense que le délai est déjà écoulé.

Oluru baissa ses yeux semblables à de l'ambre enfumé.

Il chanta rapidement d'une voix suave et parfaitement claire :

Notre seigneur découvrit une fille dans un champ,
Il l'acheta non par l'argent mais par la malice.
Il l'emporta derrière un bouclier noir,
Mais il révéla une chose avec certitude :
Il fait l'amour comme d'autres font de l'eau.

Si cette assemblée était fort bruyante, elle s'avéra alors capable d'un silence immense. Les yeux et la bouche grands ouverts, ils fixèrent Oluru, comme paralysés, le verre près des lèvres. A côté du pavillon de satin sable, les serviteurs du prince magicien, qui, selon certains, n'étaient pas tout à fait humains, arborèrent un visage plus dépourvu d'expression que jamais, pourtant ils avaient la main posée sur le manche de leur long poignard.

Sa chanson terminée, Oluru regarda la figure de son maître avec un léger sourire et Lak Hezoor lui rendit exactement le même sourire. Lak Hezoor se leva alors et Oluru l'imita. Lak Hezoor claqua des doigts et une épée surgit du néant pour se loger entre ses doigts. Lak Hezoor tendit la terrible lame brillante jusqu'à ce que son extrémité touche la poitrine d'Oluru.

— Maintenant, je vais te tuer. Ce sera minutieux mais lent. En fait, tu te battras avec moi pour mourir. Il te faudra mériter cette mort.

Lak Hezoor prononça un mot magique et une seconde épée brûlante tomba dans la main d'Oluru, qui, plus blanc que la lune dans l'étang, lâcha aussitôt l'arme.

— Ramasse-la. Reprends cette épée, mon enfant, et nous batifolerons un moment. Puis je te découperai en morceaux à l'intention de mes chiens, un pouce à la fois.

— Mon... seigneur... chuchota Oluru qui tremblait au-dessus de l'épée à terre, c'était une plaisanterie, et je...

— Et tu mourras pour cette plaisanterie. Car elle ne m'a point fait rire, mon Oluru ; il me faut donc quelqu'un d'autre pour m'amuser.

— Oh, seigneur magnanime...

— Ramasse l'épée, petit cœur. Ramasse-la.

— Je t'en supplie...

— Ramasse-la. Pourquoi faudrait-il que l'on prétende que je tue mes amis désarmés ?

— Alors, je n'y toucherai pas.

— Alors, finalement, je tuerai un homme sans défense.

Oluru se couvrit le visage avec les mains. Sous les torches, tout comme les verres, lui et ses larmes semblaient faits d'or pâle précieux.

— Pardonne-moi, oh ! pardonne-moi... s'écria-t-il.

Lak Hezoor eut un large sourire, rabaissa les mains d'Oluru et désigna l'épée qui gisait dans l'herbe.

— Regarde-la, ramasse-la et meurs avec elle.

Oluru regarda l'épée un long et ultime moment, puis il tomba en pâmoison dans l'herbe à côté d'elle, aux pieds de Lak Hezoor.

Sur ce, le magicien éclata de rire. Il lança un regard silencieux sur toute sa cour. Il les transperça d'un tel mépris, d'une telle indifférence, d'une telle menace implicite, qu'il aurait aussi bien pu tailler en pièces le moindre d'entre eux avec l'épée qu'il tenait. Celle-ci disparut alors, ainsi que celle qui se trouvait au sol ; tous les séides du prince ôtèrent leur main de sur leur poignard. Lak Hezoor prit Oluru dans ses bras et le porta dans le pavillon sable, hors de vue.

Ce fut hors de tout regard indiscret, hormis celui de son prince, qu'Oluru le bouffon et le poète reprit ses esprits. Il revint à lui sur les soieries du magicien, la tête dans les coussins brodés de son maître, le poids de Lak Hezoor déjà sur lui.

— O mon trésor, toi qui oses m'insulter comme nul autre, murmura Lak Hezoor, la tête également posée sur les oreillers, de telle sorte que ses yeux noirs plongeait dans les yeux d'ambre d'Oluru et que leurs lèvres se touchaient presque lorsqu'il parlait. Mais je te pardonne. Car tu sais que tu as menti.

— O mon âme, protecteur de mon corps, tu étais absent lorsque cette citadelle fut envahie, dit Oluru.

Lak Hezoor lui adressa un sourire cruel, car cela était parfaitement vrai.

— Parle-moi des démons, dit Lak Hezoor tandis que son corps sinueux s'agitait et s'incurvait, lourd comme un python, sur et dans sa troisième proie de la nuit. Parle-moi d'Ajrarn, Maître de la Nuit, Porteur d'Angoisse.

Oluru parla doucement, parfois sans reprendre son souffle.

— On vit une fille de roi, une sorcière, appelée à lui par le moyen d'un présent qu'Ajrarn avait jadis donné à son amant, un garçon très beau, Sivesh, ou Simmu, comme l'appellent certains. Et lorsque le Démon venait la voir, c'était dans un pavillon au plafond de ténèbres et d'étoiles en joyaux, où se déplaçaient vents et nuages, mais seulement par magie. Comme prévu, Ajrarn crut que le plafond du pavillon était le ciel et qu'il saurait quand le soleil se lèverait, car le soleil occit les démons, dit-on. On vit... (Là, Oluru s'interrompit. « Continue, mon Sivesh, mon Simmu », insista Lak Hezoor.) Alors... piégé par la sorcière, car le soleil s'était levé, invisible derrière la fausse nuit du pavillon, Ajrarn dut marchander avec elle et lui accorder tout ce qu'elle voulait : le pouvoir, les richesses, une beauté qui dépassait toutes les beautés... *la beauté...*

Oluru dut se taire et se serrer contre les oreillers, le dos arqué ainsi que la gorge, les larmes coulant comme des rubans d'argent à travers ses cils dorés.

Mais, lorsque le python se calma sur lui et que les lourdes ténèbres soyeuses de la tente eurent perdu leur tonnerre rouge sang, Oluru continua :

— Mais si elle était une si grande sorcière, pourquoi ne s'était-elle pas attribué tout cela, pourquoi ne s'était-elle pas accordé la beauté ? Tout simplement parce que le génie de sa sorcellerie était fondé sur la rage et que la rage ne crée point la beauté. Ce à quoi elle aspirait était l'amour, de telle sorte que seul l'amour pouvait produire des miracles en elle et même sur celui qu'elle aimait, Ajrarn, le Prince des Démons. D'ailleurs, il n'est pas certain que cet objet pût le mander s'il ne voulait pas véritablement venir. Ni qu'il dût absolument réaliser les souhaits à sa demande. Ni qu'un être aussi puissant pût se laisser ainsi abuser par un plafond de fausses étoiles et de vents illusoires. A moins qu'il n'eût désiré la nouveauté, les dangers et le piège qui pouvait se refermer sur lui. La folie, Lak Hezoor, commenta Oluru, ne respecte point les personnes. Nous savons que même le puissant Prince Ajrarn en a été la victime.

Mais fort peu de temps, étant fou d'amour, car l'amour est une simple folie. Une fille aux cheveux de lune et aux yeux de crépuscule. L'amour et le temps balaient tous les événements. Et la folie chante en haut d'un tas de fumier, accompagnée par la musique de mâchoires d'âne.

Mais Lak Hezoor était endormi. Il était plongé dans le sommeil comme s'il s'était noyé dans un fleuve boueux. Il ne vit donc, ni ne sentit, Oluru qui se dégagea doucement. Le puissant prince magicien ne put davantage contempler ce qui émergea finalement de la couche, sauta sur le sol et marqua un temps d'arrêt dans la pénombre des chandelles mourantes.

Les hommes qui buvaient les eaux de la forêt pouvaient être modifiés... en animaux, en élémentaires ou en monstres. Mais Oluru n'avait bu que le meilleur des vins. Ce n'était donc point l'ichor cristallin de la forêt qui avait produit en lui cette transformation.

A l'extérieur, les courtisans du magicien dormaient. Les serviteurs dormaient ou, n'ayant reçu aucun ordre, étaient debout, en transe. Nul ne sursauta donc lorsque sortit de la tente un chacal jaune ayant pour yeux des charbons ardents. Il regarda autour de lui, la bouche béante comme s'il riait, puis se détourna et s'éloigna en trottinant parmi les robes noires des arbres.

2

Nuit sur terre, sur le moindre pouce de celle-ci, car la terre était plate et, dans le dôme des cieux, la lampe du jour était éteinte. Pas de forêt sur terre qui ne fût noire, ni de mer noire qui ne fût bordée d'argent par la lune, ni de montagne qui ne fût couronnée par les étoiles. Mais en dessous, dans le dôme inférieur et inversé sous la terre, ce n'était pas la nuit, ce n'était jamais la nuit.

La Terre Inférieure, le pays démoniaque, florissait dans la lueur interminable et inchangée exhalée par son atmosphère elle-même. Une lumière, dit-on, radiante comme le soleil, subtile comme la lune, plus belle que l'une ou l'autre. Et dans cette lumière s'étirait le paysage d'un rêve sombre et plein d'exaltation. Et, dans cette lumière, une ville s'élevait dans l'anémie d'un ciel indescriptible et inexistant.

Dans l'absolu, la cité des démons était également inaltérable. En ce lieu, elle miroitait, brillait et scintillait, l'emportant sur toutes les merveilles du monde. Pourtant Druhim Vanashta (dont le nom même signifiait, approximativement : Qui-brille-sans-le-soleil-et-bien-plus-fort-que-lui), Druhim Vanashta était dans une ombre étrange qui n'avait rien à voir avec l'ombre de lumière de Terre Inférieure. C'était plutôt le voile d'une affliction, d'une désolation déchirante, implacable et *silencieuse* : la lamentation d'Ajrarn.

Le temps avait passé sur terre. Des années, peut-être. Et sous terre également, le temps avait passé, le temps de la démonie, qui n'était pas du même ordre, mais qui était le temps malgré tout. C'était le fléau ou la fierté des Vazdru, la caste la plus élevée des démons à laquelle appartenait Ajrarn, que rien ne pût jamais être oublié dans le temps ou hors du temps. Ni la plus grande douceur, ni la douleur ou le chagrin le plus déchirant. Et la tradition voulait que le cœur blessé d'un démon ne pût être guéri que dans le sang humain.

Or Ajrarn ne s'était point vengé, n'avait point lancé de châtiment.

L'on conteste rarement que, de toutes ses amours diverses, c'était Dunizel, Ame-de-Lune, qu'il avait le plus aimée. Les cheveux blancs, les yeux bleus comme le premier matin, c'était en elle qu'avait poussé son enfant, telle une fleur prodigieuse. L'on a suggéré que le retard ou l'absence de châtiment ne devrait rien avoir d'étonnant. En raison de sa douceur et de sa compassion. Même celles-ci, elle les lui avait arrachées, pendant quelque temps. Songer à elle et prévoir des plans sanglants n'était peut-être pas facile. Non, c'était son cœur qui saignait. Et sa douleur qui embrumait la ville.

Il ne cherchait point à se consoler auprès de sa fille. Depuis le début, lorsqu'il avait formé cette enfant par malveillance délibérée, il avait affirmé que cette progéniture, portée dans le sein de Dunizel, n'était issue que de lui et lui seul, principe féminin d'Ajrarn, dont le rôle et les buts étaient la cruauté, la malfaisance, le mensonge. Il semble donc qu'il ne pouvait alors supporter sa vue. Ni supporter, sans doute, de regarder ses yeux, bleus comme l'azur, qui étaient les yeux de sa mère.

Ainsi l'avait-il emportée en son pays, mais l'avait-il envoyée loin de ses lieux habituels. Et il l'avait laissée loin de lui.

Il y avait un vaste lac soumis à des marées, ou une petite mer intérieure... soit l'un, soit l'autre, soit les deux. Il se trouvait, selon les calculs humains, à trois jours de la ville démoniaque, mais en langage des démons, trois jours ne signifient absolument rien. Il était aussi près ou loin que leur volonté le faisait.

Dans l'air cristallin de Terre Inférieure, les eaux du lac étaient également semblables à du cristal. Elles étaient si claires qu'il était possible d'en voir le fond, qui paraissait très lointain. Des formes s'y déplaçaient, des espèces d'algues et de sables, et des poissons ailés qui volaient. Mais si l'eau était transparente, le passage de la marée rendait la visibilité incertaine. La raison de cette marée est soumise à conjectures. L'eau obéissait peut-être à l'attraction de la lune cachée de la terre, tant de milles au-dessus ; ou à l'attraction d'une autre lune cachée *en dessous*, dans la substance de chaos qui coulait au-delà et autour de toute chose, de la terre, de la Terre Supérieure, ou de ce souterrain.

De ce lac marin cristallin s'élevaient des îles. Nombre d'entre elles étaient étroites, leur surface juste suffisante pour qu'un oiseau pût s'y percher, y eût-il eu des oiseaux. Plusieurs avaient la taille de navires terrestres, mâtées et entoilées de gros arbres sombres qui retombaient dans l'eau, mais ne s'y reflétaient point, tant elle était claire. Par endroits, de hauts piliers rocheux et lisses se dressaient, hauts de plusieurs milliers de pieds, semblables à des tours sans fenêtre. Des couleurs brûlantes y palpitaient et disparaissaient, s'amplifiaient, s'éteignaient et se rallumaient. Et le lac marin reflétait ces couleurs, de telle sorte qu'on l'eût dit marqué d'une tache de vin, ou de la faible lumière d'une lampe, ou d'un héliotrope translucide, toutes semblables au sang des dieux eux-mêmes.

Quelque part au beau milieu de l'eau et des roches fantastiques, une île s'étendait, plus grande et plus plate que les autres, et d'apparence différente. Aucune couleur n'y palpitait ; seule une légère brume l'enveloppait, de telle sorte qu'elle ressemblait à un fantôme, pas véritablement présente dans le lac, comme c'était peut-être le cas.

Pour apercevoir cette île, il fallait traverser cette brume, ce qui n'avait jamais été réalisé. Ceux qui y habitaient avaient précédé l'apparition de la brume. Nul n'avait rendu visite à cette île ou n'en était sorti, depuis lors.

A l'intérieur d'une pierre creuse logeait la fille d'Ajrarn.

Que cette pierre fût très belle par sa froide pureté ne l'intéressait guère, voire pas du tout. C'était une falaise de quartz où l'érosion avait creusé des galeries, des fenêtres et des escaliers, ainsi qu'une centaine de cavernes, au petit bonheur apparemment. La lumière qui ne changeait jamais gambadait et se glissait autour de la falaise et clignotait sur la moindre de ses facettes. La brume emperlée s'insinuait à partir de la mer à travers les ouvertures, de telle sorte que tout l'édifice paraissait flotter. Parfois, le vent entrait et sortait en papillonnant, et la falaise émettait alors d'étranges notes tintinnabulantes et monotones, comme si la bâtisse n'était qu'un énorme instrument à cordes et à vent.

Deux des plus grandes cavernes étaient devenues un appartement. Elles étaient meublées... selon les ordres d'Ajrarn, probablement, comment pouvait-il en être autrement ? Pourtant, s'il s'agissait là de son travail, il n'était pas venu contempler les résultats. Des draperies accrochées çà et là, des soieries et des tapis jetés en couches épaisses sur le sol, des lampes en plein air qui s'allumaient à volonté, non pour éclairer mais pour teinter ou rehausser tel ou tel objet. Ces pièces avaient des vitres de verre peint d'images qui changeaient parfois et racontaient des histoires, si l'on se donnait la peine de les observer.

Dans une alcôve se trouvait un lit écarlate aux colonnes de jade rouge foncé et aux rideaux diaphanes.

Là, une poupée était allongée sur le dos, toute blanche dans une robe de tissu blanc, hormis les cheveux noirs plus noirs que le noir, qui s'enroulaient autour d'elle et descendaient jusqu'au sol, et les yeux ouverts si bleus qu'ils semblaient à demi aveuglés par leur propre couleur. A travers ces prunelles de saphir, voyait-elle un monde également teinté de bleu ? Qui pourrait le dire ? Qui oserait le demander ? Assurément, elle n'aurait point répondu. Car elle n'avait jamais parlé, non, pas même alors qu'elle se trouvait sur terre avec sa mère. Enfant Vazdru, elle avait pourtant les habitudes des Eshva, les domestiques et servantes des Vazdru. Les Eshva ne communiquaient que par le regard, le toucher et le rythme de leur respiration... et ceux-ci étaient à ce point intenses qu'on eût dit qu'ils parlaient. Les rares mortels qui avaient passé leur enfance en leur compagnie (Sivesh, amant d'Ajrarn, par exemple ; Simmu, qui avait jadis maîtrisé la Mort) parlaient parfois des *voix* des Eshva... Mais il semblerait qu'il s'agît d'une image. Car la fille d'Ajrarn avait aussi connu les Eshva. Elles avaient participé à sa naissance. Elles lui avaient donné à boire le sang démoniaque et l'avaient baignée dans une fumée enchantée. Elles l'avaient emportée pour la servir et la soigner. Mais ces Eshva étaient mélancoliques. Loin d'Ajrarn, qu'elles aimaient au-delà de toute chose, loin du rêve brûlant du monde qui était leur plancher de danse, elles se déplaçaient comme des ombres et leurs larmes tombaient. Des larmes qui disaient : *Je désespère.* Elles étaient entrées dans une sorte de mort vivante, ces créatures immortelles. La falaise chantante paraissait emplie de chansons tristes.

La jeune fille les regardait parfois comme si elle avait pitié d'elles. Elle ne voulait pas d'esclaves auprès d'elle, pourtant elles ne pouvaient partir. Mais qui aurait deviné qu'elle les prenait en pitié ? Et elle se refusait à parler.

Elle avait pénétré en Terre Inférieure alors qu'elle n'était qu'une toute petite enfant, bien que paraissant déjà plus âgée par le corps et l'expression qu'un bébé humain. Exposée à l'aura du royaume d'Ajrarn, elle était tombée un certain temps dans une espèce d'étourdissement et les années l'avaient assaillie comme des tourbillons, se tordant et l'attirant, accélérant sa croissance si rapidement que sa peau était parfois déchirée par ses os et que son sang sombre, *un sang démoniaque,* coulait et se déversait à flots sur le sol. Lorsque cela se produisait, elle criait, elle hurlait, car elle avait de la voix pour cela. En l'espace de dix-sept jours mortels (quelques heures, quelques instants en Terre Inférieure), elle avait atteint l'âge de dix-sept ans.

A ce moment-là, les Eshva avaient tenté de la consoler. Elles l'avaient apaisée, caressée, l'avaient touchée de leurs chevelures, l'avaient droguée de leurs soupirs parfumés. Lorsque le terrible processus avait cessé, arrivé à son terme, et n'avait pas recommencé, elles avaient semblé un moment désirer la divertir. Mais elle était alors devenue une icône, éveillée quoique endormie. Une porte fermée. Petit à petit, les Eshva s'étaient écartées d'elle comme des papillons aux ailes brisées.

Ses servantes erraient dans l'île, compagnes de prison et d'exil. Leur ennui et leur désespérance silencieuse ne tardèrent pas à imprégner la moindre des vallées et des hauteurs. Elle était, après tout, une Vazdru, une princesse. Le néant de plomb auquel elle avait succombé les écorchait, les endommageait. Elles pâlissaient, elles se fanaient.

Elle aussi traversait parfois l'île. Mais, tout en marchant, elle continuait de dormir. Somnambule, elle hésitait au bord d'un précipice, duquel, étant ce qu'elle était, elle ne pouvait sans nul doute aucunement tomber. Ou bien, en entendant la musique de sa falaise dans le lointain, elle tournait la tête. Mais, lorsque la brume qui encerclait l'île se faisait plus ténue et que les Eshva descendaient doucement sur la plage pour contempler la mer, elle ne bougeait pas.

Sans nul doute, également, elle avait appris bien des choses sans précepteur, elle était même née avec des connaissances qui étaient refusées aux humains. De plus, elle devait aussi ignorer quelles étaient ces connaissances et quelle était leur valeur. Ainsi que ce qu'elle était et ce qu'elle pouvait être. Il est indiscutable qu'elle se rappelait sa naissance, la mère qui lui avait raconté des histoires alors qu'elle se trouvait encore en son sein, la mort affreuse de cette mère, son premier abandon aux hommes, son second sur cette île. Pourtant, tous ces souvenirs ne semblaient pas l'émouvoir outre mesure. Même si elle en avait conscience, elle ne savait pas vraiment ce qu'elle était. Comment pouvait-elle donc exprimer quoi que ce fût ?

Elle était allongée sur son lit royal en Terre Inférieure, à trois jours, ou trois mille ans, de Druhim Vanashta. Peut-être ressentait-elle, comme l'écho indistinct de quelque gigantesque étoile qui explosait, la résonance de la lamentation d'Ajrarn. Mais, dans ce cas, elle ne lui donnait rien, ne lui demandait rien, détournait d'elle son visage.

Ainsi était-elle... ou n'était-elle point.

3

— Ce n'est pas un mauvais fils, dit la veuve. (Elle se tordait les mains et arpentait la pièce.) Ceux qui parlent de lui en parlent en bien. Mais il faut dire qu'ils ont peur du maître qu'il sert. Ils ne veulent pas dire de mal de mon fils de peur de sembler dire du mal du Prince Lak. Mais ils ont le regard malveillant. Tu entends beaucoup parler de ton Oluru, disent-ils, et leurs yeux disent : C'est un trompeur, un tricheur, un bouffon de la cour, qui en pratique tous les vices.

Elle s'assit dans un fauteuil. Sa fille aînée, qui avait entendu sa mère aller et venir dans sa chambre et avait voulu la réconforter, prit alors la main de la veuve.

— Mais je réponds ceci, dit la veuve : C'est une faiblesse qu'il a en lui. Rien qu'une faiblesse. En voulons-nous à un homme qui naît sans la vue, ou à un homme qui s'est cassé la jambe et qui marche de travers par la suite ? Pourquoi donc en vouloir à un garçon dont l'esprit est incapable de voir et dont la nature a été déformée ? Peut-il davantage y remédier que le pauvre aveugle ou le malheureux infirme ?

— Là, là, ma mère, dit la fille, qui était jeune, blonde et dorée, un peu comme Oluru lui-même.

— Tu es une bonne fille. Vous êtes toutes deux de bonnes filles. Mais, oh, mon fils...

Dans la fenêtre, le ciel était noir et constellé, mais la lune s'était couchée. L'aube n'arriverait pas avant deux heures ou plus. Au-delà des murs de la vieille maison, l'on apercevait l'antique forêt (celle-là même dans laquelle chassait alors le Prince Lak), qui dressait ses flèches et ses plumets vers le ciel. Tout près, le ruban d'une route longeait les arbres en faisant un coude en direction de la ville. Sur cette même route, un an auparavant, Oluru avait voyagé. Bien né mais sans fortune, il voulait, disait-il, trouver quelque grand seigneur qui fût son protecteur. Et il en avait trouvé un. Il avait trouvé Lak, dont les vils appétits et le peu d'amabilité surmontaient les méfaits de tous les autres princes ses semblables.

— Oluru aurait dû rester à la maison avec nous, dit la mère. Il était heureux avec nous.

— Peut-être est-il également heureux aujourd'hui, dit tristement la fille aînée.

Ses lettres permettaient de le croire. Il ne parlait pas de ce qu'il faisait à la cour du magicien, mais seulement de riches nourritures, de beaux vêtements, et leur envoyait toujours des cadeaux extravagants.

— C'était la forêt, chuchota alors la mère. C'est à la forêt qu'il faut en vouloir.

La fille aînée jeta un coup d'œil par la fenêtre et fit un petit signe pour repousser les enchantements maléfiques.

Il était exact qu'un mois avant qu'Oluru fût parti chercher fortune en ville, il s'était produit un étrange incident, qui n'avait pourtant rien de rare pour ceux qui habitaient en bordure de la forêt. Même de jour, les plus sages ne s'y aventuraient point, mais Oluru, seul fils de la veuve, avait toujours méprisé ce genre de superstitions. De temps à autre, il chassait dans ces bois et ramenait du gibier, que la maisonnée appréciait assez. Un après-midi, leur serviteur, le dernier de leurs gens, était rentré à la hâte, seul. Oluru était parti avec lui au lever du soleil, mais ils s'étaient trouvés séparés parmi les arbres. Le serviteur l'avait recherché toute la matinée, et bien après le midi, mais n'avait pu découvrir ni le jeune homme ni la moindre trace de celui-ci. Très agité, il était alors revenu auprès de la veuve sa maîtresse.

Quelques heures terribles s'étaient alors écoulées dans la perplexité et la détresse les plus grandes. Bien qu'elle n'osât s'aventurer dans la forêt, la mère demeura au portail, ses deux belles filles et leur serviteur à ses côtés. Elles restèrent donc là à prier, pleurer, se tenir coites, essayant de se rassurer, ou lançant en vain le nom d'Oluru, protégeant leurs yeux contre le soleil couchant et fixant les arbres comme si leur seul désespoir pouvait le faire reparaître. Le soleil commençait à descendre dans un grumeau de feu : la route, la maison, les personnages en attente, tout était peint en rouge, et les arbres tout noirs donnaient l'impression que leur cime brûlait. Soudain, quelque chose sortit du noir pour entrer dans le rouge. Sur la route, marchant dans leur direction, se trouvait une cinquième silhouette, celle d'un jeune homme. Oluru.

Toute la maisonnée se précipita vers lui en riant et pleurant tout à la fois. Lui aussi se mit à courir vers eux, les bras tendus.

Il se produisit alors une curieuse hésitation. La veuve et ses filles ralentirent et s'arrêtèrent ; le serviteur stoppa en marmonnant un juron. Oluru s'arrêta lui aussi. Il baissa les yeux, puis la tête avec timidité et humilité.

La mère le regarda fixement. De quoi s'agissait-il ? Etait-ce là son fils ?... oui, oui, qui d'autre pouvait-ce être ? Son Oluru, qu'elle avait cru perdre. Bien que... Elle le regarda, le regarda, et son cœur battait si fort qu'il l'assourdissait et lui embrumait les yeux, et à la fin elle songea que ce n'était que cela. Elle se remit alors à courir en avant, l'enlaça et lui aussi l'enlaça et dit :

— Mère, pardonne-moi de t'avoir ainsi alarmée. Je me suis perdu. Mais, comme tu le vois, j'ai trouvé un sentier qui m'a ramené à toi.

Tandis qu'il parlait, ses cheveux éclatants lui caressèrent la joue et elle eut l'impression qu'elle le reconnaissait, oui, c'était bien lui son fils.

Pourtant, ses sœurs et le serviteur avaient aussi cru un instant qu'il avait quelque chose qui n'allait pas, quelque chose de bizarre. Par la suite, la fille aînée fit un rêve dans lequel le côté gauche du visage de son frère qui revenait de la forêt était couvert par un masque d'émail et, lorsqu'il le retira, elle vit que son visage s'était transformé en celui d'un horrible diable déliquescent. La sœur cadette fit aussi un rêve dans lequel les yeux de son frère étaient devenus comme le soleil couchant, noirs et rouges, et elle se réveilla en hurlant. Mais ces rêves furent bientôt oubliés, car

Oluru n'avait rien d'anormal, ce n'était que leur imagination perturbée. Il était ainsi qu'il avait toujours été, doré, beau et plein de plaisanteries et de rêveries poétiques.

Il leur sembla qu'elles l'aimaient plus que jamais durant ce mois, après avoir cru le perdre. Puis il les quitta pour la ville et les seigneurs magiciens, et elles le perdirent pour de bon.

Ce fut bientôt le tour de la mère de faire des cauchemars et elle se levait fréquemment pour arpenter sa chambre ; si ses filles l'entendaient, elles venaient la réconforter. Et elle disait alors :

— Il n'est pas méchant.

Ou :

— C'est une faiblesse.

Ou encore :

— C'est la faute de la forêt. C'est à la forêt qu'il faut s'en prendre.

Ce jour-là, la fille aînée se leva et dit :

— Je vais allumer une autre chandelle ; celle-ci est presque finie. Soyons aussi joyeuses que possible. Qui sait, il se peut qu'il se lasse de cette autre vie.

La mère poussa un profond soupir.

La sœur aînée d'Oluru alla donc chercher une seconde bougie. Ce faisant, elle passa devant la fenêtre et, en regardant dehors, elle lâcha un cri aigu.

— Qu'est-ce que c'est ? s'exclama la mère.

— Là... près du puits... un gros animal pâle aux yeux effroyables...

La mère se hâta d'aller regarder. Tapies contre la fenêtre, les deux femmes fixèrent la cour. Le portail était verrouillé de nuit et assurément rien ne pouvait entrer. Néanmoins, derrière les pierres de la margelle du puits, quelque chose remuait.

— Je l'ai vu à la lueur des étoiles, fit la fille. Comme s'il brillait.

— Lève la chandelle, que l'on voie cette créature et que l'on soit sûres.

La faible bougie fut donc levée et un peu plus de lumière tomba dans la cour. Quelque chose fit prestement le tour du puits et sortit de l'ombre d'un arbre qui poussait là ; la jeune fille écarta les lèvres pour crier.

Mais :

— Oh, les dieux soient loués, lança la veuve. A quoi songeais-tu donc ? C'est ton frère.

Et voilà que sous leur fenêtre se tenait Oluru, arborant lui-même l'apparence d'un prince, les yeux braqués sur elles, plus beau que tous les joyaux qui ornaient ses vêtements.

Toute la maisonnée ne tarda point à être réveillée et descendue dans l'antique grande salle aux piliers antiques en compagnie d'Oluru. C'était un endroit bien triste, cette salle, car il n'y avait plus assez de domestiques pour la tenir comme il se devait et tous les beaux objets avaient été vendus des années auparavant. Mais l'on sortit de la cave un bon vin et l'on alluma une foule de chandelles.

— Je ne pourrai rester longtemps avec vous, déclara Oluru. Mais je ne tarderai pas à revenir. Alors, lui, il sera avec moi.

— Que veux-tu donc dire ? s'écria la veuve, horrifiée.

— Ce que tu penses que je veux dire. J'ai l'intention de ramener ici Lak Hezoor le magicien, pour qu'il soit notre invité. Il s'assiéra ici et nous serons aux petits soins pour lui. Il verra mes deux sœurs et les convoitera toutes deux.

Les deux sœurs se contractèrent. L'aînée demanda d'une voix hésitante :

— Tu plaisantes, mon frère ?

Mais la veuve s'écria :

— Il est devenu fou !

Oluru éclata alors de rire. Il leva les yeux et considéra un certain temps les toiles d'araignée parmi les chevrons.

— Ne te fies-tu point à moi, ma chère mère ? Moi, ton unique fils ?

Un souffle glacial sembla alors parcourir la salle. Les chandelles le ressentirent et s'écroulèrent. Les femmes le ressentirent et tremblèrent. Mais Oluru rabaissa son regard et dit avec douceur :

— Cette entreprise est périlleuse, mais il faut que je la mène à bien. Naguère, cela aurait pu être fait d'une autre manière, plus simple et plus voyante. Mais, dans l'état actuel des choses, j'ai besoin de vous.

— Que dis-tu ? demanda la veuve.

Oluru eut l'air embarrassé.

— Je le sais à peine. Mais je vous promets ceci : aucun mal ne sera fait à l'une d'entre vous, je le jure. Sur quoi puis-je le jurer ?

Les trois femmes le considérèrent, interloquées et fascinées.

La mère dit enfin :

— Jure-le sur ta vie.

— Ma vie ? Non, sur quelque chose qui a beaucoup plus de valeur. Je le jure par le pouvoir de l'amour.

Les bougies se redressèrent. Le froid s'en fut comme s'il en avait suffisamment entendu.

— Que racontons-nous là ? fit la mère. Tout ceci est absurde.

— Non, ma mère. Jamais fait ne fut plus certain. (Il se leva d'un bond.) Maintenant, je vais vous quitter. En milieu de matinée, nous serons ici, ce monstre et tous les parasites qui s'accrochent à ce monstre, ainsi que les démons dangereux qui le protègent. Soyez prêtes.

Il quitta alors la salle et sortit rapidement dans la cour. Elles se hâtèrent de le suivre, mais il avait disparu. La sœur aînée se glissa jusqu'au portail ouvert.

— Quelle est cette créature qui se précipite parmi les arbres ?

Mais la nuit et la forêt étaient très noires. Peut-être n'y avait-il absolument rien.

Lak Hezoor, le prince magicien, sortit de sa stupeur et se retourna sur ses coussins. A l'entrée de la tente se dressait une forme pâle et sombre, dont les yeux semblaient faits de millénaires lointains de nuits et d'étoiles. Lak Hezoor prononça aussitôt un mot magique pour retenir ce visiteur, car il percevait en lui une qualité surnaturelle. Mais il avait déjà disparu.

— Un démon, fit Lak Hezoor. Un membre de la tribu d'Ajrarn. Ou bien ai-je rêvé ?

— Un rêve, fit une voix charmeuse. Que feraient des démons en ce lieu ?

— La sorcellerie les attire. Je le sais fort bien.

— Mais il n'y a nulle sorcellerie.

— La forêt en est empestée. D'ailleurs, dis-moi ce que je suis, personnellement, Oluru.

— Mon maître, répondit Oluru, qui était assis près de lui sur les coussins. Le soleil de ma vie. Et un puissant magicien. Je perçois mon erreur, splendide seigneur. Naturellement, les démons te suivent comme les moutons le berger.

Lak Hezoor se contenta de sourire devant cette raillerie. Il était clair qu'Oluru n'avait point aperçu le démon, du fait qu'il n'en avait la capacité, ou qu'il était endormi... ou encore qu'il était absorbé par un curieux jouet en cuivre qu'il semblait maintenant posséder, une sorte de crécelle qu'il s'amusait à remuer.

— Où t'es-tu procuré ceci ?

— Dans la forêt, maître des maîtres.

— Et qu'y faisais-tu, mon enfant ?

— Je rendais à la terre ce que la terre m'avait donné auparavant. Il avait bien changé, le vin que je lui ai rendu !

— Eh bien, le jour va bientôt poindre, dit Lak Hezoor, qui se mit à caresser les cheveux et le corps de son compagnon.

— Je me demande comment va ma famille. (Puis il ajouta :) Imagine que je suis prostré sur la routc à tes pieds. Imagine que je te dis : voilà ; ce sont mes deux sœurs. L'une a quinze ans et l'autre treize. Toutes deux sont vierges.

— Cela est-il vrai ? fit Lak Hezoor, d'une voix paresseuse.

— Tout à fait. Et la maison n'est qu'à une heure d'ici.

— Et tes sœurs te ressemblent-elles ?

— Nous sommes des reflets. Hormis le fait, je crois, que la plus jeune est la plus pâle et la plus belle des trois.

— Pourquoi m'en parler ?

— Pour te procurer un moment de divertissement.

— Tu y es parvenu.

La crécelle en cuivre, écartée, alla rouler de l'autre côté de la splendide tente en produisant un bruit inquiétant, désagréable, comme si elle était emplie de miettes d'esprits fracassés.

La mère et les sœurs d'Oluru avaient pu également croire en partie avoir souffert d'une sorte d'hallucination collective. Les émanations de la forêt pouvaient favoriser ce genre de phénomène. Néanmoins, dans la hâte et un peu dans la peur, elles se préparèrent de leur mieux à l'afflux d'invités indésirables.

Le soleil était à mi-chemin du zénith lorsque, ainsi que les en avait averties Oluru, les arbres s'ouvrirent sur une importante cavalcade. Quelques minutes de plus et l'expédition de chasse de Lak Hezoor martelait le portail.

La mère et ses deux filles s'agenouillèrent dans la cour tandis que Lak Hezoor les regardait du haut de son cheval et de son omniscience.

— Il me dit beaucoup de bien de vous, dit le prince aux sœurs d'Oluru. Il dit que vous êtes vertueuses et n'avez jamais connu d'homme. Les hommes de cette région sont-ils aveugles ou eunuques ?

C'était là la plus haute des courtoisies envers elles, puisque Oluru était son favori.

Ils entrèrent dans la maison et les femmes tremblaient au point qu'elles avaient de la peine à marcher.

— Mon seigneur, chuchota Oluru, s'il était possible de laisser à l'extérieur ta suite et le reste... Tu vois comme mes sœurs sont tremblantes.

— Je pensais que c'était pour moi.

— Non, mon seigneur. Elles sont tourmentées par la terreur que leur inspirent tes esclaves. Ôte ce tourment et elles palpiteront alors d'une terreur que toi seul leur inspireras.

Lak Hezoor parut très amusé de cela. Dans la maison de pierre avec un unique serviteur âgé, une vieille veuve, les deux pucelles et le virginal Oluru qui se pâmait à la vue d'une épée, quel besoin avait-il de ses gardes diaboliques ? Il fit donc sortir ses serviteurs et sa cour à l'esprit dérangé, qui était entrée avec le dessein de tout mettre à sac. Les portes de la maison furent refermées sur l'intime petit groupe de six personnes.

Pour une raison quelconque, probablement l'attrait de la nouveauté, le prince s'était mis en tête de se montrer courtois. Il s'affala donc sur un divan et s'abandonna au bavardage avec la veuve et ses filles. (Il se comportait avec elles comme s'il s'agissait d'une tenancière de bordel et de deux de ses pensionnaires.) La nourriture était abondante, car les chasseurs avaient emporté d'importantes provisions. S'y ajoutait un vin remarquable, seule richesse de la maison, et Lak l'engloutissait comme de l'eau. Oluru s'était également mis en devoir d'être agréable. Ses plaisanteries étaient saines mais très drôles et ses vers acides comme le vinaigre. Même ses sœurs très inquiètes se trouvèrent de l'appétit pour ce bon repas et se mirent parfois à rire, tout en continuant de jeter à leur frère des regards de côté en notant combien il connaissait son maître. Tandis que l'après-midi avançait et que le soleil commençait à tourner sa face vers la ligne d'horizon, Oluru prit sa lyre et chanta. Les chansons n'étaient pas grivoises et parlaient toutes d'amour. Il chanta aussi le poète aveugle Kazir, son voyage le long du Fleuve du Sommeil pour pénétrer en Terre Inférieure, où il avait gagné Ferajin Fille-de-Fleur, en opposant son cœur à l'intellect maléfique d'Ajrarn.

— Voici mon joyau étincelant, déclara bientôt Lak à la mère d'Oluru, et il caressa la cuisse d'Oluru de telle manière que la veuve ne put douter que ce joyau ne brillait pas que par la joie et la chanson, mais aussi entre les draps.

— Un palais émousse les sens, dit Lak Hezoor. Quel régal que la vie simple que vous menez.

Et il cria pour avoir une nouvelle jale de vin.

A l'extérieur, les courtisans se livraient à leurs propres divertissements, en aucun cas retenus par un semblant de civilité. Ils encourageaient leurs chevaux à les imiter dans leurs souillures de la cour. Les articles ménagers sur lesquels ils tombaient étaient brisés par pure malveillance. Ils avaient massacré l'arbre de la cour pour faire du feu et s'étaient soulagés dans le puits.

Au-dessus de tout cela, même dans son déclin, le soleil descendit dans la forêt en ne laissant derrière soi qu'un nuage rose-rouge. L'étoile du soir se leva à l'est comme un feu d'artifice d'argent congelé.

— Eh bien, madame, dit Lak Hezoor à la veuve, je suis très las. Où se trouve ma chambre à coucher ?

La veuve le lui dit sur un ton résigné.

— J'espère que je n'y resterai pas longtemps seul.

La veuve porta la main à sa bouche. Lak se retira avec

un grand geste ; il ne jeta pas un seul regard aux deux sœurs.

— Les couloirs sont ténébreux, fit Oluru. Je vais te guider, cher seigneur.

Ils montèrent donc ensemble à travers la maison, Lak marchant comme toujours d'un pas plus léger que la poussière et, il faut bien le dire, Oluru n'était pas plus lourd que lui. Ils atteignirent une porte, qu'Oluru ouvrit. C'était la meilleure chambre de la demeure. Le lit aux grands montants touchait presque le plafond.

— Bon, fit Lak Hezoor, tu sais que si tes sœurs ne viennent pas me rejoindre dans l'heure, j'irai les chercher. Ou je leur jetterai un sort qui les amènera ici, sans volonté, incapables d'opposer la moindre résistance.

— Certes. Mais où résidera alors le divertissement ? N'est-il pas plus amusant de forcer, de violer dans un accompagnement de cris d'angoisse ? Ou, d'un autre côté, d'en posséder une qui est consentante et hurle de plaisir ? Toutes les deux si fort que leur mère les entend de la chambre voisine ?

— Tu me connais bien. Eh bien, donc ?

— Mon seigneur, je puis persuader l'aînée de se montrer lascive, car elle est brûlante sous son extérieur glacial. Quant à la cadette, je puis t'assister de telle sorte que nulle sorcellerie ne sera nécessaire qui lui ôte son piquant et n'en fasse qu'une poupée molle. Elle luttera et se lamentera. Tu auras droit à un festin de désir et à un autre de terreur.

— Et en retour, que veux-tu ? Que veux-tu depuis le début, mon chou, pour m'avoir conduit ici et tenté avec des sœurs si charmantes ?

— Tu me connais bien. Eh bien, donc...

Et il expliqua à Lak Hezoor ce qu'il désirait.

Lak Hezoor réfléchit. Il ne sembla pas trouver que l'idée d'Oluru avait quoi que ce fût d'énorme et il l'examina sous toutes les coutures, comme le fait un homme qui vide un os à moelle et s'assure qu'il n'oublie rien de savoureux.

— C'est donc pour cela que tu as chanté l'histoire de Kazir. Qu'est-ce qui t'a mis cette idée dans la tête ?

— Le démon près de la tente. Notre discussion au sujet des démons.

— Mais tu n'as rien de brave, mon amour. Ne trembles-tu point à la perspective d'une telle aventure ?

— Comment le pourrais-je ? J'aurai la protection de ta seigneurie.

— Tu supposes que je puis affronter Ajrarn ?

Oluru eut un sourire des plus graves.

— *Quelqu'un* risque de nous écouter, dit-il. (Il s'approcha de Lak Hezoor et lui glissa à l'oreille :) *Oui.*

Le magicien fut ravi. Il avait la faiblesse de se prendre pour une sorte d'Ajrarn terrestre, un prince démoniaque qui fût également temporel. L'œil et le poil noirs, le pied félin, des pouvoirs anormaux, entouré de tous côtés par ceux qui le craignaient, adonné de plus à un sadisme artistique... Lak estimait que ses lettres de créance étaient irréfutables. Et il n'était pas rare qu'il appelle son joli jouet Sivesh, Simmu, ou un autre nom appartenant à l'un des nombreux consorts d'Ajrarn, de sexe masculin ou ambisexués. En cet instant, empli de vin et de soi-même, comme toujours, et à la fois lent et impatient, Lak était disposé à se lancer dans cette périlleuse tentative. Peut-être, un jour, ou une nuit, y aurait-il lui-même songé. Il aurait également pu la rejeter. Car il y avait quelque chose dans le chuchotement captivant d'Oluru qui le poussait. Lak accepta donc, s'imaginant séduit et non poussé à accorder cette folle faveur.

— Fais ce que tu as promis avec ces filles et je me lancerai dans ton aventure. Mais je crois que tu t'évanouiras de terreur et que tu en rateras toutes les merveilles. Ne me le reproche point par la suite, si tel est le cas. Ne regrette pas davantage le sort de tes sœurs. (Il s'étira et bâilla.) Elles risquent de passer un quart d'heure tumultueux.

— Oh, elles en sont redevables.

Il quitta la chambre tandis que son seigneur s'allongeait sur le grand lit.

Non, le pas d'Oluru n'avait rien de pesant. Il voleta comme un papier blond à travers la maison ; devant les fenêtres par lesquelles il pouvait regarder et entendre les fripouilles ivres de la suite du magicien en train de s'amuser méchamment dans la cour de la veuve ; et dans un couloir où était assis le serviteur de la veuve, un bâton serré dans la main, prêt à défendre ses maîtresses : toutes les forces de son corps usé et un bout de bois contre la puissance et la sorcellerie de Lak. (Il considéra Oluru tandis que le jeune homme passait en silence, émit une sorte de grognement, mais ne bougea point.) Oluru parvint donc à la porte de la grande salle aux piliers imposants. Elle était maintenant dans la nuit et seules brûlaient trois piteuses chandelles. Rien de surprenant, donc, à ce que la veuve et ses filles ne le vissent point debout devant elles sur le seuil. Elles étaient assises aux mêmes places, le visage blême, immobiles, avec toute la dignité de condamnées qui ne veulent pas protester.

Oluru parla. Une parole ou deux. Il les avait apprises dans les livres du magicien. Elles produisirent un effet instantané.

Un doux soupir composite vola à travers la salle. Et le long du couloir, d'où sortit un bruit sec de bois qui heurte le sol. Oluru ne tarda point à gratter à la porte de la chambre à coucher de son invité.

— Que doit-il venir en premier, mon seigneur, le viol ou un transport de plaisir ?

— Tout à la fois, répondit Lak.

Trois ombres entrèrent dans la chambre à la lumière tamisée, l'une poussant l'autre devant elle. Il y eut un reflet de cheveux pâles et de chair blanche, un mouvement noir et un éclat de flammes sur les yeux et les dents, un chuchotement et des prières, puis des cris frénétiques qui transpercèrent la maison, mais il était impossible de dire s'il s'agissait d'exclamations de souffrance ou d'extase.

Les trois chandelles étaient presque consumées lorsque les sœurs et la mère d'Oluru ouvrirent les yeux et regardèrent autour d'elles. Il leur semblait avoir sombré dans un profond sommeil. Cela était étrange en soi, car elles avaient été en proie à une terreur nerveuse. Plus étrange encore, le fait que nul ne fût venu les réveiller avec force violence et grossièretés. Et il était très tard. Même les émeutiers s'étaient tus à l'extérieur.

Finalement, la mère demanda :

— Qu'a-t-il pu se passer ? Oluru aura-t-il réussi à le persuader de se montrer clément ?

— Je ne crois pas, répondit l'aînée. Pas davantage que je ne crois qu'Oluru ait tenté de le faire.

— Silence, dit la mère.

Elle se leva de son fauteuil et alluma trois nouvelle chandelles. La maigre lumière raviva et remit une pâleur nouvelle dans leur visage. La cadette s'écria alors d'une voix cassée :

— Mère... regarde, près de tes pieds... et ici, près des miens !

— Oh, qu'y a-t-il ?

Elle regarda, la gorge nouée. Mais, sur le sol, près de ses pieds, elle n'aperçut que son ombre projetée par les chandelles. Son regard se porta alors vers les pieds de sa cadette et elle ne distingua aucune ombre : le sol s'étendait, nu.

— Que les dieux miséricordieux te protègent, haleta la veuve.

— Alors, qu'ils me protègent aussi, fit l'aînée, car mon ombre m'a aussi abandonnée.

C'était exact. Les deux sœurs purent tourner autant qu'elles le voulurent : sous quelque angle qu'elles se présentassent aux chandelles, la lumière ne produisait aucune ombre.

Certes, hier comme aujourd'hui, l'ombre n'est qu'une section d'espace déterminée par ce qui se place entre la lumière et ce sur quoi elle brille. Dans certaines régions de la terre plate, il est vrai, l'ombre tenait lieu de clé de l'âme, ou du moins de l'âme physique qui ressemblait dans le moindre détail au corps qui l'avait engendrée. Ailleurs, une ombre n'était qu'une ombre. Il n'en reste pas moins que ceci est à prendre en considération : celui qui ne projette plus d'ombre a assurément perdu une partie de soi, un élément constitutif de l'opacité et de la substance... autrement, comment la lumière le traverserait-elle ? Perdre son ombre, alors comme maintenant, était et demeure un sérieux motif d'inquiétude.

Les deux sœurs coururent vers leur mère pour trouver auprès d'elle un réconfort qu'elle fit de son mieux pour leur donner.

Ce fut finalement l'aînée qui s'écarta et déclara :

— Ceci est l'œuvre de notre frère. Encore un mets de choix conçu pour son maître. (Elle se sécha les yeux et rajusta sa chevelure.) Le chagrin cède la place à la colère. Je vais monter leur demander ce qu'il en est.

— Oh, non... pas ça, pour l'amour de nous.

— Je ne vous oublie pas, mais je le ferai tout de même. Endommager et souiller la chair est une chose. Mais s'immiscer dans les affaires de l'âme est insupportable. Les dieux noteront notre juste détresse, Mère, et viendront à mon aide.

Elle s'abusait naturellement au plus haut point (puisque, en ce temps-là, les dieux se moquaient bien de l'humanité). Mais cette erreur était son soutien et elle se précipita hors de la salle. Elle longea le couloir où ronflait encore le serviteur et remonta dans la maison jusqu'à la chambre qu'elles avaient attribuée au magicien. Elle frappa alors à la porte avant que son courage ne l'abandonne et lança :

— Laissez-moi entrer sur-le-champ !

Nul ne répondit.

— Je vais entrer ! s'exclama la jeune fille.

Elle poussa le panneau et entra en courant.

La chambre familière lui parut terriblement bizarre dans son abondance de chandelles qui vacillaient. Mais, davantage que la lumière, c'étaient les ténèbres qui l'avaient transformée. Car l'espace semblait empli d'un crépuscule vivant, quelque chose d'invisible, de tourbillonnant, de murmurant... elle ne reconnut point là l'ambiance d'un sort puissant, mais ceci la glaça et elle eut envie de ressortir au pas de course. Elle distingua alors, à travers le brouillard de l'enchantement, le magicien allongé sur le couvre-lit, pesant comme du plomb, ne respirant apparemment pas, enfermé dans une prison de sommeil telle qu'elle la prit pour la mort. Et ce spectacle, bien qu'il fût plus terrifiant que tout le reste, la retint aussi.

C'est alors que s'éleva une blancheur qui semblait jusqu'alors flotter au-dessus des coussins.

La sœur aînée fut alors positivement pétrifiée. Elle resta clouée par l'horreur et la stupéfaction, les yeux écarquillés. Deux filles pâles et fantomatiques se tenaient devant elle, leur longue chevelure éclatante autour d'elles. Toutes deux étaient nues et elle les reconnut. L'une était la sœur cadette, l'autre la sœur aînée... elle-même. Ni l'une ni l'autre ne possédait d'ombre et la lumière des chandelles les traversait nettement.

— N'aie point peur, dit le fantôme de l'aînée à la sœur réelle. Oluru m'a fait naître à partir de toi et Oluru m'a donné la possibilité de t'en parler.

— Dis-moi ce que tu es.

— Ton ombre, ou ce qui te permet de la projeter... une portion de ta substance, sans être toi-même. Avec moi et l'autre... (elle indiqua le fantôme de la cadette), le monstrueux Lak a pu satisfaire ses désirs. Il a cru connaître le ravissement, déchirer la chair et s'en faire maître, mais telle ne fut point la vérité. Et tout ce qu'il a pu nous faire ne nous a point touchées. Et quand nous reviendrons en vous, vous n'y prêterez pas plus d'attention que nous.

— Mais tu es mon essence immortelle, s'écria la jeune fille, plus désespérée que jamais. Il a fait toutes ces horreurs à mon âme et à l'âme de ma sœur.

— Non, car nous ne sommes pas votre âme. Votre âme n'est pas ainsi faite. Nous ne sommes qu'air teinté. Laisse-moi rentrer en toi et tu sauras aussitôt que tu vas très bien.

— Reviens donc, fit la jeune fille qui se crispa dans l'attente d'une douleur ou de la démence.

Mais le spectre flotta jusqu'à elle comme un rayon de lune et la traversa en glissant et en passant au-dessus d'elle pour ne plus faire qu'un avec elle. C'est avec une grande joie que la fille vit alors son ombre apparaître immédiatement sur le mur, tel un présage de perfection.

— Maintenant, va chercher celle à qui j'appartiens, dit le second fantôme en susurrant avec une certaine irritation, tout comme la cadette.

— Mais lui... commença l'aînée en se rappelant Lak qui était allongé dans sa stupeur mortelle à moins de dix pas de là.

— Il est occupé ailleurs.

— Où se trouve donc mon frère Oluru ? voulut-elle savoir d'une voix que le soulagement rendait plus hardie.

Mais le spectre ne répondit pas et se contenta de croiser

patiemment les bras, comme le faisait la cadette chaque fois qu'elle était exaspérée.

La jeune fille se rendit compte qu'elle n'avait d'autre choix que de descendre à la hâte annoncer la bonne nouvelle. Quant à Oluru, elle le bénit et ses larmes coulèrent chaleureusement, car elle savait qu'elle était entière, comme le lui avait prédit le fantôme, et que tout cela était l'œuvre de son frère. De la sorte, elle oublia qu'il avait été également la cause de son péril.

4

Quelle était la curieuse récompense pour laquelle Oluru s'était donné tant de mal ? Qu'avait-il tiré du prince magicien avec son illusion de corps blancs et hurlants ? En effet, s'étant avéré un mage fort compétent, que désirait Oluru de Lak Hezoor qu'il ne pût réaliser par soi-même ?

Une longue, très longue descente, à des milles sous le pays des hommes et la compréhension des hommes : jusqu'en Terre Inférieure, le royaume des démons.

A la frontière même de ce royaume serpentait le Fleuve du Sommeil, paresseux comme une mélasse noirâtre, entre les hautes têtes emplumées des lins blancs qui poussaient en ce lieu. Là, sur les rives lineuses du fleuve, à l'aide de leurs limiers rouge sang, les Vazdru chassaient, non pas le lion ni le cerf, mais l'âme des hommes endormis, qui s'enfuyaient en courant et en hurlant devant eux. Bien que ce ne fussent que les âmes de ceux qui étaient proches de la mort, ou qui étaient fous, que les chiens pussent attraper et déchiqueter. Même celles-là pouvaient s'échapper par la suite... ce n'était qu'un amusement pour les démons. D'ailleurs, il y avait maintenant un certain temps qu'aucune chasse n'avait eu lieu, comme pour le reste : plus de musique, ni de jeux, d'intrigues, d'amours, passe-temps immémoriaux de Druhim Vanashta et de ses maîtres. Les marteaux des Drin, les forgerons démons, ne résonnaient plus. Les créatures de ce monde souterrain ne volaient plus, ne chantaient plus ; les fleurs extravagantes ne s'épanouissaient plus, les eaux ne scintillaient plus comme par le passé. Tel était le linceul de rage et de chagrin d'Ajrarn qui planait sur toute chose.

Quoi qu'il en fût, l'on pouvait considérer qu'il s'agissait encore d'un lieu étonnant qui valait le déplacement. Des siècles auparavant, Kazir y était venu par magie en passant par le Fleuve du Sommeil ainsi que ne le faisaient généralement les hommes que par accident. Kazir avait eu une mission à accomplir. Mais le poète de Lak, Oluru, avait supplié celui-ci de l'accompagner dans son excursion à travers le dangereux pays souterrain. Quelles chansons, avait insisté Oluru, ne naîtraient pas de ce périple ! (Et l'on y louerait la bravoure et l'astuce du magicien.)

Or, afin de descendre en Terre Inférieure sans invitation ni enchantements des démons pour ouvrir la route, l'unique moyen de voyager devait être incorporel... comme l'avait fait Kazir dans la légende.

C'était donc l'âme qui devait être la voyageuse, c'est-à-dire l'âme physique ou astrale, élémentaire plus important qu'une simple silhouette, quoique formé à l'image du corps ; et doté également des talents et du savoir de ce corps, quels qu'ils fussent.

Il existait en ce temps-là plusieurs magiciens éminents sur terre. Il est peut-être intéressant de remarquer que rares étaient ceux qui fussent descendus en ces lieux. Cela semblerait indiquer une excellente raison pour que les plus rusés s'en tinssent à l'écart... Toutefois, Oluru avait instillé à son maître qu'il ne devait éprouver aucune inquiétude. Que lui, Lak, était apte à se mesurer avec les Vazdru, habile qu'il était en toute chose mystérieuse. En fait, il ne pouvait avoir d'autre rival qu'Ajrarn. Une pure folie.

Une fois l'orgie achevée, les deux femmes affalées comme des vêtements qu'on a rejetés, Lak (à peine préparé, empli de boisson et de nourriture, léthargique et content de soi) se mit en devoir d'effectuer sa descente astrale.

— Mais, l'avait encouragé Oluru, ne nous expose pas, moi et ma pauvre âme frémissante. Emporte-moi avec toi comme Ajrarn a transporté Sivesh : il s'était transformé en aigle et Sivesh était une plume sur son poitrail. Toi, sois le seigneur des seigneurs et moi, je serai un simple ornement sur ta personne.

La mesure exacte de la magie d'Oluru n'a point été notée, mais elle était suffisante pour accomplir ceci, semble-t-il.

En un instant, le souffle de la magie emplit la chambre et le corps du magicien s'affala, en transe... son âme était partie. Chose surprenante, il ne resta strictement rien d'Oluru. Non, pas même un cil sur l'oreiller.

Le flot du Fleuve du Sommeil grouillait de visages, de formes et d'errances mentales. Il fallait une certaine dose d'astuce et de volonté pour le traverser sans succomber. Néanmoins, ils y réussirent, Lak et son ami chéri, et ils parvinrent sur la rive.

Ils se relevèrent et contemplèrent le paysage d'ébène dans le miroitement de la mystique lumière gemmée.

Lak ne ressemblait qu'à soi, âme ténébreuse princièrement vêtue. De l'âme d'Oluru il n'apparaissait nul signe, nulle trace. Pas une seule ? Si, en fait, une seule trace. Sur la poitrine de Lak Hezoor était suspendue une petite pépite de topaze polie, rappelant quelque peu un dé sans marques. Oluru ? Oui, Oluru.

L'on disait qu'il était possible d'apercevoir la ville démoniaque à partir des rives du Fleuve, les jours clairs. Mais aucun jour ne manquait de clarté en Terre Inférieure, et les jours n'existaient pas davantage. Il semblerait donc que quelque chose, peut-être la seule vision du nouvel arrivant, dissimulait ou révélait Druhim Vanashta. Savoir si Lak distingua l'architecture lointaine est un sujet de discussion. Mais soyez sûr que la gemme jaune sur sa poitrine, bien qu'elle ne fût qu'un spécimen courant de l'espèce des dés, aperçut tout cela.

Peut-être communiqua-t-elle avec le magicien, l'encourageant et l'enjôlant. Et le Prince Lak se mit à marcher dans une direction bien précise, traversant les bosquets fragiles d'ivoire et d'argent, passant entre les saules noirs qui laissaient pendre leurs branches comme des harpes sans cordes. Aucune hésitation dans son pas. Une fois ou deux, lorsqu'une créature vaporeuse surgie des airs sembla voleter contre lui (ce genre d'émanations abondait en ce lieu), il la chassa d'une phrase ou d'un mantra puissant, à la manière dont on repousse un moustique.

Le seigneur et sa topaze atteignirent bientôt une large route. Elle était pavée de marbre et longée de colonnes.

C'était le chemin conduisant à la ville et l'on peut penser que Lak marqua un temps d'arrêt au bord de celui-là. Mais il dut être soumis à de nouvelles paroles de persuasion et de louange. Au bout d'un moment, Lak Hezoor s'engagea sur la route de marbre.

Presque aussitôt, une impression étrange s'empara de lui. Ce n'était pas une sensation qui lui fût familière, bien qu'il eût été fréquemment à son origine : la peur. L'on pourrait supposer que même Lak put éprouver une certaine appréhension devant le seul fait qu'il dût recevoir des encouragements en ce lieu, pourtant, jusqu'alors, il ne s'était nullement inquiété. Et il ne semblait pas exister de raison sérieuse à sa peur en cet instant. L'air était paisible, aucun bruit menaçant ne le troublait et nulle agitation n'était visible... exception faite du scintillement de la ville au bout de la route, s'il pouvait le distinguer. Lak reprit donc son chemin hardiment, l'étreinte de la peur se fit plus forte encore et il ne put la contrôler. Elle s'aggrava à chaque pas, jusqu'à ce qu'il marque un nouveau temps d'arrêt. Cette fois-ci, ayant prudemment observé devant lui et alentour, Lak regarda par-dessus son épaule. Il remarqua alors une bizarrerie. La route de marbre, qu'il avait brièvement arpentée, s'étendait derrière lui sur un mille, voire davantage. Une telle allongation n'avait rien pour rassurer Lak Hezoor.

Comme on le fait parfois lorsque l'on est déconcerté, le prince s'adressa à voix haute à son compagnon.

— Cette route est peu orthodoxe. Il s'agit sans doute d'un plan mystérieux des démons pour incommoder les pèlerins. Je crois que nous allons retourner au début de la route pour nous orienter.

Comme aucune réponse mentale ne venait, Lak sourit largement et demanda :

— Quoi ? Déjà évanoui, mon petit chéri ?

Il leva alors la main pour caresser le dé. Ses doigts ne trouvèrent rien.

Bien des conclusions auraient pu traverser le cerveau de Lak Hezoor en découvrant ceci. Il aurait pu penser que la gemme s'était détachée, était tombée et s'était perdue, ou bien que l'une des émanations vaporeuses l'avait volée, ou encore que sa propre terreur l'avait renvoyée dans le monde supérieur. Mais en fait, le magicien ne songea rien de tout cela. L'on peut donc en déduire qu'il avait au moins assez de sagesse pour comprendre qu'il avait été trompé.

Il disposa de moins d'une minute pour se délecter de cette prise de conscience.

L'air chaste et dépourvu de vent commença à lui apporter un son. A peine Lak l'entendit-il qu'il comprit. Il justifiait totalement sa peur croissante. Il était composé d'une succession de notes retentissantes, déchiffrables uniquement par un chasseur, le bruit des chiens qui ont assenti le gibier. Toutefois, ceux qui racontent cette histoire font remarquer qu'on eût dit plutôt le hurlement de loups affamés... en pire, en bien pire. Les plus chanceux se réveillaient à cet écho en criant. Les moins chanceux ne se réveillaient pas, mais faisaient volte-face et s'enfuyaient, suivis par ce bruit qui se faisait toujours plus fort et plus proche. C'était le cri des chiens des Vazdru.

Lak Hezoor, prince magicien d'une ville de la terre, resta sur la route et prononça rapidement mais précisément l'enchantement qui devait l'emporter de ce lieu. Et le sort l'abandonna. Il l'abandonna totalement. Son destin ne fut pas modifié d'un soupçon. Il demeura en Terre Inférieure, le jappement des limiers ricochant sur chacune des colonnes qui l'encerclaient et à l'intérieur de la caverne du crâne psychique de son âme. Il scruta la perspective de la route devant lui et il eut l'impression qu'il s'y trouvait désormais un nuage, la cime noire et argentée scintillante, la base brillante et sanglante, et ce nuage se précipitait vers lui.

Lak Hezoor le magicien fit alors également volte-face et s'enfuit en courant. Il fila sur la route en direction des bosquets et du fleuve encadré de lins. Il s'enfuit en hurlant, vidé de sa sorcellerie, empli à ras bord d'horreur et de désespoir. Malgré sa fuite, la route demeurait interminable. Elle continuait sans cesse devant lui, et derrière lui. Jamais il ne pourrait atteindre le fleuve. Et le cri des chiens était maintenant si fort qu'il lui semblait être devant lui, autour de lui, et, s'il n'osait se retourner pour regarder, il sentait une espèce de souffle enflammé sur ses talons... le halètement des meurtriers joyeux.

Finalement, la route arriva à son commencement et Lak contempla le Fleuve du Sommeil, frontière de son cauchemar, au bord du lointain. Il se rua en avant mais, au moment où ses pieds touchaient l'herbe douce et fuligineuse, des masses chaudes s'abattirent sur ses épaules et des corps allongés à la texture étrange faisant penser à des écailles lisses le renversèrent et le recouvrirent.

Les chiens rouges le traînèrent et le couchèrent parmi les saules. Puis ils le firent rouler et le déchiquetèrent ; à travers l'aveuglement abstrait de sa souffrance et de ses hurlements, il vit leurs yeux écarlates et leurs dents écarlates de sang astral. Ils étaient de la couleur de son sang et ils dégouttèrent bientôt de cette couleur. La torture ne s'apaisa point pour autant. Sans cesse et sans cesse il supporta l'insupportable, le déchirement d'une mort qui ne tuait pas.

Ce ne fut plus qu'un ballot de haillons qui finit par s'agiter en tous sens en hurlant parmi les chiens. Jusqu'à ce que soit donné une sorte de signal qui les ramena en rampant comme des ombres sinueuses vers les mains caressantes de leurs maîtres.

L'un de ceux-ci s'avança alors et se tint au-dessus de l'âme physique de Lak Hezoor ou de ce qu'il en restait (c'est-à-dire peu de chose). La vision dérangée par la folie de la créature pourchassée ne discernait plus grand-chose, mais elle vit cet unique objet avec une clarté absolue. Un homme grand et mince, vêtu de nuit, la chevelure couleur de nuit, la nuit dans les yeux. Et sa beauté terrible était comme une nouvelle torture additionnée à ce qui s'était passé auparavant, comme de l'acide versé goutte à goutte dans des blessures béantes. Lak cria encore plus follement devant cette beauté, cet enlacement perçant d'acide, mais Ajrarn, Prince des Démons, leva la main et Lak cessa de pouvoir hurler.

— Qu'est donc cette créature ? demanda Ajrarn.

Sa voix n'avait rien de cruel ; bien au contraire, elle était d'une beauté qui apaisa un instant la victime.

— Ce n'est qu'un homme. J'ai été trompé.

Et pourtant cette voix qui ne contenait pas de cruauté était toute cruauté. Elle frappa le cœur brisé de l'âme qui souhaita la mort plus que tout.

— Tu pourras raconter à tes frères, dit Ajrarn, que tu as rencontré les Vazdru sous terre.

Ceci dit, il s'éloigna ; et disparut.

Avec lui disparut le bâillon. L'âme martyrisée se remit à hurler de plus belle et c'est au milieu de ces cris qu'elle fut jetée dans le Fleuve du Sommeil.

Où se trouvait Oluru, l'instigateur de tout ceci ? Et qu'était donc Oluru, pour avoir pu y échapper ? Il semblerait que, comme le Kazir de la légende, ce poète avait aussi une mission en Terre Inférieure. Pour quelque obscure raison, il ne pouvait entrer par lui-même et c'était Lak qui avait dû l'introduire ; mais, une fois à l'intérieur, Oluru avait eu tout le loisir de voyager et de s'occuper comme il l'entendait.

Oluru n'avait pas d'âme, astrale ou autre. Il avait en soi ce qui passait pour et était l'équivalent d'une âme. Il est possible, sinon certain, qu'en des circonstances légèrement différentes, il eût pu pénétrer dans le royaume des démons, mais il aurait dû le faire sous sa forme réelle. Sous cet aspect, le lieu l'eût perçu comme une huître sent l'irritation d'un grain de sable. C'était clairement l'allusion à la présence d'Oluru qui avait perturbé et détruit l'inactivité boudeuse d'Ajrarn et l'avait fait sortir sur la route, chasseur sans pitié. Le carnage avait constitué une diversion opportune.

Dès qu'il avait eu quitté Lak Hezoor, le dé de topaze avait filé en tournoyant dans la direction opposée à cet empilement vertigineux d'acier et d'étoiles fracassées qu'était Druhim Vanashta. La ville démoniaque n'était pas sa destination. Par ailleurs, l'image du dé disparut également. L'objet qui était l'essence atypique d'Oluru se transforma en une mince barre de radiation jaune, aux contours vaguement violets.

Il s'enfuit pendant des heures, des mois, des années, ou une demi-minute. Au bout de ce laps de temps sans absolu, il volait au-dessus d'une mer intérieure transparente. Dans cette mer se trouvaient des îles, certaines de petite taille, certaines plantées d'arbres, certaines aussi hautes que le ciel-qui-n'était-pas-un-ciel, et toutes projetaient dans les eaux des reflets de vitraux palpitants. Une autre île était également logée dans un brouillard.

La barre d'ambre et d'améthyste plongea dans ce brouillard et en ressortit de l'autre côté. Là, un brin secouée, elle tomba aux pieds d'une servante Eshva qui attendait (et quoi donc ?) sur la plage.

Quelque chose d'obscur avait frappé la collectivité Eshva exilée sur cette île. En tant que démons, ils avaient généralement préféré les formes humaines les plus magnifiques, qu'ils adoptaient pour monter sur terre et confondre l'humanité. Mais, précisément parce que Vazdru et Eshva étaient capables d'endosser une multitude de formes, leur nature intrinsèque n'était manifestement pas l'une de celles-là. Les Eshva de l'île, qui étaient au début des créatures exquises à la peau pâle, aux yeux ténébreux et à la longue chevelure noire qui abritait des serpents d'argent, avaient dépéri et avaient régressé à leur état fondamental. Celle aux pieds de qui Oluru venait de se jeter n'était plus alors qu'une mince verticale de lapis-lazuli resplendissant.

Il n'en reste pas moins que lorsque la barre radieuse caressa cette verticale resplendissante, il se produisit une réaction.

D'abord, la verticale oscilla en se penchant. Puis la barre fut soulevée dans ce qui se transforma graduellement en deux mains. Enfin, un visage d'albâtre naquit de l'image gazeuse.

— Cela est vivant, dit l'Eshva en parlant de la barre.

Elle n'avait pas parlé de manière audible. Ses yeux et un mouvement de ses doigts avaient prononcé les mots. Mais Oluru les entendit. Il brillait et frissonna dans ses mains presque existantes. Elle le serra donc très fort contre elle, captivée par les sensations qu'il lui procurait.

Tout ce qui sortait de l'ordinaire était une nouveauté sur l'île. Rien d'étonnant à ce que l'Eshva eût été ravivée. Rien de surprenant non plus à ce que, en excellente servante, elle se dirigeât en étreignant amoureusement sa découverte vers la falaise creuse où logeait sa maîtresse Vazdru.

La fille d'Ajrarn était allongée, comme bien trop souvent, dans un sommeil de non-être négatif, sur le lit aux montants de jade rouge. Il faut insister sur le fait qu'elle avait alors une apparence absolument magnifique et étonnamment fabuleuse. Elle tenait ça de famille, pourrait-on dire.

La version terrestre de ce qui se produisit alors est la suivante.

Une délicieuse servante se précipite dans la demeure de son admirable maîtresse et s'écrie :

— Vois, princesse. J'ai trouvé ce fascinant artefact sur la plage. Je t'en prie, examine-le personnellement.

Mais, contrairement à toute attente, la noble dame ne bouge pas. Elle reste couchée sur l'écarlate, les yeux fermement clos. Et, au bout de quelques instants, la délicieuse servante se fane en perdant son intérêt pour toute chose.

L'Eshva plana donc de nouveau, redevenue créature droite translucide, avant de disparaître totalement pour reprendre sur le rivage une veille mélancolique du néant. La barre radieuse resta allongée à côté du lit.

Il est désormais seul, seul avec celle qu'il est venu chercher. Personne d'autre à proximité. Nul démon rêvant de méfait n'écume le sein même de ce territoire. Même Ajrarn ne peut y songer alors qu'il chasse, entouré de ses chiens et de sa cour, le spectre illusoire de Lak Hezoor... qu'il prend pour la tache, ou le lustre, de quelqu'un d'autre.

Or donc :

Il ne tarde pas à se produire une réorganisation moléculaire. L'ambre et l'améthyste s'embrasent et s'éteignent, et du vide de cette extinction surgit un jeune homme, portant des vêtements coûteux et des gants de soie ; présentant des cheveux de soie dorée, des yeux *brûlants* et une beauté, oh, une beauté suffisante pour incendier l'île. Et ce merveilleux gentilhomme fixe longuement la beauté endormie, ou nullifiée, sur le couvre-lit. (Il l'a vue pour la dernière fois alors qu'elle était enfant. Les promesses de l'enfant désormais tenues semblent lui couper le souffle.) Il se penche alors sur elle et ses beaux cheveux caressent sa gorge magnifique. Il pose doucement les lèvres sur ses paupières à travers lesquelles, même closes, les iris se révèlent en un enchantement d'azur éclatant. Il met alors ses lèvres plus doucement et plus fermement sur celles de la jeune fille. Il l'embrasse. Sous ce baiser, toute la falaise musicale lâche une mélodie, comme si les chansons accumulées durant toutes ces années venaient de la traverser.

Elle, naturellement, ouvre les yeux.

— Vierge à la beauté inouïe, dit Oluru d'une voix si basse que l'on pourrait à peine dire qu'il avait parlé, ton père te hait et te délaisse. Mais je suis ton tuteur et peut-être te souviens-tu de moi.

Les yeux bleus (bleu est un terme bien ridicule... ah, il faudrait un adjectif de la première terre pour les décrire) le considérèrent et plongèrent au plus profond du regard d'ambre d'Oluru. Elle ne dit rien. Mais, comme chez une Eshva, ses yeux répondirent :

— Non, je n'en ai pas le souvenir. Mais tu peux tenter de me le rappeler.

— Oui. Mais ni ici, ni maintenant. Ici et maintenant, je suis en danger. Pour l'amour de toi, j'ai plongé avec le plus grand plaisir dans le péril. Aie pitié de moi. Emporte-moi en lieu sûr.

Ses mains gantées avait pris les siennes. Elle ne résista point. Elle resta allongée à le regarder. Elle, que sa mère avait nommée Soveh (Flamme) et son père, en un instant d'affection sans gentillesse, Ajriaz.

Elle prononça alors une parole, une seule.

— Comment ?

Oluru lui embrassa alors les deux mains. Au même moment, très paisiblement, elle caressa de la bouche ses cheveux dorés. Abandonnée, puis retrouvée... quelle autre explication serait nécessaire ?

Oluru sentit ce léger baiser de papillon et leva la tête pour la regarder encore. Il lui dit combien cela lui était facile, accompagnée par lui, de s'évader... non seulement de l'île, mais de la Terre Inférieure. Et lorsqu'elle sourit *non, non, c'est faux*, il lui répondit :

— Réfléchis un peu. Il est Ajrarn. Mais toi, qu'es-tu ? *La fille d'Ajrarn*.

Et il semble que cela la fit véritablement réfléchir.

Elle quitta le lit écarlate. Sa chevelure caressa la terre. Elle leva les yeux sur Oluru qui se tenait debout à côté d'elle. Elle garda l'une de ses mains, la droite, et lâcha l'autre. Comme des enfants, ils coururent en descendant l'escalier de la falaise de dentelles puis les pentes de l'île et parvinrent sur la plage.

Là, à peu de distance, l'Eshva désincarnée attendait toujours. La fille d'Ajrarn murmura quelque chose et l'Eshva s'en fut dériver au loin, obéissante et apathique.

Sur la mer, seule la brume était visible. La fille d'Ajrarn, la filleule d'Oluru, porta à la bouche ses mains en porte-voix et siffla. Ce ne fut pas une note humaine, ni même de chair démoniaque. Ce fut le sifflement d'une flûte d'argent ayant la forme d'un fémur de lièvre. Elle l'avait jadis entendu, lorsque son père l'avait emportée sous terre, et elle sut l'imiter très exactement. Elle appela un moyen de transport.

Et voilà qu'en l'espace de sept battements de cœur une ténèbre se précipita hors de la brume, apportant avec elle les embruns du lac marin au-dessus duquel elle avait couru. Un cheval démoniaque, noir, la crinière d'azur, qui s'arrêta à côté d'eux mais piaffa d'impatience, désireux de repartir.

La fille d'Ajrarn regarda Oluru.

— Je suis parée à partir. Et toi ?

— Tu es capable de voir, si tu le désires, de quelle manière je suis venu jusqu'ici. C'est à toi de décider du reste. Je suis à ta merci, mais il n'est d'autre état que je voudrais connaître.

— Ô flatteur des démons, dit-elle à voix haute.

Elle claqua alors des doigts. Sans nul doute elle sentit alors l'étendue de ses pouvoirs. Car, lui qui était quelqu'un dont les pouvoirs avaient aussi une certaine portée, disparut pour revenir différent et retomber dans sa main en dé de topaze. Elle plaça coquettement le dé dans sa bouche, sous la langue, pour qu'il soit en sécurité.

Elle enfourcha son destrier démoniaque. Son impulsion lui indiqua sa destination.

Il retraversa la brume de l'île en laissant derrière lui un sillage de ce voile et fila au-dessus des eaux jusqu'à un autre rivage.

Depuis tout ce temps, elle n'avait jamais songé faire ceci, ni pouvoir le faire. Abandonnée, puis retrouvée, quelle autre explication serait nécessaire ?

Ils traversèrent donc le territoire des démons, dépassèrent la ville étincelante, en frôlèrent les murs du souffle ailé de leur vol. Nul ne la reconnut ni ne sut ce qu'elle fit. Mais toute chose le sut. Un éclair noir en dessous d'elle et un joyau dans la bouche, la fille d'Ajrarn sentit l'âme de ce royaume mauvais se ramasser en un sentiment d'outrage incohérent. A travers l'air adamantin surgit la trace d'orages naissants. L'eau des étangs et des fontaines se rida et gronda. Les forêts d'arbres qui ressemblaient à des os chamarrés tendirent leurs mains pour saisir sa chevelure au vent, mais elle les repoussa.

Elle avait le souvenir de l'entrée/sortie de la Terre Inférieure. Trois portes, celle de l'intérieur de feu noir, la seconde d'acier bleu, celle de l'extérieur d'agate. Au-delà, la veine décapée d'un volcan éteint donnant sur un paysage de volcans actifs... le centre magmatique de la terre.

Devant son père, maître des lieux, les trois portes s'étaient largement ouvertes. Mais devant la fille d'Ajrarn elles ne bougèrent pas. Le cheval, retenu, renâcla et piaffa. Elle sentit aussi, cette fille en fuite qui était bien plus qu'une simple fille en fuite, la foudre qui s'amassait derrière elle. Que faire ?

Sous sa langue, le dé la picota comme du jus de citron.

Il lui rappela quelque chose de si évident qu'elle secoua sa chevelure, étant incapable d'ouvrir la bouche pour éclater de rire. Car, si le Démon était son père, sa mère avait été mortelle et, par-dessus tout, l'enfant d'une comète solaire.

Le soleil.

Elle prononça ce mot, la fille en fuite, avec son seul cerveau. Mais l'autorité de ce symbole inamical, sur lequel elle avait bien des droits, et que nul autre en ce lieu n'invoquerait apparemment, porta comme un coup. Il s'écrasa contre la porte de feu noir et y perça un trou à travers lequel elle poussa son cheval, bien qu'il obéît à contrecœur. Suivait la porte en acier, et la fille d'Ajrarn lui présenta également l'image dans son esprit ; la porte recula, se flétrit, et elle plongea dans l'ouverture. La porte d'agate, plus diplomate, s'était prudemment déverrouillée et la laissa passer sans faire d'histoires.

Au-dessus d'elle se trouvait alors la cheminée d'un volcan, ne révélant aucune lumière ni le soupçon de quoi que ce fût.

Le destrier était fourbu. Elle se laissa glisser de son dos et lui permit de partir, tête basse, et de retraverser les portes avant qu'elles n'aient pu se guérir.

N'ayant plus besoin de poser de question, la fille d'Ajrarn leva les bras et toucha l'air frais de la cheminée volcanique. Elle y invoqua un vent volcanique, une voile brûlante bordée de grandes cendres chaudes. Il descendit vers elle en tournoyant et l'emporta vers le haut, jusqu'au sommet de la cheminée et jusque dans le ciel de la terre.

Le ciel de la terre était aussi fait de ténèbres, éclairé par dessous par la fournaise des montagnes en feu. Pourtant, à l'est, à des milles et des milles de là, une montagne brûlait qui n'était pas une montagne. (L'aube.)

Le vent, son esclave, l'emporta sur une certaine distance avant de retomber, dépouillé de son élan inné. Sur le coteau où il l'abandonna, la fille d'Ajrarn resta debout à regarder l'aube. Elle la contempla seule et jalousement car, lui semblait-il, ce spectacle lui était refusé depuis mille ans.

Ce lever de soleil eut donc pour elle la magnificence de mille matins. Et les couleurs de la terre l'aveuglèrent et la firent pleurer. Elle pouvait supporter le jour comme nulle autre créature démoniaque ; pourtant, la moitié de ses atomes se recroquevilla à la vue de ce qu'aimait l'autre moitié et à quoi elle était apparentée. Elle était également condamnée à chercher et à éviter le soleil.

Elle avait ôté la topaze de sa bouche et l'avait laissée sur une pierre. Puis elle alla s'abriter à l'ombre d'une roche.

L'on dit que l'eau de ses yeux bleus se transforma en saphir en touchant l'humus ; qu'elle pleura des corindons. Mais, après tout, peut-être ne pleura-t-elle que des larmes.

Oluru lui apparut alors et il portait désormais un manteau prune, dans lequel il l'enveloppa. Il baisa encore ses yeux humides de larmes ou de saphirs.

— En ce monde, mes propres dons me quittent rapidement, dit-il. Mais pour l'instant...

Le manteau gonfla ses ailes et le soleil fut capturé dans l'une d'elles, ainsi que, sembla-t-il, une horde d'étoiles.

Et le coteau redevint désert.

[illegible]

Lorsque [illegible]

[illegible]

[illegible]

[illegible]

[illegible]

[illegible]

[illegible]

5

Le même soleil se leva derrière la maison de la veuve. Il faut dire que la scène qu'il dorait était bien moins chaleureuse.

Dans la cour étaient affalés les émeutiers, dans toutes les attitudes des suites d'une émeute. Dans la forêt, sur la route, les oiseaux s'éveillaient et chantaient, mais ceux qui s'éveillaient dans la cour n'étaient pas enclins à les imiter. Ils se tenaient la tête ou le ventre, demandaient des remèdes ou encore de l'alcool. Certains avaient la témérité d'appeler aussi leur seigneur, Lak Hezoor. Comme personne ne daignait répondre, ces nobles courtisans se mirent à marteler les portes et les fenêtres de la maison. Ils croassèrent ou beuglèrent qu'ils craignaient que leur protecteur n'eût subi quelque mal, qu'il ne se fût blessé en attaquant le sein de glace inflexible d'une vierge.

Il leur sembla alors qu'ils avaient toutes les excuses (celles de garantir la sécurité de leur prince) pour entrer de force dans la maison. Ils étaient déjà tout réjouis par cette perspective. Il s'éleva alors une nouvelle sorte de chanson.

La chanson était étrangère à ce matin, elle était pourtant aussi antique que les tribulations de l'homme.

Les courtisans reculèrent en l'entendant. Ils s'agrippèrent les uns aux autres en demandant :

— De quoi peut-il s'agir ?

Bien qu'ils sussent avec certitude que ce ne pouvait être qu'un dément qui hurlait et gémissait de la sorte. Ils déclarèrent donc en conséquence :

— C'est seulement Oluru qui essaie de nous troubler.

C'est alors que les volets d'une chambre du dernier étage s'ouvrirent brutalement.

Un homme apparut à la fenêtre. Pendant quelques secondes, aucun d'eux ne le reconnut. Il avait une expression contorsionnée, seul le blanc de ses yeux était visible, sa bouche était béante et du sang en coulait, là où la langue avait été mordue. Tout son corps semblait rayé de blessures sanglantes et, sous leurs regards interdits, il se griffa et se gratta en produisant de nouvelles plaies avec ses ongles, puis il se tourna pour se mordre à l'épaule et au bras. Ils répugnaient à reconnaître cette bête. Ce ne fut que la chevelure de sable héraldique, qu'il arrachait par poignées, qui les convainquit qu'il s'agissait de Lak Hezoor.

Le visage gris, les hommes dans la cour reprirent leurs sens et reculèrent un à un. Certains coururent jusqu'à leur cheval pour filer sur-le-champ. Les autres tremblèrent sur leurs jambes et bégayèrent. L'un osa lancer à nouveau le nom de son maître... et l'apparition à la fenêtre se mit à piailler d'une voix encore plus rauque, puis, s'aidant des pieds et des mains, commença à descendre lentement le long du mur en direction de la cour.

Sur ce, ils tournèrent tous casaque. Lak était devenu fou et il était clair que s'il attrapait l'un d'eux il le réduirait en pièces.

La cour de Lak quitta donc la demeure dans la même cacophonie qu'elle y était arrivée, chacun piétinant son voisin.

Sur la route de la ville, quoique nul ne sache à quel endroit, ceux qui en étaient encore capables se concertèrent et décidèrent du récit qu'ils présenteraient. Ils avaient déjà déterminé qu'Oluru et sa famille étaient de puissants sorciers, bien supérieurs à Lak, la preuve en était faite, puisqu'ils l'avaient transformé ainsi qu'ils l'avaient vu. Il serait donc préférable de ne point faire allusion à la maison d'Oluru, ni à Oluru ni à aucun de ses parents. Que pouvaient faire contre eux de simples mortels ? (Car il était un autre détail auquel ils n'avaient pas pensé dans leur panique, mais qui leur revint alors : les serviteurs et les gardes spéciaux de Lak ne s'étaient pas portés à son secours. En fait, ils étaient restés comme des statues... Si de telles créatures n'avaient pu l'assister, mieux valait que les hommes ordinaires ne se mêlent point de ce genre de choses.)

Quant à Lak lui-même, un dernier cavalier jura avoir vu son ex-prince, la bave aux lèvres, occupé à se déchirer tout en se dirigeant vers la forêt d'un pas de course titubant. Que pouvaient-ils donc dire d'autre en ville, sinon qu'ils avaient perdu leur seigneur dans les bois où l'on savait que résidaient d'inquiétantes créatures dont il semblait être allé grossir le nombre ?

— Que faire ? se demandèrent-ils en rentrant en traînant la jambe. Nous ne sommes que des hommes ordinaires.

Par là même ils entendaient s'estimer suffisamment extraordinaires pour sauver leur peau à tout prix.

Dans la maison de pierre, alertés par les courtisans en émoi, les femmes et leur serviteur étaient descendus en courant dans l'une des pièces inférieures, une vieille cave sous la grande salle, et en avaient verrouillé la porte. Ils y étaient demeurés et, lorsque les terribles cris du réveil de Lak Hezoor avaient pénétré leur abri, ils se félicitèrent de l'avoir choisie.

Finalement, tout se calma. La sœur aînée et le serviteur, armés d'un bâton, ne tardèrent pas à monter voir ce qu'il en était.

Les débris abondaient. Mais des visiteurs il ne restait pas une trace.

Ils fouillèrent alors la maison et lancèrent même des cris interrogateurs. Mais les lieux avaient été évacués. Seul entrait le soleil, qui déposait un souci sur chaque rebord et encadrement. Au-delà des murs, les oiseaux chantaient. La forêt et ses habitants, sans nul doute, comprenaient qu'un homme, qui était déjà aux trois quarts fou de vanité et de sadisme, pût rencontrer une nuit les Vazdru sous terre et leur abandonner le peu de bon sens qu'il lui restait.

Dans la cour uniquement demeurait quelque chose de légèrement inquiétant. De petits blocs de pierres dures, qui ressemblaient beaucoup à des hommes en granit qui auraient fondu. (Les serviteurs de Lak au visage impassible ?)

— Il nous a donc encore abandonnées, fit la veuve en s'épongeant les yeux. Mon fils, mon Oluru. Il est reparti avec son maître sans le moindre mot d'adieu.

— Il nous a tout de même sauvées des cruautés de Lak, dit l'aînée. Je ne parlerai plus jamais en mal de mon frère.

— Ce n'est pas un mauvais fils, dit la veuve. Regardez ces joyaux et ces vêtements précieux que le Prince Lak nous a laissés en paiement. Nous pourrons vivre dans le confort comme nous ne pouvons le faire depuis des années. Ce sera l'œuvre d'Oluru. Le reste ne sera que sa faiblesse. Oh, si seulement il était resté avec nous. J'aurais donné tous ces bijoux et les biens qu'ils peuvent nous apporter rien que pour l'avoir autour de notre foyer. Cette vie-là n'est point pour lui.

— Qui sait ? dit la cadette d'une voix triste et songeuse. Peut-être se lassera-t-il un jour de cette vie.

6

La clairière se situait peut-être dans la forêt où avait chassé Lak, ou dans une tout autre forêt. Le lieu était assurément très ancien, quelque peu enchanté, et très sombre. De jour, le soleil y flottait en rares taches colorées, ou bien se brisait et se dispersait partout en pluie dorée. De nuit, au lever de la lune, tombait alors une averse d'opales.

Pour la créature de l'aube et du crépuscule qui recherchait et fuyait le soleil, c'était un habitat idéal.

Le coucher du soleil : et voilà une pluie de corail.

La démone aux yeux bleus était assise sur une rive où poussaient des lis et fixait son reflet dans un étang, comme les lis fixaient le leur. Une source alimentait l'étang et en ridait perpétuellement les eaux. Elle ne pouvait être vraiment sûre d'elle-même, dans ce miroir instable. Seuls ses yeux y brillaient. La démone avait l'impression qu'ils étaient plus pâles, plus durs et plus froids dans son enfance. *C'est une sentimentalité excessive qui les a assombris.* Une *sentimentalité* excessive... car elle avait presque honte de son apathie durant son exil.

De l'autre côté de l'étang, son tuteur était allongé sur un coude, le prince qui l'avait réveillée de son baiser et l'avait emportée durant la dernière étape de leur voyage au-dessus des airs et de la terre, enveloppée dans son manteau. Mais le manteau était désormais absent, et avec lui une partie de sa présence. C'était seulement un jeune homme exceptionnellement séduisant qui reposait là. Sa mémoire d'enfant, sa connaissance intuitive, toutes deux étaient bien aiguisées, sinon elle aurait pu elle aussi éprouver des doutes, ou oublier.

Il y avait des heures, voire des jours, qu'ils ne s'étaient parlé, ces deux évadés de la Terre Inférieure. Jusqu'au moment où elle lui dit d'une voix caressante :

— Cher tuteur, accorde-moi un nom.

Mais il se contenta de la saluer, le charmant et excentrique Oluru, et il lui répondit :

— Qu'es-tu donc pour que je sache quel nom te donner ?

— Tu me connaissais ; tu me l'as dit.

— Vraiment ? Sans doute dans un rêve...

— Et maintenant tu ne me connais plus.

— Je sais uniquement que je t'ai trouvée, de la même manière que Kazir a trouvé Ferajin, fleur qui avait poussé dans l'ombre. Le reste... je ne me le rappelle point.

— Pourquoi ?

Et ses yeux furent bel et bien plus pâles, plus durs et plus froids. Comme des pointes de turquoise, ainsi qu'il en aurait dû avoir le souvenir, puisqu'il les avait vus ainsi, jadis, dans le temple de la sainte Bhelsheved, le lendemain de la mort de sa mère. Mais Oluru ne se souvenait pas. Il haussa les épaules en un mouvement des plus gracieux.

— Pourquoi ? répéta-t-il. Pourquoi pas ? Pardonne-moi, je suis en partie fou. Tout le monde le prétend.

— Oui, il est plus avisé d'oublier qui tu es. Toi qui as détruit ma mère par tes machineries. Ne devrais-je te détester et me venger de toi pour cela, comme veut le faire mon père ? Il te pourchassera par-dessus les rebords de la terre. Je l'ai entendu te jeter cette promesse au visage. Ce visage à deux faces qui était jadis le tien et redeviendra le tien. Ajrarn t'a fait une promesse, et il m'en a fait une autre avant de m'emporter avec lui en son royaume. Mais il m'a mise à l'écart et m'a oubliée, tant ma valeur y était nulle. Comme ici, d'ailleurs.

La démone, qui était aussi une fille humaine, tendit la main et toucha l'un des lis.

— Mes affectueux parents, dit-elle. (Et le lis se ratatina et pourrit sur sa tige.) Cette nuit où Dunizel est morte et m'a laissée sans réconfort, elle a appelé Ajrarn. Son esprit est allé le chercher et a endossé la chair pour lui, et ils sont redevenus amants. Qu'étais-je alors pour eux, en ces longs moments ? Rien. Il m'a façonnée en vue du jeu complexe qu'il a prévu et promis avant de l'abandonner. Quant à elle, elle m'a abritée dans son ventre et m'a mise au monde uniquement pour lui faire plaisir. Lorsque j'étais enfant, continua la jeune fille qui était aussi un démon, Dunizel me racontait des histoires. Dans son sein, j'entendais sa voix, plus douce que le chant des étoiles. Mais je n'étais pour elle rien d'autre que quelque chose qui appartenait à lui alors qu'il me détestait depuis le début.

— Tes yeux... ils me foudroient, chuchota Oluru.

— Sois donc foudroyé, bouffon, répondit-elle avec colère. Joue ton rôle stupide et vois si je ne te trahis point. (Elle reprit alors de sa voix douce et menaçante son thème précédent.) C'est lui qui m'a appelée Ajriaz, pour apposer sa marque sur moi. Elle, elle m'a donné son premier nom, Feu-de-Lune... Soveh. Bien que je renie ma mère, je préfère être liée à elle plutôt qu'à lui. Je reprendrai ce nom-là.

— Tes yeux brûlent la moelle de mes os, chuchota le jeune homme. Ils me tuent.

— Meurs donc, si tu le peux.

— Lorsque je ne serai plus que cendres mortes à tes pieds, songe seulement à ceci. Tu es une sorcière et, quel que soit le nom que tu prendras, il devra être le symbole de ta vocation.

Elle le considéra, puis repartit :

— Fort bien. Mieux vaut modifier son nom. Ce ne sera donc point Soveh, mais Sovaz la sorcière. Je serai Sovaz[1].

— Sovaz, tu es belle, dit Oluru. Tu es l'étoile du soir, l'hyacinthe qui assombrit les cieux de sa teinte, la chandelle d'argent qui éclaire la lune.

— Si telle est Sovaz, que je sois Sovaz, fit-elle sans sourire. Mais je perce maintenant ton jeu.

1. Si le K qui termine un nom masculin dénote un magicien, le symbole traduit par AS ou AZ au féminin (à la fin ou, très rarement, à l'intérieur du nom) fait de même pour une sorcière.

Après cela, elle demeura coite. Le silence était toujours sa nature, la parole n'étant qu'une lubie nouvelle qu'elle pouvait abandonner à tout moment.

Elle se contenta de laisser sa chevelure hyacinthine tomber dans l'étang. Les lis bruissèrent et tendirent leur tige comme des cygnes assoiffés afin de plonger leurs pétales dans l'eau que ses cheveux avaient épicée.

Peu de temps après, peut-être six ou sept heures seulement, les lis et les hyacinthes relevèrent leur tête de leurs reflets sous un bruit soudain. C'était un son que l'on a déjà décrit en détail. Un hurlement de chiens, mais qui n'avait rien de mortel, non loin de là.

Celle qui était maintenant Sovaz jeta d'abord un coup d'œil à son compagnon de voyage. Oluru dormait, innocent et beau. Le vacarme ne le réveilla point, bien que, psychique, horrible et sans limite, il semblât violer la forêt, arracher les branches et déraciner l'herbe. Nulle créature naturelle ou non ne pouvait feindre d'ignorer ce cri. Qu'Oluru continuât de dormir était signe d'une grande sagesse. Elle l'en méprisa et le respecta. Elle songea également : « Ce n'est pas moi qu'Ajrarn vient chasser. Même me pourchasser ne représente rien pour Ajrarn. Se peut-il même qu'il ait deviné que j'ai quitté ma prison ? Quelle perte cela serait-il pour lui ? Non. C'est celui-ci qu'il pourchasse. »

Et elle donna un léger coup de pied à celui-ci avant de se rendre par curiosité à la lisière de la clairière. Or Sovaz, fille du Démon, était Vazdru, et elle s'était enveloppée dans son génie. Tandis que la folle chasse passait à une allure aveuglante dans l'avenue longée d'arbres, la clairière s'éteignit comme une flamme dans l'eau parce qu'elle en avait décidé ainsi. Quelle force, quelle confiance dans sa sorcellerie ! Ajrarn lui-même, qui chevauchait au milieu des siens, ne distingua point ce qu'elle avait dissimulé, bien qu'il tournât sa tête sombre en passant comme un météore, peut-être pris d'un doute et voulant se raviser... mais elle lui cacha même l'éclat enflammé de ses yeux. « Je ne suis pas ici, Ajrarn, Prince des Princes. Pas plus que ne l'est cet autre prince que tu recherches. »

Alors, comme des diablotins d'orage, ils disparurent et la lamentation des chiens mourut comme le choc d'un coup qui engourdit ; ils s'en furent à travers la forêt et à travers le monde pour en ressortir.

Sovaz ne tarda pas à revenir à l'étang. Elle baissa les yeux sur Oluru, qui l'avait appelée Etoile du Soir.

— Oui, ainsi que tu l'avais promis, il te pourchasse. Il sait que tu as osé pénétrer sur son territoire, idiot et demeuré que tu es. Il est venu très près de toi. Le crains-tu donc, ce non-frère démoniaque ? Enfin... Je ne t'ai pas trahi. Il semblerait que nous soyons amis.

Et elle s'agenouilla près de lui.

— Quoi ? fit Oluru en ouvrant lentement ses yeux d'ambre.

— Fou. Oui, c'est un habile déguisement que de ne point te connaître toi-même. Peut-être ne te découvrira-t-il jamais sous celui-ci. Mais maintenant, mon gentil tuteur...

Avant qu'Oluru eût pu l'en empêcher, elle se saisit de ses deux mains gantées, lui arracha les gants de soie ornés de joyaux et les jeta au loin.

Oluru fixa ses mains.

La gauche était bien formée mais grise comme l'argile fluviale ; elle trembla et il vit les longs ongles rouges comme la laque, ainsi que la paume noire. Il la posa rapidement dans l'herbe et refusa de la regarder davantage. Restait alors la main droite. La main droite d'Oluru était faite de laiton, mais ses quatre doigts étaient quatre serpents d'airain qui claquaient des mâchoires et sifflaient. Le pouce était une mouche en pierre bleu foncé qui, libérée du gant, étala aussitôt ses ailes de fil métallique et claqua frénétiquement des mandibules.

Oluru se mit à hurler. Il se dressa d'un bond et s'enfuit, tentant d'échapper à la main monstrueuse. Mais la main s'enfuit naturellement avec lui, irrévocablement attachée, les serpents s'éveillèrent, fulminèrent et crachèrent, et la mouche fit tinter ses ailes, ses mâchoires et ses antennes avec irritation.

Oluru s'en fut à grands bonds dans la forêt, fou de terreur et d'horreur.

Sovaz n'attendit pas, elle lui courut après, presque aussi légère que lui et aussi rapide. En moins d'une minute, peut-être, elle l'eut rattrapé et le saisit par la manche et la chevelure brillante. Oluru s'écroula contre un arbre, frissonnant et versant des larmes, blanc comme la mort, implorant pitoyablement le secours des dieux.

— Les dieux ? s'étonna Sovaz. Tu sais qu'ils ne se soucient pas des hommes. Quant à toi, quel besoin as-tu des dieux ?

— Est-ce un fléau que tu m'as infligé ? demanda Oluru. Oh, libère-m'en.

— Un fléau ? Regarde donc ce fléau. Ne te rappelles-tu un seul instant quel en fut l'inventeur ?

Oluru regarda. Il regarda les serpents vifs et la mouche bleue. Puis il ferma ses yeux aux longues paupières et se laissa couler à terre, ses sens vaincus (oui, Oluru).

En cet instant, Sovaz éclata de rire. Puis son rire s'arrêta. Une autre émotion se précipita par-dessus la première. Contrairement à elle, elle n'avait pas de nom. Elle l'emplit d'une surexcitation et d'une blessure inexplicables.

Elle s'agenouilla de nouveau à côté de lui. Elle le tint contre elle de telle sorte que sa chaleur surnaturelle pût s'insinuer entre lui et la coque du monde qui était toujours, pour la moindre des créatures surnaturelles, un aimant, l'embrassement d'un amant, le piège d'un ennemi. En cette seconde de confusion, elle faillit comprendre son père. Mais cela passa.

Il était une fois, en ce temps-là, un jeune aristocrate très beau mais très pauvre qui vivait avec sa mère veuve et ses sœurs vierges à côté d'une forêt noire ensorcelée. Il y allait chasser, se moquant des superstitions et emmenant avec lui l'unique serviteur de la maison. C'est là qu'un jour son serviteur le perdit, malgré toutes les heures passées à essayer de le retrouver. Mais en vain. Il finit cependant par revenir seul, au coucher du soleil, des profondeurs d'un bois qui était réputé pour les créatures spéciales qui en sortaient.

Le nom de ce jeune chasseur avait été Oluru. Avait été, car il n'y répondait plus. Un autre y répondait. Un autre devint ce nom, l'envahissant comme une plante grimpante.

Voilà ce qu'il en fut.

Le premier Oluru n'était pas cruel envers les bêtes de

la forêt. Il ne chassait que pour se nourrir et pour nourrir sa famille qui avait toujours à table une invitée, Dame La Faim, qui ne cessait de se ronger les phalanges et de foudroyer leurs assiettes d'un regard brûlant sous des sourcils affamés.

Néanmoins, en matière de chasse, Oluru transperçait les jeunes cerfs avec ses lances, prenait au piège les lièvres cannelle et l'emportait par ses flèches sur les plumes des canards sauvages.

La forêt était enchantée. Qui l'eût nié ? Seul Oluru ne prêtait pas attention aux rumeurs. Il y allait si souvent, sa demeure était si proche. Comment l'entité composite de la forêt pouvait-elle ne pas avoir appris par cœur son nom et sa personne ?

Un matin, donc, le premier Oluru se leva tôt et partit dans la forêt chercher du gibier avec son serviteur. Le jeune homme marchait en chantant, car il ne voyait aucun mal dans ce qu'il faisait et songeait que personne ne pouvait y voir de mal. En passant sous une voûte d'arbres, Oluru sentit une froideur inattendue, comme si la rosée s'était transformée en neige. Il se tourna vers son serviteur pour lui parler de ce phénomène et ne le vit point. Toute la forêt sembla se resserrer en un mur. Oluru se trouvait dans un espace réduit, dont il pouvait faire le tour en moins de trois pas. Le reste n'était que flèches noires... des arbres, ou quelque chose de plus ancien, de plus intense, dont les végétaux de la forêt n'étaient qu'un résidu, jusqu'au moment où une magie mystérieuse le faisait reparaître.

Oluru eut peur, mais, à la différence de son modèle suivant, ce n'était pas un lâche joyeux ; il était prêt à combattre. Il cria à l'adresse de la forêt pour réclamer justice. La justice arriva.

Elle commença par une soif farouche qui l'étreignit brutalement, sans crier gare. Elle continua par un cours d'eau qui coula à ses pieds. Il n'avait jamais bu les eaux de la forêt, il n'en avait jamais éprouvé le besoin. Mais il fallait qu'il prenne de cette eau et, bien que son instinct, opposé à son propre scepticisme, lui ordonnât de prendre garde, il n'y prêta point attention, il ne le put. Il s'allongea et but l'eau du ruisseau. Il ne ressentit ni douleur ni même de malaise. Cela n'avait rien de la vaine bataille qu'il avait cru devoir livrer. Un homme s'allongea pour boire. Un chacal jaune se releva, qui joua et dansa avec son ombre, aboya et hurla après le néant et s'enfuit dans les bois. Tous les rites humains de l'intelligence ou du corps avaient disparu, disparu entre deux gorgées d'eau. Pour Oluru, qui n'était plus Oluru, il n'y eut pas de châtiment. Il rôda et bondit au plus profond de la forêt, il chercha ceux de sa nouvelle race, qui l'acceptèrent et le prirent en affection. Il vécut en bon chacal, jusqu'à ce que, dans la plénitude de ses années, il mourût en chacal. Son âme se retrouva alors avec une certaine stupéfaction.

Pourtant, non châtié, il ne chassa plus. Et non châtié, Oluru fut châtié, lui qui était né humain.

Or, en ce temps-là comme en celui-ci, lorsque le plus petit des cailloux était ou est arraché du sol, il laisse une empreinte derrière soi, de sa taille et de sa forme, en creux. En ce temps-là, il en était de même pour toute créature existante. Il y avait eu un adolescent dans la forêt, mais la forêt l'avait transformé en chacal jaune. L'avoir arraché au sol de l'existence laissa assurément derrière lui une empreinte, une sorte de moule dans lequel quelqu'un d'autre, s'il était suffisamment vif, pouvait déverser sa forme fluide et durcir comme la chair, en donnant une réplique exacte d'Oluru le mortel et rien de plus.

Il se trouvait à proximité quelqu'un d'assez vif.

Chuz, Prince La Folie, errait depuis un certain temps sur la terre. Sa dernière rencontre avec Ajrarn l'avait ou non troublé, mais elle lui avait sans nul doute donné à réfléchir, à sa façon obscure. Dunizel, bien-aimée du Prince des Démons, était morte par la faute de Chuz ; les pièces à conviction étaient là. Mais s'il s'agissait d'une faute délibérée, d'une erreur de jugement ou d'une impulsion démente... qui pouvait en être absolument sûr ? Car l'esprit de quelqu'un comme Chuz tendait à être insondable. Malgré cela, il s'était exposé au courroux d'Ajrarn, qui avait parlé vengeance. Chuz redoutait-il cela ? Il avait des pouvoirs à revendre, car il n'était pas de Seigneur des Ténèbres qui fût sans pouvoirs de mille et une sortes inquiétantes. Pour cela même, un tel duel pouvait difficilement être pris à la légère. Il était une occasion où Ajrarn lui-même, en découvrant qu'il se trouvait aux limites du désaccord avec l'un de ses pairs, Uhlumé, Roi La Mort, avait approché ce dernier et l'avait apaisé en lui donnant même un indice subtil sur la manière dont leur jeu pouvait se gagner. L'on doit donc en conclure que Chuz recherchait désormais quelque méthode d'apaisement pleine de tact.

Il fut un temps où l'on supposa que tous les Seigneurs des Ténèbres évitaient le soleil terrestre, qui risquait de les brûler ou de les réduire en cendres. Mais cela n'était vrai que d'un seul, Ajrarn, en vertu de ses origines démoniaques. Il n'en reste pas moins que chacun des quatre autres Seigneurs avait un penchant très net pour la nuit, les jeux nocturnes, les silhouettes animées et les lieux obscurs. Chuz se retrouva ainsi dans la forêt ténébreuse ; il en apprécia l'ensorcellement (comme un autre, sans doute, se délecte du parfum des fleurs) au moment de la transformation du premier Oluru. Il ne fait aucun doute également qu'il fut attiré sur les lieux, le jaillissement de magie semblable à l'appel d'un oiseau charmeur. Une fois arrivé, il prit sa décision lorsqu'il eut saisi ce qui s'était passé. Ayant aussi élaboré des plans annexes, il coula soudain son être fluide et démesuré dans le moule métaphysique, s'installa, durcit invisiblement en lui et finit par sortir, étourdi, dans le jour finissant.

En tant que déguisement, il était unique. Au cours de la transformation de l'aspect humanoïde de Chuz, ce dernier ne réussit pas totalement. Le Prince La Folie, ou du moins un côté de lui, avait toujours été beau. Et il avait toujours été capable d'arborer une beauté générale ; il avait pratiqué ce don à Bhelsheved. C'est ainsi que si la forme d'Oluru était assez belle, jamais elle ne l'avait été autant que sous l'influx de Chuz. Et le premier Oluru n'était pas aussi poète, ou écervelé, que le second Oluru, ce qui était naturellement dans l'ordre des choses. En matière d'apparence, la ruse n'était donc que comédie et facilement mise au jour. Mais la racine d'acier du déguisement était située dans une autre direction. Chuz, né à nouveau Oluru, *devint* Oluru. Chuz oublia qu'il était Chuz.

Auparavant, le pas de Chuz à deux mille milles de distance aurait pu chatouiller les sens d'Ajrarn, car chaque

Seigneur des Ténèbres exsudait la magnificence de son ego par le moindre de ses pores inhumains. Mais il n'y avait plus désormais qu'Oluru, qui savait qu'il n'était qu'Oluru.

C'était un fait que le second Oluru avait été frôlé plus d'une fois par les démons dans les ténèbres des nuits de ce monde. Ils avaient même été parfois attirés par lui en percevant *quelque chose*. Mais, lorsqu'ils se rapprochaient, ce n'était plus qu'un esprit piquant qui riait, se moquait ou tremblait nerveusement. L'essence d'Oluru était criante : la jeunesse, la virilité, une timide ambiguïté sexuelle, le charme, la diplomatie risquée, la neurasthénie. C'était là ce que remarquaient les mortels. Et les démons, peut-être brièvement intrigués, se retiraient et le laissaient alors tranquille.

Telle était donc la gracieuse obéissance que Chuz manifestait à l'égard d'Ajrarn : Vois comme je t'honore et estime ton courroux, non-frère. Je me cache pour de bon.

La douloureuse léthargie d'Ajrarn avait eu également une certaine utilité. Elle avait fourni à Chuz une marge de manœuvre pour se livrer à son expérience errante et, une fois le second Oluru sorti des bois, l'espace pour explorer et développer son rôle.

Il avait fallu l'invasion par Chuz de la Terre Inférieure pour qu'Ajrarn tourne la tête pour prêter l'oreille, ainsi que son penchant à exercer sa vengeance. Même en ce lieu, les poursuivants s'étaient trompés. Le malheureux Prince Lak, avec toute sa longue vie de méfaits brillant devant lui, avait supporté l'attaque en tant qu'appât innocent. Le parfum de Chuz, tranchant comme un rasoir, le couvrait totalement, tandis que Chuz lui-même, dé et barre, en était singulièrement dépourvu. Car même sous ce déguisement, il se prenait toujours pour Oluru.

En tant que soi-même, Chuz aurait pu utiliser comme Lak la magie de la descente astrale, une magie bien supérieure, et sans même réfléchir. Mais, en tant qu'Oluru, il en était incapable. Chuz n'eût (probablement) jamais osé pénétrer en Terre Inférieure ; c'était un acte d'une hostilité absolue. Mais Oluru n'était qu'un poète qui recherchait des stimulants interdits.

Lorsque le sort fut fermement installé, la combinaison

Chuz-Oluru, force et chair vitales, descendit sous terre dans la topaze. Immortel, Chuz n'avait pas d'âme, à moins que l'on ne considère qu'il était en totalité une sorte d'âme, pure énergie démoniaque, sinon démon.

Tous les actes d'Oluru, jusqu'au point de la traversée du lac marin et à l'atterrissage sur l'île, avaient été apparemment des coups de tête au petit bonheur, complètement fous. Naturellement, ils n'étaient rien de tel. Plus d'un an auparavant, au moment de sa décision de devenir Oluru, Chuz avait implanté certaines impulsions dans son propre cerveau secret qui ne pouvait arriver à se connaître. Chercher un maître magicien à qui voler une certaine quantité de provisions magiques, et qu'il pousserait à l'emporter dans son périple souterrain. Puis prendre la tangente et retrouver intuitivement la créature qu'il avait vue, mais dont il n'avait pas le souvenir, pour la dernière fois petite enfant : la progéniture d'Ajrarn, la fille de Dunizel.

En vérité, bien qu'il ne s'en fût pas rendu compte, elle constituait le but de la seconde vie d'Oluru. La retrouver et l'enlever.

Elle avait capté l'attention de Chuz depuis le début. Il l'avait contemplée alors même qu'elle se trouvait dans le sein de Dunizel et il avait dit à Dunizel et à son amant démoniaque :

— Je serai l'oncle de ton enfant à naître.

Suggestion suspecte en soi qui avait été tellement entourée de sarcasmes admiratifs et d'insultes amicales envers Ajrarn qu'elle avait autant d'espoir de réussite que de la glace dans du feu. Perverse, cela Chuz le savait. Il voulait, ne voulait pas, ne savait pas ce qu'il voulait, veillait en tant qu'Oluru à oublier ce qu'il voulait... et s'était fait un devoir de le lui procurer à travers la foudre et le tonnerre.

Inévitablement, comme il était toujours une créature ensorcelée, la proximité des autres créatures ensorcelées le galvanisait, même dans l'amnésie. C'est ainsi que la forêt l'avait aiguillonné à adopter la forme de chacal d'Oluru dans l'intérêt d'un galop rapide. C'est ainsi que la redoutable force de persuasion de Chuz lui était revenue pour lui permettre de conduire Lak Hezoor à la dernière folie organisée de sa vie. Tandis que la quintessence de la Terre Inférieure attaquait Oluru comme un ciseau subtil et écaillait son armure.

Dès le moment où il s'était tenu au-dessus de la maîtresse de sa quête, il avait commencé à se souvenir de lui-même. Son baiser avait vibré de ce souvenir, et comment aurait-il pu ne point la réveiller également ?

L'évasion réussie de cet enfer exquis, l'envol couleur prune en plein lever de soleil, tels avaient été les exploits de Chuz. Mais, dans cette clairière, revenu sur le sein du monde, le Chuz intérieur avait reflué. Oluru était redevenu Oluru. Mais pas en totalité. De même que la fumée ne peut être retenue prisonnière d'une boîte, Chuz entier ne pouvait être maintenu dans la peau humaine. Quelque chose devait forcément s'échapper. Il s'était avéré qu'il s'agissait du pire des attributs chuziens, ses mains.

Tel était donc ce Seigneur des Ténèbres abattu par sa propre terreur intrinsèque. Car qui a jamais regardé au plus profond de soi sans éprouver de peur ?

Il reposait maintenant entre les bras de la femme-enfant-démon qui était, depuis sa conception, son but de dément. Elle avait lu toute son histoire dans son inconscient inhumain. Irritée par l'abandon de tous, elle se réchauffait maintenant à sa constance psychotique.

7

Minuit : une pluie tombait qui n'était que pluie. Mais la forêt s'enveloppait de gouttes d'eau comme de grappes de zircons.

La pluie baignait les paupières de Sovaz. Elle les releva et vit que les yeux d'Oluru étaient aussi grands ouverts.

— Finalement, il y a quelque temps que je suis mort, murmura-t-il.

Il la considéra longuement. Une curieuse luminescence régnait dans la forêt ; la pluie l'avait prise sur les troncs d'arbres et les brins d'herbe et les lis brillaient comme les flammèches d'un feu couvert. A cette lueur, Sovaz aussi semblait éclairée par sa propre lumière suave. Oluru se regarda sous cette lampe.

— J'ai rêvé... dit Oluru.

Il ploya ses élégantes mains de poète. Elles n'étaient rien d'autre que ce que devaient être des mains de poète. (Mystérieusement, grâce à ses propres méthodes occultes, elle l'avait emporté sur les siennes et avait rendu ses mains intactes.)

— Je suis heureux que le Seigneur La Mort ne m'ait point gardé comme invité. Je me suis enfui auprès de lui pour qu'il m'offre un abri, mais je n'espérais point rester. Nombreux sont ceux qu'il garde, Sovaz aux yeux bleus, là-bas en bas, en Terre Intérieure. Mais ils lui ont vendu leur âme pour mille ans. La Mort, continua Oluru, ne peut aller là où rien n'est mort. Il est de tels endroits. Il ne peut aller au pays des dieux. Ni au pays des démons.

Car même ces créatures qui semblent mourir au pays d'Ajrarn ne subissent qu'un semblant de mort. Les histoires qui disent autre chose sont racontées par des menteurs.

— Ne serais-tu donc point menteur ? voulut savoir Sovaz, tout aussi douce que la douce lumière qui la nimbait.

— Un menteur ? Moi ?

— Je pense que tu dois être quelque chose de la sorte, car tu parles du royaume des démons comme si ni l'un ni l'autre nous ne l'avions jamais vu.

Oluru ferma aussitôt les yeux. Ses doigts se crispèrent sur l'herbe.

— Ne prononce point ces paroles. Elles me rappellent mon rêve de peur.

Elle vit donc que sa propre origine avait désormais été volontairement chassée de sa conscience. Sovaz se souciait assez peu de ce détail. Quel bonheur y avait-il dans son origine, après tout, pour qu'elle désirât qu'elle fût célébrée ?

— Je te le concède. Nous ne parlerons que de la manière dont nous nous sommes trouvés en nous promenant dans cette forêt. J'étais orpheline. Ton protecteur le prince magicien t'avait mystérieusement abandonné.

— Oui.

Les yeux d'Oluru reflétèrent alors l'éclat d'un feu intérieur et ressemblèrent un instant aux yeux de quelque bête de proie rare et cruelle. Vois, dirent ces yeux de braise malveillants, comme il sera amusant de jouer ainsi.

Les yeux de Sovaz se firent alors plus sombres que les ténèbres chatoyantes de la forêt, tellement constellés que l'on pouvait y voir tout l'espace. Je me demande, dirent ces autres yeux, si je trouverai cela amusant.

Elle s'allongea alors sur lui, elle le serra entre ses mains fines, elle serra ses mollets robustes de ses minces pieds nus, et sa bouche de sa bouche.

Ce second baiser fut aussi différent du premier que la terre de l'air. Il n'en était pas moins puissant, pas moins invocateur.

— Tu es la plus belle des femmes mortelles, mentit Oluru.

— Tu es le plus beau des hommes *mortels*, mentit Sovaz.

Ils éclatèrent de rire, se débarrassèrent de leurs vêtements comme des serpents de leur peau et leurs corps s'enlacèrent comme deux mains qui se serrent.

Mais ce fut elle qui resta immobile sur lui et la toison noire de ses tresses ne tarda pas à ne faire qu'un avec le feuillage noir de la forêt ; de telle sorte qu'il était allongé sous une vierge dont la chevelure elle-même était la terre nocturne et le ciel de minuit. Ses attouchements, sa peau, ses mouvements, tout ceci était comme l'ambiance du monde, comme si celui-ci reposait sur lui, le caressait, le fouillait et l'attirait en soi. Vierge sans qu'il fût nécessaire de la briser, connaissant toute chose et pourtant innocente en toute chose. Lorsqu'il la transperça jusqu'en son cœur, ses cheveux, la nuit, les arbres, le ciel, ses caresses, l'air et le monde, le sol lui-même en dessous de lui parurent commencer à lui faire l'amour.

— Non, chuchota alors Oluru.

— Non ? chuchota-t-elle en retour à l'intérieur même de sa bouche, sa langue une flamme, l'une des flammes de lis qui brûlaient dans l'herbe.

— Non, Sovaz, Sovaz, car assurément je serai arrivé avant toi et notre voyage sera terminé.

Mais dans le regard de Sovaz s'étendaient tous les océans, toutes les mers et tous les fleuves, et ses mains ou les mains de la terre se glissèrent sous lui et y trouvèrent un feu, un serpent qui logeait sous son dos, un dragon qui s'éveillait.

— Lorsque tu atteindras la porte, dit-elle (ce furent peut-être ses yeux ou son corps pressant qui le dirent), pousse un cri. Je viendrai aussitôt à toi.

A ces mots, le dragon s'éveilla. Toute la forêt éclata en un essaim de lumières qu'il accompagna de telle sorte que, dans la vigueur et la véhémence de cet arc bandé, elle fut aussi comme soulevée sur la haute crête d'une vague. Il lui lança un grand cri et, en l'entendant, elle vint aussitôt à lui, comme elle le lui avait dit, la tête rejetée en arrière, la gorge ployée comme un croissant de lune. Ses cris, au nombre de trois, affolés comme ceux d'un oiseau qui lutte contre un tourbillon, fendirent le plafond de pluie et de feuilles et heurtèrent peut-être le plancher des cieux, dont les habitants ne comprirent pas leur signification, incapables qu'ils étaient de le faire.

Mais bientôt, dans le silence, elle lui dit :

— Là aussi se trouve la mort. Et tel est mon oracle. Un jour je mourrai. Je le sais désormais.

— Notre race ne meurt point, dit Oluru en oubliant un instant d'oublier.

Mais elle ne lui répondit pas.

DEUXIÈME PARTIE

AMANTS

1

Ajrarn... *Ajrarn*... chantaient diverses voix sans faire de bruit, mais si belles que l'air semblait empli de parfum, de mélodie. *Ajrarn !*

Ç'aurait pu être les Eshva sans voix qui parlaient à tous, ou bien un cri spirituel de son royaume, ses racines et ses roches, les pierres scintillantes de sa ville, les fenêtres en joyaux de sa demeure. Ou un cri jailli du tréfonds de son être, une partie de lui-même qu'il ne reconnaissait point, car même chez les êtres humains plusieurs personnes peuvent vivre ensemble sous un seul nom et une seule peau.

Quoi que ce fût, cela hantait son palais tous les jours sans jour et les nuits sans nuit depuis une année mortelle. Il était clair, pour quiconque l'avait un instant aperçu, que ce son l'irritait. Il arpentait en tous sens les longues salles et les toits en terrasse. Il restait debout à plonger son regard dans le néant et tous les êtres et les créatures volantes de Terre Inférieure, ensorcelés ou mécaniques, en rencontrant son regard aveugle, tombaient sur l'herbe noire des pelouses.

Ajrarn...

Je vous entends, dit-il. Mais taisez-vous.

Ce fut le silence. Il était si profond que tout le pays sembla d'un seul coup devenir sourd et muet.

Dans ce silence, qu'il dédaigna, il sortit dans les jardins autour du palais. Dans les arbres de nuit, les fournaises dorées des poissons couleur de feu se regroupaient, leurs ailes se refermant rapidement. Près d'un étang, une prin cesse Vazdru venait de cueillir des iris verts. Elle s'était immobilisée comme une statue ; les gouttes d'eau ne coulaient pas du bout de ses doigts, ni des fleurs, ni des gemmes de ses bracelets... les gouttes d'eau n'osaient pas, de crainte de provoquer un bruit. Nul autre ne s'était risqué depuis longtemps à s'approcher autant de la résidence d'Ajrarn. La femme Vazdru resta debout et fixa son seigneur. Elle était d'une beauté extrême, mais cela n'avait rien d'extraordinaire ; c'était la marque de sa caste.

Ajrarn la regarda. Elle le salua en s'inclinant.

— Pourquoi es-tu ici à voler les plantes de ce jardin ?

— L'iris vert, la fleur de la douleur, répondit-elle. Il en pousse un très grand nombre dans ton parc, désormais, prince sans limites. J'en tisserai les fleurs en guirlandes et je les porterai jusqu'à ce qu'elles fanent. Je tresserai finement les tiges et j'en ferai une lyre. Elles produiront une musique triste et adorable.

Ajrarn parut sur le point de la quitter.

— Tu as abattu ton royaume, dit la Vazdru. La douleur est ton amante, mon seigneur. Nous devons partager ton intense souffrance. Les Eshva se lamentent dans la mort vivante d'une lamentation incessante. Mais les Vazdru sont différents. Les Vazdru doivent avoir des artefacts. Et tout ceci pour une mortelle, une enfant de cette chose, le soleil.

— Rappelle-moi ton nom.

— Vasht, répondit la démone.

Elle fit tomber les gouttes d'eau de ses mains et des fleurs. Chaque goutte tomba dans l'étang en produisant un craquement bruyant.

— Espères-tu être punie, Vasht, pour oser me morigéner au sujet d'une personne que j'ai aimée et de la façon dont j'ai aimé ?

— Tu nous tues par ton chagrin. Et puisque nous ne pouvons mourir, c'est un meurtre et une mort qui ne s'achève jamais. Quel autre châtiment pourrait exister ?

— Tu vas m'irriter. Ne le fais point.

— Est-il possible de t'irriter ? Toi qui as déclaré la guerre à Chuz le Fauteur de Troubles, qui l'as chassé à deux reprises et es revenu les deux fois bredouille alors qu'il écume nuit et jour le monde des hommes en se gaussant de toi. Et lorsqu'il désire d'autres distractions, il couche avec ta fille, cette enfant que tu as conçue dans le sein de ta fille de lune solaire, ta Dunizel. Je fus jadis celle que tu avais choisi d'aimer, il y a des lustres selon le calcul de ces vers rampants appelés les hommes. Tu as pris pour moi un bout de ciel étoilé de la terre et tu me l'as donné dans une bague. Tu étais mon bien-aimé, Ajrarn, il y a trois cents années mortelles. Mais l'humanité a pris pour toi de la valeur et tu as adoré sa chair immonde, tu l'as aimée d'autant plus pour sa saleté même. Maintenant, tu as oublié jusqu'à mon nom. Toi qui m'as donné le ciel.

Elle jeta alors les fleurs vertes à ses pieds. Elles tombèrent dans un grand bruit d'épées.

Mais Ajrarn se contenta de dire :

— Chuz et elle voyagent donc ensemble.

— L'ignorais-tu ? Chaque roseau, chaque brin d'herbe du monde ne t'a-t-il pas chuchoté cette histoire ? Chaque nuage écrit ce message sur la lune ? La manière dont il est venu ici par ruse et l'a arrachée à ta garde ? Même les marées ont chanté cette chanson. Je l'ai assez entendue.

— Je l'ai su. Mais, comme pour ton nom, tu me l'as rappelé.

Il continua de marcher. La démone le suivit, sa longue chevelure noire lustrée traînant sur les pelouses noires où elle produisit des étincelles.

— Que vas-tu donc faire, Ajrarn, Prince des Princes... retourner dans ton sombre donjon pour verser des larmes de sang inexistantes ?

Ajrarn s'arrêta ; il se retourna et lui fit signe. Elle s'avança jusqu'à lui, apparemment sans peur.

— Que veux-tu de moi, Vasht ?

— Refaire de toi ce que tu étais. Bien qu'elle t'ait transformé.

— Très belle Vasht, j'ai le souvenir de toi. Tu étais le plaisir de l'aube et de la première lueur. Mais le jour a vieilli.

— Ces termes dans ta bouche... toi qui hais le soleil, l'aube, le jour. Elle t'a enseigné ces mots. Et quel plaisir représentait donc ta Dunizel ?

— Je vais te le montrer, puisque tu es assez folle pour me le demander.

Il embrassa Vasht sur les lèvres et recula d'un pas. Elle ne demeura qu'un instant devant lui, la belle amante d'un jadis oublié. Un instant de plus et elle fondit en une flamme plus pâle et moins substantielle qu'une brume. La flamme elle-même s'émietta et s'éteignit. La pelouse sombre fut brûlée et blondie. Mais de ses cendres émergea une minuscule créature. Un papillon aux ailes semblables à des iris verts. Il voleta un peu au-dessus de la pelouse brûlée, puis fila dans l'ombre des grands arbres, où il disparut. Ajrarn considéra l'architecture de sa ville en réfléchissant.

Il l'avait toujours su, ou avait toujours été capable de le savoir. Deux chasses avortées, en Terre Inférieure et hors de celle-ci, n'avaient rapporté aucun gibier. Il laissait à l'abandon la question de sa vengeance. Il laissait glisser l'évasion... Or, bien qu'il ne s'intéressât plus à elle, Vasht avait encore le pouvoir d'éveiller en lui les anciennes rages authentiques, les dépits, les envies, les certitudes, les *machinations* d'antan, cette « aube » sombre et primitive dont il avait parlé, le lever de soleil crépusculaire, sans soleil. Ajrarn songea alors à Chuz et à l'enfant qui était sienne, dont il ignorait ou avait oublié le visage, hormis les yeux. Bientôt, trois Eshva furent mandées, sous la forme de trois colombes fuligineuses.

— Allez me retrouver ça, leur ordonna Ajrarn.

Loin et large volèrent les Eshva.

Peut-être étaient-elles de celles qui avaient été auparavant envoyées servir Ajriaz-Sovaz sur l'île de pierre creuse et s'agissait-il alors d'une forme d'expiation : puisqu'elles lui avaient permis de quitter ce lieu sans même un soupir d'avertissement, du fait qu'elles étaient devenues intellectuellement abattues. (Il les avait contaminées ?) Les annales ne rapportent point qu'Ajrarn les eût punies. Mais, en quittant cette sphère d'inutilité, modifiées, il se pouvait qu'elles eussent désiré un châtiment ou un simple rachat.

Loin et large...

Pendant un certain temps, donc, plus d'une fille aux cheveux noirs et aux yeux bleus fut effrayée ou attirée dans la nuit où elle se perdit, pour être ensuite retrouvée, ou non...

— Oh, où est passée ma fille... ma sœur... mon épouse ? Les démons l'ont-ils volée ?

Tel devait être leur emblème, cette diligence insouciante dans leur quête. Elles devaient pourtant comprendre, même si elles ne l'avaient point servie auparavant, qu'une seule pouvait être la fille d'Ajrarn et qu'elles la reconnaîtraient sur-le-champ.

Elle était assurément bien cachée. Elles ne la retrouveraient pas. Oui, même elles. Car qu'était-elle d'autre qu'une archisorcière, leur maîtresse de la même manière qu'Ajrarn était leur maître. Quant à cet autre, Chuz le fou, seigneur de la démence... il y avait bien longtemps qu'il se tenait hors de vue derrière son propre volet immaculé.

Elles cherchèrent donc, sans cesse et sans cesse, car il le fallait bien, et elles pourchassèrent dans les bois les filles aux cheveux de jais, les demeurées d'une grande beauté et les hommes à l'apparence contrastée, un côté du visage beau et l'autre déformé. Par cela, les Eshva disaient : Vois, nous cherchons. Nous ne laissons nulle pierre sans la retourner.

En Terre Inférieure, Ajrarn se tenait près d'une fenêtre d'émeraude et aperçut une créature aux ailes vertes qui voletait. Mais tous les êtres, ailés ou dépourvus d'ailes, étaient verts, à travers cette fenêtre. Ajrarn ne perdit point de temps à ce spectacle.

Sur un lutrin de cette pièce se trouvait, ou apparut, un livre de la taille d'un quart de la hauteur d'un homme. Sa reliure et ses pages étaient en mince bronze pur et décorées de gemmes étranges dont le nom a été oublié. Ajrarn s'approcha et parla au livre. A ces mots, les pages s'ouvrirent et se tournèrent avant de s'arrêter. Ajrarn jeta un coup d'œil dans le livre là où il était ouvert. Les images qui y étaient inscrites ne pouvaient rien signifier pour le non-initié. Ajrarn se détourna pourtant aussitôt de leur vue, écœuré apparemment par l'aisance de cette divination.

Au même moment, trois colombes imprécises qui volaient très haut sous la lune durent recevoir des instructions particulières. Car elles plongèrent soudain, comme des mouettes qui ont aperçu leur proie, et descendirent dans le puits du monde.

2

Nombreux sont les récits de ce retour de l'enfant du Démon sur la terre. Et tous ces récits portent une similitude, comme un serpent qui danse, ou une épée magnifique qui sait qu'elle a été fabriquée pour être belle et non blesser. Mais aussi comme un bébé qui s'amuse avec ses jouets, chacun d'eux étant la vie d'un homme, ou une ville qui brûle. Et les vilenies taquines contiennent aussi une sorte de blessure et de colère immature. Il faut se rappeler que, bien qu'elle n'eût que dix-sept ans d'apparence, sa ruse et son savoir étaient assurément plus anciens, car, par-dessus tout, la fleur avait été forcée. Intérieurement, elle était encore une enfant qui devait grandir. Mais avait-elle jamais été une enfant ? Elle n'avait jamais été ovule et semence, rien que lumière sombre, magie et volonté... et amour farouche de deux autres êtres qui avaient semblé l'exclure uniformément.

Les histoires se rassemblèrent donc autour d'elle comme des vols d'oiseaux.

Mais il est un autre récit, qui dit qu'elle ne fit pas grand-chose, en ce temps-là ; qu'à sa façon elle vécut paisiblement. Et peut-être y a-t-il là une certaine vérité, sinon pourquoi les Eshva auraient-elles éprouvé autant de difficulté à la retrouver ?

— Il y a des créatures surnaturelles dans nos bois, disait-on dans les villages et les villes alentour.

— Pourquoi ? Comment le savez-vous ?

— Des voyageurs ont été attaqués. L'un d'eux est arrivé ici l'écume aux lèvres : il avait été suivi par des lumières stellaires.

— Et un autre s'est réveillé d'une nuit de sommeil dans une clairière avec des oreilles d'âne !

Parfois, lorsque le vent soufflait sur les bois, il y flottait des arômes exotiques, ou un bruit de musique ou de cloches. Les animaux évitaient certaines parties de la forêt, ou s'y précipitaient délibérément. Sept marchands qui s'étaient hâtés pour rejoindre une ville pour la nuit déclarèrent qu'un *objet*, qui était peut-être un tapis de velours à cinq mètres dans les airs avec deux personnages indistincts luisant dessus, avait filé à toute allure au-dessus de leur tête. Des jeunes filles parties à l'aube chercher des champignons comestibles étaient arrivées dans une clairière et avaient soudain avisé, comme perçant le ciel avec le soleil, une grande et splendide maison de marbre blanc et d'or étincelant. Sous leur regard ébahi, la demeure avait disparu et elles n'avaient plus distingué qu'une antique petite chaumière en ruine sur un coteau à un demi-mille de là.

Parfois une chaumière, parfois un manoir, tel était donc le logement d'Oluru et de Sovaz. Les nuits de froidure, un feu dans un foyer grossier avec une marmite en cuivre suspendue au-dessus, les volets de guingois fermement clos, une paillasse sous les toisons... ou une cheminée impressionnante aux montants de pierre, des braseros de parfum et des lampes qui oscillaient, de la nourriture magique invoquée sur une table marquetée, un lit de cinq verges de large au baldaquin de tissu argenté. Et en été un jardin herbu avec des églantines... ou un parc dont les fontaines jaillissaient vers les cieux.

Un après-midi, en fin de journée, alors que le soleil était entré dans le quartier occidental et que l'air était d'un jaune prune, un voyageur s'avança dans les bois et marqua un temps d'arrêt pour regarder la chaumière sur le coteau. Les arbres évitaient la pente, aussi le toit de la vieille bâtisse branlante était-il bien visible. Quelque chose dans l'air jaunâtre était malgré tout trompeur, car une seconde silhouette apparaissait derrière la première, plusieurs toits là où il n'y en avait qu'un, chacun plus élevé, tous scintillants.

Or il était rare que les voyageurs empruntent cette route, puisqu'elle ne conduisait pas vers les villes les plus proches de la région. Mais ceux qui avaient pu s'y aventurer devaient, en voyant ce mirage, se frotter les yeux, jurer et se hâter de repartir. Ce voyageur-ci, en l'apercevant, éclata de rire.

Les sons portaient loin en ces lieux.

Très haut dans une tonnelle d'ivoire, sur un toit en terrasse cerclé d'une main courante dorée, un jeune homme et une jeune femme levèrent leurs têtes blonde et sable.

— Quel étrange oiseau est-ce là ?

— Ce n'est pas un oiseau, dit Oluru, mais un scarabée orange qui a quitté les arbres et rampe vers la maison.

Sovaz baissa les yeux. Elle fronça les sourcils.

Elle ne tarda pas à descendre, vêtue de soie, les trois escaliers de marbre et parvint, portant une robe de bure, à une porte en bois gondolée.

Là, sur le palier défoncé, un homme était assis. Il était vêtu d'un habit de mendiant d'un orange rougeâtre passé, plein de taches et de déchirures, dont il avait rabattu un pli sur sa tête baissée. A côté de lui était posée une sébile curieusement dorée et il tenait à la main une crosse en bois dans un état avancé de pourriture.

Sovaz resta coite et attendit. Au bout d'un moment, l'homme murmura :

— L'aumône, de la gentillesse et de l'aide.

Sa voix était très belle, mais inconnue. Sovaz resta silencieuse, immobile comme le marbre caché.

— Sois charitable envers moi, dit le mendiant. Qui sait, un jour ton lot sera peut-être le mien et toi aussi tu devras implorer la pitié de par le monde. J'étais roi, jadis. Maintenant, regarde-moi. L'aumône, de la gentillesse et de l'aide.

Alors, à voix très basse, il lança encore son rire surprenant, qui ressemblait au cri d'un oiseau sauvage.

— Qui, après tout, peut échapper au cruel destin ?

Sovaz fit une grimace... eût-elle été une chatte, on eût dit qu'elle avait rabattu les oreilles et qu'elle venait de souffler à son adresse. Elle s'écarta et ouvrit brutalement la porte en bois, qui faillit se décrocher sous le choc et se transforma en une porte en argent incrustée d'images dorées.

— Pauvre miséreux, fit Sovaz, moqueuse, pénètre dans ma modeste demeure.

L'homme se leva alors et s'introduisit dans la maison.

Sa splendeur était revenue, les sols étincelants, des rais de lumière la transperçant comme autant de dagues qui passaient par les fenêtres. Sur un escalier de marbre était assis Oluru, occupé à pincer nonchalamment des accords sur une lyre. Lorsqu'il eut considéré le mendiant voyageur, ces accords se firent très amers.

— Ne peut-on aller nulle part pour échapper à ses misérables parents ? demanda Oluru.

Sur ce, le visiteur leva la tête et le pli de tissu glissa en arrière. Il constituait un spectacle tout à fait étrange. Comme artificiellement hâlé d'avoir voyagé sous divers climats, il avait une tête qui ressemblait à une icône de bronze, car elle était entièrement rasée. La robe bizarre qu'il portait paraissait maintenant d'une chaude couleur orange sang et l'on voyait que la moindre tache formait un dessin très complexe et agréable, comme la moindre des déchirures, comme si chacune avait été habilement peinte ou taillée. La sébile n'était pas uniquement dorée, elle était de toute évidence en or et tachetée de joyaux sombres. Sa crosse de bois de flottage pourri était également artistement sculptée et portait des bourgeons de gemmes sombres ; il y monta un mince lézard roux qui alla se percher sur son épaule et regarda autour de lui de ses yeux de jaspe enflammé. Les yeux de l'homme étaient bordés d'or qui les faisait flamboyer ; leur teinte n'était pas distincte et il n'était pas facile d'affronter son regard... et cela en valait-il la peine ?

Oluru poussa un soupir et abaissa ses cils. Chuz déclara :

— Non-bienvenue, non-cousin. Mais serais-tu mon non-frère ? J'ai tendance à l'oublier.

— L'on estime souvent que notre parenté est très proche, admit le voyageur.

— Pourquoi es-tu ici ? demanda Chuz par l'entremise

d'Oluru en jetant au lézard un dé doré qu'il attrapa dans sa gueule.

— Ne donne pas à manger à mon favori, lança le voyageur en récupérant le dé qui, sous son étreinte, se transforma en cendres qui voletèrent jusqu'au sol.

Ses ongles étaient également dorés, et très longs. Le lézard gronda lugubrement comme un lion minuscule à l'adresse de Chuz.

— Pour quelle raison je suis ici ? Pourquoi pas ? A tout moment il me faut passer quelque part. Tu me vois en ce lieu. D'autres, simultanément, me perçoivent ailleurs. Pour ta part, à ta retraite apparente, tu n'as point laissé le monde particulièrement sain d'esprit. Il reste encore une essence de ton être, Prince Chuz, qui rôde et écume le monde alentour.

Durant cet échange, Sovaz s'était tenue de côté, observant et écoutant. Elle reprit la parole.

— Je te connais et ne te connais point. Un roi mendiant ? C'est ainsi que tu t'es intitulé à la porte, n'est-ce pas ?

L'homme se retourna et, souriant, inclina la tête à son intention. Un diadème en or apparut sur son crâne rasé et bronzé. Le lézard leva les yeux et ronronna comme un chaton.

— Quel nom ai-je utilisé ?

— Destin.

— Je suis donc le Destin.

— Roi Le Destin, Seigneur des Ténèbres, dit Sovaz, qui effectua une profonde révérence moqueuse telle qu'eût pu lui en faire un jeune guerrier, bien que le moindre de ses traits fût celui d'une femme. Aimable rappel que même moi je ne puis t'échapper ?

— Oh, allons... Aurais-tu passé tant de temps avec lui sans rien avoir appris ? Je ne suis que le symbole de ce nom. Comme le pauvre La Mort, épuisé, qui arpente la terre avec ses paniers de charogne, et rêve de retrouver les bras doux et paisibles de sa servante Kassafeh. Ou comme celui-ci, ici même, qui est devenu fou pour prouver qu'il existe et qu'il est réel et non pas un symbole. Tandis que sous nos pieds, à cet instant, rôde un autre qui est ton père, Le Mauvais. Mais il a toujours été différent.

Il a existé en premier lieu et a ensuite endossé ce rôle. Nous, nous humilions les autres que le rôle lui-même a créés.

— Quelle absurdité raconte ce curieux individu ? voulut savoir non pas Chuz, mais Oluru, d'une voix traînante. On dirait qu'il abuse de la maxime « Trop est pire que peu ».

Mais Le Destin, s'il s'agissait bien de lui (ce qu'il semblait être effectivement), regarda Sovaz et dit :

— Il est tout près de toi.

— Qui donc ?

— Ajrarn, voyons.

— Le Destin me met en garde contre mon destin. Le Prince Le Mauvais qui joue son rôle sans humilité désire-t-il me tuer ?

— Comment cela se pourrait-il ? Comment pourrait-il le désirer ?

— Tu te trompes, dit Sovaz. Il ne s'intéresse nullement à moi.

Le Destin regarda autour de lui. Poliment, il examina la grande salle de l'étonnant manoir, toucha les tapisseries et les tasses de cristal. Le minuscule lézard miaula et descendit d'un bond chasser les rayons de soleil sur le sol. En quittant l'aura de son maître il arbora les teintes du soleil et du sol, devint presque transparent, car il pouvait lui aussi se changer en caméléon.

— Es-tu aussi le messager d'Ajrarn ? demanda Sovaz au Destin.

— En tant que roi qui doit s'occuper de ses propres affaires royales, pourrais-je exécuter le travail d'autrui ?

— Discute donc avec moi de ces affaires.

— Je suis ici, dit simplement Le Destin sans aucune animosité. Tu m'auras vu. Et cela suffit.

Cela dit, il rappela le lézard sur sa crosse et, se dirigeant dans une dague de lumière couchante, il ne fit qu'un avec elle et disparut.

Après le départ du soleil et lorsque les rossignols chantèrent dans le bosquet de noisetiers qui se dressait toujours, qu'il y eût une bicoque ou un palais, en dessous des murs de la maison, Sovaz quitta les bras de son amant. Elle arpenta une galerie de colonnes dont un côté donnait sur la nuit. Avec quelle intensité les étoiles la fixaient par-dessus la cime des arbres. Avec quelle énergie chantaient les rossignols, comme si quelque chose les avait dérangés, et avec quelle extase et quelle terreur. Bientôt, en silence, Sovaz rappela son amant jusqu'à elle. Elle posa la main sur son épaule. Ses yeux dirent : Il ne peut y avoir de repos pour moi. Sortons marcher dans les ténèbres.

Ils se promenèrent donc à travers les bois, où les renards noirs sortirent jouer autour d'eux et les belles-de-nuit luisaient en leur envoyant leur parfum. Parfois, à la lumière des étoiles, les deux promeneurs projetaient cinq ombres. Mais par la suite trois des ombres s'évanouirent, bien qu'un bruit traversât les branches, comme des ailes.

Parvenant enfin à une allée d'arbres antiques, Sovaz et Oluru aperçurent une ville qui s'étendait plus bas devant eux, en dehors du bois.

— Nous allons descendre. Nous allons voir à quoi s'occupe l'humanité ces quelques heures avant l'aube.

Oluru eut un sourire de reproche (*l'humanité ?*). Mais il n'y eut plus soudain qu'un chacal spectral qui courait sur les talons de la fille en ouvrant la gueule. Sovaz n'y prêta point attention et elle n'adopta pas elle-même de forme animale. Car sa peau lui était trop peu familière pour l'échanger déjà contre d'autres.

Les barrières de la ville étaient fermées, mais il y avait une porte de bergers sur laquelle souffla Sovaz, et elle s'ouvrit.

La femme s'engagea donc dans les rues, un chacal trottinant derrière elle. Par sorcellerie, elle avait reformé ses vêtements (ou bien elle en avait mis des neufs de manière normale) en équipement de jeune homme, des bottes souples aux pieds, les cheveux cachés dans un chiffon, un long poignard à la ceinture. C'était Oluru qui, lorsqu'il voudrait reprendre forme humaine, se retrouverait en robe brodée et babouches ornées de perles.

Les lampes étaient basses ou éteintes dans la ville. Çà et là, une fenêtre sans sommeil ou l'œil enflammé d'une taverne.

Je pourrais monter comme une feuille et regarder tous ces dormeurs, songea Sovaz. *Je pourrais me glisser sous les portes, entre les lattes les plus serrées, me délecter de leurs péchés, de leurs vertus, de leurs absurdités... puis disparaître comme la brise nocturne. Ou bien prendre la forme d'un cauchemar et les amener à se réveiller en hurlant. Ou à séduire, voler, ou tuer. Je pourrais conduire toute la ville au désordre, à la panique, à la folie... alors mon bien-aimé s'oublierait, se souviendrait de lui-même et m'aiderait dans mon ouvrage.*

Au-dessus d'elle, les étoiles formaient une masse épaisse. Elles étaient nombreuses ce soir à être venues fixer Sovaz, la fille du Démon, de leur regard concentré.

Mais pourquoi le faire, songea-t-elle, *pourquoi ? Ce monde n'a-t-il comme défi à proposer que la cupidité et la méchanceté ? Le seul pouvoir satisfaisant est-il le pouvoir de l'ascension au-dessus des hommes, le seul rêve l'ambition ? Et la seule alternative à la cupidité, au mal et à l'ambition... ne serait-elle que la paresse ?*

Elle sentit alors une main gantée lui caresser la joue.

— La paresse ? Est-ce là le nom que tu donnes à notre amour ?

— Notre amour, répéta-t-elle à voix haute à Chuz qui, une seconde, en la personne d'Oluru, marcha à son côté. Notre amour secoue le monde. Pourtant notre amour n'est qu'un piètre événement.

Chuz éclata d'un rire de chacal. Oluru dit d'une voix plaintive :

— Tu vas réduire mon cœur en fragments.

— C'est donc toi qui seras secoué, et quel joli son tu produiras, comme le sistre d'un temple.

A ce point, ils atteignirent la porte d'un marchand de vin et Sovaz entra comme s'il s'agissait de sa destination depuis le début.

Les clients encore présents étaient en général endormis, la tête sur les bras ou les pieds sur la table.

Sovaz s'assit dans un coin sombre et Oluru avec elle. Un serveur maussade s'approcha d'eux.

— Du vin... jeune homme ? demanda-t-il à Sovaz.

— Votre vin, dit Oluru d'une voix mélodieuse et forte, ne conviendrait que comme purgatif pour des cochons.

— C'est exact. Mais vous en voulez ou non ?

— Toutefois, continua Oluru encore plus fort, cela est logique. Puisque tous ces cochons baveux auraient bien besoin d'une purge.

Ceci provoqua une réaction à travers la salle. Le garçon recula et se hâta de disparaître derrière une porte.

— Qui c'est qui m'a traité de cochon baveux ? voulut savoir un gaillard à la mine patibulaire.

— Pas moi, dit Oluru avec une grâce engageante. Je ne m'y serais pas risqué. Mais quelqu'un de plus franc que moi a dû sûrement le faire.

Il se releva alors, sortit sa lyre de l'intérieur de sa manche et la pinça légèrement.

Charmant cochon
Au hardi bidon,
Ceux qui aiment la poésie
Se battront
Pour te faire une ode jolie
Sur ton charme dans ton taudis...
Sois donc patient,
Car je trouve irritant
Que l'on fasse un chant
Pour un cochon.

Le sujet de cette œuvrette sortit alors une hachette ébréchée, quitta sa table en roulant les épaules et se dirigea vers Oluru qui, naturellement, se recroquevilla.

Ce fut Sovaz qui s'interposa et dit :

— Quel est l'objet de ta querelle ?

— Hors de mon chemin, vermisseau. L'autre vermisseau vient de gagner le droit de goûter à mon instrument.

— Pourquoi ? Parce qu'il t'a traité de porc ? Ne serais-tu pas exactement cela ? fit Sovaz d'une voix argentine.

Le furieux poussa alors un hurlement et leva son arme meurtrière, mais le cri devint un grognement mystérieux avant de se terminer et la hachette tomba bruyamment à terre. Soudain, debout sur ses pattes arrière et agitant follement ses sabots avant, se tenait face à eux un porc hérissé et très en colère... et qui, hélas, n'était même pas un verrat sauvage, mais un animal domestique à qui manquaient deux armes et non plus une seule.

A ce point, même les dormeurs les plus las de la taverne se réveillèrent ou furent réveillés.

— *Sorcellerie !* fut le cri qui jaillit de tous côtés.

Et jales et tasses de se renverser, bougies de s'abattre

tandis que les clients se bousculaient pour sortir des lieux. Sans réelle surprise, faut-il ajouter, mais avec une sorte de juste terreur. Ne racontait-on point depuis des mois dans la région qu'il se trouvait dans les bois des créatures surnaturelles ?

Seul demeura le cochon à fouiller dans la salle, furieux mais ne sachant déjà plus pour quelle raison, et cherchant quelque chose à manger parmi les débris de l'exode.

— Voilà qui est convenable, fit Oluru avec un certain plaisir en admirant le cochon. Il ne reste plus qu'à le ramener chez lui et donner son gras à sa catin.

— Faisons mieux encore, dit Sovaz. Qu'il rentre chez lui et se couche avec sa catin et nous verrons ce que tous deux en penseront. (Elle montra du doigt le cochon, qui lui adressa un regard involontaire.) Fais ce que je t'ordonne. Et lorsque le soleil se lèvera, redeviens humain, si tu as jamais su ce que cela représente.

Le cochon sortit en courant, l'air irrité.

Oluru poussa un soupir.

— Tu es trop magnanime. Attends. Je connais un chacal qui se fera un plaisir de pourchasser ce cochon à travers toute la ville...

— Silence, lança soudain Sovaz. Regarde, là. Il y en a un qui ne s'est pas enfui. Comment cela se fait-il ?

Oluru resta coi, pâle comme la glace. Il regarda comme elle dans un autre coin sombre de la taverne. Car il semblait que quelqu'un se tenait effectivement là, enveloppé de fumée et d'ombre. Vêtu d'une cape et d'une capuche noires, une seule main blanche sur la table, en train de jouer nonchalamment avec de petites figurines qui luisaient dans la lumière perturbée. Et à ses doigts brûlaient de nombreuses bagues.

— Moi, si j'étais un homme, fit Oluru, je hurlerais aux dieux de me protéger.

— Mais tu n'es pas un homme, fit la voix dans le coin. Et tu sais que cela ne servirait à rien.

Oluru jeta un coup d'œil à Sovaz. Ses yeux s'agrandirent en s'emplissant de larmes. Il proposa doucement :

— Envolons-nous pour un autre lieu.

— Faites, dit la voix dans le coin. J'y serai pour vous accueillir.

C'était une voix si belle que l'atmosphère en était déjà alourdie et électrifiée comme avant un orage. Elle était si belle que même les souris qui vivaient dans les murs et les araignées qui tissaient parmi les poutres sortirent pour écouter et voir, puis restèrent figées entre le rêve et la terreur.

Sovaz fit alors remarquer :

— La nuit a trouvé le don de la parole.

La voix ne lui répondit pas. Mais l'une des petites pièces avec lesquelles avait joué la main tomba brutalement au sol et se réduisit en morceaux. C'était l'image d'une damoiselle aux cheveux blonds vêtue d'une robe blanche.

Sovaz posa la main contre la poitrine d'Oluru.

— Mon compagnon n'est pas seul, dit-elle au coin.

Mais au même moment un âne lança un braiment rauque à deux, trois reprises, et toutes les souris et araignées s'en furent, se pâmant et couinant, lâchant des traînées de fiente et de toile.

— Ah, te voilà donc, finalement, fit Sovaz.

Elle laissa Oluru là où il était et se fraya un chemin à coups de pied parmi les tasses de vin pour rejoindre le coin et s'asseoir sur un banc face à l'homme en noir, séparée de lui par le seul plateau de la table.

Il leva la tête. Au début n'apparut que la flamme noire des yeux ; puis il rejeta la capuche. Ce fut alors le visage de son père, Ajrarn, sculptural, impitoyable, incommensurable, et vide. Il y avait un certain temps qu'elle ne l'avait bien vu. Peut-être depuis le moment où il l'avait emportée et abandonnée dans son royaume. Depuis, elle ne l'avait qu'aperçu une seule fois de loin dans une forêt alors qu'il chassait quelqu'un d'autre qu'elle. Il lui avait toujours donné cette impression : toujours distant, inintéressé. Il n'était pour elle ni un père, ni un prince, ni un ami. Elle ne lui devait rien en dehors de l'inspiration de sa vie, en supposant qu'elle dût lui être reconnaissante d'un tel présent.

Ils s'entre-regardèrent et elle finit par dire d'une petite voix qui n'était plus argentine mais d'acier :

— Est-ce ma mère que tu vois en moi ?

— Elle ne m'aurait point regardé avec une telle impertinence ni une telle haine.

— Elle n'en avait nulle raison, semble-t-il.

— Elle les avait toutes. Mais elle était le rayon de miel. Toi, à l'inverse, tu es mon enfant en tout point. Implacable, arrogante et fière ; l'insensibilité malveillante que vénèrent les hommes lorsqu'ils prononcent mon nom, tout cela est en toi. Mais tes ailes de méchanceté ne sont pas encore endurcies. Lorsque tu seras capable de t'envoler vers les cieux, alors nous verrons ce que tu pourras faire. Fille de Dunizel ? Non, tu n'es que la mienne.

Et il lui adressa le plus charmant des sourires.

Sovaz lui cracha aussitôt dessus comme un serpent. Mais l'étincelle de crachat démoniaque se transforma aussitôt en fleur argentée. Il la prit dans sa main et la lui tendit en continuant de sourire. Sovaz se leva, se détourna et s'éloigna de trois pas. Sans plus le regarder, elle dit :

— Il est peut-être des femmes que tu courtises ainsi, mais pas moi. Tu m'as dit que je suis comme toi. Tes cajoleries ou tes menaces sont donc vaines.

— Crois-tu que je ne pourrais te détruire en un instant ?

Sovaz le regarda par-dessus son épaule.

— Fais donc.

Ajrarn laissa tomber la fleur sur la table. Elle disparut.

— Tu oublies que tu es une marionnette que j'ai créée et que j'ai l'intention d'utiliser. J'ai dit que j'attendrais que tu durcisses dans ton moule. Lorsque la peinture qui te recouvre sera sèche, tu viendras à moi et me manifesteras le respect que toute fille doit à son père.

— Que les mers s'embrasent alors.

Assis en tailleur sur une table voisine, un beau jeune homme en robe pourpre fit observer :

— Hélas, l'on m'oublie.

— Pas du tout, dit Ajrarn. Sois flatté, Chuz, que je sois venu te chercher. Cette femme ne représente pas grand-chose pour moi, ce qu'elle voit fort bien, comme nous pouvons le remarquer à sa fureur. C'est toi que je me suis donné la peine de pourchasser. Je t'ai cherché comme si j'étais ton amant.

— Oui, admit Chuz-Oluru, je suis désormais assez distingué pour tenter ton palais. Mais il ne serait point avisé que s'accouplent deux Seigneurs des Ténèbres et il ne serait point raisonnable qu'ils s'engagent dans l'inimitié. Ce sont là des joies qu'il nous faut laisser à d'autres.

— Vraiment ? Je t'ai promis la guerre, Chuz. Mes promesses, je les tiens.

Chuz répondit d'une voix indolente :

— Si nous échangeons un seul coup, toute la ville sera rasée. Si nous nous battons en duel, que restera-t-il de la terre lorsque l'un de nous l'aura emporté ? Et la terre t'est chère, je crois. D'ailleurs, peux-tu m'assassiner ? Moi aussi, je renaîtrais. Tant qu'existera la folie, je serai là.

Ajrarn se leva à son tour. Lorsqu'il quitta le coin, toute l'obscurité parut sortir avec lui, dans ses cheveux noirs, dans les ailes de la cape qui flottait sans cesse. Les étoiles explosaient à chaque bague de ses mains et dans ses yeux des mondes se terminaient, renaissaient et mouraient à nouveau. Sur ce fond apocalyptique, il dit doucement :

— J'ai l'intention de te faire payer. Ce sera fait. Tu as fait du mal à ce qui m'était cher et se trouvait sous ma protection.

— J'ai déjà dit, fit Chuz, toujours perché sur sa table mais presque comme un homme, que ce n'était point ma faute. Prends-t'en à l'autre, dont les murmures semblent nous avoir poussés, le Seigneur Le Destin. Prends-t'en à toi. Prends-t'en à Dunizel et à son sort de sacrifiée. Prends-t'en à tous sauf à moi. Que suis-je ? Seulement le serviteur du monde.

Chuz leva alors sa tête dorée. Le visage était toujours sans défaut, celui d'Oluru. Mais ce n'était plus celui d'Oluru. Et dans ses yeux brillait quelque chose d'un noir écarlate terrifiant.

— Je mens, dit Chuz. Tu sais que je mens. C'est l'hommage que je te rends, comme mon déguisement prudent, et ma fuite frénétique depuis tout ce temps. Oui, il est concevable que sa mort soit ma faute. Dans ce cas, j'ignore pour quelle raison je l'aurais voulue, car elle était belle, innocente et sage. Mais la folie ne respecte aucune règle. Je suis donc coupable, non-frère, en accord avec ton désir.

Chuz quitta sa table et s'approcha d'Ajrarn. Debout devant lui, affrontant le terrible regard de ses yeux tout aussi terribles, Chuz déclara alors :

— Tu ne peux me supprimer. Il serait aussi ridicule

pour toi de me combattre que pour moi de le faire. Mais, voilà : je me présente devant toi et accepterai le châtiment que tu m'infligeras, pourvu qu'il soit concevable. Une telle proposition n'est que folie, donc appropriée. Venge-toi donc, châtie-moi. Mais tu ne l'auras fait qu'avec mon assentiment, Ajrarn.

A ces mots, Ajrarn injuria Chuz. La moindre chandelle encore allumée dans la salle s'éteignit aussitôt. A l'extérieur, les dernières lampes de la ville moururent. Les étoiles elles-mêmes semblèrent vaciller, bien qu'il soit probable qu'elles ne le firent point.

— Tu es habile, La Folie. Oui, il n'existe aucun autre moyen, dit Ajrarn dans le silence obscur. J'accepte ces termes. Ainsi mettrons-nous fin à notre querelle. Ceci est la première nuit et demain sera la deuxième ; à la troisième, attends ma réponse et ta punition. Ce ne sera pas rien, Chuz. Sois-en averti.

Soudain, là où s'était tenu le Prince des Démons, surgit une colonne de flamme écarlate, brûlante et sans lumière, qui, en s'éteignant, laissa dans les ténèbres une blessure froide et brûlante qui disparut lentement.

Cependant, dans tout le pays environnant, les chiens hurlèrent, les vents grondèrent, les feuilles moururent sur les arbres et une brève averse tomba, qui tacha les murs des habitations humaines comme du sang dilué.

— Si j'étais une femme, je dirais : « Que va-t-il advenir de toi ? » Et je pleurerais. Tu vas m'être arraché pour subir une mort vivante qu'il est en train d'élaborer. Je ne puis y songer. Mais il en sera ainsi.

— Si j'étais un homme, je te tiendrais entre mes bras, comme je le fais, et j'embrasserais tes cheveux, comme je le fais, et les larmes bleues de tes yeux si bleus jailliraient dans mes yeux, comme elles le font. Et je dirais : « Que faire d'autre ? »

— Pourquoi as-tu tué ma mère ?

— Ai-je tué ta mère ?

— Pourquoi t'es-tu agenouillé devant mon père ?

— Me suis-je agenouillé devant lui ?

— Menteur, fou.

— Qu'est-ce que ceci pour nous ? Le temps qui nous appartient est infini. Dans celui-ci, l'amour et la mort ne sont que jeux pour nous.

— Tu as été mon père, tu as été mon frère et mon bien-aimé. Si j'étais une femme, si j'étais une enfant, je pleurerais. Oh, laisse-moi pleurer.

3

Deux jours et une nuit les séparaient. Que faire de ces dernières secondes avant la fin du monde ? Etres inhumains, ils faisaient s'étendre le temps devant eux, mais cette perspective qu'était l'éternité s'en fut rapidement.

La bicoque fut un manoir. Ils y attirèrent par sorcellerie une foule de gens, leur offrirent des festins, créèrent pour eux une orgie de plaisirs, jouèrent aux seigneurs et chargèrent de présents leurs hôtes envoûtés. Certains de ces dons étaient somptueux et bons ; certains, sur le chemin du retour, se transformèrent en grenouilles et boulettes de hiboux.

Le manoir fut une bicoque. Ils passèrent une journée en paysans. Sovaz fit cuire du pain noir et cuisina un potage d'herbes et de tubercules. Chuz (on ne pouvait désormais l'appeler Oluru, bien qu'il en portât encore la forme) coupa de l'herbe pour avoir du foin et des bûches pour faire du feu. Des guirlandes de fleurs sauvages dans les cheveux, ils mangèrent le spartiate repas là où, enguirlandés de rubis, ils avaient auparavant soupé de vins transparents et de mets magiques.

La deuxième nuit, centre de ces deux jours, ils se promenèrent parmi les arbres. Les étangs du bois se transformèrent en diamants, les feuillages se chamarrèrent et exhalèrent une musique désincarnée. Les oiseaux qui chantaient le jour se réveillèrent et chantèrent pour eux. Ils s'allongèrent là, ces amants, et s'aimèrent. Par ceci, souviens-toi de moi, dirent-ils, comme le disaient et le disent encore tous les amants qui doivent se séparer.

Mais la troisième nuit, après leur humble journée de paysans, ils se vêtirent comme des rois et abandonnèrent la bicoque. Ils pénétrèrent au plus profond de la forêt, en un lieu qui était si étroit et noir que rien n'y était jamais venu, ni oiseau, ni bête, ni homme, ni même démon, probablement, jusqu'à cet instant. C'est là qu'ils attendirent Ajrarn.

Bien longtemps ils attendirent, ou bien longtemps les fit attendre Ajrarn, Prince des Démons. La lune passa au-dessus du lieu obscur et un mince fil de lumière le sonda, puis se retira.

Elle dit enfin, toute simulation abandonnée :

— Devines-tu ce qu'il va exiger de toi ?

— Je pense. D'une manière qu'il m'a prédite, je crois.

— Est-ce terrible ?

— Peut-être. Et juste, d'une certaine façon.

— Cesse de parler comme un homme. Parle désormais comme le Prince Chuz, mon tuteur, mon seigneur.

— Oh, ma bien-aimée, ma maîtresse, rêve d'une âme sans âme pour la nuit et le jour.

— Non, à moins que tu ne t'opposes à lui.

— Impossible, cela doit s'accomplir.

— Que diront les légendes de toi ? demanda amèrement Sovaz. Toi, Seigneur des Ténèbres, accepter l'ire d'un Vazdru qui te haïssait parce que tu avais occis sa maîtresse.

— Tu as dit une fois : « Pourquoi as-tu tué ma mère ? »

— Une fois. Mais elle lui appartenait, c'est tout. Le vin appelle-t-il la jale « Mère » lorsque le vin est répandu ? Ainsi était-elle, du vin à son usage.

Mais la lune revint alors dans les ténèbres. Ce n'était plus un mince fil, mais une immense iridescence, comme si une eau sèche venait de se déverser parmi les arbres, ou une explosion sans chaleur.

Il s'était annoncé en frappant à la porte. Ce n'était point par politesse, c'était une menace ; ils devaient prendre garde.

Ajrarn entra à la suite de la lumière, pénétra dans la clairière et se tint devant eux, avec eux.

De même qu'elle avait posé la question à Chuz, le Démon lui demanda :

— Devines-tu ?

— Il semblerait.

— Y consens-tu ? demanda Ajrarn.

— Je t'admire trop pour ergoter.

— Ajriaz, fit le Démon.

— Tel n'est point mon nom, répondit-elle.

— C'est ton nom. Ajriaz, que feras-tu lorsque tu l'auras perdu ? Tu n'es toujours rien pour moi, mais je suis curieux.

— Conserve ton indifférence. Je me contenterai de le suivre.

— Qu'il en soit donc ainsi. Maintenant, je vais te dire ce que tu suivras. C'était un bel homme et il se plaisait à dire que tout cela n'était que sa folie. Selon notre accord, en guise de rétribution, il doit abandonner son état et ses pouvoirs et même le charmant déguisement mortel qu'il a arboré pour toi. Chuz sera désormais fou. Véritablement fou, comme savent l'être les mortels. Sans esprit, hurlant, bavant et se lacérant. Davantage bestial que tout âne ou chacal. Moins humain que tout homme qu'il ait pu imiter artistement. Un paria évité par toutes les tribus de la terre, objet de moquerie pour toute créature non terrestre. Pour les démons, un nouvel objet de plaisanterie qu'ils mépriseront. Il ne sera plus seigneur, prince ni magicien. Immonde et défiguré des deux côtés... permets-moi de ne pas oublier toute la quintessence de cette ironie... crasseux et mutilé, destiné à ramper par tous les pays. Pour que le monde voie, s'il le peut, que même ses pairs diurnes doivent se montrer courtois envers le Maître de la Nuit. Et tout ceci, durant une vie mortelle il devra l'endurer, jusqu'à ce qu'une mort grossière le débarrasse du vil furoncle qu'il constitue. C'est seulement alors que Chuz pourra redevenir Chuz. Tu purgeras ta peine en totalité. Ou bien nous trouverons autre chose.

— Mon cher, dit Chuz d'une voix languissante, quel plus grand bonheur pour moi que de connaître... ne fût-ce que pendant un laps de temps infinitésimal... le mode de vie de mes propres sujets ?

— Va donc, dit Ajrarn. Et sois heureux.

— Non, fit Sovaz. (Elle parla froidement en étreignant le poignet de son amant.) Tu étais Oluru. Tu m'appartiens. Tu ne peux me quitter sur une toquade de lui, pour souffrir son jeu répugnant.

— Il te quittera, dit Ajrarn. Et il souffrira.

— Alors, lui aussi me trahira et m'abandonnera. Chuz, entends-tu ce que je dis ? Si tu lui obéis, j'en conclurai que c'est là ta volonté et ton désir.

Mais le visage de Chuz venait subtilement de se modifier. Il lui répondit :

— De même que les hommes meurent par la chair, les immortels ont aussi leurs morts. Ceci semblerait être l'une des miennes. Lui aussi est mort fréquemment. Une nuit, il te racontera ces histoires. Pour l'instant, Oluru te dit ceci : De toutes les étoiles, les fleurs, les chansons sur terre, sous terre ou au-dessus, tu es la plus brillante, la plus jolie, la plus parfaite. Qu'y a-t-il à craindre ? Nous avons tout le temps de nous retrouver.

Alors, il s'éloigna d'elle et entra sous les ondes noires du bois chamarrées de lumière. Il en sortit un braiment d'âne, puis un étrange hurlement ondulant et un fracas de branches. Les oiseaux qui y avaient dormi s'envolèrent à la hâte pour disparaître.

Bientôt, Ajrarn, qui avait continué de regarder dans les ténèbres, déclara :

— Je suis satisfait. Pour le moment.

Puis il jeta un coup d'œil à la jeune femme et lui dit :

— Voici la route qu'il a prise, si tu désires le suivre.

Elle s'engagea alors sur ce chemin. Et, en passant à côté d'Ajrarn, Sovaz lui lança une unique parole de Terre Inférieure que les Drin grossiers et nains, avec leur esprit répugnant, inscrivaient parfois sur les murs de leurs congénères.

— Voilà le nom que je te donne, car c'est ce que tu es.

— En souvenir de ta mère, je retiendrai ma main. Mais viendra une nuit où tu feras amende honorable.

— Lorsque les mers s'embraseront, que les vents se feront mers, que la terre se fera verre et que les dieux descendront sur des échelles lécher les pieds des hommes. Alors, je le ferai. Peut-être.

Ajrarn resta coi. Tout comme elle. Assurément, elle avait tout dit.

Elle se détourna de lui et s'enfuit parmi les arbres à la suite de Chuz, telle une enfant effrayée.

TROISIÈME PARTIE

IL NE FAUT PAS ÊTRE JUSTE

1

La folie avait toujours existé, sous une forme ou une autre, sur la terre. Lorsqu'elle était arrivée pour la première fois, elle n'avait pas de nom, comme c'était le cas pour toute chose. Mais les hommes n'avaient pas tardé à lui donner un nom, puisque chaque poussière et chaque semence doit posséder un nom. Et après le nom était venu l'Etre du nom, qui avait été appelé Prince Chuz, était devenu le Prince Chuz et *était* le Prince Chuz.

Chuz est désormais l'un de ses propres sujets. Tout ce qu'a dit Ajrarn, il le sera. Plus de beauté. Il ne sera plus mi-brillant, mi-ombre sinistre, comme il l'avait voulu... semblable à la folle lune. C'est désormais une forme inquiétante à la démarche pesante devant laquelle claquent et se verrouillent les portes, signifiant *Quelle bête est en train de passer ?* Mais les bêtes elles-mêmes fuient devant elle, les forêts sombrent dans le silence. Elle patauge dans la vase et les marécages, se débat à travers les hautes palissades d'épineux. Les canards s'envolent parmi les roseaux avec des exclamations. Elle fait halte dans un arbre mort pour se reposer, si elle s'y trouve forcée. Elle apparaît dans une rue de village et les hommes lui lancent des pierres avec leurs catapultes, prennent même leurs arcs et leurs piques de chasse qu'ils utilisent contre elle. Finalement, hérissée comme le porc-épic, elle s'échappe en couinant, blessée sans avoir été touchée en un point vital... car sa fin est encore loin. Ajrarn ne l'a-t-il point promis ?

La Folie est devenu fou. Vraiment fou, totalement fou.

Et les habitants du royaume princier de Chuz... les fous... le savent. Cela les conduit aux pires excès, à des déclins encore plus comateux. Ils dépérissent, ils prennent des poignards et au cours d'une crise prophétisent la fin du monde, ou qu'un colossal élémentaire à la démarche pesante, luisant de sang et de boue, hérissé de flèches, se glisse à travers les vies humaines comme un vent issu du chaos.

Mais seuls les fous comprennent ceci. Et qui leur prête attention ? Si les temps sont désarticulés, ne l'ont ils pas toujours été ? Quand le monde a-t-il jamais été parfait ? Les âges d'or, les âges de l'Innocence et du Rêve ? Ce sont des histoires pour les enfants. Telle est la philosophie de la Terre Plate, qui a quelques ressemblances avec celle de la Terre Ronde.

Mais là où l'humanité s'était dissimulée en marmottant : « Quelle bête est en train de passer ? », elle écarquille les yeux en disant : « Quelle jeune fille est-ce là ? »

Sovaz passait sans un regard.

La terre... que représentait la terre, pour elle ? Un héritage qui lui était refusé depuis longtemps, une salle du trésor, un désert étranger...

Certains la voyaient sous la forme d'une jeune fille, en robe blanche, pieds nus, sans autre ornement que ses yeux et la longue chevelure en guise de manteau. D'autres la voyaient en vêtement masculin, marchant à grands pas de panthère. Certains ne la voyaient pas, mais la percevaient, sentaient son parfum, voyaient la marque d'un pied étroit dans la poussière...

On racontait une anecdote. Un jeune seigneur, en découvrant précisément l'une de ces charmantes empreintes, en tomba amoureux et rêva d'un pied exquis qui s'y plaçait, puis un membre, puis tout un corps, un visage, et une personnalité. Rendu insomniaque et fou éperdu, il envoya ses soldats explorer le moindre pouce de son royaume, pour qu'ils lui ramènent toutes les femmes, jeunes ou vieilles, vierges, nubiles, prépubescentes. Les épouses, les célibataires, les vieillardes... toutes lui furent amenées et nombreuses étaient celles qui protestaient, leur mari, leur amant, leur ordre religieux et leurs parents en émoi à leurs trousses. Lorsque la procession parvenait chez le seigneur, il faisait emmener les femmes jusqu'au sentier dans la forêt où il avait vu l'empreinte du pied de Sovaz.

— C'est une sorcellerie, disait-il. Elle s'est déguisée pour m'appâter, car c'est l'habitude des filles d'exciter ainsi les hommes pour s'enfuir ensuite en disant non, puisque c'est le rôle des hommes d'exiger, de poursuivre et de leur faire dire oui. Il se peut même que ce soit l'une des vieillardes, cachée par ses pouvoirs. Mais je la trouverai. Même si elle ressemble à une enfant de douze ans.

Les femmes, irritées ou effrayées, ou pleines d'espoir et consentantes, devaient chacune poser leur pied gauche dans l'empreinte. Nul ne convenait et le seigneur pâlissait de plus en plus. Vint enfin une fille, l'une des toutes dernières. Elle posa son pied dans l'empreinte et, ô miracle, il s'y logea parfaitement.

Le seigneur bondit en tous sens sur la piste. La jeune fille était d'âge opportun, en fin de printemps. Et elle était, comme il en avait été sûr, d'une grande beauté. Il la prit par la main.

— Tu ne peux donc plus m'échapper.

— Non, mon seigneur, dit la jeune fille en baissant les yeux.

C'était la fille d'un pauvre homme et elle avait passé jusqu'alors tous ses jours à garder des moutons. D'un air humble et d'excuse, elle accorda au seigneur de ce pays qu'elle l'avait mis à l'épreuve, pour être sûre de lui, et que son apparence dépenaillée faisait naturellement partie de son plan détourné.

— Mais, crois-moi, ajouta-t-elle, je ne voulais nullement t'irriter. Depuis de longues années, moi et les miens sommes marqués d'un sort terrible qui nous a été jeté par un ennemi. Mon père était jadis roi.

— Je ne le traiterai pas autrement, dit le seigneur.

(Nous contemplons ici non seulement le pied de Sovaz, mais la main du Destin.) Il épousa donc la jeune fille et éleva son père et ses frères au rang de seigneurs, selon lequel, disons-le tout net, ils se comportèrent tous parfaitement.

En attendant, Sovaz suivait l'animal fou et dépourvu

d'esprit qui avait été son propre seigneur et amant, perdant parfois sa trace.

Son but était tout tracé, mais aussi moins net. Il l'avait abandonnée, comme les autres. C'était pour lui une aventure pervertie, que de se laisser torturer de la sorte. Il avait préféré la justice d'Ajrarn à son amour.

Il semblait qu'il ne lui restait plus rien d'autre à faire hormis le suivre. Ses pouvoirs étaient vastes : elle les connaissait sans les avoir réellement mis à l'épreuve. Il se pouvait qu'elle réussît à annihiler la malveillance d'Ajrarn. Mais peut-être Chuz, se délectant de son châtiment, refuserait-il le sort guérisseur.

Il existait, il est vrai, une tradition pour ce genre de quête. Les légendes en contiennent plusieurs cas : par exemple, Shezael Demi-Ame qui s'en était allée à la recherche du héros fou Drezaem, dans le corps duquel était logée l'autre moitié de son esprit. Ou Simmu, quand il était fille, qui était allé chercher son amant Jirek... avant qu'il fût devenu mage, quand il n'était que prêtre exilé, torturé et fou de douleur. Après diverses épreuves et péripéties, Shezael et Drezaem avaient été réunis ; ainsi que Simmu et Jirek, pendant un certain laps de temps, avant que Le Destin et les démons les séparent. Bien qu'ils se fussent retrouvés bien plus tard. Simmu (qui pouvait être homme ou femme, alors sous la forme d'un homme) avait volé une certaine quantité d'Immortalité et avait ainsi irrité Uhlumé, Seigneur La Mort. Par la suite, Simmu était allé régner sur une ville d'immortels bâtie par les démons au coin le plus oriental de la terre. Là, Jirek était allé le retrouver, mais ce n'était plus ni son amant ni son ami. Et la cité de Simmu, Simmurad de jade, d'argent et de pierres roses, Simmurad gisait désormais sous les mers.

Il est très probable que ces souvenirs étaient présents à l'esprit de Sovaz au cours de sa longue marche.

En suivant la créature démente et totalement dépourvue de raison, elle parvint dans les régions les plus glauques de la terre qui tendaient à connaître des événements irrationnels.

Les romanesques forêts protectrices étaient bien loin. Il y avait des collines, des montagnes, et seuls les cumulus qui passaient projetaient leur ombre. Elle pouvait affronter le soleil, la fille du Démon, et parfois, à la naissance ou à la mort du soleil, elle tombait amoureuse du disque solaire. Mais, certains jours, le soleil oppressait Sovaz et elle souffrait alors secrètement et profondément. Elle se mit à voyager davantage de nuit parmi les hautes terres, la lune lui servant de soleil blanc et ses larmes, les étoiles, de continuelles compagnes immortelles. Elle ne voyageait pas toujours à pied sur le sol. Elle se risquait à user de ses talents et marchait parfois dans le ciel pour se rafraîchir les pieds. Elle volait parfois sur un tapis magique ou bien appelait pour la transporter des oiseaux noirs qui montaient la garde sur les rochers. Elle découvrit une fois un lion en pierre taillé dans la colline, qui gardait un sépulcre oublié, le fit s'animer et le chevaucha trois nuits et trois jours avant de le renvoyer aux morts.

C'était une région déserte. Nul ne la vit.

Seule la folie l'avait précédée. Elle remarquait les signes de son avance. Peu de choses visibles, mais beaucoup perceptibles. Elle était montée sur les terrasses les plus élevées des hautes montagnes et émergea sur un balcon profond de granit au moment où commençait l'aube ; elle découvrit devant elle, au pied des murailles déchiquetées, une plaine nue et blanche qui s'étendait jusqu'à l'horizon.

Alors qu'elle se tenait sur ce balcon, des personnages vêtus comme des miséreux sortirent des cavernes et des anfractuosités qui longeaient les corniches voisines.

— Damoiselle, lui lancèrent-ils l'un après l'autre.

Leur voix avait un côté irritant. Un homme âgé s'avança alors. Sur le devant de sa robe dépenaillée, il portait un pectoral en or, et un cercle d'or empêchait sa chevelure poussiéreuse de retomber sur son visage incolore. Il braqua sur elle un doigt maigre sur lequel flamboyait une grosse bague.

— Damoiselle, dit-il, n'avance plus. Ne cherche point à rejoindre cette plaine. C'est une zone malfaisante et maudite. Près du fleuve, qui n'est plus qu'un canal d'immondices, se trouve une cité qui n'est plus une cité, mais un égout. Fais demi-tour. Ou bien, si tu es lasse, repose-toi quelque temps parmi nous.

— Tu es trop aimable, dit Sovaz. Mais peut-être mens-tu, peut-être la ville est-elle belle et saine... et, étant manifestement bannis de celle-ci, la diffamez-vous aux étrangers.

Le porte-parole poussa un soupir et fronça les sourcils.

— Il est vrai que nous sommes des parias. Fais halte parmi nous et je t'en donnerai la cause.

— Je le répète : tu es trop aimable. Je ne m'intéresse pas à votre ville ni à ce que tu peux m'en dire.

Sur ce, Sovaz s'avança sur les corniches sans tenter de descendre vers la plaine mais simplement pour continuer sa quête.

Derrière elle, les réfugiés de la cité marmonnèrent et se lamentèrent.

Le soleil qui s'était levé embrassa méchamment Sovaz. Elle était fatiguée et découragée.

Vers midi, elle pénétra dans une caverne pour se soulager et se reposer.

Il lui sembla que Chuz y avait passé une bonne heure. Elle était emplie d'horreur invisible, silencieuse et inodore et, dans la roche tendre, des ongles ébréchés avaient creusé un dessin. Un peu d'eau coulait en ce lieu et Sovaz put boire, comme le font les humains qui ont soif. Car certains besoins qui ne sont pas nécessaires le sont toutefois.

Puis elle s'endormit. Et elle rêva, mais à la manière des Eshva, en faisant des rêves abstraits et fabuleux ; elle se réveilla lorsque le soleil commença à descendre et rêva une demi-seconde comme aurait pu le faire une humaine : elle vit Oluru-qui-était-Chuz, beau, robuste, rusé, son bien-aimé. Puis il disparut. *Je puis le suivre pour l'éternité et ne jamais le rattraper. Est-ce là le châtiment qu'Ajrarn me réserve à moi aussi, pour une naissance qu'il regrette aujourd'hui ?*

Encadré dans l'entrée de la caverne, le soleil brûlait sur la plaine. Il y avait aussi plusieurs petits soleils qui ne se couchaient point : des torches. Les miséreux qui l'avaient arrêtée l'avaient retrouvée et attendaient. L'homme à l'insigne en or était assis en face d'elle et la foudroyait du regard. Sovaz remarqua alors que, pendant son sommeil, ils l'avaient ligotée avec des cordes épaisses. Celles-ci possédaient une magie grossière mais efficace, car elle n'avait pas eu conscience de ces entraves et elle sut aussitôt qu'il lui faudrait utiliser ses pouvoirs pour briser les nœuds. Elle n'accomplit pas immédiatement cet exploit.

— Maintenant, tu vas m'écouter, fille insolente, dit le vieillard.

— Je t'écouterai donc. Prends garde que ton récit ne soit ennuyeux si tu tiens à ce que je l'écoute.

L'homme continua de la foudroyer du regard.

— Là-bas, à des milles et des milles d'ici, là où périt le soleil, coule le fleuve et près du fleuve se trouve la ville qui s'appelle Shudm, bien qu'elle ait eu un autre nom. Shudm possède bien des étages et des toits d'or sombre et elle est dirigée par six maîtres et trois maîtresses. Mais ses gouverneurs appartenaient jadis à la même classe que moi. Aujourd'hui, tel un vautour, je suis perché dans les cavernes et j'observe la ville dans le lointain de mon esprit et en écarte les voyageurs lorsque je le puis. A tous je communique l'histoire de la nouvelle Shudm... ce qui signifie la Partagée.

Sovaz bâilla derrière sa main blanche et, d'un geste léger, brisa en deux l'une des cordes qui la liaient. Si l'homme le remarqua, cela est douteux. Il faisait noir, désormais, en dehors de la lumière des torches, et il se pencha vers elle.

— Que cherches-tu à Shudm ?

— Tu mets ma patience à l'épreuve. Continue ton histoire ou finis-en.

Mais elle songea : *Je n'ai plus aucun but. Je puis aussi bien rester ici. Mon été d'amour est terminé. L'hiver arrive.*

L'homme déclara d'une voix hautaine :

— Nous appelons cette histoire *Liliu, ou les Pommes de Feu.*

Il la lui raconta dans les moindres détails, de telle sorte que sa propre vie sembla se retirer dans l'obscurité.

2

Histoire de Liliu

Dans la ville aux étages multiples près du fleuve, avant qu'elle fût connue sous le nom de Shudm, vivait alors un riche seigneur marchand. Il avait un fils, son héritier, nommé Djadrid. Pour ce fils, le marchand aurait, comme on disait, cueilli des pommes de feu : il l'aimait beaucoup et ne pouvait lui refuser grand-chose.

Un mariage s'avérait nécessaire. Mais aucune des jeunes filles possibles ne correspondait à l'idéal de ce jeune homme, bien qu'on lui eût montré plusieurs portraits et que, dans plusieurs cas, il eût eu la permission de voir les candidates pleines d'espoir à travers des rideaux et des haies. Le marchand était à bout d'expédients, car ses richesses et son pouvoir devaient être transmis.

Un jour, au crépuscule du soir, un homme se présenta à la porte. Malgré l'absence de tout serviteur, l'étranger était bellement vêtu et se tenait comme un personnage important. On le fit donc entrer. En arrivant en présence du père et du fils qui étaient par hasard en train de jouer aux échecs, le visiteur parla ainsi :

— Messieurs, j'ai entendu dire que cette maison recherche une épouse qui lui donnera un héritier, mais que pour cela elle doit posséder de grands talents et une beauté supérieure. Sachez donc que je sers un maître puissant dont la fille est ainsi faite. Celui dont je suis le porte-parole m'a envoyé vous dire que si ce noble héritier vient ce soir même à me suivre, il pourra voir discrètement cette jeune fille et juger par soi-même si j'ai présenté la vérité ou un mensonge.

Le père et le fils furent interloqués.

— Quel est donc cet homme puissant que tu sers ? voulut savoir le marchand.

— A ce stade, je ne puis vous le révéler. Tu comprendras facilement, au cas peu probable où ton fils la refuserait, que mon maître ne désire pas que sa fille ou sa maison soit déshonorée, chose pratiquement impossible en conservant l'anonymat.

Le marchand ne parut pas enclin à sourire devant ces paroles. Mais le jeune homme éprouvait déjà une excitation curieuse et une envie de tenter l'aventure... et il se tourna pour murmurer quelque chose à l'oreille de son père. Les pommes de feu...

Environ une demi-heure plus tard, comme la pomme de feu du soleil gisait, rouge et basse, sur le fleuve, Djadrid marchait derrière le serviteur étranger. Qui lui avait donné ce conseil :

— Reste toujours à sept pas derrière moi. N'adresse pas une parole à qui que ce soit, même à moi, et ne laisse personne t'écarter de ta destination.

Ils ne se trouvaient pas à deux pâtés de maisons de chez le marchand que quelques amis du jeune homme s'approchèrent avec des guirlandes et des torches, en route vers quelque lieu d'amusement. Ils remarquèrent Djadrid et l'appelèrent pour qu'il se joigne à eux. Mais, fidèle à sa quête, celui-ci hocha gravement la tête et continua son chemin sans s'arrêter.

Peu de temps après, tandis que lui et son guide tournaient dans les allées plus étroites près des quais, une mendiante allongée sous une porte cochère lança à Djadrid un petit cri pour lui demander l'aumône. Il songea un instant lui donner quelques pièces, mais, dans le rougeoiement faiblissant de la lumière, il crut voir le serviteur qui faisait un geste sec de remontrance. Djadrid feignit donc d'ignorer la clocharde et l'abandonna à ses gémissements injurieux.

L'instant d'après, un groupe de prêtres sortis de l'un des temples apparurent dans la ruelle étroite, faisant tinter leurs clochettes et chantant une mélopée. Comme ils s'approchaient, Djadrid fut forcé de s'écarter pour les laisser passer, mais l'un des prêtres se tourna pour le saisir par le bras et lui dit d'une voix pressante :

— Le corps n'est que poussière ; pourquoi cherches-tu donc à réjouir le corps ? C'est ton âme éternelle dont tu devrais t'occuper...

Une réplique théosophique toute prête jaillit dans la bouche de Djadrid, mais il la réprima et se dégagea muettement sinon poliment avant de se hâter de revenir dans le sillage du mystérieux domestique.

Peu après cela, le soleil sombra totalement.

Djadrid découvrit qu'il avait suivi son guide dans le quartier le plus ancien de la ville. Ils ne tardèrent pas à arriver à une artère déserte entre de hauts murs au-dessus desquels s'élevaient de grandes demeures, toutes éteintes. La nuit était omniprésente et sombre, mais emperlée d'étoiles, qui émettaient leur blanche musique silencieuse. Aucun bruit ne montait du cœur de la ville ; on n'entendait qu'un bruissement, de temps à autre, dans les arbres qui surmontaient les murs. Djadrid, qui avait persuadé son père, commença alors à soupçonner quelque coup fourré et porta la main à la longue dague qu'il avait à la ceinture. Mais le serviteur avait marqué un temps d'arrêt à côté d'un portillon, le déverrouilla et fit signe au jeune homme de le franchir seul.

Avec circonspection, Djadrid s'approcha et glissa un regard de l'autre côté. Il ne vit qu'un jardin, relativement envahi par la végétation, mais avec une variété d'arbres dont les fleurs avaient un parfum douceâtre. Alors qu'il hésitait encore, une lumière s'éclaira et il monta une musique ondoyante de harpe à long manche dont quelqu'un jouait talentueusement.

— Pourquoi attends-tu ? chuchota le serviteur à Djadrid. Chaque soir, la fille de mon maître joue dans la tonnelle. Avance-toi jusqu'à ces trois pêchers et tu pourras l'apercevoir.

Planant dans l'air, montèrent alors les notes d'une voix féminine qui chantait de façon exquise. Comme sous le charme, Djadrid se glissa en avant jusqu'aux pêchers et regarda à travers eux.

Dans un petit pavillon brûlaient trois lampes rondes dont étincelaient les joyaux. Mais sous ces lampes brûlait la lumière la plus éclatante et le plus beau des joyaux.

Djadrid eut l'impression de ne jamais avoir vu une aussi grande beauté, ce qui était probablement vrai. Prise dans une résille aux ornements d'or, sa chevelure avait la même couleur rouge foncé que le soleil mourant et tombait en cascade sur ses épaules, avec des mèches d'or là où les lampes la polissaient. Sa peau, cerclée d'or, était plus pâle que le plus fin des vélins. Tandis qu'elle lançait sa chanson vers les étoiles, ses doigts éblouirent Djadrid. Mais ses yeux, qui ne le voyaient point, faillirent l'aveugler.

Elle chanta un certain temps et assurément jamais demoiselle n'avait chanté aussi parfaitement. Djadrid était comme figé sur place. Finalement, la jeune fille posa sa harpe, se mit sur la pointe des pieds pour souffler les lampes et faillit occire le spectateur par sa grâce. Puis elle se glissa vers la maison et disparut dans les ténèbres.

Lentement, Djadrid se détourna des pêchers et alla rejoindre le serviteur qui l'attendait à la porte, les bras croisés.

— Je... commença Djadrid.

— Ne dis rien pour l'instant, fit doucement le serviteur. Sur la route attend un chariot dont le conducteur a reçu pour instructions de prendre le chemin le plus rapide pour te permettre de rejoindre ta demeure.

Djadrid vit alors qu'un chariot était en effet arrivé près du mur de la maison, avec trois chevaux à la mine fière dans les brancards, un conducteur penché sur les rênes et dont l'apparence était plus celle d'un singe que d'un homme.

— Nous aurons de tes nouvelles, il se peut, dit le domestique.

— A la première lueur.

— Une telle hâte n'est point nécessaire. En ce lieu, nous affectionnons la nuit. Demain au crépuscule, si tu le veux bien.

Le serviteur entra alors dans le jardin et referma la porte.

Djadrid, sidéré, marcha jusqu'au chariot, y monta et s'assit. Le voyage de retour se passa dans un tourbillon de rêve, de telle sorte que le fiancé, qui songeait désormais farouchement à épouser cette fille, remarqua à peine la vitesse inaccoutumée, la folle agilité des chevaux bondissants, leur maigreur et l'étrange vieil esclave simiesque qui les conduisait.

Revenu chez son père et s'étant rendu droit dans la chambre de celui-ci, Djadrid fit sa confession.

— J'épouserai cette fille-là ou je n'en épouserai aucune.

Le marchand fut troublé, mais... les pommes de feu.

Toute cette histoire était plutôt bizarre, mais sans rien avoir de messéant, le marchand lui-même finit par considérer ses doutes comme sans fondement. Il s'avéra que l'auguste maître de l'étrange domestique était un homme très érudit mais très âgé qui, depuis des années, était dans un pitoyable état de santé et se trouvait maintenant à l'article de la mort. Ayant de très grandes richesses et une seule fille charmante, il désirait léguer les deux avec sagesse avant son départ. Il avait donc fait procéder à des enquêtes et il lui avait semblé qu'un certain seigneur marchand, le père de Djadrid, constituerait un beau-père approprié, la maison du marchand un foyer digne et sans reproche et le fils dudit marchand, Djadrid, un noble mari. Tout ceci, le père de la jeune fille le communiqua au marchand par l'entremise de lettres élégantes toujours accompagnées de présents d'une splendeur insurpassable. Si le vieillard invalide n'apparaissait pas en personne, cela était en raison, disait-il, de sa maladie, qui le rendait impotent et le clouait chez lui. Toutefois, il était impatient de confier sa fille à Djadrid ; elle avait été mise au courant de la décision de Djadrid et avait déclaré, en fille obéissante, qu'elle se pliait au choix de son père.

Elle s'appelait Liliu. En dehors de sa beauté, elle avait grandi dans la douceur et la sagesse, elle savait lire et écrire en de nombreuses langues, elle n'avait rien d'une piètre musicienne... et malgré tout cela elle était innocente comme une enfant. En raison de quoi son père faisait appel à leur indulgence sur un seul point. Il semblait qu'en tant que fille vertueuse et aimante, elle avait passé la majeure partie de sa vie avec son père souffrant. Or sa maladie rendait celui-ci incapable de supporter autre chose que les rayons de la lune ou la lumière des chandelles ; le soleil ne faisait qu'aggraver son état. Les nouveaux protecteurs de Liliu seraient donc aimables de bien vouloir dans un premier temps excuser l'aversion qu'elle éprouvait vis-à-vis du soleil... car, ayant vécu la nuit avec son père et ayant pris le soleil en horreur pour l'amour de lui, elle risquait de désirer encore éviter les heures de la journée, se levant au crépuscule du soir comme elle en avait pris l'habitude et dormant tout le matin et l'après-midi.

Ceci leur parut tout à fait compréhensible. D'ailleurs, l'idée de passer la nuit sans sommeil ne déplut guère au jeune homme. Lui aussi avait eu en tête quelque chose de ce genre.

Des lettres et des cadeaux furent donc échangés, des prêtres consultés, les sacrifices appropriés offerts aux dieux (qui, comme toujours, les ignorèrent), les frais provisionnés et le mobilier préparé. La nuit vint enfin où Djadrid, à la lumière des torches, alla demander la main de sa fiancée... dans le pavillon du jardin, pour plus de commodité, puisque son père était aux portes de la mort.

Elle était assise sous la tonnelle, voilée et l'air réservé, parmi les fleurs et les parfums, sa dot (qui était véritablement prodigieuse) empilée tout autour d'elle. Le père malade, comme prévu, n'était pas présent. Bizarrement, aucune servante non plus. L'on supposa qu'elles restaient respectueusement parmi les arbres alentour, l'ayant confiée aux soins de son fiancé.

Djadrid ne se fit aucun souci.

Liliu et Djadrid furent donc mariés. Rarement mariée avait été plus belle, plus réservée, ou plus charmante. Rarement jeune marié avait été aussi envié.

En haut, dans la chambre à coucher, Djadrid dévêtit son épouse et apprit que sa perfection était aussi totale qu'il l'avait fiévreusement imaginé. Et, bien qu'elle fût vierge, ce dont elle lui donna la preuve, il sembla que, sans doute du fait de son érudition, elle avait acquis maint savoir (d'abord avec une timidité appropriée, puis avec une assurance croissante lorsqu'elle vit que ses actes étaient favorablement appréciés) dont elle usa de telle sorte que le plaisir qu'elle lui fit connaître fut doublé, triplé et dépassa même toute pitoyable limite mathématique. A tel point que les derniers noceurs qui étaient venus écouter sous leurs fenêtres ne furent point déçus. Ce fut en fait à l'apogée de l'une de ces délicieuses excursions que Djadrid lança le bras sur le côté et renversa un broc sur le chevet. En se brisant, le broc le coupa.

— Oh, mon très cher seigneur ! s'exclama Liliu tandis qu'il se rallongeait, fourbu, et découvrait son poignet ensanglanté.

— Ce n'est strictement rien, dit Djadrid.

Mais Liliu, comme il convient à une jeune épouse, se montra très attentive.

— Non, non. Qui peut dire quelle infection est logée sur les bords de cet objet brisé ? (*Oui*, songea Djadrid, empli de la plus tendre des compassions, *il y a trop longtemps qu'elle vit auprès d'un malade.*) Si tu veux bien me le permettre, voici le plus sûr des remèdes, qui lavera tes veines de tout produit empoisonné.

Sur ce, elle posa ses lèvres sur la blessure. Djadrid fut stupéfait et touché par sa sollicitude. Il savait que l'on pouvait ôter le venin de la sorte. Mais qu'elle devait l'aimer pour le soigner de cette manière ! Lorsqu'elle se fut enfin assurée que tout mal avait été sucé hors de son corps (ce qui prit un certain temps, tant elle s'était montrée consciencieuse), Liliu sourit et appliqua ses lèvres à un nouvel ouvrage. Elle ne tarda pas à l'enfourcher avec légèreté et, dans une danse magnifique à contempler et divinement douloureuse à subir, elle se mit à l'attirer vers la septième porte de la nuit. *Ah, quelle femme j'ai reçue en bénédiction !* songea Djadrid. Bientôt ses bruyants gémissements produisirent un nouveau vivat de la part des convives au rez-de-chaussée et firent tomber par leurs secousses plusieurs fruits du prunier qui poussait contre le mur.

Lorsqu'il se réveilla au lever du soleil, Djadrid vit que sa femme avait déjà quitté le lit et rejoint le lieu d'isolement diurne qu'il lui avait réservé, en mari attentionné qu'il désirait être. Quant à lui, il dormit jusque dans l'après-midi.

Les premières semaines du mariage se passèrent donc dans l'harmonie. Le seul point discordant se situait dans la préférence que manifestait la jeune femme pour la nuit et dont elle ne voulait se départir, elle qui était si bien disposée en toute autre chose. *C'est là le grand amour qu'elle a eu pour son père*, songeait Djadrid. Il réprima donc son mécontentement. (Ah, oui. Les pommes de feu.)

Mais de la sorte, du fait qu'il devait veiller à ses affaires durant le jour, Djadrid voyait sa femme bien moins qu'il n'est normal, car il ne pouvait rester éveillé durant toute la nuit, ainsi qu'elle semblait le faire.

Il existait une autre petite particularité. Durant le banquet de noce, Liliu n'avait rien mangé et rien bu, hormis une ou deux gouttes d'eau. L'on avait pris cela pour de la timidité, ou du chagrin devant l'abandon de son père. Pourtant, elle continuait à refuser de manger en présence de son mari. Elle l'assurait que d'avoir partagé la vie d'un homme malade qui ne pouvait prendre qu'un maigre potage l'avait amenée à ne manger elle-même qu'un frugal repas par jour, et dans la solitude. Djadrid accepta cette habitude, bien qu'elle le mécontentât subtilement.

Au bout d'un mois, un tas de petits détails irritaient désormais Djadrid. Un matin, il s'était réveillé peu avant le soleil avec le désir fou d'enlacer Liliu. Mais, si le soleil n'avait pas encore dépassé l'horizon, sa femme avait déjà quitté le lit. En conséquence, Djadrid prit son petit déjeuner tout seul et de mauvaise humeur et, lorsqu'une servante renversa la salière, il l'injuria parce que cela portait malheur. La femme se répandit soudain en un flot de larmes.

— Oh, mon maître, pleura-t-elle, malheur est bien le terme. Mais laisse-moi m'agenouiller et te dire ce que je tiens caché depuis ces trois derniers jours et qui m'emplit d'une telle détresse que j'ai cru en perdre la raison.

Stupéfait, Djadrid oublia sa mauvaise humeur.

— Parle sur-le-champ, dit-il. Ne redoute pas mon courroux. Je n'en aurai que si tu continues de garder le silence.

La femme lui raconta donc ce qui suit.

En raison des tâches qui lui incombaient, elle était fréquemment obligée de se lever avant le chant du coq et, un beau matin, alors que l'aube ne devait poindre qu'une demi-heure plus tard, elle remplissait une jale d'eau au puits de la cour lorsqu'elle entendit un bruit furtif à proximité, apparemment sous le sol. Quelque chose rendit la femme prudente et, à dire le vrai, l'effraya. Elle laissa donc sa jale et alla s'abriter derrière un buisson contre les latrines. Au bout d'un moment, son cœur faillit lui sortir de la poitrine. Car l'une des vieilles dalles de la cour ne se mit-elle pas à se soulever et à pivoter sur le côté ; de sous terre se glissa alors une terrible apparition, luisante, blanche et noire dans la pénombre de l'aube proche. A peine avait-elle quitté l'ouverture qu'elle replaça l'énorme dalle comme si elle ne pesait pas davantage qu'une plume. Elle se retourna et regarda autour d'elle. (Jamais la femme n'avait été aussi heureuse de rester invisible.) Assurément, cette créature constituait un spectacle horrifiant, une femme en robe blanche, mais souillée de terre et de... se pouvait-il que ce fût du sang ? Elle s'approcha du puits, descendit le seau et, lorsqu'elle l'eut remonté, la créature se lava. Pour la première fois, la femme vit que l'être qui venait de remonter de sous le sol, couvert de terre et de sang, n'était autre que la jeune épouse de son maître, Liliu.

— Où elle était allée, je l'ignore, et je ne désire pas le savoir. Mais quelque chose avait certainement dû la retarder... elle paraissait inquiète que quelqu'un ne pût la voir en train de se laver. Lorsqu'elle fut propre et eut essoré sa longue chevelure, elle rentra dans la maison et s'en fut dans la chambre qu'elle habite durant la journée. Maintenant, fit tristement la femme en croisant les bras, je suppose que je vais être tuée pour avoir assisté à un méfait de l'un de mes supérieurs.

— Tu ne seras pas tuée mais fouettée pour avoir menti, dit Djadrid, enragé... mais aussi effrayé.

— Mais j'ai la preuve de ce que je viens de dire, annonça la femme.

— Montre-la-moi.

Elle s'exécuta. La servante conduisit Djadrid jusque dans la cour et lui demanda de s'agenouiller près de l'une des dalles. Il vit aussitôt qu'elle avait été déplacée, ce qui pouvait s'expliquer pour une raison ou une autre. Mais cela n'expliquait pas la présence d'un cheveu rouge coquelicot qui était coincé dessous.

— Elle est ressortie la nuit dernière et elle est revenue une heure avant l'aube. Je l'ai entendue et je l'ai observée par un trou dans la porte des toilettes. Elle n'a pas été assez prudente, cette fois-ci. Quand elle a rabattu la dalle, l'un de ses cheveux est resté coincé, mais elle l'a coupé d'un coup de dent, puis elle s'est enfuie à la hâte sans se donner la peine d'enlever cette pièce à conviction... car qui verrait ce cheveu s'il ne venait le chercher, comme moi ? Maintenant, mon robuste seigneur, essaie de soulever cette pierre et tu verras si quelqu'un se joue de toi.

Djadrid, malgré tous ses efforts qui le firent suer sang et eau, malgré l'aide de sa dague comme levier, ne put soulever la dalle de plus d'un demi-pouce. Cela ne suffisait pas pour dégager le cheveu toujours pris au piège plus loin sous la pierre, alors que celle-ci avait été bien franchement relevée...

Il finit par se redresser et dit à la femme :

— Tu garderas le silence. Ne parle de cela à personne, pas même à mon père. Tu l'as observée et tu l'as vue rentrer. Maintenant, c'est moi qui vais l'observer et voir où elle va.

A vrai dire, Djadrid avait déjà sa petite idée, qui ne lui plaisait guère. Les caves de la maison du marchand jouxtaient par hasard d'antiques catacombes censément hantées dans lesquelles Djadrid avait pénétré une ou deux fois alors qu'il n'était qu'un gamin. Ces incursions n'avaient rien révélé de bien terrible en dehors de quelques rats et de la poudre de momies. Mais les tunnels conduisaient hors de la ville jusqu'à un très vieux cimetière qui n'était plus utilisé que par les plus pauvres et dont la réputation était sinistre.

A l'insu de tous, à l'aide d'une baramine et d'une masse, Djadrid passa donc la journée à agrandir l'ouverture dans la cave qui lui avait permis de passer alors qu'il était enfant. L'après-midi, il put pénétrer dans le terrier infect de l'autre côté où il faisait toujours nuit et, s'étouffant dans la poussière, il leva sa lampe. Il ne tarda pas à découvrir, comme il avait pensé à contrecœur qu'il le ferait, une bizarre déchirure dans les toiles d'araignée poussiéreuses et une marque sur le plafond en pierre... à l'endroit qui correspondait à la dalle pivotante de la cour. Djadrid examina le tunnel un certain temps et trouva sur le sol et certaines corniches qui conduisaient vers le plafond de nombreuses empreintes de pieds... une seule personne ayant emprunté la même route à plusieurs reprises. De petits pieds aux orteils bien ronds, mais ils avaient dû être trempés dans un produit spécial pour laisser une telle trace. Un produit qui avait été très rouge...

Tout cela était horrible. Et surtout étrange. N'ayant jamais eu le moindre soupçon à l'encontre de sa femme, ayant été si longtemps abusé, Djadrid sentit alors que tout s'éclairait. Comme si, d'une certaine manière, il s'était dissimulé qu'il le savait *depuis toujours*...

— Pardonne-moi, douce épouse. Je ne puis jouir de toi, ce soir. Je suis las.

Djadrid s'allongea aussitôt et feignit le plus profond des sommeils. Mais elle se montra prudente. Elle ne s'en fut pas avant le lever de la lune.

Lorsqu'il fut sûr de son départ, Djadrid se dressa d'un bond, enfila ses vêtements à toute allure et ceignit son épée. Il courut sans bruit à travers la maison et dans la cave et parvint ainsi sous les voûtes obscures des catacombes.

Il avait préparé une lampe sourde qui lui permit tout juste de retrouver son chemin. Quant au reste, il connaissait déjà la route. Il se glissa néanmoins en avant avec la plus grande des circonspections en abritant sa faible lumière derrière sa cape. Il s'en trouva fort bien. A l'angle d'une cellule d'os en putrescence, il aperçut un clignotement brillant ; c'était le reflet de l'ourlet de la robe de Liliu, de son cou-de-pied blanc et d'une cheville ornée d'une chaînette en or. Elle était tellement certaine que nul ne l'avait suivie et tellement pressée de rejoindre sa destination qu'elle avançait sans même regarder derrière elle. Lui, par contre, la suivait prudemment.

Le tunnel prit soudain fin et remonta à travers un certain nombre de cavernes pour s'ouvrir sur l'air libre. Les chauves-souris s'offensèrent de sa lampe (alors qu'elle n'en avait pas apportée) et il dut l'éteindre. Sans regarder par dessus son épaule, l'étincelle pâle de Liliu continuait de filer devant lui et franchit le mur en ruine de l'ancien cimetière.

La lune était haute et produisait un crépuscule argenté. De tous côtés, parmi les arbres funéraires et les herbes, les grands sépulcres se dressaient, maisons des morts... rappelant horriblement à Djadrid le boulevard où il s'était rendu pour trouver son amour.

Ils ne tardèrent pas à s'approcher d'un très grand tombeau en partie écroulé et en ruine, mais qui possédait encore des piliers et des sculptures anciennes... ç'avait dû être le dernier repos d'un prince puissant. Des fentes, des trous et derrière les sculptures, sortait une lumière verdâtre et, à l'arrivée de Liliu, la porte s'ouvrit brutalement en grinçant. Elle monta les marches en courant, joyeuse comme une jeune mariée qui va accueillir son mari, et elle entra. La porte se referma en ululant.

Djadrid resta un moment sans bouger. Son sang s'était congelé et plus d'un se fût alors probablement enfui. Mais la colère et l'amour-devenu-pourriture sont capables de miracles. En moins de temps qu'il ne lui eût fallu pour faire aux dieux sourds de Terre Supérieure une prière pour son salut, Djadrid grimpa dans un arbre qui dominait la maison funèbre du prince et put ainsi atterrir sur le toit. Il découvrit alors rapidement une ouverture qui lui permit de regarder à l'intérieur.

Quel spectacle ne vit-il pas en détail, là en bas ! Un grand catafalque de pierre, d'où l'on avait fait depuis longtemps rouler tous les os ; de grands coffres de pierre qui avaient été pillés (et seule une force surhumaine avait pu les ouvrir) et d'où coulaient des écheveaux de perles, de rubis et de diamants ; des instruments merveilleux (telle une harpe à manche long) ; des livres savants âgés de plusieurs siècles, tous verdis par le phosphore putrescent qui produisait la lumière, mais sans doute encore lisibles et dont la reliure était en or pur. Tout en haut, une soixantaine de lampes précieuses et diaphanes dans lesquelles brillait la substance infecte. Au beau milieu de tout cela, neuf personnes faisaient circuler neuf verres à pied dorés et incrustés de joyaux, chacun contenant un vin de couleur différente. Comme des banqueteurs avant un festin, ils riaient et plaisantaient entre eux, s'embrassaient et se caressaient intimement. Ils auraient fort bien pu constituer une famille, ce qui était sans doute le cas, d'une certaine manière. Chacun était d'une beauté exceptionnelle, mince, pâle, avec la chevelure roux foncé que connaissait si bien Djadrid et qu'il avait tant admirée. Chacun était également vêtu comme s'il venait de s'échapper d'une chambre à coucher. Et la neuvième, bien entendu, était Liliu, sa femme.

— Buvons donc, dit l'un deux, un homme qui pouvait être le frère ou le cousin de la femme de Djadrid, mais qui la tenait d'une manière que Djadrid lui-même n'eût osé afficher en public. Buvons à notre lignée immémoriale, à notre destinée, à notre réussite, et à notre génie comparé à la cervelle creuse de l'éphémère humanité. Car il apparaît que chacun de nous a réussi. Qui sont donc les maîtres en dehors de nous ?

A maintes reprises, ils burent encore à leur santé les vins verts, jaunes, écarlates, blancs et même noirs. Ils se chatouillèrent, se caressèrent et se léchèrent comme jamais, tout en émettant des commentaires obscènes et peu charitables sur les capacités sexuelles de l'humanité que chacun d'eux avait dû apparemment supporter ces derniers temps.

Une autre porte s'ouvrit alors au fond du sépulcre et leurs serviteurs sortirent, certains ressemblant assez à des singes, d'autres à des hommes, et l'un de ces derniers était celui-là même qui avait conduit Djadrid jusqu'au jardin de Liliu. Il s'inclina très bas et proclama que le banquet pouvait commencer.

Les neuf dîneurs exprimèrent leur joie, et plus encore lorsque les mets furent déposés devant eux sur le catafalque. Ils émirent alors des cris d'appréciation et des claquements de lèvres. Mais Djadrid, qui voyait aussi l'objet du festin, était tombé dans un évanouissement mortel parmi les ornements du toit.

Lorsqu'il revint à lui, le ciel était gris, la rosée était tombée et le grand sépulcre était dans les ténèbres. En tremblant, Djadrid rendit grâce aux dieux (qui n'étaient en rien responsables) que les vampiriques banqueteurs ne l'eussent point découvert.

Djadrid avait désormais tout compris. Il était clair que leur race était ancienne, par la « lignée » et la « destinée », comme l'avait fait remarquer le goule. Il semblait que, pour une raison ou une autre, ils cherchaient à vivre parmi les hommes et que, pour ce faire, ils avaient monté des machinations... et pas uniquement celle de Liliu à son encontre. Dans son cas, il n'y avait eu ni père âgé, ni maison : le manoir était désert, le chariot devait appartenir à un roi défunt, les chevaux étaient... des fantômes ? Seule la dot était réelle, produit du pillage de centaines de tombes. Il était probable qu'une variation sur ce thème avait dû se jouer ailleurs. Au nombre de neuf, ils avaient désormais, semblait-il, piégé neuf familles par leurs stratagèmes. Quittant huit autres lits et de malheureuses épouses ou des maris confiants, ils s'échappaient de nuit pour se retrouver et se divertir. Peu étonnant que Liliu n'eût guère envie de manger avec son seigneur. Peu étonnant qu'elle abhorrât le soleil aux sains rayons.

La voie de Djadrid était claire. Il allait rentrer chez lui et attendre les ténèbres. Lorsqu'elle viendrait le rejoindre avec toutes ses ruses, il la tuerait.

Lorsqu'il quitta le cimetière à grands pas, le visage marqué par les larmes et la rage, le ciel s'éclaircissait mais le soleil n'était pas encore levé. Les habitants des taudis sous le mur de la ville, en le voyant émerger ainsi du cimetière hanté, se précipitèrent chez eux en hurlant qu'il était le diable qu'ils craignaient depuis si longtemps, qui batifolait toute la nuit dans les sépulcres et mangeait leurs parents défunts. Djadrid ne put apprécier l'ironie de cette réaction.

Or le père de Djadrid était parti en voyage d'affaires depuis un jour ou deux. Ce soir-là, qui était celui de son retour, Djadrid donna ordre que soit préparé un dîner particulièrement fastueux.

En conséquence, au coucher du soleil, tous vinrent à table, le marchand, ainsi que les invités et les relations, tous ceux qui s'étaient trouvés aux noces de Djadrid. Celui-ci ne tarda pas à entrer avec sa femme.

— Je l'ai suppliée de dîner pour une fois avec nous.

Tout n'était que sourires et éclats de rires.

Djadrid s'assit à côté de sa femme. Il la pria de prendre un peu de vin.

— Je t'en prie, fais-m'en grâce.

— Non. Ce soir, tu boiras avec nous.

— Mais tu sais, mon seigneur, que je ne bois jamais de vin.

— Quelle femme admirable ! s'exclama l'un des hôtes. Quelle sobriété !

— Tu goûteras bien un peu de viande... continua Djadrid sur un ton persuasif.

— Je t'en prie, fais-m'en grâce.

— Ce fruit...

— Je t'en prie, fais-m'en grâce.

— Une pâtisserie, alors. Une cuillerée de miel...

— Fais-m'en grâce, très cher seigneur, dit Liliu. J'ai déjà mangé. Seule, comme à l'accoutumée.

— Quelle frugalité, dit un autre invité.

Et un autre encore :

— Quelle timidité délicieuse !

— Oui, fit Djadrid en souriant à sa femme, il est vrai qu'elle mange ailleurs, et avec d'autres que moi. Mais dis-moi, douce Liliu, que manges-tu donc ? Les servantes me disent qu'elles t'apportent des plateaux de nourriture, mais la plupart reviennent sans qu'on les ait vraiment touchés. Une autre a déclaré qu'elle te soupçonne de jeter ce qui disparaît aux chiens qui errent au pied de la maison.

Les invités éclatèrent de rire. Liliu baissa les yeux.

— Allons, une gorgée de vin qui mettra un peu de couleur à tes joues si pâles, dit Djadrid avec une attention croissante. Un bout de pain, pour me faire plaisir.

— Fais-m'en grâce, je t'en prie. Je n'ai pas faim.

— Ceci est probablement vrai, dit Djadrid. Car je crois que tu as fort bien mangé la nuit dernière.

Quelque chose dans sa voix provoqua un silence dans la salle. Même les flammes se redressèrent dans leurs lampes, comme attentives à ses paroles. Mais Liliu ne releva pas les yeux.

— Que veux-tu donc dire, Djadrid ? demanda le marchand à son fils. Tu nous dis qu'elle ne mange pas avec toi, puis tu dis qu'à ta connaissance elle a fort bien mangé.

Tu plonges cette pauvre fille dans la détresse. Tu ne dois pas la harceler ainsi.

— Non ? Je vais donc cesser de la harceler.

Son visage et sa voix étaient désormais terribles.

— La nuit dernière, à la suite d'une mise en garde, j'ai suivi ma femme, qui, assez souvent, semble-t-il, quitte mon lit dans les profondeurs de la nuit. Je l'ai suivie le long des tunnels qui passent sous notre maison jusqu'au cimetière situé en dehors des murs de la ville. Là, dans un tombeau, elle a retrouvé certaines de ses connaissances, des parents à elle, et ils se sont moqués de la bêtise de l'humanité tout en arrachant les seins d'une femme morte qu'ils ont ensuite dévorés. Puis ils ont bu à l'infériorité des hommes tout en se gorgeant du sang et de la bile de cadavres.

L'horreur frappa toute l'assemblée. Nul ne bougea avant que Liliu se lève d'un bond, se précipite vers le marchand et se jette à ses pieds.

— Sauve-moi, ô mon père, s'écria-t-elle, car ton fils est devenu fou.

— Fou, oui, il s'en est fallu de peu, dit Djadrid, dont le visage était au moins aussi pâle que le sien. Si vous, mes parents et mes amis, doutez de moi, je vous demande de faire venir les domestiques. Il est parmi eux une femme au moins qui a vu cette créature que j'ai prise pour épouse remonter au matin du sous-sol de la cour et laver les souillures de son banquet à notre puits.

Liliu se releva encore d'un bond. Elle se tourna et les regarda tous fixement ; sa beauté avait disparu, son visage était hideux et féroce. Nul de ceux qui la contemplèrent alors ne put douter de la véracité des dires de Djadrid.

— Oh, toi qui es si rusé et intelligent que le monde se roule à tes pieds, oh, mon mari, que vas-tu faire ?

— Mais simplement ceci, dit Djadrid.

Il se dirigea droit sur elle et lui plongea sa dague dans le cœur.

Elle poussa un seul cri perçant, puis tomba au sol tandis que les chandelles baissaient dans leurs lampes, comme effrayées devant ce spectacle.

3

Le Récit continue

Tous ceux qui se trouvaient dans la maison durent jurer le secret sur les événements de cette effroyable nuit. Le serment était terrible. L'on prétendit que la jeune épouse de Djadrid avait connu à table une mort soudaine et tragique en s'étouffant avec un os. (Ceci avait un côté ironiquement macabre qui n'échappa peut-être pas à Djadrid.) Nul ne se soucia des autres maisons de la cité qui avaient pu devenir la proie de la compagnie de goules. Chacun devait veiller sur son propre grain.

Liliu fut ensevelie le lendemain dans la pompe et les lamentations. Djadrid était censé être accablé par le chagrin. Il avait commandé pour sa bien-aimée un monument spécial, ce qui expliqua qu'elle fut placée en premier lieu dans une chambre mortuaire sans relation avec le caveau familial et en terre qui n'appartenait pas au marchand.

Par respect pour l'affliction de la famille, toute la rue où était située la maison du marchand fut fermée pendant trois jours et trois nuits.

Durant cette période également, la maison demeura close et ses habitants à l'intérieur. Il est peut-être vrai que Djadrid pleurait, mais son malheur était de nature fiévreuse et furieuse. Le père inquiet entendit son fils crier en rêvant qu'il désirait occire une seconde fois l'immonde sorcière. Telle est la nature de l'amour.

La troisième nuit, quelques heures avant l'aube, tandis que la lune descendait, Djadrid émergea d'un sommeil de plomb.

En se réveillant, il se rendit compte qu'il était encore inconscient. Car un cauchemar était accroupi au pied du lit. Il avait la forme de Liliu, et même son parfum, sa longue chevelure du roux le plus sombre se déversait sur ses pieds, il était penché sur la veine de sa cheville et en suçait le sang.

Djadrid se débattit et voulut appeler de l'aide, mais il était affaibli par l'horreur. Alors même qu'il essayait de se libérer du rêve affreux, le rêve leva la tête et lui sourit tandis que le sang lui coulait des dents.

— Calme-toi, très cher seigneur, dit Liliu.

Elle posa la main sur sa poitrine et le fit se rallonger. Elle avait la force d'une géante ; il ne put lui résister.

— Pourquoi cette surprise ? N'est-il pas bon qu'une femme soit près de son mari dans son lit ? Ah, tu ne t'imaginais pas m'avoir tuée ? Ma chair est telle que rien ne peut me tuer bien longtemps, ni le fer, ni l'acier, ni la pierre, ni l'os, ni l'eau, ni le feu. Ne nous sommes-nous pas vantés de notre grandeur, dans le tombeau ?

Elle se redressa alors et, tout en se riant de lui, elle se transforma en colonne de fumée tournoyante, qui disparut dans les airs.

— Les dieux soient loués, ce n'était qu'un rêve...

Mais, en allumant les chandelles, Djadrid vit, et sentit, la morsure qu'il avait à la cheville : elle saignait abondamment.

Trois mages furent mandés chez le marchand. Le premier arriva en grande pompe avec toute une suite de domestiques. Son fauteuil personnel fut installé dans la grande salle du marchand. Son page se glissa sous ses chevilles pour lui servir de repose-pied. Les robes du premier mage étaient cousues d'orichalque et il tenait une baguette en or avec laquelle il jouait nonchalamment bien que son extrémité émît des éclairs.

— Ce jeune homme, dit-il, est harcelé par une vampire.

Elle est assoiffée non seulement de sang mais de vengeance. Elle le détruira si elle le peut.

— Nous en avons tout à fait conscience, dit le marchand.

— Je suis heureux de constater votre instruction.

Il claqua les doigts. Un crapaud vert bondit sur ses genoux et lui versa un sorbet à partir d'une carafe d'émeraude.

— Il faut qu'à la porte et aux fenêtres de la chambre du jeune homme soient empilées des branches d'épineux. Lui-même doit être enduit d'huile bénite dans un temple consacré à un dieu que l'on dit s'être relevé au moins une fois d'entre les morts. (Il en existe plusieurs.) Si la vampire est encore capable de se manifester, il devra réciter un mantra que je vais lui enseigner.

Tout fut accompli comme l'avait indiqué le mage. Des épineux apportés de la campagne et déposés sur les seuils ; de l'huile sacrée répandue sur tout le corps de Djadrid. Il resta éveillé les deux premières heures de ténèbres, mais, épuisé, il sombra dans le sommeil au cours de la troisième. Il se réveilla en découvrant la femme démoniaque assise au pied du lit, en train de lui mordre la cheville. Il lui lança le mantra que lui avait enseigné le premier mage.

Liliu leva la tête.

— Ni le fer, ni l'acier, ni la pierre, ni l'os, ni l'eau, ni le feu. Ni les épines qui déchirent, ni l'huile qui glisse. Ni les *paroles*, dit Liliu.

Avant qu'il eût pu l'arrêter, elle lui griffa la poitrine de ses longs ongles pointus et, le plaquant sur le lit, se mit à laper son sang comme un rat affamé.

Djadrid lâcha alors un cri si fort que la maison sembla trembler et que les gardes armés du marchand, en attente dans le couloir, se précipitèrent dans la chambre. Mais Liliu se moqua de leurs épées et de leurs épieux. Elle commença à tournoyer, puis devint fumée, puis courant d'air. Elle disparut.

Le deuxième mage arriva vêtu et capuchonné de noir. Il portait un masque de bois fin qui ne révélait que légèrement ses yeux. Il s'abaissait sans cesse devant ses dieux pour leur montrer qu'il se souvenait d'eux. Il s'abaissa aussi devant le marchand.

— Si tu veux bien permettre à cette misérable personne de te prodiguer des conseils, très haut seigneur, dont la valeur est due à la simple étude de la science du sacré, voici ce que tu feras.

... Tel était son traitement : le jeune homme devait jeûner durant la journée et se baigner à sept reprises dans de l'eau glacée. Une heure avant le coucher du soleil, il devait être arrivé au lieu de non-repos de sa défunte épouse, accompagné d'un choix d'assistants, qui devaient eux aussi jeûner et se baigner sept fois dans de l'eau froide. Ils pénétreraient dans le tombeau, attendraient auprès de la bière jusqu'à ce que le soleil fût presque descendu, puis arracheraient le couvercle du cercueil. Ignorant l'apparence de bonne santé de la morte, ses yeux ouverts ou toute prière qu'elle pût lui adresser, son mari lui couperait alors la tête, lui arracherait le cœur et y mettrait le feu, ainsi qu'au restant du corps, mais séparément.

— Mais elle m'a dit que ni le fer, l'acier, le feu... que tout cela ne peut lui faire de mal.

— Où se trouve donc ta foi ? Mes dieux savent tout.

Djadrid n'était pas convaincu mais, étant désespéré, il exécuta toutes ces instructions, y compris les sept bains.

Juste avant le coucher du soleil, déguisés en prêtres, Djadrid et son groupe de domestiques entrèrent dans le petit tombeau décrépit où avait été déposée Liliu.

Comme le soleil commençait à disparaître, ils s'approchèrent de la bière et ôtèrent tout ce qui recouvrait le corps... et ne découvrirent que ce à quoi ils s'attendaient, à savoir un corps ferme et frais, possédant toutes les apparences d'une vie sensuelle.

Il n'a pas été noté si Djadrid était disposé à hésiter. Toujours est-il que Liliu ouvrit les yeux et le foudroya du regard. En cet instant, il lui coupa la tête et passa à la suite de l'opération. Lorsqu'une torche fut jetée sur ces restes, il sembla qu'un rire féminin moqueur retentît dans tout le tombeau.

Tandis qu'ils revenaient chez le marchand, chacun d'eux, et Djadrid également, eut l'impression d'être suivi. Ils pénétrèrent dans la maison et en barricadèrent les portes. Djadrid et son père veillèrent alors, tous les gardes et les serviteurs à proximité, l'épée dégainée ou une massue à la main. Le prêtre en robes noires était agenouillé dans un coin ; il priait et se flagellait.

Il y eut bientôt un terrible craquement : la grande porte d'entrée venait de s'ouvrir brutalement. Puis ce fut le tour de celle de la chambre et un tourbillon de cendres chaudes s'engouffra en tournoyant, roulant et *riant*. Et il devint Liliu. Elle était absolument indemne, elle ne portait pas la moindre marque, là où elle avait été si fréquemment et mortellement frappée.

— Ni le fer, ni l'acier, ni la pierre, ni l'os, ni les épines, ni l'huile, ni les paroles, ni l'épée, ni la torche, ni la connaissance théosophique, ni les rituels, ni les traditions, ni la foi, ni *la prière* ne pourront te débarrasser de moi, cher mari, dit Liliu. Je t'aime tant que je te viderai. Pas ce soir, car tu n'es pas assez seul, mais demain je viendrai à toi. Je n'épargnerai aucun de ceux qui te garderont. Une égratignure de mes ongles leur sera fatale. Défends-toi comme tu voudras, tu ne pourras me refuser. J'aurai ton sang, j'aurai la moelle de tes os. Attends impatiemment nos retrouvailles, doux seigneur. Pour l'instant, voici un signe de mon amour...

Elle bondit soudain sur Djadrid, d'un coup de dent lui trancha l'index et disparut dans le néant.

— Que les dieux me viennent en aide, je suis damné ! s'exclama Djadrid.

Il dégaina son épée et se serait tué sur-le-champ si son père et les serviteurs ne l'en avaient empêché par la force.

Peu après, le deuxième mage fut jeté hors de la maison et, à l'aube, le troisième invité à entrer.

Le troisième mage était vêtu simplement, son port n'était ni majestueux ni abject. Il regarda Djadrid et lui dit :

— Ne désespère pas encore.

Puis il s'assit avec le père et le fils et discuta de la question comme s'il se fût agi du prix des céréales. Le mage finit par leur parler ainsi :

— Je regrette que votre maison ne soit pas la seule de la ville à être hantée par cette cabale de diables. Néanmoins, nous les connaissons quelque peu. Il est vrai qu'ils constituent une race ancienne et estimable, selon ses propres critères. Ils méprisent l'homme, mais de temps à autre ils ont recours à lui. Au commencement, croient-ils, leur race et celle de l'homme ne faisaient qu'une et l'homme conserve encore certains de leurs goûts qu'il a réprimés par pusillanimité égomaniaque, refusant dans certaines régions de manger la chair des cochons puisque l'on prétend qu'elle ressemble à celle des hommes. C'est ainsi que, selon eux, il a perdu sa force, mais il demeure fatalement attiré par leur race, attirance qu'ils exploitent si nécessaire. Il possède aussi des capacités qui leur font défaut, malgré tous leurs talents supérieurs. Celle qui s'est fait appeler *Liliu*, comme tous ceux de sa tribu, est inaccessible à la violence. Son corps, étant toujours en partie éthéré, ne peut nullement être dissipé correctement par un moyen physique. La frapper par l'épée, voire la brûler... toutes ces tactiques ne font que la rendre plus robuste, car c'est *l'exercice* de la réintégration qui perfectionne une telle créature dans l'art de la renaissance.

— Je suis donc perdu, dit Djadrid.

— Pas si tu manifestes encore une fois ta résolution et l'emporte sur elle pour qu'elle cesse de te harceler.

— Par quel moyen ? s'écria Djadrid avec un empressement compréhensible.

— Ecoute-moi bien, dit le troisième mage. Sur terre, tout ce qui est mortel possède une ombre. L'existence d'une ombre est créée par le simple fait qu'un objet solide barre la route à la lumière. Or il existe certaines créatures qui peuvent passer pour mortelles jusqu'à ce que l'on voie qu'elles sont incorporelles quand la lumière les traverse en ne produisant aucune ombre.

— Liliu ?

— Non, car ne te serais-tu point méfié dès le début si tu avais constaté derrière elle cette absence d'ombre ? La race de Liliu possède bien une ombre, mais qui n'est pas de la même nature que celle des humains. Le corps humain est fait de chair, mais le corps de Liliu et des siens est en partie non charnel. Il en est de même pour l'ombre qui, chez les humains, n'est rien d'autre que de l'air assombri, mais chez eux est en partie corporelle. Lorsque la lumière les touche, elle les traverse quelque peu et introduit aussi de force certaines particules dans la substance de l'ombre. Pourquoi donc penses-tu que sa race redoute ainsi les rayons du soleil, qui est le roi de toutes les lumières ?

— Et alors ?

— Ce soir, ne te couche pas. Tiens-toi prêt dans ta chambre. Laisse-la apparaître comme elle le voudra, mais veille à placer à proximité une lampe vive et à dissimuler un poignard à portée de main. Enjôle-la alors, promets-lui des récompenses, supplie-la à genoux... car sa race adore la flatterie tout autant que la terreur. Pendant ce temps-là, fais en sorte que la lumière brille sur elle pour qu'elle projette une ombre. Puis précipite-toi sur son ombre et lacère-la jusqu'à ce qu'elle soit séparée de son corps. Car cela est possible, et cette ombre saignera, Liliu hurlera et t'attaquera... mais il te faudra résister et lui arracher son ombre. Car lorsque tu l'as brûlée, c'est dans son ombre que se sont enfuis tous ses atomes ; mais comme sa chair est intacte, dès le premier coup tu auras divisé ces atomes. Et dès ce premier coup elle sera affaiblie et au dernier c'est elle qui t'implorera comme tu l'auras implorée, et elle te promettra toutes sortes de richesses et de merveilles. Naturellement, tu ne lui prêteras pas attention. Prends alors cette ombre, que tu trouveras molle, maigre et gluante au toucher, et fourre-la dans un sac ou une jarre que tu fermeras hermétiquement. Ni air ni lumière ne doivent y pénétrer. Maintiens-la ainsi quelques instants hors de sa portée et l'ombre se ratatinera en une carcasse inoffensive. Quant à Liliu, tu découvriras qu'elle a perdu tout son pouvoir.

— Pourrai-je alors la tuer ? demanda Djadrid, les yeux brûlants.

— Ceux de sa race ne meurent pas aisément, dit le troisième mage, mais elle sera alors docile et bien transformée, incapable d'accomplir quoi que ce soit à ton encontre. Emprisonne-la ou chasse-la, comme il te semblera bon.

Le jour s'épanouit, se fana et tomba. La nuit revint et Djadrid se tenait prêt dans sa chambre, seul, une lampe vive allumée et un poignard dissimulé parmi les coussins du lit.

Il arpenta la pièce en tous sens, de la dernière goutte rouge du soleil jusqu'à ce que les fenêtres soient noires, comme si toute la ville gisait à l'intérieur d'un tombeau. Il se produisit alors comme un bruissement de plumes au milieu du plancher, puis une spirale de poussière apparut. Liliu se tenait devant lui.

— Bien-aimée, dit aussitôt Djadrid, je sais que tu es ici pour me tuer. N'en as-tu point fait le serment ?

— Exactement, dit Liliu, qui leva ses griffes.

— Accorde-moi alors quelques instants de grâce pour que je puisse t'offrir mon acte de contrition.

— Ton sang et tes os brisés me satisferont, dit Liliu, qui avait marqué un temps d'arrêt.

— Laisse-moi parler ; je serai bref. Laisse-moi te dire, ma bien-aimée, que la peur m'a quitté. Je suis dans une sorte d'extase qui me rend joyeux de mourir sous tes mains. Je t'ai aimée avec une telle passion que je ne voudrais mourir d'aucune autre manière. Si j'ai d'abord essayé de te trahir, puis de te détruire... ce furent des actes infantiles auxquels d'autres personnes m'ont poussé. En secret, j'étais convaincu qu'étant d'une race royale tu ne pourrais succomber. Pardonne-moi mes écarts. Si mon agonie peut te satisfaire, prends-la. Ta beauté dépasse toutes les beautés de ce monde. Ayant bu un tel vin dans une telle coupe, j'ai connu un bonheur qui est accordé à bien peu d'hommes. Plutôt avoir été ton amant pendant un mois et périr que de coucher des siècles entiers avec des femmes mortelles qui ne sont que rogatons.

Ces paroles produisirent leur effet. Le peuple diabolique des goules avait une autre faiblesse : il se jugeait insurpassable et avait tendance à s'imaginer que d'autres pouvaient penser de même.

— Pour ces paroles, je diminuerai quelque peu tes souffrances.

— Non. Mes souffrances seront le dernier présent que je te ferai par amour. Prends tout ce que tu veux et ne m'épargne rien. Car te servir est ma seule aspiration, ô ma déesse.

Il l'invita alors à venir sur le lit et Liliu s'avança ; la lampe brilla sur elle et son ombre, claire et bleue, fut projetée sur les draps.

Il sortit prestement le poignard caché et s'en servit pour taillader l'ombre... qui s'effilocha et se déchira comme de la soie, et dont jaillit un ichor scintillant et transparent. La femme diabolique poussa un hurlement. Elle cria et se jeta sur Djadrid, elle le griffa et le mordit, mais sa force n'était plus ce qu'elle avait été...

Les derniers fils encore accrochés à l'ombre furent alors coupés. Djadrid se saisit de l'objet gluant à peine plus épais qu'un rouleau d'algues, le ploya et, d'un bond, quitta le lit avec lui, laissant Liliu affalée dessus. Lorsqu'elle se releva, seules se reflétèrent sur le mur quelques vagues volutes d'ombre.

— Oh, mon mari, aie pitié de moi. Aie pitié de moi et je t'apporterai d'immenses trésors...

— On dirait que tes propositions ne sont pas aussi convaincantes que les miennes, dit amèrement Djadrid.

— Je ferai de toi un roi, pleura Liliu. Je t'aimerai toujours.

— Tu es maintenant aussi ridicule qu'immonde, dit Djadrid, qui plongea le haillon froissé d'ombre tranchée dans un sac en cuir dont il tira les cordons. Lorsque Liliu vint ramper vers lui, il la repoussa d'un coup de pied.

Le poids léger dans le sac ne tarda pas à s'amoindrir encore.

Liliu gisait à ses pieds, sous sa chevelure roux foncé, frissonnant sous sa haine réduite et sa faiblesse.

— Il paraîtrait que je ne puis te tuer, dit alors Djadrid, mais ta vie te sera assurément plus irritante que la prompte justice d'une épée. Tu seras chassée dans les montagnes ou dans le marigot au-delà du delta du fleuve. Tu y vivras ou tu y mourras, à ton gré.

— Oh, Djadrid, fit Liliu, allongée sous sa chevelure, tu m'as réduite à néant et je suis impuissante, mais il est un détail supplémentaire qu'il te faut connaître.

— Venant de toi ? Je préférerais entendre le ululement d'un oiseau de nuit ou le vent qui gémit à travers les volets.

— Rappelle-toi, dit Liliu, la manière dont nous nous sommes vantés dans le tombeau, moi, mes frères et mes sœurs.

— Cela, je ne l'oublierai jamais. Puissiez-vous toi et ta race être maudits à jamais. Comme tu l'es aujourd'hui.

— Rappelle-toi que nous avons bu à notre réussite avec les liqueurs humaines.

— Chienne immonde, tu m'écœures. Puis-je maintenant te couper la langue ? Le ferai-je ? J'en ai assez entendu.

— Non, pas vraiment. Ne t'es-tu jamais demandé à quel succès nous faisions allusion ?

— Votre capacité à tromper l'humanité.

— Pas uniquement. Malgré toute sa sagesse, ma race, dont les membres se sont toujours mariés entre eux, ne peut produire d'enfants à soi, à moins que la semence de nos hommes ne fertilise le sein d'une femme humaine ou que le sein de nos femmes ne soit ensemencé par des hommes humains.

Djadrid était comme pétrifié. Dans ses mains, l'ombre tranchée se faisait de plus en plus légère. Liliu gisait devant lui, paraissant elle aussi ratatinée et fragile, ses longues serres brisées. Mais sa voix demeurait pour lui diabolique. Une voix qui lui annonça :

— Oh, Djadrid, tu peux agir à mon encontre comme il te plaira, mais ton fils est dans mon corps. Que feras-tu de lui ?

Le troisième mage s'en était allé. La maisonnée du seigneur marchand se consulta et peut-être ne fit-elle point preuve de toute la sagesse voulue.

Il est difficile pour un homme de faire de son premier-né un hors-la-loi.

Ils l'incarcérèrent dans un appartement du bas. Loyaux serviteurs du marchand et de son fils, ils s'occupèrent d'elle. Cela était désormais sans danger. Liliu la vampire-goule diabolique était maintenant amaigrie et brûlait comme une flamme sans pétrole pour l'alimenter. Comme une fleur rouge sang sans sève, elle pâlissait et faiblissait. Son esprit paraissait atteint, c'était une demeurée. Le fils du marchand ne lui rendait jamais visite. Mais chaque jour les femmes devaient lui dire comment se portait l'enfant qu'elle avait en elle... car, chaque jour, tandis qu'elle clignotait et sombrait, son ventre grossissait. Chose étrange, le soleil ne semblait plus la gêner. Elle avait perdu la partie la plus précieuse d'elle-même ; plus rien ne pouvait être brûlé en elle.

Finalement, les douleurs commencèrent, dans cette chambre hermétiquement fermée. Peu avant le jour, elle mit bas.

Ils vinrent l'annoncer à Djadrid. La créature diabolique était morte, molle, comme un vêtement vide. Ses cheveux étaient devenus incolores et ses dents étaient tombées ; lorsqu'ils la déplaçaient, les os cliquetaient sous la peau flasque, comme des pièces dans une tirelire.

Mais l'enfant... oh, l'enfant.

Djadrid dit à son père :

— Je vais aller regarder l'enfant et je prendrai une décision. Après tout, il a dans les veines le sang des morts vivants. Comment ses atomes auraient-ils pu survivre lors de la mort de sa mère, de son démembrement, de son incinération ? S'il lui ressemble, il fait partie de sa race et doit être détruit.

Le marchand considéra le visage grave et froid de son fils et ne discuta point.

Djadrid descendit donc et entra dans la chambre où le soleil dardait ses rayons dorés. Et l'enfant était couché dans une tache de soleil. C'était un très beau garçon. Ses formes étaient parfaites, il y avait déjà dans le minuscule visage et les grands yeux une expression d'intelligence et de sensibilité. Sa peau était aussi pâle et transparente que le plus fin des vélins ; ses cheveux abondants étaient du rouge le plus foncé.

Djadrid se pencha sur l'enfant, cruel, renfrogné, et tendit la main où avait été coupé l'index. Mais le bébé leva ses petits bras et, en riant, saisit le majeur dans ses deux poings.

— Oh, mon fils, fit Djadrid. Tu es aussi de *ma* race.

Comme il prenait le bébé dans ses bras, le soleil mûrissait à la fenêtre comme une pomme de feu.

4

— Lorsque plusieurs années se furent écoulées... commença le conteur.

— Cela suffit, dit Sovaz. Ton récit est prévisible et j'en discerne la suite. Les ténèbres ont pâli en t'écoutant.

Effectivement. Un nouveau matin était proche.

Mais l'homme regarda avec colère Sovaz qui venait de rompre tous ses liens et était assise devant lui dans cette cavité rocheuse, tel le symbole éclatant de la nuit.

— Si tu perçois le reste, conte-le-moi donc, marmotta-t-il.

— Très bien. Si certains des neuf membres de la fraternité périrent, certains échappèrent à la mort et tous les bébés furent épargnés, par pur sentimentalisme. Puis ils grandirent...(Elle parlait d'une voix étrange, cruelle ; elle-même n'avait pas connu d'enfance)... et les parents imprudents furent de moins en moins capables de les refuser. Les enfants goules finirent pas devenir adultes et chacun prit les habitudes de son parent vampire ; ils chassèrent par la suite les parents humains, ou les asservirent, puis s'emparèrent de la ville, qu'ils convertirent par la force et la séduction à leurs macabres us et coutumes. Sans nul doute ont-ils maintenant, de gré ou de force, engendré d'autres bébés goules. En attendant, ils ont rebaptisé la cité d'après l'habitude qu'ils ont de se partager les morts qu'ils dévorent ainsi que tout leur butin. Et toi, vieillard, tu es Djadrid, celui qui chercha jadis une épouse.

— Femme, te gausses-tu de moi ? Tu as rompu les

cordes avec lesquelles nous t'avions ligotée, mais nous possédons des sorts plus puissants. Elle est puissante, Shudm la Cité des Partages. Elle attire à elle des légions et des compagnies qui deviennent sa pâture. Ils arrivent sans savoir pour quelle raison. De gras marchands et des voleurs de grand chemin musculeux, la suite des dames et des sages. Shudm les aspire à travers la plaine. Shudm a toujours faim et trouve toujours à se nourrir. Naturellement, le voyageur solitaire est toujours le bienvenu. Et je serai récompensé pour toi. Regarde. Où se trouve mon doigt manquant ? Nulle part. En cadeau, mon fils m'a donné le doigt d'un empereur et il y a plusieurs années que ce doigt m'appartient, bien que cette bague sans prix, un autre de ses cadeaux, dissimule le raccord.

— Puisque tu es toujours l'ami de ton fils, dit Sovaz, pourquoi m'écarter de ce lieu ?

— C'est là mon humanité, dit le vieux Djadrid. Il vient ici de telles foules que nous pouvons nous permettre de manifester de temps à autre notre générosité. Mais nous conduisons ceux qui sont trop têtus ou moqueurs au cœur même de la ville vampire de Shudm, pour satisfaire ses plaisirs.

Les haillons tombèrent alors des épaules du vieillard et de ses complices. Ils étaient splendidement vêtus, certes de manière voyante, mais bon nombre d'entre eux s'avérèrent des créatures simiesques pliées en deux et non pas des hommes. Djadrid parla alors aux cordes qui avaient entravé Sovaz, elles s'enroulèrent autour d'elle et la ligotèrent de nouveau, puis, sur une nouvelle parole, elles se transformèrent en acier.

— Tu es une sorcière, fit Djadrid d'une voix venimeuse, mais ta piètre sorcellerie ne peut l'emporter sur la leur. Ainsi que j'ai pu le découvrir. Viens. Nous partons pour la ville.

Les créatures simiesques s'emparèrent de Sovaz et l'emportèrent en bonds gigantesques jusque dans la plaine en suivant les corniches abruptes. Une fille humaine aurait pu mourir de peur. Mais Sovaz garda son sang-froid, ne résista point et ne prononça pas un mot.

Durant toute la journée ils arpentèrent sans relâche cette plaine nue et blanche, et au crépuscule ils atteignirent un grand cimetière. Le moindre des tombeaux avait été pillé, la terre avait été retournée dans le moindre recoin et des os étaient accrochés dans les arbres. Derrière ce lieu horrifiant se dressaient les murs de la ville et, au-delà, coulait le fleuve, épais et sinistre, taché par l'agonie rouge du soleil. Très haut dans le ciel, des charognards tournoyaient ; dans les arbres morts où étaient accrochés les ossements et sur les tombeaux en ruine, d'autres oiseaux du même genre s'étaient perchés et montaient la garde, certains tenant en leur bec une main ou un cheveu humain.

Plus on se rapprochait de la ville, mieux on en entendait les bruits, les accents farouches des flûtes et des cymbales, ou les rires, ou les cris sauvages. Et ses odeurs emplissaient l'atmosphère : résines en train de brûler, huiles poisseuses, fumées et, par-dessus tout, la coloration de la mort.

Les portes de la ville étaient fermées, mais il semblait que l'on avait observé l'approche de Djadrid, car, très vite, les panneaux s'ouvrirent largement. Ils entrèrent tous, le vieillard suivi de sa compagnie d'hommes et de non-humains, Sovaz portée au milieu d'eux.

Quoi qu'elle eût été, la ville de Shudm était désormais ténébreuse. Les rues étaient noires, étroites, droites, avec de nombreuses intersections, et de chaque côté montaient des plates-formes de pierre noire et lisse ainsi que les étages sombres des bâtisses d'où les regardaient les fenêtres closes. Çà et là, s'élevaient des colonnes ténébreuses, sculptées, dorées, portant des inscriptions en plusieurs langues (que pouvait lire Sovaz, mais qui ne donnaient que la lignée et les légendes des goules, le nom de ceux qu'ils avaient conquis, combien ils étaient puissants, et en des termes qui paraissaient toujours sujets à caution). Parfois, dans les murs, étaient scellés des masques de bronze noir, souriant ou hurlant en silence, le phosphore cadavérique verdâtre brûlant en eux. Des portes et des portiques de palais et de temples (du moins de ce qui était tel à l'époque où les hommes régnaient sur la ville), jaillissaient des gémissements et des cris terribles ainsi que les notes effrayantes des lames, des fouets, des maillets et autres instruments de torture et de boucherie.

Rares étaient les personnes à arpenter les rues. Celles qui passaient étaient emmitouflées et voilées, mais, devant la bande de Djadrid, des yeux brillants ou des mufles pâles et affamés les suivaient du regard. De temps à autre, une main livide tirait sur la manche de Djadrid et les ongles de cette main étaient longs et pointus. Mais Djadrid continuait sa route avec ses assistants et la captive les accompagnait toujours. C'était un chemin sur lequel ils avaient dû assurément porter de nombreux prisonniers. Bientôt, certains des personnages voilés et emmitouflés se glissèrent à leur suite, s'adressant des sifflements légers, tâtant les ténèbres, mais demeurant toujours à distance respectueuse.

A quoi pensait donc Sovaz tout en se laissant emporter dans ce macabre marigot ?

Ne vous trompez point, ses pensées n'étaient point celles d'une fille effrayée, ni d'une sorcière rusée et arrogante. Oppressé par les émanations de ce trou diabolique, son cerveau était devenu purement démoniaque. Elle n'était plus que démone. Et donc indéchiffrable.

Ils finirent par arriver sur une grande place dont un côté descendait vers le fleuve-égout. L'espace était dominé par un immense édifice noir sans fenêtre ni ouverture en dehors d'une entrée ; il ressemblait à un énorme visage vide avec une bouche béante encombrée de crocs de pierre. Une lumière rouge brûlait à l'intérieur. Ils portèrent Sovaz sur l'escalier, passèrent sous les crocs et entrèrent dans le rouge. Puis ils parvinrent dans une salle qui ressemblait davantage à une grande cheminée qu'à autre chose, ses parois s'élevant jusqu'à un toit qui se perdait au-delà des flammes frénétiques des torches qui brûlaient tout en haut. De temps à autre, une ombre traversait l'espace et il tombait un cri, ou une plume noire : les charognards de la ville volaient librement en ce lieu. La partie inférieure de la salle était décorée de tous les objets voyants et coûteux que l'on peut imaginer se trouver dans une réserve de sarcophages. Parmi les paravents incrustés et les tapisseries gemmées, sur des divans sculptés et des tapis brodés, reposaient une quantité d'hommes et de femmes, tous semblables par leur pâleur et leur chevelure cinabre foncé. Leurs vêtements, quoique précieux, étaient aussi rageusement inesthétiques que le reste. Certains arboraient même des linceuls. (Peut-être serait-il ridicule de s'attendre à du bon goût chez des vampires.) Leurs esclaves favoris, qui marchaient ou rampaient parmi eux, étaient nus, pour que leurs propriétaires puissent plus facilement les caresser et savourer leur chair, qu'ils mordillaient parfois doucement. L'un des princes des goules s'était posté devant un récipient de verre haut de dix pieds dans lequel une femme avait été noyée dans le vin. Elle flottait, dans une nuée de cheveux, et le prince, tournant un robinet sur le côté du récipient, tira une tasse de ce breuvage. L'ayant goûté, il déclara qu'il n'était pas encore apte à la dégustation.

Il s'avérerait donc que ces êtres dont le sang s'était mêlé à celui des humains supportaient le vin et autres rafraîchissements humains, bien que leur préférence allât manifestement à des friandises plus traditionnelles. De même, sans nul doute, le soleil ne les blessait pas et ne les gênait pas trop (dans le récit, le bébé était resté allongé dans une tache de soleil), bien que, sans nul doute encore, ils évitassent ses rayons pour des raisons qui leur étaient propres : la ville nocturne donnait vraiment l'impression que le jour venait de se lever, le coucher du soleil constituant pour eux l'aube d'une journée nouvelle. (En partie démone, entièrement démone en cet instant, cela ne pouvait échapper à Sovaz.)

Mais le goule qui venait de goûter le vin se retourna alors et fixa son regard sur Djadrid. Djadrid tomba à plat ventre devant lui.

— Fils bien-aimé, gémit Djadrid, vois quelle friandise je t'ai trouvée dans les montagnes.

— Par l'ombre de ma défunte mère, dit le goule, tu as mérité pour cela un séjour dans la cité. Parmi les milliers de créatures auxquelles j'ai goûté, celle-ci est unique.

Il s'approcha aussitôt de Sovaz, l'examina et la caressa.

Le vampire demanda bientôt :

— N'as-tu point peur ? Ne comprends-tu pas quelle sera ta destinée en ce lieu ?

Sovaz eut un sourire. Le goule hésita. Il n'était pas habitué à une telle attitude.

— Tu peux me dire ce que tu penses que sera celle-ci, lui dit Sovaz.

— Adorable. Je crois que je vais attendre et te garder en vie une nuit et un jour. Mais lorsque viendra le prochain coucher du soleil, un stratagème aura été élaboré pour que tu connaisses une mort lente, à laquelle moi-même, mes frères et mes sœurs présiderons. Mais je conserverai cette chevelure pour border une belle robe que je possède, dit le goule avec affection en jouant avec une longue mèche. Et je ferai enchâsser dans le cristal tes yeux magnifiques. Je les porterai en bracelets et me souviendrai souvent de toi avec amour. En vérité, il se peut que je compose une ode à tes mérites et rende ton nom immortel. Quel est ton nom ?

Autour d'eux, tous les autres membres de la fraternité, qui assistaient jalousement à la scène, s'émurent et chuchotèrent. Il n'était pas fréquent qu'ils demandent à l'un de leurs mets quel était son nom. C'était un honneur. Mais le mets honoré ne sembla pas avoir conscience de sa félicité.

— Mon nom n'est rien pour toi, dit Sovaz, et ton ode n'est rien pour moi. Pas plus que ton attente d'une nuit et un jour, ou même ton régime. Je ne suis ici que pour me distraire et je réfléchis à ce que je ferai de toi.

A ce moment-là, sa voix eut un ton tout à fait différent. *Tu es entièrement ma fille*, avait dit Ajrarn. L'on put alors entendre combien cela était vrai.

Pourtant, la Cité des Partages avait oublié la Terre Inférieure, ou bien elle se prenait *elle-même* pour la démonie (l'humanité avait parfois confondu les deux races). Le prince des vampires se contenta d'écarquiller les yeux et gloussa, captivé par son insolence.

— Le premier sortilège s'applique-t-il toujours ? voulut savoir Sovaz de la même voix. Rien ne peut blesser ta tribu... ni le feu, ni l'épée, ni la pierre, ni l'os ?

— Oh, oui, mon cœur. Nous sommes inaccessibles à tout cela.

— Tandis que vous êtes quelque peu résistants au soleil en raison de votre sang mêlé.

— Nous tolérons mais n'aimons guère le soleil, qui est une hideuse erreur des dieux.

— Et en ce qui concerne votre ombre ? demanda Sovaz, dont la voix était presque coquette.

— Regarde, dit le goule, qui leva son bras de telle sorte que son reflet noir produit par les torches tomba sur un paravent peint. Elle ressemble à celle des hommes et n'a aucune substance. Va gratter celle-ci avec un couteau, si tu le veux, et tu verras.

— Comment puis-je donc te tuer ? Où se trouve le point vulnérable ?

— Ah, fit le goule, ne trouble pas ta petite tête avec cela. Songe plutôt à la manière dont je vais en terminer avec toi.

Il lui prit la main, l'embrassa, la prit en bouche et lui lécha doucement la chair. Sovaz ne l'en empêcha point. La ville de Shudm était tellement confiante en soi qu'elle crut n'avoir jamais vu humilité aussi grande.

— Cher père, dit le prince des vampires, pour ce divertissement que tu viens de m'apporter, je te nourrirai moi-même à ma propre table.

Djadrid en bava. Pourtant, les petits vers et les scarabées qui logeaient dans certains des tapis auraient pu voir ses yeux qui tournaient tandis qu'il dérangeait leur maisonnée. Et les yeux de Djadrid avaient une expression bien particulière.

Sovaz interrogea le goule.

— Vous demandez donc à l'humanité de manger elle aussi la chair humaine, en ce lieu ?

— Nous ne sommes pas avaricieux. Nous nourrissons nos troupeaux aussi bien que nous-mêmes. Ils y prennent goût. Ce pauvre vieux va rêver de ce que je lui donnerai de ton corps. Mais je te garderait tout entière pour moi, et pour une de mes sœurs à laquelle je suis attaché.

Il la conduisit alors à travers la salle en forme de cheminée tandis que ses frères et sœurs manifestaient leur mauvaise humeur et leur envie. Ils franchirent une porte conduisant dans un tunnel souterrain... La ville en était infestée et c'était grâce à eux, à l'époque même du règne humain, que les goules avaient pu vaquer à leurs affaires dans la plus grande discrétion.

Ce fut un sombre voyage qu'ils entreprirent, mais le prince voyait bien dans la nuit et, ainsi qu'il avait pu le remarquer, il en était de même de sa victime. Derrière eux ne se glissait qu'une seule des créatures simiesques, pour garder la prisonnière, ou pour honorer le prince de sa présence.

Un escalier, ou une série de corniches, monta bientôt. En écartant les os anciens à coups de pied, le prince entreprit l'ascension et Sovaz le suivit, avant d'être poussée par la créature derrière elle. Ils sortirent dans le sous-sol d'un palais près du fleuve.

Il n'avait plus rien à voir avec les lieux décrits dans le récit du père. Comme pour le reste de la ville, beaucoup de choses avaient changé. Une émeute, ou autres voies de fait, semblait avoir traversé le bâtiment. Il était lugubre et sale, jonché de débris et aussi d'objets funéraires qu'affectionnait la race des vampires. Des éclats de vitraux rouges étaient accrochés aux fenêtres. Le phosphore crépitait dans les lampes. A peine avaient-ils, à force de grimper des escaliers décrépits, atteint les étages supérieurs que, grâce à ces lampes, Sovaz distingua des visages osseux et affamés aux fenêtres ajourées et entendit le raclement de mains aux longues griffes et de pieds qui s'aventuraient le long des murs.

— Tu n'as rien à craindre de ceux-ci, dit le prince. Ce sont en partie nos enfants, nés des humains, des êtres faibles, qui n'ont en eux qu'une fraction du vrai sang. Ils grandissent avec nos désirs et nos appétits, mais pas avec notre force ni notre beauté. Nous leur permettons de nous regarder, parfois. Cela nous distrait.

Mais il conduisit Sovaz dans une cellule sans fenêtre, dont il ferma hermétiquement la porte, le serviteur simiesque restant à l'extérieur, et jusqu'à un divan aux tissus en putréfaction et à un baldaquin doré.

— Dévêts-toi pour moi, dit-il. Voyons un peu quel festin m'attend.

Sovaz sourit alors une nouvelle fois et quelque chose dans ce sourire fit hésiter le prince, bien que ceux qui se tenaient aux fenêtres aux vitres brisées se missent à redoubler de grattements et de reniflements.

— Comme le voudra mon seigneur, dit Sovaz.

Elle défit sa robe et dégrafa son corset, tous ses vêtements tombèrent, et ce qui en sortit n'était plus aussi charmant aux yeux du prince.

— Illusions, dit-il d'un air hautain, bien qu'il eût reculé d'un pas. Tu ne pourras me dissuader de la sorte.

C'était une créature qui n'était pas totalement identifiable, informe et sinueuse, un peu comme un serpent, mais qui se tenait à la verticale, et dont les yeux flamboyaient. Le serpent dit au prince des vampires :

— Pardonne-moi, bien-aimé. Comment t'ai-je offensé ? Viens, enlace-moi. Nous ferons l'amour, je mourrai alors pour toi et tu consommeras ma chair tendre et succulente.

— Ton stratagème me dégoûte, dit le goule, toujours hautain, mais en reculant d'un pas chaque fois que le monstrueux serpent avançait vers lui. Reprends ta forme normale.

— Je l'ai déjà fait pour accroître ta félicité, dit le monstre.

Le prince des vampires sortit alors un sabre de la gaine qu'il portait sur sa cuisse. Ce n'était pas l'arme qu'il avait prévu de lui montrer, bien que toutes deux fussent logées l'une près de l'autre.

— Il semblerait qu'il me faille t'occire sur-le-champ.

— Fais. Si tu le peux, répondit le monstre.

Sur ce, le goule leva sa lame et l'abattit sur l'apparition. Le sabre, arraché depuis des lustres au tumulus d'un antique tyran, se brisa en trois morceaux.

— Illusions, répéta doucement le monstre, qui commença à s'enrouler amoureusement autour du prince, qui se débattit pour sortir une mince dague dont il voulut lui percer les yeux, mais elle fondit et forma sur le sol une flaque de métal liquide. J'ai connu celui qui est le maître de celles-ci, et il m'a appris plus d'une leçon. Illusions et délires... ô Prince des Partages, quelle portion sera tienne ?

Le monstre, quoi qu'il fût, illusion, aberration ou produit des délires, avait maintenant complètement ligoté le prince des goules qui ne pouvait remuer ni la main, ni le pied, ni la moindre partie du corps. Il le serra et l'étrangla de telle sorte qu'il n'avait même plus assez de souffle pour appeler de l'aide. Il ne put que plonger son regard enflammé dans ces yeux anormaux et haleter :

— Incommode-moi comme tu le voudras, tu ne pourras me tuer.

— Quelle blessure tu m'infliges, dit l'hallucination qui, ô ironie, avait maintenant la voix d'un beau jeune homme nommé Oluru. Tu me brises le cœur, de parler en ces termes de mon étreinte amoureuse.

A ces mots, elle arracha le dernier souffle au prince et le laissa tomber inconscient... non pas mort, sort qui fût échu à un mortel, mais uniquement « incommodé », comme il l'avait dit. Mais légèrement ne serait pas le terme.

Sovaz se tenait devant lui. Qu'elle eût changé sa forme ou lui eût fait simplement accroire et subir cette forme au lieu de celle qui était la sienne, le sort qu'elle avait invoqué était assurément puissant et le premier de ce genre qu'elle eût jeté à (ou par l'entremise de) sa propre chair. Elle défaillit alors en prenant conscience de sa victoire, ainsi qu'il se devait, et devant la façon dont elle allait la modifier, encore plus assurément que la forme du reptile.

Elle dit alors au prince des vampires qui, bien qu'inconscient, l'entendit :

— Quel malheur pour toi et les tiens de m'avoir introduite ici. J'abattrai ta ville et tout ton peuple, ainsi que tous ceux que vous avez convertis à vos coutumes. Aucun point vulnérable ? Un seul. Cela même que vous arborez sera votre défaite. Cela même vous détruira.

L'orgueil des démons, qui était face à l'orgueil des goules comme la montagne face au caillou. La capturer, la violer, la tuer, la dévorer ? Elle qui était l'enfant de l'éclat absolu et des ténèbres absolues ? Elle avait d'autres motifs de chagrin et de rage. Ceci était la goutte d'eau qui faisait déborder le vase.

Elle quitta l'antique cellule pourrissante de luxure et, rencontrant l'être simiesque qui montait la garde, elle leva un doigt et il se transforma en un tas de cendres. Elle traversa les pièces du rez-de-chaussée tandis que les spectateurs excités et bavants aux fenêtres restaient bouche bée et émettaient des croassements. Etant des créatures dépourvues de raison, certains essayèrent même de se mettre en travers de son chemin. Sovaz claqua des mains. Des éclairs jaillirent de ses paumes, chassèrent comme des fouets ces vampires inférieurs et en firent des piles noircies.

Les derniers des esclaves simiesques qu'elle rencontra s'enfuirent terrorisés en bondissant vers les toits et les égouts pour lui échapper.

Elle quitta le palais et continua de marcher sur terre. Elle constituait à Shudm un spectacle étrange, inapproprié. A mainte et mainte reprise, on lui barra la route, elle fut menacée, de telle sorte qu'elle laissa derrière elle un sillage de morts carbonisés.

Elle revint sur ses pas par les rues noires, sous les plates-formes et les pilliers de mensonges. Au-dessus d'elle, le ciel nocturne était morne, hormis un rougeoiement çà et là. Les bruits de la ville n'avaient pas changé, ils étaient seulement plus forts, l'orgie atteignant son apogée. Les divers spectacles auxquels elle assista, par les fenêtres, au fond des porches, sous les arches et derrière les grilles... ces spectacles ne seront pas rapportés ici.

Mais, comme elle approchait des portes par lesquelles l'avait fait passer le vieux Djadrid, un grincement et un grondement de roues surgirent derrière elle.

Sovaz continua d'avancer, arriva devant les portes et passa sous la haute poterne, puis s'arrêta.

Des chariots apparurent alors. Des chevaux les tiraient, les fantômes que les goules étaient censés créer en jetant des peaux de cheval sur des os et en animant cet assemblage. Dans les chariots se trouvaient des tourbillons d'étincelles qui prirent bientôt la forme des princes et princesses vampires. Ils tirèrent sur les rênes, se dressèrent, fixèrent Sovaz d'un air railleur et la désignèrent de leurs doigts qui ressemblaient à des serres. Tandis que, derrière eux, arrivait en reniflant la multitude de leurs mulâtres et quarterons. Les princes s'écrièrent du haut de leurs chariots :

— Nous te remercions pour la nouveauté de cette chasse. Mais nous allons maintenant te prendre et te déchirer.

— Approchez donc, prenez et déchirez.

Les goules se réjouirent et repartirent :

— Nous savourons seulement cet instant. Le bon vin ne doit pas être englouti.

Elle se retourna et frappa les pierres d'un seul coup de

son mince poing : une flamme monta et la poterne se ratatina comme du papier.

A ce moment-là, certains des goules lancèrent des épieux vers Sovaz, mais ceux-ci firent volte-face en plein vol et plongèrent en direction des chariots. Les chevaux fantomatiques ruèrent. Un prince tomba, sa propre lance fichée dans les côtes. Il hurla :

— Demain, je revivrai... alors, prends garde à moi !

— Oh, demain, dit Sovaz.

Mais la poterne s'était entièrement désintégrée et elle sortit.

Les vampires la pourchassèrent toute la nuit sur une distance considérable à travers la plaine stérile. Mais, si elle marchait pieds nus et s'ils allaient comme des tourbillons dans leurs chariots, ils ne purent combler l'écart ; des flammes, des épineux et des orages de pierres jaillissaient d'ailleurs sur leur chemin et ils devaient faire de folles embardées dans toutes les directions s'ils voulaient éviter d'être renversés.

Ainsi les laissa-t-elle, ou aurait-elle pu les laisser. Mais elle ne les abandonna point.

Sovaz se tenait sur la plaine derrière Shudm lorsque le soleil se leva.

Elle dressa ses bras blancs comme pour persuader le soleil de sortir de son sommeil dans le chaos au dessous de la terre plate et creuse.

Toutes les heures du matin, elle communia avec le soleil, ou sembla le faire. Sa mère avait eu cet éclat dans ses veines ; son père l'avait jadis vaincu du regard tandis qu'il le réduisait en cendres. Telle était l'ambivalence de Sovaz dans ses relations avec le soleil, mais elle communia tout de même avec lui, ou sembla le faire, jusqu'à midi. Cela relevait peut-être de la magie qu'elle accomplissait, ou bien était-ce un châtiment qu'elle s'infligeait, une purification avant l'élaboration de l'enchantement.

Bien qu'elle fût à plusieurs milles de là, il ne faisait aucun doute qu'une personne telle que Sovaz pouvait apercevoir la ville. Ou qu'elle la visualisait.

Par-dessus les tours et les murs de Shudm frappée par

le jour (et plus hideuse de jour, sa crasse noire et ses immondices spirituelles trop ouvertement exposées), l'air se mit à chanter et à ondoyer, puis se fit progressivement silencieux et immobile. Puis il se solidifia, comme de la lave qui refroidit. Et, comme la lave, l'air s'assombrit, ne laissant passer que l'éclat farouche du soleil et rien d'autre. Rien... aucune autre lumière, aucun bruit, aucun souffle de vent ou de vapeur, aucune poussière ni pluie... aucun brin de quoi que ce fût. Même les charognards errants ne pouvaient entrer ou sortir. Shudm avait été hermétiquement fermée. Comme un sépulcre. Par-dessus, mais aussi par-dessous. Les habitants qui tentèrent brièvement d'emprunter le labyrinthe de catacombes et de tunnels le trouvèrent bloqué.

A l'intérieur, Shudm n'était plus simplement un dôme mais un œuf de cristal au plomb ; l'après-midi s'écoula, puis ce fut le coucher du soleil, qui était l'aube véritable pour les goules, puis la nuit, puis minuit. Et dans les premières minutes nuageuses du nouveau matin, il n'était pas un être doué de raison dans la cité qui ignorât qu'il était pris au piège.

L'atmosphère, chargée de fumées et d'arômes, devint rapidement viciée et étouffante ; bien avant le lever du soleil, ils haletaient et les plus faiblement humains s'écroulèrent.

Ils s'efforcèrent alors de s'échapper, par des moyens simples ou complexes, ordinaires ou magiques. Et échouèrent. Et appelèrent au secours les dieux qu'ils possédaient. (L'on maintient que certains d'entre eux adoraient Naras, Reine La Mort, au plus profond de la Terre Inférieure.) Mais ceux qu'ils avaient suppliés ne répondirent point. Ils ragèrent et se lamentèrent, et l'on entendit leurs grondements et leurs gémissements en des lieux lointains, le moindre n'étant peut-être pas la plaine où attendait Sovaz, assise sur une éminence rocheuse.

L'on dit que Sovaz veilla plusieurs mois, une année, surveillant le destin de Shudm, la ville des vampires. Qu'elle se rapprochait parfois et regardait par les flancs élevés et sans pores de l'œuf pour voir ce qui se passait. Ou qu'elle grimpait sur une roche plus haute et demandait aux faucons de passage :

— Que font-ils maintenant, à Shudm ?

Et les faucons le lui racontaient.

Mais l'on prétend aussi que Sovaz quitta la région et reprit, semble-t-il, sa quête de Chuz, qui était Oluru et dément. Elle n'observa donc point leur sort et se contenta de l'imaginer parfois ou d'en invoquer une image. Enfermés ensemble, avec cette faim éternelle qui faisait leur orgueil (et leur vulnérabilité), les membres de la race de goules furent bientôt forcés d'abattre et de se partager la seule viande disponible. D'abord leurs favoris mortels, qui étaient esclaves et destinés de toute façon à finir de la sorte, puis leurs parents mortels, dont la fin aurait dû être différente. Puis ils se rabattirent sur leurs enfants en partie mortels. Enfin, il ne resta plus que ceux de leur propre race. Ils s'attaquèrent donc à leurs frères et sœurs et finirent par trancher des parties de leurs propres corps. Aucun d'entre eux ne ressuscita, ou, s'il le fit, il se retrouva face au même dilemme et resta mort. Finalement, les oiseaux noirs purent picorer les os qui restaient, ce qui n'était pas grand-chose.

Qu'elle les eût observés ou non, Sovaz-Ajriaz, fille d'Ajrarn, se vengea parce qu'ils avaient cru qu'elle n'était qu'une simple gamine.

Une nuit, peut-être sept mois après le jour du verrouillage de Shudm, Sovaz rencontra une autre femme sur une route qui descendait de la montagne. Le fleuve qui avait longé la ville coulait toujours au fond de l'abîme, mais ici il était pur et les montagnes étaient propres comme un os à la lumière des étoiles. La femme avait les cheveux rouge coquelicot, elle était accroupie sur une roche et ne produisait aucune ombre. Elle aurait pu être un fantôme. Elle leva la main, sur laquelle brillaient des bagues en or (et il y avait aussi de l'or à ses pieds, sur sa gorge et dans ses cheveux emmêlés, mais ses vêtements étaient des haillons qui la couvraient à peine).

— Mon fils, dit la femme (Liliu ?). Tu l'as tué.

— Comment le sais-tu ? voulut savoir Sovaz. Djadrid t'en a-t-il hurlé la prophétie, lorsque le poignard de ton fils est entré dans ses entrailles ? Et Djadrid fut-il alors triste ou joyeux ?

— J'ai vu dans mon cœur la mort de mon fils et le nom de la meurtrière est porté par le vent de la nuit.

— Que représente ce fils pour toi ? Tu es morte à sa naissance.

— C'était mon enfant, répondit la femme.

Elle serra ses mains et ses griffes cliquetèrent.

— J'ai donné ma vie pour qu'il vive.

— Même ton peuple aime donc les enfants. Les pommes de feu... Ô très cher père, comment se fait-il que tu me refuses toute chose ?

A la musique amère de ce cri, même le fantôme vampire s'éteignit, se ratatina dans les pierres et disparut. L'on peut concevoir que Sovaz était elle aussi sujette à des illusions et que le fantôme n'était que cela.

Sovaz suivit la piste. Cette nuit-là, elle tomba sur celui qui avait été son amant... Oluru, Chuz, La Folie... dans une caverne de la montagne.

5

Pourquoi l'avait-elle encore cherché ? Elle savait ce qui devait arriver. Il n'est pas toujours possible de se comporter intelligemment, voire d'éviter la douleur que produira un acte dénué d'intelligence. L'enfant voit le feu qui brûle dans la cheminée et en sent la chaleur, mais doit toucher la flamme et s'y brûler avant d'en être convaincu.

C'est ainsi que Sovaz arriva à l'entrée de la grotte et pénétra dans le feu.

Au début, il n'y eut qu'un ballot de ténèbres dans le noir, et celui-là remua.

Sovaz resta immobile, mais elle fit s'éclore la lumière.

Le ballot de ténèbres se tapit hors de portée de la lumière et marmonna quelque chose qui n'appartenait à aucun langage.

— Parle-moi, dit-elle. Je te l'ordonne.

Le ballot sombre se redressa donc lourdement, s'approcha d'elle, s'arrêta à un pas et fit une cabriole en se griffant avec des ongles que les goules n'auraient pas dédaignés.

Rien ne restait d'Oluru, rien que les yeux injectés de sang et les cheveux sales qui rappelaient un souvenir qu'ils rendaient obscène. De Chuz il restait par contre quelque chose. La moindre ligne du visage et du corps, de la colonne vertébrale et des muscles, semblait s'être modifiée. Le dos était courbé, les bras pendant ou se balançant, les jambes arquées, les pieds plats. La bouche arbora un rictus, coassa, se détendit, eut un nouveau rictus et poussa un nouveau cri subhumain. Elle écuma et mordit sa propre peau grise couverte de verrues. Elle ne s'aimait pas. Elle n'aimait rien. Tel était désormais son amant et protecteur.

Sovaz ne manifesta pas une once d'émotion. On eût dit un bloc de glace doté d'yeux.

Elle dit d'une voix méprisante :

— Salutations, Maître des Illusions, Seigneur des Ténèbres, Prince Chuz. Tu n'es plus que ton côté gauche, désormais, le côté que tu m'avais caché, un verrat devenu fou. Allons, où sont donc les serpents digitaux et le pouce en mouche qui fait craquer ses pattes ? Où est passée la crécelle en cuivre qui résonnait dans Bhelsheved pendant la mort de ma mère, ou la mâchoire d'âne qui déclame ?

La Folie se mit alors à braire. La caverne se ratatina, la nuit aussi, mais Sovaz fit remarquer :

— Jolie preuve d'amour pour mon père. Non-frères, chacun plus proche l'un de l'autre que vous ne fûtes jamais de moi. Idiot. Fais donc pénitence. Je ne t'ennuierai plus.

Cela dit, sans tenter de discuter ni d'invoquer un contre-sort, elle sortit de la grotte.

Derrière elle, la créature décampa, non pas pour la suivre, mais pour monter encore plus haut sur la face de la montagne. En s'enfuyant, elle poussa des cris, des balbutiements et des éclats de rire... s'adressaient-ils à elle ?

— Oh, chuchota Sovaz, oh, Chuz, fasse que je te haïsse !

L'on dit que la fumée s'éleva un moment de ses empreintes carbonisées tandis qu'elle s'engageait sur la pente descendante.

Au matin, elle parvint enfin au delta du fleuve. Les pitons des montagnes s'enfonçaient dans ces terres et, là où les roches laissaient la place aux marécages, les roseaux poussaient aussi haut que le plus grand des hommes et les plus minces étaient aussi épais que le poignet d'un homme robuste. Lorsque les vents soufflaient, les roseaux se lamentaient ou s'entrechoquaient coléreusement comme des épées.

Toute la journée Sovaz erra à travers ce territoire, et

toute la nuit, alors qu'une frêle lune empourprée rougeoyait à travers les vapeurs et derrière les roseaux. Et, bien qu'elle l'eût abandonné avec une si grande rapidité et avec de telles paroles, l'image d'Oluru demeura à son côté. Elle souffrait énormément et rien dans les marais n'osa la déranger, ni les insectes aux grands élytres, ni les chiens de chasse à la tête allongée ; les volatiles qui se nourrissaient dans les eaux s'envolaient à son passage comme des foulards au vent et se hâtaient de fuir.

A l'aube, lorsque la lune rousse et terne s'éteignit et qu'un faible soleil roux se glissa de sous la terre, Sovaz considéra son reflet dans une mare, magnifique roseau droit parmi tous ceux qui étaient tordus et dénudés.

— Soyez viles, ordonna Sovaz aux terres du delta. La beauté ne sert à rien.

Au même instant, un second soleil (couleur prune) commença à se lever, sorti de la mare. C'était un lotus et, en montant dans un frémissement, il s'ouvrit largement comme une main offerte. Dans la paume de ce lotus reposait un unique objet auquel l'on ne pouvait s'attendre : un dé d'améthyste.

A deux reprises, il lui avait déjà été offert. Sorti du lac de Bhelsheved, pour l'enfant qui devait naître, lorsque Chuz s'était proposé pour être son oncle. Plus tard, dans le temple central de Bhelsheved, pour l'enfant qui était née. La première fois, Ajrarn avait refusé le cadeau en son nom. La deuxième, elle n'y avait pas touché. Mais c'était maintenant une femme et elle tendit la main vers le cœur du lotus et prit le dé d'améthyste. Sur ce, le lotus clignota et disparut.

Sovaz examina soigneusement ce dé et le retourna entre ses doigts. Il ne portait aucune marque, comme c'était souvent le cas des dés que Chuz portait sur soi, jaunes, violets, noirs. Pourtant, il se trouvait une espèce de marque spectrale sur ses faces. Cette gemme était tombée entre les mains de ceux qui s'étaient ensuite battus pour elle et avaient essayé de combattre Chuz pour la garder... et dans cette mêlée la mort de Dunizel avait été préfigurée et mise en vigueur.

Cette foule religieuse de Bhelsheved avait lapidé Dunizel. Les pierres ne lui avaient fait aucun mal. Puis, une main funeste avait pris autre chose... un minuscule bout de diamant sombre. C'était une goutte de sang Vazdru, le sang d'Ajrarn en personne, perdue un certain temps dans le désert, retrouvée par Chuz, conservée par Chuz et apparemment perdue par lui en cet instant. Cette goutte de sang, seul élément qui pouvait annihiler les sauvegardes dont Ajrarn avait doté Dunizel, avait transpercé tous ses boucliers psychiques et l'avait tuée.

Mais peut-être cette gemme pourpre était-elle l'un des autres dés du Prince Chuz, n'ayant rien à voir avec cet événement particulier. Il avait toujours des dés sur lui. N'avait-il pas été lui-même un dé de topaze, pour l'amour de Sovaz ?

Quoi qu'il en fût, c'était un étrange témoignage d'amour. Car c'était bien là ce qu'il était.

Lorsque revint le crépuscule, Sovaz marchait encore parmi les roseaux et les marais. Le dé était dissimulé dans ses vêtements, ses pensées dissimulées derrière ses yeux. Pourtant, c'était un crépuscule d'améthyste, les eaux, le ciel et la vague lune étaient tous teintés en mauve par cette matière récusable.

Aux environs de minuit, la jeune fille marqua une pose et dormit un peu. Dans son sommeil, elle dut se rappeler un rêve que sa mère avait jadis partagé avec elle alors qu'elle se trouvait bébé dans ses entrailles... car, n'étant pas créée normalement, l'essence spirituelle du rêve était entrée très tôt dans la chair et avait habité le corps de sa mère plus longtemps qu'il n'est habituel ; ceci lui avait permis d'apprendre différentes choses de sa mère tandis qu'elle l'attendait. En se réveillant, Sovaz appela une bête surgie d'un autre royaume, d'une terre oubliée de la terre, ou simplement d'une restructuration des atomes de l'atmosphère. Elle vola très haut au-dessus de la face de la lune, puis descendit en effrayant les oiseaux et en faisant hurler les chiens sauvages. Lorsqu'elle se posa, c'était un lion ailé de taille anormale, pâle comme du lait caillé, la crinière bleuâtre, les yeux dorés, le visage silencieux et méditatif, aussi sagace que celui d'un philosophe humain ; plus sage encore. C'était là ce qu'avait rêvé Dunizel. La fille de Dunizel l'invoquait maintenant.

Sovaz monta sur le dos du lion et s'assit en tailleur entre les larges ailes.

Où irait-elle ? Son cerveau murmura dans l'esprit du lion. Et ses ailes d'aigle-hibou, à la pointe blanche, puissantes comme le vent, les emportèrent dans le ciel, abandonnant le delta et ce pays loin derrière eux.

Des rêves. Où aller sinon à Bhelsheved ?

6

Quelques années s'étaient écoulées, peu nombreuses, depuis cette nuit où l'on disait que des morceaux de lune s'étaient écrasés sur la terre : la nuit où Dunizel était morte, où Ajrarn avait déclaré la guerre à Chuz et confisqué l'enfant aux yeux bleus. Pourtant, durant ce bref laps de temps, la fleur blanche s'était flétrie dans le désert.

La sainte Bhelsheved, jale des dieux, avait connu un avenir de plus en plus sombre dès lors qu'Ajrarn avait manifesté son courroux envers ce lieu. La ville était désormais inhabitée lorsque l'on y arrivait dans le crépuscule du matin, alors que les derniers astres éteignaient leurs chandelles et que seule la reine des étoiles flamboyait encore à l'orient. Les tours en fleur de Bhelsheved étaient des ruches vides. Le sable s'empilait par rafales le long des rues de marbre et aucun mécanisme magique ne le balayait plus. Il en était de même pour les routes chantantes qui conduisaient ici par-dessus les dunes (elles ne chantaient plus) et, dans les jardins extérieurs, les arbres étaient morts ou avaient été abattus, les statues n'étaient plus que débris ou avaient été volées. Les portes mêmes avaient été brisées et dépouillées de leurs richesses ; quant aux fenêtres des temples couleur de ciel, elles avaient également été brisées et emportées. Il ne restait aucun trésor. Rien n'était resté sacro-saint. Le temple central avait été pillé comme le reste, même le mobilier de l'autel en or avait été dérobé. Diverses personnes avaient marmonné qu'un tel vol ne pouvait qu'amener une anathème divine, mais elles y étaient déjà soumises : la malédiction était l'œuvre d'Ajrarn. Sa ruine n'était pas épique, seulement absolue. Une jale fendue, inutile.

Pourtant, sous la poterne pâle, le Roi Kheshmet était assis dans sa robe éclatante et jouait de la flûte.

Quelque chose passa entre l'étoile du matin et la terre. C'était le lion ailé qui filait avant d'atterrir à peu de distance de la poterne et Sovaz glissa de son dos. Le Roi Kheshmet, toutefois, ne leva point les yeux. Le son aigu de la flûte continua. Sovaz, assez proche pour que son ombre touche l'ourlet orange de sa robe, récita :

Ce lieu, le soleil l'évite,
Le vent dégaine ses griffes.
Pourtant, dans la poterne se tient un homme :
Le Destin seul demeure.
Le Destin aux yeux de feu médite sur la double
[porte,
En jouant d'une flûte en os,
Le Destin aux mains brunes déroule chaque jour
Et en rejette la carcasse
Quand chaque nuit usée est partie.

Kheshmet, Seigneur Le Destin, cessa de jouer et fit remarquer :

— Les portes, doubles ou autres, ont disparu. Et la flûte n'est pas en os.

— Quatrième Seigneur des Ténèbres, pourquoi te trouves-tu en ce lieu ? demanda Sovaz.

— Le tout-puissant sera abattu et le faible élevé au plus haut. Telle est la loi du destin. Contemple Bhelsheved, qui a été abattue. Je suis obligé de lui rendre visite de temps à autre, rien que pour la forme.

— Pourquoi en cette heure ?

— Tu es venue chercher ici ton propre destin, répondit placidement Kheshmet. Et c'est ici que tu le trouveras. Ou en partie.

— Quel est mon destin ?

— Ne me défie point, Sovaz-Ajriaz, fille d'Ajrarn. Je ne connais point ton destin, je le représente, voilà tout.

Il se leva, posa sa flûte (qui était en jade pastel) et lui

présenta courtoisement son bras pour la conduire dans la ville.

— Permets-moi de te montrer la tombe de ta mère.

— Non, dit Sovaz, qui recula tandis que le lion grognait et s'approchait lentement.

— Suis-les ou ne les suis pas, dit Kheshmet.

Il se retourna doucement et s'engagea dans l'une des quatres rues de la ville.

— J'ai moi-même envie de m'y rendre. Elle aussi, Doonis-Ezael, Ame-de-Lune, était une de mes élèves. En vérité, elle devait fidélité à trois d'entre nous : à la folie (elle était de famille ; sa propre mère était une demeurée avant que l'eût guérie la comète), au destin et à la mort. Seule la méchanceté n'avait rien à voir avec Dunizel. C'est pourquoi, naturellement, elle devint la maîtresse du Mal.

Sovaz suivit bientôt Kheshmet par la porte et sur la route qui passait entre les temples et les sanctuaires. Le lion trottait sur ses talons, marquant de temps à autre un arrêt pour se lisser les ailes.

Là était née Sovaz. Là elle avait été portée et montrée au peuple qui la croyait alors fille d'un dieu et sa mère l'Elue de ce dieu. Les plus faibles des souvenirs s'attardaient, ou lui revinrent. Le temps qu'elle avait passé en Terre Inférieure et les douleurs d'une croissance physique brutale avaient balayé les images et les faits ayant marqué ses premiers jours, au point qu'il ne lui restait plus qu'une émotion amère, stupéfiée, blessante.

Le soleil se leva et des lumières bleues jaillirent des fenêtres fracassées qui ressemblaient presque aux yeux de Sovaz.

Kheshmet marchait le premier et, de temps à autre, il reprenait sa flûte de jade pour jouer un trille. A ces moments-là, les fantômes ou les souvenirs des pigeons blancs de Bhelsheved tombaient du haut des tours pour voleter autour de ses mains et de son crâne rasé. (Le lion regardait en se léchant les babines.)

Ils atteignirent les jardins aux arbres en fleurs près du lac central de la ville. Ils n'étaient plus qu'une étendue sauvage ; ce n'était plus que bosquets de souches, comme à l'extérieur. L'eau du lac était non bleue, non brillante. Il était probable qu'il nc restait plus aucun poisson.

— Voici la tombe, dit Le Destin en désignant le gazon à côté du lac.

Aucun signe, rien qui indiquât que le sol contînt quoi que ce fût, mais Sovaz savait que Le Destin ne mentait pas. Le corps de Dunizel avait trouvé un lit anonyme : Ajrarn avait dédaigné de recouvrir la chair magnifique qui l'avait trahi pour la mort, ou il n'avait pu se résoudre à jeter lui-même l'humus noir. Un érudit prudent, ou un demeuré habité par un sentiment de pitié ou d'ordre, y avait veillé.

Sovaz considéra le gazon, puis s'en détourna, et finit par le regarder de nouveau. Elle s'assit près de cet endroit et posa un moment la main sur la terre nue. Aujourd'hui, elle était habillée, ou semblait être habillée, comme une jeune femme en costume de voyage et elle avait à la ceinture un poignard qu'elle sortit alors. A l'aide de ce poignard, Sovaz coupa quelques-uns de ses longs cheveux, à la façon dont on se taillait parfois les cheveux en signe de lamentation en ces lieux et en bien d'autres. Sovaz saupoudra la tombe anonyme de ces boucles noires. Bientôt, des hyacinthes noires se mirent à pousser là où étaient tombés les cheveux, mais Sovaz ne resta pas pour les regarder. Elle s'était relevée et fit le tour du lac.

— Ici elle est venue à lui, vivante, murmura Sovaz en marchant, et ici elle est venue à lui, morte. Ici ils se sont parlé et aimés ; ici il lui a juré de détruire ce pays et elle l'en a dissuadé.

Sovaz s'arrêta alors et regarda au plus profond du lac. Les quatre ponts s'y reflétaient, ainsi que le temple là où ils se rencontraient... malgré les pillages et les destructions. Le lion qui s'était envolé pour poursuivre les oiseaux s'y refléta soudain. Puis Le Destin, qui était venu se tenir à côté d'elle. Sovaz vit soudain son propre reflet et celui de Kheshmet dans son habit éclatant. Pourtant, les images tremblaient et changeaient. Elles ne semblaient pas être celles d'une fille et d'un homme, ou de quelqu'un qui avait pris la forme d'un homme... mais d'abord une colonne blanche et une colonne orangée, puis une flamme blanche et une flamme cuivrée... puis deux jeunes hommes remontèrent des eaux. Les contours n'étaient pas très nets, mais l'un avait une chevelure abricot et l'autre noire.

Sovaz reconnut les personnages de légende : Simmu, qui avait dérobé l'immortalité aux dieux, et Jirek le Magicien, l'un des plus grands de sa race, car il avait appris la magie des peuples de la mer, exploit qui n'avait pas été fréquemment réalisé.

— Vois-tu ce que je vois ? voulut savoir Sovaz.

— Peut-être pas, dit Le Destin. Mais si quelque chose d'inhabituel vient d'apparaître, c'est en relation avec moi. J'en suis l'annonciateur.

Lorsqu'il parla, l'image de Simmu s'évanouit, et seul le reflet de Kheshmet ondoya dans l'eau. Mais celui de Jirek subsista devant Sovaz.

— Le destin de Jirek le Magicien, dit-elle alors. Quel fut-il ?

— Il reçut le bonheur, ou la malédiction, de devenir invulnérable, mais il rejeta l'immortalité. Il serait volontiers passé au service de ton père, mais Ajrarn le refusa, pour des raisons qui sont sujettes à diverses hypothèses. Finalement, Jirek, qui ne pouvait mourir ainsi qu'il le désirait, entra alors au service d'Uhlumé, Seigneur La Mort.

— Ce conte est très ancien. Assurément, malgré son invulnérabilité et sa longue vie, Jirek a dû arriver à son terme ?

— Il me semble, dit Le Destin d'un ton méditatif, que, bien que Jirek soit mort de plus d'une manière, par l'intellect, le cœur et l'esprit, sa santé et sa vitalité invulnérables ne l'ont pas encore abandonné. Quelque part, il vit, ou plutôt il existe. Et, naturellement, il est fou. Le terrible châtiment de Simmu, que Jirek a toujours aimé et pour lequel il a éprouvé méfiance et haine, y a veillé. C'est peut-être la démence de Jirek qui attire à toi son image. Une nuance de ton amant ?

Sovaz prit aussitôt un galet et le jeta dans le lac ; l'image de Jirek disparut.

— Tu me parles de mon destin, Kheshmet. Où est-il ?

Sur ce, l'image de Kheshmet dans le lac disparut aussi, ainsi que Kheshmet.

Sovaz eut un sourire de colère. Tous ces quasi-nonparents de sexe masculin n'étaient qu'escrocs, fantômes et faiseurs de spectacles.

Dans le ciel, le lion ailé tournoyait fantastiquement,

attrapant des fantômes d'oiseaux dans sa gueule... ils avaient un goût de fumée sucrée mais arrivaient toujours à lui échapper.

Sovaz erra dans la ville du désert. Mais elle veillait à éviter les sites qu'il lui semblait avoir visités avec sa mère et elle ne retourna pas à la tombe de Dunizel.

Dans la chaleur du jour, Sovaz s'allongea dans la cour d'un temple, sous un portique, et s'endormit. Elle rêva que Jirek se tenait devant elle dans une robe de prêtre avec un collier de joyaux. Les histoires parlaient beaucoup de ses yeux, qui avaient été de la couleur de l'eau bleue dans une ombre verte, ou de l'eau verte sous un ciel crépusculaire. Mais ses yeux étaient désormais plus sombres, obscurs. Il lui dit froidement :

— Je faisais le bien naturellement, mais j'ai acquis une réputation de malveillance, à juste titre. J'ai fait beaucoup de mal. Oublie la voix de ta mère, qui t'a dit qu'Ajrarn était le bien-aimé du monde, qu'il avait formé le premier chat par plaisanterie et qu'il avait inventé l'amour. Va et fais le mal, comme moi. Nul ne peut échapper à la destinée. Elle nous poursuit et nous précède. Elle est dans notre souffle et notre sang.

— Où, lui demanda alors Sovaz dans son rêve (un rêve assez humain, pas une abstraction Vazdru), où résides-tu désormais pour accomplir avec diligence le mal qui satisfait ta conception de la destinée ?

— Je ne fais plus rien, je ne suis plus rien. Ni mal, ni vertu. Et je n'ai plus l'apparence de ce que j'étais, ni les pouvoirs, ni le nom.

— Comment se fait-il que tu me connaisses ?

— Je ne te connais point. C'est toi qui me connais.

Lorsque Sovaz se réveilla, le soleil se couchait. Elle appela le lion ailé et ils filèrent dans le ponant qui transformait leur pâleur en rouge sang et faisait des cheveux de Sovaz un nuage d'orage. Ils survolèrent le désert et toutes ces terres en direction d'un rivage lointain où deux mers se rejoignaient pour ne plus faire qu'une.

Elle lui avait annoncé qu'elle ne le chercherait point, ne lui obéirait point et ne lui rendrait point hommage avant que les mers ne deviennent des feux, les vents des mers et la terre du verre « et que les dieux ne descendent sur leurs échelles lécher les pieds des hommes ». Ajrarn s'était tu.

Sovaz se tenait maintenant sur le rivage des mers, elle appela à elle une illusion et l'illusion se hâta de la rejoindre.

En une heure, un terrifiant spectacle apparut dans cette région. Les deux mers qui se rejoignaient étaient devenues un océan d'incendie rageur au-dessus duquel flamboyaient et crépitaient les éclairs. Tandis qu'à l'est et au nord étaient accourus deux vents, qui étaient des eaux salées où s'enroulaient les vagues qui se précipitaient sur le rivage en lames brutales et grondantes, de minces poissons verts virevoltant en leur sein. La terre elle-même s'ébrécha et se fendit, car elle était en verre et sous sa surface on apercevait, à travers les couches de minéraux, les fosses de laves, les ossements des bêtes et des hommes, vieux de quelques siècles, comme prisonniers d'une résine cristalline. Enfin, au centre de cette scène frénétique, une échelle rougeoyante sembla se dérouler entre les éclairs et la tempête et descendre jusqu'à toucher le verre de la terre. Là se tenaient quelques hommes sauvages, sales et en haillons, bouche bée d'étonnement ; des cieux apparurent des êtres asexués, images brillantes des dieux. Ces apparences de dieux rejoignirent les apparences des hommes, s'aplatirent devant eux et léchèrent leurs orteils crasseux avec empressement.

Au lever de la lune, bien que la lune fût invisible dans cette confusion, on put apercevoir une cendre chaude et sombre qui traversait à toute allure le sol cristallin. Sovaz s'agenouilla, croisa les bras sur la poitrine et inclina la tête en une attitude d'extrême docilité.

Une partie du verre se brisa alors et un pilier de feu noir surgit. Un instant, il s'éleva au-dessus des flammes, du torrent du ciel et de la mer, puis il redescendit lentement et un homme occupa son emplacement, enveloppé dans une cape noire. Il regarda quelques instants autour de lui.

— Je comprends ta plaisanterie, dit-il. Tu es une vraie Vazdru. Tu uses de tous les moyens, somptueux ou producteurs de cataclysme, dans le seul but d'éviter de dire : « Il semble que je sois dans l'erreur. »

Sovaz, agenouillée, les bras croisés, la tête baissée, dit clairement :

— Il semble que je sois dans l'erreur.

Ajrarn claqua les doigts : les vents lâchèrent leurs eaux sur l'océan, qui redevint flots. Libérés, les vents repartirent vers les coins nord et est du monde. La terre se fit solide et compacte. Elle reprit ses sables, ses herbes et ses roches. Les images des dieux et des humains disparurent et l'échelle céleste devint un collier argenté enroulé dans le voile de la lune montante.

Sovaz était toujours agenouillée, la tête toujours baissée.

— Tu fus assez habile pour attirer mon attention, dit Ajrarn. Que veux-tu ?

— J'obéis à tes ordres, répondit Sovaz d'une voix veloutée. Je renonce à mes insultes. Je t'honorerai et t'adorerai. Je suis ton esclave.

— Tu as changé d'avis, fit-il d'une voix veloutée. Donne-m'en la raison.

A ces mots, Sovaz leva les yeux et les posa sur lui, mais pas sur son visage, et avec un orgueil qui n'avait rien de velouté ni d'amical.

— Je ne puis t'échapper. Tu m'as faite pour un dessein qui t'est propre. J'accomplirai ce dessein.

— Désormais, tu hais l'humanité.

— Ceux que j'aimerai ou haïrai sont au-delà de mon amour ou de ma haine. Je ne hais personne et je n'aime personne. Mais je suis respectueuse. Je suis une fille obéissante. J'ai coupé mes cheveux et laissé des fleurs sur la tombe de ma mère. Et je m'agenouille devant toi.

— Lève-toi, ordonna Ajrarn.

Il se détourna d'elle et fit un signe dans l'air, d'où sortit le lion ailé. Il s'était réfugié si haut dans l'éther pour échapper au malstrom d'illusions que sa crinière, sa queue et ses ailes étaient parsemées de l'essence argentine des étoiles. A moins que les élémentaires célestes ne lui eussent jeté ces essences, comme un seau de rinçures, pour chasser ce gros chat de leur cour. Il atterrit à côté de Sovaz et la considéra de ses grands yeux sagaces.

Un chariot monta alors de la terre. Le bord de la mer sembla se rallumer à son arrivée. Le chariot était en bronze, mais tout incrusté d'argent, de perles et de pierres du bleu le plus clair et du noir le plus sombre. Trois chevaux le tiraient, noirs comme le jais, avec du givre bleu et fumant sur la crinière et la queue, les mors, les rênes, les brancards et le timon couverts d'objets en argent et en diamant, avec des pierres de lune et des béryls incolores comme la glace. Un Vazdru conduisait cet équipage nerveux, le faisait trépigner, puis se pétrifier. Il accomplissait cela avec panache, en paradant. A un moment où les chevaux ne furent plus que pierres, il regarda longuement Sovaz, émerveillé et stupéfait, charmé et irrité. Puis, ayant salué très bas Ajrarn, il offrit à la jeune femme une révérence exquise. Elle n'avait pas beaucoup vu de membres de la caste supérieure des démons, sa propre race. Mais les Vazdru, jusqu'au dernier, aimaient la beauté, et se montraient envieux de tout ce qui avait les faveurs de leur seigneur.

Ajrarn monta dans son chariot ; il ne pouvait appartenir à personne d'autre.

Il dit à Sovaz :

— Bien que tu n'aies aucun pouvoir sur la mer, tu as créé en elle une illusion qui pourrait convaincre certains crédules que tu en possèdes. Le peuple de la mer pourrait en prendre ombrage. Du fait également que tu as empli l'air de ses vagues et de ses poissons. Il est prudent de s'éloigner.

— Mon noble père redoute-t-il donc le peuple de la mer ?

— L'eau salée m'a rendu service de temps à autre.

Loin sur l'océan argenté par la lune, il sembla un instant qu'avançaient des fantômes, un jeune homme sur un cheval bleu nuit, et que ces fantômes poursuivaient un autre spectre opalescent semblable à un vaisseau... mais l'image fut dissoute.

— J'ai entendu cette histoire dans les tavernes des hommes, dit Sovaz. Sivesh et l'évanouissement de son rêve. Un amant dont tu t'es lassé et que tu as détruit. Il paraîtrait que ceux qui obtiennent ton amour sont bien malchanceux.

— Que cela ne te perturbe point. Cette malchance ne t'affecte pas.

Un fouet adamantin flamboya. Le chariot s'éloigna et

s'envola d'un bond... quittant la terre, à hauteur des tours, les chevaux, les roues, le prince Vazdru et son Prince... tout cela se perdit dans la nuit.

Mais Sovaz sauta sur son lion.

— Suis-les.

Ils coururent alors plusieurs heures l'un derrière l'autre. Spectacle fou pour ceux qui le virent : un chariot qui filait au-dessus des arbres et un lion ailé qui le poursuivait.

La lune qui s'était levée termina son ascension et tourna son masque pâle et enfumé vers la limite occidentale du monde. Qu'aperçut la lune, par-dessus ce rebord ? Le chaos la rappelait à chaque descente, pourtant le chaos ne faisait aucun mal à la lune, ni au soleil, il les enrichissait en fait de telle sorte qu'ils remontaient d'entre ses bras comme de jeunes mariées.

Certains souffles des vents bondissaient aussi derrière le lion et Sovaz qui était placée entre ses ailes, comme des chiots impatients de reprendre leur jeu précédent avec l'eau et les poissons. Mais ces zéphyrs finirent par se lasser et retombèrent. Un rossignol chanta alors près du sol, dans l'ombre gris violacé d'un arbre lilas, et un autre dans un chêne comme un jade noir. Ils survolèrent bien des rossignols qui chantaient ou restaient muets de perplexité, bien des territoires à la fois magnifiques et pestiférés, bien des milles et des milles.

Parfois (disait-on), il l'appelait et lui rappelait de se montrer aussi obéissante qu'elle l'avait promis et, dans un village, une ville, un temple ou un camp de mécontents, elle accomplissait quelque miracle pour le distraire, en fille soumise qu'elle se prétendait être.

Cette nuit-là (disait-on) fut criblée de toits transformés en bouillie d'avoine et de fromages changés en topaze, de hiboux qui criaient d'une voix humaine et d'hommes qui émettaient des bruits de hiboux ou d'ânes. Ainsi que d'une voix redoutée qui chuchotait dans l'oreille des dormeurs :

— Prends garde, car je connais ton terrible secret et chacun l'apprendra.

A ces mots prononcés sur un ton doux et menaçant, mille cœurs ne firent qu'un bond, mille hommes et mille femmes se réveillèrent brutalement, horrifiés. Partout des lampes s'allumèrent, des cris s'élevèrent, ainsi que des hurlements et des blasphèmes ; des serviteurs coururent chercher des chevaux ; certains se mirent à prier, d'autres galopèrent éclairés par des torches pour s'enfuir du lieu où ils se trouvaient ; certains choisirent de se suicider, d'autres de se glisser dehors pour aller tuer leurs voisins. Toutefois, dans un nombre très réduit d'habitations, quelques-uns se retournèrent et se rendormirent en marmonnant, surpris, à eux-mêmes ou à la personne qui était près d'eux :

— Mais de quel terrible secret s'agit-il ? Je n'en ai aucun.

Toute cette nuit fut donc tumultueuse (si ce que l'on disait était vrai). Bien des milles et des milles plus loin, Ajrarn laissa enfin aller librement le chariot de bronze et d'argent et fit remarquer à la jeune femme sur le lion :

— Oui, cela est juste. Tu as un esprit rusé, bien que tu sois encore une enfant, un esprit de démon. Tu es assurément une fille obéissante et soumise.

Son sourire transforma en grêle les béryls glacés et les perles qui couraient sur les rênes ; la rosée qui commençait à se déposer sur les feuilles en dessous gela également.

Peu après cela, une ville monta devant eux. Ce n'était pas la première, mais celle-ci était imposante et se trouvait le long d'un fleuve parmi les champs de fleurs. Des animaux de pierre gardaient les quais et les deux portes de la ville, et il y en avait même çà et là sur un toit. Ils étaient blancs comme le sel. Le fleuve lui-même était blanc, embrassé par la lune en train de sombrer et, sur toutes les flèches de la cité, la lune avait déposé en s'en allant des anneaux d'argent.

— Et ici, demanda Sovaz, que dois-je faire ?

— J'ai entendu dire que tu t'es occupée d'une ville près d'un fleuve. Shudm des goules peut porter le témoignage de tes œuvres. Laissons ce lieu en paix. A moins que tu ne veuilles que je te le donne pour que tu en sois la déesse.

— Dois-je désirer un tel présent ?

— Ô fille soumise, tu dois devenir déesse en un lieu ou un autre, car j'aimerais enseigner à ce monde la nature des dieux.

— Et quelle est donc cette nature ?

— Indifférente et cruelle. Sans amour pour l'humanité.

— A Bhelsheved, dit Sovaz, j'ai vu une idée gravée sur

la roche : les dieux magnanimes auraient sauvé ce peuple d'un monstre qu'on appelle en ce pays *Ajrarn*. Et les dieux ne l'ont point sauvé une seule fois, mais deux.

— C'est ce genre d'idées qui leur a fait mériter la leçon que je vais leur enseigner, dit Ajrarn. (Puis :) — Je ne t'ai point morigénée pour ta discourtoisie. (La rosée qui s'était congelée se transforma en acier et tomba des arbres pour assommer les petites limaces.) Songe que je n'oublie pas que je ne l'ai point fait.

— Je suis morigénée par la vie même que tu m'as donnée, repartit Sovaz. Et puisque c'est une vie immortelle et sans fin, je serai morigénée à tout jamais.

Ajrarn tendit alors le bras et posa tout doucement la main sur sa tête en lui disant :

— Les Vazdru ne pleurent pas.

— Chaque parole prononcée fut une larme.

Mais si Ajrarn la regardait attentivement, lorsqu'elle tourna les yeux vers lui, il dut détourner son regard dans la direction de la nuit. Quoi qu'il pût dire, elle ne pouvait s'empêcher de lui rappeler Dunizel. La première vision qu'il avait eue d'elle, cette enfant de lui, femme adulte, l'avait transpercé comme une épée, et nul doute ne subsistait plus. Par ailleurs, il ne pouvait s'empêcher de la détester ; puisqu'il l'avait créée pour qu'elle exécute sur terre son dessein, elle était son propre mal, extériorisé et incarné. Dunizel avait-elle donc remis en question son mal, son caractère, ainsi qu'elle le désirait ?

Le chariot et le lion planaient dans les airs et la ville brillait lunairement en dessous d'eux. Ajrarn ôta sa main de sur les cheveux de la jeune femme, révoqua sa caresse (et le lion frémit), mais lui dit :

— Quel est donc ton nom ?

Elle répondit :

— Ajriaz.

C'est-à-dire, tout simplement : *la Sorcière, fille d'Ajrarn.*

7

Histoire du dos de l'Etalon

Il était un roi qui régnait sur la ville et les terres des chats de pierre blanche dont le nom était Nennafir. Quant à lui, il s'appelait Qurob. Le jour même de sa naissance, une sorcière vint voir sa mère alors même qu'elle était à demi-pâmée d'épuisement sur son lit, parmi les éventails de ses servantes.

— Ton fils, dit la sorcière, sera roi de Nennafir ; il connaîtra la santé et l'abondance ; nul ne lèvera d'arme contre lui ; nul mal n'approchera de lui ; et son nom que l'on louera passera à la postérité. A moins que...

La sorcière hésita alors avec un air entendu et les servantes retinrent leur souffle, leurs éventails immobilisés, et seule la mère de Qurob émit un soupir.

— A moins, continua la sorcière, qu'une fois roi il ne vienne à chevaucher le dos d'un étalon. Car, dans ce cas, il perdra son royaume et mourra.

A cette nouvelle, la mère de Qurob se laissa aller sur ses oreillers et resta coite pendant un certain temps, bien que l'on vît qu'elle réfléchissait. Elle finit par parler.

— Eh bien, voilà une destinée magnifique, car, à l'heure actuelle, je ne suis même pas la femme de notre seigneur, mais simplement sa concubine. Ce ne sera assurément pas grand-chose d'empêcher mon fils de chevaucher un étalon... il aura des hongres et des juments à foison, s'il doit devenir roi. Allons, dit-elle à une servante, verse le vin et nous boirons toutes à cette bonne fortune, et la devineresse avec nous ; dans chaque coupe je laisserai tomber l'une des perles de mon collier, sauf pour celle de la magicienne, qui en recevra trois.

Cette décision fut largement approuvée. Le vin fut versé dans les coupes et chacune passa devant la mère de Qurob qui, comme promis, y plaça une précieuse perle, sauf dans celle de la sorcière où elle en plaça trois. Tout le monde but donc, sauf la mère, qui était trop faible encore pour goûter au vin. Au bout de quelques instants, tout le monde se roula à terre avec un gémissement et mourut. Car, dans chaque coupe, avec la perle, la mère de Qurob avait laissé tomber de sa bague une goutte de poison mortel, sauf dans celle de la sorcière où elle en avait placé trois. Cela parce qu'elle avait songé : « Moi seule dois savoir ceci. Moi et mon fils. Si un autre venait à l'apprendre, il risquerait de l'entraîner à chevaucher précisément ce genre d'animal. » En cela peut-être s'était-elle montrée raisonnable. C'était une femme très habile. A peine la sorcière et toutes ses domestiques étaient-elles affalées sans vie que la mère de Qurob se mit à hurler. Lorsque arriva de l'aide, elle expliqua qu'une immonde sorcière était venue proposer à la jeune mère, simple concubine, de faire d'elle la reine de Nennafir si elle la laissait ensorceler son seigneur. Comme elle s'y était sévèrement refusé, la magicienne avait jeté un sort sur le vin qui avait occis toutes celles qui en avaient bu... sauf la mère de Qurob qui était encore trop faible pour boire du vin. Sur ce, la jeune mère avait elle-même récité un charme contre les sorcières qu'elle avait appris d'un prêtre, des années auparavant... et l'abominable sorcière avait expiré.

Tous s'émerveillèrent de cette nouvelle, et à juste titre. Le récit en fut bientôt fait au roi.

— Voilà une femme inébranlable, dit le roi.

Et il ne tarda pas à lui rendre visite et fut captivé par sa beauté, ainsi qu'il l'avait été la première nuit où il l'avait engrossée et lui avait donné ses perles.

Les choses se passèrent ainsi que l'on pouvait l'attendre.

Le roi éleva la mère de Qurob ; il en fit l'une de ses vice-reines et lui accorda des terres et des joyaux. Puis la mère de Qurob devint une amie compatissante et admirative de chacune des trois autres vice-reines, à qui elle déclara :

— Voyons, mon fils n'est rien comparé au tien. (Ou, si aucun fils n'avait encore fait son apparition :) « Voyons, mon fils ne sera rien comparé au tien. » (Puis :) « Je suis inexistante, mais c'est mon devoir de rester auprès de toi. J'ai toujours remarqué ta beauté et ta vertu ; je vais te confier une chose : je crois que c'est toi que le roi préfère par-dessus tout... même la grande reine de Nennafir, car il est évident que ce mariage fut préparé alors qu'il n'était qu'un enfant. Je suppose qu'il la rabaisserait et te mettrait à sa place s'il le pouvait.

Cela dit, elle conseilla diligemment chacune de ses paires contre les deux autres en disant qu'elle avait entendu une rumeur selon laquelle elles pouvaient désirer empoisonner la favorite ou l'enfant de la favorite, ou encore l'enfant à naître de la favorite. Peu après, la mère de Qurob s'en chargea elle-même et empoisonna les deux vice-reines les moins accessibles. Mais, la nuit précédant ce meurtre, la mère de Qurob demanda audience à la grande reine elle-même, tomba à genoux devant elle, puis, ayant reçu la permission de parler, mit en garde la reine contre les vice-reines qui complotaient contre elle, une en particulier (la plus accessible), qui assassinerait probablement ses rivales. Lorsque l'on découvrit les deux corps le lendemain matin, tout le monde sut à qui il fallait s'en prendre et la vice-reine la plus accessible fut flagellée et pendue, son corps abandonné sur le gibet près du fleuve où étaient allongés les trois chats de pierre blanche.

Après cela, la grande reine éleva la mère de Qurob et en fit sa confidente et son espionne. Cela continua treize années, durant lesquelles grandit le jeune Qurob, qui apprit de sa mère à se montrer rusé, à flatter et user de faux-fuyants et aussi à se montrer cruel, car, l'assurait-elle :

— Il est un secret que tu ne dois répéter à personne. Tu es le roi de ce lieu.

Cela faisait sourire Qurob qui répondait :

— Vraiment, Mère ? J'en serai heureux.

Mais, à chacun des fils de la reine, il disait :

— Je ne suis rien à côté de toi, mais permets-moi d'être

ton esclave, car je t'ai toujours admiré au-delà de tout, un peu comme j'adorerais un dieu.

Il mettait alors chacun gracieusement en garde contre les autres, lui révélait des complots dont il avait eu vent et lui procurait des pièces à conviction qu'il payait des comparses pour simuler. Durant sa treizième année, la grande reine mourut d'une consomption provoquée par la mère de Qurob qui avait introduit dans sa nourriture de minuscules granules toxiques. Puis les fils du roi se prirent de querelle et certains s'entre-tuèrent. Une nuit, Qurob, qui était maintenant un robuste et beau gaillard empli de grâce, s'agenouilla humblement devant le roi et l'informa qu'un complot était tramé contre sa vie et, bien que cela lui brisât le cœur, il lui fallait révéler toute l'affaire. Le lendemain matin, les deux fils aînés du roi furent écartelés par des chevaux et leurs restes abandonnés sur la place où les chats de pierre blanche dominaient le fleuve. Qurob devint alors l'héritier du roi.

Trois nouvelles années s'étaient écoulées et le roi, qui était de plus en plus vieux et malade, considérait avec amour son héritier adorateur et, l'année même où Qurob eut seize ans, il murmura au roi :

— Ô Père Magnifique, permets-moi de te parler dans ta chambre.

Le roi accepta volontiers. Lorsqu'ils furent enfermés ensemble, Qurob demanda :

— Mon père, t'ai-je servi fidèlement ?

Le vieux roi malade branla du chef et l'enlaça avec des larmes dans les yeux.

— De tous mes fils, dit le roi, toi seul m'es resté fidèle.

— Sache donc que moi seul me suis montré secrètement perfide.

Qurob lui expliqua tout ce qu'il avait fait et rappela au roi ce qui avait été accompli par ses mensonges. Le roi se leva brutalement, frappé de douleur, son cœur se brisa et il mourut.

Lorsque le diadème de la ville eut été posé sur le front de Qurob, sa mère vint le voir en particulier, dans une ombre ténébreuse de lamentation saupoudrée de larmes qui étaient des gemmes sans prix.

— Ecoute-moi bien, mon fils, dit-elle.

Et elle lui parla de la prophétesse qui lui avait rendu visite le jour même de sa venue au monde et lui avait dit qu'il deviendrait roi. Mais que, lorsqu'il serait roi, il ne devrait pas monter sur le dos d'un étalon, car il risquait d'en perdre son royaume et d'en mourir.

— Aucune âme qui vive n'a été mise au courant et j'ai veillé à ce que ceux qui étaient au courant restent éternellement silencieux. Car si quelqu'un venait à le savoir en dehors de nous deux, il risquerait de manipuler le destin et de te faire monter par la ruse sur un cheval de ce sexe.

— Oh, ma mère, dit Qurob, je suis béni de t'avoir. Oh, meilleure et plus sagace des femmes. J'écouterai ton conseil de prudence. Nul ne saura, en dehors de toi et moi.

Il pourrait maintenant sembler étrange que Qurob dût se méfier de sa mère qui gardait depuis si longtemps un silence absolu sur cette dangereuse question. Mais la plupart des hommes ne mesurent toute chose que par eux-mêmes. La femme avait nourri son fils du lait des soupçons et le soupçonneux se fie rarement à autrui. Supposons qu'il se querelle un jour avec elle pour une raison ou une autre, ou même qu'en vieillissant, devenue infirme, elle marmonne l'histoire du dos de l'étalon dans son sommeil ou un accès de fièvre ?

Qurob embrassa donc sa mère, la couvrit de présents et, lorsqu'elle fut de retour dans ses appartements, il envoya quelqu'un la noyer dans son bain avec toutes les apparences d'un accident. Car, depuis seize ans, ne lui enseignait-elle pas la prudence ?

Qurob régna donc sur Nennafir jusqu'à quarante ans. Il régna dans l'abondance et la santé, nul ne s'éleva contre lui et, bien qu'il fût dur et tyrannique, nul ne parlait de lui en mal et tout le monde l'appelait le Roi Bien-Aimé.

Naturellement, durant toutes ces années, parmi toutes les montures qu'il choisit comme nonchalamment, pas une ne fut un étalon.

Un jour, Qurob s'en alla chasser. Au-delà des champs de fleurs qui formaient des guirlandes autour de la ville s'étendait une verte plaine riche en eau et en arbres au large feuillage où vivaient des sangliers bleu foncé et des gazelles d'un blanc éclatant, appréciés pour leur peau. Néanmoins, ce jour-là, les chasseurs ne levèrent aucun gibier et le roi devint maussade, humeur qui le rendait redoutable. Enfin, le soleil se dirigea vers l'ouest et, dans les hautes herbes près d'un étang, Qurob avisa une gazelle qui buvait, blanche comme la neige, une étoile noire sur le chanfrein.

Les chasseurs se précipitèrent aussitôt et l'animal s'éloigna en bondissant légèrement. L'on considéra que l'amusement était parfait et chacun hurla de plaisir... et de soulagement en voyant que le roi allait être d'humeur plus aimable. La gazelle continua de filer, passant comme le vent au-desssus de l'herbe et de la pierre, les conduisant vers l'orient, le soleil bas sur l'horizon dans leur dos.

Malgré tous leurs efforts, leurs jets d'épieux et leurs flèches, ils ne purent l'approcher, ni la blesser, ni l'épuiser. Et ils laissèrent les heures derrière eux sous les sabots de leurs chevaux. Le soleil continua d'avancer vers les portes occidentales et frappa pour les franchir.

Les chevaux faiblirent. Un par un, les cavaliers serrèrent la bride. Seul le roi ne mollissait point. Ses courtisans n'osaient lui suggérer de les imiter et chacun, lui excepté, amena sa monture au pas et le suivit de loin. Ils laissèrent la gazelle à leur roi et tous deux disparurent bientôt dans le crépuscule encore clair.

Qurob n'aimait pas que quoi que ce fût lui échappât. Son hongre peinait, mais il le fouettait et l'éperonnait de plus belle. Il s'attendait à voir la gazelle s'épuiser, mais rien de tel ne se produisit. Il l'appela alors avec des mots doux dans la plaine qui s'assombrissait, où la voix produisait des échos.

— Toute belle, je t'admire et ne désire que m'approcher de toi. Laisse-moi venir près de toi. Je te protégerai de tous ceux qui te veulent du mal.

Au bout d'un moment, Qurob crut entendre la gazelle lui répondre :

— N'essaie point tes mensonges avec moi, Qurob. C'est moi qui te les ai enseignés et je me rappelle de quelle manière tu m'en as remerciée !

Les poils se hérissèrent sur la nuque de Qurob. Il fut

glacé, puis brûlant, puis pris d'un frisson poisseux, car il lui sembla reconnaître la voix de la gazelle : elle était pareille à celle de sa mère.

La gazelle atteignit alors un bouquet d'arbres et se précipita parmi eux en un éclair blanc. Mais elle ne ressortit point de l'autre côté. Qurob la suivit mais ne put la retrouver.

— Sorcellerie, dit-il, quelque peu irrité. Ou bien il s'agit du fantôme de cette garce. J'apporterai dès demain des présents dans le tombeau de ma mère.

A peine avait-il parlé que le hongre frémit et tomba mort entre ses jambes.

Qurob se releva, quelque peu contusionné, et il donna un dernier coup de pied à la carcasse de l'animal. Puis il appela ses hommes qui, il le savait, n'auraient pas osé ne pas le suivre. Mais ils étaient encore hors de portée de voix et soudain Qurob ne voulut plus être seul en ce lieu, lui, le Roi Bien-Aimé de Nennafir.

Il quitta donc rapidement le couvert des arbres et ne voilà-t-il pas que la première chose qu'il aperçut en bas du coteau était une masure à l'entrée éclairée et d'où montait une fumée de cuisine. A proximité s'étendait un pré où paissait un cheval. Qurob se rapprocha et vit qu'il s'agissait d'une splendide jument.

Confiant en sa chance habituelle, Qurob s'avança à grands pas jusqu'à la porte de l'habitation. Il dit à l'homme qu'il trouva à l'intérieur :

— A genoux, balourd. Car je suis le roi de Nennafir.

Raisonnable, le paysan obéit et laissa son repas brûler sur le feu.

— Quelle est ta volonté, puissant seigneur ? voulut timidement savoir le paysan.

— Donne-moi ton cheval. Telle est ma volonté.

— Hélas, dit le paysan, mal à l'aise, si tu veux parler de la jument dans le pré, je ne te la recommande pas. Elle a eu des rapports récemment, et elle est rétive et n'acceptera pas facilement de te porter.

— Que m'importent les caprices d'une bête ? s'exclama le roi.

— Par contre, fit l'homme sur un ton apaisant, j'ai un noble étalon qui est actuellement paisible, docile...

Le Roi Qurob lâcha un terrible juron. Il avait détecté à l'extérieur des bruits d'éperons et de sabots et comprit que ses courtisans approchaient. Et voici ce qu'il pensa : « Si je refuse l'étalon, ce demeuré se posera des questions sur mon insistance, tout comme ceux de ma cour qui vont arriver. Par ailleurs, il y a des étalons parmi les hongres de ces gens et l'on risque de m'en proposer un que je devrai refuser. Ils pourront s'en étonner, se rappeler que jamais de toute ma vie je n'ai chevauché d'étalon, et deviner ainsi que ce doit être pour une raison mystérieuse, qui ne peut que me causer du mal… et ils me coinceront un jour par la ruse, comme ma mère me l'avait prédit. »

Qurob tira donc son épée et coupa la tête du paysan, sortit chercher la jument, l'attrapa et, lorsque sa cour arriva, il ordonna :

— Allez chercher ma selle et le reste de l'équipage sur le cheval mort parmi les arbres. Cette bonne jument me plaît et je vais la monter jusqu'en ville.

Ce qu'il fit, bien que les étalons de l'expédition fussent troublés par cette présence, qu'elle s'avérât effectivement rétive et que Qurob dût la battre.

Malgré tout, c'était un bel animal et Qurob eut envie de la garder dans son écurie particulière. Ses affaires lui avaient fait oublier l'animal et ce ne fut qu'un peu plus tard qu'il s'en souvint ; il fit venir le palefrenier en chef et l'interrogea.

— Hélas, puissant seigneur, elle est morte. Elle était pleine et elle a pouliné avant terme ; le petit est sorti les pieds en premier et il était resté toute la saison dans son ventre. S'il avait vécu, ce poulain aurait été le joyau de tes écuries, car c'était déjà le plus beau des étalons. Quel dommage que tu ne l'aies monté qu'une seule fois, alors que tu te trouvais sur le dos de sa mère et donc, sans le savoir, de ce petit.

A ces mots, Qurob le Roi Bien-Aimé devint aussi gris que la cendre. Il leva les mains et ôta le diadème royal, puis retira les bagues qu'il portait aux doigts.

— Mes péchés m'ont pourchassé, dit-il. La malédiction de ma mère, car elle m'avait assurément maudit, m'a retrouvé.

Il appela ses domestiques tout tremblants, les fit le

débarrasser de tous ses atours et ornements, jusqu'à ses chaussures. Il ne garda qu'une dague acérée, sortit de son palais, nu et solitaire, à la stupéfaction de toute la cité, et descendit jusqu'au fleuve brun où les chats de pierre blanche de Nennafir détournaient de lui leur regard sans amour.

Qurob n'était pas de caractère à attendre la mort, car il lui avait souvent expédié des victimes ; Qurob avait l'intuition que sa mort risquait d'être désagréable. Il se trancha donc la gorge et son cadavre tomba dans le fleuve.

Les centaines de personnes qui l'avaient suivi et le regardaient sans rien comprendre furent emplies de terreur et d'ébahissement, mais en aucune manière de chagrin, disons-le bien.

8

Il est possible que l'histoire de l'étalon fût inventée, ou exagérée. En général, seul le guerrier pendant la bataille choisissait de chevaucher une monture non émasculée, et encore n'était-ce pas toujours le cas, car c'étaient des bêtes imprévisibles. Peut-être existait-il une autre raison à la peur pleine de sentiment de culpabilité et à l'autodestruction du Roi Qurob.

Quoi qu'il en fût, il était immobile, sur le ventre, et dérivait le long du courant en rougissant l'eau brune.

Plusieurs milliers de personnes regardèrent passer son cadavre, alignées sur les rives ou observant du haut des terrasses et des balcons. Là où se trouvait le port, les vaisseaux aquilins avaient leurs ailes repliées et baissées, mais les hommes montèrent aux mâts ou se penchèrent aux bastingages pour considérer le roi meurtrier de la cité. La nouvelle avait rapidement traversé tout Nennafir.

— Est-ce là le *seigneur* ? s'écriaient-ils. Quelle raison pouvait-il bien avoir de se tuer, cet ingrat, alors que moi, qui en ai plus d'une, je m'accroche à cette vie que j'estime encore ?

Mais si Qurob les entendit, il ne répondit pas tandis qu'il continuait de dériver sur le ventre.

Certains dirent alors :

— C'était un mauvais maître. Mais celui qui le remplacera risque d'être encore pire.

Qurob avait laissé de nombreux fils et filles, la luxure étant son passe-temps. Certains étaient encore enfants, mais d'autres étaient plus âgés. Il en était qui avaient vingt-cinq ans ou plus, qu'il avait engendrés alors qu'il n'était encore qu'héritier. L'on pouvait s'attendre que ceux-ci se querellent et que le royaume ne s'en porte pas mieux.

Plus en aval, divers passants crurent apercevoir quelqu'un d'autre, un homme en robe orange qui marchait au-dessus des eaux là où ne se trouvait aucun pont. D'autres encore l'avisèrent sur les quais. C'était un mendiant, ou un riche seigneur. Il jouait d'une flûte de jade, ou restait simplement là à regarder le courant... Le Destin était arrivé à Nennafir.

A quelques milles à l'ouest, le fleuve se libérait dans la mer. De cette direction, arrivaient à la rame les navires marchands de la ville dotés de plusieurs ponts : dans cette direction ils repartaient, certains lourdement chargés, d'autres portant la promesse légère de l'or. Or, vers la mer, vers l'ouest, il sembla se produire une espèce d'éclair brutal, soit sur l'eau, soit juste au-dessus, dans le ciel. Puis ce fut soudain une grande illumination, un second lever de soleil, dans la mauvaise direction, qui fit sortir par hordes le peuple de Nennafir aux fenêtres et dans les rues... ou les fit se terrer de frayeur. Le silence tomba, empli d'un sentiment d'attente et de terreur. Ceux qui étaient venus voir flotter le roi cadavérique devaient assister à des merveilles fabuleuses.

La lumière dans le ciel devient une fleur douce. Une lune diurne et non plus un soleil. Mais voilà qu'il ne s'agit de rien d'horrible ou de redoutable, ce n'est pas un monstre marin issu des profondeurs pour ravager les terres, ni un éclair animé. C'est quelque chose de beau, de magnifique, quelque chose qui produit une très belle musique, et la lumière qui l'encadre est faite d'arcs-en-ciel, du miroitement de couleurs sur les ailes des oiseaux et le dos des gros poissons bondissants.

— Un bateau ! s'exclama un millier de voix.

C'était bien un bateau, mais quel bateau !

Il remonta le fleuve, glissa entre les quais de la ville. Et à son passage le cadavre de Qurob sombra sous les eaux et disparut, de la vue et de l'esprit.

Ce navire était haut de sept ponts, de telle sorte qu'il n'aurait pas dû se tenir droit ni se déplacer et nombreux furent ceux qui, par la suite, déclarèrent qu'il ne reposait pas sur les flots, mais un peu au-dessus, sur un nuage d'air brillant. Pourtant, sept rangées de rames tournaient et la pointe des longues perches remuait le fleuve.

Le vaisseau avait la forme d'un lis colossal, avec une myriade de pétales qui retombaient, mais la proue était la tête d'un mince dragon sortant de la fleur, les yeux grands ouverts et la gueule béante. Il n'était pas facile de dire quel bois avait été utilisé dans la fabrication de ce bâtiment, car le moindre pouce en était recouvert d'argent et d'or martelé, de telle sorte qu'il flamboyait et éblouissait tout ce qui le considérait. Des bulles transparentes semblables à des soleils fantômes flottaient au-dessus du bateau et des rayons jaillissaient des avirons dorés. Les oiseaux aux couleurs variées allaient et venaient dans cette aura et les poissons s'amusaient dans son sillage. Il n'avait pas de voile et personne ne foulait ses ponts, nul cri ne surgissait de l'intérieur, du côté des rames. Seule jouait une musique d'origine invisible. Elle imbibait le cerveau et les membres. Les auditeurs sentirent un délire les étreindre, ils eurent envie de bondir en tous sens et de danser, ce que firent grand nombre d'entre eux en tapant des mains et en criant joyeusement, bien qu'ils n'eussent aucune raison de se réjouir, mais plutôt de se méfier et de s'inquiéter.

— Oh, mais regardez, dirent les enfants parmi la foule de Nennafir, il y a une dame sur le bateau.

C'était exact ; le seul être vivant visible était en haut de la proue. Une couronne d'or hérissait la tête du dragon et, dans ce cercle, se tenait une femme très belle, elle aussi vêtue d'or, petite comme une poupée, encadrée par ses longs cheveux noirs.

— Voilà une puissante sorcière, dirent les foules à leurs enfants.

Mais d'autres s'agenouillèrent.

— Un être surnaturel, dirent-ils.

Dans sa clôture d'or, la femme dorée ne bougeait pas, pourtant ses yeux semblèrent toucher le moindre visage et le moindre esprit.

Puis elle leva la main gauche... un simple geste, lointain, là-bas, au milieu du fleuve, au-dessus des eaux.

Le vaisseau s'arrêta, les rames ne furent plus que les

dents d'un peigne qui brûlait. Les oiseaux se posèrent, les poissons sombrèrent et la musique mourut.

Mais l'architecture de la ville se déplaça, gémit et grinça. Les tuiles tombèrent des murs. Nennafir trembla, de terreur ou de plaisir. Alors se levèrent les chats de pierre blanche, bâillant et grognant dans leur gorge sculptée.

Ils sautèrent de leurs toits en terrasse, quittèrent leur piédestal et traversèrent les rues frappées par la panique. Au bord du fleuve, où tout le monde s'écarta pour les laisser passer, ils se réunirent, un feu crémeux dans leurs yeux de pierre, et saluèrent le vaisseau.

Puis la lumière du navire s'éteignit. Là où il s'était trouvé surgit une énorme vague, brune avec des veines de cristal et des volutes d'or et d'argent ; elle s'abattit sur le rivage, portant la tête du dragon au regard toujours fixe, la couronne dorée et la sorcière surnaturelle. La multitude s'enfuit en hurlant, s'attendant à être noyée ou écrasée.

C'est ainsi que, sur le quai déserté, Ajriaz débarqua de la vague brûlante pour se tenir au milieu d'un cercle de chats en pierre qui la saluaient.

Poètes et érudits disaient qu'elle attendit là, les yeux bleus comme le ciel, les cheveux comme la nuit, le corps vêtu de soleil, la peau de lune. La ville se mit face contre terre pour la vénérer, car elle sut immédiatement qu'une créature de Terre Supérieure venait de descendre chez elle.

Il était clair que c'était une fille des cieux, des régions éthériques.

Son nom, lorsqu'ils l'apprirent, avait un étrange écho, mais ils ne le déchiffrèrent point. Les usages des dieux étaient au-delà des interrogations des humains.

Lorsqu'elle marcha le long des rues de Nennafir en se dirigeant vers le palais (où déjà certains des héritiers de Qurob s'étaient mis à se battre, se poignarder, s'étrangler et s'empoisonner), ses pas marquèrent les pavés qui, par la suite, devinrent brillants. Pendant des décennies, ces empreintes furent l'une des merveilles de la cité et produisirent des miracles. Elles finirent par s'effacer. Comme suite, elle n'avait que les chats de pierre blanche, au nombre de treize, qui l'entouraient jalousement. Le peuple frappé d'une crainte révérentielle la suivait, certains chantant encore et claquant les mains, certains pâles et en transe, d'autres empourprés par l'inquiétude.

Les soldats aux portes du palais furent poussés à jeter leurs épieux et s'agenouillèrent. Ils comprirent que nul homme ne s'oppose à la volonté des cieux.

Les portes du palais s'ouvrirent d'elles-mêmes.

Les empreintes étincelantes d'Ajriaz marquèrent la cour, l'escalier et les grandes salles.

Si belle était-elle, écrivirent les poètes, qui pouvait la regarder sans reconnaître en elle une déesse ?

Ajrarn avait dit :

— Je leur donnerai un dieu à adorer. Qu'ils découvrent ce que c'est que d'être dirigé par un tel être.

LIVRE DEUX

AJRIAZ : LA DÉESSE

PREMIÈRE PARTIE

PIERRES

1

Dans le cimetière d'un désert, des hommes peinaient pour déterrer les hautes pierres que les vents du temps avaient sculptées en ce lieu.

Le désert n'était que pierres, pâles et sans visage. Ses poussières s'étaient faites poussières, et poussières de ces poussières-ci pour finir par disparaître totalement. Les outils qu'ils employaient produisaient une fine poussière blanche et, à la chute de chaque colonne, bien que les poulies les retinssent, de minuscules éclats s'envolaient dans les airs.

Une route traversait le chantier en plein désert pour rejoindre une ville qui, n'étant que vassale, était sur le point de payer son tribut septennal. Des métaux et des bijoux précieux, des troupeaux de bêtes et d'esclaves, telles étaient les offrandes de cette cité. Mais on lui demandait également de fournir des matériaux de construction, de telle sorte qu'une forêt avait été coupée et qu'en ce lieu une forêt de pierres s'abattait de même.

— Regardez donc ce pilier, dit le contremaître à la nouvelle équipe. L'un des plus anciens de cet endroit hanté et déplaisant. Si le vent hurlait sur lui depuis mille ans, je n'en serais pas surpris. Et il doit maintenant tomber selon le bon plaisir de la Déesse Sorcière. Enfin, je suppose qu'ils construisent beaucoup, là-bas. Allez-y, tapez.

— Quelle est cette marque, là-haut ? On dirait un énorme œil noir, demanda un gars de l'équipe, un jeune homme avenant désireux de voir le contremaître le remarquer.

Le contremaître s'exécuta.

— Eh bien, mon garçon, il y a des trous dans certaines de ces pierres et quelque chose vient parfois boucher l'un d'eux. Puis le temps passe et le bouchon se marie à la pierre et se transforme en pierre. Un animal, dit le contremaître en prenant le jeune homme à part, a dû se glisser là-dedans, il y a des siècles, il y est mort et n'a plus fait qu'un avec la pierre. Je ne connais pas de trou, continua le contremaître en invitant l'ouvrier à entrer dans sa tente, qui ne finisse habituellement par être bouché par quelque chose.

Le reste de la nouvelle équipe continua à transpirer dans la chaleur du jour. Les maillets et les haches mordirent la pierre et les scies la rongèrent. Au milieu de l'après-midi, la pierre oscilla. Les cordes se tendirent alors que le pilier basculait sous leur étreinte ; il se coucha et s'abattit sur le côté, mais les cordes le retinrent pour éviter qu'il ne se fracasse au sol. Lorsque la pierre fut chargée sur le chariot, deux ou trois hommes montèrent examiner le point opaque qui formait une excroissance arrondie. Ils tapèrent dessus pour voir si elle n'allait pas révéler quelque objet intéressant, mais elle ne leur fit pas ce plaisir. Leurs outils ne purent la marquer.

Cette pierre partit donc vers la ville en compagnie des autres. Puis avec la caravane du tribut, vers l'est, un voyage d'un an et demi, jusqu'aux terres de la Déesse Sorcière. Dont la cité entendait beaucoup parler, bien que personne n'y fût jamais allé.

Elle s'était levée à l'ouest comme un second soleil. Cette ville-ci la connaissait depuis trois décennies. Elle était éternellement jeune, la Déesse Sorcière, et toujours très belle. Elle était également cruelle, sans merci, belliqueuse. Elle était descendue des cieux, les mers et les fleuves s'étaient divisés devant elle. Elle avait atterri en un lieu nommé Nennafir, la Fleur de la Rive Fluviale, et l'avait fait sien en moins de trois heures. Puis, en trois mois, elle avait tourné les armées de la florissante Nennafir vers la conquête du monde extérieur...et au bout de trois ans il sembla qu'elle était en bon chemin. D'une côte à l'autre, d'une île à l'autre, les montagnes, les vallées, les villes, les cités... un tiers de la terre peut-être, et peut-être davantage. Elle n'avait jusqu'alors ignoré que les étendues sauvages ou les terres les plus lointaines. Là où ses légions n'allaient point, pas d'airain et acier sanglant, là où sa magie ne volait point tel un oiseau noir comme le jais à la gorge de miel... lame qui embrassait, chant qui tuait... sa renommée circulait, simple rumeur, qui suffisait largement. Il en était venu d'autres comme elle, il est vrai. Il y avait eu jadis une reine sorcière qui avait soumis bien des territoires de la terre et en avait séduit bien d'autres : Zorayas, qui était désormais une légende. Mais Zorayas, malgré toute sa puissance, sa magnificence, sa vilenie et sa beauté, était mortelle. *Elle* était déesse. La défier ne signifiait pas seulement la mort, mais le blasphème.

A son sujet on racontait cent histoires, ou sept cents, ou sept mille. Certaines n'étaient que mensonges, d'autres des commérages (comme pour Zorayas et celles de cette sorte), emportés comme des débris par le courant. Certaines de ces histoires étaient assez réelles. Mais les hauts faits de conquête et d'omnipotence ont une similitude, comme l'exposition de la plupart des méfaits.

La caravane du tribut continua de rouler, durant les premiers mois de voyage, en direction de l'est ; bientôt, les récits étaient empilés si haut sous les roues des chariots que ceux-ci avançaient péniblement, que les animaux de trait titubaient et périssaient... bloqués et étouffés dans le marécage de ce mythe vivant.

Le troisième mois du périple, le chemin devint physiquement bouché par des caravanes en provenance d'autres lieux, écumant furieusement dans un unique chenal, comme si les barrages d'eaux innombrables venaient de céder.

Toutes les routes menaient désormais à Az-Nennafir.

Ce n'était plus une simple cité, mais une métropole couvrant une superficie si vaste que treize royaumes auraient pu y sombrer. Une cité grande comme un pays, puis un pays qui s'était étalé à travers un tiers des territoires connus de la terre : l'Empire.

Les hommes tombaient malades à la périphérie de ce lieu immense. Les émanations de sa sorcellerie, bien que celle-ci fût distante de longs mois et d'interminables milles, emplissaient les mortels de folles émotions. Certains s'écroulaient, sujets à des crises nerveuses et à de fortes fièvres... ils dansaient dans leur sommeil, dormaient tout en marchant. Les gaillards déclinaient et les malades guérissaient. Partout régnait une vapeur de folie. Et le paysage changeait.

Il y avait d'abord la traversée de puissantes montagnes, qui étaient chauves et brillaient dans le lointain comme un pâle argent. Rien n'y poussait, pas un arbre, pas un brin de végétation. Ceux qui les franchissaient voyaient qu'elles étaient en granit grisâtre qui, par endroits, s'était transformé en une espèce de miroir. Le soleil les transperçait de jour et la lune de nuit. Au-delà des montagnes, des plaines ondoyantes d'herbe sauvage, dont les tiges étaient épaisses et vertes. L'herbe était sucrée et, une fois macérée dans une cuve, produisait un vin vert qui, bu trop souvent, attaquait l'esprit ou rendait aveugle. Des oiseaux aux ailes énormes planaient au-dessus de ces prairies, volant comme des parasols de ténèbres. Parfois, ils fondaient sur un animal qui s'était mis à couvert, ou un enfant... car il vivait dans la plaine des bergers logeant dans des huttes d'herbe, vêtus d'herbe, jouant de flûtes faites de tiges d'herbe, l'esprit étrange à force de respirer sans cesse le parfum de l'herbe.

D'autres terres suivaient alors, escarpées et vertigineuses, profondes comme des tranchées, désolées, dépeuplées. Il y avait une mer au-dessus de laquelle avait été construit un pont renforcé en partie (cela était sûr) par la magie. Ses pieds étaient profondément enfouis dans la roche sous les eaux. Les caravanes devaient circuler plusieurs jours sur ce pont et ne voyaient que l'océan de part et d'autre des hauts parapets, ou le ciel marin qui s'étendait au-dessus de leur tête. Des oiseaux de mer s'élevaient en un souffle blanc devant les caravanes. Parfois, on apercevait d'énormes créatures qui nageaient dans l'océan.

Le sixième mois du voyage terrestre vers l'orient, les villes et les cités grouillaient comme des sauterelles, séparées les unes des autres par des portions réduites de terrains non bâtis ; pour ceux-ci, les cités se battaient, mais les caravanes passaient, inviolables, puisqu'elles apportaient leur tribut à la Déesse Sorcière. Il n'y avait plus désormais de ville ou de village qui n'eût un temple qui lui était dédié et ses hautes statues s'élevaient le long de la grand-route. Elles étaient toutes différentes et pourtant toutes similaires, blanches comme la neige ou la glace, les cheveux noirs (d'ébène ou d'agate), les yeux bleus (de saphir ou d'émeraude bleue) et les offrandes restaient à pourrir devant elles ; même les oiseaux n'osaient les dérober, ni les lapins, ni les renards. Des piles de fruits, des fioles de parfum et des amphores de liqueur, et sur les autels de pierre blanche les ossements dépassaient, telles des épées, à travers les carcasses putréfiées des sacrifices. La puanteur étourdissante de tout ceci emplissait toute l'atmosphère environnante. Des prêtres étaient parfois sur les autels. Des flammes brûlaient et de la fumée s'élevait à travers les hymnes de louanges retentissantes. Son ordre portait une soutane bleue, bleue comme les yeux de la Déesse, bleue comme nul autre bleu de la terre. De nuit, en ces terres, l'on voyait les feux des offrandes qui brûlaient de tous côtés, tachetant les ténèbres, qui n'étaient autrement marquées que par les faibles lampes des villes surpeuplées ou par les incendies qui embrasaient celles-ci.

Le neuvième mois de son voyage, la caravane qui transportait les pierres du désert (en compagnie des autres qui voyageaient depuis plus ou moins longtemps, mais avaient eu elles aussi un périple de neuf mois à accomplir) parvint à la frontière du pays connu désormais sous le nom d'Az-Nennafir, cœur de l'Empire de la Déesse.

Nul n'avait jamais accompli cette expédition plus d'une fois dans sa vie. Une fois suffisait. Et, dans la plupart des familles, la charge de cette aventure était retransmise de père en fils, destin qui ne pouvait être évité.

La périphérie du cœur du pays de la Déesse, enfermé dans sa sorcellerie, était presque vide. Ici ne régnaient que déserts. Après le grouillement des villes, il semblait que toute vie se fût dissimulée. Les récits concernant ces régions sont très différents, puisque ceux qui approchaient arrivaient de directions variées et chacun ne voyait que le paysage qu'il traversait. Il ne fait aucun doute que cela devait suffire à chacun.

La caravane qui transportait les pierres, avec ses compagnes, parvint alors en un lieu de roches escarpées et descendit dans une fosse lisse comme du cuivre poli dans l'aube. De longs pans de terrain métallique s'étalaient devant eux, avec parfois des étangs d'eau riche en métaux, où personne ne buvait, pas même les animaux assoiffés. Durant des jours et des jours ils se déplaçaient sur la face de ces terres, sous un ciel immense. Lorsque venait la nuit, de curieuses formes apparaissaient dans le ciel... qu'on ne pouvait prendre pour des nuages ; des formes vagues et brumeuses qui allaient et venaient, des géants spectraux, ou des dieux fantômes. Des étoiles s'arrachaient à leurs amarres... s'il s'agissait bien d'étoiles. Certaines s'écrasaient sur la terre, filaient au-dessus des camps des voyageurs, éclairant le ciel de couleurs terribles brillant comme en plein midi, avec un hurlement, ou un bruit d'étoffe qui se déchire. Là où elles tombaient, par-dessus les hautes collines métalliques, surgissaient le tonnerre, un souffle de feu, et de ce lieu jaillissait alors une bise brève et brutale brûlant comme une fournaise, qui arrachait les tentes à leurs pitons et les hommes à leurs pieds, avec des relents d'essences sans noms.

Un mois ou deux passés dans cet étrange environnement, rendu dangereux par la chute des étoiles. Puis le désert de métal cédait la place à un désert de sable bleu sous un ciel bleu détrempé. Des fontaines jaillissaient des roches de quartz violet. L'eau et le bleu rafraîchissaient et ne faisaient aucun mal... du moins le semblait-il ; qui pouvait en être sûr ? (Nul, disait-on, ne suit cette route pour revenir aussi sain d'esprit. L'on s'y résignait plus ou moins, n'ayant pas le choix.)

Encore un mois ou deux dans le désert bleu, mais la mesure du temps était d'ores et déjà quelque peu approximative. Puis ce fut un désert blanc, où des torrents de lait jaillissaient de roches d'albâtre. Puis des prairies noires où coulait une bière noire ou de l'encre ; mieux valait se méfier lorsque l'on buvait. Puis une eau pure, un lac qui s'étendait des pieds jusqu'à l'horizon, avec, çà et là, des forêts entremêlées comme des cheveux ou des arbres primitifs ; là nichaient des poissons qui voletaient hors des eaux pour couver des œufs ronds semblables à des opales, haletant doucement, les yeux solennels et hivernaux. Une jetée conduisait au-dessus du lac. Elle s'arrêtait à une muraille.

La muraille devenait visible plusieurs milles auparavant et même ceux qui en avaient entendu parler la regardaient fixement. C'était un mur de tuiles émaillées de bêtes ailées ou dotées de longues queues qui montait et montait. Il semblait retenir le ciel.

Les caravanes encombraient la jetée et s'entassaient contre la muraille. Le jour avait fondu dans le lac et les poissons plongeaient en scintillant pour jouer dans l'eau. La lune s'était levée, invisible derrière le mur, à l'orient. Elle grimpa de plus en plus haut pour apparaître derrière la muraille. Lorsque ceci se produisit, les tuiles blanchirent et une porte fit son apparition, comme déverrouillée par la lune, de plus en plus large. Les caravanes la franchirent, jusqu'à la dernière roue, au dernier animal de bât et au dernier homme. Puis le mur se referma.

Il faisait nuit noire à l'intérieur du mur, car la lune était désormais passée de l'autre côté et s'allongeait à l'extérieur pour le plus grand plaisir des poissons du lac.

Mais une route étincelante continuait à l'intérieur, tel un feu doré. Ils la virent sinuer devant eux. Ereintés mais obéissants, ils s'engagèrent dessus et furent baignés dans son aura enflammée, qui semblait n'émettre aucune lumière vers le haut ni sur les côtés mais les nourrissait terriblement. Les animaux épuisés batifolaient, piaffaient et galopaient. Les hommes fatigués éclataient de rire et leur criaient de se remettre en route.

Ils avaient donc voyagé vers la ville vaste comme treize royaumes et y pénétraient maintenant.

Selon certaines opinions, ce n'était pas la sorcellerie qui avait fait d'Az-Nennafir ce qu'elle était, mais les fantasmes des hommes au sujet de ces lieux.

Ceux qui revenaient (ce qui n'était pas le cas de tous) parlaient à mots couverts de choses dont la taille, la couleur et la matière étaient étranges, ainsi que de beautés qui les avaient bouleversés, voire rendus à tout jamais un peu fous. Ou complètement. Des gens ternes devenaient parfois poètes, ou se pendaient, après être allés à Az-Nennafir, mais c'était là un moindre mal.

Le soleil y est bleu, disaient-ils. On dirait un crépuscule miroitant en plein jour. Cela est dû, disaient-ils, au dais de saphir qui recouvre tout le royaume de la Déesse. Ou bien il s'agit d'un verre pharamineux dans le ciel. Ou simplement de magie. Çà et là, un trou a été créé dans le dais, le verre ou la magie et en dessous on peut trouver le soleil dans une oasis d'éclat enflammé.

De nuit, il y a sept lunes de taille et de couleur variables, et tout un assortiment d'étoiles : elles sont mécaniques ou ensorcelées, ou les deux, et il arrive qu'on les voie se déplacer, lentement, en formations admirables, se doublant occasionnellement, et, si elles se touchent, produisant un tintement mélodieux.

Tout ce qui pousse y excelle. Les végétaux bourgeonnent bizarrement et s'élèvent à des hauteurs vertigineuses. Des rosiers dont les fleurs sont si grandes qu'une petite fille peut s'allonger dedans. Les pétales sont cireux mais ils exsudent un parfum suffisant pour rendre inconscient. Les cèdres peuvent atteindre la taille d'une colline ou d'une petite montagne et les lunes les plus basses, en les traversant la nuit, dispersent sur terre leurs rameaux givrés d'une incandescence curieuse. Les bâtiments, quant à eux, sont aussi hauts, voire plus hauts. Des escaliers qui demandent toute une matinée pour les grimper. Des flèches qui se fondent dans le soleil bleu ; elles ont des vitraux qui descendent jusqu'au sol, aussi larges que trois portails, mais qui s'étrécissent en simples fils.

Tandis que les voyageurs de retour parlent, écrivent, chantent de leur voix aiguë ou bafouillent tout ceci, l'un ou l'autre des auditeurs, manquant à la réserve qui s'impose, demande parfois :

— Mais as-tu contemplé la Déesse ? As-tu regardé Ajriaz, la Fille de Terre Supérieure ?

Et l'un de ceux qui sont revenus peut répondre de la sorte :

— Après avoir voyagé quelques mois à travers la région

bâtie de la Cité d'Az-Nennafir, nous sommes parvenus sur la berge d'un petit fleuve brun et sinueux. Oh, il avait bien un quart de mille de largeur, ce fleuve, mais tout ce qui l'entourait l'avait totalement nanisé. Néanmoins, sur l'autre rive, s'élevait un édifice qui était un temple palatial de la Déesse. Les prêtres arrivèrent et nous déposâmes notre tribut. Il fut pesé et compté, mais je faisais à peine attention à ce qui se passait. Je ne faisais que fixer cet édifice, qui l'abritait peut-être. Elle qui nous tient sous sa coupe. Certes, nous savons qu'elle est cruelle, sans merci et indifférente (ses enseignements nous ont appris que c'est là l'attitude des dieux envers l'humanité... et n'est-il pas vrai que les leçons de la vie nous l'ont confirmé ?). Nous savons qu'elle peut nous tuer d'un seul regard, ou faire connaître au moindre d'entre nous des tortures terribles, ce qu'elle a déjà fait dans le passé, à ceux qui la craignent et la vénèrent. Mais lui demander quoi que ce soit est vain ; elle n'accorde rien. Quant à lui plaire par la prière ou les présents, les dieux ne remarquent ni n'apprécient ce genre de choses, bien qu'ils puissent punir la moindre ommission. Pourtant, elle est surnaturelle et habite parmi nous, et je crois que nul ne se tient devant l'entrée d'un de ses palais sans rêver de pouvoir l'apercevoir.

Mais revenons à nos moutons. Certaines des tours du palais s'élevaient si haut qu'elles devenaient indistinctes à mes yeux. Sur d'autres, le soleil bleu tombait comme une pluie, goutte à goutte. Trois des chats de pierre blanche de la ville, gros comme des éléphants, rôdaient sur l'autre rive, devant une volée de plus de trois cents marches qui étaient chacune recouvertes de mines de saphirs. Et au-dessus de l'escalier en saphirs se trouvaient une terrasse dorée et deux portes dorées... chacune ayant la hauteur d'une maison royale, de la cave au toit, dans notre monde ordinaire. Sur les portes était inscrit son nom, en symboles si magnifiques qu'on ne pouvait supporter de les regarder.

Les foules sur la berge où le tribut était pesé et compté s'étaient amplifiées jusqu'à un million de personnes ou davantage. Soudain, une trompette retentit, surgie de l'éther. Il tomba un silence tel qu'on aurait pu se croire devenu sourd, hormis le fait qu'on entendait encore le tumulte de son propre cœur.

Il y eut alors un parfum avec lequel toutes les roses épanouies de cette ville des miracles ne pouvaient rivaliser, et les eaux du fleuve se transformèrent en or et en argent, des poissons de jade y bondirent et des lis d'azur y fleurirent. Les grandes portes d'or qui arboraient le nom d'AJRIAZ s'ouvrirent doucement, comme deux ailes de papillon. Un feu bleu brûlait entre elles. Et Elle sortit de ce feu.

Peut-être pourrai-je trouver des mots pour décrire tout le reste de la ville, mais pour elle, j'en suis incapable. Il faudrait une nouvelle langue pour la décrire. Elle est très très belle, ainsi que la représentent les statues, noire et pâle, avec les yeux du ciel. Mais elle est la Déesse et nuls termes humains ne suffiront. Elle portait un vêtement d'argent, mais il était aussi en or. Sur elle, les bijoux qu'elle portait sur la poitrine, aux bras, aux oreilles, aux pieds, aux doigts, à la taille et dans sa longue chevelure ne donnaient plus l'impression d'être bijoux. Elle portait un grand diadème en or incrusté de diamants d'où flottait un voile comme coloré par un empourprement, lui aussi saupoudré de brillants semblables à des gouttes d'eau. Elle tenait les bras tendus à l'horizontale ; ses ongles étaient longs et blancs comme neige. Sur la paume de ses mains étaient peints des dessins d'argent, à moins qu'il ne se fût agi de bébés étoiles. Ses pieds ne reposaient pas sur le sol, pas même sur les marches de saphir. Elle se tenait dans les airs et un doux nuage brillant tournoyait sous la plante de ses pieds. Ses cheveux étaient éparpillés comme les rayons d'un soleil noir. Elle se trouvait à une grande distance de nous, pourtant, grâce à son pouvoir, elle était suffisamment proche pour que l'on pût la voir cligner les yeux, et il jaillissait alors un éclair de feu, comme si ses paupières produisaient des étincelles avec les yeux.

Elle commença alors à parler. Sa voix était grave et douce comme une musique. Je l'entendis dans mon crâne mais pas dans mes oreilles. Elle dit : « Me connaissez-vous ? » et nous tombâmes tous à genoux et face contre terre en criant que oui, que nous l'adorions. Certains s'enfoncèrent des poignards dans la chair, d'autres se tuèrent ainsi, ou se précipitèrent dans le fleuve, où les poissons les dévorèrent, et, à ce spectacle, nous applaudîmes.

Quant à moi, je me tranchai la main gauche... voyez mon moignon. Ce fut mon premier sacrifice. Je ne ressentis aucune douleur, rien qu'une extase. Mais cela ne me suffisait pas. J'étais sur le point d'enfoncer ma dague dans ma poitrine lorsqu'elle reprit la parole.

« Souvenez-vous, vous n'êtes rien pour les dieux. Pour Ajriaz, la Déesse, vous n'êtes que des grains de sable ou de poussière. Mais vous avez raison de sculpter notre image dans la pierre, car nous sommes de pierre, nous les dieux... une pierre qui ne peut être brisée, la main dure comme la pierre, l'œil et l'esprit durs comme la pierre, n'ayant que pierre à la place du cœur. Oui, les dieux sont des pierres et vous êtes le sable. Ainsi en sera-t-il éternellement. Qu'avez-vous donc à répondre aux cieux ? »

Nous l'adorâmes donc, nous nous abaissâmes pour dévorer la boue délicieuse de la berge. Telle était notre réponse. Une nouvelle fois, je levai ma dague pour m'ôter la vie, mais je la sentis murmurer dans mon âme : « Pas cela. » Elle me dit alors ce qu'elle désirait de moi sans qu'elle le désirât véritablement. Me voici donc de retour et j'ai accompli sa volonté. Cette volonté qu'elle a manifestée nonchalamment puis oubliée. Allez chez moi, vous y découvrirez ma femme et mes enfants, que je lui ai sacrifiés.

Bénis soient les cieux et la Déesse-sur-Terre.

2

Un jeune garçon avait voyagé d'ouest en est avec les caravanes ; il surveillait les piliers de pierre pâle provenant du cimetière du désert. Il était là parce que son père, à qui était dévolue cette mission, était mort de peur un mois auparavant. Lui-même n'était pas particulièrement joyeux et il était en fait abattu par la terreur. Rien de surprenant à ce qu'il eût souvent des cauchemars durant ce périple. Il lui semblait toutefois que ses rêves étaient encore pires lorsqu'il se couchait près d'une certaine pierre et qu'ils paraissaient plus flous, voire absents, lorsqu'il dormait loin d'elle. Cette pierre n'avait rien de remarquable en dehors de la tache qu'elle portait à une extrémité. Que rêvait donc ce gamin lorsqu'il était allongé près de ce pilier à la tache noire ? Il rêvait que quelqu'un le projetait dans un feu, ou que c'était lui qui y poussait quelqu'un et que la victime était quelqu'un qu'il aimait, bien qu'il ne vît jamais qui c'était ; en se réveillant, il lui semblait ne jamais avoir aimé quiconque aussi intensément. Dans un autre rêve, le pilier était dressé et devenait un homme mince au visage basané, dans une robe blanche, qui le touchait, et alors il se lamentait car il souhaitait mourir et en était incapable. Dans un autre encore, il contemplait une cité qui avait comme la couleur des cygnes et du sang, et la mer la recouvrait et la transformait en corail.

C'était un garçon de peu d'éducation ; il ne savait que presque rien des légendes. La légende vivante de la Déesse-sur-Terre, disons-le, avait quelque peu bouleversé l'équilibre de ce genre de choses. Mais s'il avait davantage connu les anciennes histoires, il aurait pu se dire : « Comment se fait-il que je rêve de Jirek le Magicien, lui qui tua Simmu, ou qui voulut le faire, et donna Simmurad, la cité de Simmu, aux mers de l'angle oriental de la terre ?

Ignorant, il se disait uniquement : « Quel triste voyage ! »

Et il s'éloigna des piliers de pierre.

Comme des vaisseaux naufragés, les caravanes parvinrent donc sur les berges de la merveilleuse Az-Nennafir.

Là, enfin, sur la rive du fleuve brun, devant le spectacle du temple palatial dominant les eaux, sous les ombres spectrales de sept lunes, s'attendant à être mutilé ou tué au matin, au beau milieu du tribut de cent pays et de leurs peuples (qui avaient plus ou moins les mêmes pensées que lui), le jeune garçon grimpa sur la pile de colonnes couchées et dormit cette nuit-là sur la pierre maudite, par pur défi. Car quel rêve pouvait le blesser davantage qu'Ajriaz la Déesse ?

Mais le rêve qu'il fit fut différent des précédents.

Il lui sembla se réveiller, seul sur la berge, sous un ciel aimable habité par un seul croissant de lune et quelques étoiles douces qui chantaient. A proximité, à travers les fleurs bleues aquatiques, une femme marchait. Elle était voilée, pourtant elle semblait rayonner. Il songea : *C'est elle.* Mais, au même instant, la femme s'approcha de lui ; il plongea dans la clarté profonde de ses yeux et comprit qu'aucune déesse (car les dieux n'avaient aucun amour) ne pouvait considérer un être humain avec autant de douceur.

— Dame, dit-il, que veux-tu de moi ?

— Je vais te dire une énigme. Tu devras en deviner la signification.

Le jeune garçon oublia alors toute chose, la mort de son père, le voyage, la ville immense et l'horreur délirante à venir. Il sourit et s'assit en attendant patiemment.

La femme parla d'une voix d'une grande beauté :

— Il existe une cassette incrustée de gemmes fabuleuses, scintillantes et dures. A l'intérieur de cette cassette se trouve une autre cassette en or, et à l'intérieur de cette cassette une autre cassette en argent. Ouvre-les l'une après l'autre et tu trouveras une cassette de cristal, et à l'intérieur de la cassette de cristal une cassette en perle, et à l'intérieur de la perle un coffret de velours. Et à l'intérieur du coffret de velours se trouve un joyau exquis. Mais qu'y a-t-il donc dans ce joyau ?

Le jeune garçon réfléchit. Il répondit :

— Dans d'aussi riches emballages ne peut se trouver que quelque chose d'encore plus précieux.

— Ah, tu dois réfléchir avec le cœur et non avec l'esprit, dit la femme si tendrement qu'il sentit les larmes lui monter aux yeux. Si riche peut être le corps d'une créature mortelle que sous ses beaux atours ne se trouvent qu'ossements, et seuls demeurent les os lorsque ont disparu tous les joyaux de la chair. Des os et un autre objet, supérieur au reste, mais invisible. Maintenant, ouvre les six cassettes précieuses et regarde dans le joyau. Tu y trouveras une enfant qui pleure.

Le garçon poussa un soupir, car il ne comprenait rien en dehors du fait que tout ceci n'avait pas besoin d'être compris.

— Lève-toi, maintenant, dit paisiblement la femme, et coupe la corde qui attache la pierre sur laquelle tu es allongé. A l'aube, lorsque les prêtres viendront examiner le tribut, ce pilier roulera et tombera dans le fleuve. Que cela ne te plonge pas dans la détresse. Tu rentreras chez toi sain et sauf.

Il se tourna rapidement et, à l'aide de son couteau, coupa la corde qui fixait la funeste pierre à ses compagnes. Lorsqu'il voulut regarder la femme, elle s'éloignait parmi les fleurs le long de la berge. Bien que ce fût un rêve, une brise nocturne s'était levée et une mèche de cheveux flotta en brillant hors de son voile. Et ces cheveux, bien qu'aussi jeunes qu'elle-même, étaient plus blancs que la lune. Mais le jeune garçon n'était pas versé dans ce genre d'histoires. Cette blanche chevelure ne lui dit rien.

L'aube arriva, verte et turquoise, relevant le bleuet du soleil.

La rive du fleuve s'éveilla et le garçon avec elle, sans aucun souvenir de ce qu'il avait rêvé.

Les prêtres de la Déesse traversèrent le fleuve sur une barque en or dont les avirons allaient et venaient sans aide.

Les prêtres, dans leur soutane d'un bleu inégalé, chantaient une mélopée qui n'était qu'un gémissement aigu, les clochettes tintaient et la fumée de l'encens, bleue sur tout ce bleu, s'élevait en spirales dans le ciel aux paupières de saphir.

Le tribut des nombreux pays fut présenté comme sur la place d'un marché bizarrement paisible, et les prêtres bleus passèrent en silence parmi les présents, pesant, comptant. Ils étaient jeunes ou vieux, et certains ordres étaient féminins, les prêtresses d'Az-Nennafir, mais en vérité tous avaient le même visage, sans âge ni sexe. Ils avaient donné leur esprit à Ajriaz, ou à l'éthos qu'ils connaissaient sous ce nom. Ils avaient abandonné toute identité sans rien gagner en échange. C'étaient des gourdes flasques. Ils adoraient, ignorants, la haine indifférente des cieux.

Pendant tout ce temps, la plus grande partie de la multitude ne regardait que de l'autre côté du fleuve. Ils se demandaient si Elle allait leur apparaître. Ce qu'elle ne faisait pas toujours. Car une fraction seulement des légions qui venaient en sa Ville pouvait l'apercevoir. La majorité demeuraient amers toute leur vie, s'estimant volés d'avoir été épargnés.

Six chats de pierre blanche gros comme des éléphants patrouillaient sur l'autre rive. Les joyaux de l'escalier scintillaient comme un glacier. Les hautes portes d'or ne vibraient point.

Le jeune garçon qui avait fait le rêve regardait également, la gorge serrée. Il eut conscience qu'un prêtre s'approchait et examinait les dizaines de colonnes blanches naturelles, attachées ensemble tels d'énormes poteaux. Comme la maigre main du prêtre se tendait vers l'une de ces bottes, la colonne du haut qui reposait à une dizaine de mètres en l'air se libéra brutalement. Elle s'envola comme une créature vivante, puis se rua vers le bas. Le prêtre ne fit pas un geste pour l'éviter, leva les bras et cria très fort : « *Ajriaz !* » Et la colonne le frappa en pleine poitrine ; il tomba, elle l'écrasa et continua à rouler vers le fleuve.

D'autres hommes se précipitèrent pour se mettre à l'abri ; seules les fleurs demeurèrent sur le chemin de la colonne, et elles ne la stoppèrent point. La pierre venue du désert à plus d'un an et demi de distance s'abattit dans le fleuve de la Déesse ; l'eau jaillit vers le haut, puis retomba, mais la pierre, qui avait coulé, reparut alors et flotta à la surface comme un long os blanc avec un unique nœud noir. Le jeune garçon, qui ne se rappelait pas un iota de son rêve, s'était aplati dans l'attente de la mort, mais les prêtres ne lui prêtèrent pas attention. L'un d'eux s'écria d'une voix impressionnante :

— Un présage ! Le présent se précipite à la rencontre de la Déesse !

Ils ne se hâtèrent pas d'aller repêcher le pilier, qui flottait bizarrement, emporté malgré son poids qui ne le faisait pas sombrer, par le courant conduisant vers l'aval.

Et ce fut tout. Le garçon, tremblant d'inquiétude, ne tarda pas à se relever. La portion du tribut dont il avait la charge fut déclarée en ordre. Les portes dorées du temple palatial ne s'ouvrirent point et la Déesse n'apparut point. Aucune tentative ne fut faite pour s'occuper du prêtre qui avait laissé le pilier l'écraser. L'on jugeait déshonorant de traiter les malades ou de manifester quelque pompe en funérailles, puisque le châtiment par la maladie et la mort était la volonté nonchalante de la Terre Supérieure. Les cadavres étaient traînés par les pieds et les cheveux jusqu'à la fosse commune où ils étaient brûlés. Au bout d'un certain temps, ce fut ce qui arriva au prêtre. D'autres vinrent s'occuper des trésors du tribut et la rive fut bientôt vide, en dehors des gens, de leurs bêtes et de leurs chariots bien allégés, ainsi que leur cœur vidé lui aussi.

Le jeune garçon resta à sangloter de rage et de déception, comme tant d'autres. Il avait envie de plonger dans le fleuve et de s'immoler sur l'escalier saphir. Il frissonnait d'un courroux plein de ressentiment de ne pas avoir reçu l'ordre de tuer ou de mourir pour elle. Et il n'était pas seul à ressentir cela.

Ce fut quelques mois plus tard, au cours de l'ennuyeux voyage du retour, que son aspiration hystérique céda la place à une joie boudeuse. Il eut alors l'impression qu'il l'avait bel et bien vue, tout seul, durant la nuit... mais ce n'était que dans un rêve.

3

Une certaine quantité d'air avait dû être emprisonnée dans la cavité bouchée de la colonne en pierre, pour qu'elle pût continuer de flotter. Sans couler, elle circula sur le fleuve à travers le jour bleu. Les fleurs de la berge la caressaient et cherchaient à la retenir, mais elle échappait facilement à leur étreinte, bien qu'elle fût recouverte d'une pluie de larmes pétales. Des mouches bariolées poursuivirent la pierre en voulant se poser dessus, mais elles n'apprécièrent pas sa texture, discutèrent négativement à son sujet d'un air soucieux et s'envolèrent. Comme le jour déclinait et que le crépuscule commençait à empourprer le fleuve, le pilier passa entre les grands jardins du rivage et des crocodiles cuirassés d'une taille prodigieuse se glissèrent hors des joncs pour s'approcher de lui.

— Quelle sorte de bête est-ce là ? marmonnèrent-ils sinistrement. Elle se déplace comme nous, gracieuse et pesante, mais où sont ses mâchoires ? Elle n'a qu'un unique œil morne.

Ils lui montrèrent leurs dents blanches et jaunes, refermèrent leurs yeux diaboliques aux paupières paresseuses et s'en furent en nageant de leurs robustes pattes écailleuses.

Mais les roseaux en fleurs des jardins, dont les têtes en lis colorées par le crépuscule sortaient des eaux, avaient fabriqué un filet sous la surface. Ils capturaient ainsi d'énormes joyaux que l'on jetait parfois dans le fleuve, des poissons imprudents de taille étonnante et le cadavre des hommes qui se sacrifiaient à la Déesse en se noyant. Avec douceur, le filet fit ainsi prisonnier le pilier de pierre et le retint aussi fermement que s'il était fait de chaînes.

Lorsque la première lune de la nuit d'Az-Nennafir s'envola à l'est et que la première danse des premières étoiles commença à travers le ciel, la colonne était immobile, blanche et grave, parmi les couronnes violettes des iris des marais.

L'eau sirota et lécha le pilier. L'eau lui dit : Goûte-moi, bois-moi, dur objet du désert. Sois trempé comme tu ne l'as jamais été. Le fleuve peut dissoudre presque tout, avec le temps. Je te lécherai au point de te transformer en eau. Goûte-moi et bois-moi, comme tu seras goûté et bu. Absorbe le vin du fleuve tandis qu'il te fera fondre. Je suis plein de mort et de vie. Je transporte la magie de cette métropole comme une artère. Je connais des cavernes noires où ni le soleil ni la lune ne brille jamais, mais elles sont claires comme le jour pour ceux qui y habitent. Et je connais des tanières d'algues où nagent de petites créatures qui sont comme de minuscules lions, des chevaux ou des bestiaux, mais avec une queue de poisson, et où de grands coquillages détalent sur leurs pattes d'araignées. Je sais aussi où les crocodiles vont mourir, et leurs ossements ont créé un temple de calcaire, mais leurs yeux se sont cristallisés et sont devenus des lampes de topaze vert pâle. Je coule au travers de tout ce qui s'arrête ou passe, de telle sorte que j'en apprends le moindre secret. Des fleurs poussent tout en bas, que personne n'a jamais vues, pas même Ajriaz la Déesse. Elles n'ont ici aucune couleur, mais si elles étaient apportées en pleine lumière, l'on découvrirait qu'elles ont une couleur que n'a jamais connue la terre. Il est aussi un lieu où existe une race invisible d'insectes, qui construisent leurs propres villes complexes dans la vase. Il est une forêt de cheveux de femmes défuntes, où poussent des fougères qui chantent avec des voix féminines. Ah, alors, dit le fleuve à la colonne de pierre, lorsque tu ne feras plus qu'un avec moi, nous voyagerons ensemble et tu verras et connaîtras tout ceci. Mais cela pourra prendre un certain temps, quelques centaines d'années. Sois patient. Goûte et bois. Absorbe le vin du fleuve...

Haut comme le ciel est le temple palatial sur la berge fluviale d'Az-Nennafir de la Déesse. Rares sont ceux qui y sont entrés et plus rares encore ceux qui sont revenus en parler. Pourtant, la lumière des sept lunes passe par les vitraux et les fenêtres peintes. Que dit la lumière lunaire ?

La cour extérieure est une salle faite de joyaux. La moindre gemme de la terre y est représentée. Il y a des colonnes en béryls jaunes comme le beurre ou les yeux d'un chat, ou verdâtres comme les yeux des crocodiles. Il y a des colonnes de corindon à facettes écarlates et de corindon poli rouge comme un dragon. Il y a aussi des colonnes bleues, d'aigue-marine transparente, qui semblent suspendues en l'air, et des colonnes de jade et d'émeraude qui semblent pousser comme des arbres ou des vagues bondissantes congelées dans de la glace verdâtre. Sur les murs sont décrites diverses scènes faites de ces joyaux et bien d'autres, et le sol est en mosaïque gemmée. Le plafond est doté de sept escarboucles plus grandes que des roues de chariot, du vert le plus sanglant et du violet le plus tonique... La lumière lunaire tournoie, souffre le vertige et se hâte de franchir la porte entrouverte pour pénétrer dans la cour intérieure, qui est faite d'or.

Il y a un tapis dans cette salle, sur un plancher en or si malléable qu'il est couvert d'ornières et de trous. Le tapis est en laine de moutons dorés, paraît-il. Des épées dorées, chacune de la taille de trois hommes robustes superposés, soutiennent un dais de disques dorés. De l'or, de l'or... les yeux sont engourdis et ne voient plus qu'or. Même les chandelles sont dorées dans des bougeoirs en or et brûlent en produisant une flamme d'or pur. La lumière de la lune s'enfuit à travers un grillage d'or pour pénétrer dans une pièce faite d'argent.

En haut, une toile d'argent arachnéen. Dessous, le plancher est une piscine... argent fluide bouillant et bouillonnant. Des ponts d'argent traversent la piscine d'argent, mais la lune tombe amoureuse de la pièce d'argent et se pâme de désir dans le liquide fondu.

L'imagination, ou la rumeur, doit continuer seule.

On remonte un escalier d'argent flanqué de griffons d'argent, jusqu'à une porte d'argent dotée d'une serrure en argent, puis on passe dans une pièce qui est faite de cristal. Les murs sont en partie laiteux et en partie translucides. On peut lever les yeux sur le ciel... qui est très proche, car depuis le début les gigantesques salles sont subtilement montées. Les étoiles dansent sur le toit en faisant tournoyer leurs jupes de paillettes. Dans des colonnes de cristal aussi fines que le bras d'une fillette, une eau cristalline semble jouer et, parfois, des poissons (qui n'ont pas de corps visible, rien que des arêtes cristallines, de petits crânes cristallins et des yeux très brillants) volettent çà et là.

Au-delà, au-dessus de la pièce de cristal, se trouve une pièce creusée dans une perle. Les dieux seuls savent (s'ils s'y sont intéressés) quelle huître monstrueuse a pu être affligée d'une pierre assez grosse pour produire un tel résultat. La salle de perle est lisse et légèrement empourprée, mais sans mobilier en dehors d'un autre long escalier... dont la moindre marche est une perle, naturellement infiniment plus petite. L'escalier se termine par une porte incrustée de perles ; ces perles n'ont que la taille de miroirs de poche. La porte est fermement close et ne s'ouvre ni sous la pression, ni sous un cri ni un heurt courtois.

Jusqu'à présent, aucun domestique n'a été aperçu. On trouve parfois des prêtres sur l'escalier extérieur de cette demeure sacrée, mais ils ne pénètrent même pas dans la salle des joyaux, bien qu'ils l'aient examinée. Dans le temple palatial, des hordes d'esclaves humains de tous les peuples du tiers monde conquis sont censés aller et venir. Pourtant, dans cette succession de salles du moins, ils demeurent invisibles.

Néanmoins, près de la porte de perle, quelque chose attend. Il ne doit pas être regardé, il n'a pas de forme, il n'émet aucun son, ni odeur. Mais il est là. C'est un gardien. Et de nuit d'autres créatures doivent sûrement franchir la porte de perle ?

L'on dit qu'elle possède des servantes et des pages surnaturels, d'une beauté qui surpasse celle de tous les humains. Admirables comme elle, avec ses longs cheveux, ils n'ont point ses yeux. Ils ne s'occupent d'elle qu'après le coucher du soleil, étant enfants de la nuit.

Mais, de jour comme de nuit, oh, quelles splendeurs

doivent se manifester à l'intérieur de cette pièce inaccessible...

La pièce à l'intérieur des joyaux, de l'or, de l'argent, du cristal, de la perle... était nue. Elle n'était faite de rien de précieux, apparemment construite en clayonnage, le sol en bois. De grosses chandelles brûlaient prosaïquement sur des piques en fer. Il y avait une fenêtre à un demi-mille du plancher, qui donnait simplement sur le ciel, mais ses volets en bois étaient fixés par des loquets en fer et le ciel demeurait invisible.

Une jeune fille de dix-sept ans était assise sur le plancher et dessinait sur le bois d'étranges symboles à l'aide d'une baguette d'ocre. Elle portait une robe de velours vermillon, comme si elle avait froid dans la nuit brûlante. Sa chevelure noire lui faisait à la fois un voile et un diadème. Ses yeux étaient des saphirs ; elle ne portait aucun autre bijou : sa beauté lui suffisait.

Depuis trente-trois ans (au moins) elle règne sur un tiers de la terre. Et elle a toujours dix-sept ans, l'immortelle Déesse Ajriaz.

Ajriaz finit son travail à l'aide de la baguette d'ocre, puis elle prit une autre baguette de laiton et frappa à trois reprises le côté des symboles le plus proche d'elle.

Une fumée épaisse jaillit.

Dans cette fumée se tenait un homme de cuivre aux cheveux d'airain et aux ailes de chauve-souris. Ses pieds étaient les serres d'un aigle et il n'avait qu'un seul œil au centre du front.

— Me voici, dit-il.

— Parle, dit-elle.

— Rien de nouveau, dit l'homme de cuivre. J'ai cherché en tous lieux, j'ai tout longuement et diligemment examiné. Les cités brûlent et les hommes meurent, comme toujours. Et, comme toujours, ils invoquent ton nom et t'adorent.

— Va, dit Ajriaz.

L'épaisse fumée se dissipa et l'homme de cuivre avec elle, se fondant dans le plancher.

Ajriaz prit alors une baguette de turquoise lépreuse et s'en servit pour frapper encore les symboles à trois reprises.

Une deuxième fumée jaillit alors, mais on eût dit de l'eau plutôt que de la fumée.

Il apparut une créature humaine bleuâtre, avec deux queues d'alligator en guise de jambes, avec des cornes comme la lune jeune.

— Me voici, dit-il.

— Parle, dit-elle.

— Rien de nouveau, dit l'homme bleuâtre. J'ai cherché en tous lieux, j'ai écouté, espionné. Les moissons sont récoltées, de blé et de chair. Et les hommes chantent toujours des hymnes à la Déesse.

— Va, dit la Déesse.

Et il s'en fut.

Puis elle prit une baguette d'ivoire avec laquelle elle frappa le plancher.

De la vapeur surgit.

Un cheval blanc à tête de femme piaffa dans le dessin.

— Me voici, dit-elle.

— Parle, dit Ajriaz.

— Rien de nouveau, dit le cheval à tête de femme.

— Va, dit Ajriaz.

... et l'apparition s'en fut.

Ajriaz la Déesse prit alors un bouton de rose, une rose d'Az-Nennafir, grosse comme un chaudron, et la jeta parmi les symboles. Aussitôt la rose explosa, le bouton s'ouvrit, fleur semblable à une torche enflammée, s'épanouit et s'étendit comme une ombrelle... et ses pétales se dissipèrent.

Du cœur de la rose s'échappa une volute d'encens rose rouge.

Et derrière l'encens apparut une très belle enfant vêtue uniquement de ses cheveux safran, mais dont les yeux étaient la tête de deux serpents.

— Me voici ? demanda la bouche rosée de l'enfant.

— Oui, dit Ajriaz. Maintenant, parle-moi de mon amour.

— Oh, fit l'enfant, ton amour. Je l'ai vu fuir par-dessus les collines alors que nul ne le poursuivait. Je l'ai vu hurler sous la chaleur de la lune et rester allongé, brûlé, sous le soleil pour se rafraîchir. Je l'ai vu cueillir des épines, s'en revêtir et s'en faire des guirlandes jusqu'à ce que le sang coule à flots sur le sol. Je l'ai vu manger du poison et le vomir. Je l'ai vu crier et bondir à travers les années, tandis que les hommes l'injuriaient, l'évitaient et lui lançaient des pierres et des flèches. Après le coucher du soleil, parfois, des ombres minces et ténébreuses viennent lui rendre visite, le taquinent et le torturent, le font piquer par les fleurs de nuit et mordre par les lièvres de la forêt. Puis ces êtres d'ombre lui crachent au visage et leur salive est comme une sainte flamme bleue.

— Je lui cracherais aussi dessus, dit Ajriaz, mais elle se tenait le flanc comme si un poignard venait de la percer. Et se rappelle-t-il jamais qu'il fut prince ?

— Oui. En ces instants, il est encore pire. Il se fait alors des couronnes de clous rouillés.

— Et se rappelle-t-il jamais les amants Oluru et Sovaz ?

— Non. Une fois, il est passé près de deux amants dans un champ, un homme très beau et une fille à la tête noire comme un corbeau. Mais ils se sont relevés, effrayés par lui. Il est alors monté sur un arbre et en a arraché les feuilles avec les dents tout en riant. Il ne se souvient pas d'Oluru. Il oublie Sovaz.

— Va, dit la Déesse Sorcière.

Mais l'enfant demeura.

— Donne-moi une nuit pour arpenter le monde, dit l'enfant qui avait des serpents à la place des yeux.

— Je ne te donnerai rien. Va, ou je te détruis grâce aux pouvoirs que tu me connais.

— Oui, tu es très puissante, très haute maîtresse. Mais donne-moi simplement la moitié d'une nuit pour me promener, car je suis lasse de la région d'où tu m'appelles. Je surveille sur tes ordres le dément Prince La Folie, je vois le monde et j'aspire à entrer en lui avec toute mon essence, pas uniquement sous forme de ce petit spectre qui est ton esclave.

— Je suis sans merci, dit Ajriaz. Ne l'as-tu pas entendu dire ? Je suis même sans merci avec ceux qui sont sans merci. Tu ne disposeras d'aucune nuit ni moitié de nuit en ce monde.

— Donne-moi uniquement une heure, Maîtresse de la Folie et des Délires, et je te conduirai en un lieu en aval où se trouve une pierre blanche du désert que les joncs ont solidement capturée. Cette pierre te charmera, car elle contient le rêve de quelqu'un qui a jadis prononcé une malédiction contre le Prince des Démons.

Ajriaz leva la tête. Son visage était une dague. Elle dit prudemment :

— Ajrarn, Seigneur du Mal, est mon père sans pareil et je suis son héritière obéissante.

L'enfant se recroquevilla sous la voix et l'expression d'Ajriaz, mais elle reprit :

— J'ai entendu chanter le fleuve. Le fleuve chantait en caressant la pierre. Je ne dis que la vérité.

Ajriaz se leva. Elle fixa l'enfant, qui dit d'une voix plaintive :

— Donne-moi une heure en ce monde et je te guiderai.

— Je n'ai pas besoin de guide, dit Ajriaz, qui claqua des mains.

Les marques ocre sur le plancher s'envolèrent aussitôt dans les airs et l'enfant qui avait des serpents à la place des yeux fut emportée avec elles et retourna brutalement dans le dépotoir psychique d'où elle avait été conjurée.

Ajriaz se tenait seule dans la salle nue près du ciel. Dans son expression se lisaient au moins trente-trois années de domination arrogante, de raz-de-marée de guerre et d'inimitié totale, et de chasteté opiniâtre. Les femmes démons n'avaient pas d'entrailles. Les entrailles d'Ajriaz, qui était aussi la fille d'une mortelle, étaient désormais un fruit hivernal, clos et muet. Elle s'était vouée à la magie, à la bataille, à un empire, mais à aucun amant depuis Chuz.

Elle avait pourtant dix-sept ans, comme à la veille de leur séparation. Et c'était toujours une enfant qui pleurait, à l'intérieur du joyau étincelant de puissance magique.

Elle jeta un coup d'œil aux volets qui s'ouvrirent bruyamment. Ajriaz prit la forme d'une phalène sombre... il y avait belle lurette qu'elle s'était habituée à ce genre de transformations.

Ses ailes lui permirent de se frayer un chemin entre les pics montagneux de la Ville, de passer devant les stupéfiantes fenêtres colorées derrière lesquelles flamboyaient des lumières hardies dont les panneaux reflétaient les lunes. Elle ne prêta nulle attention aux abominations qui se pratiquaient partout, ni aux suicides et aux boucheries perpétrés en son nom et apparemment selon ses instructions.

Ses ailes de parchemin étaient robustes, mais elle ne tarda pas à se poser sur l'eau du fleuve, cygne noir à la gorge dotée d'un anneau hyacinthin.

Sous cette défroque, elle suivit le fil du chant fluvial qui parlait de la colonne de pierre.

C'est ainsi qu'elle parvint au filet d'iris des marais.

L'une après l'autre, les lunes descendaient à l'ouest et traçaient des routes claires sur le fleuve. Dans l'obscurité, les couronnes des iris paraissaient aussi noires que le cygne, mais la pierre était pâle.

Ajriaz la remonta sur toute sa longueur jusqu'à la tache incurvée noircie. Elle sentit alors le pouls de quelque chose qui battait sans cesse lentement et de manière insistante.

C'est un cœur, lui apprit son propre cœur.

L'eau imbibée de sorcellerie qui baignait le pilier si longtemps sec l'avait déjà ensorcelé. Un relâchement s'était produit et la roche avait libéré ce qui se trouvait en elle... ou ce qui s'y trouvait avait quitté la roche qui le dissimulait.

La créature dans la pierre était comme un insecte emprisonné dans de l'ambre blanc. Elle était pourtant en vie, de plus d'une manière, puisqu'elle avait été incapable de mourir jusqu'à présent.

Il régnait aussi une senteur de folie devenue lumineuse et calme grâce à sa proximité avec l'éternité.

Le cygne se rapprocha et toucha l'œil de la pierre de son bec de nacre.

Il n'y eut ni craquement ni émiettement. Il y eut un soupir. Dans l'eau coula quelque chose de sombre aussi, qui ressemblait à du sang. Une cavité apparut dans le blanc et la pierre, déséquilibrée, se retourna.

Elle avait retourné son visage parmi les iris ; alors, ayant perdu son âme et tout ce qui la faisait flotter, accompagnée par les pleurs des bulles, la colonne sombra tout au fond du fleuve.

La dernière des lunes qui descendait put alors décrire, à la dérive dans le filet de roseaux et trois empans sous les eaux, le corps nu d'un homme aussi blanc que la pierre en dehors des poils noirs qui fleurissaient sur ses reins et qui servaient de coussin sous sa tête et ses épaules.

Il avait les yeux fermés. Ses paupières disaient : « Ne me réveillez pas », aussi clairement que si ces mots y avaient été imprimés. Les lèvres étaient fermes ; les narines palpitaient, respirant l'eau sans problème.

Il avait déjà connu les profondeurs des eaux et peut-être en avait-il le souvenir. Mais il ne remuait pas.

La dernière lune tomba et, lorsqu'elle fut tombée, Ajriaz prit sa propre forme et se tint dans le noir sur le fleuve.

Il était un lieu désertique où même les poudres et les poussières s'étaient réduites à néant. C'était le site qu'il s'était choisi pour son exil.

Il avait grimpé sur l'un des piliers de pierre et était entré dans l'une des anfractuosités. Il s'était assis sur le sol froid, avait baissé la tête et était resté ainsi pendant bien des années.

De jour le soleil le martelait, de nuit les vents d'azur. Il ne mangeait que ce qui venait jusqu'à lui, c'est-à-dire l'air, et il buvait la rosée et les pluies peu fréquentes. Il vivait parce que les privations ne pouvaient le tuer davantage qu'une lance, ou la mer, ou une flamme. Mais il devint un fil noirci et sa beauté le quitta.

Les hommes lui rendaient visite, ainsi que les oiseaux de proie. Tous émoussaient leurs intentions sur les murailles de son invulnérabilité et de son désespoir. La mort ne venait le voir que dans son sommeil, ces terribles sommeils (semblables à ceux d'un sépulcre) que lui avait accordés le Seigneur Uhlumé en échange du service qu'il lui avait jadis rendu. Cette façon de dormir finit par effacer tout ce que contenait son cerveau. Même le sentiment de culpabilité, l'angoisse et l'agonie de l'esprit s'épuisèrent graduellement et furent presque oubliés.

Une nuit, les démons vinrent tenter et séduire l'ermite dans sa pierre fendue. Et, au cours de leur méchant jeu, peut-être pas pur accident, il découvrit une curieuse rédemption à sa faute. La tige d'acier qu'il avait introduite dans son cœur invulnérable n'était finalement qu'un cauchemar. Là où il avait répandu le venin, des jardins fleurissaient. Sa malédiction devint bénédiction.

Il se mit alors à pleurer. Il pleura les ultimes vestiges de soi-même. Lorsque cela fut terminé, il se recroquevilla à l'intérieur de la pierre. La noirceur de ses actes l'engloba, mais elle était carbonisée et vitrifiée, toute énergie l'ayant quitté, bien qu'elle pesât sur lui comme le fait toute roche.

Invulnérable, mort comme une pierre, il vécut, vécut, tandis que soufflaient les tornades des siècles.

Jusqu'au jour où l'on abattit le pilier pour le transporter jusqu'à Az-Nennafir, où un jeune garçon rêva que Dunizel était venue lui dire de libérer cette pierre qui roula alors dans le fleuve et parmi les roseaux. Où elle demeura jusqu'à la venue d'Ajriaz.

Le jeune garçon qui avait rêvé ignorait les légendes. Mais Dunizel, prêtresse de Bhelsheved, avait connu la tradition ésotérique et la majeure partie des mythes, vrais ou faux, et avait narré ces histoires à l'enfant qu'elle avait en son sein. Ajriaz avait été bien formée.

Ajriaz se tenait maintenant sur le fleuve comme un grand lis. En réalité, elle portait bien un bijou... un carré d'améthyste à l'intérieur d'une petite cage d'argent, accroché à une chaînette d'argent fine comme un cheveu. Il reposait et se réchauffait entre ses seins, mais elle venait de le prendre et tenait le joyau contre ses lèvres, comme si elle l'embrassait ou lui demandait conseil. Puis elle relâcha le bijou et le velours le recouvrit.

— Tu ne peux continuer de dormir, dit-elle à l'homme pâle et noir sous la surface du fleuve. Cela est terminé.

Les paupières fermées des yeux lui dirent : « Qu'est-ce qui est terminé ? Je puis continuer de dormir éternellement. Je suis inconnu. »

— Tu respires l'eau, dit-elle. Le premier paysan qui a entendu la légende te reconnaîtra. Tu es celui qui a scellé un pacte avec le peuple de la mer et qui a violé ce pacte, non sans avoir auparavant appris la magie qui est la leur.

Les paupières se soulevèrent alors.

Ces yeux étaient jadis de la couleur d'une oasis qui reflète le ciel. Mais ils étaient désormais noirs.

Il s'était ratatiné, recroquevillé et était devenu un rocher. Né à nouveau, il avait recouvré l'apparence juvénile d'un homme normal mais, s'il était assez beau, l'admirable beauté de sa première vie avait disparu avec le bleu vert de ses yeux.

— Moi, je n'ai rien fait de tout ce que tu viens de dire, dit l'homme, sincèrement peut-être, en s'asseyant dans le filet de roseaux, fendant l'eau pour respirer. Ses cheveux épais et trempés le couvraient de rayures comme de l'encre et des gouttes d'eau scintillaient sur ses cils. Mais ses yeux étaient des pierres dures, éduquées à le rester. Ironie du sort, il avait la couleur raciale des démons qu'il avait jadis tenté de servir. Mais il était aussi différent de la démonie, même par sa beauté, qu'un charbon éteint diffère d'un volcan actif.

— Si tu n'es pas celui que je prétends, dis-moi donc qui tu es, repartit Ajriaz d'une voix moqueuse.

Il sourit alors, mais sans la regarder.

— Je suis né de la pierre, dit-il. Bien malgré moi.

— Admettons, fit-elle. Et qui suis-je ?

— Une femme, répondit-il, venue de la maison royale que j'aperçois en amont.

— Tu as passé très longtemps hors du monde dans ton pilier, dit Ajriaz. Demain, tu rencontreras le roi de cette cité. Ne cherche point à éviter cet honneur.

— Rien ne m'est important, dit-il. (Et ses yeux ouverts parurent alors fermés.) Je n'éviterai point, je ne chercherai point.

Ajriaz brûla alors plus clair que la lune... et disparut dans les airs.

Mais celui qui venait de se donner, dans l'une des soixante-dix langues des hommes, le nom de *Dathandja*, rejoignit la rive en pataugeant, là où les fleurs le dominaient et les arbres explosaient à des milliers de pieds en direction des étoiles qui effectuaient des figures de danse. Sans prêter attention à tout cela, il s'assit et baissa la tête, comme s'il voulait demeurer en ce lieu de nombreuses années. Mais il ne devait pas en être ainsi.

4

A l'aube, un détachement des soldats de la Déesse arriva dans les jardins fleuris près du fleuve. Ils portaient des cottes du noir le plus sombre dont chaque maille était bordée d'or blanc. Dans le heaume de tous les hommes une pierre précieuse était sertie et un grand panache s'en élevait comme une fumée de guerre issue de leurs cerveaux. Leurs yeux scintillaient aussi sous ce feu, furieusement vides. Comme les chevaux noirs dont la crinière et la queue avaient été teintes en rouge, puce, blanc et bronze, ils avaient été engendrés pour le combat et pas grand-chose d'autre. Ils attendaient dans leurs imposants baraquements, jour et nuit, qu'on les appelle pour aller s'emparer d'un autre tiers du monde. Ils se racontaient ce qui se passerait, qui serait tué, quelles villes tomberaient. Ils s'attaquaient pour l'instant à l'homme nu dans le jardin ; ils lui sourirent et l'emportèrent parmi leurs panaches, leurs armures et leurs armes.

Ils transportèrent Dathandja le long des rives où les pèlerins et les porteurs de tributs (dont l'arrivée ne cessait jamais) les suivirent d'un regard empli de crainte révérencielle, ou ne leur prêtèrent pas attention. Certains absorbaient l'eau du fleuve en s'imaginant qu'elle était une panacée, ce qu'elle était parfois ; ou qu'elle procurait d'étranges talents, ou des hallucinations ; ou qu'elle vidait le cerveau. Si elle ne leur faisait rien, ils boudaient.

Devant l'escalier de saphir du temple palatial, se trouvaient des prêtres, qui montèrent avec les soldats sur la terrasse dorée, en firent le tour et atteignirent une rampe de marbre vérolé et troué qui glissait dans le ciel avec les toits du palais.

Au pied de cette rampe, les prêtres s'immobilisèrent et se mirent à chanter. (L'homme nu parut se renfrogner un instant d'un air méprisant, avant que s'évaporent renfrognement et mépris.) La soldatesque se mit alors à l'arrêt avant d'attaquer la rampe, les sabots ferrés de cuivre de leurs montures grinçant et produisant des étincelles. Au milieu de cette charge, un homme fut désarçonné. Sans un mot, il tournoya vers la mort qui l'attendait tout en bas sur le pavé doré, les bras largement étendus, comme pour enlacer son destin. Les marques sur le marbre avaient été causées par d'innombrables marches semblables et bien des guerriers étaient morts, aussi bien au cours de la montée que de la descente. C'était là leur sacrifice à Ajriaz, lorsque aucune bataille n'était disponible.

Tout en haut de la rampe, bien au-dessus de la Ville, se trouvait une plate-forme constituée d'une alternance de blocs d'ébène, de malachite et de jaspe orange. Tout autour de cet échiquier attendaient des spécimens humains et animaux des pays conquis. Les hommes et les femmes étaient d'une beauté supérieure, blonds, ou cuivrés, ou noirs, et vêtus comme des princes. Il y avait des animaux inhabituels tenus en laisse, des chameaux aussi blancs que le lait dotés de trois bosses, des lézards à deux têtes, des serpents ailés, des tortues qui portaient des carapaces qui auraient pu servir de boucliers à des géants, plus anciennes que les plus anciennes des collines. Des braseros brûlaient des parfums... auxquels, parfois, l'on emmenait boire les lézards ailés. Des damoiselles pinçaient des instruments de musique qui ressemblaient à des croissants de lune.

Faisant avancer leurs montures de guerre à travers cette forêt vivante, les soldats qui portaient l'homme nu arrivèrent enfin (car il fallait presque une heure pour parcourir cette plate-forme) à un pavillon fait d'os poli. A l'intérieur se trouvait un trône de verre taillé, aussi lisse que l'eau, et gardé par deux loups adamantins qui avaient chacun trois yeux dorés très vifs.

Sur le trône de verre était assise Ajriaz la Déesse.

Sa robe était écarlate et il brûlait des rubis dans sa chevelure. L'or était cousu sur elle comme des pétales et elle portait des gants en or. L'on avait remarqué depuis longtemps un curieux phénomène : l'or que portait la Déesse se transformait insidieusement avec le temps, devenant plus dur, plus froid, un peu comme de l'argent.

Les soldats la regardèrent longuement, puis s'écartèrent en titubant, enivrés par ce spectacle. Certains coururent sur la plate-forme et se précipitèrent dans le vide, tombant avec des cris de satisfaction entre les tours qui grattaient le ciel. Ils avaient laissé Dathandja à ses pieds.

— Lève les yeux, Dathandja, Né de la Pierre Malgré Toi, dit Ajriaz. Lève les yeux, et vois la femme du palais du roi.

Dathandja leva les yeux.

— Devine maintenant qui est le roi en ce lieu.

Elle haussa la main dans son gant doré (déjà comme argenté par un léger givre) et tous les esclaves, humains ou autres, s'allongèrent pour la vénérer. Et il monta jusqu'au soudain silence de ce lieu élevé le chant de louanges des milliers de prêtres venant des innombrables temples de cette métropole, distants parfois d'une centaine de milles.

Dathandja la regarda longuement. Son expression manifesta une ferme concentration. L'extrême beauté de ce qu'il voyait ne put le déconcentrer. Assis devant elle sur les tapis du pavillon, nu ainsi qu'il était sorti du pilier, il ne cherchait ni à exposer ni à dissimuler son corps. Il le portait comme un vêtement.

Il finit par répondre :

— On t'appelle déesse. Mais tu n'es pas descendante de la Terre Supérieure, je pense. Tu as en toi la qualité d'une autre race, dont le territoire est situé dans la direction opposée. Pourtant, celle-là évite le soleil, alors que tu es assise sous ses rayons, avec tes yeux bleus.

— Tu es fort sage, Dathandja, dit Ajriaz. Entends-tu le nom que mes prêtres sont en train de crier ?

— Oui. Mais par ton seul nom je sais que tu es son enfant.

— Vraiment très sage.

— Il t'a engendrée grâce à une mortelle, sinon tu ne pourrais supporter le jour.

— Oh, une mortelle aux yeux bleus, le jour dans sa chair et son âme même. Mais maintenant, c'est assez de parler de moi. Parle-moi de celui que tu es.

— Je te l'ai dit. Je suis un bébé qui vient de naître. Je suis une pierre sans marque, dépouille d'une pierre.

— Jirek, dit Ajriaz. Le Magicien Noir. Invulnérable, terrible. L'amant de Simmu et le meurtrier de Simmu. Jirek, qui a appris la magie du peuple de la mer. Jirek, qui offrit ses services à mon père. Mais mon père lui a dit : « Je n'ai nul besoin de tes services. »

— C'était là une vie antérieure, dit Dathandja d'une voix grave presque muette.

— Voyons un peu.

Elle ôta le gant doré argenté de sa main gauche, lui montra une dague et la lui enfonça dans le cœur. Mais la dague retomba, brisée, sur les tapis. Il était indemne. Elle prit alors une tasse posée près d'elle et la lui présenta.

— Bois ce poison.

Il prit la tasse, but et la reposa. Ajriaz donna un coup de pied dans la carafe et, là où coula le vin, une hideuse brûlure attaqua le sol. Mais l'homme ne fut pas affecté. Ajriaz prit alors le gant de sa main droite et toucha la tête du loup à trois yeux qui se tenait contre son genou droit. Il prit vie entièrement, s'approcha doucement de l'homme et ouvrit les mâchoires pour les refermer sur sa gorge. Mais quelque chose repoussa le loup, qui roula sur lui-même, retourna près du trône et redevint instantanément rigide, en dehors de ses trois yeux.

— Vois donc, dit Ajriaz. Tel était Jirek, car sa mère l'avait plongé dans un puits enchanté... Et tel es-tu. Comment cela se fait-il ?

— Ajriaz, dit-il, tout ceci n'est pour moi que souvenir... moins visible, bien moins réel, que le verre de ton ingénieux trône. Car j'en ai fini avec Jirek.

— Mais la terre retentit encore des récits de son arrogance et de sa malfaisance. En souvenir de tout cela, tu es bien en harmonie avec ma Ville et mon Empire. Maintenant, je suis sûre d'une chose : sans ton consentement, les soldats auraient eu de la peine à te conduire jusqu'ici. Tu l'as donc accepté.

Ajriaz se leva alors et claqua des mains.

Le pavillon étincela dans le ciel et s'évapora. Les foules de bêtes et d'humains disparurent aussi, soit transportées ailleurs, soit annulées, n'ayant jamais réellement existé. L'échiquier de la plate-forme demeura, vide, le ciel gentiane brûlant planant au-dessus de lui, la Ville qui l'entourait trop éclatante pour qu'on pût la contempler, les tours s'élevant comme pour rejoindre la Terre Supérieure, pour illustrer de quelle manière étaient raillés les dieux.

Deux énormes créatures descendirent alors en volant comme des colombes.

— Ce sont mes esclaves, toutes ces créatures en ce lieu, dit Ajriaz. Accompagne-les si tu le désires. Car si tu ne le veux point, je n'en viendrai pas aux mains avec toi pour voir si ma magie peut écraser la tienne... entre les puissances aussi grandes, ce genre de combat est lassant, dit Ajriaz, et même les Seigneurs des Ténèbres ne s'y risquent pas, ainsi que j'ai pu en être le témoin.

Les créatures colombines atterrirent et roucoulèrent à l'adresse de Jirek, qui n'était plus Jirek, lui indiquant qu'elles le porteraient doucement à travers les airs vers quelque magnifique panorama.

— Et si je les accompagne ? demanda-t-il.

— Tu seras un prince. Tu jouiras de tout le luxe d'Az-Nennafir ; son savoir sera à ta disposition, ainsi que sa dot de curiosités.

— Et de nuit, l'image vivante de Simmu me sera peut-être envoyée ?

— Si tu le désires.

— Non. Simmu n'existe plus et ne représente plus rien pour moi. Mais ce serait un stratagème de démon.

— Je ne suis pas un démon, dit-elle, mais une Déesse-sur-Terre.

Dathandja, qui avait été Jirek, la considéra. Il déclara :

— Oui, tu es une déesse. Si recouverte de richesses et d'enchantements que tu pourrais être miséreuse. Et si belle que tu pourrais être sans visage.

— Tu es sage, comme je l'ai dit. Ne te montre pas trop sage.

Et elle disparut, mais une seconde un mince dragon emplit tout le ciel et la Ville chuchota dans ses pierres.

Dathandja mena donc pendant quelques mois sa nouvelle existence à Az-Nennafir de la Déesse. Jadis, il avait été le prisonnier d'une femme dans une très haute ville, mais c'était là dans sa vie antérieure et, d'ailleurs, sous un océan. Dathandja avait peut-être l'impression qu'Ajriaz ne le surveillait pas, qu'il pouvait aller où et comme bon lui semblait. Mais il devait aussi savoir que, puisque chaque personne, chaque créature de la Ville, la moindre brique, la moindre tuile, et même ses eaux et ses poussières, lui appartenaient, elle pouvait avoir à chaque instant des nouvelles de lui, si elle en éprouvait le penchant. Mais c'était un lieu de merveilles et il les inspecta. Il parcourut les boulevards comme les autres hommes et, pendant des semaines, il se promena loin sur ses collines de marbre et à travers ses bois d'obélisques. Il parlait aux voyageurs qui passaient et nul ne l'arrêtait. Il assista sans entrave et sans invite aux orgies et aux réjouissances, aux sorcelleries, aux drames et aux fêtes qui en étaient l'ordinaire. Il vit les sacrifices extravagants et les morts faciles. On en vint à le reconnaître, car elle avait laissé sur lui quelque marque, qui le protégeait de tout importun, ou à la manière dont un chien favori reçoit un collier. Quant à lui, il demeurait aussi grave que la pierre et, bien que le soleil bleui lui bronzât la peau, nulle autre teinte en lui ne fut modifiée. Le cheveu noir et l'œil encore plus noir, simplement vêtu de noir, il allait ainsi. Pourtant il marchait pieds nus ainsi que Jirek l'avait toujours fait.

Nul de ceux qui lui demandaient ou apprenaient son nouveau nom ne s'adressait à lui par l'ancien et peut-être l'ignoraient-ils. Et les femmes et les hommes opiniâtrement lascifs d'Az-Nennafir ne lui faisaient aucune avance, ni les filous, les sages, les érudits ou les poètes. Ce n'était pas uniquement la marque de leur Déesse, mais une caractéristique qui lui était propre. Dathandja n'inspirait ni passion ni haine ni amour, comme l'avait fait Jirek. Nul n'implorait de lui de compassion, ne cherchait à l'adorer ou le rabaisser. Et lorsque, rarement et par une erreur apparente, quelqu'un s'adressait à lui, ses yeux calmes de pierre le repoussaient, ainsi que sa formidable chair invulnérable avait jadis repoussé les épieux et les lions.

Il y avait une avenue de statues, chacune représentant la Déesse Sorcière et, d'un côté, tout en haut, se trouvait un bosquet d'oliviers, plus hauts eux-mêmes qu'une maison de dix ou douze étages, aux feuilles semblables à une eau souillée. Des fougères noires fleurissaient en dessous, dont la tête caressait les oreilles des éléphants. Des fruits dorés jonchaient le sol, tombés d'aucun arbre, et d'où, au bout d'un moment, éclosaient des papillons.

Au centre de ce bosquet avait été bâti un sanctuaire dédié à la Déesse, où, chaque matin, des jeunes femmes et des jeunes hommes venaient déverser les fioles de sang ou de larmes de ceux qu'ils avaient blessés durant la nuit. Les papillons se nourrissaient de ces substances, noircissaient immédiatement, s'envolaient un moment, puis redescendaient en flottant et mouraient. Mais de ces petits cadavres se répandait bientôt une tache dorée qui, au cours du jour, durcissait, s'arrondissait et, à la nuit, était redevenue un nouveau fruit d'or.

Dathandja se rendait en ce lieu pour s'y asseoir, jour après jour, et il dormait parfois sur l'herbe sous les fougères. Il observait le cercle éternel, l'éclosion des fruits, l'envol des papillons, le sang et les larmes répandus sur l'autel d'Ajriaz, le repas des papillons, leur noircissement et leur chute, leur transformation en nouveaux fruits dorés et la nouvelle éclosion des papillons. Le cycle recommençait, sans cesse et sans cesse.

L'un de ces crépuscules précédant l'aube, Dathandja prit à terre un fruit doré et, sous la chaleur de sa main, un papillon fit aussitôt éclosion. Il s'envola et alla se poser sur son épaule.

Le ciel ne tarda pas à s'ouvrir et montèrent alors les notes d'un pipeau et d'un chant. Dans le bosquet, précédés par un joueur de flûte, s'avancèrent trois jeunes gens d'une grande séduction, qui hochèrent la tête à l'adresse de Dathandja et passèrent devant lui pour rejoindre l'autel.

— Voici, céleste Déesse, dit l'un d'eux, le sang d'un

homme qui est mort entre les mâchoires d'un tigre parce que je le lui ai demandé.

— Voici, dit le deuxième, le sang d'une jeune fille qui m'a payé pour la tuer, car je ne m'intéressais plus à elle.

— Et voici, dit le troisième, les larmes d'un fou qui pleure à mes pieds lorsque je caresse mon nouvel ami.

Ils se prirent alors par les bras et frappèrent le joueur de flûte pour qu'il reprenne sa chanson. Ils s'en furent en se balançant et en chantant.

Trois jeunes femmes apparurent alors, portant des guirlandes de pavots et d'orchidées, et elles déversèrent entre elles le contenu d'une unique fiole aussi grosse qu'un seau.

— Vois, ô Déesse des déesses, dit l'une, voici les larmes et le sang mêlés de ceux qui ont rendu leur culte à notre sanctuaire durant les ténèbres et que nous avons marqués avec nos ongles et nos poignards.

Puis elles embrassèrent l'autel, s'embrassèrent, et deux d'entre elles s'accouplèrent comme des lionnes sous le regard de Dathandja, tandis que la troisième l'observait, le visage fermé comme un éventail. Toutes trois s'en furent.

Les papillons qui avaient éclos dans le bosquet s'élevèrent en arc-en-ciel et se posèrent sur le sanctuaire.

Tous sauf le papillon qui avait éclos dans la paume de Dathandja, qui se nicha dans sa chevelure et s'y cacha.

Lorsque les autres se furent nourris, ils noircirent comme de coutume et montèrent planer comme le tonnerre sous les arbres. Alors, le papillon qui ne s'était pas nourri sortit de son abri et alla voleter parmi les autres. Les papillons noirs, en voyant sa différence, se tournèrent contre lui et le réduisirent en pièces, car ils avaient des dents sur les mandibules.

Les fragments du papillon reposaient en tas brillant sous la fougère, mais lorsque les papillons noirs retombèrent, ses fragments se transformèrent aussi en or et, à la nuit, un fruit était posé là où il était tombé, comme les autres.

L'aube revint ; les fruits dorés s'ouvrirent et les papillons s'envolèrent et jouèrent parmi les arbres. Arrivèrent alors des jeunes gens, qui firent leur joyeuse et ignoble confession à l'autel, et la pierre reçut la libation. Mais lorsque les papillons se posèrent pour se nourrir, trois d'entre eux s'envolèrent là où l'homme assis les observait et se réunirent sur sa robe pour qu'il les abrite. Ils brûlaient aussi vivement que des petits papiers rédigés par le soleil. Plus tard, lorsque les autres papillons abandonnèrent leur festin, noirs comme s'ils avaient été brûlés, les papillons brillants s'envolèrent parmi eux et furent réduits en pièces. Lorsque ces morceaux furent à terre, ils se transformèrent en or, puis en fruits dorés.

Ceci se reproduisit jour après jour, durant sept jours, ou neuf, ou davantage. Mais, chaque jour, davantage de papillons s'abstenaient du nectar de larmes et de sang, bien qu'ils fussent alors massacrés par ceux qui s'étaient nourris.

Un matin, une poignée d'instants avant l'aube, comme Dathandja était assis dans le bosquet d'oliviers et que les papillons commençaient à peine à sortir des fruits, une jeune fille se glissa seule parmi les arbres et se tint près de l'épaule gauche de l'homme.

C'était une pauvresse, vêtue de haillons, sans une seule pierre précieuse ni guirlande dans les cheveux, un seul piètre tissu pour les dissimuler et encapuchonner son visage. Dathandja avait vu bien des miséreux dans la Ville. En général, ils étaient allongés morts dans les caniveaux, s'étant ruinés par excès de plaisirs, par sadisme, ou par magie mal conduite. Nul n'allait les secourir ; cela n'était pas religieux. Ils ne demandaient d'ailleurs aucun secours. Cette jeune fille pouvait être de ces gens, en route vers les fosses crématoires. Mais elle murmura à Dathandja d'une douce voix basse :

— Pourquoi, seigneur, restes-tu ici à regarder les papillons, alors qu'il est tant de merveilles dans cette Ville ? (Comme il ne répondait pas, elle continua :) Une cérémonie a lieu aujourd'hui. Les mages voleront avec des ailes et les femmes danseront jusqu'à la mort. A l'est, un nouveau palais a été érigé. Les vitres des fenêtres sont de pluie colorée, mais il possède aussi son propre soleil apprivoisé qui vit dans une coupole de cèdre... qui est chaque jour brûlée par la chaleur et doit donc être remplacée. A l'ouest, un taureau d'électrum a capturé une lune entre ses cornes ; il prononce de terrifiantes prophéties. Au sud se trouve un jardin issu d'une unique graine. Il n'a que sept verges de long ou de large, mais quiconque y pénètre se perd parmi ses allées et ses tonnelles pendant plusieurs jours. Et au nord doit se célébrer le mariage d'une vierge et d'une statue de calcédoine. Et bien d'autres merveilles. Pourquoi rester ici à fixer les papillons ?

A cet instant, le ciel s'éclaircit et il y eut un bruit de cloches et de tambourins. Les papillons ondulèrent sur les fougères. Les jeunes gens coururent entre les oliviers et déversèrent leurs libations sur l'autel en narrant ce qu'ils avaient fait, puis s'en furent en riant.

Chaque papillon ne tarda pas à s'élever en voletant avant de venir se poser autour de Dathandja, certains s'installant même sur ses épaules et ses mains. Tous les papillons... sauf un. Celui-ci se précipita sur l'autel et dévora le sang et les larmes, noircit, puis s'envola dans le bosquet et alla se poser sur une branche. Il replia ses ailes et trembla, car il sembla voir enfin qu'il était seul.

Un moment de stase. Puis l'unique papillon noir se précipita dans les airs, se rua à travers les feuilles où il se débattit si bien qu'il se mutila et retomba à terre, mort. Là où il tomba, l'or se répandit, durcit, s'arrondit et devint un fruit, tout cela en quelques instants. Puis le fruit s'ouvrit largement et il en sortit le papillon pareil à un papier sur lequel aurait écrit le soleil. Lorsque ceci se fut produit, les papillons s'envolèrent, seuls ou par deux, ou par dizaines, parmi les arbres, et abandonnèrent le bosquet. Ils disparurent dans le ciel comme une traînée d'étincelles. Mais le dernier papillon vint à Dathandja et regarda droit dans ses yeux avec ses épingles noires avant de s'enfuir lui aussi.

— Je vois qu'il s'agit d'une parabole, dit la pauvresse à Dathandja. Mais je suis incapable de l'interpréter.

— Ajriaz, dit Dathandja, quitte ce ridicule déguisement.

Aussitôt, l'illusion l'abandonna comme un voile. La Fille de la Nuit se tenait devant lui, et elle déclara :

— Je suis quand même incapable d'interpréter cette parabole.

— Je ne suis plus un prêtre, un professeur, ni un magicien.

— Tu es les trois, et tu le seras toujours.

Il poussa un soupir. Il répondit :

— Chacun trouve ses propres symboles et peut donc les déchiffrer. Mais pour autrui, ils sont le langage d'un pays étranger. Il en est ainsi pour ce bosquet.

— Je t'ai dit : « Sois prince en mon royaume », et tu as méprisé ce rôle. Que vas-tu faire désormais, Dathandja ?

— Je vais quitter ta Ville.

— Vraiment ? Te le permettrai-je ?

— Oui.

— Je n'ai rien dit de tel. Mais si je le faisais, où iraistu ?

— Où j'en serais capable.

— Tu errerais, comme tous les déments.

Ajriaz alla jusqu'à l'autel de son sanctuaire. Elle y regarda les liqueurs. Elle prononça un mot et le sanctuaire se fendit. Il en sortit un buisson qui fouaillait, car la moindre de ses brindilles était un serpent.

— Qu'ils apportent maintenant leurs offrandes, dit-elle.

Dathandja éclata de rire. Ce fut un bruit amer, avant que rire et amertume disparaissent tous deux. Il se dressa et s'éloigna du bosquet. Ajriaz se plaça sur son chemin, devant lui, bien qu'elle eût été dans son dos.

— Lui, tu l'aurais servi, dit-elle. Sers-moi. L'ichor ténébreux d'Ajrarn coule dans mon sang. Il n'est homme ni femme en ces terres qui ne donnerait sa vie pour trois heures d'un service tel que celui que je te propose.

Mais il la regarda enfin de ses yeux noircis.

— Non, dit-il.

— Je peux t'ensorceler. Tu as renoncé à ta magie et je doute que de toute façon tu puisses égaler la mienne.

— Tu peux ensorceler le monde. Quelle serait donc ta victoire si tu m'ensorcelais ?

— Cela est vrai. Va donc là où tu le désires.

5

S'il s'agissait de la pièce de torchis, elle avait bien changé. Peut-être son luxe n'était-il qu'illusion, ou bien l'illusion était la pauvreté qui y avait régné. Il y avait des fontaines qui étaient des cascades de parfums et non pas d'eau. Il y avait des tapis qui étaient des pelouses de fleurs, des tapisseries qui étaient le ciel de minuit... Au milieu de tout cela dormait un dragon. C'était un divan et, sur ses coussins, reposait Ajriaz, éveillée, tandis que ses vierges passaient des peignes en argent dans ses longs, très longs cheveux. Ces vierges étaient très jolies. C'étaient des Eshva. Et les Eshva jouaient de la musique sur les collines de cette pièce éclairées par la lune, une musique qui ressemblait à la lueur des étoiles ondulant sur le verre. Les oiseaux de nuit venaient jusqu'aux fenêtres ouvertes de la vallée qui était la chambre, les hiboux insomniaques, les rossignols interloqués. Les lunes de la Ville passaient et repassaient devant les fenêtres comme autant de pâles navires perdus.

De temps à autre, comme une drogue, Ajriaz laissait les Eshva l'apaiser. Les Eshva masculins qui venaient parfois la voir et dont les attouchements, pour les mortels, étaient le désir de toute une vie, elle les repoussait sans aucune civilité. Certains des princes Vazdru étaient aussi venus la voir, tous plus beaux les uns que les autres, mais elle s'était froidement ri d'eux. Elle se disait pleine de préjugés envers sa propre race. Lui adressant en retour de froids sourires, ils la quittaient, les bagues étincelant à leurs doigts et leur dague à leur ceinture. Un certain nombre lui firent quelques misères, mais cela n'était rien face à ses pouvoirs. Leurs niches se fanaient devant ses portes comme des bouquets mourants. Ils n'osaient guère aller plus loin… c'était la fille d'Ajrarn et elle accomplissait son souhait en ce monde. Une phrase était prononcée dans quelque ténèbre cristalline inférieure : « Elle s'accouple assurément avec notre race. C'est avec son père qu'elle couche. » Cette nouvelle qui n'en était pas une vint aux oreilles d'Ajrarn.

Il quitta son palais et parcourut lentement sa ville souterraine. Il n'adressa aucune parole à ses extraordinaires sujets qui s'inclinaient devant lui, mais une ombre tombait, il regardait le visage de certains et leurs cœurs Vazdru se liquéfiaient. Finalement, l'un des magnifiques princes des Vazdru s'avança et arrêta le chariot d'Ajrarn dans un boulevard de rubis noir.

— Seigneur des seigneurs, dit le prince. J'ai appris que tu n'apprécies point l'une de nos plaisanteries. Mais tu es le Mal. Pourquoi le mal te perturbe-t-il ?

Ajrarn demanda :

— Me remettrais-tu en cause ?

Le prince répondit :

— Les mortels philosophes, qui ne sont que fourmis, considèrent que l'inceste ne compte pas en tant que péché, lorsqu'il est accompli de plein gré et sans produire de désagrément, Seigneur des seigneurs. Ô Terrible, serait-ce une si piètre terreur ? Est-ce la bénignité du péché qui t'irrite ?

Ajrarn se pencha à son chariot et posa la main sur l'épaule de ce prince. Toute la ville se glaça comme si de la neige venait de tomber.

— Que les mortels errent ou philosophent comme il leur plaît. Celle qui est née de moi n'est pas mon amante. Je ne suis pas la glèbe de l'humanité et sa boue ne peut se coller à moi.

Bien qu'il tremblât, ce prince dit alors d'une voix douce :

— Ne sois pas en colère contre quelqu'un qui t'aime.

— L'amour ? fit Ajrarn. Il n'est point de tel produit. Il existe la carnalité, notre jouet. Il existe la vénération, et l'obsession. Tu peux voir La Mort arpenter le monde, ainsi que Le Destin et L'Illusion, sous une forme que je lui ai généreusement prêtée. Mais ni homme ni démon ne voit l'amour.

Le prince qui avait accosté Ajrarn ferma les yeux. Ajrarn ôta sa main de sur l'épaule du prince, qui demeura comme transformé en glaçon au beau milieu de la rue de rubis.

Ajrarn parvint plus tard sur la berge d'un lac ferrugineux où les forges Drin retentissaient sourdement et paresseusement. L'activité était réduite. Les Drin, à qui déplaisait le récent climat chagrin de la Terre Inférieure, passaient beaucoup de temps sur la terre de l'étage supérieur au service des sorciers éminents, qu'ils embobelinaient, roulaient et finissaient par ruiner chaque fois que possible. Mais quelques Drin vinrent alors se frotter contre les roues du chariot d'Ajrarn.

— Une rumeur circule, dit Ajrarn. Qui l'a lancée ?

Les Drin couinèrent et se querellèrent. Plusieurs élaborèrent des mensonges fantastiques pour attirer son attention un périlleux instant. Mais l'un d'eux rampa à proximité et toucha la semelle noir et argent de la botte d'Ajrarn.

— Un insecte papillonne dans les jardins de ta cité et produit parfois de petits bruits. Je n'ai jamais pu saisir sa voix, mais certains y parviennent et c'est de là que sont issues toutes sortes de rumeurs. L'insecte est de couleur verte et sur ses ailes se trouve le symbole qui est la lettre V, en Haute Langue Vazdru.

Ajrarn remonta dans son palais et jusque dans une tour semblable à une aiguille d'argent. Installé dans son chas, il l'appela et elle arriva. Vasht, qui avait été jadis son amante, Vasht, transformée en minuscule feuille aux ailes vertes, au rappel de son autre amour... par celui qui disait maintenant : « Ni homme ni démon ne voit l'amour. »

— Je découvre, dit Ajrarn, Maître de la Nuit, l'un des Seigneurs des Ténèbres, que Vasht a les ailes vertes non seulement du fait de sa douleur, mais aussi de la jalousie et de l'ignorance.

Le papillon miroita dans les airs.

- Imaginerais-tu que nous puissions nous réconcilier dans l'amour, Vasht ? dit Ajrarn.

En fait, sa voix ne contenait aucun amour.

— Tu m'aimes, dit Ajrarn. Combien ?

Le papillon vert s'approcha ; il frôla ses cheveux qui brillaient comme des vagues de nuit et atterrit sur sa main, robuste et pâle comme une pierre sculptée. Il descendit et atteignit le pavé près de son pied. Il replia alors ses ailes et attendit.

— En vérité, Vasht, tu as bien appris la leçon de l'amour, dit Ajrarn d'une voix plus douce que le velours qui transperçait les os. Car si quiconque le voit arpenter le monde, l'amour est un vieillard hideux, pire que la peste ou la famine, ou même que La Mort et son numéro de spectre. L'amour dans sa robe de haillons, le cœur arraché et cousu sur la poitrine, l'amour aux yeux usés par les larmes et aux orbites aveugles. L'amour est un salopard, mais il souffre et il sait parfaitement comment faire souffrir tout ce qu'il embrasse de sa maladie. Vasht, je te remercie pour ton amour dont je ne veux point et je te donne la récompense de l'amour.

Il posa le talon de sa botte sur le papillon et l'écrasa.

Certes, rien ne pouvait mourir en Terre Inférieure, disait-on. Et les démons étaient comptés au nombre des immortels. Pourtant, voici ce qui resta de Vasht après qu'Ajrarn eut quitté le lieu : une impression, comme faite du jade le plus mince, gravée dans le pavé... l'empreinte de deux ailes de papillon, comme les deux morceaux d'un cœur brisé.

Mais, à Druhim Vanashta, l'on dit alors :

— Il fait de son royaume ce qu'il a fait d'elle.

Et certains Vazdru, un grand nombre d'entre eux, mirent des vêtements jaunes (chez eux, la couleur du chagrin puisqu'elle ressemblait au soleil), se postèrent sous ses murs et se lamentèrent dans les sept langues des démons, dont étaient faits leurs chants et mélodies de sorcellerie.

Mais Ajrarn ne leur prêta apparemment pas attention. Et ils n'osèrent s'approcher davantage en se rappelant le sort de Vasht.

Ils parlèrent entre eux. Moqueurs, ils se dirent :

— Où est Ajrarn ? Qui l'a vu ?

Et certains prirent la forme de lions noirs, mais avec

des yeux jaunes, dont la couleur était toujours une marque de malaise, de chagrin ou d'outrage extrême parmi leur caste. Ils arpentèrent les pelouses noires du palais d'Ajrarn, franchirent les murs, cueillirent les poissons de bronze dans les arbres et les mutilèrent de telle sorte qu'ils battaient affreusement des ailes dans l'herbe jusqu'à ce que les guérissent l'air et les émanations fantastiques du secteur.

Au centre du jardin d'Ajrarn jouait une fontaine ; elle était faite non pas d'eau mais de feu, un feu écarlate qui n'émettait ni lumière ni chaleur. Mais les Vazdru léonins creusèrent profondément le gazon et projetèrent inlassablement l'herbe et l'humus dans la fontaine pendant plus d'un mois mortel. Finalement, la flamme fut étouffée et reposa sous un compost noir qui brûlait encore en partie comme un charbon rouge et froid.

Mais même à cela Ajrarn sembla ne prêter nullement attention.

Les Vazdru léonins repassèrent de l'autre côté des murs et reprirent leurs formes masculines et féminines. Puis ils déchirèrent leurs vêtements jaunes et s'écrièrent en des voix disparates :

— Ajrarn ! Où est Ajrarn le Magnifique, le Porteur d'Angoisse, le Maître de la Nuit ?

Et ils répondirent ensuite eux-mêmes d'un air glacial :

— *Ajrarn est mort !*

Ajriaz, quant à elle, reposait sur le dos du dragon tandis que les Eshva la peignaient et chantaient de leurs voix sans paroles. Elle leur prêtait à peu près autant attention qu'Ajrarn aux Vazdru, à des milles sous ses pieds.

Des années auparavant, durant la première décennie de son règne sur les hommes, le Prince Le Mal rendait parfois visite à sa fille.

Ces nuits-là, elle habitait dans les appartements de marbre de l'ancien palais de Nennafir, se contentant du luxe de Qurob. Deux des fils de Qurob avaient alors tenté de lui faire la guerre, mais elle avait détruit leurs armées comme la tornade brise une branche. Quant à l'une des filles de Qurob, qui avait tramé un complot pour assassiner la nouvelle Déesse, Ajriaz l'avait attachée à une roue d'argent qui était par enchantement propulsée toute la journée dans le ciel au-dessus de la ville et restait accrochée après le coucher du soleil au-dessus du palais le plus élevé. Les hurlements de cette malheureuse étaient devenus aussi familiers que les cris des oiseaux indigènes, car, par magie, la mort lui était refusée. La victime avait fini par devenir folle. Ajriaz l'avait alors fait redescendre et envoyée dans un désert quelconque après lui avoir dit, paraît-il :

— Va chercher ton prince.

Diverses avaient été les cruautés de la Déesse, les premières années de son règne. Selon les instructions d'Ajrarn, elle accomplissait de nombreux exploits afin d'enseigner à la terre la malveillance des dieux et, plus important encore, leur indifférence face à la souffrance humaine.

En général, les visites du majestueux seigneur à son obéissante enfant comprenaient des instructions de ce genre. Ajriaz avait placé pour lui un trône d'argent aux moulures complexes sous un dais de soie où conduisait un escalier parqueté. Elle s'agenouillait devant lui, les bras croisés sur la poitrine, tête baissée. C'était une parodie qui ne tarda pas à les lasser. Elle se montrait désormais polie et, dès lors qu'il eut obtenu ce qu'il voulait, ils n'eurent rien à se dire. Assurément, ils ressemblaient en cela à bien des pères et filles humains.

Il est probable qu'au début il la mit à l'épreuve pour voir si elle restait fidèle à ses édits. Une fois les épreuves franchies, il la laissa tranquille. Puis ce furent des Vazdru qui lui furent envoyés pour lui enseigner sa magie démoniaque... ou pour raffiner ses talents et la former aux rites appropriés et au langage occulte qui devait ornementer cet art. (En tant que visiteurs, les Vazdru étaient très fiers. Et en tant qu'hôtesse elle était plus fière encore.) Mais les Eshva mielleux venaient selon son bon plaisir. Ainsi que les Drin, pour la flatter et lui apporter des cadeaux ou façonner, à partir des tributs de l'Empire qu'elle avait commencé à instaurer, des diadèmes, des colliers, des horlogeries ou des mécanismes divers. Ils construisirent la salle de joyaux (naturellement), puis la salle en or, et celles d'argent et de perle. Puis elle fit venir les Drindra, la lie des Drin, à qui elle parla dans leur patois ; elle apprit ainsi les sorts surnaturels lui permettant de connaître l'emplacement des herbes et des fleurettes ainsi que des quatre créatures qu'elle conjurait pour lui rapporter ce que le monde pensait d'elle : l'homme de cuivre, l'homme aux pattes d'alligator, le cheval à tête de femme, l'enfant aux yeux qui étaient des serpents. Cependant, ses légions humaines pillaient de plus en plus de territoires pour son pain.

Elle finit ainsi par habiter seule, entourée de tout ce qu'un tiers du monde pouvait lui fournir, et joua de ses enchantements stupéfiants tandis que, dans son divin royaume tentaculaire, les hommes accomplissaient d'incroyables méfaits absurdes en son nom.

Elle-même n'avait accompli directement que très peu de méfaits. Et en général sur l'incitation d'Ajrarn, en guise de loyauté. Quant au reste, l'ayant acceptée en tant que déesse du mal et de l'insouciance, les hommes déversaient pour l'amour d'elle toute la boue qui les habitait. Ils supposaient qu'elle leur rendait visite dans leurs rêves et leurs visions et leur demandait de réaliser massacres, rapines, sacrifices animaux ou humains, suicides et autres actes encore moins délicats. Mais elle ne faisait rien de tout cela ; ils se débrouillaient tout seuls de manière fort appropriée. Le délire qui s'abattait sur eux comme une panthère affamée à l'invocation de son essence... lui aussi était leur créature.

Ajrarn, qui l'avait créée pour châtier la terre, aurait pu se dire satisfait. Toutefois, il paraissait ne pas être très intéressé, une fois le jouet mis en route. Jadis déjà, il avait par mégarde déclenché une catastrophe et était parti vers un autre sujet d'intérêt avant de se rendre compte du cataclysme à la dernière heure de l'humanité. Il n'avait plus désormais d'objet d'intérêt et, sans se préoccuper de l'avenir, sa fabuleuse entreprise faiblissait. Lui qui avait inventé ce jeu où des millions d'individus étaient anéantis, où des continents basculaient, où les hommes périssaient comme les feuilles d'automne dans une forêt, il avait détourné la tête.

Et Ajriaz, source de ce pandémonium, paressait sur son

dragon-divan et laissait sa Ville à ses émeutes sous ses hautes fenêtres. Paressant charnellement sur le divan, elle franchit autrement un miroir qu'elle avait regardé et se tint devant Dathandja sur une colline à la frontière de son royaume.

La colline était brune et nue, même le ciel était brun, et il tombait une pluie acide contenant de temps à autre une ou deux grenouilles.

Ajriaz apparut vêtue de lumières, des étoiles dans les cheveux.

— Ton voyage est-il charmant ? lui demanda-t-elle.

— Peut-être.

— Et que penses-tu de moi ?

— Il m'arrive parfois de penser à toi, car tu te manifestes de temps en temps, n'est-ce pas ? pour que je ne t'oublie pas.

— Qu'as-tu vu depuis la dernière fois que tu m'as regardée ?

Il répondit :

— Le malheur et la misère, la peur, la mort. J'ai vu un mendiant qui demandait du secours dans un ruisseau boueux. Il m'a dit que cela lui était aussi utile que de demander l'aide des cieux. J'ai rencontré une fille qui s'est allongée et m'a dit de la violer ou de la tuer sur-le-champ, au choix, car elle ne pouvait rien espérer d'autre de moi. Et j'ai rencontré un prêtre qui dansait de délire en l'honneur de la Déesse sous un autel où s'empilaient les pèlerins morts qu'il lui avait sacrifiés. Mais il a découvert qu'il ne pouvait s'emparer de moi, puisque je suis encore invulnérable, et il s'est enfui en courant, de fort méchante humeur.

— Le jour, dit Ajriaz, tu présentes le visage au soleil. Tu voyages toujours vers l'orient. Que se trouve-t-il donc à l'est, ô Jirek ?

— Je ne suis pas Jirek, repartit Dathandja, dont les yeux noirs brûlèrent froidement avant que s'éteignent le feu et le froid.

— Simmurad se trouve à l'est, sous l'océan.

Mais la pluie et les grenouilles tombèrent brutalement et Dathandja baissa sa sombre tête, un peu à la manière dont elle avait salué son majestueux père. Elle revint donc à elle-même en franchissant le miroir.

De la chambre de paysage et de senteurs qui était naguère de bois et de torchis, les femmes Eshva étaient toutes parties, laissant derrière elles une splendide exhalaison d'inexpliquable. Quelqu'un jouait de la flûte quelque part à l'extérieur, sous la fenêtre, là où les lunes étaient en train de sombrer.

— Royal Kheshmet, dit Ajriaz, je ne te vois point depuis longtemps. Pourquoi es-tu ici ?

— Pour t'offrir un avertissement, dit Kheshmet en s'intégrant dans la pièce et en rangeant la flûte pastel.

Il était vêtu comme un roi et brillait si fort que la salle en fut voilée et redevint bois et torchis.

— Tu m'as avertie auparavant. Est-il raisonnable que Le Destin puisse donner des avertissements ?

— Tu vois bien que oui, dit Le Destin. D'ailleurs, tu es suffisamment sorcière pour prévoir ta destinée probable sans que je te fournisse le moindre indice. Mon apparition en ce lieu est superflue, bien que, ici comme partout ailleurs, je présente mes respects de temps à autre. Je t'apparais donc en tant que roi et t'offre modestement cet avertissement, en souvenir de moi.

— Avertis-moi donc, dit Ajriaz.

— Dans une direction, la mer, dit Kheshmet. Dans une autre, le ciel. Si tu peux conquérir le monde entier, les mers ont leurs propres maîtres, qui peuvent être tes égaux. Et l'éther est le plancher d'autres êtres qui commencent à te remarquer.

Ajriaz considéra Kheshmet avec une attention certaine.

— J'ai assisté à la construction de la Tour de Babhelu, continua Kheshmet. Rares furent ceux qui m'aperçurent, tant je me suis comporté avec circonspection, du fait du nombre de cousins éblouissants alors présents ; les Seigneurs des Ténèbres grouillaient alors comme les scarabées qu'une pierre vient de déranger. Néanmoins, la Tour s'est élevée pour transpercer les cieux, les cieux ont réfléchi et ont bougé, un peu comme une plume qui bouge sur un pigeon endormi. Mais, en raison de cette plume, Babhelu est tombée dans un fracas qui a ébranlé la terre.

— Moi, je ne bâtis point aussi haut. Je déterre la pourriture, je creuse vers le bas.

Son visage exprima alors son écœurement.

Kheshmet repartit :

— Tu es une déesse, tu es adorée comme telle et tu possèdes les pouvoirs de ce que tu prétends être.

Méditative, elle fit :

— A l'est, Simmurad...

Kheshmet se rapprocha.

— Non pas à l'est, mais dans tes yeux, j'avais l'habitude de voir Chuz comme une figure d'ambre. Je vois désormais Jirek qui est Dathandja comme une figure de basalte noir. Quand l'azur reviendra-t-il clairement dans tes yeux bleus, Déesse-sur-Terre, Soveh-Sovaz ?

Ajriaz tendit la main et, avec un petit rire, cueillit le minuscule caméléon sur la crosse sceptrale de Kheshmet. Il vint à elle dans une couleur d'un furieux orange étincelant, puis s'allongea dans sa paume, blanc comme une colombe et en émettant un ronronnement.

Kheshmet sourit et la laissa caresser le reptile. Après tout, il était un peu son oncle, et le reste de la famille ne semblait guère avoir de relations de famille avec elle.

Au bout d'un moment, le Roi Le Destin, la Fille de la Nuit et le caméléon montèrent observer le lever du soleil sur Az-Nennafir.

Le soleil se leva comme un bourgeon qui se déploie.

Le Destin claqua des doigts et, sur son disque, la magnificence de la grande Ville cauchemardesque tomba en miettes ; il n'en resta plus que le squelette, ses hauteurs abattues, comme Babhelu, les grands temples et manoirs sans toit, les dragons étiques se déplacèrent sur cette désolation et les charognards aux yeux empoussiérés volèrent hors d'un désert qui n'avait été que parcs et palais.

— Là marcheront les dieux, annonça Kheshmet. Métaphoriquement, peut-être. Mais à chaque pas tombera une tour.

Il passa alors les mains sur ce spectacle et la Ville redevint intacte.

— J'ai eu une fois l'impression que je pourrais un jour mourir, dit Ajriaz.

— Ah, Soveh-Sovaz, dit Kheshmet en reprenant son caméléon sur la crosse un instant avant de disparaître. Il y a plus de siècles que tu ne pourrais imaginer que j'ai eu la même impression.

DEUXIÈME PARTIE

LA GUERRE AVEC LA MER ET LE CIEL

1

Comme d'habitude, c'était un clair matin d'hiver en Terre Supérieure.

Rien n'y changeait jamais, ou si peu. Le sol du ciel était le firmament et le firmament du ciel était le firmament, et le temps, comme le firmament, était suspendu partout, ne bougeait pas et ne restait pas immobile. Demain pouvait être hier et l'an prochain trois siècles mortels auparavant. Mais, pour les dieux, ceci n'était pas source de souci... et les hommes ne venaient jamais en ce lieu et n'y viendraient peut-être jamais... Le frêle matin d'azur, de la vive et sévère clarté d'un soleil invisible qui ne se levait ni ne se couchait, ni ne se déplaçait, brillait pourtant de tout côté. Cette journée interminable n'était ni froide, ni brûlante. Elle comprenait le Puits de verre contenant le fluide d'Immortalité, que Simmu était jadis arrivé à percer et dans lequel Ajrarn, une fois, avait craché... rendant le liquide couleur de plomb étincelant et magnifique, l'espace d'une seconde. Contre le Puits dormaient les deux terribles Gardiens cyclopéens vêtus de leur cape grise. La légende prétendait que, longtemps avant, ou dans le futur, ils avaient été ou seraient trois. Le troisième s'était perdu ou se perdrait au cours d'une curieuse manœuvre, en défendant le Puits (inutile), en tombant dans le Puits (improbable), en tombant à travers le plancher du ciel (encore moins probable), ou en encourant le déplaisir des dieux : impensable.

Car les dieux étaient fort loin... à la fois dans leur corporalité non physique et dans leur esprit d'une excellence suprême.

Pour le nombre limité de créatures, dont faisait partie Ajrarn, qui avaient parcouru la Terre Supérieure, c'était un pays informe et particulièrement dépourvu de points de repère. Il possédait son Puits et, çà et là, ceux qui étaient dotés d'une vision exceptionnelle distinguaient un signe de propriété... par exemple les habitations diaphanes des dieux abandonnées depuis des lustres, divers exercices intellectuels, tels que des échiquiers aux couleurs inconnues, des pavillons d'une structure indescriptible, une volée de marches, une cascade ou une arcade, dont ni la parole ni la plume ne donnerait ou ne pourrait donner une idée. Dans le lointain, sur la ligne d'horizon, se trouvaient des montagnes, ou l'âme congelée de montagnes, ombres du firmament, délimitées par des neiges délicates de diamant impénétrable. Si l'on voulait marcher sept années en direction de ces montagnes, l'on ne pouvait les atteindre. Elles demeuraient toujours à la même distance sur la ligne d'horizon. Pour les dieux, toutefois, ces roches inaccessibles étaient facilement rejointes.

Un moment donc, dans cette région, certains des dieux se rassemblèrent. Puisque l'on ne pénétrait jamais en ce lieu, seules peuvent être émises des conjectures. Mais là étaient venus les maîtres de Terre Supérieure, épicènes et asexués, vêtus de robes transparentes, la chair translucide, parcourus des ichors violets les plus pâles. Au cours des excitations les plus fortes, des papillonnements vitreux faisaient parfois éruption de leurs vêtements, de leur chevelure ou de leur cerveau... ce qui se produisait alors de manière continue. Pour les dieux, c'était là la plus brutale des clameurs. Mais leurs yeux lisses ne trahissaient rien. Ils étaient muets comme les Eshva, et plus encore. Il faut cependant supposer qu'en la circonstance comme en d'autres, les dieux communiquaient bel et bien entre eux et qu'un dialogue se déroulait. Lequel était le suivant, rendu en phrases et expressions :

— Il y a des lustres, affirma une portion des dieux, nous étions inconstants. Nous nous vêtîmes de lourdes peaux, descendîmes sur terre où nous nous livrâmes à de grossières aventures, laissant derrière nous toute une suite de légendes, voire, dans certains cas, de progénitures. Lesquelles furent par la suite considérées comme des héros ou des monstres par l'humanité. C'est en fait en ces temps ridicules de notre jeunesse extrémiste que nous fabriquâmes l'homme, pour nous distraire, ce qu'il fit un certain temps. Plus tard, nous nous lassâmes de lui et de nous-mêmes et, purgés de toutes ces absurdités, nous revînmes à notre retraite de terre supérieure pour passer le reste du temps, ainsi qu'est désormais décompté le temps, dans la contemplation et autres exercices athlétiques astraux. Contentons-nous donc de continuer tels que nous sommes, à purifier sans cesse notre pureté. Et laissons le monde aller jusqu'à ce qu'il se détruise par son vulgaire aspect erratique. La terre ne nous intéresse plus. Quant à l'homme, c'est une erreur que nous avons commise. Si nous le remarquons, il nous offensera naturellement, ainsi que le font toujours les erreurs.

— Mais, entonna une autre portion des dieux, bien que la plupart des actes de l'homme ne nous atteignent point, il arrive parfois que ses opiniâtres innovations fassent monter jusqu'ici un écho discordant. Tel est le cas de sa nouvelle religion. Qu'une créature humaine, voire l'un de leurs sorciers, s'investisse du titre divin n'est que risible. Mais cette femme, étant a-humaine, possède de vastes pouvoirs et peut, par leur stupidité (état perpétuel où se trouvent tous les hommes), être indéniablement prise pour une déesse. Il est vrai que, lorsque nous avons écumé la terre durant notre adolescence, nous nous sommes très souvent comportés de cette manière et les légendes que nous avons laissées appuient les prétentions de cette femme. Cet écho de notre passé et cet affront à notre présent (bien que ni le passé ni le présent ne nous troublent plus) sont un obstacle à notre recherche intérieure. Nous ne pouvons donc feindre d'ignorer cette discordance. Elle doit être réduite au silence.

Un dieu unique parla alors muettement et déclara ceci :

— Quelqu'un est monté jusqu'à notre pays et l'a arpenté. Il n'était pas des mortels, car ceux-ci ne peuvent monter ni entrer ici. Il était d'une race immortelle que les hommes appellent *démons*, que nous n'avons pas créés et que nous ne pouvons donc contrôler. Ce démon, qui était leur prince, est un magicien qui dépasse toute imagination. Lorsqu'il nous eut parlé de manière insolente, il m'embrassa et je me rappelle encore ce baiser.

Le dieu baissa la tête (si tête il y avait) et des cristaux volèrent du moindre de ses plis, du moindre de ses pores et du moindre de ses cheveux.

— C'est un fait, ne tarda pas à continuer le dieu, que cette femme, que l'humanité appelle déesse, n'est autre que la progéniture de ce prince démon. L'on peut dire qu'un tel adversaire est digne de notre attention, mérite un conflit suprême et que nous ne pouvons qu'offrir la guerre à celui-là.

Les dieux écarquillèrent alors les yeux, ou en firent l'équivalent, mais aucune source ne permet de dire ce qu'il en est exactement. Ce dieu venait d'exposer (non vocalement) le concept même de leur jeunesse. Il se produisit alors un temps d'arrêt, qui dura sans nul doute de nombreuses années mortelles. Après quoi les dieux affirmèrent que ce membre de leur fraternité devrait se charger pour eux de la responsabilité de la vengeance. Il devait tout faire... et il semble bien qu'il était du genre masculin, bien qu'il serait difficile de préciser nettement comment cette impression s'est fait jour. De la sorte, le reste des dieux le punissait des vestiges de leur passé, sans parler du fait qu'il avait été embrassé par un démon.

Ainsi, ce dieu, qui portait en lui tous les dieux bien qu'il fût un original (ils constituaient fondamentalement une entité unique), se mit en route. Il traversa la Terre Supérieure et arriva en un lieu semblable à tous les autres, il se saisit de la substance invisible de l'air et la moula invisiblement entre ses mains, puis il la jeta loin de lui, où elle se brisa invisiblement en trois éclats.

Le dieu souffla sur chacun d'eux l'un après l'autre, puis les reprit, bien qu'ils fussent toujours impossibles à distinguer.

Il leur *parla* ou émit un son nettement audible. C'était une phonie dont aucun sorcier au monde n'aurait pu avoir la compréhension, ni, admettons-le, aucun prince magicien démon sous terre.

L'azur de la Terre Supérieure se fendit en une mince faille et, des milles et des milles plus bas, se trouvait un être rageur semblable à des millions de fournaises fondues en une seule, d'où roulaient et explosaient des rayons, des banderoles et des lames enflammés. Le dieu, qui avait insufflé son haleine divine dans les trois éclats invisibles de tissu céleste, les projeta alors l'un après l'autre dans le cœur du soleil.

Le premier éclat heurta le soleil. Le deuxième le frappa. Puis le troisième. Et chaque impact produisit un jet de lumière et de chaleur plus terrible que tous ceux que le soleil avait déjà lancés en tous sens autour de lui. Mais, lorsque le troisième spasme de feu baissa et mourut, il ne resta que la masse flamboyante du disque solaire, terrible certes, mais pas davantage qu'elle ne l'avait été de tout temps.

Soudain, avec une violence qui provoqua un tremblement de ciel, le soleil *dégorgea*. Une fois, deux fois, trois fois, un torrent de matière brûlante s'éleva au-dessus du firmament en un arc de cercle imposant, conduit par un point brillant insupportable à regarder, si quelqu'un avait pu regarder, étoile filante d'incendie cosmique... qui, terminant sa course au milieu de l'éther, s'arrêta, ne bougea plus et refroidit lentement pour devenir un bloc de diamant. Voici :

Ils se tenaient tout en haut, entre la terre et le ciel, comme trois faucons, les pieds sur les vents, leurs larges ailes tendues. C'étaient les Malukhim, les Nés-du-Soleil. Ils étaient faits pour être les fléaux des hommes, les prêtres guerriers des dieux, leurs messagers et leurs envoyés, lame brillante et sans fourreau de ce qui avait survécu à la bataille.

Le premier à jaillir du feu solaire était Ebriel. Il se tenait à droite et l'embrasement l'avait recouvert d'une couche d'or jaune. Sa peau était le métal d'une coupe royale et ses yeux semblables à la topaze, tandis que sa chevelure était une crinière léonine de la couleur du froment dans les champs. Ses vêtements avaient la pâleur crémeuse de l'asphodèle et l'éclat de sa chair émettait une radiation dorée. Son pectoral était d'or martelé incrusté de citrines blondes. Ses ailes étaient d'un or blanchâtre comme celles d'un aiglon. Il était comme le soleil de printemps en plein midi.

Le deuxième à jaillir du feu était Yabael ; il se tenait à gauche et avait brûlé un peu plus longtemps, car il était d'un or aussi sombre que le plus sombre des bronzes. Tel était également le métal de sa peau, mais ses yeux étaient des améthystes fauves et sa chevelure la crinière d'un étalon de la couleur des feuilles rousses et brûlées des chênes en automne. Ses vêtements étaient fauves, comme le miel dans la bière, et le brun de sa peau émettait une sombre radiation. Son pectoral était en or terni martelé doté de zircons cuivrés. Ses ailes étaient dorées comme celles d'un vautour. Il était comme le soleil de la fin de l'été dans l'orage.

Mais le plus important, le plus proche du monde, le disque solaire derrière la tête, se tenait Melqar, qui était resté à l'intérieur du feu jusqu'à ce qu'il le blanchisse. Sa peau était de l'or le plus clair, métal d'un calice sacré, et ses yeux étaient des lampes allumées, sa chevelure une explosion solaire. Ses vêtements étaient d'un blanc éblouissant comme tout ce qui est vraiment blanc, la neige neuve, les os d'un enfant, et l'éclat de sa chair dorée brillante les traversait d'une radiation de torche. Son pectoral d'or blanc martelé était ensoleillé de béryls dorés. Ses ailes étaient aussi blanches que celles d'un cygne, mais d'un blanc doré, cygne qui s'envolait au lever du jour. Et Melqar était comme le soleil de l'aube estivale.

Le ciel lui-même devint noir. Décontenancés par la perturbation éthérale, les orages se formèrent dans toutes les régions. Le tonnerre gronda et les nuages roulèrent comme raz-de-marée sur une plage. Tout le toit du firmament était bouché ; seul le soleil le perçait comme la pointe d'un épieu chauffée à blanc. La nuit se referma sur le jour. Et dans tous les pays du monde, sur l'assiette plate de la terre, on la vit. Les hommes tremblèrent, les sages et les mages prédirent des ruines. Les prêtres firent des offrandes aux dieux, devinant presque avec justesse qu'ils étaient en colère. Mais, dans le tiers du monde où était adorée la

Déesse, on ne fit rien, car l'on savait que les dieux étaient indifférents ou pleins de haine.

— De toute façon, ils nous frapperont, disaient les hommes.

Et ils se suicidaient par peur de pis encore, ils couraient se cacher dans les caves, ou accomplissaient les plus abominables vilenies de leur vie, frénétiquement et rapidement, afin d'en avoir fini avant l'annihilation.

Dans un lointain pays où les sinistres enseignements de la Déesse n'étaient pas encore arrivés, se trouvait un érudit qui observait les étoiles à travers un télescope puissant aussi grand que le dôme d'un palais, monté sur quatre tortues de cuivre sculpté. Cet homme, bien que ses vertèbres tremblassent sous la terreur, demeura aux aguets. Bien des heures après, le ciel commença finalement de s'éclaircir. Il était minuit et une lune s'éleva à l'est, arc mince mais empourpré de fièvre. L'astrologue érudit fut alors mandé à la maison du roi, qui l'interrogea.

— Mon seigneur, je ne puis dire que ceci : j'ai vu trois flèches de lumière jaillir comme des flammes du soleil et il en est sorti trois hommes ailés, l'un doré, l'un bronzé, l'un blanc comme l'or fondu. Ils se tenaient dans le ciel et les ténèbres suivirent, mais ils continuèrent de flamboyer et chevauchèrent les nuages comme de grands et terribles oiseaux. Puis il sembla que celui qui se tenait à droite du ciel tira une épée dont la lame crépitait comme un éclair jaune et celui qui était à gauche du ciel tira une épée d'où gouttait du rouge semblable à du sang. Mais celui qui se tenait en avant, le soleil derrière la tête, tira une épée semblable à une flamme blanche qu'il leva très haut, et pourtant sa pointe était braquée vers la terre.

Et je me risquerai à suggérer, ajouta l'astrologue érudit, que ceci n'augure rien de bon pour nous.

2

Les Malukhim n'avaient ni âme ni esprit. Ils n'avaient pas de cœur. Ils possédaient une volonté et un dessein spirituels, qui leur venaient des dieux. S'ils étaient très beaux, les incendies et les léopards le sont également.

Ils mirent neuf jours pour tomber jusqu'à la terre, accomplissant leur descente dans le calme et la concentration.

Leur arrivée aurait pu être observée mais, à l'approche des vapeurs du monde, ils avaient éteint leur éclat. Leurs pieds dorés, nus comme des épées, touchèrent d'abord l'épaule lisse d'une cime montagneuse. Un symbole, le choix de ce lieu d'atterrissage. Les plus hauts sur le plus haut. Trois jours ils firent halte sur la montagne, et à des milles de distance ils scintillèrent comme l'ouvrage d'un joaillier. Mais nul ne l'aperçut en dehors de quelques animaux alentour ou des freux envieux.

En dessous de la montagne s'étendaient des déserts pourpres aux roches de quartz et aux ravins veinés de minéraux précieux, avec, çà et là, un arbre aux bras longs qui se transformait en silex.

Les messagers guerriers descendirent de la montagne. Il était aussi symbolique qu'ils dussent marcher sur une certaine distance, inhaler l'air et fouler le dos du monde. Car cela ne leur était guère nécessaire.

Au coucher du soleil, ils marquèrent une nouvelle pause

en un lieu élevé d'où ils baissèrent les yeux sur Az-Nennafir qui s'étendait devant eux, Ville aussi large qu'un océan, scintillant sous les premiers bourgeons de ses lumières.

Les dieux ne se souillent point par des exploits. Cela nécessite des anges.

Yabael ramassa un caillou et le précipita vers la Ville. Il vola si vite et si loin qu'il prit feu et un sillage étincelant le suivit. Il survola la Ville et le fleuve de la Ville, il fila et fracassa une haute fenêtre de verre qui avait encore sur elle l'empourprement du soleil mourant. Plus bas, parmi les piliers d'encens, une multitude sursauta et cria. Mais le caillou éclata au milieu d'elle et traversa le corps d'un homme du crâne aux pieds avant de s'enfouir dans le sol. L'homme occis explosa en flammes et tomba en travers de l'autel. C'était un prêtre d'Ajriaz. Il venait de sacrifier la treizième victime humaine de la soirée, car il avait été jugé approprié de la remercier pour la fuite de l'orage. Les fidèles se lamentèrent alors dans leur temple, bénissant Ajriaz pour son dédain. Ils s'imaginaient naturellement que cette foudre était son œuvre.

Qu'elle est douce dans sa férocité
Et adorable dans sa méchanceté.
Fais que nous soyons dignes de ta haine,
Ajriaz ! Ajriaz !

Or, à quelques pâtés de maisons et quelques boulevards de là, trois étrangers se tenaient maintenant à l'une des grandes portes de la Ville.

Cette porte était largement ouverte, de nuit comme de jour. Ses battants étaient de toute manière fabriqués en verre.

Lorsque les trois étrangers entrèrent, de l'électricité crépita dans l'atmosphère. Mais seul un malade sous la porte le remarqua.

Les étrangers portaient capuches et capes ; pour l'un, le tissu était brûlé et captait l'obscurité, pour le deuxième, le tissu était blond et captait la lumière, et, pour le troisième, le tissu était blanchi et chantait aux yeux.

Idiots, songea le souffrant sous la porte. (Il avait été naguère un mage éminent et fier et demeurait arrogant, bien qu'il fût en train de périr de faim et de maladie.)

— Oh, maîtres sagaces, s'écria-t-il, accordez l'aumône à un infortuné miséreux.

Il fit cela pour voir s'ils étaient assez bêtes (et irréligieux) pour l'écouter. A ses paroles, il eut la surprise, le mépris et l'espoir de voir le voyageur en cape blonde se retourner et lui jeter quelque chose qui scintillait. Le mage malade le chercha à tâtons avec impatience, puis lâcha un juron lorsqu'il constata qu'il ne s'agissait que d'un caillou qui venait d'ailleurs de lui brûler la main. Alors, de la brûlure coula en lui une sensation effrayante : la santé et la vigueur remontaient en lui comme deux tigres enragés. Il ne tarda pas à se lever et à s'enfuir en courant sous l'horreur, laissant le caillou à noircir dans l'entrée.

Tout le long de la nuit, les trois étrangers parcoururent Az-Nennafir ; certains les contemplèrent, certains tentèrent de les retenir. Mais une grande chaleur les entourait ; ceux qui se saisissaient de leur manche avaient l'impression de toucher le vent du désert et ceux qui atteignaient leur chair avaient l'impression de plonger les doigts dans un sable brûlant. Bien qu'on les aperçût en plusieurs endroits de la gigantesque métropole, à la fois sur ses hauteurs montagneuses et dans les ruelles abyssales qui les séparaient, ils firent ce dont nul mortel n'était capable : ils traversèrent toute la ville en l'espace d'une seule nuit.

Peu avant l'aube, ils arrivèrent à une auberge sur la rive du fleuve. Ses étages s'élevaient les uns sur les autres comme un dragon lové sur soi-même, avec leurs fenêtres vert printemps. Dans la cour, qui était jonchée de pétales de myrtes blanc froissés de taille inhabituelle, se dressait une statue de calcédoine représentant un homme qui serrait contre lui une très jolie défunte dont les cheveux tombaient jusqu'au sol. Son corps ne nécrosait point ; elle aussi se transformait en calcédoine. A leurs pieds était écrit un message en lettres d'argent : *Tel est l'amour*.

Les trois étrangers approchèrent de la porte de l'auberge qui, comme celles de la Ville, était grande ouverte. Dans la salle régnaient tintamarre et ripailles malgré l'heure avancée. Des braseros éclairaient les richesses et ce fouillis, au milieu desquels était accroupie une bête enchaînée qui avait le visage d'un loup, les pattes arrière d'un énorme lièvre, le corps d'un serpent mais les seins d'une femme et les cheveux tressés.

L'étranger à la cape blanche jeta un dernier caillou parmi les divans. Il tinta et grinça, rebondit contre un pichet de vin et tournoya avant de s'arrêter. Il n'y eut plus un bruit dans cette salle. Chaque homme et chaque femme était figé dans l'attitude adoptée à l'instant où le caillou s'était envolé. Certains avaient les bras levés en un geste théâtral, d'autres étaient pliés dans une position démente, en équilibre dans l'expression la plus farouche du désir. Mais les feux des braseros étaient également immobiles, chaque flamme luisant comme une dague. Un certain nombre de tasses s'étaient renversées, suspendues en plein air, le vin à demi éclaboussé en perles de verre teinté.

La bête composite n'était pas affectée. Elle jugea plus prudent de s'aplatir en hurlant et, lorsque les trois voyageurs passèrent à côté d'elle, elle s'écarta en rampant jusqu'à ce que sa chaîne gémisse, craque et lâche soudain. Puis elle se glissa dans les ténèbres de l'autre côté de la porte.

Les voyageurs montèrent dans l'auberge immobile. Ils arpentèrent les étages précédemment braillards et les quittèrent. Arrivés au plus haut, au sommet de ce silence tout neuf, ils s'assirent ; sous leurs capes s'agitèrent des nervosités bizarres et inquiétantes tandis que se pliaient de grandes ailes.

Un aimant se mit à exercer son influence sur la Ville de la Déesse Sorcière.

Les citoyens furent attirés sans pouvoir s'en empêcher. C'était parfois un rêve qu'ils ne pouvaient se rappeler ni expliquer. Ou un simple désir muet. Parfois, ils ne désiraient même pas y aller. Mais ils y allaient quand même. Ils quittaient leurs aises, leurs actes de magie et leurs vilenies étudiées. Ils abandonnaient aussi leurs adorations et leurs sacrifices. Ils abandonnaient les commerces de luxe d'Az-Nennafir qui les avaient rendus riches, ainsi que ses débauches qui les tuaient lentement. Ils laissaient même tomber le meurtre et le suicide rituels. Ils s'engageaient en troupes sur les larges rues, le long du fleuve, sous le ciel bleui. Ils parvenaient à un bâtiment qui avait été une auberge. Mais l'auberge était devenue bizarre, arborant des protubérances étrangement gracieuses, des galeries, des flèches... elle poussait comme un légume céleste. A l'intérieur du rayon de l'auberge, qui semblait croître d'heure en heure, les vents passaient et n'agitaient pas les herbes de la pelouse ni les feuilles des myrtes. Les feuilles gisaient sur le sol et ne se fanaient point.

Dans la cour, une statue de calcédoine avait basculé et s'était brisée en plusieurs morceaux que personne ne s'était donné la peine de récupérer. Un squelette féminin nu était mêlé à ces bouts de pierre.

En général, les arrivants interdits s'asseyaient autour de l'auberge, restaient béats et murmuraient. Au fur et à mesure que les jours et les nuits passaient, certains se taisaient, puis ne tardaient pas à se lever et à repartir. L'on pouvait ensuite les voir traverser la Ville à toute allure en direction de l'une des nombreuses portes... voyage de plusieurs semaines, ou plusieurs mois. Mais d'autres s'allongeaient, s'endormaient et ne se réveillaient pas, bien que tout le quartier soupirât de leur respiration régulière concertée.

Quelques-uns montaient dans l'auberge. Du plus haut niveau, qui ressemblait désormais à un magnifique diadème de laitue diaphane, un certain nombre sautaient très rapidement. D'autres redescendaient par les escaliers, mais d'autres encore ne redescendaient pas.

— Qu'y a-t-il donc, là-bas ?

— Je... ne peux pas dire.

— Ou tu ne veux pas ? Est-ce une nouvelle magie de la Stupéfiante, Ajriaz ? Il y a un certain temps que nous ne la voyons plus.

— Non. *Non.*

Un homme se dressa dans la cour et déclara :

— Le soleil attend trois fois dans la salle du haut. Le soleil a six ailes, avec des pieds dorés et des cheveux de feu. Evacuez ce royaume, ou mourez-y.

— Un châtiment des dieux ? Nous sommes alors honorés par leur attention.

— Nous ne sommes rien pour les dieux, nous dit-on. C'est pour la Déesse qu'ils jettent leur filet brillant.

Les philosophes s'émerveillèrent alors. Les dieux cherchaient-ils à morigéner un de leurs membres ?

Mais certains rentrèrent chez eux, rassemblèrent leurs affaires à la hâte et furent eux aussi aperçus en train de se diriger très vite vers les sorties d'Az-Nennafir. La majorité demeura tout de même sur place, et les rues qui entouraient l'ancienne auberge, ainsi que la rive du fleuve et le fleuve lui-même, en regorgeaient, tandis que des quartiers entiers, proches ou lointains, étaient désertés. Pourtant, ce lieu immense était tellement peuplé que chaque vide grouillait encore de vie. Il y avait aussi beaucoup de personnes si bêtes ou érudites qu'elles ne ressentirent nullement la force magnétique qui s'exerçait sur elles.

3

Ajriaz la Déesse marchait vers l'ouest, le long du fleuve. La tradition voulait que, lorsqu'elle vaquait à ses affaires, le voisinage fût évacué par ses soldats, tâche qu'ils affectionnaient. Dès lors que vivants et cadavres avaient disparu, nul objet humain ne pouvait l'irriter. Seuls les paons ouvraient leur éventail le long des boulevards en lançant leur cri sans âme, les ibis et les grues abaissaient leur long cou pour s'abreuver dans les étangs du jardin. Cependant, deux chats de pierre blanche tournaient la tête avec un grincement inquiétant pour observer leur maîtresse qui passait.

La Déesse-sur-Terre descendait dans le couchant jusqu'au port où jadis, plus de trois décennies auparavant, les navires marchands avaient coutume d'entrer et sortir. Il ne restait plus qu'un seul bâtiment. Le bateau d'Ajriaz.

Ce n'était pas le navire à demi illusoire dans lequel, venant de l'ouest, elle avait remonté le fleuve. C'était une galère de mer ancrée par de robustes chaînes au centre du fleuve. Un vaisseau fait essentiellement par la main de l'homme, couvert de laques et les voiles carguées. Il possédait trois ponts en terrasse et, une fois ses sabords ouverts pour sortir les avirons, il se hérissait comme un porc-épic.

Ce bâtiment était solide, s'il demeurait anonyme. Et pas totalement naturel. Ceux qui l'avaient vu assuraient qu'il pouvait disparaître, comme sa maîtresse, sur un seul mot. Seuls ceux qui avaient œuvré à sa construction le connaissaient vraiment et ils avaient été frappés de mutisme jusqu'à la fin de leur vie. Ainsi que certains bipèdes anormaux généralement appelés de nuit. Bien que les démons ne fussent point intervenus, pas même les forgerons géniaux qu'étaient les Drin. Il semblait qu'Ajriaz n'avait pas voulu informer la Terre Inférieure de cette réalisation, malgré le fait qu'elle sût que rien ne pouvait être celé à son père Ajrarn qu'il désirât connaître. Peut-être était-elle sûre de son inintérêt.

Ajriaz, ayant examiné sa belle galère, s'avança alors sur les eaux. Elle franchit le fleuve, dépassa le soleil en train de sombrer et s'éleva dans les airs pour rejoindre le pont supérieur, sous les grands nuages enroulés de la voile.

Quel était le but de ce bateau ? La mer, naturellement. Et *pourquoi* donc la mer ? Debout sur le pont, Ajriaz traça pour s'amuser un instant un nom dans l'air en lettres aquatiques : *Simmurad.*

Mais les lettres moururent immédiatement. Elle resta alors hésitante, telle une petite orpheline, cette fabuleuse femme enfant, rétrécie par la seule ampleur du navire, gardant baissés ses yeux aux longs cils.

La futilité n'habitait-elle pas toute chose ? Pourquoi donc tenter quoi que ce fût ?

Il lui fallut retenir ces pensées. Elle avait tout le temps du monde et elle l'envoya à tous les diables. Mieux valait éviter de s'attarder sur les siècles ou les minutes.

Il lui sembla alors entendre une étrange musique, ou un son plus étrange encore, qui se répercutait hors des profondeurs de sa Ville. Se pouvait-il qu'elle l'eût déjà entendu ? En accord avec les auras, les notes, les nuances des milliers de sorts qui se produisaient au même instant, elle n'avait guère prêté attention à cette fausse note. Mais elle était bel et bien discordante.

Le soleil s'était couché derrière le verre saphir ; le crépuscule s'allongeait sur le miroir du fleuve. Ajriaz leva les yeux et aperçut trois étoiles dorées qui s'envolaient dans le ciel.

A peine les avait-elle vues que des sensations extraordinaires montèrent en elle. Elle n'était pas accoutumée à l'excitation, car, inévitablement, ses pouvoirs avaient émoussé ses sens. Un instant, la joie lui étreignit le cœur.

Or jaune, or roux et or blanc, les trois étoiles fendaient le firmament. Elle-même, en mettant des ailes, ne pouvait-elle également s'élever pour les affronter ?

Mais tout autour d'elles montèrent des plaintes... le clapotis du fleuve, le gémissement des roseaux au bord de l'eau. Les chaînes qui retenaient son bateau gémirent aussi en se frottant les unes contre les autres et les planches du jeune bâtiment gémirent comme si elles avaient mal. Aucun poisson ne sortit de l'eau. Les vers luisants qui rendaient visite aux belles-de-nuit des jardins pour leur faire l'amour par erreur éteignirent leurs lumières. Un groupe de grues prit son aire et vola très bas sur le fleuve avant de s'enfuir très, très loin. Quel était donc ce parfum ? L'essence douceâtre de la peur.

Ajriaz se mit alors en colère. Pas à la manière des hommes, ni des femmes, mais des Vazdru : c'était une rage sans faille et sans grincement, au tranchant acéré comme celui d'un rasoir. Ses lèvres s'entrouvrirent pour prononcer des paroles semblables à des gouttes pestilentielles. Mais une main, légère comme un panneau de ténèbres, se posa sur sa tête.

— Non, dit la voix, soie noire de coussinet de chat sortie de la nuit là où rien ne se trouvait auparavant.

— Tu as fait de moi une déesse, dit-elle, tout aussi soyeuse. Existe-t-il donc quelque chose qu'une déesse n'ose faire ?

— Cela se peut, dit Ajrarn. Attends et ne bouge pas.

Ils attendirent donc, enfermés sous l'ombre des voiles tandis que les étoiles enflammées équarrissaient le ciel sur leurs ailes, puis elles se retirèrent vers l'intérieur des terres en passant par-dessus le fleuve.

— Il se trouve donc une nouveauté dans ma ville, finit par dire Ajriaz.

— Qu'elle ne te charme point, petite fille. Je ne t'ai point faite pour que tu te perdes dans le feu.

Ajriaz se retourna et contempla son père, le Prince des Démons, et elle eut un instant le souffle coupé par sa magnificence. Il était venu en tant que prince et seigneur, vêtu de l'armure de la nuit, une cotte de mailles noires luisantes comme des écailles de dragon, décoré d'ornements de guerre : os, bijoux et argent voyant. Même l'épée qu'il portait au côté était gainée de noir, elle-même noire et couverte d'une langue bleue. Autour de chaque bras s'enroulaient des serpents au corps cuirassé de noir comme le sien, les yeux telles des malédictions, leurs crocs leur servant d'épées. Derrière lui et le halo de cette lumière clarifiée se tenaient sept des Vazdru, vêtus selon la même mode que lui, leur visage n'étant qu'un masque, leurs mains malveillantes sur le pommeau gracieux des rapières. Mais son visage ressemblait au coup d'une épée, tant il était beau, sévère et souverain.

— De quel feu s'agit-il ? demanda Ajriaz.

Elle parlait d'une voix hautaine et sur elle les atours d'une reine commencèrent à s'épanouir. Elle n'aimait pas paraître humble en telle compagnie.

Ajrarn lui dit de quel feu il s'agissait : celui des anges aux épées enflammées accrochés très haut comme trois pensées de mort dorée jaillies du cerveau des dieux.

L'on prétend qu'il le savait parce qu'il les avait observés dans l'un des télescopes magiques de Terre Inférieure. Mais l'on prétend aussi qu'un fantôme était peut-être passé sur une pelouse devant son palais et qu'en l'apercevant il était allé consulter ce télescope.

Il se peut qu'Ajriaz lui ait alors dit :

— Je ne suis rien pour toi. Pourquoi venir me voir ainsi ? J'ai été avertie. Mon cher non-oncle, le Roi Le Destin, m'a rendu visite il y a quelques mois.

Et Ajrarn lui aurait répondu :

— Je ne suis pas ici pour te mettre en garde. Je vais faire davantage. Je t'ai répété sans cesse, comme à une autre, que tu es mienne et que ce qui est mien ne doit être châtié que par moi.

— Tu es donc venu armé pour le combat ?

Ni lui ni ceux qui l'accompagnaient ne répondirent.

Au bout d'une seconde, Ajriaz était vêtue, non plus comme une impératrice, mais comme un prince.

— Je combattrai également, annonça-t-elle. Ceci est mon Empire, ma divinité est un jeu. Présents que tu m'as faits et qui me sont chers.

Ajrarn feignit d'ignorer son ironie.

— Ils sont nés du soleil. Leur force fleurit de préférence en plein jour et la vigueur de ma race en pleine nuit. Le soleil est couché. Toi, cependant, rejoins la rive du fleuve et attends.

— Non, je combattrai.

— Ai-je dit que c'était une question de guerre ? Fais ce que je te demande.

— O Père inimitable et noble Seigneur des seigneurs, quel nom aurai-je dans les œuvres des hommes si je me cache ?

Le visage d'Ajrarn n'avait pas bougé. C'était l'expression qu'il avait adoptée avec son costume en venant en ce lieu et il ne voulait en changer.

— Ajriaz, non seulement te cacheras-tu, mais tu fuiras la Ville. Tu me flattes en estimant ainsi mes pouvoirs. Mais les dieux sont les dieux.

Cela dit, il tourna la tête et cracha dans le fleuve, et l'eau se chamarra comme si elle était parcourue d'un feu d'artifice sur toute sa longueur.

— Chuz ne voulut point de duel avec moi. L'aurais-tu déjà oublié ? Et l'on ne peut combattre le ciel. C'est un geste que font toutes les parties en présence. Mais ce genre de geste fait basculer les montagnes et sombrer les continents dans la mer.

Ajriaz se détourna de lui.

— Tu es trop jeune et n'as pas encore appris à avoir peur, dit-il.

Surprise, elle le regarda alors une nouvelle fois.

— Aurais-tu peur ?

Il se contenta de lui accorder un terrible sourire. La nuit s'ouvrit et les Vazdru disparurent derrière Ajrarn.

Ajriaz fronça les sourcils, mais son cœur, qui avait aussi des tissus de mortelle, battait la chamade. Elle se projeta en un instant parmi les roseaux de la berge.

Aurait-il peur ? Pourquoi donc prendre ce risque, alors ? Afin de goûter à la peur à la bonne saison ?

L'atmosphère était électrique. Rien de ce qui pouvait avoir conscience d'Ajrarn qui ne le ressentît, même les scarabées sous les pierres, même les pierres.

Il se produisit alors un tourbillon fou d'ailes et une débandade torrentielle : les oiseaux, les reptiles, les rats se précipitaient dans la nuit et s'enfuyaient dans celle-ci. Quant aux petits animaux favoris, en laisse ou en cage, on put les entendre qui rusaient pour gagner la liberté puis s'enfuir. Des coussinets et des serres dans les rues, sur les murs, des queues et des ailes, des plumes et des fourrures, des cuirs et des écailles. Et dans le fleuve les poissons nagèrent vers l'ouest et la mer, tandis que les oiseaux faisaient de même dans le ciel au beau milieu de la danse folle des étoiles et des lunes ensorcelées...

Les ténèbres furent à nouveau fendues et il en sortit une armée de nabots monstrueux et hideux sur les membres trapus et laids desquels s'enroulaient d'incroyables ornements. Les Drin qui, au passage, léchèrent le sol autour d'Ajriaz, puis s'abattirent sur le navire, la galère de mer. Et ils parurent la mettre en pièces.

— Mais que faites-vous ! s'exclama-t-elle en tapant du pied.

L'un des Drin s'approcha d'elle en rampant.

— Maîtresse des Fièvres et des Visions, Dame des Constellations, Reine de la Lune...

— Je suis *sa* fille. Un compliment à la fois suffit. Mais parle-moi du bateau.

— Il sera rendu digne de toi, Rêve Noir de la Nuit.

— Il était digne de moi.

— Il sera rendu plus sûr. Et admirable. Maîtresse des Illusions.

— Comment ?

— Permets-moi de te le montrer, Miel d'Ebène issu des Guêpes Argentissimes des Jardins de Druhim Vanashta.

Ajriaz lui donna un léger coup de pied. Le Drin bondit et couina comme s'il venait de recevoir une caresse. Puis il se précipita vers le navire en train de se désintégrer.

Je n'ai aucun pouvoir. Je suis aussi impuissante qu'une étoile filante, songea Ajriaz debout sur la rive. *En a-t-il jamais été autrement ?* Elle aussi cracha dans le fleuve et des lis chamarrés s'élevèrent, que les Drin cueillirent en se mordant et en s'empoignant tout en continuant de démanteler la galère de la Déesse-sur-Terre.

La nuit s'étendait, noire au-dessus d'une lame déferlante diaphane, l'auberge métamorphosée. Elle était comme une montagne de jade sur le reflet qu'elle jetait dans le fleuve.

Aucun poisson n'y bondissait ; dans les roseaux, aucune grenouille ne coassait, aucun criquet ne chantait.

Donc, la nuit noire sur le toit dont elle perçait les ventilations. Et la nuit noire dans la salle en dessous. La nuit, cuirassée, en cotte de mailles, décorée de bijoux : les Vazdru. Devant eux, trois simples personnages vêtus de capes, trois pèlerins de quelque autre pays.

Pas une parole. Le temps arrêté.

Devant le défi des ténèbres, trois capes se déplièrent, remontèrent et se firent ailes, et une fontaine de lumière inonda la pièce. Certains des Vazdru détournèrent légèrement la tête. Mais pas Ajrarn. Il regarda fixement ce lever de soleil nocturne : Ebriel l'aigle, Yabael le vautour, mais surtout Melqar aux ailes de cygne que le soleil avait chauffé à blanc et derrière la chevelure enflammée duquel semblait encore se tenir le disque solaire.

— Les dieux, dit Ajrarn, sont les dieux. Je ne dis rien à leur sujet. Ils ne sont pas ici. Mais il semble que la lie des cieux inférieurs ait quelque querelle avec moi.

Longtemps, longtemps auparavant, Ajrarn avait soutenu le regard du soleil. Lequel l'avait dûment détruit. Les soleils jumeaux des yeux de l'ange percèrent les yeux noirs et océaniques du Démon. L'un ne pouvait assécher l'autre, ni l'autre étouffer le premier.

— Qui suis-je ? Se peut-il que mon modeste nom vous soit connu ?

Le Malukhim ne parla point. Mais ses yeux parlèrent à leur façon. Ainsi que la main dorée, l'épée de flamme blanchie. Et, dans la main d'Ajrarn, gainée de noir, l'épée d'indigo.

— Pour vous, dit Ajrarn, le soleil a lâché trois gouttes de sueur. Et vous voici. L'orbe immonde du jour a toujours été mon ennemi.

Les pointes d'épées se touchèrent alors, presque délicates, comme si elles s'embrassaient.

Mais la brillance fit fracas à travers la salle et dans le ciel pour briser les étoiles mécaniques qui tombèrent en pluie sur Az-Nennafir.

Lorsque la première explosion divisa le ciel, les Drin

émirent des sons inarticulés mais ne cessèrent pas leur travail. Ils s'y attelèrent encore plus diligemment. Il y avait longtemps qu'ils n'avaient plus mis autant de cœur à quoi que ce fût. La magnitude de leur mission les effrayait, les emplissant d'un délice et d'un doute créatifs.

Ils disposaient d'une seule nuit. La tâche devait être impossible. Pourtant, le temps des démons était de leur côté. Ils ne pouvaient déplacer le cadre des ténèbres ni retenir le soleil dans le chaos une seconde de plus que de coutume. Mais, dans les limites de la nuit, l'amplitude du temps (ou l'amplitude qu'il avait pour eux) pouvait être légèrement réorganisée. Ils réalisèrent donc des exploits complexes.

La galère, qui n'était que modérément surnaturelle, avait bouilli et bouillonné, et la sorcellerie s'y précipitait. A l'heure où les cieux commencèrent à prendre feu et à gronder, où il plut une poussière d'étoiles en miettes, un curieux *objet* était mouillé dans le port, les Drin grouillant dessus.

Ils avaient dû draguer le fond des mers pour obtenir un modèle parfait. Ou sortir à la lumière des lunes pour attirer les dauphins à peau bleue et les baleines ombrées. Ou bien certains d'entre eux avaient plongé parmi les récifs, remontant pour effrayer les polypes et s'enamourer des femelles réservées aux pattes innombrables qu'ils désiraient courtiser dans leurs coquilles, puis, manquant de place, ils étaient ressortis de la mer, pleins à ras bord de renseignements et d'aspirations non satisfaites...

Certains grands poissons avaient inspiré la forme. Fort à propos, puisque ces poissons nageaient là où le navire ne tarderait pas à se rendre.

L'on prétend qu'il était admirable, encore plus que la galère d'origine qui avait mystérieusement disparu en lui. Car les Drin hideux n'étaient pas capables de créer un objet qui ne fût merveilleux.

Mais il était plutôt difficile de contempler le nouveau bâtiment en cet instant, car le fleuve était en furie et le ciel ne cessait d'exploser à intervalles réguliers. Il suffit de dire qu'il était là.

Ajriaz, debout sur la berge, ne paraissait plus vêtue comme une impératrice ni un prince guerrier, mais simplement, en noir. Tout en gardant sa beauté, elle semblait ténue et petite, inadaptée à un monde aussi dramatique.

Finalement, l'un des Drin s'approcha d'elle et, allongé face contre terre, porta le bout du doigt sur sa cheville.

La jeune fille baissa les yeux.

— Suprême Maîtresse, nous avons accompli tout ce qu'il nous avait dit. Les sorts sont coagulés, à l'extérieur comme à l'intérieur. Les rivets sont en place. Tout est paré. Viens, monte à bord du vaisseau. Je t'en supplie. Il ne reste plus qu'un demi-sablier de cette adorable ténèbre.

— Mais qui va m'accompagner ? s'enquit Ajriaz en regardant autour d'elle.

— Nul n'est nécessaire.

— La Ville... commença Ajriaz.

— Laisse la Ville. Telles des perles, il accrochera des cités à ton front blanc.

— Une quantité immense de vies, dit Ajriaz (dont le visage était certes blanc).

Le Drin, interdit, bafouilla poliment contre la berge. Que pouvaient importer les vies humaines à la fille du Démon ? Pourtant, lui aussi, jadis...

— Bien-Aimée des Pénombres et de l'Obscurité, dit enfin le Drin, nous ne cherchons qu'à te servir et à le servir. Monte à bord.

Ajriaz jeta alors un coup d'œil au ciel où les éclairs allaient et venaient et où tous les mécanismes avaient péri.

— Quelle est la cause de tout ceci ?

— La Grande Querelle, Maîtresse des Délires.

— Entre qui ? demanda-t-elle, telle une enfant.

— Oh, monte à bord, la supplia le Drin. Aie pitié de nous.

— *De vous ?* Avoir pitié de vous et d'aucun mortel ? Alors qu'il livre bataille contre des créatures du soleil ? Pas pour l'amour de moi, fit Ajriaz en commençant à dériver vers le poisson de métal sur le fleuve. C'est son jeu, naturellement, et il n'aime pas perdre.

Il se trouvait, dans le flanc du vaisseau pisciforme, une grande porte ronde. Ajriaz la Déesse monta jusqu'à cette porte à travers l'air surchauffé tandis que pépiaient les Drin. Mais, arrivée à l'entrée, elle demanda :

— Et où se trouve Chuz ? (Mais pas assez fort pour que

ces êtres, qui étaient de toute façon sourds depuis des millénaires de martèlements, pussent l'entendre.) Et ma mère ? Et le froid Dathandja, le prêtre d'un temple utérin en pierre... où ? Je suis seule.

Elle entra alors dans le mystérieux bateau. La porte mystérieuse se referma hermétiquement.

L'on ne peut songer qu'ils luttèrent comme des hommes habiles à l'épée. Ils se battirent à la manière de ce qu'ils étaient, ténèbres et lumière, terre et éther, bien qu'en partie à la manière des dragons, et en partie à la manière d'une tempête qui se retourne contre soi.

Les premiers coups, s'ils occirent des étoiles, n'étaient que caresses préliminaires. Ils dansèrent, comme des amants, à la bordure de la mort, Ajrarn le Démon et Melqar l'ange. Les coups de l'épée noire étaient légers, presque tendres, et le Solarien, qui n'avait ni âme ni but en dehors de la volonté des dieux, semblait stimulé par la présence de cet adversaire à copier et à vaincre. Le Malukhim jouait donc également et l'épée de blancheur dorée taquinait, tentait, et les derniers objets stellaires agonisants en furent presque réduits en miettes frissonnantes.

Quelque part dans ce terrifiant prologue, le toit de l'auberge tomba ou fut détruit, puis ils passèrent dans le ciel un instant, puis dans un lieu à l'intérieur du ciel, ou à côté, une seconde dimension aussi proche du monde que la peau est proche du crâne. Assez proches, assurément, pour que les incendies du conflit déchirent et brisent alors les lunes comme des assiettes.

Il faut garder à l'esprit qu'Ajrarn avait annoncé : *Les dieux, je ne dis rien à leur sujet. Ils ne sont pas ici.* Par ce stratagème, par cette pieuse formalité, il prétendait ne pas savoir que c'était contre les dieux qu'il combattait. Tels étaient les dieux, ainsi que nous l'avons déjà dit, que même Ajrarn se montrait diplomate. Mais il faut également répéter que les Malukhim, bien que n'étant pas en tout point ses égaux, étaient suffisamment puissants. Et c'étaient des Solariens alors que la substance des démons ne pouvait supporter le soleil...

Le premier et le second ange, Ebriel et Yabael, s'étaient

aussi élevés dans le ciel, sentinelles sur deux précipices de maçonnerie, l'un à l'ouest, l'autre à l'est. Ils attendaient sans agir. Ils se contentaient de regarder derrière leurs yeux le duel de leur congénère. Quant aux Vazdru, ils se tenaient également en l'air, sur leurs pieds chaussés de mailles sur l'air noir. Ils se tenaient entre les deux anges et le tissu de l'autre dimension, gardant la porte de manières absolues sinon inexplicables. Ils étaient aussi pâles que des défunts, ces Vazdru. Ils n'étaient pas de ceux des territoires inférieurs qui arboraient un jaune mécontentement. Lorsque Ajrarn les appelait, ils galopaient à sa suite sur leurs destriers de nuit, sans mot dire.

Le ciel sonna et scintilla.

Précipitées sur le cumulus qui se formait, de grandes ombres, l'une du noir le plus froid, l'autre d'un blanc bouillonnant.

Les deux épées ne se rencontrèrent pas pour s'embrasser ou se courtiser. Elles se raclèrent, s'éperonnèrent, se heurtèrent, se meurtrirent et se libérèrent bruyamment dans un flot d'étincelles. Les nuages et les vapeurs de ce lieu-autre interne furent déchiquetés par cet assaut. Les deux antagonistes ne portaient aucune marque révélant qu'ils avaient été touchés. Pourtant les épées semblaient vivantes, contenant et alimentant la force de ce qui les maniait. Chaque longueur de métal chantait et palpitait comme si elle était habitée par un sang invisible. C'étaient alors des phallus de mort spirituelle, organes de non-génération.

Soudain (à des milles de distance, tout près du mince épiderme qui séparait les dimensions de la nuit du combat), monta le sifflement brillant d'une flûte Vazdru. Ce n'était rien d'autre qu'un signal : le vaisseau reconstruit était entier, l'on était monté à bord, il se déplaçait. Le temps était vaincu... mais le temps vainquait. Car la flûte disait aussi que l'aube, invisible, perçue d'une autre façon, l'aube remontait l'escalier vers la terre.

Il semble que les Malukhim lurent aussi ce message. Sur les tours, Ebriel et Yabael ouvrirent largement leurs ailes et tournèrent la tête vers l'est. Melqar ouvrit aussi ses ailes et, comme une lance de neige fumante, se précipita sur Ajrarn. Les deux épées s'embrassèrent enfin et se fendirent sur toute la longueur. Les armes mourantes, liées par ce coup, s'écrasèrent en bas en creusant un canal à travers les ténèbres bouillonnantes.

Melqar avait saisi Ajrarn par l'épaule et la taille. Ajrarn, à son tour, prit le Malukhim par le poignet et le bord d'une aile sinueuse et cotonneuse.

Ils avaient exactement la même stature, grands, minces, pourtant ils possédaient une force que ne pouvait atteindre un humain, fût-il un géant de sa race. Les traits se ressemblaient peut-être par la transcendance. Et de nulle autre manière.

Il n'y avait plus ni lutte ni mouvement. La tonicité musculaire de chacun déniait tout acte supplémentaire chez l'adversaire. Ils étaient entrelacés, poitrine contre poitrine, œil contre œil, en stase, mais le feuillage de leurs chevelures, les habits qui les recouvraient, flottaient comme s'ils étaient fouettés par une tornade.

Une nouvelle fois (dans le lointain, dans le creux de l'oreille), la flûte Vazdru hurla son appel pressant.

Ajrarn s'adressa paisiblement à l'ange.

— J'ai obtenu ce que je désirais. J'ai maintenant l'intention de partir. Dois-je t'emporter avec moi ?

Alors l'ange parla aussi. Il n'avait pas de voix, aussi vola-t-il la voix d'Ajrarn, bien que la ténèbre de ses intonations fût altérée, rendue plus aiguë dans cette gorge dorée.

— Descends avec moi, dit l'ange Melqar, et tout ton royaume sera ravagé.

— Quelle vantardise ! Un peu de terre sera carbonisée.

— Tu ne peux m'emporter avec toi. Je te retiendrai jusqu'au lever du soleil.

— Tu ne peux me retenir. Sois sûr que je t'emporterai.

Alors, là où ils s'étaient agrippés, il y eut un tourbillon avec une blanche avalanche enflammée, avec une avalanche d'encre. Ces forces plongèrent et s'enveloppèrent, se mêlèrent, explosèrent en une colonne qui tournoya, qui se tordit, se transforma en rubans et en têtes aussi nombreuses qu'un boisseau de cobras. Puis le tumulte cessa. Ils reparurent alors, l'ange et le démon, entrelacés, l'œil foudroyant l'œil, inchangés.

— Je ne le puis donc, annonça Ajrarn.

Il sourit. Avec douceur, il lâcha l'aile de l'ange, puis son poignet. Il se tenait entre les bras de l'ange.

— Une fleur brillante vient de s'ouvrir à l'est, dit Ajrarn.

L'ange était coi.

Ajrarn s'adressa alors aux Vazdru.

— *Partez.*

Pour rien au monde ils ne l'auraient abandonné. Ils s'attardèrent là, de l'autre côté de la partition dimensionnelle, jusqu'à ce que la bordure orientale du ciel commence à sourire largement. Alors, en s'injuriant, ils s'enfuirent. Ils ne pouvaient supporter la boule enflammée du soleil.

Mais lui avait soutenu le regard du soleil. Il avait été transformé en cendres. Et, de ces cendres, il avait ressuscité.

— Voici ta mère, dit-il finalement à l'ange, mais d'une voix qui n'était que musique. Qui t'a formé, qui t'est chère et chaude. Pour moi, elle n'a que haine. Tu vas voir.

L'ange ne relâcha pas son étreinte. Il serra Ajrarn contre lui, les ailes de cygne remuaient lentement, les yeux ne cessaient de brûler, or sur noir.

Le rideau de la seconde dimension fondit alors et seul l'air au-dessus de la ville les entourait, percé en dessous par ses tours et ses terrasses. Le verre, ou le sortilège qui avait teinté le ciel, avait été fracassé. L'atmosphère tourbillonnait de grains de poussière, de nuages, de vapeurs et de débris du mécanisme ; mais, à travers tout cela, à travers les tours transperçantes, inexorable, arriva le jour.

L'horizon se dédoubla et, de la lumière, le soleil perça soudain.

Ajrarn et l'ange étaient suspendus au milieu du matin et s'enflammèrent ensemble... et à cet instant, Melqar, que les dieux avaient créé, lâcha prise.

Il y eut un éclair, un spasme de noir, Ajrarn avait disparu. Melqar le cygne épervier tournoya à travers l'aube. Sans expression, le guerrier ailé des cieux atterrit en un autre lieu élevé. Ses yeux étaient désormais dorés à un tel point qu'ils paraissaient aveugles, opaques comme l'onyx le plus noir.

Au cours des phases ultimes de cette lutte, l'ange était devenu caméléon, à la manière de tout ce qui vient de naître. Il avait imité l'escrime papillonnante d'Ajrarn, puis sa violence. Lorsqu'il avait dû parler, il avait imité la gamme vocale d'Ajrarn et, face à lui, il ressemblait à l'image dans un miroir, ombre brillante d'une ombre. De telle sorte que, lorsque Ajrarn avait lâché Melqar, Melqar, vil imitateur, avait eu lentement tendance à relâcher son étreinte. Telle avait été la stratégie d'Ajrarn.

Le soleil s'était levé. Il les fixait *tous les deux.* Dans cette rafale de lumière, Ajrarn s'était embrasé... sans être éteint. Cela était impossible. Cela ridiculisait toutes les lois et les traditions de la démonie et de l'humanité. Il faut donc rejeter ce récit et le rapporter différemment. Voici : Ajrarn avait dupé l'ange. Il s'enfuit de la même manière que les Vazdru l'avaient fait un instant avant l'apparition du disque solaire. La vérité doit garder son cri silencieux : Pas du tout, pas du tout, le soleil l'avait découvert. Et il s'était enflammé, d'or aussi blanc que Melqar pendant une fraction de seconde ; ce dernier, devant ce phénomène, abusé ou stupéfait, ou par simple instinct mûri en sa belle carcasse sans âme, avait lâché son ennemi. Puisque l'ennemi, ombre, obscurité, nuit et mal ténébreux... *était aussi le soleil.*

La vérité est à la porte, hurlant et tapant du pied. La vérité n'est pas toujours convenable.

Autant bâcler une explication. Disons ceci : Ajrarn avait déjà affronté le soleil et leur première rencontre, qui l'avait tué sur-le-champ et dont il avait ressuscité, étant par nature immortel, avait renforcé sa fibre surnaturelle. Il pouvait supporter une seconde rencontre dans la mesure où elle était extrêmement brève.

Par ailleurs, descendons maintenant derrière lui dans son royaume de nuit éternelle qui-n'est-pas-la-nuit. Voyez : Ajrarn est-il parent du jour ?

Les Vazdru étaient capables de pénétrer dans leur monde souterrain à partir de n'importe quel point de la terre supérieure. Mais leur point d'arrivée était toujours le même, directement à l'extérieur des trois portes du territoire d'Ajrarn. C'était une question de discrétion. L'on peut supposer qu'Ajrarn lui-même n'était pas limité par cette règle... pourtant, en la circonstance, elle produisit son effet.

Il est aux frontières de son propre pays, à la base de la première porte extérieure, celle d'agate. Il gît comme un magnifique objet que l'on a jeté, un bras au-dessus de la tête. La cotte de mailles est arrachée à son corps. Pas une blessure, pas même une égratignure ni une trace de sang sur cette chair sans pareille. Pourtant, à travers ce fourreau pâle et clair, l'on voit le scintillement de poignards ornés de bijoux, les os d'Ajrarn, Prince des Démons.

Trois des Vazdru sont agenouillés à ses côtés... les autres se sont perdus, cendres nées du soleil, ou ont couru encore plus loin cacher leur honte de l'avoir abandonné. Ces trois-ci demeurent et le gardent en montrant les dents, comme de gros félins qui sentent l'odeur du brûlé et qui ont peur.

4

En arrivant à Az-Nennafir, le soleil apporta au monde les ténèbres.

A l'est, à l'ouest et au centre du ciel, les anges se postèrent alors. Le jour lui-même était si étrange et horrible que même un être obtus pouvait affirmer que cela n'augurait que calamités. Au-dessus de l'énorme Ville braquée vers les nuages, large et longue de treize royaumes et plus, l'aube s'était transformée en sang et le soleil en ternissure.

Les gémissements et les hurlements, les prières (inutiles, ainsi qu'on le savait parfaitement), les exhortations, les vaines tentatives d'exode, le fuite dans les caves qui ne procuraient aucune sécurité, les extases de folie et d'immolation... tout cela se produisit : l'attirail complet de la catastrophe. Mais, vu du ciel, était-ce rien d'autre qu'un remue-ménage dans une termitière ? Ce qui est aussi petit ne peut être important.

De la claire épée d'Ebriel jaillit un rayon de lumière tournesol et de l'épée teintée de rouille de Yabael comme un pilier de sang. Melqar n'avait plus son épée et tendit la main gauche d'où sortit un rayon blanc qui rencontra les deux autres, avec un bruit léger mais peut-être audible jusqu'aux quatre coins de la terre. Un son sans pareil, et après ce son un silence total, sur terre et dans le ciel.

Il tomba d'abord une averse de terre, de grosses pierres et de grêle qui flambait. Vue du ciel, cette destruction ne représentait qu'un joli dessin.

Après la pluie de roches, de terre et de feu, un brouillard plus épais que la nuit s'abattit aussi sur les terres de la Ville. Et il les engloutit. Elles disparurent.

Les trois Malukhim levèrent la tête en cherchant dans leur non-esprit le contact des désirs divins, ou du désir primordial. Car qui pouvait dire que les dieux n'avaient pas d'ores et déjà oublié ce qu'ils voulaient, les anges qu'ils avaient créés, la Déesse qu'ils avaient réprouvée, tout... et s'ils ne tarderaient pas à être dérangés par une vague explosion tout en bas et à éprouver quelque déplaisir devant cette interruption ?

Mais les Malukhim, automates bien réglés, ne perdaient pas de vue leur mission.

Une détonation arriva. Puis une lumière brillante. Elles ne faisaient qu'une. Elles découpèrent un morceau de la substance de chaque chose et cessèrent.

Lorsqu'elles eurent cessé, il n'y eut pas d'onde de choc ni de lueur résiduelle. Rien. Rien non plus sous le firmament. Une cavité terne qui allait d'un bord de l'horizon à l'autre, avec un faible mouvement de poussière qui l'encadrait, dur et monotone, vierge, vide. Pas la moindre parcelle d'intérêt. Pas un grain de vie. C'était Az-Nennafir.

Dans le ciel sans couleur, le flamboiement des anges s'éteignit alors. Ils avaient à faire ailleurs.

Il ne restait donc plus que le ciel ravagé et le puits mort sur le flanc du monde.

L'on disait ceci d'Az-Nennafir :

« Ils dirent : "Nous sommes pourris et nous nous roulerons dans la pourriture." Et la pourriture leur appartint.

« Puis ils dirent : "Voyez comme nous sommes vils et comme nous méritons un châtiment." Et le châtiment les entendit parler.

« Puis ils dirent : "Nous sommes impuissants devant le destin ; n'ayons donc aucun espoir pour nous-mêmes. Soyons sophistiqués et disons à La Mort : Vois, nous sommes maudits, que la malédiction nous emporte. Nous attendons." Et la mort les écouta.

« Invoquez et il vous sera répondu. »

Mais le pire de leurs péchés était celui du forfait.

Il n'était plus désormais de lieu plus effrayant que ce cratère, après la retombée de la poussière.

Et qu'en était-il du vaisseau pisciforme et de la jeune Déesse ? Sa ville du mal avait été, de manière traditionnelle, rasée par les dieux outragés, et dans un cataclysme assez brutal pour percer un trou à la surface du monde. Une créature immortelle pouvait-elle survivre intacte à une telle aventure ?

Parce qu'elle avait déjà construit la grande galère et que sa magie la parcourait, une sorte d'esprit ou d'élément astral était venu l'habiter, que les Drin avaient alors pu employer, facilitant ainsi leur ouvrage.

Les Drin étaient de plus des artificiers de génie, aux puissants pouvoirs magiques, alors que le navire possédait une sorte de double vie en lui et autour de lui.

Tandis que la flûte Vazdru lançait son avertissement, le bateau s'enfuyait déjà. Il possédait deux motivations, et utilisait la seconde que les Drin, avant leur disparition, avaient mise en branle. Elle n'était que sortilège. Le vaisseau filait aussi vite que l'éclair, seule vitesse dont il fût capable. Il descendit ainsi le fleuve et eut atteint l'embouchure alors qu'Ajrarn se tenait face à face avec Melqar. Lorsque le soleil arriva et que le duel connut sa fin bizarre, le vaisseau faisait voile sur la mer occidentale et plongea alors. Il se cacha sous les vagues, mais continua sa fuite.

Les roches et la grêle tombèrent, mais derrière lui. Le brouillard de ténèbres s'abattit. Et enfin la lumière. Là où le navire s'était déplacé, il n'entendit point le choc final. Il n'y eut qu'un frémissement qui creusa toute l'eau, de telle sorte que la caverne la plus abyssale en retentit et que les petits animaux marins, ne percevant qu'une fraction de ce bruit indéchiffrable, en moururent immédiatement et laissèrent la carcasse de leurs petits corps flotter dans les courants, comme les feuilles sur les ruisseaux hivernaux.

Quant au vaisseau pisciforme, lui aussi fut secoué, sa vitesse diminua, il vacilla, tangua et roula et se trouva précipité dans les profondeurs sourdes des eaux.

5

Ayant marché sur des milles et des milles, Dathandja aux cheveux et aux yeux noirs, vêtu de noir, pieds nus, atteignit une contrée de bois, de cascades et de vallées. Il avait, le long du chemin, vu les paysages périphériques du royaume de la Déesse. Divers déserts hauts en couleurs marqués par des météorites qui s'écrasaient, un assortiment de mers surmontées de ponts, des plaines aux herbes toxiques... tout cela avait rencontré son regard. Il avait aussi vu les autels et les adorateurs en délire. Il avait entendu la philosophie sans cesse répétée des dieux indifférents, tout comme dans la Ville. Il ne l'avait point rejetée. Le souvenir, fragmentaire et transparent comme une peinture sur une vitre brisée, informait Dathandja des prières et des rites anciens... qui n'avaient apporté que désillusion et chagrin. Le souvenir d'une autre vie. Il ne s'y attardait point, bien qu'il l'instruisît et le guidât.

Il finit par franchir les frontières de ce domaine. Alors, enfin, commencèrent uniquement les anomalies habituelles de la pensée et de la religion humaines. Puis ce furent des terres plus primitives, désertées par la vie humaine.

L'orient. Les aurores peignaient leur jaune chevelure. Les couchers du soleil se hâtaient. La terre possédait une espèce de jeunesse. Elle purifiait l'âme de Dathandja, du moins le lui semblait-il. Il n'avait pas fréquemment savouré le calme... une sérénité qui n'était point une perte amère de sensation, une ankylose qui se faisait passer pour de la paix. Quel secret gisait derrière cet état froid et tranquille ? Il atteignit ainsi la région de vallées humides et boisées.

Entre deux vallées, sur le coteau, devant une cascade, se dressait un antique sanctuaire. Il n'était pas consacré à un dieu particulier, ni, peut-être, à aucun des dieux. Personne ne s'en occupait. Les arbres et les buissons avaient pris racines dans sa cour. Les oiseaux logeaient et discouraient dans le toit. Le rapide coucher du soleil avait commencé et se glissait le long de la chute d'eau dans sa hâte de disparaître.

Dathandja pénétra dans la cour et s'assit sur le sol pour savourer un banquet de racines et de fruits. Dans sa vie précédente, il avait été un errant. Il n'avait eu nul besoin de se préparer à ce voyage. Chez certains, l'habitude du voyage constitue l'ordinaire.

Le crépuscule arriva, puis la nuit. Les étoiles ouvrirent des fenêtres dans le ciel et commencèrent à surveiller la terre.

Sur une dalle, Dathandja prépara et alluma un feu. Lui qui avait été jadis un puissant magicien et pouvait invoquer cet élément d'un claquement de ses doigts bagués. Lui qui aurait pu produire un palais sur cette colline.

Tandis que les flammes jouaient ensemble, Dathandja contempla une femme debout de l'autre côté de la lumière. Il la prit d'abord pour Ajriaz, qui était venue le voir le long de son périple à intervalles irréguliers, créature si étonnamment admirable qu'il trouvait sa beauté douteuse. (Elle aussi était un démon, et il se méfiait de cette race par-dessus tout.)

Mais il ne s'agissait pas d'Ajriaz, soit déguisée, soit sous une forme projetée. C'était une humaine, humainement belle, et il la reconnut comme telle.

— Me vois-tu, Dathandja ? demanda-t-elle, ce qui était superflu.

— Je te vois.

Elle avait les couleurs de la fin de l'été : rose, malt. Derrière elle se tenait quelqu'un d'autre, plus grand, un homme, qui demanda :

— Et moi, me vois-tu, Dathandja ?

— Oui.

L'homme sortit de l'ombre. Il avait les couleurs de la royauté : métallique, artificiel. Derrière lui...

— Je vois aussi cet autre, annonça Dathandja.

Mais le troisième était enveloppé dans les ténèbres, il n'avait pas de couleur et il ne parla point.

— Qui de nous va commencer ? demanda la fille estivale à l'homme royal.

— Moi, annonça-t-il.

Elle recula.

— Ce n'est pas toujours le cas, marmonna-t-elle dans sa chevelure.

L'homme de haute taille s'approcha du feu et fit signe à Dathandja.

— Tu dois m'accompagner, lui dit-il.

Et Dathandja dut lui obéir.

Ils se retrouvèrent alors bien au-dessus du sanctuaire et le feu paraissait aussi minuscule qu'un sequin.

— Ah, Dathandja, dit l'homme royal sur un ton moqueur et affectueux. Tu m'as déçu.

Et il parut être de nombreuses personnes à la fois. Il était parfois un prêtre qui portait une précieuse soutane jaune ; parfois un roi à la barbe d'azur. Il était parfois démoniaque et arborait un air de Vazdru. Ou alors il ressemblait à Dathandja lui-même, mais ses traits étaient différents, les yeux bleus, ou verts. Quoi qu'il fût, ou qui qu'il fût, il alla s'appuyer contre une crête, suivi de Dathandja.

— Un tel pouvoir fut jadis tien, bien-aimé, dit l'homme royal sur un ton cajoleur. Tu ne te rappelles pas ? Les empereurs te redoutaient. Les océans eux-mêmes t'obéissaient. *Faites ceci !* leur disais-tu ; et ils s'exécutaient. L'on parle encore de ta sorcellerie. De tes inexprimables cruautés et de tes exploits fabuleux. Ah, ne t'en rappelles-tu pas une seule bribe ?

— Si, répondit Dathandja d'une voix grave et claire.

— Avec ton accord, je te rendrai tout cela. Tu redeviendras Jirek le Magicien Noir et tu bâtiras une nouvelle légende.

Sur ce, l'homme royal et changeant déroula la nuit comme un parchemin ; alors, illusion ou vérité, s'étendirent devant eux les royaumes du monde, ses mers. Et les hommes s'agenouillèrent devant Jirek, ou devant Dathandja. Les sortilèges montèrent comme un vent parfumé et l'entourèrent. Il pouvait accomplir ce qu'il désirait. Son cerveau s'envola avec les sciences qu'il détenait jadis comme des chiens.

— Avec ton accord, répéta l'homme royal.

Et il ressembla alors à Jirek. Il était Jirek et il enjôlait Jirek.

— Reprends toute ta magnificence. Redeviens mage et seigneur, afin que l'on note le moindre de tes pas.

Dathandja regarda les illusions ou les réalités de sa vie précédente et de l'avenir qui lui était proposé, et une étreinte terrible, comme celle de la douleur ou du plaisir, lui serra le cœur. Avant de s'éteindre.

— Non, dit Dathandja.

— Ah, bien-aimé, dit le tentateur. Rejettes-tu cette apogée parce qu'elle est un péché ?

— Est-ce un péché ? Je sais uniquement que j'ai fait tout cela. C'est le passé.

— Et tu parcourras le monde sans aucun pouvoir, à la merci de tous les accidents, à la merci de tous les hommes ? *Toi ?*

— Je ne suis à la merci d'aucun autre homme que moi-même. Je te présente mes excuses, car tu ne me tentes point ainsi.

L'homme haussa les épaules et éclata de rire, puis il disparut. Dathandja se retrouva assis devant le feu dans la cour.

— Lequel de nous, maintenant ? demanda la jeune fille au personnage toujours enveloppé dans l'obscurité, qui ne répondit pas. Ce sera donc moi.

Elle s'approcha du feu de Dathandja dont la lumière forma une résille dans sa chevelure, mouilla ses bracelets et trempa ses minces vêtements en révélant ses formes, qui étaient très belles.

— Ah, bien-aimé, dit-elle.

Et il se retrouva dans le feu avec elle.

Comme un marteau, la nuit retentissait, rouge et brillante, noire et rouge. Sa chevelure était tantôt luisante comme l'eau, tantôt de la couleur d'un abricot ; c'était une princesse des mers, c'était une fille qui dansait avec les licornes. Parfois, elle était un adolescent aux seins aplatis en pectoraux robustes sous les mains de Dathandja, une fleur vigoureuse à son aine là où l'anémone charnue l'avait encerclé. Ils se tordirent sur le lit de feu et ses cheveux s'écoulaient sur la terre. De ses membres, elle l'étreignit, féroce comme une lionne, pourtant ses doigts allaient et venaient aussi doucement que l'herbe. Sa taille avait des mouvements de serpent, son bassin de jument galopait. Ils plongèrent ensemble de ce feu dans un autre feu. Les étoiles tourbillonnaient à travers son cerveau et, en son cœur, une étoile argentée couronnait maintenant l'épieu qu'il chevauchait. A son tour, l'argent fila alors en lui et se raidit en un fil métallique frissonnant, le long de sa lance, à travers le bouclier tendu du ventre et les reins impatients, jusqu'au sacrum, où l'atome de l'éternité était enfoui dans l'échine. Il la maintint fermement, bien qu'elle sanglotât alors très fort, se débattît, se transformât... en bête, en esprit, en explosion et en cascade. Il la maintint par sa taille de serpent, par ses membres farouches, se noya dans sa bouche, monta sur la vague incurvée de son ventre et ses seins s'épanouirent sur leurs fleurs... chevauchant le destrier ailé du désir, aveuglé, occis, né, éviscéré par les extases, jusqu'au point où la sonde argentée perça l'atome d'éternité lui-même et l'eau de la vie fut forcée de jaillir.

Le spasme ailé retomba à travers les ténèbres et fit tomber Dathandja de son dos. Il était allongé à côté du feu.

— Tu t'es trahi. Tu as révélé ta faiblesse et ton besoin. Ton âme était nue alors que tu souffrais cet accès de plaisir. Tu as péché.

Voilà ce que dit la jeune fille hors des ténèbres.

Mais ce fut au tour de Dathandja d'éclater alors de rire.

— *Cela*, dit-il, ce n'est pas un péché.

Tournant son épaule vers le feu et le troisième personnage toujours en attente, toujours invisible (car l'homme de haute taille et la fille estivale avaient disparu), Dathandja sourit et s'endormit.

Pourtant, durant l'heure qui précédait l'aube, Dathandja se leva, s'assit et contempla le troisième personnage assis en face de lui, près des cendres du feu, se découpant sur le ciel sans étoiles.

Portant une robe et une capuche blanches, beau, la peau noire, La Mort, le Seigneur Uhlumé, considérait le mortel de ses immortels yeux d'opale.

— Il faut que tu me pardonnes, dit Dathandja au bout d'un moment, si je dis que je crois que tout ceci n'est qu'illusion. De simples images envoyées, pour m'irriter ou me disséquer, par quelqu'un, voire par moi-même. Ceci étant, seigneur roi, tu es aussi un produit de mon esprit. Il me semble qu'Uhlumé, qui se montra jadis doux avec moi à sa manière, et fut naguère mon maître, ne se donnerait point la peine de me faire cette visite.

La vision de La Mort (Dathandja ne s'était pas trompé) répondit :

— Il se peut que tu sois sage. Néanmoins, je suis ton troisième et dernier tentateur et, en tant que tel, j'ai quelque validité et tu dois m'écouter. (Dathandja dut l'écouter.) Tu as vécu toutes tes années d'invulnérabilité, cette malédiction bénie qui te fut procurée par la magie il y a fort longtemps. Comme toute chose sur cette terre, la sorcellerie dépérit, ou se modifie. Les siècles ont passé, tu as dormi, tu t'es réveillé et tu n'es plus ce que tu étais. C'est le résidu de ta propre magie perdue qui te prémunit actuellement de tout mal. Tant que tu resteras en sécurité, tu seras en sécurité. Mais l'enchantement protecteur a été érodé à l'intérieur du pilier de pierre. Si tu dois désirer autre chose que la sécurité, Dathandja, tu pourras désormais être tourmenté et blessé. Dorénavant, si tu le désires, tu pourras mourir.

Dathandja resta assis, silencieux, regardant le visage de La Mort, ou de l'image de La Mort. Finalement, Dathandja demanda :

— Cela se peut-il ?

— Une douzaine de preuves peuvent en témoigner, dit La Mort.

Dathandja réfléchit. Jirek, à un monde de là dans le temps, avait cherché des pierres tranchantes dans une vallée, y avait bu une eau mortelle, avait essayé de se pendre à son arbre et de se jeter d'une de ses hauteurs abruptes. En vain. Dathandja tendit alors la main et prit un silex dans la cour et s'en frappa le bras. Le silex le blessa. Son sang écarlate coula.

— J'en suis heureux, dit-il.

Il ferma les yeux et le calme en lui sembla couler avec le sang, l'entourer, le réconforter, ainsi que la barrière d'invulnérabilité n'avait pu le faire.

— La dernière tentation est donc certainement la mort, dit Dathandja. Elle est habile. Mais, La Mort, j'ai beaucoup appris. Les hommes sont aussi immortels que les dieux et aussi invulnérables que Jirek, qui fut plongé dans le puits de flammes. Il ne me désespère donc point de demeurer encore un peu en vie. Car celui que j'étais fuyait le mal et ne faisait le bien que par peur, puis la peur l'envahit et il ne fit que le mal. Mes dettes sont nombreuses, mais le mal n'a plus d'influence sur moi. Je l'ai entièrement usé. Et je n'ai donc point peur de vivre.

Dathandja ouvrit les yeux et vit que La Mort (ou la mort) l'avait abandonné... et l'aube longue et passionnée commença.

Dathandja sortit du sanctuaire, alla jusqu'à la cascade et, mettant ses mains en coupe, prit de l'eau et but. Une biche ne tarda pas à arriver avec son faon, il leur offrit de l'eau et ils burent aussi dans ses mains. Le faon lui laissa caresser sa tête mouchetée. Sans inquiétude, la mère mangea la mousse qui poussait sur le rocher. Dathandja se rappela alors Simmu, adolescent et jeune fille, qui appelait les biches et les lièvres pour qu'ils courent en sa compagnie, qui communiait avec les oiseaux et les serpents.

Mais Simmu n'était plus ; et Jirek, l'invulnérable sorcier, n'était plus. Ce fut Dathandja qui entra bientôt à grands pas dans le matin.

6

Les ténèbres avaient leur demeure dans les profondeurs de la mer. Mais elles n'étaient pas seules à y habiter. Les cavernes utérines grouillaient de vie, mais c'était une vie qui existait sans lumière pour la majeure partie et, lorsque la lumière tombait dessus, l'étrangère n'était pas la bienvenue.

Les rayons de lumière pénétrèrent les planchers supérieurs de la grande fosse en un doux empourprement. Il se produisit des tourbillons, des mouvements semblables à ceux d'une légion de fouets, et des entités plus imposantes, tels d'énormes fantômes noirs, s'écartèrent lourdement. Mais la lumière se fit plus vive. Elle ne pouvait être repoussée ni évitée. Elle se fraya un chemin à travers l'eau et les ténèbres, et la visibilité des profondeurs marines explosa soudain. Une forêt s'étendait le long des gradins supérieurs de la fosse. Elle était faite d'un million de vrilles noires comme le pétrole. Dans cette forêt étaient perchés des nids de poissons en bourre de soie blonde et leurs fabricants (qui se hâtèrent d'aller se cacher à tire-de-nageoire) ressemblaient chacun à un prisme irisé. Les énormes créatures qui avaient déjà pris une fuite éperdue étaient de gigantesques sacs paresseux de peau gonflée ; là où la lumière glissait sur leurs corps, ils brillaient de mille feux bleu acide et bronze. Sur les marches plus basses de la tranchée, l'illumination, frappant comme une cloche, révéla des parterres de fleurs océaniques, corail et rose brûlant, melon pâle et glacial ou vert sûr et mélanique, claquant tous leurs portes d'atterrement ; çà et là, une mince créature surprise semblable à un ver couleur de feuille d'or avalait à toute allure une dernière bouchée avant de disparaître hors de vue.

Derrière la lumière et le bouleversement nageait un monstre.

Il ressemblait beaucoup à une baleine aux proportions gigantesques. Lisse comme un œuf soyeux et, vu grâce à sa propre aura, d'un argent lavé par la mer. La gueule de la baleine s'ouvrait lentement en avalant l'eau. Tout était aspiré, impuissant... poissons, nids de poissons, vrilles arrachées, vers en train de paître et fleurs flottantes. Pourtant, de l'étrave du géant, une défécation cristalline les relâchait presque spontanément en un jet puissant. Quels récits ces animalcules ne se hâtaient-ils point d'aller raconter chez eux ! Ils avaient été dévorés par une baleine, propulsés à travers ses boyaux et avaient émergé sains et saufs dans l'océan maternel. La baleine, cependant, ne cessait d'ingérer la mer et de rejeter la mer en flatulences des plus pures.

Au-dessus de ses mâchoires, deux yeux rayonnaient largement, à la fois ronds et brillants, l'un d'eux possédant une pupille noire verticale.

La créature inconcevable continuait donc sa route, regardant fixement et causant remue-ménage et héroïsme picaresque le long de la fosse.

De temps à autre, son unique pupille verticale remuait et passait même d'un œil à l'autre. Ajriaz (la pupille) contemplait le monde aquatique que les lampes de son vaisseau lui révélaient.

Lorsque le souffle de l'annihilation secoua le navire et le plongea dans ces profondeurs, elle fut assommée, son cerveau, comme le bâtiment, se mettant à tournoyer. Par inadvertance, elle lança un appel à Chuz et faillit même crier un mot qui n'avait pour elle aucune signification (ce mot étant *Père*). Assez rapidement, l'arche des profondeurs se stabilisa. Puis la Déesse se releva et se débarrassa de sa faiblesse.

Elle ne voulait plus songer à sa Ville, balayée comme une poussière de la terre par la serpillière d'un ange. Elle se tenait devant le châssis de l'œil du navire cétacéen et fronçait les sourcils devant les merveilles sous-marines. Elle se refusait à songer à celles-ci. Elle était seule. Elle était Déesse. Ceci était la mer. Bien, bien.

Le bâtiment avançait grâce, soit à des mantras préétablis, soit à un moteur installé dans ses entrailles, construit par les Drin et qui absorbait le fluide et le rejetait, le propulsant ainsi inlassablement. A l'intérieur du moyeu se trouvait un appartement somptueux, auquel les Drin avaient prétentieusement ajouté des exemples de leur travaux de forge les plus beaux ou les plus inintelligents. Y compris, en cercle autour de la salle principale, une série de grotesques têtes en argent. Comme la baleine, celles-ci *respiraient*. Et, ayant absorbé l'air vicié, rejetaient, convenablement parfumés, les gaz vivifiants des terres sèches.

La navigatrice solitaire n'avait qu'à demander ce qu'elle désirait. Une quantité de génies semblaient avoir été martelés avec les rivets. Si elle avait besoin d'un repas somptueux, de musique ou d'un oreiller en satin supplémentaire pour sa couche, ces serviteurs lui fournissaient cet objet. De plus, ils guidaient le vaisseau et l'entretenaient. Ajriaz n'avait rien à faire, soit par la magie, soit par son intelligence. Parfois, elle apercevait ses nouveaux domestiques : volutes teintées, spirales désincarnées de fumée, mains délicates apparentes, ou visages enfantins entrevus. Qu'étaient-ils donc ? Des efflorescences de la science Vazdru ou de grossiers Drinda en cours de raffinement... il était impossible de le deviner.

La mer avait ses propres maîtres... Le Destin l'avait mise en garde, si cela était nécessaire. Bien qu'elle eût naguère créé en lui une illusion, elle était désormais l'invitée impromptue de l'océan.

— Pourquoi ces régions ont-elles des couleurs ? demanda impérieusement Ajriaz à ses serviteurs en partie visibles. Elles sont toujours dans les ténèbres.

Un génie s'avança en voletant.

— Ô Maîtresse, le peuple de la mer est fait de magiciens. Il est descendu ici il y a des millénaires et a appris à prospérer, après une querelle avec les dieux. C'est lui qui a rendu la végétation colorée.

— Oui, mais pourquoi ?

— Parce que les gens de la mer apprécient les lumières.

Ils circulent avec elles et peuvent admirer les couleurs qu'ils ont provoquées dans ce but.

Lorsqu'elle dormait sur la soie et le satin, après ses questions et ses banquets, elle rêvait de villes rasées et de massacres. Aucun rêve Vazdru, aucune création artistique. Elle se réveillait en hurlant. Elle appelait les génies et demandait de la musique, ou restait dans les yeux du navire et considérait l'eau, finissant par rejeter le sommeil comme un ami infidèle.

L'on dit qu'elle voyagea dans la mer pendant un mois ou une année.

La fosse océanique continuait pendant un certain temps. C'était une sorte de vallée en ces lieux, et des montagnes s'élevaient au-dessus d'elle, au loin, falaises de granites pourpres aqueux, hors des profondes cavernes desquelles regardaient d'étranges mammifères pisciformes qui meuglaient après le vaisseau sans qu'il pût les entendre. Les crêtes de ces impressionnantes montagnes, des milliers de pieds plus haut, pouvaient briser la surface et former de petites îles.

Le navire avait déjà viré vers l'est, dans la mesure où la vallée le permettait. Ajriaz n'avait donné aucun ordre, mais le précédent bâtiment doté de voiles et d'avirons avait été conçu pour un voyage vers l'orient ; son esprit, conservé dans celui-ci, portait toujours l'impératrice et l'équipage de génies répondait à sa motivation. Le fond de la fosse finit par remonter. Et le vaisseau le suivit.

Entre les hauteurs indistinctes apparut alors une tasse d'eau lumineuse dans laquelle le vaisseau se propulsa. Ajriaz, dans l'œil sinistre de la baleine, vit bientôt qu'elle était tombée sur une ville du peuple de la mer.

Elles étaient nombreuses et la plupart différentes. Celle-ci reposait dans une ruche de soleil vert comme le raisin qui semblait se déverser tout droit à travers les tonnes et les tonnes d'océan au-dessus d'elle. C'était une cité noire et irisée, très grande, avec des arches énormes et des ouvertures situées très haut. Des formes noires qui étaient peut-être des requins circulaient dans son « ciel » et, çà et là, un chariot ou un autre véhicule étincelait en traversant les aqueducs.

Sous le vaisseau, des prés d'anémones blanches s'étendaient en direction des faubourgs. Dans les prés paissaient des troupeaux de langoustes éléphantesques. Des bergers tritons levèrent les yeux et firent des gestes effarouchés devant la baleine métallique. Depuis le début, les rois des mers produisaient des esclaves de ce genre. Ils portaient des guirlandes de barnacles sur leur chevelure d'algues folles et des poignards de corail et d'électrum, mais ils étaient timides et ingénus.

Ajriaz ne ralentit pas son bateau. Il continua sa nage et finit par se loger dans la cheminée de soleil vert proche de la cité des seigneurs de la mer. Les requins noirs comme des freux s'étaient dispersés, les chariots s'étaient retirés. Rien ne bougeait.

Ajriaz interrogea les génies et apprit ainsi que la lumière descendait grâce à un système de lentilles installé plus haut pour concentrer les rayons du soleil. Mais, alors qu'ils parlaient, un autre génie dégoutta comme de la peinture dans du lait.

— Ô Maîtresse, s'exclama-t-il en tendant ses mains aux longs doigts.

De l'autre côté de la ville, un appareil avait été élevé sur l'une des arches. Il remua soudain et l'eau fut déchirée. Des ténèbres brûlantes avec un sillage de bulles blanches se précipitèrent sur le bateau. Une catapulte venait d'entrer en action.

— Ne te fatigue pas, lança à Ajriaz le chœur des génies. Cela est inutile.

Au même instant, un pore du vaisseau s'ouvrit par enchantement et un éclair en jaillit. Il intercepta le projectile de la catapulte à une certaine distance et le relança, de telle sorte que la boule enflammée s'écrasa sur la ville noire. Le feu et la fumée se déversèrent comme du sang dans l'eau en cet endroit.

Une autre boule avait cependant été lancée contre eux.

— Nous ne combattrons pas davantage, dit Ajriaz. Nous allons nous enfuir.

Les génies pépièrent :

— Cela n'est pas nécessaire, Maîtresse. Nous pouvons

détruire tout ce qu'ils nous envoient et peut-être raser leurs tours les plus fières.

— Exactement ce que font les anges. Nous ne combattrons point : nous fuirons.

Les génies lui obéirent. Ils ne semblaient ni chagrinés, ni joyeux, ni même surpris de sa curieuse foucade.

Les mantras furent réactivés et la baleine métallique quitta les cieux marins de cette ville comme un éclair. Le second projectile passa inoffensif en dessous et se perdit dans l'espace vert et humide.

Elle était arrivée parmi les cités de Tirzom des océans orientaux. Elle l'ignorait, mais elle ne tarderait pas à l'apprendre. Ces villes étaient noires et admirables, et entre elles s'étendaient les plaines fertiles et les bois marins des plateaux peu profonds. Les Tirzomites revendiquaient tout ce territoire.

Des jungles de varech et de corail en branches permettaient au vaisseau d'avancer à couvert pour qu'Ajriaz puisse se glisser à la bordure de chaque métropole. Elle vit les coupoles noires et les clochetons d'olivine, ainsi que les voyaient les timides poissons.

Mon père n'est pas ici pour me guider, se dit Ajriaz. *Je n'ai besoin de rien faire. Je n'ai pas besoin de faire la guerre.* Et ses rêves de Nennafir ruinée, qui s'étaient mêlés à ceux de la ville des goules, Shudm, s'apaisèrent.

Pourtant, bien qu'elle se dissimulât pudiquement, nombreux étaient les habitants des villes marines de magiciens à savoir que quelque chose passait. Certains se glissèrent dans les forêts pour l'observer, plus rusés qu'Ajriaz. Grâce à leurs moyens de communications particuliers, les capitales sœurs s'avertirent de la créature qui faisait intrusion dans leur pays.

Le vaisseau continuait de remonter le long du fond de l'océan. Bientôt, il fut possible de distinguer le jour de la nuit, lorsque le paysage aquatique se faisait plus clair ou plus sombre.

Un jour, les eaux furent très claires et d'un vert des plus cristallins. L'arche sous-marine furetait parmi les clairières d'un grand bois d'algues lorsque ses yeux brillants, dont l'un avait une mince pupille, aperçurent, par-dessus la plaine, un grand rocher, sur lequel était perchée une cité. Il s'agissait de Tirzom Djum, Capitale de toutes les capitales de cette partie du monde.

Même à cette distance, l'on pouvait dire que c'était une ville de taille et d'importance particulières, tandis qu'une demi-lune argentée colossale reposait sur sa cime, les deux pointes descendant parmi les murs.

Ajriaz interrogea les génies. Les génies, leurs puits de connaissances apparemment sans fonds, répondirent que les peuples de la mer, bien que totalement acclimatés à l'océan, avait la nostalgie de l'air de la terre. Car ils pouvaient le distiller et le faire jouer dans les diverses salles ou jardins de leurs habitations. Il apparaissait que cette ville (et, malgré leurs puits sans fonds, les génies ne semblaient pas être capables de lui donner un nom) avait consacré à l'air de la terre des sections entières de ses rues supérieures. Elles étaient donc englobées dans un dôme de verre magique.

— J'aimerais voir cela, dit Ajriaz.

Les génies acquiescèrent.

— Plus près.

Les génies lui dirent que son vaisseau devait encore s'approcher de la ville.

— Non, dit Ajriaz. Je ne veux pas la guerre... et ce navire serait considéré comme une menace. J'irai seule.

Les génies la considérèrent de leurs yeux vagues d'enfants. Leur concentration non corporelle était telle qu'Ajriaz leur demanda :

— Qu'y a-t-il donc ?

— Ô Maîtresse, si tu es la Fille de la Nuit et une Sorcière Déesse, ce sont là les royaumes de l'océan.

— Ma magie serait-elle impuissante en ces lieux ?

— Peut-être.

— Je le verrai.

Un pore du vaisseau la libéra, telle une larme sombre. Elle avait créé une bulle d'air à l'intérieur de laquelle elle se tenait. Lorsqu'elle se déplaçait, la bulle la suivait. L'air de la bulle demeurait respirable, se renouvelant constamment, et dans son sillage dérivaient d'autres bulles plus petites, dépouilles de la première. Délicieuses exhalaisons Vazdru d'Ajriaz, elles dansaient parmi les poissons et les poissons les poursuivaient amoureusement.

Ajriaz se réjouissait de sa liberté soudaine. Elle n'avait pas encore songé à sortir à l'aventure auparavant. Mais une longue période d'inactivité, comme cela s'était déjà produit, l'avait lassée, rendant plus lourd encore son poids déprimant. Elle jouait parmi les créatures qui passaient et, si elle ne pouvait les toucher à travers la bulle, ils ne le pouvaient davantage ; elle les regardait dans les yeux, faisait des cercles autour d'eux, les pourchassait et les laissait jouer avec elle.

La plaine sous Tirzom Djum était du sable le plus pur où reposaient d'incroyables coquillages. Ils étaient rayés et tachetés comme des ocelots, crémeux et résineux comme l'ambre, ou en spirales comme la corne des licornes, ou aussi purs que la plus mince des porcelaines... et de toutes les couleurs imaginables. Ajriaz marqua un temps d'arrêt pour les contempler et songea un instant à percer la bulle pour prendre les plus beaux ou les plus étranges. Mais le murmure des génies lui embruma l'esprit. Le vaisseau était sa protection. Elle ne voulait risquer d'annihiler sa magie dans l'élément liquide. Se pouvait-il qu'elle fût incapable de restaurer le sortilège ? Et, bien qu'il fût inconcevable qu'elle pût se noyer, l'idée même de devoir se débattre en étouffant dans l'eau était horrible. Jamais elle n'avait douté de ses pouvoirs. Jamais elle n'en avait eu de raison.

Elle continua d'avancer et la falaise rocheuse de la cité se dressa bientôt au-dessus d'elle.

Il était exact que les Tirzomites éprouvaient une nostalgie méprisante envers la terre. Le soleil lui-même, bien que séparé d'eux par les couches d'eau et de ciel, pouvait être vu en ces lieux de manière incohérente. Sur la terre, ce devait être le plein midi, car une légère couleur dorée brûlait en haut des eaux, et sous la roche une petite ombre floue s'étendait sur le sable.

Précautionneusement, Ajriaz remonta en flottant le long de la falaise tout en restant à distance de la ville. A mi-chemin de ses pentes, des bâtisses ornementées commencèrent à apparaître, noires comme le jais, avec des fenêtres en yeux de lynx. Elle aperçut la vitesse des véhicules et des nuages que poussait la mer et qui étaient d'énormes arbres... Comme une enfant, elle regarda tout ceci et resta à distance, ne désirant pas combattre.

A un tiers de distance sous le sommet de la falaise, le curieux dôme commençait. C'était aussi une bulle, transparente, distincte uniquement parce que le croissant de lueur du solaire délimitait sa courbe. Sous le dôme, dans l'air et la lumière dorée de péridot, se trouvaient les arcades ovales massives de l'architecture de Tirzom, les rues et les escaliers nécessaires là où la nage n'avait plus sa place, les tours imposantes et les minarets d'émeraude.

La Déesse flottait et regardait tout son soûl. Elle ressentit sa tristesse, son sentiment de culpabilité, son trouble face aux désirs d'autrui et à l'éternité... un bref instant. *Qu'est pour moi cette ville ?* Devait-elle retourner à son vaisseau et lancer dessus des éclairs ? *J'ai détruit Shudm.* Elle avait donné aux goules la possibilité de s'entre-dévorer. Elle était la fille du Mal.

Un objet noir se détachait lentement de la maçonnerie rocheuse de Tirzom Djum. Il flotta dans sa direction.

Ajriaz, interrompue dans son sentiment de culpabilité, en prit conscience et crut qu'il s'agissait d'un objet normal. C'était une bête qui ressemblait à une vessie noire, avec des globes oculaires bleus, comme une moquerie de son propre vêtement et de ses yeux. Un poulpe entouré des serpents de ses tentacules.

— Je ne suis pas pour toi, lui dit-elle, bien qu'il ne pût l'entendre et ne voulût l'écouter.

Il continua d'approcher et Ajriaz tendit la main. Un éclat déchira l'eau et heurta sèchement le poulpe, qui fut secoué par une succession de tressauts. Dans sa fureur, il lâcha une vague d'encre dans la mer.

Elle avait voulu le tuer et n'y était pas parvenue. Il ne la considérait pas comme très dangereuse, seulement irritante, et il reparut dans l'encre. Ajriaz fit alors appel à la magie qui devait la transporter de ce lieu dans la sécurité de son vaisseau. Sur terre, ce n'était guère plus qu'un clignement d'yeux.

Mais elle se trouvait dans la mer.

Il y eut un choc qui la secoua et la projeta dans le sable. Il n'avait pas eu davantage à faire.

Ajriaz s'agenouilla parmi les coquillages et sentit la mer sur son corps, elle la goûta dans sa bouche. Le sort qu'elle avait jeté avait brisé la bulle.

Je suis invulnérable. Je suis Vazdru. L'océan ne peut m'assassiner. Pourtant, l'eau salée lui emplissait les narines, la gorge, les poumons et c'était là une souffrance qu'elle ne pouvait supporter. *Suis-je donc inférieure à Jirek ?* se demanda-t-elle, terrifiée et outragée.

Elle maudit son père et sa mère, le soleil et les ténèbres, car qu'était ceci ?

Sa vue se voila. Le poulpe l'emporta dans la multitude de ses bras.

7

La pénombre amphibienne de Tirzom Djum passait par des écrans perforés et des aubages translucides. Le soleil se couchait sur le monde d'en haut. On allumait des lampes dans les étages supérieurs de la ville, rituel nocturne. Le feu était ici une spécialité. Des esclaves se glissaient gracieusement dans les salles des palais, levant leurs cierges vers des orbes vitreuses et des bougeoirs vert-de-grisés.

Eclairée par la lumière marine des lampes crépusculaires, la cour du roi contemplait l'animal qui avait été capturé.

Comme leurs villes, les Tirzomites étaient noirs et verts. Leur peau ressemblait à celle des panthères. La chevelure qui magnifiait leur tête avait la couleur des pommes, ainsi que le blanc-pas-vraiment-blanc de leurs yeux. Lorsqu'ils parlaient ou riaient (comme il n'était guère confortable de le faire sous l'eau, cela était donc devenu la mode en ces lieux), l'intérieur de leur bouche et leur langue étaient du vert le plus foncé, leurs dents ressemblant à des perles d'un vert très pur. D'autres parties plus intimes de leurs personnes se fussent avérées également vertes s'ils les avaient montrées. Si l'on coupait ces personnes, elles perdaient alors un sang dont les gouttes étaient de tourmaline. Les Tirzomites étaient sagaces, éduqués, astucieux et arrogants (et cruels, comme tous les peuples de la mer), ce qui, malgré la mode, n'avait rien de risible.

Le roi était assis sur son trône d'orichalque, deux chats

à ses pieds. Ils étaient d'une espèce spéciale : c'étaient des cheetahs qui n'avaient jamais arpenté la surface de la terre, mais plutôt couru sur le fond des eaux. Ils avaient des nageoires de carpes dorées et des écailles tachetées à la place de la fourrure. Ils venaient de chasser le requin ; ils regardaient avidement la créature entravée sur le tapis sous les pieds de leur maître.

— Elle n'est pas vilainement faite, commenta l'un des courtisans dans le langage de Tirzom. Mais elle manque de beauté.

— En vérité, elle est tout à fait immonde, acquiesça un autre. Pourtant, elle a une certaine valeur en tant que curiosité.

— Elle respire la mer bien qu'elle n'ait pas de branchies, et elle n'en souffre pas.

— C'est une femelle. Il se peut qu'elle appartienne à quelque autre royaume. Avec qui sommes-nous en guerre pour qu'ils nous envoient des espions ?

— Avec trois ou quatre Etats, comme d'habitude. Bien que leurs gens aient une peau blanche tout aussi hideuse, ils possèdent les autres caractéristiques propres aux races de l'océan. Cette créature n'en a aucune, bien qu'elle respire l'eau. Par ailleurs, il y a ce navire. Nous n'en comprenons pas les mécanismes magiques et, s'il a pu être encerclé par nos soldats, il reste immobile dans les bois : nous sommes incapables d'y pénétrer, tant sont robustes ses protections. Nous avons été avertis par Vesh Tirzom que leurs catapultes n'ont pu l'endommager et que le vaisseau a contre-attaqué en lançant un missile explosif sur leur ville. Et de Tirzom Bey est arrivé le message de ceux qui ont examiné le navire alors que lui ou ses occupants dormaient. Ce message parle d'ouvrages que les forges des mortels ne savent produire.

— Il suffit, les interrompit sèchement le roi, et les cheetahs sirénéens grognèrent. Nous allons interroger la captive. Elle dort trop longtemps. Réveillez-la.

— Je suis éveillée, fit une voix sur le tapis, également dans la langue de Tirzom.

Elle resta allongée comme si elle avait tout le temps devant elle, ne daignant pas se lever et encore moins saluer. Elle considérait le roi comme s'il s'agissait d'un quelconque suppliant à qui elle permettait de s'asseoir. Elle ne s'inquiétait nullement du reste.

Il était vrai qu'elle était déesse, s'était accoutumée aux hommages et ne pas en recevoir l'irritait. De plus, elle avait toujours eu conscience de sa beauté tout en y restant indifférente. Ici, sa peau blanche était estimée comme étant le summum de la laideur, l'emportant sur toute autre considération ou trait.

— Comment se fait-il, dit le roi de Tirzom Djum, que tu puisses parler notre langue, toi qui es un animal étranger déficient ?

— Comment se fait-il, dit Ajriaz, que tu l'ignores, toi qui es si érudit et savant ?

Un autre fait à signaler : sa formation Vazdru de ces dernières années lui avait appris toutes les langues de la terre (sept fondamentales, chacune se subdivisant en dix sous-langages) et les sept modes d'expression impeccables de Terre Inférieure. L'apprentissage de ceux-ci avait été une chose relativement simple, comprenant des touches de néphrite et de nacre... Le temps pesant sur sa divinité, Ajriaz avait toutefois appelé les Drindra et, de temps à autre, ceux-ci lui avaient ouvert les mers et lui en avaient apporté les reliques, y compris certaines tablettes de pierre ou des livres des peuples aquatiques. La magie qui palpitait dans son sang ne l'avait pas abandonnée ; ceci eût été absurde. Ses pouvoirs n'étaient que gravement limités par l'environnement. Ils lui permettaient maintenant, à partir de ce qu'elle avait étudié de linguistique, de reconstituer le vernaculaire de Tirzom. En fait, bien qu'il existât une foule de langues en dessous des vagues, elles aussi étaient issues des mêmes racines et n'étaient point aussi insondables que le pensaient les seigneurs de la mer.

Ce seigneur de la mer sembla quelque peu saisir ce détail.

— Alors, selon les termes de la terre, tu es une grande sorcière, dit-il.

— Selon les termes de la terre, je suis une déesse inégalable.

Sur ce, toute la cour du roi éclata d'un rire exagéré. Le roi arbora un visage impassible.

— Nous évitons les dieux, ici, bien que nous les respections. Tu n'as ni les manières ni l'aspect d'un dieu.

Ajriaz affronta sans fléchir le regard félin du roi, mais elle sut, avec un amusement boudeur, que son argument était irréfutable. Ici, la Déesse de Nennafir ne représentait pas grand-chose.

— Par respect pour votre ignorance, dit-elle, je vous dispenserai de me donner mes titres sacrés. Je vais seulement vous informer de ma royauté. Je suis Ajriaz, fille du Prince des Démons.

Le roi sursauta. La cour chuchota. Pour leur part, les cheetahs marins s'aplatirent comme s'ils ne savaient s'ils devaient montrer leurs crocs ou ronronner.

Le roi de Tirzom Djum ne tarda pas à répondre :

— Nous connaissons Ajrarn et entre notre race et la sienne existe une trêve, car il est puissant à sa manière, mais nous aussi, ainsi qu'il peut le confirmer sans peine.

— Vous n'êtes que de simples magiciens qui furent jadis des humains. C'est la mer elle-même, cet élément que vous avez épousé, qui amplifie ainsi vos pouvoirs. Si vous faisiez naufrage sur la terre ferme, vous chanteriez une autre chanson.

Sur ce, les courtisans portèrent la main à leurs dagues et nombre d'entre eux parlèrent à voix haute de tuer sur-le-champ cette *chose* étrangère. Et si elle ne pouvait être tuée, de la torturer d'autres manières.

Ajriaz éclata alors de rire, non par bonne humeur, mais parce que cela se faisait en ce lieu.

— Je suis invulnérable. Je peux respirer la mer, bien que ce soit pour moi un anathème. Que pensez-vous pouvoir me faire ?

Elle se leva et se revêtit de sa magie avec tous les atours de sa divinité terrestre. Cette vulgarité les impressionna, ainsi qu'elle avait deviné que cela le ferait.

— Songez aussi, dit Ajriaz, que si vous tentez de me faire du mal, mon père risque d'oublier la trêve. Vous qui vous prétendez d'aussi braves guerriers, avez-vous jamais guerroyé contre les Vazdru ? Insultez-moi et cette joie sera vôtre.

Un homme s'approcha alors du roi et lui chuchota à l'oreille. Il portait une longue robe noire et sur sa poitrine était pendu un pectoral d'os verts.

Ajriaz écouta. Elle attendit que l'homme se fût retiré, puis elle dit au roi :

— Ce savant te dit que si je suis née d'Ajrarn je dois le prouver.

— Cette requête n'a rien d'injuste.

— Mon père, dit Ajriaz, a ses propres affaires dont il doit s'occuper. Je puis l'appeler et il se peut qu'il ne m'entende point pendant un certain temps. Soyez néanmoins assurés que si vous m'avez importunée il n'en éprouvera aucun plaisir.

— Tu as prononcé ta menace, dit le roi, et ta vantardise. Nous sommes prêts à manifester toute la politesse que tu mérites pourvu que tu démontres ta valeur. N'importe quelle sorcière habile ayant acquis la capacité de respirer l'eau pourrait venir ici raconter la même chose que toi. Si nous étions aimables avec toi par déférence pour Ajrarn et qu'il s'avère que cette parenté n'est que mensonge... le Prince des Démons pourrait alors également s'en irriter.

— L'appeler requiert un sortilège, dit Ajriaz.

— Je vais mettre à ta disposition ma propre salle de magie et seuls moi et mes savants serons là.

— Je vais donc m'exécuter, dit Ajriaz, dont le cœur battait pesamment et froidement.

Ils montèrent à pied (la marche faisait fureur puisqu'elle était impossible dans l'élément liquide) entre les toits soutenus par les piliers élevés du palais. C'était la nuit sur la terre et la nuit dans la ville en dôme. Des étoiles avaient été également allumées en haut du dôme par des esclaves qui devaient pour cela escalader un bizarre échafaudage à chaque coucher du soleil et trouvaient souvent la mort en tombant dans les rues. Le roi se promenait parmi les torches brûlantes et, de temps à autre, marquait un temps d'arrêt à côté d'un buisson en fleurs... car la ville haute était couverte d'un manteau de plantes qui agrémentaient et amélioraient l'air.

— Goûte à cette fleur, dit-il à Ajriaz, si courtois que cela paraissait suspect, car il semblait que, s'il jugeait utile de lui décerner de tels honneurs, c'était parce qu'il savait qu'il pourrait bientôt s'en passer.

Et Ajriaz de lui répondre :

— Assez jolie, ô roi. Mais les fleurs noires me rappellent la pathétique mort des humains.

— Oh, La Mort, dit le roi de Tirzom Djum. Nous pensons qu'il s'agit d'un de nos parents, issu de notre race mais avili. Sa chevelure et ses yeux verts ont blanchi d'écœurement devant son exil sur la terre sèche.

— J'en déduis que vous n'avez jamais rencontré le Seigneur Uhlumé, dit Ajriaz, qui ne l'avait jamais véritablement rencontré, elle non plus. Car vous n'êtes que noirs comme les hommes noirs de la terre.

— Leur négriture est rousse, dit le roi d'un ton méprisant. Ou brune, ou pourpre comme les prunes.

— Et vous n'êtes que noirs comme le jais. Mais le Seigneur Uhlumé, mon non-oncle, est noir comme le *noir* est noir, sans plus.

La salle de magie du roi se trouvait à une grande distance dans le dôme. C'était une sphère d'obsidienne, sans fenêtre, tenue par trois tours dans des griffes de cuivre saumâtre.

Le roi et sept de ses savants choisis y pénétrèrent avec Ajriaz, et la porte se referma sur eux.

— Tout est à ta disposition, dit le roi. Tu peux commencer.

— Reculez un peu, dit-elle. Il peut se produire des événements qui vous éblouiront ou vous brûleront.

— Je t'en prie, ne crains rien pour nous.

Mais ils reculèrent quand même et ne furent plus que huit silhouettes contre le mur incurvé. Ajriaz se plaça au centre de la large salle et resta seule.

Les mortels faisaient appel à Ajrarn à l'aide de flûtes démoniaques, qui avaient été soit données, soit volées, soit découvertes par hasard. Et il n'était pas fréquent qu'il réponde. Seul le mythe racontait qu'il le faisait. Pour ceux qu'il aimait, ce genre d'artefacts était rarement nécessaire. En ce qui concernait Dunizel, dans les derniers mois de leur liaison, une simple pensée l'amenait à son côté. Il avait dû attendre cette pensée, mais, pour l'amour de son enfant (car à sa manière, elle résistait inflexiblement à l'usage qu'il proposait de faire de celle-ci), elle s'en était abstenue. Maintenant qu'elle était morte et qu'Ajriaz avait été utilisée ainsi qu'il l'avait promis...

Que fallait-il donc à Ajriaz, enfant dépourvue d'amour, pour appeler son père ?

Rien.

Elle resta cependant bien droite au milieu de la salle du roi et fit un grand cérémonial. Pour attirer l'attention d'Ajrarn, pour le flatter, peut-être. Ou seulement pour retarder l'inévitable.

Elle savait que ses apparitions ne pouvaient l'atteindre sous les eaux. Aussi inventa-t-elle des apparitions, qui envahirent les lieux, languissantes et miaulantes, et certaines, psychiquement effrayées d'être créées en cet endroit, lâchèrent de l'eau sur le sol. Par la suite, bien des feux d'artifice magiques furent déclenchés. Dans le sillage de ce méli-mélo coloré, Ajriaz appela les Drindra, qu'elle savait devoir venir, car nombre d'entre eux s'étaient liés à elle comme esclaves, exploit que les Vazdru ne pouvaient accomplir.

Les Drindra arrivèrent. Et quel spectacle ne formaient-ils pas [1] !

Il y avait surtout une grande créature dotée de gros sabots, au corps de lion, aux pieds de cheval, à la tête de hibou et à la queue de poney... queue tressée de rubans. En apparaissant, elle émit des sons harmonieux, puis des termes de l'argot baragouiné par sa fraternité. Il y en avait aussi qui arboraient la forme d'ours croisés avec des chauves-souris ou des dragons, de bœufs avec des chiens, de crapauds avec des chèvres et des gazelles, et de perroquets aux longues pattes arrière poilues.

Ajriaz, en voyant le roi des mers se recroqueviller d'écœurement (moqueur), s'adressa à deux reprises aux Drindra, une fois dans leur patois, une fois dans la langue de Tirzom.

1. Si le nom *Drin* peut être traduit en gros par « ceux qui n'ont pas de femmes » (les Drin n'étant que du sexe masculin), le sous-nom *Drindra* semblerait signifier « ceux qui n'ont pas de femmes... ni d'intelligence ». Affirmation qui, si elle n'est pas strictement exacte, fournit tout de même une idée de l'apparence et de la personnalité des Drindra.

— Vaillants serviteurs, vous avez bravé les mers pour moi. Dites qui je suis.

Le ridicule lion-hibou parla pour le reste, qui ponctua son discours de grognements, de rots et de couacs empathiques.

— Tu es son enfant.

Ajriaz jeta un coup d'œil au roi, mais celui-ci, se ratatinant et se tenant le nez avec mépris, ne manifesta ni compréhension de l'argot, ni foi en son importance.

Ajriaz dit aux Drindra :

— Vous me reconnaissez donc. Emportez-moi d'ici.

Devinant alors quelque stratagème, le roi et ses savants se méfièrent et se mirent aussi à produire des sorts chamarrés dans les airs.

Les Drindra bouillonnèrent et bafouillèrent. Le hibou-lion dit dans un souffle :

— Ô Maîtresse, ô Très-Belle, cela ne se peut. Ceci est l'océan, qui a d'autres lois. Malgré tout notre pouvoir et le tien, ni toi ni nous ne pouvons nous opposer à *leurs* plans.

— Idiots, fit Ajriaz avec un regard fouaillant qui fit se rouler les Drindra en une débauche de souffrances sur l'urine psychique répandue au sol. Partez donc et répétez à mon père ce que vous venez de me dire. Dites à Ajrarn le Magnifique que sa fille se trouve ici, en péril, et qu'elle lui demande de venir l'en sauver.

A ces mots, les Drindra furent au paroxysme de la folie. Ils se tortillèrent, hurlèrent, délirèrent, huèrent, et braillèrent au point que la sphère magique en trembla.

— Hélas, trois fois hélas, dit le lion-hibou en s'empourprant d'inquiétude.

— *Hélas ?* Obéissez, dit Ajriaz.

— Non, cela ne se peut, dit le Drindra. Hélas, trois fois hélas.

Alors dans une tempête de fourrure, de poils et de vacarme, ils disparurent et l'abandonnèrent.

Ajriaz attendit un moment dans la salle silencieuse et le roi vert foncé de Tirzom Djum, victorieux, lui en laissa le loisir.

Aucun autre démon ne se manifesta. Les Drindra ne revinrent pas. Leur *Hélas* et leur *Non* avaient eu une signification compréhensible pour tous.

Finalement :

— Il semble qu'il ne daigne point venir te voir, dit le roi. A moins, comme tu l'as dit, qu'il ne soit... occupé par d'autres affaires.

Ajriaz braqua le doigt sur le sol de la salle. Un éclair jaillit de sa main et heurta les dalles qu'il fendit. Elle était encore capable de cela. Mais, au bout d'un instant, l'un des mages émit un marmonnement qui fit disparaître la fente, qui n'avait peut-être jamais existé. Eux étaient capables de cela.

Ajriaz se retourna. Elle s'approcha du roi et le regarda droit dans les yeux.

— Voici ta captive, dit la Déesse Ajriaz.

Quelques jours et nuits s'écoulèrent avant qu'ils décident de son sort. Au début, ils la gardèrent à la cour en tant qu'intéressant sujet anormal. Ils se moquaient d'elle, mais elle ne répondait pas ou ne semblait pas les entendre. Ou bien, elle leur répondait parfois avec plus d'habileté qu'ils ne l'auraient voulu. Ils pensèrent pouvoir l'entraver avec des cordes enchantées. Elle les rompit. Ils refixèrent les liens. Elle les rompit de nouveau. Cela devint lassant. Elle semblait distante, comme si elle vivait derrière un panneau de verre solide comme l'acier. Ils ignoraient si elle était effrayée, en colère ou désespérée. Ils ignoraient si elle les craignait ou les admirait ainsi qu'il convenait. Peut-être n'était-ce pas le cas. Sa vulnérabilité équivoque les irritait, ainsi que ses pouvoirs inutiles et sa hideuse beauté. Elle cessa rapidement de plaire. Puisque l'on ne pouvait absolument pas laisser en liberté une telle captive, que fallait-il faire de cette misérable créature ?

Le savant qui portait des os et des vêtements noirs marmotta encore dans l'oreille de son roi. Ajrarn ne s'était pas manifesté, pourtant il était évident qu'elle était surnaturelle. Mieux valait faire preuve d'un peu de prudence. L'abaisser tout en conservant une marge de manœuvre. Ne rien faire d'irréversible.

A la fin, Ajriaz, Fille du Démon, Déesse-sur-Terre, fut jetée hors du palais de Tirzom Djum et abandonnée dans les rues centrales de la ville, mendiante étrangère et miséreuse.

Les rues centrales étaient situées entre l'air du dôme et l'eau des rues inférieures. N'étant donc ni complètement aquatiques ni aristocratiquement gazeuses, on les considérait comme un ensemble de taudis. C'était aussi en ce lieu que l'on trouvait les canalisations semi-magiques grâce auxquelles l'air du dessus était purifié et revitalisé, ainsi que les grosses cellules qu'il était nécessaire d'emprunter pour passer de l'habitat humide à l'habitat sec, et inversement. C'était parmi les rues centrales, autour de ces soupapes, tuyaux et canaux accidentels ainsi formés que vivaient les parias de la ville.

Comme les races marines descendaient toutes de magiciens, même les plus bas d'entre eux possédaient quelque aptitude ou compétence magique. (C'était pour cela que les esclaves du régime sous-marin étaient pour la plupart des hybrides inférieurs d'hommes et de poissons, ou des humains arrachés à la terre ferme et adaptés à la vie aquatique. Car les aristomages préféraient les services de créatures qui ne pouvaient jeter de sorts et, encore mieux, ne possédaient pas d'intelligence véritable.)

La lie des niveaux aériens inférieurs de Tirzom Djum était exotique. C'étaient des bâtards gonflés d'orgueil issus des princes et des nobles rêvant de vengeances, bannis des hauteurs pour quelque crime ou par les complots de quelque ennemi. Il y avait aussi des métis tirzomites, schizophrènes engendrés par erreur avec d'autres peuples, certains étant même d'une peau pâle qui faisait d'eux la cible de l'aversion et des injures.

Ajriaz n'allait que trop bien avec ce nid immonde et ne fit guère de vagues en y pénétrant.

Une rue en pente se trouvait sous les murs de derrière abrupts, noirs et sans fenêtre de trois palais dont les terrasses s'épanouissaient en ouvertures et une existence convenable quelque quatre cents pieds plus haut, sinon davantage. Plus haut encore, des ponts franchissaient la rue, où, jour et nuit, grouillaient des esclaves occupés à leurs pesantes besognes. Il arrivait aussi qu'ils tombent dans la rue, surgissant du faux ciel nocturne éclairé par des étoiles. Les habitants de la rue n'avaient aucune peine à éviter d'être aplatis par ces chutes. L'on entendait le hurlement longtemps à l'avance, ainsi que le son gênant d'un objet charnu qui traversait l'atmosphère. Les personnes dans la rue s'abritaient donc, bien qu'il arrivât que leurs affaires fussent écrasées. La chute d'un esclave n'était jamais interrompue par l'armature des ponts, qui repoussait magiquement tous ces corps. Les princes ne désiraient pas que leurs boulevards inférieurs soient souillés par des cadavres. Une fois le corps arrivé dans la rue, il se produisait une bousculade universelle pour dérober au cadavre tout ce qu'il possédait de valeur. De la sorte, la rue où les allumeurs d'étoiles s'écrasaient aussi régulièrement était considérée comme une sorte d'aubaine.

La lie de Tirzom était faite d'esthètes. Un homme pouvait troquer un plat de nourriture contre une jolie sculpture et voir l'autre changer d'avis en serrant l'objet contre soi, disant :

— Non, non, plutôt la faim du ventre qu'une âme mourant de soif. Récupère tes rinçures et rends-moi mon joyau.

Avant le détroussement d'un esclave mort, les voleurs pouvaient marquer une courte pause pour contempler l'angle formé par les membres, s'il était mort proprement. Les faits ne tardaient pas à être rapportés à ceux qui avaient pour tâche de récupérer ces corps et d'en disposer. La plupart servaient de nourriture aux poulpes gardiens de la ville, afin qu'ils continuent d'apprécier le goût de la chair humaine. L'on peut présumer que ceux qui avaient expiré esthétiquement connaissaient la même fin.

Ajriaz se construisit une maison au bas de la rue. Elle n'était point faite de débris, de coquillages ou de peaux de requins, comme les autres habitations. Elle était en briques et très sophistiquée. Ce qui était solide, elle l'avait formé en rassemblant ses pouvoirs puis en l'habillant par ces mêmes pouvoirs pour que cela parût plus grandiose encore. La maison avait un épiderme blanc et des vitraux bleus et rouge foncé... le summum du mauvais goût dans la cité vert foncé.

— Qui est cette sous-humaine si hautaine ?

— C'est une espionne otage en provenance de quelque

nation inférieure. Elle est arrivée ici dans un vaisseau métallique maintenu captif selon la volonté de nos magnifiques seigneurs maudits, qu'ils soient damnés et bénis avant tous les autres.

— J'ai entendu dire qu'ils n'ont pu la dominer.

— Et elle n'a pu les dominer. La voici. Elle ne peut s'échapper. Elle est prise au piège à tout jamais.

— Elle n'a pas de branchies et se noierait dans l'eau.

— Non. Il y a un réservoir dans sa maison, aussi grand qu'une pièce et plein de mer, et elle y nage ou y danse, submergée, et les poissons acceptent d'elle des bouts de nourriture. L'on a vu cela par ses fenêtres.

— Elle a dit qu'elle est Vazdru. Je pense qu'elle ment, car je ne suis pas convaincu qu'il existe des démons.

— Moi, j'ai prononcé un sort en vidant ma vessie contre le mur de sa maison. Les briques sont noires, en réalité.

— De plus, l'urine se transforme en lis là où elle les touche.

La lie se mit à rendre visite à Ajriaz dans sa maison de reine.

Elle recevait donc des sages bannis et des seigneurs relégués... qui portaient des haillons et se comportaient grossièrement par humiliation. Elle accueillait aussi des voleurs qui avaient pour proies la ville supérieure ou la ville inférieure humide... qui se vêtaient comme des princes et manifestaient une telle grâce mondaine qu'il était impossible de converser avec eux. Il venait aussi des exilés, dans la maison à la peau blanche (sur laquelle fleurissaient chaque jour davantage de lis blancs, car l'insolence provoque l'insolence et l'on consommait beaucoup de liquides alentour). Tous les exilés étaient pâles de peau, certains avaient les cheveux verts, ou bleus, et certains des yeux de poissons, ou des écailles, et l'une avait même une queue de poisson sous sa longue robe, bien qu'elle se prétendît infirme et eût des porteurs dépourvus de langue.

Ajriaz recevait le moindre d'entre eux avec une magnificence illusoire insultante, comme s'ils étaient des enfants demeurés. Des friandises de la terre sèche étaient servies par des domestiques invisibles. Des musiques jouaient et l'air dégouttait de senteurs de la terre, de santal, de benjoin et de nard.

Un midi vert doré, une erreur de seigneur, aristocratiquement noir mais aux cheveux brun grisâtre, vint bavarder avec Ajriaz.

— Je pourrais élever ton statut, dit Ajriaz à la cinquième coupe de vin illusoire mais enivrant. Placée comme je le suis, je ne le puis. Mais lorsque j'aurai quitté ces lieux... Connais-tu un moyen pour que je puisse prendre de brèves vacances hors de Tirzom Djum ?

— Tu dis que tu es la fille d'un démon, dit l'erreur. Désespérément coincée ici, as-tu la nostalgie de la vile Terre Inférieure ?

— Non, répondit Ajriaz en annulant le vin. Les coutumes encore plus viles de ce lieu m'intriguent davantage.

Plus tard, lorsque commença l'après-midi plus verdoyant, il entra un voleur à la peau et aux yeux pâles. Il avait le visage maquillé en noir et les branchies en or.

— J'ai songé à la question que tu m'avais posée concernant des vacances. Cela est superflu, puisque j'ai décidé de te prendre sous ma protection et le moindre de tes jours sera un congé de joie. Tu seras ma maîtresse. Puisque nous sommes tous deux affligés par la pâleur, ton apparence ne me fait pas trop souffrir.

— Quelle générosité, dit Ajriaz. Je t'en prie, va te montrer généreux ailleurs qu'ici.

Dans le crépuscule vert de Tirzom, un jeune homme noir aux cheveux de crépuscule vert s'approcha du portail.

Tout en haut, on allumait les étoiles et il ne tarda point à jaillir le cri et le bruit d'un esclave qui tombait vers la mort.

Le visiteur princier regarda autour de lui. Plusieurs des habitants de la rue se hâtaient de mettre leurs biens à l'abri.

Le bruit de la chute se faisait de plus en plus fort et les cris de la victime de plus en plus faibles, car l'horreur l'avait presque rendue inconsciente.

Le seigneur noir s'écarta du portail d'Ajriaz et se plaça au centre de la rue. Les miséreux, qui fixaient déjà avec convoitise sa détestable perfection, se donnèrent des coups de coude.

— *C'est Tavir*, disaient-ils.

L'ombre du chuteur emplit la rue.

Le seigneur leva les bras, prononça un mot magique et rattrapa l'esclave. Cet exploit n'était possible que pour un magicien. Pour un magicien, ce n'était pas grand-chose. Il ne tituba même pas, ne bougea même pas les pieds. Il déposa l'esclave au sol, indemne, les yeux écarquillés. La lie se sentit poussée à applaudir à contrecœur. Le seigneur ne tint point compte de ce détail ni de l'esclave et se contenta d'un bref hochement de tête. La jolie tête verte se tourna de nouveau vers le portail d'Ajriaz qu'il eut rejoint en un instant avant de pénétrer dans la cour de la demeure. Ajriaz était sortie sur un balcon et le regardait.

Il la salua avec autant de grâce qu'un voleur.

— Madame, dit-il, puis-je entrer ?

Ajriaz resta coite, mais la porte s'ouvrit largement.

8

Histoire du Rêve de Tavir

— Je suis Tavir, l'un des princes de Tirzom Djum. Du fait que notre caste supérieure est uniforme par sa couleur et symétrique par sa physionomie, nous sommes souvent impossibles à distinguer pour les étrangers. Tu ne te souviens pas de moi.

— Il est vrai que je ne me souviens pas de toi. Mais cet oubli n'est dû qu'à mon manque d'intérêt pour les coutumes de votre race. Toutefois, il ne fait aucun doute que tu es un intime de votre roi. Nous ne discuterons point de mon idée de vacances en dehors de son domaine.

Le prince Tavir eut un sourire. Dans ses boucles vertes étaient tressées des agates des plus noires ; à ses doigts noirs et aux lobes de ses oreilles noires joliment ourlées brûlaient des agates des plus vertes. Sa chemise était vermillon, ce qui n'était pas du tout en vogue.

— J'ai entendu dire que les distractions sont somptueuses, dans cette maison.

Ajriaz claqua des mains. Des instruments à cordes retentirent, de l'encens s'éleva de lampes qui apparurent soudain et des carafons de vin se mirent à voler dans les airs.

Ajriaz tapa encore dans ses mains. Tout s'évapora.

— Tu serais encore mieux distrait par ton roi. Pourquoi es-tu ici ?

— Si tu le permets, je vais d'abord te narrer un rêve que je fais continuellement depuis mon enfance.

— Parle, dit Ajriaz, car mon indulgence est immatérielle.

Mais Tavir se contenta de la regarder fixement et parla sérieusement, comme à une personne qui était son égale. Ajriaz ne continua pas de discuter.

Il lui raconta donc son rêve, qui était le suivant :

Créature capable de respirer à la fois l'eau et l'air, il s'était noyé. Ses poumons étaient gonflés de liquide salin et ne fonctionnaient plus ; son crâne paraissait aussi inondé, mais pas son cerveau. Son esprit marchait de manière floue. Il avait alors l'impression d'être une statue fossilisée en calcaire, existant depuis la profondeur des siècles, mais qui n'était pas seule. Ils constituaient comme une foule de fantômes pétrifiés, les pieds plantés dans une ancienne mosaïque et, vaguement, sur les berges de la vue (car les yeux de ces statues ne bougeaient pas), se trouvait le spectacle d'un palais en ruine. L'océan allait et venait alentour, avec ses poissons et de longs serpents de mer froids. Parfois, un acarien aquatique errant venait faire halte parmi les statues et se nichait dans une fente commode... entre les seins d'une femme, un pli de robe en pierre, entre des cheveux, ou dans la paume d'une main éternellement ouverte. Mais ces nomades glissants ne demeuraient point. Ce n'était vraiment pas une vie pour un esprit aventureux, concluait la statue Tavir.

Enfin, l'impression qu'il devait quitter sa geôle devenait tellement insistante qu'il faisait mine de s'enfuir. A cet instant, il s'enfuyait effectivement et se retrouvait totalement libre. Cela le surprenait, au premier abord. Puis il se rendait compte que c'était une partie mentale ou astrale de lui-même qui avait échappé à sa laisse. Le corps de pierre ne bougeait pas, le visage impassible, se refusant à le regarder. Il était heureux d'en être débarrassé. Qu'il était agréable de bouger après ces interminables années, et il fendait les eaux, perdant toute conscience des lieux ou du temps, voire de soi-même, vif comme un poisson.

Il ne savait trop combien de temps durait cette partie de plaisir. Mais, au bout d'un certain temps, il commençait à reprendre en compte objets et raison et à regretter l'expression et les limites d'un récipient de chair.

Comment en trouver un ? Il pouvait envahir le corps de quelqu'un d'autre, mais qui savait quelle bataille risquait de s'ensuivre ? Trouver un cadavre et l'occuper n'avait rien de bien réjouissant. Une autre méthode lui venait à l'esprit.

Il ne tardait pas à arriver dans une ville, et cette ville était Tirzom Djum sur sa falaise, sous son dôme... bien qu'en cet instant il ignorât son nom, qui lui était bien égal.

Invisible et impondérable, il écumait les lieux et, lorsqu'il le désirait, se glissait à travers le dôme lui-même et volait parmi les rues supérieures.

Tavir, qui n'était pas Tavir dans ce rêve, avait alors l'impression d'avoir été auparavant un prince, beau et formé à la sorcellerie. Il en concluait donc qu'il devait redevenir un prince, beau et sorcier, car les anciennes habitudes ont la vie dure. En guise d'excuse, il se faisait remarquer qu'il pouvait être semblable et différent à la fois... car, n'hésitons pas à le chuchoter tout bas, n'avait-il pas plutôt gaspillé ses talents ?

Tavir-avant-Tavir contemplait bientôt une jeune fille admirable portée sur une litière. Elle lui paraissait noire comme la nuit, avec une chevelure réséda. Un tel moule ne pouvait produire que des fils très beaux...

Il suivait la fille. Il se risquait même, courant aérien intellectuel qu'il était, à s'asseoir sur ses genoux en lui murmurant de temps en temps *Oh, maman chérie !* La litière ne tardait pas à arriver à un manoir où elle pénétrait. Et voilà que celui qui l'accueillait dans une chambre était un vieux bonhomme tout courbé, aussi princièrement noir et vert qu'elle, mais à qui manquaient la plupart des dents, celles qui restaient aussi noires que sa peau, et dont les cheveux étaient rayés de blanc. Pis encore, il considérait la jeune femme et lui disait :

— Bonjour, Femme. Je lisais dans ma bibliothèque... ce qui est, comme tu le sais, mon seul plaisir... et le sage dit ceci : « *Quel privilège pour la femme que le mari n'a point déflorée.* » N'es-tu donc point flattée que je n'aie posé le doigt sur toi et que tu doives rester vierge pour la vie ?

— Qu'il soit fait selon ta volonté, disait la fille nonchalamment.

Mais Tavir (ainsi qu'il sera nommé désormais, car ainsi

en avait-il décidé), Tavir s'envolait dans l'air comme un bouchon qui jaillit d'une bouteille que l'on a secouée et heurtait le plafond de la chambre en s'exclamant :

— Jamais de la vie !

Le pédant âgé serrait ses vilaines dents et regardait le plafond en plissant les yeux. C'était un sorcier, naturellement, et il avait détecté quelque chose d'inhabituel.

— Se peut-il que soit entré un poisson qui respire l'air ? demandait-il.

— Vieil idiot ! lançait Tavir. Je vais te montrer de quel poisson il s'agit !

Il descendait alors et assenait au vieillard un coup résonnant. Bien que non physique, ce coup avait derrière lui la force de la passion, de telle sorte que le pédant bondissait en se tenant le nez. Il agitait une crosse sculptée en lave sous-marine aussi froide que lui et s'écriait :

— Un spectre ! Un esprit malin lâché par l'invocation imprudente d'autrui. Ne t'ai-je pas avertie, Femme, que tu dois réprimer ta magie ? C'est moi le mari et c'est moi qui fais la magie. Retourne à tes appartements dans la disgrâce et étudie les livres que je t'ai envoyés pour te parfaire !

Sur ce, l'adorable jeune fille se recroquevillait en tremblant et se glissait hors de la chambre. Tavir la suivait aussitôt, marquant toutefois un temps d'arrêt pour infliger au vieux pédant un nouveau coup brutal. L'abandonnant à ses hurlements, Tavir montait avec la princesse dans la maison et jusqu'à un chaste petit appartement d'une grande richesse.

— Chut, Mère Chérie, consolait-il la femme pucelle en voletant affectueusement autour d'elle. Il est d'autres hommes en ville.

Il demeurait inquiet de son abattement ; mais la princesse noire finissait par fermer ses portes à clé et par magie et se mettait en devoir de tracer un sort sur le plancher. Lorsque apparaissait le génie ainsi invoqué, elle tapait du pied et le raillait avec humeur.

— Ne m'avais-tu pas promis un beau mari et un beau fils ? hurlait-elle. Où sont-ils, dis-moi, et combien de temps devrai-je encore endurer cette *attente* ?

Le génie paraissait découragé, mais Tavir, toujours

plein de ressources, se précipitait dans sa bouche ouverte et, grâce à une habile manipulation de sa grosse langue sur le palais et les crocs, suivant le rythme convenant à ses propres tentatives d'expression, il lui faisait annoncer :

— Cela sera fait. Dès demain au coucher du soleil, le Destin frappera à ta porte.

Laissant alors le génie comme la princesse à leur stupéfaction, Tavir sortait alors en franchissant une succession de fenêtres fermées pour écumer la ville à la recherche d'un géniteur approprié.

Cet exploit n'avait rien d'épuisant pour Tavir. Il se contentait de choisir parmi les plus grands des plus élevés des princes de Tirzom Djum le spécimen le plus fortuné, le plus beau et le plus parfait, heureusement célibataire. Ce prince était disposé à se promener dans ses jardins et Tavir l'accompagnait.

— Tu te crois heureux, disait Tavir, invisible, inaudible et odieux. Mais tu ne l'es pas. Tu es seul. Se peut-il que tes savants et tes amis t'ennuient désormais ? Que tes concubines n'éveillent plus ton cœur ? Mais tu es sage. Voici ce qui est le plus sûr : sors en ville et tu trouveras ce que ton cœur cherche depuis toujours.

Or, bien que mage, le père de Tavir (inutile de nier qu'il le deviendrait) était jeune et ne mesurait pas le moindre de ses actes ou de ses idées. Ainsi, percevant l'importance des insinuations de Tavir, le prince croyait-il alors que ces fantasmes étaient nés d'une sorte d'intuition magique. Ainsi ce jeune homme éduqué et intelligent se laissait-il conduire comme un taureau par le bout du nez.

Il sortait donc en ville et parvenait ainsi, dans un coucher de soleil vert de mer, sous les fenêtres de la mère de Tavir (inutile non plus de nier cela).

— Ne lève pas les yeux sur ces fenêtres, s'exclamait alors Tavir. (Le prince ne manquait pas, naturellement, de lever les yeux.) Prends garde, insistait Tavir. Le plus grand désir de ton cœur est dans cette prison. Si tu la vois, tu es perdu. Mieux vaut quitter immédiatement ce lieu.

Le père de Tavir restait en conséquence dans la rue, assailli par d'étranges émotions.

Tavir s'envolait alors le long du mur et pénétrait dans la chambre de la princesse. Il la trouvait en train de réduire en pièces et de brûler la littérature édifiante que lui avait donnée son époux. Ecartant à la hâte une ou deux cendres de son visage, Tavir propulsait la jeune dame vers la fenêtre.

— Ne te risque pas à regarder dans la rue. Ton destin se trouve en bas...

Elle atteignait alors la fenêtre et regardait en bas, le cœur battant la chamade ; elle voyait alors le prince qui levait les yeux avec le même sentiment.

Elle ne tarde pas à porter la main à son front. Le prince fait un pas en avant.

— Madame, un malaise ?

— Je vais fort bien, répond-elle.

C'est un mensonge. L'épée vient de lui transpercer le cœur. Quant au prince, jamais poisson ne fut aussi ferré.

Il se produit alors une série de craquements stupéfiants, de chocs et de hurlements à travers toute la maison. Tavir est occupé ailleurs, à chasser le pédant âgé dans sa bibliothèque en lançant des livres et des parchemins contre sa vénérable tête, appliquant çà et là un coup de dents véhément.

— Sauvez-moi ! s'écrie le pédant.

— Ma dame, dit le prince dans la rue à la princesse à la fenêtre, tu es la lune déguisée en perle noire, ta fenêtre est l'orient et ton apparition m'a apporté la lumière. J'aimerais te parler encore, mais je crois que ta maisonnée a des problèmes...

Il se précipite vers la porte de la maison et la martèle.

— Oh, destin, dit faiblement la princesse.

Les serviteurs du pédant, alarmés, ont déjà tiré les verrous et laissé entrer le prince, qui se rue au premier à la rescousse du vieux bonhomme. Ouvrant largement les barrières de la bibliothèque, le prince entre à grands pas.

— C'est un complot... un esprit malin... hurle le pédant, perché sur une étagère, en train de donner des coups de crosse à ses livres.

Le prince émet une incantation péremptoire. Tavir, qui n'est naturellement pas du tout affecté par celle-ci, s'éclipse avec un coup de pied de salutation.

— Mon sauveur, dit le vieillard.
— Le père ? demande le jeune homme.
— Le père de qui ?
Le prince retombe aussitôt dans le silence.
A cet instant, la princesse se précipite à l'intérieur de la pièce après avoir peigné sa magnifique chevelure et revêtu des essences de fleurs marines et sombre dans une pâmoison inquiétante entre les bras du jeune prince.
— C'est ma femme, dit le pédant.
Bien trop tard.

Tavir le brandon de discorde, âme perdue à la recherche d'un havre. Bien moins à faire maintenant que la roue va de son propre gré.

Mais en fait, chaque fois que le prince quitte la maison, le pédant est attaqué. A peine le jeune seigneur est-il sur le perron qu'un domestique du vieux seigneur doit courir le rappeler. Ou un messager doit être envoyé pour le mander à l'autre bout de la ville. A n'importe quelle heure de la nuit ou de la journée, l'élémentaire fou est prêt, il brise, il brûle (et même les livres instructifs donnés à l'épouse), il déchire, il détruit, fait trébucher, pince, tape, cogne, martèle, assomme et gifle. Il est des cas où la seule solution qui reste au vieillard pour reprendre son souffle est de sortir. Oui, de sa propre maison, car la persécution se termine toujours à la porte, comme elle y commence. Dans les rues et les parcs, dans les demeures d'autrui, se trouve la sécurité. Lorsqu'il rentre chez lui, c'est avec un certain malaise et avec des sentiments mitigés à la vue de son sauveteur qui est fréquemment arrivé avant lui.

— Je suis resté en attente pendant des heures entières derrière la cinquième colonne de l'annexe, là où il t'a aspergé d'eau bouillante, dit le prince. Je suis passé dans toutes les pièces, j'ai entonné des incantations et brûlé des encens précieux.

C'est indubitablement la raison pour laquelle il est hors d'haleine ; et il en est de même de l'épouse vierge qui l'a soigneusement suivi partout.

Mais il semble que le jeune couple échange un regard furtif. Pourquoi l'élémentaire ne les a-t-il *jamais frappés* ?

Eh bien, Tavir a œuvré dans cette direction. A lui, il a dit :

— Ne la touche pas. Un attouchement conduit à un autre.

Et à elle, il a conseillé :

— Un attouchement de sa main et tu seras sans volonté. Enfuis-toi.

Le jeune prince l'a touchée et la princesse ne s'est pas enfuie. Après force persuasion, refus, acceptation, doute (des deux côtés) et pas même une prière, puisque leur race ne vénère point les dieux, Tavir a eu la joie et la satisfaction de les voir enlacés sur un divan de potions renversées et de sorts d'exorcisme non prononcés.

Après cela, tout air et aspiration, Tavir fait le guet. Tandis que, tout colère et transpiration, le vieux pédant fait de même.

Une nuit, la princesse est agitée et Tavir regarde dans ses entrailles tandis que le pédant regarde par une fenêtre. Le regard de Tavir franchit aisément la chair de perle noire et les os noyaux de pommes et voit, dans cette douce et secrète chambre intérieure, un bourgeon à peine plus gros que la pointe d'un cil. La vue du pédant est gênée par une persienne.

(*Elle m'appartient*, dit Tavir en affirmant ses droits à ce qu'il a vu, sans le moindre obstacle, de telle sorte que toutes les entités errantes, les feux follets et les volutes psychiques de la scène cosmique sachent bien qui est le propriétaire de ce terrain en friche.)

Mais la princesse révèle alors son état délicat au prince, qui étreint son amante et jure de la protéger.

— Grâce à un enchantement de ma mère, ajoute le prince, je pourrais te débarrasser de ce fardeau.

Débarrasser ? Un fardeau ? croasse inaudiblement Tavir en se heurtant une nouvelle fois au plafond.

Allié involontaire, le pédant choisit cet instant pour tomber à travers la persienne.

— Scélérat ! dit-il au prince qui l'aide à se relever. N'ai-je point soupçonné depuis le début que c'était toi qui m'avais affligé de cet esprit malin, pour accéder à la fois à ma demeure et à ma femme ?

La crosse brandie, il appelle maintenant ses domestiques

et force les amants à s'enfuir dans la nuit de Tirzom Djum aux murmures marins. Passant d'une riche maison à une autre, ils en rejoignent une plus riche encore. Et, sur le seuil de la seconde, la princesse dit au prince :

— Il y a longtemps qu'un génie m'a prédit que je porterais un fils. C'est le destin.

La voie est ainsi ouverte à l'amour et à la naissance, et le vieux mari tout meurtri, battu et mordu de se lancer dans des actions judiciaires.

Cette blessure est la plus grave de toutes.

Crachant, étouffant de rage, le pédant édenté s'exprime devant neuf juges :

— Je la répudie, l'ingrate. Je la répudie, la traînée. Je la répudie et ce voleur immonde pourra en faire l'usage qu'il voudra.

Puis il rentre chez lui.

Tavir, qui approchait désormais la fin de son rêve et le pressentait déjà, avait eu l'intention de rejoindre aussitôt sa mère... ayant justement assisté au divorce. Elle portait les amples atours destinés à être les siens. D'un instant à l'autre, semblait-il à l'enfant impatient, l'intérieur risquait de l'appeler. Il devrait alors se précipiter pour pénétrer l'absence d'âme du foetus, se mêler à lui et sortir à la lumière du jour. Quelque chose poussait cependant Tavir à rester un peu auprès du pédant, pour voir ce qu'il allait faire et avait déjà fait, ainsi que l'on pouvait imaginer.

Il était tapi dans sa bibliothèque, occupé à citer en marmonnant tel ou tel sage au sujet de l'inconstance des femmes, leur indignité et leur méchanceté. Mais il finissait soudain par rejeter tous les livres et des larmes coulaient de ses yeux, de telle sorte que l'âme en observation en était tout étonnée.

— Hélas, faisait le vieux mari. Maintenant, je suis seul. Ne suffisait-il pas que je doive souffrir la honte de l'impuissance, que même ma magie ne pouvait guérir, pour que je la rencontre et l'aime dans la vieillesse alors que je lui faisais horreur ? Oui, c'était assez grave. Et les stratagèmes et les paroles rudes que j'ai utilisés pour dissimuler ma honte, les mensonges que je lui ai lancés, les parchemins que j'ai cités à tort et à travers. Maintenant qu'elle est partie, je suis la risée de tous et je mourrai sans amour. Je ne mérite pas mieux et je n'ai pas mieux.

Tavir, qui avait obtenu ce qu'il désirait, était lui aussi touché par la honte. Il s'approchait paisiblement du pédant, ce qui ne manquait pas de faire se recroqueviller ce dernier, qui s'attendait à quelques nouveaux mauvais coups. Mais Tavir lui disait à l'oreille :

— Chut. Ne te lamente point. Il n'est pas de mort. Dans cinquante ans tu seras plus jeune que maintenant et tu auras bien des amours pour te réconforter. Laisse-la aller, elle mérite de vivre. Lis tes livres et délecte-toi de ton savoir. Qui sait, peut-être seras-tu par la suite le plus beau des hommes… ou la plus jolie des femmes, ajoutait Tavir avec un sourire rusé.

Le pédant poussait un puissant soupir, s'essuyait les yeux et choisissait un livre d'anciennes traditions.

Tavir était alors appelé et il s'en allait en bondissant… et *se réveillait* au même instant.

9

Après avoir écouté tout ceci, assise le menton sur la main, Ajriaz accorda à Tavir un rare salut. Elle tira d'une table une jale de vin couleur de mer et en versa dans deux verres à pied. Le vin était ou paraissait bien réel. Peut-être un membre de la racaille qui l'admirait tant le lui avait-il apporté en cadeau.

— Vérité contre vérité ? demanda Tavir. Tu sembles dire que tu ne crois pas que mon rêve soit une réalité.

— Peut-être.

— En raison de ce rêve, j'ai appris l'injustice qui consiste à traiter autrui comme s'il n'était qu'ombre.

— Et c'est ainsi que tu cocufies les maris et rattrapes les esclaves qui tombent dans la rue.

— Et que j'estime que nul ne devrait être retenu contre son gré dans notre cité.

— Je pourrais partir sur-le-champ, dit nonchalamment Ajriaz. Hormis le fait que, comme toi, je commence à détester répandre le sang et les larmes des mortels. Je ne ferai pas la guerre à Tirzom Djum.

— Non plus que tes serviteurs démoniaques, qui n'ont rien d'altruistes. On ne te l'a pas dit ? Tu es prisonnière.

— La preuve n'en a pas été faite.

Mais Ajriaz versa sur le sol le vin contenu dans son verre sans qu'elle l'eût goûté, tandis que dans celui de Tavir le liquide frais commença à bouillonner et fumer.

Tavir posa le verre.

— Autre chose, dit-il.

— J'ai eu l'impression qu'il te faudrait la nuit pour y arriver.

— Ton vaisseau, que les seigneurs de ces lieux t'ont enlevé, produit une impression magique. Il évoque un voyage vers l'orient. Une cité humaine étouffée dans la mer.

— Simmurad. Où les immortels qui avaient défié le Seigneur La Mort se sont transformés en coraux tout en continuant de vivre pour méditer sur leur acte.

— Et mon rêve... commença le prince Tavir.

— Tu as été en premier lieu emprisonné vivant dans un coffre de calcaire, dans un palais envahi par la mer.

— Se peut-il, demanda Tavir, que mon âme, refusant de rester confinée dans ce corps immortel mais immobile, s'en soit échappée pour venir renaître ici ?

— Que sont les âmes ? Je n'ai point d'âme, dit Ajriaz. Je suis Vazdru, et immortelle. Quant aux immortels de Simmurad, il ne leur restait pas une seule âme. L'immortalité dévore l'esprit et le fond dans la chair.

— Une telle doctrine est-elle fausse ?

— Tu ferais mieux de me parler franchement.

Tavir jeta un coup d'œil au vin qui bouillonnait du fait d'un instant d'irritation et lui adressa une parole, ce qui le fit disparaître avec son contenu.

— Je suis curieux de voir Simmurad, dit-il. Mais, bien que mes parents soient dans la tombe et que je n'aie aucune famille à qui m'adresser, les conventions de Tirzom et l'autorité du roi ne favoriseraient pas un tel périple. L'on m'empêcherait de le réaliser et peut-être me prendrait-on pour un ennemi de l'Etat. Pourtant, voilà maintenant ton vaisseau magique qui est capable de telles vitesses que nos propres magiciens en sont surpris. Une fois à bord, qui pourrait me rattraper ?

— Mon bateau ne t'obéira point.

— Je m'en doute bien. Quant à toi, tu ne peux l'approcher.

— Je pourrais prendre la défroque d'une illusion quelconque et m'y rendre sur-le-champ, invisible aux yeux des gardes de ton roi.

— Il est d'autres gardes autour du vaisseau qui ne sont pas de chair. Ils te détecteraient. Tu le sais et tu n'es pas allée là-bas. Seul un prince de la ville, tel que moi, pourrait contrer la magie de Tirzom.

— Je ne sais trop si je penche pour quitter ce charmant domicile. Je suis tout à fait confortablement installée. Non. Que tes frères princiers gardent mon vaisseau, qu'ils ne peuvent utiliser. Je resterai ici et je vivrai paisiblement.

— Quel est ce bruit ? demanda Tavir en se tournant vers la porte donnant sur l'extérieur.

— Un autre esclave malheureux qui tombe dans la rue ? Sors le rattraper.

Mais ce n'était pas la chute d'un esclave. Autre chose s'abattait sur eux, avec un grondement sec et résonnant. Bientôt, les niveaux supérieurs de Tirzom Djum tremblèrent de tous côtés. Les fondations des palais noirs vibraient au-dessus d'eux et la rue de la maison à la peau blanche tremblait comme sous l'effet de la peur.

Il y eut alors un terrible choc. Les murs de la bâtisse d'Ajriaz, dont elle avait parlé avec tant de louanges, s'écroulèrent... comme ceux d'une centaine d'autres habitations. L'atmosphère elle-même se brouilla. Tapisseries, tasses, objets réels et fantomatiques explosèrent dans les airs.

Les murs extérieurs avaient cessé d'exister et Ajriaz put regarder dans la rue où se déroulait un spectacle de terreur mêlée de stupéfaction, tout cela sous une lumière étrange. Les façades des palais montaient sur quatre cents pieds à partir des boulevards ; au-delà, c'étaient les étoiles allumées à grand prix à l'intérieur du dôme et, plus loin, la mer, où avait reposé mais ne reposait plus la nuit suave.

Collée et scintillant sur le dôme comme un feu boueux, se trouvait une météorite brûlante tombée du firmament. Elle était tellement énorme et furieusement embrasée que, pendant un instant, l'on ne reconnaissait pas qu'elle avait le corps d'un homme... un homme gigantesque, brûlé et de la couleur du bronze, avec des ailes aux sombres blasons qui battaient comme mille vautours, avec des cheveux comme une comète aux multiples rayons, le visage insensément magnifique et sauvage appuyé sur la ville sous globe, tout comme un enfant impitoyable s'appuie sur un bocal de fourmis qu'il observe. Oh, quel visage c'était là ! flottant lui-même sous les grands yeux d'une tempête. Mais il y avait pire : levée à travers la mer, flamme rouge, crépitante et grésillante, reflétant son éclat taché de sang sur la rue et toutes les rues de Tirzom Djum, l'épée gonflée de Yabael devenu un géant, second des Malukhim, épée de sang et de fumée, descendait sur la ville comme un tonnerre hurlant.

10

Le feu dans les airs, le feu dans la mer. La terre était couverte de cratères. Les dieux étaient en colère. Ou l'avaient été. Ou avaient senti qu'ils devaient l'être. Une épée qui transperce le cœur du monde...

Plus profond que la terre, toutefois, plus profond que la mer, et un peu plus profond encore, en plein dans le pays obscur des démons... quelles épées scintillent donc en ce lieu ?

Voyez, comme une épée, un corps masculin dans la gaine de velours noir d'une colline.

Les yeux d'Ajrarn étaient ouverts, comme deux étangs sans fond. Ils servaient de miroirs, mais rien d'autre. Les paupières, les cils ne remuaient absolument pas. Il respirait si lentement, sans effort, que cela n'avait rien d'apparent. Le pouls des démons, détectable par ceux de leur race, n'était pas décelé par les trois qui montaient la garde près de ce corps.

De temps à autre, dans ce qui eût été l'espace d'une journée, une journée vespérale de Terre Inférieure, l'un de ces trois démons sortait de la profonde caverne, de ces recoins de mousse de velours, et traversait le rideau de lianes. Le guerrier Vazdru descendait à travers les arbres qui revêtaient la colline et parvenait à un torrent où s'empourpraient les opales qui chantaient et bondissaient dans le courant comme des poissons. Il prenait un peu d'eau dans une tasse d'argent et remontait la colline, rentrait dans la caverne et posait la tasse contre la bouche d'Ajrarn. Il est possible, bien que ce liquide ne fût pas essentiel à la vie des démons, que les eaux de Terre Inférieure fussent, pour ses habitants, un moyen de se restaurer. Il se peut que l'acte d'humectation des lèvres, ou de l'acceptation de cette eau (l'eût-il fait), fût un symbole nécessaire. Mais Ajrarn ne semblait pas boire, de même qu'il ne semblait pas respirer ni vivre.

Ces trois princes qui étaient restés loyaux envers lui face aux feux du soleil l'avaient emporté en ce lieu. Aux portes de ce pays, ayant appelé les chevaux bleu nuit, ils l'avaient soulevé et l'avaient porté... et la peau d'Ajrarn les avait brûlés. Il avait touché l'être-soleil, le Malukhim. Il avait touché les rayons du soleil dans un ciel matinal et était tombé du ciel comme une étoile détachée...

En s'approchant de Druhim Vanashta, ses flèches élancées à l'horizon, une présence s'était élevée sur leur route.

Les chevaux avaient bronché. Les Vazdru s'étaient étreint le front d'une colère folle, car ils avaient déjà une excellente raison d'être désespérés. L'apparition était pâle, les yeux comme des bleuets à travers une brume, et sa chevelure dorée lui descendait dans le dos. L'on ne peut déterminer si elle était masculine ou féminine. Certains disent qu'il s'agissait du fantôme de Sivesh, ou d'un autre adolescent qui avait été le chéri d'Ajrarn. Ou bien d'une femme qu'il avait détruite ou dévastée, qui s'exprimait avec une satisfaction vengeresse. D'autres disent que son nom était Dunizel. D'autres encore disent qu'il s'agissait de toutes ces personnes et bien davantage. Pour les princes démoniaques affolés, il ne fait aucun doute qu'elle prit une forme, sortie peut-être du passé ou de l'avenir. A moins qu'il ne se fût agi d'une protection née de la magie d'Ajrarn, alertée de manière autonome, sous l'espèce d'une énergie sans forme.

Elle annonça :

— Ne continuez plus vers Druhim Vanashta. La cité d'Ajrarn ne lui appartient plus. L'on a dit de lui : *Il est mort*. Et maintenant l'on dit : *Qu'il reste mort*. D'autres Vazdru ont usurpé ses titres. Allez ailleurs, où vous voulez, mais ne continuez plus vers Druhim Vanashta. Sa lune s'est couchée.

A ce message, les trois princes Vazdru considérèrent Ajrarn, là où il gisait, en s'attendant à le voir se réveiller aussitôt avec une férocité glaciale. Mais il ne se réveilla pas. Ils s'éloignèrent donc de Druhim Vanashta et pénétrèrent dans la campagne ténébreuse. Ils passèrent près du Fleuve du Sommeil, où poussaient les lins pesants. Ils traversèrent les prés où les fleurs de cristal caressèrent les étriers et les sabots heurtèrent l'eau comme autant de cloches éclatantes.

Après un long voyage, ils choisirent un lieu qui leur paraissait convenable.

Ils allongèrent Ajrarn à l'intérieur d'une caverne de velours sur une plaque de roche qu'ils trouvèrent là.

Ils montèrent alors la garde, ces trois princes, l'un au chevet d'Ajrarn, le second à l'entrée de la caverne, ayant chacun l'épée tirée ; le troisième, cependant, invoquait une magie rituelle, qui eût été comme une prière chez les humains. A certains moments, celui qui se trouvait près de la couche élaborait à son tour des enchantements, ou celui qui était à l'entrée de la caverne. De temps à autre, à chaque non-jour crépusculaire, l'un d'eux se rendait au torrent où bondissaient les opales et revenait avec de l'eau... Ainsi passait le temps, continuellement. Le temps de Terre Inférieure, le temps de la terre du dessus, et rien ne changeait dans ni autour de la caverne. Le temps lui-même finit par se lasser de n'y laisser aucune trace et ne rendit plus visite à ce lieu. Même les vents du monde inférieur ne soufflaient point. Puis, enfin, même les trois Vazdru cessèrent d'agir. Ils abandonnèrent le rituel. Ils ne se rendirent plus au torrent et la tasse resta sur le sol près des lianes ; seule la rosée y tombait en produisant parfois un tintement argentin. L'un se tenait au chevet de la couche, le second à son pied. Le dernier se tenait juste à l'entrée de la caverne. Ils étaient appuyés sur leurs épées et baissaient la tête. Ces Vazdru devinrent semblables à des icônes.

Et rien ne bougea plus. Les brins d'herbe, le feuillage des arbres, tout était statique. Il finit par se constituer une sorte de substance qui s'entremêla à l'entrée de la caverne, comme une membrane.

Seul le torrent continuait de courir plus bas, les opales jouant dans ses eaux.

Jadis une tasse était plongée en moi, chantait le torrent, *une tasse qui avait touché les lèvres d'un jeune dieu.* Car le torrent, qui n'était pas instruit, ne semblait pas faire la différence entre les seigneurs de son propre pays et les seigneurs des cieux, ni entre la jeunesse et l'immortalité.

Qui avait osé dépouiller Ajrarn de son titre de prince ? Il y avait bien longtemps, lorsqu'il avait été transformé en cendres, les Vazdru avaient laissé son trône vacant et l'avaient pleuré sur toute la terre. Mais alors, ils l'aimaient ; son adhésion à l'humanité n'était qu'une lubie. Mais maintenant, amants qui n'étaient plus aimés, ils étaient malveillants, état qui était un art parmi les Vazdru.

Un lion Vazdru était désormais installé sous la forme d'un homme, beau comme le matin de la nuit, au cœur du palais d'Ajrarn, qui était de fer à l'extérieur et de marbre à l'intérieur.

Il s'appelait Hazrond. Sur ses mains flamboyait le regard fixe de rubis. Il ne s'habillait plus de la couleur du soleil abhorré, mais du sable héraldique aimé de la démonie. Pourtant, ce sable était rayé sur la poitrine d'une bande de soie jaune, brodé et frangé de joyaux et de métaux jaunes (mais jamais l'or détestable), topaze, ambre et bronze blanchi.

— Jouez, dit Hazrond.

Et certains des Eshva entrèrent dans la cour en frappant les langues de satin de leurs harpes à sept cordes. Les chants étaient magnifiques et tristes, ainsi qu'il convenait après la disparition d'un seigneur. Les Eshva pleuraient de manière continue et exquise. Nul ne les en empêchait. De nombreux Eshva n'entraient plus dans la cité mais erraient dans la campagne, perdus dans des rêves sombres, leur chevelure folle tendue de serpents d'argent semblables à des cordes de harpe. C'étaient les serviteurs des Vazdru, mais Hazrond les laissa faire.

— Ils reviendront, en temps voulu, dit-il.

Sa voix était tellement musicale que les fleurs qui mouraient ou voulaient mourir dans les jardins tournèrent leur tige vers ses notes et recommencèrent à vivre par inadvertance. Les Eshva levèrent aussi leur visage pâle et floral de leurs harpes. Et au loin, sur les collines où ils erraient, ils captèrent la distante mélodie de cette voix. En temps voulu, il le fallait bien, ils reviendraient.

Les Vazdru étaient merveilleux à voir, nous le savons. Mais de tous, Hazrond était le plus merveilleux. La perfection rendue parfaite. L'on disait, et il n'est pas raisonnable d'en douter, que, de toute sa race, après Ajrarn, Hazrond était le plus fort, le plus doué, le plus beau. Comme Ajrarn, peut-être, ainsi que l'avait été Ajrarn dans l'adolescence de l'éternité.

Hazrond était donc assis sur le trône d'Ajrarn et arpentait les salles d'Ajrarn sous les fenêtres caustiques. Il abaissait ses yeux aux longs cils et tapotait de ses longs doigts les livres et les ornements du palais. Il passait en revue les chiens et les chevaux dans la cour. Il attendait tout en haut dans le chas des aiguilles des tours et regardait pardessus la ville, tel un aigle.

D'un seul coup, nous parlons de Hazrond qui sort soudain de parmi les autres Vazdru, pénètre dans la demeure d'Ajrarn et prend la responsabilité du palais et de la ville. Or, pas un mot n'a encore été dit à son sujet. Peut-être était-ce à lui que s'était adressé Ajrarn dans la rue rubis pour faire remarquer que ni homme ni démon ne voyait l'amour. Peut-être avait-il souvent accompagné Ajrarn, été son cocher la nuit même où le Démon était allé récupérer sa fille sur terre. Il est possible que lorsque le jaune avait été revêtu à Druhim Vanashta, Hazrond eût demandé audience à Ajrarn et se fût tenu devant lui sans grands égards. Et Ajrarn, préoccupé, l'eût renvoyé sans aucun commentaire. Il est aussi un conte assez juste selon lequel, lorsque Ajrarn avait appelé les Vazdru avant de combattre l'ange à Az-Nennafir, Hazrond avait envoyé à Ajrarn une épée finement trempée incrustée de joyaux, œuvre des Drin, et l'épée avait dit elle-même :

— Hazrond m'envoie à toi et te supplie de me considérer comme ton alliée, car il est lui-même occupé ailleurs.

Sur ce, Ajrarn avait juré. Et l'épée avait reparti :

— Hazrond me supplie de dire qu'il a appris cette tactique de son seigneur, le Prince Ajrarn, qui règne sur Druhim Vanashta en image seulement, son cœur et son esprit étant occupés ailleurs.

Voilà donc Hazrond, flamme noire sortie d'un feu noir, qui apparaît brutalement sur la tour, cheveux noirs au vent, regardant autour de lui comme un aigle.

Aucun autre démon ne s'était opposé à lui. Sa méthode fut simple. Il entra dans le palais et s'y assit ; lorsque la nouvelle se fut répandue et que ses semblables arrivèrent, il hocha la tête et leur sourit comme si nul autre n'avait jamais possédé cette maison. L'on chuchota alors :

— *Et Ajrarn ?*

A quoi Hazrond répondit :

— De qui parlez-vous ?

S'étaient-ils résignés à ce que l'ange eût vaincu leur seigneur ? Il est indiscutable qu'aucune tentative n'avait été faite pour le retrouver en Terre Inférieure, ou au-dessus.

Lents mais sûrs, les chants tristes s'en furent et les Eshva errants sur les collines revinrent vers la cité. Tandis que, près de leur lac paresseux, les forges des Drin se mettaient à flamber pour une grande fête ; et de temps en temps s'élevait le bruit de couinements et de querelles tandis qu'ils préparaient des cadeaux somptueux à déposer aux pieds de leur nouveau seigneur, aux pieds de Hazrond, puis se les volaient.

Quant aux grossiers Drindra, ils étaient bouleversés, car, réduits à l'esclavage par Ajriaz et appelés par elle, ils n'avaient osé lui dire que son père, à qui elle avait demandé aide, était tombé encore plus bas qu'elle. Quant à Hazrond, il y a peu de doute qu'il connût sa désagréable situation sous les mers et le fait que le Malukhim engendré par les dieux l'y avait poursuivie. L'avait-il jadis courtisée et avait-il été rejeté ? Ou bien la haïssait-il simplement parce qu'elle était l'enfant d'Ajrarn, démone dégradée, en partie mortelle ? (La haine mortelle était désormais à la mode sous terre.)

Il est certain que Hazrond ne se faisait aucun souci au sujet des périls que courait Ajriaz.

— Jouez, dit Hazrond.

Et les Eshva exécutèrent leurs chants sans voix, comme des rossignols de neige. Les ailes noires de sa cape l'enveloppant, perché sur les tours du palais, Hazrond baissa les yeux.

11

L'épée de l'ange Yabael s'écrasa sur Tirzom Djum. Pour ceux qui étaient en dessous, cela ressembla à un tonnerre écarlate qui heurta à la fois le sol et l'air. Les bâtisses de la ville oscillèrent et s'abattirent. Mais le dôme lui-même, son verre et sa sorcellerie éclatés, explosa et cracha le monde de l'atmosphère dans le monde de la mer, parmi un million de feux d'artifice.

Ajriaz fut aussi propulsée vers le haut dans une aigrette d'eau noire, de feu vert, de vapeur rouge et de débris de toutes sortes. Son instinct l'avait poussée à s'enfermer immédiatement dans une bulle d'air respirable. Elle y parvint et elle y resta, malgré le tumulte, et elle s'y installa bientôt avec Tavir, dont une impulsion d'héroïsme l'avait fait se saisir au moment où le Malukhim avait frappé.

Quelques instants, rien ne fut visible, ou du moins compréhensible par l'un ou l'autre, en dehors de la silhouette de l'autre et des limites de la bulle d'air.

L'océan était en fermentation. Il roulait, s'écroulait, se soulevait exactement comme l'avait fait la ville. Des vols de poissons filaient, des dalles de constructions, mais surtout des fumées ensanglantées. Pendant ce temps, la créature de destruction ne manifestait qu'un regard fixe et morne, où même l'eau *brûlait*.

Le choc avait projeté au loin Ajriaz et Tavir : un avantage accidentel. Par ce coup de chance de la vengeance, nombreux furent ceux qui purent s'échapper. L'ange lui-même, golem dépourvu d'esprit, se tint au-dessus de la souricière détruite pendant un long interlude de triomphe pendant que la souris qu'il cherchait, déesse démoniaque de toutes les souris, montait à toute vitesse vers un lieu plus sûr. Ils avaient chassé, les Malukhim, du moins deux d'entre eux. Qui sait comment celui-ci, Yabael à l'épée de sang, le vautour, le deuxième à être brûlé, avait appris à percer la mer pour la retrouver, mais il l'avait bel et bien appris. Pis encore qu'à Nennafir, sans réfléchir il frappa une pointe de lumière de sa hache, la manqua et décima toute la vie environnante.

Ils se balançaient maintenant dans la bulle, en haut de l'eau la plus verte, au-dessus de laquelle l'on pouvait dire que l'aube terrestre lointaine étendait son manteau. Le prince magicien Tavir et la Déesse Ajriaz étaient toujours enlacés, même leurs cheveux s'étaient emmêlés et collés, car ce qu'ils venaient de vivre était terrifiant.

La bulle les conduisit comme un bouchon qui monte et descend vers la lisière supérieure d'un bosquet d'algues et là, la mer s'apaisant quelque peu, ils purent se reposer. Ils regardèrent vers la ville et la falaise, mais ils ne purent retrouver ni l'une ni l'autre. La mer était emplie de scènes anormales. A un demi-mille de là voguaient, comme un vaisseau étrange, les étages supérieurs et la coupole d'une tour, apparemment intacte, et dans l'encadrement de ses longues fenêtres des sorciers et des savants tirzomites injuriaient sans bruit le destin. Un mille plus loin, des étages entiers tournaient lentement à travers les eaux, sur les escaliers et les toits desquels, ou ce qu'il en restait, des seigneurs et des esclaves effrayés couraient en tous sens. Plus près passèrent une succession de jardins semblables à des îles, ou les allées bordées d'arbres de la ville, s'effilochant, les grandes racines isolées comme les arbres. Parmi elles, trois ou quatre poulpes se forçaient un passage, assombrissant la mer d'une panique d'encre. Plus près encore, flotta un lit princier aux tentures décorées, sur lequel gisait, comme une statue noire attachée par ses longues tresses jaunes, une magnifique métis défunte, qui ne possédait ni les branchies ni les sortilèges pour survivre à l'immersion.

— Oh, malheur ! fit Tavir en la suivant d'un regard affligé.

— Prends-t'en à moi, dit Ajriaz, maussade comme une enfant. J'en suis la cause. La créature du soleil me visait et ta ville était sur sa route.

— Tu n'en es pas la cause. C'est aux dieux qu'il faut s'en prendre, comme toujours.

— Mais moi, je suis un dieu.

Tavir secoua sa tête à la chevelure verte et des larmes coulèrent de ses yeux satinés. Ajriaz se mit également à pleurer. Ils pleurèrent ensemble dans leur petit globe d'air dont ni l'un ni l'autre n'avait besoin, tandis que, tout autour, ceux qui en avaient désespérément besoin passaient en sinuant, certains morts, certains vivants et pleurant aussi, car Tirzom Djum, qui avait la nostalgie de la terre, n'avait jamais perdu l'habitude des larmes. Mais la mer, n'étant elle-même que larmes, selon la légende, les larmes versées des lustres auparavant par les dieux devant la vilenie de l'humanité, la mer méprisait les pleurs des Tirzomites et buvait leurs larmes, emplissant leurs yeux des siennes.

Quant à Yabael, aperçu à partir de l'abri d'algues, il était à peine visible, car sa taille gigantesque semblait avoir diminué... volontairement ou à la suite de cette dépense de puissance. Il dominait un tas de débris et de verre, une plaine de coquillages tachetés et brisés, et les fumées, les ruines portées par la mer tournaient autour de lui, ses ailes se soulevant inutilement derrière sa tête enflammée, ses yeux ne voyant rien.

— Laisse-moi partir avant qu'il ne se réveille de son rêve de soif meurtrière et que ses maîtres ne lui disent qu'il a raté son coup, dit Ajriaz.

— Ton vaisseau marin est juste ici. Le destin était de ton côté, car le désastre t'a projetée dans ce bosquet, tout près.

— Oui, le Destin est mon parent. L'on peut prévoir une faveur de temps à autre. Sois béni, non-oncle chéri, ajouta-t-elle avec une certaine animosité.

Puis elle siffla comme l'eût fait une flûte en argent. Par quelque méthode qui n'avait rien de normal, les génies de son bateau l'entendirent.

Il était resté captif pendant tout le temps, dans ce bosquet d'algues, et n'avait jamais permis l'entrée, ni la révélation de ses secrets, à Tirzom Djum. Mais il ne pouvait fuir, ni rejoindre la démone, jusqu'au moment où, sous le glas de la destruction, les gardes eux-mêmes avec tous leurs accessoires magiques s'étaient enfuis vers la ville, ou vers des climats plus sûrs. Désormais libre et toujours sensible à la maîtresse qu'il servait, le navire arriva à travers les algues, rapide comme un pouls.

— Je t'accompagnerai, annonça Tavir.

— Une fois la route ouverte, je crois que je ne puis t'en empêcher.

Ils nagèrent donc jusqu'au sabord de coupée que leur offrait le bateau et, au bout de quelques instants, ils furent à l'intérieur de son ventre, parmi les parfums et les sculptures qui respiraient.

Tandis que l'ange continuait de monter la garde au-dessus des ruines de la ville, le grand poisson s'enfuyait à toute allure.

En moins d'une heure, des longueurs innombrables de distance séparaient Ajriaz et Tirzom.

Tavir était assis sur un divan et se lamentait. Ajriaz se refusait à se lamenter davantage. *Les hommes sont idiots,* songeait-elle, *et leurs magiciens pis encore, et les démons et les dieux sont plus stupides que ces idiots. Si j'avais guerroyé avec mon vaisseau, j'aurais pu abîmer cette ville, ou leur cité aurait pu me faire du mal. Mais je n'aurais pas tardé à partir et le chasseur ne l'aurait pas détruite pour moi. La créature qui voulait m'occire les a tués et m'a libérée.*

Les génies étaient apparus en grand nombre, comme pour accueillir Ajriaz ou l'examiner. Elle leur ordonna de créer de la musique douce et de servir des vins et un repas pour un festin, tout cela pour tenter Tavir. Mais Tavir écarta mollement les génies, se détourna des boissons et de la nourriture.

— Ce ne sont pas des illusions, dit Ajriaz. Tiens, tout ceci est réel. Ou du moins devons-nous le supposer.

— Comment puis-je boire ou m'allonger pour écouter de la musique alors que des milliers de mes frères sont morts ou privés de tous leurs biens ?

— Retourne donc parmi eux. Je te laisse faire.

— Permets-moi de rester, dit Tavir en la regardant fixement. Car ta beauté m'est quelque consolation. Mais permets-moi aussi de pleurer.

— A tes yeux, je suis hideuse. Comme tu l'es aux miens.

— Cela, je ne te l'accorde point. Car tout le temps que je t'ai raconté mon rêve, tu m'as considéré avec une attention extrême. Quant à toi, tout homme disposant de la vue ne peut que louer ta beauté.

— Mais tu te lamentes, dit Ajriaz.

Elle s'assit à côté de lui et trouva un certain intérêt dans l'une des boucles d'oreilles qu'il portait et qui étaient en agate verte. Elle s'y intéressa tellement qu'elle prit la boucle dans sa bouche et, ce faisant, le lobe lisse et sombre de l'oreille ; de ses dents elle mesura l'équilibre, la constitution de la boucle, puis celle de l'oreille et la parfaite adaptation de l'une à l'autre ; de la langue elle se décrivit l'oreille aux ourlets fins comme ceux d'une coquille noire, avec une caverne marine du noir le plus pur... et tout près de ses yeux reposait sa chevelure vert marin de telle sorte qu'elle pouvait avoir l'impression de reposer sur un parterre d'herbe fraîche et épicée du printemps de la terre. Tout en faisant ceci, ses mains trouvèrent la gorge, qui était comme une colonne de marbre noir, mais où tambourinait un bruit de cœur, et les larges épaules et les bras robustes étaient aussi de marbre chaud, ainsi que les mains qui lui prirent les mains, puis les lâchèrent et l'enlacèrent. Les mains de chacun se déplacèrent alors sur l'autre, comme si chacun voulait former l'autre à partir de l'eau, ou de la glaise.

Puis ils s'allongèrent, d'abord lui, noir sur sa blancheur à elle, puis sur le noir de sa chevelure, mais, au bout d'un moment, elle s'allongea au-dessus de lui, perle au-dessus du jade. Puis il fut parfois un arc noir sur un arc blanc qui se reflétait sous lui, ou elle était un blanc croissant de lune sur le croissant noir d'un monde nocturne.

Il avait été immortel, ou l'avait cru, et il était au moins un mage. Mais elle était une comète solaire et la pleine nuit, et un démon, son seul amant ayant été un Seigneur des Ténèbres, et malgré sa chasteté elle était Vazdru et les Vazdru avaient inventé l'amour.

Dans la première phase de son plaisir, Tavir eut l'impression d'avancer dans un chariot de flamme en direction d'un portail de feu, mais en le franchissant il devint lui-même flamme et continua de rouler. Il fut alors ailé et vola à travers les cieux. Il était le soleil ailé et tenait la terre entre ses bras, et ce fut la deuxième phase de son plaisir, mais la terre l'embrassa de ses lèvres parfumées et le fit descendre sur elle de ses mains argentées. Il plongea et fut l'éclair, une épée qui perçait une cité jusqu'en son cœur, et ses cheveux volèrent en arrière dans le souffle du tourbillon et son corps ailé vola hors de lui... il cria en une agonie de joie et s'enfonça au centre de la terre, troisième portail, où il mourut... sans mourir, et son vol n'était point terminé.

Il la tenait encore, par un effort de son cerveau, et il haleta sur ce pinacle, oubliant tout, même son propre nom, sa nation, sa sorcellerie.

— En vérité, dit-il, tu es une déesse. (Mais il ne parlait que par l'esprit, car à cette hauteur le souffle lui manquait pour parler.) Cette chasse à laquelle tu me conduis est pour les dieux, pas les hommes. Laisse-moi retomber, Ajriaz.

— Pas encore.

Et ses yeux étaient cruels d'amour, tous les cieux de la terre étaient en eux ; ses mains se déplacèrent sur lui et à chaque attouchement, chaque pouce de sa peau, chaque os devenait une créature vivante à part qui suivait Ajriaz dans sa frénésie, et il ne put rester sur place.

Ils voyagèrent donc, se serrèrent l'un contre l'autre et pleurèrent, comme dans la terreur de la mort de la cité. Ils furent dans l'océan, dans les airs, dans le cœur du monde, les entrailles de feu, plus profond encore ils voyagèrent, franchirent un quatrième portail, un cinquième et un sixième, et Tavir eut l'impression qu'il n'était plus rien d'autre que Tout, la terre, le ciel, la mer, le soleil, la lune, le jour, la nuit, l'amour, la mort, la quiétude, la guerre, l'innocence et l'érudition, immortel, fini, maudit, oublié et libéré. Dans le lointain il entendit ses propres cris qui s'envolaient en dessous de lui comme des oiseaux sauvages, et bien au-dessus il sentit son ombre heurter le toit doré de son cerveau... mais entre les deux son âme fuyait librement.

Ils parvinrent ainsi au septième portail et s'y précipitèrent, enlacés et silencieux, le corps bougeant à peine alors que tout le reste miroitait et tournoyait de plus en plus vite.

Tavir, qui n'était plus Tavir, sentit que son cœur avait cessé de battre, que l'horlogerie de sa chair s'était arrêtée. Et même Ajriaz avait disparu de lui, ou était devenue pour lui non seulement Tout et Chaque-Chose, mais le Néant, magnifique et absolu.

Vint alors le huitième portail, où il fut ancré. Devant lui et en lui bouillonnait la dissolution totale de tous les mondes, de l'espace et du temps. Il ne voulait plus résister, pourtant il était bridé, enchaîné, amarré sur place. Il s'efforçait désespérément d'exploser en un million d'éclats, en étoiles et soleils, en mondes nouveaux, un cosmos, dernier cri de l'extase, que nul n'entendrait, à moitié formé sur ses lèvres... mais toujours, toujours, les entraves se refusaient à le lâcher.

Il se produisit alors en lui un murmure, une caresse bien plus légère qu'une feuille. Et il fut de nouveau immobile, il cessa de voyager, de faire des efforts, il se contenta d'attendre. De l'infini, seul, le neuvième portail arriva sur lui, se précipitant à travers l'espace, comme une vague qui se brise, et il se brisa, se fracassa, et l'univers naquit de lui.

Inconscient, essoré et lavé, il gisait entre les bras d'Ajriaz sans savoir qu'il vivait : il n'était plus qu'homme et mage. Et il ne pleurait plus rien.

Mais Ajriaz, qui était paisiblement allongée, pleurait peut-être. Car, pour les démons, qui produisaient un tel plaisir, le plaisir n'avait pas la valeur du choc doté d'une fibre mortelle. Il ne pouvait les abasourdir ni les surprendre. Il était donc moindre pour eux.

Elle resta donc allongée avec son amant, qu'elle aimait bien. Mais ses larmes coulèrent à nouveau, et nul ne pouvait plus la réconforter.

Le vaisseau cétacéen continuait de filer, n'ayant plus aucun autre endroit à rejoindre que Simmurad la noyée, ville qui avait été elle aussi anéantie.

Le vaisseau courait à travers le temps et l'espace, rapide

comme la pensée, ou seulement comme un gros mammifère marin. Souvent, ses yeux brillants avaient chacun une pupille en observation, l'une étant Tavir et l'autre Ajriaz. Autrement, les pupilles étaient ailleurs, pratiquant l'art de l'amour... au summum de ses formes démoniaques comme sous ses diverses formes humaines délicieuses. (La première ne fut d'ailleurs plus jamais répétée ; la chose est rare, car toutes après la première sont comparées à celle-ci et d'ailleurs, comme c'est parfois le cas chez les amants les plus accomplis, Ajriaz se montra de plus en plus blasée face à l'extase.) Ils discutèrent aussi longuement et se livrèrent à des jeux instructifs. Et ils se chamaillaient. Tout cela les intéressait.

Cependant, les génies voletaient en veillant aux rudiments de luxe de leur existence.

Mais la mer que traversaient désormais Ajriaz et Tavir commençait à se trouver vide, non seulement de poissons et autres bêtes aquatiques, mais de créatures vigoureuses. D'énormes forêts d'algues et de coraux poussaient, il est vrai, des fleurs massives s'épanouissaient, les courants filaient, mais tout cela avec une sorte de morbidité. Là où l'on apercevait un poisson, il brillait comme un tison et tout le reste semblait plat et froid derrière cette légère chaleur.

Simmurad s'était trouvée à l'extrême orient et elle y gisait toujours, au coin matinal du monde.

— La vengeance du ciel me cherchera-t-elle jusque-là ? demanda Ajriaz à son amant endormi. Dathandja erre-t-il par les rues immergées, à la recherche de ce que Jirek fit pour La Mort ?

— Ô Maîtresse, demain, lorsque le soleil se lèvera au-dessus de nous, nous arriverons à Simmurad.

Les génies annoncèrent ainsi de concert la fin du voyage.

Simmurad, une fois levé le rouge, se fit camée de roche écarlate et de falaise blanche. Simmurad, désormais anémone dans une bouteille de saumure.

Ils y arrivèrent dans l'aube marine, matin arborant les couleurs de la mer qui étaient celles des roses lorsque la cité se dressait sur les terres. Mais c'était très souvent l'aube en ce lieu, même maintenant, lever de soleil prolongé à la bordure extrême-orientale.

Le vaisseau démoniaque pénétra lentement dans la ville, respirant à peine, les yeux écarquillés, les deux pupilles attentives.

Les portes de bronze étaient tombées depuis longtemps. De toute façon, l'on pouvait circuler en passant par-dessus les murailles, ainsi que l'avait fait la marée. Les hautes tours et les montagnes encore plus hautes, l'océan en couvrait toutes les cimes. Quant aux vastes places, aux allées en terrasses et aux parcs qui avaient vu batifoler les biches et les léopards immortels, ils n'étaient plus que des cuvettes pleines d'eau. Non seulement l'immortalité éternelle, mais toute vie avait quitté Simmurad. Ses couleurs normales avaient été délavées, de telle sorte que la lueur du soleil extérieur ou les lampes du vaisseau ne pouvaient les raviver. Quant à la pierre elle-même, sans cesse léchée par l'eau, elle s'était usée. Aucun monument ou sculpture n'était encore reconnaissable. Les colonnes et les flèches pures ressemblaient à des chandelles fondues.

D'une masse de varech et de fougères primitives, un dôme dépassait par-ci par-là. Près d'une entrée couverte de végétation entrelacée se dressait le chicot d'un obélisque. Des siècles auparavant, des lettres étaient gravées sur ce pylône. Un message pouvait encore être déchiffré, si l'on s'en donnait la peine. Il disait :

JE SUIS... SIMMURAD
... EN MOI... ETERNEL
POUSSIERE

— Faut-il toujours que les hommes soient ridiculisés par leurs propres légendes ? demanda Ajriaz.

Tavir, silencieux, avait le regard fixe.

Ajriaz déclara :

— Cette merveille est terminée et nous la couvrons de honte en la contemplant ainsi. Nous allons repartir.

Elle était en colère et déçue, de diverses manières. Mais Tavir dit :

— Satisfais-moi ainsi que le souvenir de mon rêve. Restons au moins un jour et une nuit. Moins ne ferait qu'augmenter la honte de ces lieux. D'ailleurs, le voyage a été long et au-delà se trouvent le rebord et l'extrémité orientale du monde. Seul y réside le chaos, où les hommes ne veulent ni ne peuvent entrer. Face à un tel symbole, il convient de se recueillir un instant avant de faire demi-tour.

— Je ne resterai pas une minute de plus.

Mais, pour se plier à son caprice, elle ne fit pas repartir le vaisseau.

Tout le long de cette lasse matinée et de ce sinistre après-midi, ils continuèrent d'arpenter les avenues, contemplant la désolation et la subjugation des idéaux humains. Rien de vivant n'était visible, car même les poissons les plus embryonnaires de ces profondeurs se tenaient à l'écart ou avaient été effrayés par la proximité du vaisseau. Seul un semblant de vie, leur propre ombre hardie, se déplaçait avec eux sur les murs pourris ; parfois, un éclat de joyau dépourvu de sang clignotait moqueusement devant leurs lampes.

Nul âme ne marchait ou nageait dans les rues. Pas même un fantôme qui se donnât la peine de hanter ces ruines. Soupirez donc, ainsi que l'avaient lancé les chansons, devant le déclin de Simmurad.

Quant à Tavir, car les princes de Tirzom étaient éclectiques, il avait fait apparaître une lyre et, assis dans l'œil gauche du vaisseau pisciforme, il chantait mélancoliquement :

La magnificence s'émiette dans la poussière,
L'épée des délices dans la rouille s'endort,
Et des hauteurs des falaises de pierre
Les boucs émissaires et les sauveurs tombent vers
[la mort.
Voyez la ruine de nos vies,
Le miel des ruches évanoui,
La parade de La Haine et de ses femmes en pleurs,
Dans leurs vêtements de courroux et de terreur.
Ne suppliez donc pas les dieux : ils ne voient rien ;
Ce pauvre espoir de l'esprit, détruisez-le à dessein,
Agenouillez-vous plutôt devant les pierres sous le
[vent
Et demandez-leur de la musique et du pain tout
autant.

De nos rêves une cape nous avons tissée
Et nous avons scellé nos tours brillantes d'un
[mortier de fumée.
C'est La Mort, c'est La Mort que nous appelons,
Et les loups de sa meute que nourris nous avons.

Ajriaz se tourna pour lui parler peu amicalement et sursauta alors. Car, là où s'était trouvé Tavir, ombre marine ténébreuse, se tenait un autre jeune seigneur, pâle, les cheveux dorés, dans un vêtement prune, avec des gants...

Avant qu'elle eût pu reprendre son souffle pour le maudire, la vision s'éteignit. *Irréel*, songea-t-elle, encore moins amicalement. *Il rôde ailleurs, caquetant et croassant. Mais je prends note de la chose. Assurément, cette apparition implique que mon charmant amant, touché par le déclin matinal de Simmurad, se fâche avec la folie.*

Elle ne morigéna donc point Tavir mais l'observa scrupuleusement. *Naturellement, il me trahira d'une manière ou d'une autre, il m'abandonnera. Lorsque je cherche un bouclier, ou un frère, pour défendre mes arrières, tous ceux qui ont juré de rester à mes côtés partent vaquer à d'autres courses.*

— Tes regards sont comme des poignards, dit Tavir. Des poignards du saphir le plus pur. Mais des poignards tout de même.

— Si mes yeux ne te plaisent point, dit Ajriaz en lui mettant tendrement les mains autour du cou, ferme-les de tes baisers.

Ce que fit Tavir de bon cœur.

Leurs ébats amoureux terminèrent cette journée et semblèrent éteindre le soleil. Le coucher du soleil était tellement rapide dans cette région qu'un instant la mer était verte, puis elle devenait cendrée, puis noire.

Ajriaz, qui avait tenu Tavir comme une fleur tient son ombre, le lâcha alors et feignit le sommeil. Elle avait perçu, au beau milieu de l'extase, une énergie inquiète qui n'était pas entièrement satisfaite.

Bientôt, ainsi qu'elle l'avait supposé, Tavir, malgré le plus charmant des enlacements d'adieu, quitta la couche et traversa leur appartement. La sorcellerie d'Ajriaz était toujours intacte à l'intérieur de son vaisseau : elle le sui vit, plus petite et moins visible que le grain de poussière étincelant dont il avait fait l'élégie.

Assez vite, il se retrouva près de l'épiderme du bateau et lui demanda de s'ouvrir. Le vaisseau, sur l'ordre d'Ajriaz, lui obéit. Peu après, Tavir filait à travers la noirceur de la cité noyée, respirant sans air et sans effort à la manière des princes de Tirzom qui étaient dotés de branchies, accompagné par une minuscule lueur de phosphore qu'il avait invoquée magiquement dans les eaux pour éclairer sa route.

Ajriaz était emplie de colère et de la désagréable satisfaction d'avoir eu raison. Elle utilisa sa propre sorcellerie et, en deux ou trois mots secs, s'enveloppa, petit grain de poussière, dans un second grain d'air. Puis elle bondit à la suite de Tavir et de la lumière qui disparaissait.

Si Simmurad était triste de jour, elle était encore plus déprimante dans sa robe de nuit. Ce n'était pas un endroit pour les poètes, bien que des chansons lui eussent été consacrées. La vraie désespérance n'est qu'un mur blanc ; il faut la rage ou un fol espoir, ou au moins un cri, pour en tirer quelque chose. Mais Simmurad... oh, Simmurad !

Tavir continuait de nager et Ajriaz le suivait. Elle devinait quelle était sa quête. Naturellement, il allait chercher celui qu'il avait été, ou avait cru être, si son rêve était vrai.

Au bout de moins d'une heure, ils parvinrent ainsi à l'obélisque dissous et franchirent l'enchevêtrement de varechs (Tavir taillant le passage) pour pénétrer dans la citadelle.

Il y avait eu une voûte en dôme, un sol en mosaïque et en argent. Des fontaines avaient joué et, à de grandes tables, les immortels avaient festoyé... C'était maintenant l'eau qui banquetait. Tout était rendu flou par l'eau. Et une lumière sévère tombait de très haut, comme une pluie dans une averse, où des filaments lumineux brodaient les fenêtres mortes étouffées.

Prisonniers de la lueur sans merci, les immortels de la cité de Simmu étaient là. Ils avaient gagné leur tranche de vie éternelle par des exploits de sorcellerie, de sagesse ou d'impudence exotique, chirurgiens et mages, artistes et courtisanes, voluptueux, astucieux, détraqués. Ils n'étaient plus maintenant que corail blanc. Tout simplement. Car ces minuscules bâtisseurs des mers s'étaient montrés industrieux au cours de siècles. Pas une forme, un trait, un geste, qui fût reconnaissable. C'étaient des blocs de calcaire. Où étaient désormais les rêves tapageurs ? L'eau balayait, le corail bâtissait. Bientôt, la légende elle-même s'éteindrait et ceux qui viendraient la chercher en ce lieu ne trouveraient que pierres fondues, quelques bouts de détritus corallien de la mer. Ils diraient : *Simmurad n'était que mensonges. Il n'y a pas de Simmurad, il n'y a jamais eu un tel endroit. Ni de Simmu, ni d'Immortalité volée aux cieux pour les hommes, ni de cieux, ni de vie éternelle. Il n'y a que ceci désormais. Plus rien que ce que nous voyons et sur quoi nous posons les mains. Ne devrait-on pas en trouver ici quelques signes ?*

Etant entré, Tavir laissa mourir sa torche. Il se déplaçait comme s'il nageait dans son sommeil autour des piliers de calcaire. Il ne semblait pas se souvenir particulièrement de l'un d'eux. Aurait-il dû en chercher un entre tous, comment l'aurait-il trouvé ?

Il y avait un moyen.

Une voix s'éleva soudain, forte, dans l'eau... et comment aurait-on pu l'entendre si elle n'était aidée par la magie ?

— Eh bien, la liberté est-elle agréable ? demanda-t-elle. Je t'en prie, réponds-moi. J'ai oublié.

Tavir, bien naturellement, se tourna et regarda autour de lui.

— Je repose ici, dit la voix. A ta droite...

Elle lui indiqua très précisément comment la repérer. Tavir suivit les instructions et se tint bientôt dans l'eau devant un pilier de corail qui ressemblait à tous les autres.

— Comment se fait-il que tu puisses parler ? demanda Tavir sans utiliser lui-même ses cordes vocales, mais grâce à un mécanisme de magie aquatique.

— Parler ? Qui a dit que je parlais ? repartit la voix. J'impose mes pensées par un tour de magie, comme toi. Aurais-tu également oublié ? Je suis mage.

— Ma question signifiait ceci : si je suis toi et que tu sois moi, comment se fait-il que je sois ici et que tu sois là et que nous puissions dialoguer ?

— Taratata ! fit prestement le bloc de corail. Il semble

certain que, lorsque je suis redevenu jeune, comme toi, j'ai gagné en bêtise ce que j'ai abandonné en années. Ecoute attentivement. Car tel est le puissant paradoxe théologique que, comme les autres sages géniaux que le monstre Jirek a emprisonnés ici, j'ai saisi depuis longtemps. Tous les hommes possèdent une âme qui est immortelle. Mais certains hommes préfèrent la longévité ou l'éternité du corps, vu qu'à chaque nouvelle vie nous sommes forcés de subir encore et encore l'idiotie de la naissance, de l'enfance et de l'ignorance, sans parler de l'inconfort de la décadence physique. Par exemple, moi qui suis toi ainsi que tu étais alors quand tu étais moi, j'ai rejoint le nombre des immortels en absorbant une goutte du divin Elixir. Or, l'on pense, continua de jacasser le bloc, que, chez un mortel rendu immortel, l'âme inspire la chair. Tel est peut-être le cas. Toutefois, en pétrifiant la chair, Jirek, dans son intelligence excessive, a séparé l'âme de chacun de nous de ses atomes terrestres... car aucune âme ne peut être indéfiniment entravée, étant elle-même une essence fabuleuse. Mon âme s'est donc enfuie... ainsi que l'a d'ailleurs fait l'âme de tous ceux qui sont emprisonnés à Simmurad. En renaissant, elle est venue habiter le corps d'un certain Tavir, prince de Tirzom Djum, et d'une combinaison de couleurs qui, dirai-je, frappe bizarrement mon regard.

— Mais qui es-tu donc, si tu n'es pas moi, par les ossements de nos deux mères ?

— Ton corps précédent étant immortel, il vit encore à l'intérieur du corail. C'est encore un grand sage et il dispose, par-dessus le marché, de toute la légion de tes souvenirs antérieurs que, dans ta verdeur nouvelle, tu as oubliés. C'est donc ce corps qui te parle si gracieusement et intelligemment, et qui dit *Je.* Ainsi que je continuerai de le faire.

— Sur ma vie... ou l'une d'elles ! s'exclama Tavir qui retomba dans le silence.

— Ta-ta, fit le corps immortel sur un ton réprobateur, si seulement tu avais recouvré ta sagesse, tu ne parlerais pas pour ne rien dire comme tu le fais.

— Donne-moi donc tes connaissances. Elles m'appartiennent de droit.

— Pas du tout, dit le corps dans le corail. Par ta décision de renaître, tu as abandonné tout ce qui m'appartient.

— Mais si je n'avais pas vécu en toi, tu n'aurais rien appris !

— Et maintenant que tu m'as quitté, il te faut tout réapprendre à la sueur de ton front, répliqua le corps avec la pire des suffisances.

Tavir assena un coup de poing rageur sur le bloc. Le mouvement fut ralenti par l'eau, pourtant l'intention était blessante et il blessa. Le corail se plaignit.

— J'ai appris à respecter la vie d'autrui, dit Tavir. Je crois que tu t'es montré indifférent à toute vie qui n'était la tienne.

— Tu as simplement acquis un sentimentalisme maladif, défaut dont il t'avait fallu auparavant bien des années pour te débarrasser.

— Tu ne me connais pas. Ne fais pas de suppositions.

— Et tu ne te souviens pas ; ne fais pas de suppositions non plus.

— Grâce à mes sortilèges, je puis rentrer en toi, dit Tavir, connaître à nouveau ce que j'étais et récupérer toute connaissance superflue que tu retiens à tort.

Devant cette menace, le corail fut moins communicatif. Tavir, avec une grimace, pris entre la fascination et le chagrin, s'écarta un peu et commença à se préparer pour ce sortilège indispensable.

Ajriaz n'était pas loin et avait tout écouté. Elle aurait pu désirer reprendre sa forme féminine normale, mais elle jugea que cela risquait de causer un passage dans les eaux dont les lois étaient ce qu'elles étaient, c'est-à-dire ennemies. Elle ne s'aventura donc point à se transformer et rejoignit Tavir telle qu'elle était, minuscule grain dans une larme d'atmosphère parfumée.

— Tavir, dit-elle en envoyant ses paroles dans son cerveau, car ses oreilles eussent été sourdes, ne rentre pas dans ce corail. Songe uniquement que tu as rêvé cet emprisonnement et que ce rêve t'a conduit jusqu'ici. Cette créature te met actuellement au défi de redevenir son prisonnier... prisonnier de ce corps qui était le tien, où tu as vécu si longtemps, qui est encore immortel, perdure et parle de soi ainsi que le fait un homme orgueilleux...

Mais Tavir ne lui prêta pas attention et ne l'entendit peut-être pas, car il avait créé un enchantement qui brillait autour de lui encore plus clair que les lampes dans le toit. Au moment même où Ajriaz le mettait en garde, il se produisit un tourbillon et un embrasement comme si une énorme lampe venait de s'allumer. Puis elle s'éteignit et seul demeura le demi-jour marin.

Ajriaz, qui avait connu et manié sur la terre ferme un tel pouvoir que les hommes se recroquevillaient de terreur quand on en parlait, regarda ce spectacle et reconnut son impuissance. Tavir gisait sur la mosaïque et l'argent souillés du sol. L'eau jouait avec ses cheveux ; ses yeux étaient fermés. L'âme était partie, retournée dans le corail et son corps précédent, qu'elle connaissait mieux, qui lui avait lancé un signal, l'avait appelée et avait fini par la rappeler grâce à sa longue laisse fine.

— J'aurai donc été une simple servante, dit Ajriaz. Ma seule utilité aura été de te ramener ici, jusqu'à ceci, comme l'aurait fait ton cocher, ou ton âne. En guise de paiement, j'aurai eu droit à trois baisers. Je t'en remercie, Tavir.

— Mon nom n'est pas *Tavir*, dit la voix du corail. Tavir se trouve allongé sur le sol. Quant aux baisers, il t'a bien baisée. Je pourrai ajouter ses nouveaux souvenirs aux anciens. Mais cette vie-là n'est qu'un mirage. Ce fut assez joyeux de redevenir adolescent, agile et adroit dans l'art de l'horizontale, mais l'âge et l'immobilité ont leurs compensations. L'existence aventureuse finit par être lassante pour l'homme qui réfléchit.

— Traître, je ne tenterai point de te secourir. Reste allongé sur le sol, boucles-vertes qui pourriras, et réfléchis dans ton corail qui finira lui aussi par pourrir. Tu n'es qu'un idiot de plus.

Lorsqu'elle eut prononcé ces paroles, Ajriaz vit alors les coraux, l'eau et toute la salle dans la pénombre s'empourprer à nouveau de lumière. Une excitation poignante la parcourut, car elle s'imagina que Tavir se débattait pour la rejoindre et elle se tendit impatiemment pour l'aider. Mais elle vit alors, avec un sentiment de déception qui n'était pas dû au seul chagrin, que cette lumière n'était pas la même que la première. Elle était rapide, épaisse, comme si quelqu'un avait versé du vin ou du sang. Elle avait un éclat rougeâtre. La lune, ou le soleil, en train de se lever sous la mer...

Elle sut de quoi il s'agissait. Elle ressentit une étrange peur ténébreuse ainsi qu'un désir misérable de se rendre... et une pulsion pour combattre. Embourbée dans toute la désespérance de Simmurad et de ses propres années d'éclat et de confusion, elle hésita, s'interrogea pour savoir si elle n'allait pas s'abandonner.

Mais il n'était pas dans sa nature, après tout, de ne rien faire. Elle fit donc volte-face et s'éloigna de la citadelle fantomatique dépourvue de fantômes pour se diriger vers sa seule chance à portée de main : le vaisseau démoniaque.

Chuz l'avait abandonnée, puis Ajrarn l'avait chassée. Parmi les mortels, Dathandja lui avait à peine accordé un regard, bien que sa beauté bouleversât le monde ; quant à Tavir... Tavir était mort.

Les avenues macabres luisaient maintenant bruyamment, comme si elles étaient en train de brûler dans la mer. Ajriaz s'enfuit dans son vaisseau, puis le vaisseau s'enfuit. Car, derrière le rougissement des eaux, sur sa piste arrivait encore Yabael le Sanglant et le Second-Brûlé, le limier des dieux, le chasseur.

12

Mais c'était Ebriel qui marchait sur les cimes montagneuses du coin oriental de la terre.

Des roches plus élevées se trouvaient derrière Simmurad ; la mer ne les avait pas recouvertes. Elles se contentaient de dominer le bassin de l'océan et de se refléter dedans. Lorsque les longues aurores les réchauffaient, elles rayonnaient, mais il y avait toujours en elles un aspect inquiétant. Leurs pics masquaient et, peut-être, conduisaient au rebord du monde. Elles faisaient partie de la dernière barrière qui cerclait la terre. Qui pouvait dire ce que signifierait les franchir et arriver à leur fin... qui se risquerait à une telle aventure ?

L'ange lui-même ralentit son pas et se maintint à l'intérieur, bien que le Bord du Monde et le chaos lui-même fussent assurément sans effet sur lui.

Le coucher du soleil arriva et s'en fut aussi vite qu'un baiser négligent. La nuit et quelques rares étoiles jouèrent dans le ciel.

Le Malukhim continuait de briller dans les ténèbres. Il semblait regarder dans l'océan, comme un homme qui guette les poissons qui montent.

— Ce n'est pas moi que tu attends ici, dit Dathandja en arrivant en haut de la pente montagneuse obscure, mais c'est moi qui arrive.

L'ange se retourna et regarda alors Dathandja. Même dans le noir, les yeux d'Ebriel *brillaient* car la lumière demeurait toujours en lui.

Dathandja continua d'avancer. Il s'approcha de l'ange jusqu'à n'être plus qu'à trois pieds de lui.

Il restait bien des pouvoirs à Dathandja. Il en usa. Il demanda :

— Ebriel, te mets-tu en travers de mon chemin ? Il y a eu conflit. Ne le reproduisons pas inadéquatement. Je ne suis pas démon. Et tu n'es pas le plus puissant des Nés du Soleil ; tu n'es pas Melqar, qui est sorti du feu le dernier.

Ebriel, avec un chuchotement de ses ailes, se déplaça alors de côté. Ce fut un geste marqué par l'économie et la beauté. Dathandja passa à côté de lui et atteignit le haut de la pente, où la montagne s'aplanissait pour donner sur le lac marin.

Il était encore mage quand il le désirait. Il projeta son esprit comme une ligne dans les profondeurs. Ses pensées, et rien d'autre, marchèrent sous l'océan et parcoururent la ville noyée. Lui aussi avait appris l'économie.

Une radiation tapageuse régnait en bas. Peut-être ne la remarqua-t-il pas, mais elle ne fit que croître. Il avait d'autres soucis.

La conscience de Dathandja parvint alors dans une salle où se trouvaient des colonnes de corail (désormais très rouges). Et une agitation se fit dans les eaux.

Jirek, dirent plusieurs voix. *Voilà le meurtrier qui revient rôder sur les lieux de son exploit légendaire.*

Les pensées, l'esprit de Dathandja, feignant aussi d'ignorer ceci, examinèrent soigneusement chacune des colonnes. Une multitude de personnalités réagirent, railleuses et enjôleuses. Mais elles vivaient dans le calcaire comme le font les escargots dans leur coquille, très confortablement : elles avaient suivi leur propre destinée. Ce n'était pas sur celles-ci qu'il avait exercé la vengeance du Roi La Mort. Et des âmes éternelles qu'il avait incarcérées, toutes avaient disparu. Sauf une.

Celle-ci vint bientôt, en quelque sorte, lui taper sur l'épaule, esprit et pensées d'humain pareils aux siens, essence et personnalité tout à la fois.

— Je repose ici, dit-elle intolérablement. (Une fois que l'œil interne de Dathandja l'eut considérée, elle ajouta :) Tu n'es plus tel que tu étais. Je remarque que tu éprouves le sentiment d'avoir une dette. Tu dois donc me libérer.

— Je reconnais ce besoin.

— Et sur-le-champ, hein !

Au cours de quelques centaines d'années, d'une manière ou d'une autre, cette créature avait conservé l'habitude de se faire obéir.

Rien ne fut dit non plus des sentiments d'Uhlumé, Seigneur La Mort, au nom de qui ce travail avait été réalisé. Il semblait être supposé que ces quelques siècles avaient dû guérir ses blessures.

En haut de la montagne, Dathandja murmura.

En dessous, le miroitement de sa conscience sortit de la pénombre roussâtre.

— Attends, chien ! lâcha le personnage dans le corail. (Le piège s'ouvrit et il fut dégorgé, battant des pieds et des mains en hurlant dans l'océan.) Oh, immonde chacal ! Je ne sais pas nager...

Puis il se rappela qu'il n'avait été entre-temps qu'un prince marin de Tirzom doté de branchies. Des profondeurs de Simmurad, l'ultime captif sortit donc en pataugeant, respirant et ne respirant pas l'eau, se noyant sans se noyer. Il avait encore des vestiges d'immortalité, mais il n'était plus immortel, son âme partie qui était revenue était restée séparée, réfugiée habile et susceptible.

— Que la mer est rouge. La mer a-t-elle été toujours aussi rouge en ce lieu ? Non. Quelque chose se produit. Une créature en colère, rougie et pressée. Qu'en pense Tavir ?

(Il tape et feuillette la mémoire du corps abandonné, comme dans une bibliothèque en désordre. Puis un cri outragé et des efforts encore plus énergiques pour rejoindre la surface.)

— L'ange... le destructeur de bronze... oh, chien et chacal de Jirek, m'abandonner ainsi... quelle libération estce là...

Dathandja, calme comme la nuit, le Malukhim, jour dans la nuit, contemplèrent quelque chose qui jaillit de la mer, tout en bas. Cela rebondit et s'immergea, s'enfuit maladroitement et agita les poings. Puis se rappela une expression de l'antique thaumaturgie qui lui avait jadis permis d'accéder à la cité de Simmu... et il s'envola dans les airs sur un tapis doté d'ailes de poulet.

En un clin d'œil, sage et tapis se précipitèrent en piaillant entre le sorcier et l'ange.

Le dialogue se perdit. Car à cet instant la mer commença à bouillonner.

Le tonnerre gronda à l'horizon. L'air se hérissa. Un soleil de flammes noires se leva. Comme le sang qui bout dans une veine, l'apparition de Yabael fendit les eaux et s'y enfonça, invisible hormis une fente fuyante d'écarlate sauvage qui avait tantôt la forme d'un homme, tantôt la forme d'un vautour avec son bec meurtrier. Les montagnes tremblèrent jusqu'à leurs racines et partout des avalanches se ruèrent pour s'abattre avec force éclaboussures dans l'océan en émoi. De la vapeur s'éleva, les vagues bondirent de peur vers le ciel. Le monde sembla au bord de sa fin...

Puis cela passa. Comme une terrible fièvre, cela chassa, sous la terre elle-même, les roches, tout ce rouge, l'éclat taché de sang, le bruit et les tremblements. La mer retomba et noircit. Les grondements et les borborygmes moururent. Un silence s'abattit.

Ebriel avait replié sa blancheur silencieuse. Dathandja regardait dans la direction où la créature avait disparu, vers l'orient extrême. Le sage libéré était muet.

Quant au tapis aux ailes de poulet, affolé, il avait pondu un œuf sur le sol et, le laissant orphelin, il s'était évaporé.

La dernière des mers. Elle courait sous les fondations des montagnes. C'était la seule route. Elle l'emprunta pour s'enfuir, la Déesse perdue dans son vaisseau démoniaque.

Elle savait, en fuyant toujours plus vers l'est, qu'il était une limite à sa course. Si elle ne l'avait su, les génies le lui avaient expliqué. Ils écumaient autour d'elle, ces êtres de fumée, comme si quelque chose était en train de brûler. Ils serraient leurs mains fines et leurs visages infantiles étaient pleins d'affliction. Ce n'était pas pour eux qu'ils étaient nerveux. C'était pour elle qu'ils s'inquiétaient, on peut le présumer, parce qu'ils étaient ses esclaves et que ce n'était là qu'attitude convenable.

— Ô Maîtresse, le bord de la terre. La mer se déverse au-delà des montagnes dans le néant et l'altérité, dans les limbes qui entourent le monde.

— Exactement, dit Ajriaz. Et il n'est d'autre endroit où aller. Depuis Simmurad, le chenal est trop étroit... s'enfuir vers le nord ou le sud équivaudrait à s'écraser contre les montagnes sous-marines qui abondent par ici. Faire demi-tour, ce serait rencontrer de front la mort rouge. Pouvons-nous nous envoler dans les airs ? Les sorts de ce vaisseau l'interdisent. Dois-je l'essayer seule ? Oh, le destructeur me rattraperait promptement, plus près des cieux où il a trouvé la vie. Mais dans cette direction, vers l'est, comme vous le dites, se trouve l'horreur inconnue, l'opposition à tout ce qui vit sur terre... et ainsi à ce qui nous poursuit. Même le Malukhim sera découragé et reculera.

Mais le chasseur ne fit rien de tel. Il arrivait derrière eux comme un long rouleau de sang.

Ajriaz elle-même finit par disparaître des fenêtres oculaires de son bateau. Il allait si vite, comme l'éclair, qu'elle ne distinguait pas grand-chose. Elle arpenta le ventre exquis de la baleine. Elle commanda de la musique et un banquet... mélodies bizarres et sans harmonie, nourriture grasse et vin éventé. Elle essaya d'envisager la frontière du monde. D'y croire. Elle n'avait pas peur. Elle était terrifiée. Elle n'avait aucunement peur.

— Chuz, dit-elle, je suis aussi ton sujet.

Elle projeta les pommes pourrissantes contre les murs où les draperies gémirent et se déchirèrent. Elle rongea ses ongles magnifiques, comme une fille mortelle effrayée.

Le vaisseau continuait de filer, à travers les derniers chenaux de l'océan oriental de la terre, sous les montagnes. Il n'y avait aucune lumière. Même l'eau n'était pas vraiment fluide. Le bateau commença à frémir et craquer de tous ses joints. Les lampes magiques expirèrent une par une. La musique émettait un bruit de hurlements lointains.

— Ô Maîtresse ! firent les génies.

— Ne bougez pas. Si je dois me plonger dans le chaos, la créature qui me pourchasse fera de même. Viens, épervier du soleil ! lança Ajriaz au mouvement clignotant qui hurlait au loin, à la non-mer sourde derrière elle et à la question aveugle devant elle. Suis-moi, ennemi. *Suis-moi,* et le chaos t'engloutira aussi.

Les génies disparurent soudain. Il n'en resta pas un ruban de fumée. Puis un vacarme affreux résonna dans tout le vaisseau. Les ultimes lampes moururent comme des fleurs qui se brisent.

Les ténèbres vinrent et s'installèrent dans le navire et les yeux d'Ajriaz ; et les ténèbres lui dirent : *Regarde maintenant autour de toi.*

Mais Ajriaz se couvrit les yeux.

Tout bruit cessa alors. Le vaisseau devint silencieux. Il devint immobile. Il flottait.

Ajriaz s'agenouilla. Elle retint son souffle.

Elle ne pouvait mourir. Pourtant, la mort était proche. Nul parent, nul bel oncle avec qui faire un marché. La mort véritable, dans tous ses aspects. Et elle était seule.

Il y eut alors un choc qui sembla fendre le monde lui-même. Le vaisseau s'éleva... si vite que tout fut abandonné, l'armature métallique, les rivets magiques, la chair et les os... de plus en plus vite, de telle sorte que la pensée et la respiration en furent écrasées... et elle entendit, la fille aux cheveux noirs seule dans les ténèbres, à des milles et des lustres en dessous d'elle, sa propre voix qui criait, comme la voix du bébé qu'elle était encore et qu'elle n'avait pourtant jamais été :

— Mère... ô ma mère, aide-moi ! Mère ! Mère ! Ô ma mère !

Mais un Néant ou un Quelque-Chose s'était refermé sur le vaisseau. Le chaos, ou ce qu'était le chaos à la lisière de la terre. Il l'étreignit et, tout en l'étreignant, il recula.

Mère, aide-moi...

Le vaisseau plongea alors vers le bas, comme dans un abysse sans fond. Un abysse inconnu.

Voici la mort. Et je ne puis mourir. Je connaîtrai la mort éternelle...

Une main retint le vaisseau. Une main si énorme, si vaste, que le navire était aussi minuscule en elle qu'un coquillage sur une plage. La main soupesa le navire et son contenu. Ce ne pouvait être une vraie main. Ni, dans le noir, un visage qui se baissait et regardait, mystérieusement vu et invisible. Deux yeux dont le centre est un vide tournoyant sans nom, des profondeurs duquel jaillissent les semences de la matière, le labeur des planètes à naître, le sommeil des mondes terminés. Le briquet de la vie, les yeux, vides, pleins, débordants et écarquillés. Le visage est maintenant de profil, de face, les traits changeant comme des sables pâles le long des pentes de l'espace. La bouche exhale une flamme blême, un mot, un souhait. Et la main se rejette en arrière, comme la main d'un gamin qui va lancer un petit caillou...

Mais comme la main se lève, la grande manche la suit, vague qui s'enroule, les galaxies prises dans ses plis...

La grande manche se lève pour affronter le rouge de la couture qui se déchire, la rencontre, l'enveloppe. Le feu et le non-feu s'engrumellent et un million de points se défont.

Ce fut un instant d'électricité, de couronnes, d'explosions solaires et de noval les plus pur. Chacune était sans voix et sans couleur. Il débuta ensuite un léger tonnerre grave. Il s'étendit, monta et traversa le volume, devenant un son qui n'était pas un son.

L'éruption fut donc sans bruit. Le monde ploya le dos, le ciel s'inclina. Une seconde, toute matière se hissa vers l'oubli, ou une vie nouvelle, ce qui était la même chose. (Même les cieux, suppose-t-on, se couvrirent de cratères et des flocons de firmament se dispersèrent comme du plâtre.) Puis la balance revint en arrière. Doucement, tout s'arrêta, comme une roue qui ralentit.

Secouée comme un sac de sel, la substance de la terre se fixa. Comme pour le sel, chaque grain à une nouvelle place, tout en restant sel, se croyant inchangé.

Et l'énorme main, qui ne contenait plus rien, reprit les formes de la non-forme d'où elle s'était conçue. Aucun œil pour le voir, ni vide d'êtres qui tournoient. Suintant au loin. Sans cesse. Cessé.

Jusqu'aux extrémités de la terre, dans les lieux les plus retirés, somnolente, à demi endormie, la rumeur bâilla et dit d'une voix ensommeillée : *Quelque chose s'est passé dans la nuit*. Mais rien ne s'était produit, assurément, car le monde ne paraissait pas différent. Les arbres portaient leurs colliers de fruits, les chèvres donnaient leur lait, avec un coup de patte de temps à autre, les jeunes filles se peignaient les cheveux en y mettant des fleurs et des perles. Les savants, concentrés sur leurs parchemins et leurs globes de quartz dans leurs hautes tours, hochaient la tête, intrigués, insatisfaits.

Si tous sont changés, qui sentira le changement de l'air ?

L'humanité est-elle indemne ? Oui.

Le monde est-il intact ? Oui.

La terre est-elle toujours plate ? Tout à fait.

TROISIÈME PARTIE

SOUS LA TERRE

1

Hazrond, Prince des Démons, prit pour se distraire la forme d'un grand aigle noir. Il vola vers l'est et l'ouest, battant de ses vastes ailes, au nord et au sud, jusqu'aux quatre coins du monde. Il regarda la lumière des processions des hommes qui rampaient en bas et dépassa avec un regard glacial les hauts pylônes en pierre des villes. A un moment donné, il replia ses ailes d'encre sur le toit d'un temple.

— Il ne vous a donc rien appris, dirent les ailes, les plumes, les yeux... tout sauf la voix de Hazrond. Même lui n'y est pas arrivé, Ajrarn le Magnifique, avec son plan éducatif. Mais l'humanité ne peut apprendre. Vois, cher seigneur, ils adorent toujours les dieux, bien qu'ils sachent désormais que les dieux ne se soucient point d'eux.

Une heure avant le lever du soleil, Hazrond retourna au centre du monde, puis sous la terre. Il franchit une porte d'agate, puis une porte d'acier, et une porte de feu noir. Il pénétra à grands pas dans Druhim Vanashta et, prenant une flûte en forme de fémur de chat, il souffla dedans. Aussitôt, un destrier démoniaque arriva au galop et Hazrond bondit sur son dos pour chevaucher plus vite que tous les vents du vaste monde sauvage jusqu'à son palais. Là, allongé d'un air suppliant en travers d'un seuil imposant, Hazrond trouva un petit Drin.

— Pitié, ô Seigneur radieux ! dit le Drin.

— Qu'as-tu fait ?

— Rien encore, hélas. Je te supplie de pardonner ma pauvre existence.

— Je ne te l'accorde point. Pourquoi es-tu ici ?

— Il me semble, roucoula le Drin, que je suis resté dans la terre, dans ce jardin, et que j'ai été un ver. J'ai agi comme un ver. J'ai eu cinquante femmes vers, qui m'ont toutes donné des fils vers, ce qui m'a fort intéressé, puisque, étant démon, je suis stérile. Puis celui qui a fait de moi un ver (pour me punir) m'a oublié. Ou peut-être s'est-il simplement oublié. Il s'est alors produit une curieuse hésitation dans l'ensemble de l'Etre, comme si la vie elle-même reprenait son souffle... j'ai été alors expulsé et me voici.

— Ton nom est Bakvi. Tu avais volé un collier de larmes, dit Hazrond d'une voix songeuse

— Je ne me rappelle pas, dit prudemment Bakvi. Mais je me rappelle mes cinquante femmes et mes cinq mille fils. Le jardin est bien labouré par les vers grâce à mes efforts, seigneur.

— Qui suis-je ? demanda Hazrond.

— Un Vazdru qui brille plus fort et bien mieux que toutes les lumières de la terre.

— Quoi encore ?

Bakvi s'humecta les lèvres. Si Ajrarn avait oublié ce Drin et si ce Ajrarn arrivait comme une tempête aux portes du palais...

— Le Prince des Démons, avança Bakvi.

Hazrond eut un sourire et caressa le Drin qui en palpita d'extase. Mais Bakvi eut l'impression qu'il ne palpita point autant que si un autre l'eût caressé...

Bientôt, Hazrond aux Ailes d'Aigle, le Magnifique (Maître de la Nuit), retourna dans son sombre palais.

Bakvi s'en fut dans le jardin. Il s'était habitué à ce jardin, disons-le bien. Il s'était habitué à y creuser des tunnels, à y forniquer, à toutes sortes de choses que, sous sa forme démoniaque, il n'eût osées. En attendant, sa forge près du lac avait dû être envahie depuis longtemps par quelque mécréant. Bakvi s'attarda donc en ce lieu et, de temps à autre, méfiant, s'allongea sur l'herbe sombre et courtisa les dames vers qu'il sentait se glisser, belles comme l'eau, à travers le pays souterrain de l'humus.

Au bout d'un moment, Bakvi descendit les terrasses entre les cèdres aux troncs argentés, se retenant continuellement de plonger pour s'abriter des poissons ailés parmi les branches (ce qui eût été plus que raisonnable en de la part d'un ver) et atteignit le centre du jardin. Là, Bakvi marqua un temps d'arrêt, perplexe. Auparavant (et toujours), ce lieu était illuminé par une fontaine de flamme rouge sans chaleur. Or, il n'y avait plus qu'un monticule de terre, fissuré çà et là, et les fissures rougeoyaient comme des rubis.

Bakvi s'assit sur l'herbe et contempla le monticule. Au bout d'une heure, un ver noir sortit son museau du sol et Bakvi l'attrapa.

— Arrête-toi un instant, mon fils, dit Bakvi.

Mais le ver se tortilla, mal à l'aise.

— Tu n'es plus comme avant, papa.

— Peu importe. Tu vois ce tas de terre, là-bas ?

— Mes yeux ne voient pas très bien. Mais je le vois. Il brille.

— Va chercher tous tes frères.

Le ver regimba. Bakvi menaça. Le ver se recroquevilla, s'en fut et revint rapidement avec quatre-vingt-dix-neuf autres vers. Lorsqu'il était ver, Bakvi avait appris le respect à sa famille.

— Mes fils, dit-il, vous voyez que j'ai changé. (Les vers acquiescèrent et demandèrent s'ils devaient le pleurer.) Contentez-vous d'aller sous ce monticule, dit Bakvi, et rapportez-moi un très gros morceau de cette matière qui rougeoie dedans. (Les vers étaient réticents.) Cela ne vous brûlera pas. Cela peut faire quelque chose de pire, mais ce n'est plus mon affaire, ajouta-t-il pour soi-même. (Il demanda au jardin :) Ne t'ai-je point fourni cinq mille jardiniers ? Cent de moins ne te manqueront pas.

Les vers obéissants pénétrèrent en se tortillant dans le monticule et s'affairèrent. Peu après, car ils avaient appris à se montrer très obéissants envers Bakvi lorsqu'il était ver, ils ressortirent en portant parmi eux une grosse motte rouge sang.

— Il nous semble, dit l'aîné des vers, que le feu dans cette terre, quoique sans chaleur ni lumière, possède certaines propriétés.

— Vous serez tous rois, dit Bakvi. Maintenant, suivez-moi.

Bakvi se dirigea vers le secteur du lac où martelaient les forgerons Drin. En chemin, les cent vers, rendus ivres par le contact avec le feu de la fontaine, se mirent à chanter des chansons grivoises (que leur avait apprises Bakvi lorsqu'il était ver).

Or, Bakvi, si quelqu'un lui avait posé la question, n'aurait pu dire pour quelle raison il faisait cela. En fait, en arrivant près du lac et le long des berges rocheuses où les forges retentissaient et les fumées jaillissaient et des dizaines de Drin sortaient la tête pour lui demander où il allait et de quelle sorte de lanterne il s'agissait là, Bakvi inventa des histoires et mentit, sans savoir exactement quelle vérité il dissimulait.

Il finit par repérer une minable petite caverne vide dans laquelle il rampa, suivi par les vers, qui chantaient et hoquetaient tout en portant la boule de lumière qui ne produisait pas de lumière. Un dernier Drin curieux leur lança :

— Qu'est-ce que tu as là ?

— Rien qu'un charbon pour allumer mon brasero, répondit Bakvi. C'est une magie que j'expérimente en brûlant une bouse de mille-pattes.

Ayant pénétré dans cette caverne, Bakvi donna de nouvelles instructions à ses fils et les renvoya, émettant des rots, vers une nouvelle mission. Dans un état d'euphorie totale, ils se lovèrent dans toutes les directions et pénétrèrent dans les ateliers des Drin qui dormaient ou étaient absents et s'approprièrent divers instruments qu'ils rapportèrent à leur père.

Très bientôt, alors que l'on pouvait entendre des Drin qui se réveillaient ou rentraient chez eux s'écrier « Au voleur ! » avant d'étrangler leurs voisins, Bakvi se mit au travail, il se fit un établi, alluma un brasero, invoqua de vieux sortilèges tandis que les vers contemplaient dans l'ivresse avec admiration.

De temps à autre, un voisin Drin insatiablement curieux s'approchait de la caverne.

— Qui est là ?

— C'est Ikki.

— Ikki ? Il me semblait bien avoir reconnu ta voix. Mais Ikki n'est pas le nom qui va avec ...

— Je suis Ikki et ma maîtresse est un scorpion dont la piqûre incommode pendant une année mortelle, surtout quand on se met à cheval.

— Sois béni, Ikki, et adieu.

Plus tard, à intervalles irréguliers :

— C'est toi, Ikki ?

— C'est moi.

— Comment va ta maîtresse ?

— Très piquante.

— La chance t'accompagne, Ikki, et encore adieu.

Bakvi continuait son labeur. Il fabriqua, comme les Drin avaient l'habitude de le faire, un artefact qu'il rendit sombrement merveilleux. C'était un vase d'argent avec un bouchon ayant la forme d'un oiseau. Puis Bakvi prit la motte de terre et de feu, il la fourra dans le cou de l'oiseau et donc dans son corps, puis bondonna la tête. Puis il tourna une clé de corindon et l'oiseau se mit à voler en cercles.

— Voilà qui est fait, dit Bakvi.

Et il tomba sur un énorme rouleau de tapis noir. Qui s'avéra être l'aîné de ses fils qui (sans qu'il l'eût remarqué, car les Drin occupés à leur ouvrage voyaient rarement autre chose) avait pris des proportions prodigieuses. Comme les quatre-vingt-dix-neuf autres qui avaient porté le feu de la fontaine.

— Ne t'inquiéte pas, petit père, dit l'aîné, dragon lisse aux yeux flamboyants. Nous te remercions d'avoir tenu ta promesse et d'avoir fait de nous des rois. Maintenant, nous allons t'emmener dans ton voyage.

— Qu... qu... quel voyage ? voulut savoir Bakvi en essayant en vain de se glisser dans une crevasse.

— La terre surnaturelle nous a rendus anormalement sages. Nous connaissons la route. Viens, prends l'oiseau d'argent et monte sur mon dos.

— Hum, fit Bakvi, j'ai un rendez-vous urgent.

Mais il finit par être installé par les autres vers sur le dos de l'aîné, qui s'en fut en sinuant parmi les roches avec des tressauts liquides et rapides qui le firent hurler d'horreur.

— Ah, voilà Ikki qui nous appelle pour nous montrer

son œuvre, dirent les Drin. Quel est donc le monstre qu'il chevauche ? Et où se trouve sa maîtresse scorpion ?

— Derrière vous ! se lamenta Bakvi dans une ultime méchanceté tandis que le ver l'emportait il ne savait vers quel lieu.

Mais ils arrivèrent à un torrent où nageaient des opales qui bondissaient comme des saumons ; et au-dessus de ce torrent se dressait une colline noire.

— Je sais maintenant pourquoi j'avais peur, dit Bakvi.

Mais il ne le savait pas vraiment.

Le ver le déposa avec la moindre des courtoisies. Les autres vers, qui les avaient accompagnés, gisaient sur le sol comme de gigantesques cordes de soie. Mais tous leurs regards étaient braqués sur Bakvi et leurs yeux indiquaient qu'il devait grimper cette colline, aidé du seul oiseau argenté né du feu.

— Voyons, pourquoi la terre a-t-elle repris son souffle ? Et pourquoi n'a-t-elle pu le faire sans se dépouiller de moi ? Le châtiment d'Ajrarn ne m'incommodait point. Mais je n'aime pas ceci.

Un sentier menait du torrent jusqu'à l'entrée d'une caverne dans la colline. Il brillait légèrement. Il s'éteignait au fur et à mesure que Bakvi le suivait.

Bakvi atteignit la membrane de l'Absence de Temps et son odeur le fit éternuer. Ce fut un éternuement grossier et bruyant. La membrane, offensée, se déchira. Bakvi, tremblant des genoux, claquant des dents, étreignant l'oiseau, entra lentement.

Il ne voyait rien, ou presque rien. Une statue, mince et sombre, se tenait tout près et deux autres plus loin ; et sur une plaque de roche était allongé un personnage aussi brillant qu'une lune tombée, plus noir que le sang de la nuit, proche comme un os, lointain comme le firmament, étranger et familier.

Bakvi tomba face contre terre et balbutia tandis que l'oiseau échappait à son étreinte sans qu'il vît où il était parti.

Une voix s'adressa alors à Bakvi. Elle était douce et positivement terrifiante. Pourtant, lorsqu'il l'entendit, l'ichor de démon dans ses veines se raviva.

— Je ne t'ai accordé que la sévérité. Pourquoi fais-tu cela pour moi ?

Bakvi répondit :

— Accumule sur moi l'amertume. Quelle importance ? L'amour est l'amour.

Et Bakvi de songer : *Je suis possédé et je parle comme un idiot.* Mais il répéta :

— L'amour est l'amour. On ne peut le voir parce qu'il est partout. Nous luttons contre lui. Nous le repoussons. Mais nous ne pouvons faire davantage que rejeter notre propre vie. A la fin, l'amour héritera le monde. Mais ce n'est pas encore.

— Pas encore, assurément, dit la voix si merveilleuse et si terrible que Bakvi faillit en périr, tout immortel qu'il était. Dis-moi quelle récompense tu désires.

Bakvi frémit alors d'impatience.

— Refais de moi un ver. Que je sois un *gros* ver, comme mes fils. Que je sois le roi des vers du pays des démons.

Puis il bondit pour décamper... et Bakvi ne fut plus qu'un énorme ver parfaitement nigrescent. Qui sortit et descendit la colline, traversa le torrent comme un fleuve et se glissa sur ses fils opiniâtres qui n'étaient que nains à côté de lui.

— Qui suis-je ? demanda Bakvi le ver.

— Notre père respecté, dirent respectueusement les vers.

— Descendez dire à votre mère et à toutes mes femmes de *grandir.* Puis de se préparer.

Sous les fenêtres de saphir embrasé, Hazrond allait et venait. Il était allé chasser avec ses chevaux et ses limiers l'âme perdue des fous endormis. Mais cet exercice ne l'avait pas totalement satisfait. Les âmes n'avaient pas assez crié, peut-être, ou bien elles avaient crié en riant entre les mâchoires du cauchemar.

La terre avait repris son souffle, ou bien c'était la nature de la vie. Avec sa conscience Vazdru, Hazrond le savait sans le savoir. Il savait aussi que cela lui avait mystérieusement échappé. La lune avait trébuché et les étoiles avaient poussé une exclamation. Un instant. Puis tout avait été rectifié. Pourquoi fallait-il que cela le concerne ? N'était-il point le Prince du Mal, le bourreau de l'humanité ?

Hazrond s'assit et but une coupe de vin qui était plus transparent.

Une lampe s'éclaira de l'autre côté de la pièce, avec un rayon rubis foncé. Hazrond regarda la lampe. Eclairée, elle ne produisait aucune lumière.

Hazrond braqua le doigt sur la lampe, qui s'éteignit. Il baissa les yeux et trouva à ses pieds un serpent aux yeux de rubis. Hazrond donna un coup de pied pour le chasser, mais il avait déjà disparu.

Dans l'air, un oiseau d'argent se mit alors à tourner. Hazrond lui lança une dague et sa tête explosa d'un seul coup... mille fragments et une flamme s'épanouit, clignotant et se tordant, ne produisant nulle chaleur, n'éclairant rien.

Hazrond s'affala sur son trône et sirota encore sa coupe. Il avait changé. Il était plus doux, plus vif.

— Oh, tu es revenu à toi ? dit-il. Tu t'es attardé à dormir dans un endroit quelconque. Es-tu venu m'offrir tes services ? Joli page qui m'apportera des friandises ou ménestrel qui jouera de la flûte ? Que sera-ce, Ajrarn ?

La flamme s'étira alors jusqu'à lui. Hazrond resta assis sur son trône et finit son vin. La flamme entra dans le récipient vide et l'emplit. Hazrond jeta la coupe en un geste négligent. La coupe tournoya ; la flamme en jaillit et disparut. La coupe se fracassa contre un pilier et la voix d'Ajrarn s'éleva derrière l'épaule gauche de Hazrond.

— Lorsque la nuit reviendra sur la terre du dessus, je reviendrai à Druhim Vanashta, ma ville, que tu m'as empruntée sans ma permission.

— Fais, si quiconque se souvient de toi.

Mais la ville démoniaque tremblait autour de lui comme une fiancée qui connaît la joie et l'inquiétude, et l'on pouvait entendre les cœurs mêmes des démons qui sursautaient comme des lièvres... car il n'y avait pas une brique, une feuille ou un intellect qui ne lui répondît de sa manière habituelle. Même Hazrond se pencha vers la voix ; les yeux quoique mi-clos, les bagues lui entrassent dans la chair.

— Je suis désormais le seigneur de ces lieux, dit Hazrond.

— Tout autant que tu le fus jamais, dit la voix d'Ajrarn sortie de l'ombre. C'est-à-dire bien misérablement.

— Nous verrons. Je t'attends avec plaisir.

— Fais, dit Ajrarn. Ton plaisir sera assez bref une fois que nous nous serons retrouvés.

Le jour tomba du monde. Dans le pays souterrain, qui ne connaissait ni le jour ni les ténèbres, la nuit avait néanmoins toujours lieu. Il se trouvait déjà un grand calme dans la ville. Pas une note de musique, pas un oiseau mécanique, pas une voix. Pourtant, dans leurs portiques et sur leurs tours, se tenaient les Vazdru, les Eshva à proximité comme pour les servir. Même les Drin s'étaient rapprochés et étaient tapis derrière les fenêtres, les murs des jardins, regardant à travers les fentes, incapables de s'écarter, pleins d'appréhension. Alors que la nuit s'allongeait sur la terre du dessus, une cloche de bronze se fit entendre dans tout Druhim Vanashta.

Ils l'avaient trahi, presque jusqu'au dernier de sa race. Soit délibérément, par rage jalouse, soit par laisser-faire. Pas un seul n'avait résisté à l'ordre nouveau ou au règne de l'usurpateur. Ils avaient dit : *Il est mort pour nous.* Ils avaient repris leurs festins et leurs jeux artistiques et, lorsque Hazrond passait auprès d'eux, ils l'adoraient. Maintenant, tandis que les Eshva frissonnaient et tremblaient sous les émotions violentes et que les Drin regardaient avec curiosité, les Vazdru attendaient, rien de plus, immobiles comme des roseaux lorsque ne souffle aucun vent. Les visages pâles, aussi blancs que les fleurs de la nuit, ces yeux plongés dans les ténèbres, étaient absolument impassibles. Bien que la ville palpitât en silence sous le vacarme du moindre des cœurs qui l'habitaient.

La cloche sonna une nouvelle fois... et fut réduite en pièces. Nulle oreille qui ne captât ce fracas. Les yeux des démons se tournèrent tous dans une seule direction.

Ajrarn rentra dans sa ville sans pompe ni cérémonial. Il n'était ni à cheval ni dans un chariot ; il était à pied. Personne ne l'accompagnait, ni courtisan ni garde. Il était uniquement vêtu de noir. Tandis qu'il avançait, l'air s'ouvrait comme une rose qui s'épanouit, les mosaïques elles-mêmes s'empourpraient, les piliers tremblaient comme les cordes d'une harpe. Il *était* la ville et la ville se reconnaissait. Le moindre de ceux qui l'habitaient le reconnaissait aussi.

Mais les échelons les plus élevés de la démonie se montrèrent dignes. Les Vazdru ne se jetèrent point à ses pieds et, si les Eshva étaient tombés dans une pâmoison de pierre, ils ne s'abaissèrent point. (Quant aux Drin, ils restèrent hors de vue.)

Il avança donc en silence sur les avenues muettes, suivi uniquement par des yeux sombres, et finit par parvenir au palais noir où, depuis d'innombrables générations de la terre et des instants intemporels de Terre Inférieure, il était prince et seigneur. Lorsqu'il fut à un demi-mille de distance, les portes s'ouvrirent d'elles-mêmes largement. On entendait les chiens qui haletaient impatiemment dans la cour, mais rien d'autre. Lorsque Ajrarn atteignit le palais et les portes ouvertes, Hazrond se tenait à l'entrée.

Hazrond était alors le plus beau des Vazdru, et le plus spectaculaire. Il avait mis sa cotte de mailles, de joyaux et de flammes. Mais Ajrarn était revenu à Druhim Vanashta revêtu de noir et l'on vit que Hazrond, à côté d'Ajrarn, était comme la vaste mer face au ciel infini, inimitable et sans fond.

— Te voici donc, dit Hazrond.

— Me voici, dit Ajrarn.

— Je suppose que tu vas bien.

— Je suis malade et le mal doit être extirpé. Son nom est *Hazrond*.

— Je vais descendre dans la rue, dit Hazrond. Désires-tu te bagarrer avec moi ?

— Descends et tu le verras.

Hazrond descendit et posa la main sur l'épaule d'Ajrarn.

— Ils nous envieront de nous être touchés, murmura-t-il.

— Oh, Hazrond, fit Ajrarn en regardant droit dans ses yeux, le crois-tu vraiment ?

Sous ce regard, Hazrond blêmit au point que l'on vit

le crâne sous la peau. Puis une force jaillit d'Ajrarn, qui projeta Hazrond sur les dalles de marbre devant le palais.

Il se remit sur pied d'un pas de danse, ce prince Vazdru qui avait été Prince des princes, nonchalamment, comme si rien ne l'avait blessé et qu'il eût plaisanté en se laissant jeter à terre. En se relevant, il tira son épée en acier du bleu le plus noir et, bondissant en avant, poussa la lame en direction de la poitrine d'Ajrarn.

Ils étaient immortels. Que représentaient les épées, pour eux, ou les coups qu'utilisaient les hommes pour donner la mort ? Des symboles, un *langage.* Oh, ne savait-il point, Hazrond, depuis l'instant où Ajrarn lui avait parlé derrière son trône et peut-être celui où il avait usurpé ce trône, qu'il serait le perdant ?

Ajrarn tendit la main, vide, et laissa la pointe de l'épée s'empaler sur son poignet. Mais elle ne le fit point, car l'épée s'était désintégrée et avait disparu.

Hazrond devint alors une pure lumière. C'était son essence, la dynamique pure sous-jacente de la forme humaine masculine dont avait l'habitude de s'orner un prince Vazdru... d'un bleu sulfureux, la vitalité de Hazrond, pareille à la lueur de la lune aperçue à travers la fièvre et l'indigo. Elle se précipita sur Ajrarn. Elle l'enlaça, s'appuya sur lui.

Là où s'était tenu Ajrarn flamboyait maintenant un feu noir qui palpita et s'éventa, puis prit une teinte d'un rouge foncé glacial. L'énergie d'Ajrarn, son essence psychique, écarlate comme la fontaine du jardin... elle renversa et enveloppa le feu bleu de Hazrond. Elle lutta avec lui, mais il se produisit alors un nouveau changement.

Car le feu rouge brûla plus froidement et plus chaudement, atteignit le point d'incandescence : il devint blanc. Le feu blanc, à son tour, commença à palpiter et à créer une couleur qui ressemblait à une sonnerie silencieuse.

Druhim Vanashta, qui regardait, aurait voulu détourner son regard, elle aurait voulu crier. Car la couleur de ce feu était dorée. Elle était dorée comme l'or, comme les objets dorés, *et elle ressemblait au soleil.* Oui, comme le soleil de la terre, qui était la seule mort des démons. Comme le soleil, Ajrarn avait lâché toute son énergie vitale, qui brûla l'essence de Hazrond à la manière dont un acide dévore le papier. Jusqu'à ce qu'il ne reste plus qu'une poussière qui filtra et s'envola, puis disparut. Hazrond... n'était plus Hazrond.

Pas un bruit. Pas un cri. Pas un regard détourné.

Ils le virent donc revenir, Ajrarn, leur prince, l'un des Seigneurs des Ténèbres, Maître de la Nuit. C'était un homme vêtu d'or et en or, sa peau et ses cheveux étaient en or, et ses yeux étaient comme des soleils dorés. Il se tenait là, dans les rues du propre royaume de la Nuit, et il était *le jour.* Le cri doré de sa magnificence se transposa. Il ne fut plus que noirceur, froideur. Ce n'était plus le matin, mais le soir.

Sans un regard, sans un mot, Ajrarn entra dans son palais et les portes se refermèrent doucement comme deux paupières ensommeillées.

Et maintenant, ville et peuple, qui est donc votre prince, et quelle est sa nature ?

2

Les démons ne mouraient pas. Du moins, ils ne restaient pas morts. (En cela, ils étaient semblables aux mortels.) Et la Terre Inférieure ne pouvait concevoir de fin absolue. Le Seigneur Uhlumé n'y était jamais entré. Ainsi, tandis qu'Ajrarn traversait son sombre palais comme une pensée encore plus sombre, le redécouvrant, les cendres de Hazrond, emportées par une brise soudaine, sortirent de la cité et s'envolèrent au-dessus du panorama du monde inférieur.

Ces cendres n'étaient pas même des cendres, mais une substance plus fine que l'air... si fine qu'elle était invisible. En fait, elles n'étaient rien. Elles retombèrent dans un lieu creux, dans l'herbe noire, et trois princes Vazdru chevauchèrent près de cet endroit. Ils riaient et parlaient fièrement et cruellement, comme s'ils venaient de s'éveiller d'un sommeil restaurateur. C'étaient les trois qui étaient restés fidèles à Ajrarn et l'avaient gardé dans la colline. Ils se dirigeaient vers la ville, s'attendant à juste titre à un accueil reconnaissant.

— Débarrassons-nous de ceci, fit l'un deux. Car c'est un souvenir du désespoir.

Et il jeta la tasse en argent qu'ils avaient plongée dans le torrent plein de vie et grâce à laquelle ils s'étaient efforcés d'humecter les lèvres de leur seigneur... mais qui n'avait pu le restaurer.

La tasse plongea au-dessus des herbes et tomba dans

le creux où gisaient les *cendres* (à défaut de terme approprié) de Hazrond.

Il restait une goutte d'eau dans cette tasse, qui se renversa. De plus, la tasse arrivait chargée de sorcellerie Vazdru, de cette prière à l'intérieur de la colline, cette volonté de revivifier. De plus, elle avait touché la bouche d'Ajrarn comme un amant.

La lumière claire et sombre de Terre Inférieure léchait tout comme un baume et la poussière de Hazrond comme le reste.

Dans le monde des hommes au-dessus, quelques jours vinrent et passèrent peut-être. En dessous, quelques battements de cloches et de cœurs. Les cendres, aspergées de rosée d'eau et de prière, se tissèrent comme de la mousse, durcirent comme l'argile dans le four du potier. Mourir en Terre Inférieure était bien différent de la mort au-dessus.

Hazrond, beau et splendide, bien que désormais pâle comme un mort et faible comme un nouveau-né, gisait sur le dos, possédant à peine la force de prendre et d'embrasser la tasse d'argent qui était venue reposer sous sa main. Puis, au bout d'un moment, il s'assit et, une main appuyée sur le sol dans sa faiblesse, il sortit la flûte d'argent semblable à un fémur de chat et en joua. Bientôt une jument démoniaque arriva en galopant sur l'herbe. Mais, lorsque Hazrond l'eut enfourchée et eut tourné sa tête vers la cité, elle pâlit également. Sa robe noire prit la couleur des cendres et elle trottina lentement.

Ajrarn était assis dans une salle, sous les fenêtres semblables au sang d'un lion. Il venait de lire ses livres d'ivoire et il avait posé une main dessus tandis que l'autre était appuyée sur l'accoudoir sculpté de son trône. Il écouta et entendit, au-delà des chants et des silences de Druhim Vanashta, au-delà de tout ce qui se faisait alors entendre pour l'apaiser et l'enjôler, le triste bruit des sabots sur les dalles, puis les portes qui s'ouvraient une à une, et les pas hésitant symétriquement.

Hazrond entra. Ajrarn resta muet ; Hazrond continua d'avancer. Il traversa la salle sur toute sa longueur tandis que les fenêtres le trempaient d'un soleil couchant défunt ; ayant atteint les pieds d'Ajrarn, Hazrond s'agenouilla.

Mais, de ses yeux humides et brûlants, il regarda droit dans ceux d'Ajrarn.

— Demande-moi une seule chose, dit Hazrond. Pour quelle raison j'ai pris cette ville en ton absence.

— Pourquoi ta réponse devrait-elle m'intéresser ?

— Parce que tu as combattu un être du ciel et qu'un reste du pouvoir du ciel t'appartient enfin, Ajrarn, en plus de la puissance qui fut toujours tienne. Et nous... nous sommes moins que l'herbe, Ajrarn, et tu es tout ce que nous ne pouvons être. Même les plus grands d'entre nous. Tu n'as rien à craindre. Pas même Hazrond, qui se trouve à tes pieds.

— Qui t'a dit que j'aie jamais craint Hazrond ?

— Oh, fit Hazrond avec un sourire, ne me craindras-tu point quelque peu alors que j'ai tant fait pour toi ? Car je t'ai conservé dans leur mémoire, en les exhortant, par le moindre de mes mots et le moindre de mes regards, à t'oublier.

— Lève-toi.

— Je ne le puis. Ta force m'écrase.

— Reste donc allongé face contre terre. Et dis-moi pour quelle raison tu t'es emparé de ma ville.

— Parce que je t'aimais suffisamment pour te haïr. Je t'aimais suffisamment, alors que tu t'étais absenté, pour remplir le vide béant de la seule manière dont j'étais capable : en devenant moi-même Ajrarn. Ou autant qu'il était possible de devenir Ajrarn. Et ils sont peu nombreux ceux qui s'en rapprochaient autant que moi, ô mon prince. Tu me crains donc, Seigneur des seigneurs, parce que tu vois en moi ta propre personne. Tu es le soleil noir et je suis les ténèbres qui existaient auparavant. Je suis ton enfance. Certaines longues nuits, j'en suis venu à croire que je redeviendrais toi, pour toujours, dans la mesure où l'éternité peut être calculée.

— Des énigmes, fit Ajrarn.

Mais il posa le menton sur sa main et contempla Hazrond : il était clair que, bien que nul autre ne l'eût fait ou le pût, Ajrarn avait compris la moindre de ces phrases ; pour lui, ce n'étaient point des devinettes.

— Et maintenant ? demanda Hazrond.

Ajrarn le frappa.

Ce fut un tel coup que Hazrond fut précipité au loin et qu'il en fut abasourdi. Mais, lorsqu'il s'en fut remis, il était revigoré et rempli d'énergie ; il se releva.

— Voilà un bien maigre châtiment, dit-il.

— Ton châtiment, tu l'as déjà reçu. Ceci était mon pardon.

Hazrond éclata alors d'un rire bruyant. C'était un rire musical comme le cri d'un animal rare d'une grande beauté, qui tue doucement tout ce qu'il voit. Oh, c'était le rire d'Ajrarn. Oui, c'était bien le sien.

— J'en ai fini avec l'humanité, dit Ajrarn à Hazrond. Il est d'autres jeux, ou j'en inventerai.

— Laisse tomber l'humanité. Laisse-la pourrir. Elle ne peut rien apprendre. Elle adore encore les dieux, bien que le monde ait été dévasté par ce que lui ont fait les dieux. Et cette femme à qui tu as donné la souveraineté de l'humanité, ils l'adorent encore comme une déesse, bien qu'elle ne soit plus déesse, et le souvenir qu'ils ont de cette adoration est erroné, car ils implorent sa pitié et lui donnent des noms pleins d'amour, louant sa gentillesse et sa magnanimité.

Hazrond, debout près d'Ajrarn, le regarda pour voir comment étaient reçues ces paroles, ce souvenir d'Ajriaz, la fille qu'il avait eue d'une humaine.

Mais Ajrarn répondit simplement ceci :

— Elle est immortelle et elle est vivante. Si je lui dois ceci, qu'elle continue donc de vivre.

— Et moi ? demanda Hazrond en se penchant plus près, de telle sorte que sa bouche pouvait caresser la chevelure d'Ajrarn. Puis-je vivre aussi ? Ou bien dois-je encore mourir ? Réponds-moi. Je le ferai volontiers. Je mourrai pour toi. Je subirai l'agonie pour toi. Je suis toi-même, la partie de toi que tu aimes le mieux. Remarque-moi seulement. Me voici, j'attends à ton côté.

Ajrarn tendit la main et attira Hazrond sur le trône, de telle sorte que leurs corps furent appuyés l'un contre l'autre.

— N'attends plus.

Druhim Vanashta, l'étoile lunaire des villes, emplie par ses chuchotements d'amour enchantés, enjôlements apaisants, Druhim Vanashta ressentit cet amour et fut aimée, vaste coffret à bijoux... et le moindre des démons sentit les caresses de cet amour, sa férocité ; les boulevards gémirent, les tours se tendirent d'extase... car par cet amour il revenait vers eux. Il les remarquait. Il leur appartenait de nouveau, corps et âme... qui, chez lui, ne faisaient qu'un.

Quant à Hazrond, récipient où entrèrent cette lumière et cette ténèbre, cette mer nocturne, ce ciel de minuit, ce vin noir, ce feu rouge, cette suggestion du soleil et de la mort... ces sensations le traversèrent et pénétrèrent dans les pierres de la cité et dans la chair de ceux qui s'y trouvaient, ou peut-être même n'eût-il pu en supporter le plaisir.

De même que le chaos avait touché toute chose, cette harmonie perçante fila de part en part de la Terre Inférieure. C'était une ultime possession. Druhim Vanashta, haussée sur une vague, flottait dans l'argent liquide de trois secondes qui durèrent plus longtemps que la totalité du temps, puis fut relâchée et redescendit en un flot de soupir ambiant.

Lorsque ce soupir eut été épuisé, l'on put apercevoir un papillon vert parmi les cèdres du jardin d'Ajrarn. Vasht, ressuscitée par le tremblement psychique et orgasmique des pavés où le talon d'Ajrarn l'avait auparavant écrasée.

Que les ailes de ce papillon étaient fraîches ! Ajrarn avait renoncé à l'humanité. Il était le bien-aimé, comme par le passé. Il était le Prince des Démons, il leur appartenait. Et il n'appartenait à nul autre.

Il viendra un instant, très bientôt, à la mesure de ces lieux, où Vasht sera également remarquée. Les ailes vertes, sous son regard, seront une robe de vert argenté sur les formes emperlées d'une princesse Vazdru. Son attouchement, en dégrafant sa robe, la rendra aussi noire que la nuit...

LIVRE TROIS

ATMEH :
LA QUÊTE DE LA VIE

PREMIÈRE PARTIE

LEÇONS

1

Descendant la route montagneuse, marchait un homme vêtu de noir, et tout près derrière lui un autre homme, plus avancé en âge et plus imaginatif en costume, puisqu'il portait des robes d'ocre aux foulards de rubrique, aux pompons de pourpre, frangées, bordées et tachetées d'or. La tête grise sous un diadème empanaché, il traînait une crosse et, sous l'autre bras, un ballot de soie en forme d'œuf... Un quart de mille derrière ces deux hommes, peut-être, cheminait un troisième personnage. Il était encapuchonné dans un manteau blond, mais le soleil de midi l'éclairait sans cesse, de telle sorte qu'il semblait briller plus fort que celui même qui portait un plumeau et tout cet or.

— Maintenant, dis ce que tu veux, fit le mage sagace ressuscité à Dathandja qui, depuis très longtemps, ne disait rien. Au cours de la nuit passée dans ce premier village infesté de puces, j'ai été réveillé peu avant le lever du jour, conscient d'un événement fabuleux. En recourant à des exercices de magie, j'ai deviné un changement qui s'était produit. Mais mon sortilège ne put révéler de quoi il s'agissait. Comme je suis versé dans toutes sortes de mathématiques occultes, j'ai procédé à des calculs. Lesquels m'ont appris que le chaos lui-même avait été percé et qu'en se mettant à l'abri il avait violemment caressé le monde de la matière organisée... événement ressenti non seulement dans la vicinité de cette occurrence mais de toutes parts et jusqu'aux quatre coins du monde. Un tel miracle ne peut qu'avoir des conséquences. Comment un tel cataclysme aurait-il pu se produire sans l'action de l'entité que nous avons aperçue et qui fendait la mer en direction de l'orient ? Quel était son dessein ? Est-elle détruite ? En attendant, l'autre importun céleste continue de nous suivre, jour et nuit. Il y a un mois qu'il nous harcèle. Ce sont mes recherches magiques (et non pas toi) qui m'ont appris ce qu'est cette créature. Mais elle ne répond pas à mes questions ni à mes remontrances. Elle se contente de *briller* sur moi, cette bête grossière.

Dathandja avait marqué un temps d'arrêt, comme pour écouter. L'ange, à un quart de mille de là, s'arrêta également. Le sage agita sa crosse de magicien vers l'ange et se prépara à haranguer le monde.

Après avoir quitté le bord de l'océan au-dessus de Simmurad noyée, ils s'étaient dirigés vers le sud-ouest. Du moins Dathandja l'avait-il fait, et le mage, s'étant attaché à lui, l'avait imité, tandis qu'Ebriel les suivait dans un but secret. Ils étaient restés près des roches, bien que les ombres rosées des régions orientales léchées par la mer eussent été rapidement saignées. Ces plateaux secs étaient bien plus ordinaires et il s'y trouvait, çà et là, des habitations humaines isolées. Dathandja avançait tranquillement parmi elles, ne demandant rien mais recevant souvent, néanmoins, de la nourriture ou un abri. Ces gens isolés étaient innocents. apparemment aussi jeunes que les terres, leurs grands yeux aussi purs que ceux d'enfants aimés. Ils apportaient à Dathandja de l'eau ou du lait dans une cruche de pierre ou une louche grossière en argile, s'asseyaient pour le regarder et lui présentaient parfois leurs bébés : Dathandja imposait les mains sur eux un instant comme pour les bénir. En un certain lieu, se trouvait un bébé à la peau irritée. Dathandja le prit à sa mère sans qu'elle le lui eût demandé, discrète. Il caressa tout le bébé avec la poussière fauve puis le porta jusqu'au ruisseau et lava la poussière ainsi que la peau douloureuse ; et voilà que le bébé était allongé, occupé à gazouiller, totalement guéri. Le mage s'en irrita énormément et morigéna Dathandja... à qui, puisqu'il ne reconnaissait plus le nom de Jirek, le sage ne donnait aucun nom.

— Toi, là, regarde de quelle manière tu rabaisses la fraternité des magiciens. Toi qui as englouti Simmurad, n'aurais-tu pu guérir ce marmot par le simple contact d'un doigt... grâce à un seul mot ? Pourquoi ce préambule de charlatan ?

— Une parabole est parfois nécessaire, répondit Dathandja.

— Galimatias de vagabond ! couina le mage.

— Pourquoi mets-tu un vêtement alors que le soleil est si brûlant ?

Feignant de ne pas comprendre Dathandja, le mage le sermonna pendant cinq milles (ils avaient laissé ce village loin derrière eux) sur les mérites des atours à la mode, spécialement lorsqu'ils étaient créés magiquement, qui renforçaient les muscles sorciers.

Sans le moindre commentaire, Ebriel marchait lentement derrière eux.

Dans d'autres villages, et dans de rares cahutes solitaires, de nombreux miracles furent accomplis par Dathandja. Il faisait un peu de spectacle, mais surtout symboliquement, comme avec le bébé. Il demandait à une femme qui pleurait parce que son puits était vide de pleurer dans celui-ci... et de l'eau l'emplissait, salée, puis douce. Une marmite en cuivre perdue était retrouvée en rassemblant les autres ustensiles en cuivre près du seuil, et voilà que la marmite se précipitait pour rejoindre ses congénères. Tout était réalisé avec soin et gentillesse. Dathandja ne manifestait pas excessivement sa tendresse et jamais son aversion. S'il lui plaisait de guérir les malades, s'il connaissait la joie d'aider ses semblables, nul n'aurait pu le dire. Il faisait tout cela comme on balaie sa cour, simple tâche nécessaire, ni pénible ni fabuleuse, importante seulement s'il l'omettait. (Tout cela, l'ange l'observait à distance et dans le silence.) Les êtres ingénus des montagnes recevaient la bénédiction de Dathandja ainsi qu'il la donnait, le remerciant sans un mot, en souriant, sans un cri.

Mais le mage criait. Ses exclamations retentissaient le long des sentiers de chèvres et des routes faites uniquement pour aller à pied. Il s'était donné un titre, fait de son ancien nom et de celui du prince des mers qu'il avait été à Tirzom. Il était désormais Tavrosharak. Et il transportait l'œuf pesant que son tapis-poulet avait pondu dans sa folle terreur, grommelant sans cesse devant son poids, mais en ajoutant :

— On n'abandonne pas des dépôts aussi significatifs. Non, non, car il en éclora sans nul doute un objet sans prix. C'est pour cette raison que je dois le garder contre moi afin de le tenir au chaud.

La nuit, parmi les pics nus et vierges, Tavrosharak fabriquait un lit avec un baldaquin et dormait tout contre l'œuf emballé dans la soie. De temps à autre, il roulait dessus dans son sommeil et se réveillait désagréablement. Parfois, Dathandja partait durant la nuit et le Malukhim, Ebriel, apparemment plus intéressé par Dathandja que par le mage, le suivait alors comme une flamme pâle et droite. Eveillé par ceci, le magicien se levait et marchait péniblement, ou, invoquant un moyen de transport, il les rejoignait rapidement en volant dans les airs. Pendant des jours et des jours, Tavrosharak avançait dans un chariot tiré par des dragons et, en descendant sur Ebriel, il était toujours déçu de voir que le personnage blond ne s'écartait pas et n'était pas heurté par le véhicule, disparaissant devant lui et reparaissant une seconde derrière lui, sans qu'une sublime plume (cachée) eût été dérangée.

— Que veux-tu donc ? voulait savoir Tavrosharak en s'abattant sur l'ange. Est-ce un message des dieux que tu dois remettre ? Dommage, ajoutait Tavrosharak en cahotant à côté de Dathandja, les dragons soufflant et piaffant. Pourquoi cette créature refuse-t-elle de me parler ?

Puis, désirant sermonner Dathandja et estimant que rester dans son chariot cahotant n'avait rien de commode, il le quittait.

— Tant de bosses risquent d'endommager l'œuf, biaisait-il.

Ainsi avançaient-ils. Vint le midi où ils arrivèrent sur une route que les hommes n'avaient point faite avec leurs pieds, mais leurs mains. En la suivant, Tavrosharak se plaignit du chaos et d'Ebriel ; Dathandja marqua un temps d'arrêt et Ebriel s'arrêta comme pour écouter.

Mais ce n'était pas pour écouter.

Une montagne s'élevait à l'horizon très proche, plus haute que ses sœurs. Elle était d'azur, à demi submergée par le ciel, mais près de son pinacle se trouvait une perturbation étincelante et, de temps à autre, un rayon de lumière en jaillissait, qui déchirait le firmament comme une étoile filante très large.

— Comme je l'ai dit... déclara Tavrosharak, mais au même instant le rayon de la montagne capta son regard.

« Il faut que je me rapproche pour enquêter, dit Tavrosharak. Il peut se trouver là une merveille ou un trésor. (Il fixa Dathandja.) Mais, ajouta-t-il d'une voix engageante, hardi sorcier sans peur... ainsi que le sait la terre, et même le Seigneur du Mal et le Seigneur La Mort... Ne devrais-tu pas être le premier à escalader cette montagne ?

Dathandja parla à Tavrosharak.

— J'ai vu depuis longtemps suffisamment de merveilles et de trésors. Tu en es assoiffé, peut-être. Cette montagne ne me séduit point.

— Tiens, mon bon *Dathandja*... commença Tavrosharak.

Au même instant, une lumière aveuglante semblable à un second lever de soleil s'ouvrit derrière leur dos, monta, se déploya au-dessus de leur tête avec un souffle d'ailes pareil à une tornade. Le Malukhim, sans son manteau, flambeau volant, montait à toute vitesse sur la montagne.

— Il nous a suivis parce que nous l'avons conduit jusqu'à un endroit où il désirait venir, dit Tavrosharak, après un rapide calcul thaumaturgique. Maintenant, je le vois clairement. Et de même que nous l'avons conduit ici, nous avons été attirés en ce lieu. Tiens, cher Jirek... je veux dire hardi Dathandja... c'est toi plutôt que moi que cette bête a suivi. C'est toi plutôt que moi qui as donc été attiré jusqu'ici. La merveille te revient. Oses-tu la refuser ? Tu es un puissant guérisseur, tu n'es que compassion. Oh, incomparable Dathandja, grimpe sur cette montagne et apporte aide ou conseil. Je te promets de rester tout près. A ton côté.

Dathandja n'avait pas prêté attention à tout ceci, mais au vol du Malukhim. Il sentit alors une main inexplicable posée sur son cœur et son esprit, laquelle main, auparavant, s'était contentée de lui faire signe. Dathandja n'avait pas eu conscience que quelque chose l'attirait. Il n'avait pas résisté, il ne résistait pas. Seuls les faibles ont besoin d'avoir peur et évitent la tentation. Il est aussi possible que, pour cet homme, il y eût un bonheur serein dans chaque reddition puisqu'il ne pouvait se perdre ainsi.

Il murmura une unique syllabe. Il s'éleva alors comme si lui aussi était ailé, et il suivit l'ange, ombre derrière la flamme.

Le sommet de la montagne était un cône, rendu translucide par les intempéries et la proximité absolue avec le firmament. Il reflétait l'après-midi et encourageait comme un miroir l'autre incendie qui se produisait en dessous. Il y avait une terrasse naturelle aux andouillers de maigres bosquets de roche. Dans ce berceau improbable, grésillant et éclatant d'étranges émissions, gisait un objet terriblement fracassé, fait en partie d'argent fondu sur une énorme cage écrasée de bronze et d'acier, les flancs enfoncés, le dessin méconnaissable. Et dans tout le secteur reposaient des formes, des éclats, des tessons et des cristaux anormaux ainsi que de larges taches qui vibraient de couleurs, de reflets et d'odeurs excentriques. Sur tout ceci battait une sorte de pouls resplendissant, qui faisait régulièrement éruption. Pourtant, ces gambades, qui avaient été visibles à des milliers de pieds plus bas, faiblissaient à chaque instant.

Le Malukhim Ebriel avait atterri à l'est sur l'un des andouillers rocheux et, les ailes repliées et le visage un masque doré, il contemplait le monstrueux naufrage. Dathandja, à son tour, vint se tenir à l'ouest, sous le cône, et examina la scène.

Tavrosharak, montant à toute allure vers le haut de la montagne juché de biais sur un dragon bizarre, les appela tous deux en vain :

— Vois, c'est un puissant bâtiment magique qui a fait naufrage, qui est peut-être tombé du ciel. Prenez garde à une explosion.

C'était naturellement le vaisseau démoniaque d'Ajriaz la Déesse, qui n'était pas tombé des airs mais avait été mystérieusement éjecté de l'océan, marqué par le chaos, entièrement défunt.

Tavrosharak, sensible à son propre conseil, fit précautionneusement le tour du sommet. Ebriel conserva son poste sur l'andouiller. Dathandja, au bout de quelques instants, s'avança.

A l'ombre de la coque détruite, invisibles au premier abord, voire au second, l'on avisait (ou non) une série de courbes et d'angles, de proportions, de densités, qui pouvaient appartenir à la silhouette d'un homme. Ayant distingué ceci, l'on pouvait aussi penser qu'ils pouvaient appartenir aux silhouettes de deux autres personnages, qui n'étaient pas des hommes.

Sous la carcasse, parmi les débris scintillants, un mendiant était assis sur le sol. Il était couvert uniquement par un tissu orange en haillons et son crâne brun et rasé était baissé. En face de lui était tapi un lézard qui montrait ses crocs, aussi gros qu'un tigre et de la même robe. Il montait la garde, semblait-il, devant cet homme et la fille qui gisait entre eux, la tête reposant sur les genoux de l'homme, qui lui caressait le front et peignait paisiblement le flot bouclé de sa chevelure noire comme la nuit.

Cette jeune fille respirait ; on le voyait si l'on se penchait un peu plus près. Ce que ne tarda pas à faire Dathandja. Le mendiant n'essaya point de l'en empêcher, ni le lézard. Il se contenta de foudroyer du regard l'ange sur la roche et de battre de la queue à l'adresse du dragon de Tavrosharak qui effectuait des cercles autour d'eux.

Mais à travers les paupières, l'iris bleu de la fille brûlait à peine. Son visage était lointain comme une note de musique descendue des froids rivages de la lune.

— Ajriaz, dit le mendiant. Soveh, Sovaz.

Mais il n'obtint aucune réponse et sembla n'en attendre aucune. A la manière d'un roi, le mendiant demanda alors à Dathandja :

— T'a-t-elle fait venir ici ? Quelque part en elle-même, elle s'est souvenue de toi. Ou t'a oublié. L'oubli peut appeler aussi.

— Je vois maintenant combien elle est belle, dit Dathandja. Se peut-il que ce soit parce qu'une partie de sa beauté l'aura abandonnée ?

— Ou parce qu'une partie de la peur a abandonné celui qui la contemple.

Le Roi Destin, Maître de la Destinée, éleva sa voix vibrante et s'adressa au Malukhim.

— Ebriel, aigle blanc, tu vois aussi ce que tu veux : il n'est plus de Déesse. Le ciel est-il satisfait ?

Sur sa roche, Ebriel bougea une aile blanche et ce fut tout.

— Dois-je t'informer, continua Kheshmet, de ce qui est advenu de ton frère Yabael dans la mer, lorsque le raz-de-marée, vomi par le chaos, l'a frappé ? (Kheshmet eut un rire lent et doré de rouge.) Le destin renverse même les anges. Car il fut emporté dans le chaos, tout comme l'est le soleil, son père et sa mère, chaque soir. Et le chaos a refait Yabael avant de l'expulser, malgré la volonté des dieux qui le soutient. Il est depuis reparu dans un océan lointain et il continue désormais son flamboiement et sa poursuite d'une proie qui n'est plus. Il est un globe aux flots de flammes, chaos et matière, soleil et liquide, comète des mers à la longue chevelure. Là il résidera un certain temps, allant et venant au-dessus des cieux aquatiques des peuples de la mer. Ils jugeront le temps et la saison d'après lui, comme l'ont fait les hommes d'après les comètes célestes. Tel est le lot de Yabael, le vautour du soleil, le coureur sacré.

Ebriel étendit ses ailes. Sa crinière était jaune comme le froment ; il était asphodèle, crème et topaze. Et il semblait qu'il n'était que cela.

Kheshmet continuait d'écarter la chevelure de nuit du front de la jeune fille.

— Ah, mon enfant, fit-il.

— Les méchants sont éternellement des enfants, dit doucement Dathandja.

Il recula, comme s'il voulait s'en aller.

A cet instant crucial, le dragon inventé par le mage se précipita contre le familier du Destin, caméléon menaçant sous le vaisseau naufragé. Le dragon arriva en poussant des cris discordants et en battant des ailes, Tavrosharak toujours juché sur son dos courbé, tandis que le lézard se levait, les griffes tendues pour les affronter.

Supposant qu'il n'avait ni le temps ni le souffle pour produire un sort, Tavrosharak, qui avait des idées démodées, s'écria :

— A l'aide, dieux miséricordieux !

Mais Kheshmet se contenta de dire « *Silence* » d'une voix aussi douce que le froissement d'un parchemin. Le lézard se ratatina et finit par ne plus avoir que la taille d'une coquille de noix tandis que le dragon se défaisait pour disparaître. Il en résulta que Tavrosharak chut sur la terrasse de manière fort peu élégante. Allongé, tout meurtri, devant Kheshmet, Tavrosharak se plaignit des injustices d'un monde où les mendiants pouvaient également faire des tours de magie qu'ils utilisaient sur leurs supérieurs. En attendant, l'œuf avait échappé au mage et à son emballage soyeux et roulait follement sur la terrasse. Des fissures marquaient sa surface.

— Il éclôt prématurément. Quelle que soit l'erreur déformée qui en sortira, la cause en reviendra à cet être orange. Tout mon labeur gaspillé en vain, grommela Tavrosharak.

L'œuf se fendit alors. Les bouts de coquille se dispersèrent comme de l'écume marine et, du centre, une fleur de lotus aux ailes en pétales s'envola dans les airs. Ce lotus était couleur prune, avec des veines de l'or le plus clair. Il papillonna jusqu'à la jeune fille allongée sur la roche et, se posant puis s'envolant puis se reposant, léger comme un duvet, il lui toucha le front, les paupières, les lèvres, les deux seins... et il dut aussi toucher le cœur en dessous, car elle poussa soudain un soupir, sa frange de cils remua sur ses joues et elle chuchota au lotus d'une toute petite voix :

— Si j'étais une enfant, je pleurerais.

Mais le lotus s'envola brutalement et alla frapper sèchement le Roi Kheshmet sur les deux oreilles. Comme les doigts du Destin se tendaient vers elle, la fleur magenta s'émietta en farine magenta qui l'aspergea et macula son vêtement éclatant. Le Destin claqua de la langue et sourit, de la moitié de la bouche seulement.

La fille qui avait été la Déesse Ajriaz ouvrit largement les yeux. Elle regarda le demi-sourire de Kheshmet et sourit elle aussi, tristement, silencieusement.

— Là, tu t'es réveillée, dit-il.

— Oui.

C'était la voix d'une jeune femme, d'une Vazdru, pourtant, on eût cru entendre une enfant, celle-là même à qui il l'avait comparée... ce n'était pas Ajriaz la Déesse. Ce n'était pas Sovaz, la maîtresse sorcière du Prince des Illusions.

— Soveh, dit Kheshmet en utilisant son nom de bébé. Petite Flamme.

— Où est ma mère ? fit la femme-enfant-bébé en le considérant avec une méfiance brutale. (Son visage se rembrunit.) Oh, elle est morte. Maintenant, je me rappelle. J'ai crié, mais elle ne pouvait m'entendre. Elle est au-delà du monde. Elle serait venue jusqu'à moi si elle l'avait pu.

Elle était allongée sous la cage thoracique enfoncée du vaisseau, physiquement intacte. Mais les blessures du chaos étaient sur elle, malgré tout. Presque depuis le commencement, elle avait disposé du corps d'une fille de dix-sept ans et elle y avait vécu près d'un demi-siècle. Néanmoins, elle était ce qu'elle avait toujours et jamais été : une enfant de sept ans.

Et cette enfant, en écartant avec impatience la forêt de ses cheveux, demanda :

— Où est mon père ? Je veux mon père. Il s'occupera de moi.

Alors, ses yeux, l'azur de l'âme de la nuit derrière le sceau du jour, ses yeux (qui avaient contemplé la torture, le meurtre, la mort et la destruction), ses yeux, si adorables, d'une pureté si incongrue... se posèrent sur Dathandja. Le rire de la joie absolue d'une enfant apparut alors sur son visage de femme. Elle s'assit rapidement, se leva et, tendant les mains vers lui, elle courut en avant. Mais Dathandja, glacé, se transforma en *Jirek* devant elle. Cela la stoppa.

— Pourquoi ? dit-elle. Pourquoi ?

— Que veut-elle de moi ? demanda Dathandja.

— Tu le sais bien, dit le Destin en prenant le lézard dans sa main comme si c'était un charbon qui devait le réchauffer. C'est une erreur amusante semblable à celle que fait l'oison qui se réveille à côté d'un chat et s'imagine qu'il est son parent.

— Détrompe-la, dit Dathandja qui se tenait devant le regard effrayé de l'enfant intriguée.

Dathandja avait les cheveux noirs, les yeux noirs, les habits noirs, il était pâle et beau : les marques du pays des démons.

— C'est toi qui dois t'en charger, dit Kheshmet. C'est

une enfant. Elle se croit ta fille. Elle te prend pour quelqu'un d'autre.

— Je ne suis pas Ajrarn, dit Dathandja à celle qui avait été Ajriaz, qui l'avait fait apporter jusqu'à elle par ses soldats, dans une ville grande comme un continent, dans un pavillon où un tiers de la terre avait semblé s'incliner devant son nom.

Elle hocha la tête, mais elle tendit encore la main vers lui.

— C'est une enfant, répéta Kheshmet. Peut-être ne te prend-elle pas pour lui. Ce n'est pas nécessairement aussi simple que ça. Mais il est certain qu'elle te prend pour un membre de la race des démons, ou pour quelqu'un comme elle, mi-démon, mi-humain, un immortel. Et pour l'instigateur de sa vie.

— Elle l'a toujours détesté, celui qui l'a engendrée, dit Dathandja.

— Contemple-la. Voici sa haine. Regarde.

Elle pleurait, cette enfant, elle pleurait face à son père, lui demandant ce qu'elle avait fait, pourquoi il ne l'aimait pas, pourquoi il la rejetait, l'abandonnait, seule et perdue dans le monde amer.

Dathandja, qui avait parcouru tant de chemin sur la route du Soi, était enraciné, redevenu pierre.

Un vent souffla alors sur le sommet montagneux et des nuages pleura une averse. Dans cette pluie, les bouts d'hommes, d'anges, de roches et d'allégoriques Seigneurs des Ténèbres semblèrent se dissoudre et disparaître. Il y avait eu une vallée sous une pluie abondante, une pluie grise du cœur. Jirek s'en souvint et se souvint aussi de tous ceux qui avaient pleuré à travers lui. Dathandja s'approcha de la petite fille agenouillée sur la montagne dans la pluie de larmes, et il pleura, s'agenouilla aussi, la prit dans ses bras et la réconforta. Il ne savait rien d'elle en tant que femme, car ce n'était qu'une enfant de sept ans qui se serra contre lui ; et elle avait mis un demi-siècle pour le trouver, pour être aimée et aimer.

Tandis qu'il réconfortait ainsi la fille qu'il n'avait jamais eue, il apprit une chose et se réconforta avec elle dans ses propres bras. Voilà celui qu'il avait été. Celui qu'il était.

2

Une graine semée dans un sol non labouré, d'où rien ne devrait pousser, telle fut la transformation du monde. Loin des yeux et loin du cœur.

Les soleils se levèrent et se couchèrent, les villes grandirent et furent détruites. Les lunes voguèrent sur l'éther et les vaisseaux humains sur les mers. Le temps arpenta le monde en secouant ses cheveux et en dérangeant toute chose. Les saisons bourgeonnèrent, fleurirent et se fanèrent. Les caravanes des jours se mettaient infatigablement en route, ainsi que les caravanes humaines, avec leurs chariots, leurs voitures et ceux qui allaient à pied. Tout cela avec ses cargaisons de marchandises et de vies. La nuit, hyacinthe noire, fermait leurs yeux, à moins que ce ne fût Uhlumé le Magnifique.

Une poignée d'années s'écoulèrent. Combien d'années tiennent dans une main ? Dans celle d'un enfant... disons trois.

Quelle merveille d'être un enfant ! Quelle stupéfaction permanente ! Tout est si curieux. Qu'est-ce que c'est que ça ? Et *ça* ? Dis-moi. Apprends-moi. Instruis-moi.

Dans les pays qu'ils traversaient, on la prenait parfois en pitié. Elle était belle à vous serrer le cœur, si séduisante que les oiseaux chantaient pour elle et que les nuages ouvraient les rideaux du ciel... et c'était une demeurée, restée à l'âge de sept ou neuf ans. Une enfant brillante, certes, mais une enfant. On la comparait à la légendaire Shezael à l'âme partagée, belle, bizarre... Inachevée.

Cependant, dans les lieux où les cheveux noirs avaient mauvaise réputation, on les considérait avec un certain malaise, la femme-enfant et son tuteur. Certains l'entendaient parler de lui comme son père, bien qu'il ne parût pas assez vieux pour cela ; c'était d'ailleurs clairement un prêtre de quelque ordre itinérant et il aurait dû se montrer chaste ou du moins circonspect. En leur compagnie se trouvait aussi un magicien maussade (l'oncle, peut-être ?). On n'éprouvait guère de sympathie pour lui, vu qu'il semblait toujours irascible et avait pour habitude de déverser, par enchantements interposés, son mécontentement sur les badauds. Heureusement, le prêtre, guérisseur très habile, et également magicien, remettait en ordre ce que le mage avait dérangé. Il était aussi un autre membre dans ce petit groupe, bizarre comme la fille et le vieil oncle, semblait-il, car il marchait toujours à une distance considérable en arrière, comme s'il s'était querellé avec eux, et il s'asseyait sur une roche pour observer ce que faisait le guérisseur. Lorsque le guérisseur avait achevé sa tâche, il repartait derrière eux, aussi beau que la jeune fille, bien que différemment, doré là où elle était de neige, jais et saphir. Toutefois, certains avaient l'impression de distinguer une bosse sous son manteau. Oui, ces quatre personnages formaient là un bien étrange équipage.

Ils se forgèrent donc un chemin parmi ces pays, engendrant la santé, l'amusement et (mieux que tout) les rumeurs. Ils traversèrent des royaumes et franchirent des panoramas qui étaient en eux-mêmes assez neufs et inhabités. Ou qui l'étaient devenus, la chose est possible, par suite du iota de changement chaotique que chacun oubliait avec zèle.

Ils finirent par arriver en un pays où cheminaient sur les routes des éléphants à la peau couleur d'ardoise et des chameaux hautains avec des houppes vermillon autour de la tête. Il soufflait un vent brûlant, car c'était la saison de bronze où tout se desséchait, mais, le long des collines brunes et bronzées, des palais blancs fixaient le ciel turquoise. Les gens de cette région n'étaient pas inquiétés pour leurs cheveux noirs, car ils étaient eux-mêmes d'une race à la chevelure d'un noir presque bleu. Ceux d'entre eux qui avaient la peau la plus claire étaient blancs comme l'ivoire et les plus basanés étaient de la couleur des clous de girofle. Le pays était parcouru de montagnes et divisé par un fleuve puissant, où jouaient des hippopotames semblables à de grosses vessies, et où poussaient des lotus.

Or le prêtre sorcier racontait parfois des histoires aux foules qui se rassemblaient autour de lui. Un jour qu'il était ainsi occupé, la fille d'un prince de cette région passa dans sa litière. Elle était aussi sombre que le bois de santal et hautaine comme un chameau à houppes, bien qu'elle eût un charmant visage humain. Comme elle avait entendu parler de ces itinérants conduits par un maître guérisseur, elle donna ordre à ses porteurs de l'amener là où elle pourrait entendre le récit.

Lorsque le prêtre eut terminé, la fille du prince lui lança d'une voix forte :

— Tout cela est très bien, mais si tu es sorcier, tu devrais aussi accomplir des tours. Vas-y.

Le prêtre tourna ses yeux noirs vers les siens et répondit :

— Toute la terre est magie. Regarde simplement dans l'arbre qui nous donne son ombre. Vois comme les figues sauvages y ont mûri et comme les feuilles le couvrent. Jadis, cet arbre n'était qu'une graine cachée dans le sol non cultivé. A côté d'une telle sorcellerie, madame, tous mes tours ne seraient que choses bien frêles.

La fille du prince, agacée, frappa alors le sol de son pied orné de bracelets. Aussitôt, la terre se fendit et il s'en éleva soudain un serpent des plus terrifiants. Il était rouge comme un feu mourant, avec des crocs de léopard. Il se dressa au-dessus de la fille du prince, alors que la foule sautait de côté en hurlant, et ouvrit les mâchoires pour lui couper la tête.

Le prêtre s'adressa au serpent dans une langue inconnue en ce pays. Mais le serpent, qui comprenait bien des langues, la plupart étant aussi fourchues que la sienne, pivota sur lui-même et, voyant qui s'adressait à lui, salua par trois fois.

— Ô Mage, dit le serpent, je te connais sous ton ancien nom. Tu as jadis occis un membre de ma race, sous les eaux prodigales que les hommes appellent l'Océan.

— J'en suis contrit, dit le prêtre.

— Je le vois, dit le serpent géant. Mais ta dette concerne

surtout ta propre race, car tu as occis bon nombre de ses membres. Ne puis-je décapiter cette pucelle malpolie qui vient de taper grossièrement sur le toit de mon logement ?

— Pardonne-lui.

— Tu m'en pries et j'obéis à contrecœur.

Le serpent fronça ses yeux de chat, se laissa tomber comme une corde sur le sol et la terre referma sa couture.

La foule, qui avait hésité à s'enfuir en voyant que le prêtre avait pris le contrôle de la situation, l'acclama alors vigoureusement. Et la fille du prince se jeta contre ses chevilles.

— Je suis chérie de mon père et il te récompensera pour m'avoir sauvé la vie.

— Je n'accepterai aucune récompense, dit le prêtre.

— L'hiver arrive, dit la fille du prince. Les feuilles vont noircir et les fruits devenir coquilles. Les poussières ailées affouilleront les collines et les vallées que rongeront les givres. Les pluies vont tomber. Mon père te fera construire un palais et y placera cent serviteurs pour s'occuper de toi et des tiens.

Elle désigna d'un geste gracieux le vieil oncle qui maugréait (et, perdu dans un volume, ne s'était pas donné la peine de se lever) et, un peu plus haut, l'homme au manteau et la jeune simple d'esprit.

Le prêtre eut un petit rire. Pour qui eût été capable de le déchiffrer, ce rire disait : *Les palais et les services que j'ai connus pourraient faire honte à des empereurs et je pourrais en disposer à nouveau. Là même où poussent les figuiers sauvages, je pourrais demander aux vents de fabriquer des briques et d'ériger une demeure qui confonde toutes les autres. Mais si je ne le fais point et continue d'accéder à ta requête, c'est par une fierté farouche pareille à la tienne.*

Aussi dit-il à la princesse :

— Pas un palais. Mais j'accepterais un abri plus modeste.

Lui aussi baissa les yeux et vit la jeune fille qui était une enfant en train de le regarder. Lorsque le serpent était sorti de terre, elle était restée à son côté et s'était saisi d'un silex acéré, peut-être pour le défendre. Elle lâcha alors la pierre, et il lui prit la main.

A ce spectacle, la princesse demanda si la femme était réellement une demeurée, ainsi que le prétendait la rumeur.

— Pas du tout. Elle est devenue une enfant. Elle était naguère impératrice.

— Le destin est le destin. Rien n'est certain, ajouta prosaïquement la princesse en rejoignant sa litière à pas feutrés sur le toit du serpent.

Sur les berges du vaste fleuve, où le soleil automnal qui se ratatinait projetait des bandes d'ambre, apparut une maison en pierre. La rive brune courait dans l'eau brune et les hippopotames prenaient leur bain de boue sous le mur de la maison. Il y poussait des roses et des plantes grimpantes et, de temps à autre, une grue aux longues pattes passait fièrement, ou bien il tombait une rosée d'abeilles duveteuse.

Tous les matins, peu après le lever du soleil, Dathandja quittait la maison et remontait la berge jusqu'à l'endroit où l'un des arbres fruitiers aux larges ramures allongeait son ombre. De cette éminence, la vue s'étendait plusieurs milles le long du fleuve et de part et d'autre des terres dans la brume matinale transpercée par les tiares des montagnes, qui étincelaient alors sous la neige. Il discernait aussi une ou deux cités de chaque côté, ainsi que la ville blanche du père de la princesse, avec son palais aux fenêtres colorées.

Parfois, une multitude attendait déjà Dathandja autour de l'arbre. Il était illustre, les hommes partaient en expédition pour le voir. Toute la journée, à travers le petit-lait du matin, la cannelle de l'après-midi et dans le crépuscule aux teintes foncées qui laissait rapidement place à la nuit, il guérissait et discutait, car certains venaient même le consulter pour prendre une décision après discussion, ou se faire expliquer une prophétie qui les avait mystifiés. Aucun d'eux ne repartait l'esprit confus. Sa patience était sans limite, et sa force également, semblait-il.

La fille qu'il appelait Soveh était fréquemment avec lui et au début du jour elle était appuyée contre son genou. Mais elle n'appréciait pas la pleine lumière du jour et, pour lui échapper, elle grimpait se cacher dans les branches de l'arbre. Les personnes guéries en ce lieu, enivrées de cette magnificence, repartaient avec le souvenir d'une fleur blanche en train de contempler à travers les feuilles sombres le triomphe de l'espoir.

Par moments, elle jouait le long de la berge, ou nageait dans le fleuve, car elle avait oublié la manière dont on marche sur les eaux et il ne lui restait plus que l'instinct de la nage. Sous le fleuve, parmi les tiges des lotus, elle rencontrait les hippopotames, gracieux comme des cygnes dans leur élément, et ils ne lui faisaient aucun mal et la laissaient parfois les chevaucher (hors de vue des mortels). Lorsque arrivaient les ténèbres, Soveh fabriquait pour elle-même et Dathandja des guirlandes pleines de lucioles qui l'éclairaient jusqu'à leur maison de pierre.

Durant ces semaines, l'on voyait rarement l'observateur au manteau blond.

— Il doit rester dans la maison, disaient les gens du voisinage. Qu'il sorte un peu nous montrer sa chevelure inhabituelle, qui a la couleur du blé en été.

Mais l'on commençait à dire que l'un des deux sorciers avait appelé à leur service un énorme oiseau doré, car on l'avait vu voler dans le ciel à l'aube ou au crépuscule, et d'autres déclaraient qu'il se perchait au sommet d'une colline de l'autre côté du fleuve.

Quant à l'oncle magicien, lui aussi restait invisible, bien qu'on pût entendre ses grommellements dans la chambre du premier tandis qu'il étudiait sa pesante collection d'ouvrages de magie.

— Nous t'en prions, ne nous fais aucun mal, l'Oncle, disaient les bergers d'une voix prise entre l'amusement et le sérieux quand ils faisaient passer leurs troupeaux sous la fenêtre.

Tandis que le prêtre et l'enfant discouraient au rez-de-chaussée, mangeaient leurs frugaux repas, ou restaient silencieux, ils distinguaient aussi (s'ils le désiraient) ce marmottement dans la salle du premier. Il arrivait que s'en échappât un tourbillon cabalistique, ou quelque autre article qui n'avait rien de domestique, et les pierres de la maison claquaient, de telle sorte que Dathandja devait finir par sortir les réparer. (L'enfant n'avait point peur. Ces bouleversements l'intéressaient et, en retour, elle envoyait parfois des guirlandes, des figues ou des mangues par une fenêtre du haut.)

Mais le sage mage Tavrosharak, qui avait (à deux reprises) ressuscité du corail noyé, n'y prêtait nullement attention. Il ne voulait plus avoir le moindre commerce avec l'humanité. Il avait établi sa résidence dans l'humble maison parce que ladite maison était commodément apparue, mais la pièce du premier était encombrée de meubles précieux... soustraits à des palais par des diables nés du vent. Tavrosharak vivait donc parmi tout cela, entouré d'objets de valeur, et chaque soir lui était servi un festin fabuleux volé de la bouche même de quelque roi. A ses séides inhumains, Tavrosharak ne parlait pas davantage, mais il les envoyait en commission par d'autres moyens. Il n'adressait plus la parole qu'à son propre reflet dans un miroir argenté avec lequel il conversait longuement. Mais il lui arrivait aussi de ne point lui parler durant des jours et des jours.

Le long du bord du fleuve, les lotus étaient devenus d'un mauve et magenta crépusculaire. Ailleurs, ils rabattaient leurs capuches comme des ermites ; ils se fanaient. Le soleil baissait et une bise âpre s'exhalait sur la terre.

Dathandja voyait en dessous de la maison la couleur des lotus qui ne mouraient point. Mais Soveh, l'enfant, qui jouait parmi eux et nageait parmi leurs tiges, ne les considérait que comme un autre aspect de la vie, qui était pour elle une nouveauté constante. Ils ne causaient donc en elle aucune blessure ni irritation, comme ils l'eussent fait à Sovaz ou Ajriaz, puisqu'ils auraient pu lui rappeler Chuz. Elle ne s'était pas davantage posé de questions lorsque, grâce au lotus né de l'œuf, il avait tenté, fût-ce par inadvertance, de la ramener à la conscience de l'endroit où il errait. Ni au sujet de cet acte qui, comme la coloration des plantes du fleuve, aléatoire ou délibéré, aurait pu être le fait de celui qui avait été jadis son amant.

L'hiver arriva, chevauchant son chariot de flétrissures. Il projeta devant lui les fleurs et les fruits, les feuilles, les oiseaux et les jours de nouvelle lune.

Il soufflait un vent de sable. Les volets de la maison de pierre furent verrouillés, comme les vitres décorées de tous les palais. Les roseaux devinrent pareils au sucre friable. Depuis longtemps, les hippopotames s'étaient fait de longues cavernes dans la boue, où ils dormaient, ou bien ils somnolaient en flottant dans le fleuve, leurs yeux ronds verrouillés comme les volets et les fenêtres. Les grenouilles d'hiver, les lézards et les sauterelles, se glissaient de nuit jusqu'à la rive de feu. Parfois, les malades ou les hommes las venus voir Dathandja pouvaient partager la pièce du bas. Ils s'en allaient en chantant, à travers le vent et le givre, désormais déchargés de leurs soucis.

C'était la fin de la troisième année.

L'enfant jouait près de la cheminée et fabriquait des guirlandes en papier pour tous les lézards et grenouilles présents, dont les yeux formaient des colliers superposés de perles brillantes. Dathandja était assis et regardait ceci ; il posa le livre précieux qu'il avait lu et que la fille du prince lui avait donné avec tant d'autres choses.

— Quel âge as-tu, Soveh ? demanda-t-il à l'enfant dans le corps de femme.

— J'ai sept, ou neuf, ou onze ans, dit-elle. Car c'est ce que tu m'as dit.

— Qu'as-tu appris ?

— Seulement à vivre, répondit-elle en riant et en accrochant une guirlande en papier au bout de sa chaussure. (Car la princesse, en voyant qu'il était nu-pieds, lui avait donné des chaussures que Dathandja portait parfois.)

Mais le lézard à qui était destinée la guirlande vint la lui enlever et la rendit à Soveh pour qu'elle la lui mette autour de son cou qu'il tendit.

De l'autre côté du fleuve, à l'ouest, une étoile se leva, puis vola au-dessus du toit. Mais Tavrosharak s'était encore querellé avec son miroir et resta silencieux dans la pièce du premier.

Il semblerait que Dathandja, prêtre, guérisseur, et sorcier, aurait pu guérir Soveh de toutes ses aberrations. Peut-être l'avait-il tenté, mais l'effet du chaos s'était avéré plus résistant. Ou peut-être n'avait-il rien tenté.

Une à une, les créatures près de la cheminée la laissèrent les décorer en lui signalant quand elle avait omis l'une d'elles. Il transparaît donc qu'elles savaient qu'elle n'était pas seulement une enfant retardée. Comme le savaient les hippopotames. Car l'auraient-ils laissée les chevaucher sous l'eau ?

Les lotus aussi l'avaient découvert, ou l'avaient appris, fleurissant malgré les rafales de bise et les nuits glaciales. Certains des serviteurs appelés par le mage avaient également dû le deviner et ils la contemplaient à travers le plancher lorsqu'ils se trouvaient devant lui.

L'ange aussi le savait, qui les surveillait tous.

3

Un matin voilé et mal éclairé, Soveh se trouvait sous le mur de la maison et jouait à sa manière avec des cailloux qu'elle avait ramassés. C'était un jeu complexe, avec des souverains et des sujets, des armées, des citadelles et des coups du sort omniscients : les rares personnes à avoir eu la chance de lui demander de leur expliquer son passe-temps enfantin étaient généralement restées stupéfaites et parfois troublées.

En jouant, elle chantait d'une voix si belle que l'air lui-même semblait se taire pour l'écouter. Le soleil, qui ne s'était pas levé depuis longtemps, envoyait ses rayons parmi les arbres dénudés le long du rivage et sur le fleuve, polissant au passage les îlots de quatre ou cinq hippopotames flottants. Chaque soir, le soleil descendait dans le chaos où il allait séjourner. Il touchait d'un doigt nonchalant la femme-enfant qui était aussi entrée dans le Néant au-delà du monde.

« Ta grand-mère maternelle, disait le soleil, épousa jadis ma lumière. Elle est déjà dans tes os, et ton âme connaît mon pouvoir et les pouvoirs du chaos et de la non-matière. Inutile de te cacher. »

Soveh emporta une ville grâce à une légion de petits cailloux bruns. « Je ne suis pas encore prête à te croire », fit la tête détournée de Soveh.

C'est alors que Dathandja sortit de la maison et Soveh courut jusqu'à lui.

— Voici le roi de tous ces cailloux, dit-elle, et elle lui

donna une pierre aux étranges rayures naturelles, noir opaque et bleu transparent, objet magnifique qu'elle avait gardé pour lui.

Dathandja prit le caillou, puis son beau visage entre ses mains et l'embrassa paisiblement sur le front.

— Que t'ai-je appris, Soveh ? lui demanda-t-il.

— Les saisons, la nuit, le jour, et les raisons pour lesquelles poussent les arbres et existe la mer. Et comment être aimée.

Dathandja répondit :

— Oui, cela est vrai. Tu as très bien appris tout cela. Mais sais-tu ce que tu m'as appris ?

L'enfant le regarda et la femme sourit. Aucune des deux ne se connaissait, mais toutes deux furent un instant devant lui. Dathandja dit aux deux :

— Tu m'as appris à accepter. Ce fut la plus dure de mes leçons, celle qui me manquait le plus, et tu me l'as donnée en trois secondes.

Ils entendirent dans la maison Tavrosharak dire au miroir argenté :

— Ne trouves-tu pas qu'il est impossible de vivre dans un tel taudis ou d'appliquer l'intellect à des actes de la science occulte alors qu'un incessant bavardage tapageur retentit sous la fenêtre ?

Dathandja éclata de rire, ainsi que l'enfant, et ils remontèrent ensemble la berge jusqu'à l'arbre où, aujourd'hui, seule attendait la mince silhouette dorée d'Ebriel... lequel, à leur approche, ouvrit ses ailes et plongea dans le ciel comme un épervier jonquille.

— Qu'il est doré ! dit Soveh. Est-il notre ennemi, ou un ami ?

— Je l'ignore. Et je ne pense pas que lui-même le sache.

— Il a un O blanc derrière la tête. Est-ce un nuage, si rond et d'une chaleur si froide ?

Dathandja marqua un temps d'arrêt et considéra le cercle de lumière dans le ciel que venait d'occulter le Malukhim. Dathandja répondit enfin :

— C'est la lune, qui s'est levée de jour et qui suit le soleil sur le ciel.

(L'on prétend que cela n'était jamais arrivé auparavant, que la lune de la terre plate n'apparaissait qu'après que le soleil s'était couché. Ou que si cela était arrivé, c'était durant les âges primitifs du chaos, avant que la raison eût aménagé le monde.)

L'instant d'après, toutefois, le cercle blanc disparut à l'intérieur d'un vrai nuage cependant que quelques chariots et voitures tirés par des bœufs étaient arrivés sur la berge du fleuve, remplis par ceux qui venaient voir Dathandja, suivis par ceux qui chevauchaient des éléphants bleus. L'ouvrage du jour avait commencé.

Mais le jour fut sombre et très silencieux. Si paisible que seul le discours du guérisseur avec ses patients et ceux qui désiraient son conseil semblait attester de la vie sur des milles et des milles. Mais il y avait aussi de temps à autre Tavrosharak que l'on entendait, fort comme un clairon, reprocher violemment à un criquet solitaire le vacarme qu'il faisait dans la vigne grimpante sous sa fenêtre.

— Guérisseur, dit l'un des débatteurs assis sur le sol devant Dathandja, le jour est étrange. Ses panneaux sont bien épais.

— L'atmosphère, dit un autre, est comme chargée d'éclairs. Des événements s'annoncent. Devrions-nous les redouter ? Devrions-nous implorer la clémence des dieux ?

— Pourquoi les implorer ? demanda Dathandja.

— Parce que nos péchés les ont peut-être irrités.

— Le péché n'irrite point les dieux. C'est nous qui nous irritons de ce que nous faisons mal. Lorsque vous faites le mal, demandez-vous pardon, car c'est vous-mêmes qui vous êtes fait un mal bien pis que tout autre homme, et cela en proportion de votre crime.

— Disons que j'aie tué mon propre frère, dit l'un d'eux. Assurément ce péché est bien pire envers lui qu'envers moi ?

— Pas du tout. Car, si le péché que tu commets en lui arrachant la vie est très grand, il aura une autre vie. Alors que tu as souillé ta propre vie, comme si tu avais pris de la boue et de la vase dont tu aurais frotté tes vêtements, et tu devras vivre dans cette souillure jusqu'à la fin et dans la renaissance. Et tu ne seras débarrassé de cette tache que lorsque tu auras réussi à t'en laver.

— Ah, Maître, dit l'homme, ces paroles nous confirment, ainsi que nous le croyons, que tu es dépourvu de tout péché.

— Je suis le plus pécheur d'entre vous, dit Dathandja. Mon âme est emplie de la crasse de maux terribles et immondes.

Ceux qui l'entendirent en restèrent ébahis et protestèrent. Finalement, l'un de ceux qui étaient venus le voir à dos d'éléphant, tout couverts de soie, dit à Dathandja :

— Comment oses-tu donc, ô prêtre, invoquer des guérisons ou offrir des solutions aux événements qui nous troublent ?

— Celui qui boit l'eau d'un puits empoisonné, ne laisse-t-on point son crâne sur un poteau pour avertir les autres voyageurs ? Ou s'il survit, ne saura-t-il mieux que quiconque quel puits éviter et bien mieux que ceux qui n'ont jamais goûté à ce poison qu'ils n'ont pas avalé ?

— Veux-tu dire que tous les hommes *doivent* d'abord faire le mal pour apprendre à faire le bien ?

— Il n'est aucune obligation. Je dis simplement que, dans la plupart des cas, c'est ainsi que cela se passe. Et il en est de même pour l'humanité que pour les individus. Jusqu'à ce que les stages de cruauté et d'égoïsme de l'enfance et de l'adolescence arrivent à leur fin et que les peuples du monde (qui n'aura peut-être plus rien à voir avec le monde tel que nous le connaissons, car cette date est lointaine)... jusqu'à ce que ces peuples atteignent l'état adulte, par le cœur, l'âme et l'esprit. Ce temps-là sera sans doute la fin des temps, où la vilenie disparaîtra, ainsi que l'ambition et le combat contre autrui. Et cet âge de compassion et de douceur ne naîtra point de l'innocence ou de l'ignorance, mais d'une connaissance durable acquise par l'exemple et l'expérience. En ce temps ultime, avant que ne se couche le dernier des soleils, que ne s'éteigne la dernière des étoiles et que l'interminable aventure de l'existence ne prenne une nouvelle trajectoire, seuls les doux, les bons et les savants, que nous serons devenus, hériteront la terre, avant que la terre ne soit plus.

Une quiétude absolue s'étendit alors sur la pente au-dessus du fleuve, en dessous de l'arbre. Il avait gardé ses feuilles, ses figues sauvages, bien qu'elles fussent rares.

— Et pourtant, dit le cornac, toi qui es pécheur, tu as

dit et tu répètes cela et tu es aussi impondérable que les feuilles au-dessus de nos têtes. Comment peux-tu marcher droit, comment peux-tu parler aussi gaiement, si tes actes furent tels que tu le dis ?

— Il était jadis un marchand qui devait de l'argent à beaucoup d'autres marchands de la ville, commença Dathandja. Il tenait d'impressionnants registres sur lesquels il restait penché jour et nuit. Il était tellement concentré sur ce qu'il devait et il peinait avec tellement de soin sur ses comptes que son commerce sombrait dans la ruine. Il menaçait de devenir non seulement un débiteur, mais un débiteur insolvable. Quelqu'un vint un jour le voir et lui dit :

« — Jette tes livres, va en ville et gagne ton or, car tu as du talent pour cela et tu redeviendras riche.

« — Mais, dit le marchand, comment me rappellerait-je à qui je dois cet argent, si je ne le note point ?

« — Contente-toi de faire ceci, lui dit gentiment son conseiller. Si tu vois quelqu'un dans le besoin, ou si quelqu'un vient te solliciter et que tu disposes de fonds, donne-les-lui. De la sorte, tu aideras ceux qui sont pauvres et tu rembourseras ceux qui l'exigeront. »

« Le marchand brûla donc ses registres et les oublia ; dès qu'il fut sorti, il gagna beaucoup d'or, s'endetta auprès de chacun et rendit service à tous. Voilà un homme qui marcha légèrement, car il s'était simplifié la vie.

— Mais assurément, dit le cornac vêtu de soieries, il est de méchantes gens et leur faire du bien serait une folie.

— Pourtant, s'il fallait les punir, il faudrait noter leur nom et porter sur soi une longue liste et la consulter partout où l'on va.

— Mais si je me montre gentil envers un homme mauvais, il me ridiculisera. Il me moudra comme le grain sous la meule.

— Et te ridiculisera-t-il davantage en te prenant pour un idiot que tu ne le feras en gaspillant ton temps et tes efforts en essayant constamment de rendre le mal pour le mal ? Un homme affamé qui trouve un arbre fruitier en goûte certains des fruits. Ils sont soit acides, soit délicieusement doux. De l'unc ou l'autre manière, il ne tarde pas à le découvrir et peut continuer sa route. Inversement, tandis que son estomac crie famine, il peut faire halte sous cet arbre pendant une heure à décider s'il vaut la peine de mordre dans un fruit qui risque de ne pas lui convenir. A chacun sa vie et, finalement, à chacun l'endroit où il veut vivre. Plus ses relations avec autrui sont faciles, plus il lui reste de temps pour ses propres loisirs. Or, dit le prêtre, supposons que tu sois assis près de l'eau où tu te mettes à réfléchir, rêver, contempler le monde, ou dormir. Et qu'un homme vienne te gifler. Que ferais-tu ?

— Eh bien, je me lèverais d'un bond et je lui rendrais sa gifle deux fois plus fort.

— Sur quoi il te frapperait encore plus fort, et tu contre-attaquerais, et ainsi de suite, jusqu'à ce que l'un des deux blesse ou tue l'autre. Disons que tu es le vainqueur et qu'il gise à terre ; il te faut alors fuir la justice ou la vengeance de sa famille. Ou il te faut trouver un moyen de la rembourser. Pendant tout le temps que tu auras dû te battre, établir des plans ou fuir, tu auras gaspillé une énergie que tu avais prévu d'utiliser à d'autres fins. Or, lorsque l'homme t'a frappé, si tu lui avais simplement dit : « Frappe-moi donc encore, car je n'ai aucune querelle avec toi », peut-être t'aurait-il encore frappé, ou peut-être pas, mais votre affaire eût été terminée et tu aurais pu continuer de vaquer à tes affaires.

— Maître, je vois bien qu'il s'agit d'une parabole, néanmoins, certains hommes, s'ils ont le loisir d'en frapper un autre, en prennent l'habitude. Cela ne pose-t-il pas également problème ?

— Dans tous les cas, la vie est une série de coups, dit le prêtre, la naissance et la mort étant les plus brutaux de tous, séparés par bien d'autres moins importants. Est-il possible de rendre ou de réparer le moindre coup du sort et de la vie ? Reste assis sous l'orage, car si tu lui cries après, il ne t'entendra pas.

— Par les dieux, dit le cornac, dis-moi comment trouver la sagesse.

— Abandonne ta demeure et tes richesses. Parcours le monde. N'accepte que ce que l'on te donne mais, dès que tu le peux, redonne tout ce que tu possèdes.

Le visage du cornac s'abaissa vers ses bottes de soie.

— Dois-je vraiment faire cela ? N'existe-t-il aucune autre méthode ?

— Elles sont nombreuses. Elles prennent plus de temps. Il est difficile de s'enfuir lorsque l'on a les pieds attachés à la porte d'un palais ; il est difficile de voir à travers des fenêtres d'émeraude et d'argent. L'on place des difficultés sur son chemin. C'est tout.

Le ciel prit alors la couleur des feuilles de figuier usées, de l'ombre obscure de la fumée, et les hommes qui étaient venus voir Dathandja eurent tous des exclamations de peur. Même les bœufs meuglèrent et renâclèrent et les éléphants bramèrent. Après quoi, le silence revint, trois fois plus pesant qu'auparavant.

Le cornac tira de sa ceinture une émeraude pâle sertie dans de l'argent et, fixant le ciel à travers elle, il annonça :

— La face du soleil est devenue noire, bien que sa chevelure flamboyante brille tout autour.

C'était la première éclipse de la terre plate, ou la première éclipse du soleil par la lune à laquelle on eût assisté depuis les âges du chaos. (Car le chaos avait été frôlé et frôlait à son tour le monde qu'il transformait. Les choses ne seraient plus exactement semblables à ce qu'elles avaient été. La nature marchait à grands pas, elle courait.)

— C'est la rage des cieux, firent en tremblant certains des malades qui avaient été guéris et éprouvaient maintenant un sentiment de culpabilité après toutes leurs années de souffrances.

— C'est l'enseignement abscons du prêtre qui a bouleversé les dieux qui contrôlent les disques du soleil. Dans un instant, ils vont lui jeter des étoiles. Enfuyons-nous !

Mais les autres tirèrent par la manche Dathandja qui restait sereinement assis, la fille-enfant appuyée sur lui sans manifester le moindre signe d'inquiétude.

Dathandja déclara :

— La lune s'est interposée entre nous et le soleil. Dans un peu plus d'une minute, la lune reprendra sa route et ce phénomène cessera.

L'enfant considéra son visage de ses grands yeux bleus.

— Raconte-nous pourquoi la lune s'approche du soleil, dit-elle doucement.

Dathandja fit signe de s'asseoir à tous ceux qui étaient

nerveux et effrayés. Il prononça une phrase qui apporta sur eux un vaste calme, au beau milieu des ténèbres, tandis que la chevelure du soleil coulait d'un trou noir dans le ciel. Même les bêtes s'allongèrent et le fleuve se dérida.

4

Histoire du Soleil et de la Lune

Il y a très, très longtemps et plus longtemps encore que cela…

…le Soleil avait un jardin à l'orient. Mais il avait eu des mots avec la Lune et se refusait à la laisser entrer dans ce jardin. Vint un soir où elle ne put davantage résister à sa curiosité. La Lune appela l'un des papillons aux larges ailes qui volent de nuit.

— Va dans le jardin, dit-elle, et vois à quoi il ressemble. Reviens et dis-le-moi.

Le papillon de nuit parcourut donc les milles de ciel pardessus le dos de la terre jusque dans l'orient. Il parvint bientôt à un mur élevé, apparemment plus haut que le ciel. Il monta encore, mais le mur semblait rencontrer et ne faire qu'un avec les ténèbres. Il tourna et tourna, mais le mur formait un vaste cercle, sans commencement ni fin. Enfin, le papillon fut fatigué et tomba au sol sous le mur. Là, il trouva un minuscule trou. Il replia ses ailes, se glissa dans l'espace minuscule et émergea dans le jardin.

Qu'il était beau ! Les pelouses étaient en terrasses et d'un velours ras ; plus veloutés encore que celles-ci étaient les gradins et les marches rocheuses sur lesquels dégouttaient les ruisselets. C'était le jardin du Soleil et, même de nuit, la roche était chaude, l'air du jardin était chaud et parfumé de cent bouquets. Les buissons étaient aussi hauts que des arbres. Les arbres étaient pareils à des flèches vertigineuses et le parfum de leur bois et leur moiteur faillirent noyer le papillon, qui dut se poser sur une pierre d'ambre luisante. Le sol était jonché de ces pierres qui toutes brasillaient. C'était le jardin du Soleil et tous les objets étaient brillants et fauves. Les arbres étaient encombrés de fruits dorés qui brillaient comme des lampes ; les vers luisants jouaient au-dessus des mares, où descendaient boire des créatures au pelage orange et aux yeux de feu. Un poisson bondit : c'était une topaze.

La nuit finit par s'éteindre. Le papillon se rappela qui l'avait envoyé dans cette mission. Il revint au mur et, après avoir longuement cherché, retrouva le chas et ressortit.

La lune était basse dans le ciel occidental, encerclée par sa chevelure pâle, et elle était en train de le chercher.

— Eh bien, dit-elle, tu es resté parti toute une nuit. Le jardin est-il beau ?

Le papillon lui raconta tout. Il décrivit son apparence, les plantes, les fruits, les lumières, les senteurs et les animaux qui l'habitaient.

La Lune fut envieuse.

— J'aimerais aussi le voir, dit-elle.

La Lune était assise dans son pavillon crépusculaire sous l'horizon occidental, occupée à réfléchir à la manière dont elle pourrait abuser le Soleil. Leur querelle était vieille de plusieurs milliers d'années. Ils en avaient oublié l'objet, mais ni l'un ni l'autre n'était prêt à céder.

Elle finit par élaborer un plan.

— Cette nuit, je ne traverserai pas le ciel et je laisserai la terre dans les ténèbres. Enveloppée dans un manteau noir, j'irai à l'est. Le papillon a trouvé le moyen de pénétrer dans le jardin et je ferai de même. La Lune est-elle moins rusée qu'un papillon ?

Lorsque le Soleil monta à l'ouest dans son flamboiement de magnificence, la Lune avait déplacé son pavillon à l'est. Lorsque les torches finales de la procession du Soleil eurent disparu, les étoiles sortirent avec leurs miroirs et leurs clochettes. Elles appelèrent la Lune pour qu'elle se joigne à elles, mais la Lune était occupée ailleurs. Elle s'enveloppa dans son manteau noir, descendit dans la nuit et parvint jusqu'à un vaste mur en cercle. Il semblait plus haut que les cieux, sans commencement ni fin.

La Lune chercha un moment, puis s'arrêta pour réfléchir.

— Peut-être me suis-je trompée, dit la Lune. Je ne suis pas plus rusée que le papillon. En fait, je suis moins rusée que lui.

Au bout d'un moment, elle entendit le bruit de l'eau. Elle se détourna du grand mur et trouva une suite de collines et une caverne. Elle pénétra dans la caverne dans laquelle se trouvaient le lit d'un torrent et un torrent qui s'écoulait dans le sol.

La Lune s'adressa au torrent dans sa propre langue.

— Où vas-tu ? demanda la Lune.

— Dans le jardin du Soleil, où tout est or et joie.

— Puis-je t'y accompagner ?

— Cela est interdit.

— Pourquoi ?

— Tu es la Lune, avec qui il s'est disputé.

— Non, dit la Lune, tu te trompes. Je ne suis que la lumière de sept cités d'argent éteinte par un nuage lointain.

Lorsqu'elle se renia, la Lune éprouva un petit pincement, mais elle était déterminée.

Le torrent la crut. Il lui permit de s'allonger sur lui et l'emporta sous le sol, sous le mur vertigineux et dans le jardin.

Là, le lit du torrent était jonché de jacinthes et de jaspes brillants. La Lune se leva hors de l'eau et regarda autour d'elle. Elle marcha bientôt dans le jardin, parmi ses éminences et ses creux. Elle toucha les fruits dorés sur les arbres, qui sonnèrent comme des gongs, elle contempla les bêtes enflammées qui jouaient sur les pelouses. Elle était emplie de jalousie et d'admiration. Tandis qu'elle marchait, les fleurs dans l'herbe devinrent argentées. Elle se refléta dans trois mares, à l'est, à l'ouest et au sud du jardin.

La nuit finit par s'éteindre. La Lune retourna au torrent qui entrait constamment dans le jardin.

— Non, dit le torrent. Je t'ai emportée ici, mais je ne t'en ferai point sortir.

— Hélas ! fit la Lune.

Elle se précipita vers le mur et chercha un moyen de sortir comme elle avait trouvé un moyen d'entrer. Elle commença à s'inquiéter, car les premières torches s'éclairaient dans le ciel oriental. Finalement, elle distingua le petit trou par lequel le papillon s'était échappé du jardin. La Lune diminua et se fit aussi mince qu'une alêne. Mais lorsqu'elle s'allongea pour traverser le chas, elle découvrit que la toile d'une araignée y avait été tissée, dorée par la force solaire du jardin... et la Lune ne put la briser.

La Lune était en colère et apeurée. A l'est, elle vit l'encens brûlant et le feu d'artifice de la procession du Soleil. La Lune reprit sa forme et sa taille habituelles et courut jusqu'à un grand arbre couvert de feuillage pendant. Elle grimpa dedans et se dissimula sous les feuilles.

Le Soleil passa alors par-dessus l'horizon. Il chevauchait un tigre de cinabre. Des écharpes de jaunes et de roses se dépliaient des rayons qui dansaient à la suite ; les bannières étaient aussi bruyantes que le son des trompettes.

En passant, il jeta un regard dans son jardin. Sa lumière était à ce point colossale qu'elle l'aveuglait lui-même. Il ne vit pas les traînées d'argent dans l'herbe ni la pâleur qui finissait de brûler sous les branches d'un grand arbre. Il refléta sa magnificence dans les trois mares où s'était mirée la Lune et continua d'avancer, satisfait.

Lorsque le Soleil fut parti, la Lune fit plusieurs tentatives pour sortir du jardin. Elle appela ses demi-frères, les vents lunaires, mais ils ne firent que secouer les arbres et, lorsque les fruits dorés tombèrent, ils jouèrent avec eux... ils étaient très jeunes. Elle appela aussi les oiseaux de nuit qui l'adoraient comme une déesse, le rossignol qui avait des clochettes dans la gorge et le hibou dont les yeux rappellent les fenêtres luisantes d'un temple. Mais les oiseaux, bien qu'ils eussent réussi à traverser le mur, étaient à demi endormis et ne purent trouver de sortie adaptée à la Lune, et ils pépièrent, firent bruire leurs ailes, se lamentèrent, bâillèrent, regardèrent fixement et furent chassés, interloqués. La nuit était presque revenue et le ciel était sans lune.

Quelque parvenue d'étoile va prendre mes honneurs, songea la Lune. *Elle s'efforcera de briller de plus en plus fort et dira qu'elle est la Lune, et la terre m'oubliera.* La Lune se mit alors à pleurer et ses larmes firent autour des arbres des perles qui se transformèrent lentement en rubis dans le couchant.

Un bruit se produisit alors, qui fit sécher d'horreur les larmes de la Lune. C'était la note d'une grosse clé en train de tourner dans une énorme serrure quelque part dans le mur. Un vent solaire se précipita alors à travers le jardin, pinçant les brins d'herbe et ébouriffant la fourrure des bêtes féroces. C'était le messager du Soleil et le Soleil le suivait de près, flamboyant dans un manteau de rouge foncé.

— Ah, que mon jardin est beau ! déclara le Soleil d'un ton possessif. Plus beau que jamais. Mais qu'est-ce que ceci ? ajouta-t-il comme son éclat éclairait les perles rubis sur l'herbe. Allons, dit le Soleil en écartant les branches de l'arbre, qui se cache ici ?

— C'est moi, chuchota la Lune.

— C'est toi ? Qui es-tu ?

La Lune sursauta. *Il ne se souvient pas de moi,* pensa-t-elle. *Eh bien, il y a des lustres et des lustres que nous ne nous sommes vus. Et il s'est toujours ébloui.* Elle s'enveloppa un peu plus dans son propre manteau, descendit et se tint toute timide devant le Soleil.

— Je suis une étoile particulièrement brillante, dit la Lune. Si brillante que la Lune s'est montrée envieuse et qu'elle m'a chassée de sa cour. Je suis venue ici par hasard et n'ai pu trouver d'issue. Me laisseras-tu sortir de ton jardin ?

— Reste, dit le Soleil. Tu es très belle. Je comprends sans peine que la Lune, cette vieille sorcière pâlotte, se soit montrée jalouse.

— Vraiment ? fit la Lune en bouillant sous son manteau. J'ai néanmoins un travail à accomplir dans le ciel nocturne.

— Reste avec moi cette seule nuit, dit le Soleil sur un ton engageant. Lorsque je devrai remonter éclairer le ciel, tu pourras sortir devant moi. Il y a longtemps que je prévois de choisir parmi les étoiles la plus jolie qui serait mon héraut à l'est. Peut-être te choisirai-je.

— Que tu es généreux, que tu me flattes, dit la Lune.

Elle dissimula alors son apparence sous son manteau, car elle aurait pu fendre le verre.

Mais le Soleil jura qu'il ne la laisserait pas partir avant le matin, de telle sorte que la Lune resta avec lui, contrainte et forcée, et feignit de se montrer éblouie par lui, ce qui était d'ailleurs la réalité. Tandis qu'ils parcouraient le merveilleux jardin, il lui montra ses fleurs les plus odorantes et il lui cueillit les meilleurs de ses fruits. Ses mains qui la guidaient étaient chaudes. Lorsqu'ils furent las, ils s'allongèrent sur le gazon empli de félicité, le Soleil batifola avec la Lune et la Lune se dit : *Puisque je me fais étoile, je dois permettre ceci.* Et le Soleil la charma, malgré ses anciens ressentiments. Elle se laissa radoucir. A tel point que, lorsque les torches et les trompettes de sa suite impatiente s'approchèrent pour lui demander de sortir dans l'aube, la Lune connut presque le regret. Alors même qu'il partait, elle s'irrita de nouveau. Elle ramassa donc subrepticement une pierre palpitante dans une cascade et une fleur brûlante dans l'herbe. Enfin, elle coupa secrètement une boucle de la crinière flamboyante du Soleil grâce à un petit poignard d'argent, tandis qu'il l'enlaçait pour lui dire au revoir.

Le Soleil quitta alors son jardin et la Lune monta dans le ciel, tout échevelée, son manteau glissant de ses épaules blanches et ses cheveux papillonnant autour d'elle. Elle traversa les cieux en courant et ne s'arrêta que lorsqu'elle eut atteint son pavillon, où elle s'abattit dans une pâmoison de chagrin, de plaisir et de honte.

La Lune rumina. Elle maigrit, perdit de sa luminosité, pâlit davantage. Elle songeait : *Je vais le faire payer pour son joli jardin et pour mon humiliation. Pour m'avoir prise pour une simple étoile et pour avoir batifolé avec moi. Mais surtout parce que je le lui ai permis.*

La Lune prit alors la fleur et la pierre du jardin du Soleil, ainsi que la boucle de cheveux de la crinière du Soleil, et elle prépara un sort. Lorsqu'elle eut terminé, elle se tissa une robe, et cette robe brillait si merveilleusement que les étoiles qui étaient venues jusqu'à son pavillon pour lui rendre visite reculèrent de surprise.

On va bien voir s'il me prend toujours pour une étoile, songea la Lune en s'élevant, aveuglante, dans le ciel.

Elle brilla si magnifiquement cette nuit-là que, dans les terres humaines, les poètes qui avaient écrit *Lune amère et sévère* barrèrent cette ligne pour la remplacer par les mots *O Lune des délices humains !* Elle était véritablement chaude et brillante comme l'or, soleil authentique de la nuit. Seuls les amants cachés ne la bénirent point cette nuit-là, ni les voleurs, qui lui avaient apporté des offrandes.

Mais le Soleil la vit aussi, de son propre pavillon rouge à l'occident. Il monta le tigre noir qu'il utilisait pour ses excursions nocturnes et chevaucha furieusement vers l'ouest pour suivre son avance, et tout le long du chemin il entendit les louanges adressées à la Lune.

C'est elle qui est venue dans mon jardin, songea-t-il, très en colère. *C'est pour elle que j'ai cueilli ces fruits, elle que j'ai feint de croire jolie. Elle m'a volé l'essentiel de ma lumière et se vante auprès des hommes et des dieux que ce n'est que son propre éclat qui l'orne. Eh bien, qu'elle règne donc sur le ciel. En attendant que justice me soit rendue, il faudra qu'ils se passent de moi.*

Le Soleil rentra alors dans son jardin et en claqua la porte.

Lorsque la procession du matin l'appela, le Soleil la chassa et il n'y eut qu'une vague aube sinistre ce matin-là et tous les jours qui suivirent. Mais le Soleil, dans son jardin, apprit quelque chose à son avantage.

Or, en ces temps lointains, les dieux étaient jeunes. Ils s'intéressaient à tout. Lorsque l'humanité se mit à se plaindre sur les autels que le Soleil ne souriait plus à la terre et qu'un hiver et une stérilité éternels les envahissaient, les dieux leur prêtèrent attention.

Ils envoyèrent au Soleil des messages lui demandant ce que signifiait cette absence. Le Soleil répondit qu'il était tombé malade et que la Lune pouvait s'occuper du jour comme elle le faisait de la nuit, puisqu'elle brillait si magnifiquement que cela ne pouvait la déranger. (La Lune, en entendant ceci, blanchit et même ses atours ne purent le cacher.) Les dieux envoyèrent un nouveau messager au Soleil et le convoquèrent dans les étages supérieurs du ciel, où ils le contemplèrent de toute leur hauteur : il était venu emmitouflé dans un nuage d'orage.

— Voilà, dit le Soleil. Quelqu'un est entré dans mon jardin et m'a volé une partie de mon essence, l'âme de ma lumière. Je suis affaibli et déconcerté. Remédiez à ce problème et je reprendrai ma place.

— Qui t'a volé ? voulurent savoir les dieux. (Même alors, ils avaient tendance à parler de concert.)

— Je l'ignore, répondit le Soleil, mais je le devine.

Et il leur raconta comment il avait trouvé dans son jardin une prétendue étoile, à qui il avait accordé toute son attention et comment la Lune était ensuite apparue dans toute sa magnificence tandis que lui s'affaiblissait.

Les dieux mandèrent alors la Lune. Elle arriva, voilée de brume, toute tremblante.

— Es-tu entrée dans le jardin du Soleil ?

— Moi ? fit la Lune, stupéfaite de cette question.

— As-tu volé quelque chose au Soleil ?

— Moi ?

— Quelle preuve, dirent les dieux au Soleil, as-tu qu'elle soit jamais entrée dans ton jardin ? Car si elle récuse les deux chefs d'accusation et est reconnue coupable de l'un d'eux, elle doit donc être coupable de l'autre.

Le Soleil eut un large sourire et la Lune frémit.

— Venez avec moi et vous verrez, dit le Soleil.

Les dieux descendirent donc dans le jardin du Soleil et s'y promenèrent : la terre résonna à chacun de leurs pas parmi les arbres aux grandes feuilles et près des eaux miroitantes.

La Nuit entra alors et, dans les ténèbres, tout se mit à luire de manière fort distrayante : au bord de l'eau, les bêtes orange vinrent boire tandis que bondissaient les poissons topaze. A travers les clairières près de l'eau retentirent des voix féminines et trois adorables jeunes formes féminines s'avancèrent alors en dansant. Elles étaient blanches comme des cendres de lis et leur longue chevelure pâle tombait en cascade ; elles portaient des guirlandes de fleurs jaunes ainsi que des colliers et des bracelets d'ambre aux chevilles, et c'étaient là leurs seuls vêtements.

— Comme j'étais allongé en ce lieu dans ma maladie, dit le Soleil, j'ai vu ces trois se lever des mares de mon jardin et courir çà et là ; lorsque je leur ai parlé, elles se sont approchées, aimantes et respectueuses, sans la moindre peur, et elles m'ont appelé leur père.

— Qui est donc leur mère ? demandèrent les dieux.

— Demandez-le-leur, dit vertueusement le Soleil.

Ce que firent les dieux. Courant joyeusement vers la Lune, les trois l'appelèrent *Mère* aussitôt.

La Lune rougit comme le Soleil qui se lève.

Voici ce qui s'était passé. Elle s'était reflétée dans les trois mares du jardin, à l'est, à l'ouest et au sud, et les pouvoirs du jardin, qui allaient jusqu'à agir sur la toile d'une araignée, avaient gardé ce reflet et l'avaient activé et, comme le Soleil s'y était par la suite reflété à son tour.. Par la suite, certains badinages avaient tout réuni symboliquement.

— Ce sont des filles dont on peut être fier, dit le Soleil. L'une éclairera ma route au matin : ce sera l'Etoile du Matin. Une autre, qui est un peu plus sombre, marchera derrière moi au coucher pour fermer les portes de l'ouest : ce sera l'Etoile du Soir. Mais la plus belle d'entre elles, je la garderai près de moi, car il n'est pas encore de poste vacant pour elle, bien qu'il puisse arriver une époque où cela se produira.

Mais la Lune se couvrit le visage et dit :

— Tout se retourne contre moi. J'ai été irritable, malhonnête et j'ai mal agi. Car il ne voulait pas me laisser entrer dans son jardin et, quand il m'y a trouvée, il ne s'est même pas rappelé qui j'étais. Pis que tout, je l'ai aimé à nouveau, comme il y a longtemps, et je n'ai pu me rappeler notre querelle.

Le Soleil, en entendant ceci, s'approcha de la Lune et l'embrassa.

— Je n'avais pas le droit de t'empêcher d'entrer. Tu es ma bien-aimée et seule la distance qui nous sépare toujours nous a rendus ennemis.

Mais les dieux prononcèrent un jugement pour toute

cette affaire, car on ne les invitait pas à juger avec légèreté.

Ils permirent à la Lune de garder sa robe fabuleuse et même de la porter, mais en de rares occasions. Ils décrétèrent ensuite qu'elle devrait éternellement changer sa forme dans les cieux, se ratatinant, grossissant et rétrécissant, comme elle l'avait fait lorsqu'elle avait tenté de quitter subrepticement le jardin, afin que les hommes se souviennent qu'elle était inconstante, qu'elle était la dame de la luxure et des voleurs. Mais ils ajoutèrent que, comme la Lune et le Soleil s'étaient réconciliés et que seule la distance les rendait ennemis, ils pourraient se rencontrer à certaines époques, dans le ciel, devant le regard de l'humanité et du monde entier, et qu'en ces rares rendez-vous la Lune se tiendrait devant le Soleil quand il l'embrasserait (ce qu'il ferait sans nul doute volontiers), de telle sorte que sa grande et magnifique lumière serait éteinte. Ainsi réprimandèrent-ils la tromperie boudeuse de la Lune et l'orgueil du Soleil.

Quant aux deux filles qu'il avait choisies, elles devinrent les Etoiles du Matin et du Soir et elles saluèrent leur mère joyeusement quand elles la virent dans le ciel. Mais la troisième fille attend encore sa mission. Quant au jardin, il cessa d'exister, ainsi que le firent les merveilles de ce type avec la maturation du monde.

Mais le Soleil et la Lune sont restés des amis proches, ainsi que nous venons de le voir. Ainsi avait-ce été le privilège des hommes, par cette obscurité diurne, de savoir que les amants s'étaient enlacés au-dessus de la tête des hommes. Et que les ténèbres n'étaient que leur baiser.

Et qui serait assez grossier pour avoir peur de cela ?

Alors même que Dathandja terminait son histoire, la lune s'écarta de devant le soleil et la lumière du jour se remit à briller, les oiseaux chantèrent et les hippopotames batifolèrent dans le fleuve.

5

Le soleil, ayant à nouveau montré son visage royal, courut vers l'ouest et s'évanouit.

La foule sur la berge du fleuve se leva et s'en fut également, désignant avec une ironie discrète l'étoile du soir qui suivait posément son père pour fermer les portes d'un couchant jaune.

Le prêtre et l'enfant se tournèrent vers leur maison. L'enfant, qui était restée très silencieuse depuis le passage de l'obscurité, lui dit enfin :

— Si le soleil peut devenir une ténèbre, les ténèbres ne peuvent-elles devenir un soleil ?

Dathandja répondit :

— Cela dépendrait de la forme des ténèbres. Cela dépendrait de beaucoup de choses.

— O père juvénile, dit l'enfant, il m'est impossible de te remercier un jour de ta bonté envers moi, que tu n'as d'ailleurs jamais manifestée pour être remercié. Mais je suis restée à tes pieds et j'ai appris. Et toute la terre m'a parlé. Ainsi que mon propre cœur. J'ai eu vraiment d'excellents maîtres. Et lorsque l'ombre a quitté la terre, l'ombre qui était sur moi s'était aussi retirée. Me voici. Je ne suis plus Soveh, ton enfant.

Le crépuscule était arrivé. Le paysage était bleu, ainsi que le fleuve, et dans ses yeux se trouvait le bleu de tous les crépuscules qu'avait connus le monde. Et dans les yeux de ce père qui la considérait se trouvaient toutes les nuits noires qui avaient suivi.

— Je suis heureux pour toi, dit-il.

— Pour cette joie, dit-elle, restons encore un moment tels que nous avons été. Car tout grandit, m'as-tu dit. Mais la lune, en changeant de forme, reste la lune, et il en est de même pour l'amour.

Il lui prit donc la main, comme il l'avait fait ces trois années d'enfance, et ils marchèrent ensemble le long du fleuve où les lotus bourgeonnaient encore, pour rejoindre leur demeure.

Aucune lampe n'y était éclairée, pas même dans la chambre du premier, qui était silencieuse.

— Il s'est encore disputé avec le miroir, dit la fille, et Dathandja éclata de rire avec elle.

Au beau milieu de cette hilarité, ils se serrèrent l'un contre l'autre et il lui dit :

— Nous ne devrions pas nous rire de lui.

Et ils rirent encore plus fort, mais elle répondit :

— Non, nous ne devrions pas.

Et ils rirent encore.

— Oh, petite fille, je me réjouis que tu sois redevenue enfin toi-même.

— Suis-je moi-même ? Qui est-elle ? Mais je pense que je ne suis plus à quelqu'un d'autre, ni à toi, mon parent, mon doux seigneur, qui t'es occupé de moi.

— Et maintenant ? Vas-tu me quitter ?

— Et toi, fit-elle, tu seras heureux d'être laissé seul. A ton travail, à ta princesse qui te donne des chaussures...

— Oh, petite fille, comment sais-tu cela ?

— Oh, mon ami très cher, mon père et frère, tout le pays le sait. Même les grenouilles en parlent. *« Et qu'a-t-il alors fait avec elle ? »* demandent-elles. Et les sauterelles le leur disent.

Ils rirent de plus belle. Coquettement, par sorcellerie, ils allumèrent tous deux les lampes de la salle du bas, de telle sorte que les flammes clignotèrent dans les ténèbres comme des fleurs de printemps. Puis ils allumèrent le feu dans le foyer, l'éteignirent, le rallumèrent... ils étaient deux enfants, elle et lui qui avaient vécu, étaient morts et avaient revécu, chacun à sa façon, la fille de dix-sept ans dont les années s'élevaient à près d'un demi-siècle, l'homme qui avait peut-être vingt-cinq ans et qui avait connu d'innombrables siècles en demeurant intact.

— Ne parlons pas du moment de la séparation, répéta la fille. Bien que tu aies hiverné dans cette région, tu es et tu redeviendras un vagabond. Et moi... je dois chercher ma vie sous chaque pierre, sur chaque pinacle, à l'intérieur de l'ombre et de la clarté de la terre, et ailleurs... Mais pas encore. Nous avons encore les derniers jours de l'hiver. Et je me montrerai envers toi une fille et sœur obéissante. Je serai une fille du village et de la ville, je ferai ta cuisine, je réparerai tes vêtements, je mettrai des fleurs près de ton oreiller et je chanterai pour toi. Si, en retour, tu me racontes encore tes histoires et me tiens dans tes bras comme tu l'as fait en ne me demandant rien d'autre que l'amour d'une enfant.

— Voici les lézards et les grenouilles, près de la jarre qui recueille l'eau de pluie : ils attendent pour entrer. Les laisserai-je approcher de ma cheminée, alors qu'ils cancannent avec les sauterelles au sujet de moi et de la princesse ?

— Fais-leur honte en passant sur leurs défauts.

L'assemblée de grenouilles et des autres créatures de la berge eut donc la permission de profiter de la chaleur de la cheminée.

Alors, près de la lumière du feu, sous les lampes, l'homme et la femme mangèrent un souper campagnard additionné de deux pichets de vin enlevé par sorcellerie à la cave d'un potentat voisin.

Plus tard, ils dormirent à leurs places habituelles, qui étaient fort proches. Ils n'éprouvaient aucun désir l'un pour l'autre. Leur destin ne voulait pas qu'ils fussent amants, bien qu'ils s'aimassent.

Dathandja rêva qu'il était assis sur le flanc d'une colline avec une vierge dont la chevelure était de la couleur des abricots. Ils parlaient et riaient ensemble, tandis qu'elle nourrissait des oiseaux dans les airs et de minces reptiles sous les roches. Plus tard, ils s'enlacèrent amoureusement dans l'herbe brûlante. Plus bas, dans une plaine à côté d'un lac d'eau claire, des licornes dansaient, blanches, roses et dorées. Quelque part, une cloche tintait dans la tour d'un temple distant et les feuilles soupiraient en s'ouvrant.

Alors, Jirek, lorsque Simmu relâcha son étreinte et lui la sienne, embrassa la flamme de ses cheveux et lui dit :

— M'as-tu suffisamment puni, t'es-tu suffisamment vengée ?

— Tu t'es puni toi-même et tu m'as vengée. Ce genre de choses ne sont de toute façon que stupidités.

— Les prêtres sont des menteurs ?

— Oui. Tous sauf un.

Ils s'unirent de nouveau dans l'amour, dans l'amour de l'amour. Et, à ce moment-là, l'amour fut suffisant.

Mais la fille Déesse Vazdru, Sovaz-Ajriaz-Soveh, fit ce rêve, quant à elle :

Il était une montagne bleue au-dessus d'une vallée verte. Des bâtisses poussaient dans la vallée, avec les tiges de leurs tours. Il était un temple qui s'épanouissait à flanc de montagne, rangée sur rangée de piliers, avec ses escaliers de toits en terrasses. Des fumées aromatiques montaient de ses cours, droites comme des lignes tracées à la règle dans l'air sublime de l'été.

Mais tout en haut, près du sommet de la montagne, se trouvait un petit sanctuaire en marbre bleu, à ce point perdu sur le ciel que l'on pouvait ne pas le voir. Là habitait une vieille prêtresse, qui était vraiment très âgée.

— Elle a survécu à trois siècles, disaient les pèlerins à la fille qui rêvait en train de grimper le long du sentier en leur compagnie. Mais elle est fatiguée, maintenant. Fatiguée par tous ses voyages. C'est une guérisseuse, une savante et une prophétesse. Il y a des décennies qu'elle réside ici. Les rois viennent la voir pour se faire expliquer leurs visions. Les reines viennent lui demander de leur raconter leur destinée, ou de leur donner la signification d'un présage. Et si cette femme est très ancienne, pareille à l'un des grands serpents qui logent au cœur de la montagne, elle peut toujours se donner l'apparence d'une jeune fille, la peau de satin et leste comme une biche. Pourquoi viens-tu la voir ? demandaient-ils alors à la rêveuse.

— Je voudrais qu'elle m'explique un rêve, répondait la rêveuse.

Elle fut soudain à l'intérieur de la cime montagneuse

qui se trouvait derrière le sanctuaire. Il s'élevait d'énormes colonnes laiteuses et des vapeurs sortaient de la gorge de la caverne, certaines parfumées, certaines âcres. Une femme âgée, toute ratatinée et courbée, chenue, était assise sur une corniche et caressait la tête d'un serpent en forme de cœur, tête qui à elle seule avait la longueur du pied d'un homme.

— Ne te soucie point du serpent, dit-elle d'une voix semblable à une vieille feuille sèche, terriblement faible et pourtant aussi audible qu'un bruit minuscule à l'intérieur de l'oreille.

— Je n'ai jamais redouté les serpents, dit la rêveuse qui s'approcha et caressa aussi le serpent.

Elle leva son regard plein de larmes sur le visage de la prêtresse et sur ses yeux bleus comme l'azur.

— Quel est ton nom ? demanda la jeune fille à la vieille.

— C'est Atmeh.

— Pourquoi t'a-t-on appelée ainsi ?

— Moi seule me suis donné un nom. Dans le pays où j'ai ressuscité sous la forme d'une enfant, j'avais un autre nom. Mais, dans la langue de ce pays, mon nom, qui signifiait *pétale de feu*, avait une autre signification, qui était *étincelle de vie*, nom qui, dans ce langage-là, était Atmeh. C'est ainsi que, lorsque je suis partie à la recherche de moi-même, j'ai pris ce nom.

« Ah, jeune fille, jolie rêveuse, fit l'antique prêtresse, un jour nous nous rencontrerons, toi et moi. Va, maintenant, et trouve ta vie.

La fille d'Ajrarn se réveilla alors, dans la maison près de la berge brune. Elle regarda aussitôt son compagnon endormi et vit sa beauté, sa jeunesse, sa vieillesse, son chagrin et la récompense de la connaissance… tout cela peint sur son visage assoupi.

Elle ne voulait pas le réveiller, pourtant elle avait envie de lui parler de son rêve.

Alors même qu'elle hésitait, la porte de la maison fut enfoncée dans un craquement terrible… et réveilla, sembla-t-il, le monde entier.

6

Il avait nagé sur des milles et des milles et pendant des années et des années. Sous la mer, dans les profondeurs allongées sous les sombres collines vertes, dont les cimes étaient des îles, et aussi à la surface, sous le brasillement du soleil et sous le chatoiement de la lune. De grands bateaux l'avaient aperçu et l'avaient interpellé en pensant devoir procéder à un sauvetage. Ou bien ils l'avaient évité en supposant qu'il était ce qu'il avait jadis été. Et les énormes poissons des abîmes aquatiques avaient essayé de le retenir, ou bien les filles-poissons aux lèvres vertes et froides et aux yeux semblables à des étoiles noyées. Mais il continuait de nager, indifférent, déterminé. Parfois même, il tournait en rond, cherchant sans trouver. Parfois, il rampait dans des chenaux souterrains. Parfois, il se reposait pendant des heures, avant de se remettre à ramper ou nager. Ainsi atteignit-il enfin l'embouchure d'un fleuve qu'il remonta. Les eaux perdirent les teintes de l'océan pour une couleur de verre fauve, noircissant de temps à autre dans la nuit. Le givre était posé sur le fleuve, où d'énormes vessies flottaient avec des yeux rapprochés. Finalement, le nageur sortit de l'eau parmi les tiges glacées des lotus et s'approcha d'une maison dont il ouvrit brutalement la porte.

A l'entrée apparut le corps de Tavir, prince de Tirzom Djum, chamarré d'humidité, une algue encore sur l'épaule.

Le corps de Tavir n'avait pas pourri durant ces trois années et quelque. Peut-être le cataclysme (chaos qui avait même effleuré les anges) avait-il agi sur les fibres de ce cadavre qui se trouvait si près de l'impact. A moins que son lien avec le magicien immortel n'eût préservé la chair abandonnée.

A la jeune fille et à l'homme, le corps ne prêta aucune attention, bien que tous deux fussent des sorciers, et bien plus que cela.

Il traversa la pièce d'un pas de fauve, monta l'escalier et, arrivé à la seconde porte de la salle du premier, la poussa puissamment et pénétra dans la chambre du mage.

Tavrosharak était assis à sa table (chapardée dans la bibliothèque d'un roi et couverte de livres et de curiosités trouvés au même endroit). Il était resté longtemps silencieux, mais il se leva soudain et renversa les cornues d'une bizarre expérience inutile, perçant ainsi des trous fumants dans le bois de la table ainsi que dans l'atmosphère.

— Ton attention, dit le corps de Tavir.

— Je te l'accorde, dit Tavrosharak, bien qu'il fît une ou deux passes de magie en prononçant deux ou trois mantras qui auraient dû le débarrasser de l'apparition.

— Je ne suis pas un fantôme, dit le corps. Je suis toute la peau, l'âme physique... le *moi* de Tavir. Tu m'as attiré jusqu'à toi quand tu as senti que la liberté ne tarderait pas à venir et tu as récupéré en moi ton âme spirituelle. Mais j'ai survécu. J'ai été mage, comme toi. Et je suis jeune, alors que toi, quand tu as acquis l'immortalité, tu ne l'étais plus. Maintenant, dit le corps de Tavir, Simmurad n'est plus. Elle est détruite, car le feu l'a parcourue, puis une terrifiante vague enflammée l'a traversée dans l'autre sens. Lorsque le feu et la non-matière se sont rencontrés dans l'eau, un soleil rouge est né, qui s'est enfui à toute allure. Et j'ai été galvanisé pour le poursuivre un certain temps. Mais mon esprit s'est réveillé ailleurs et je me suis souvenu de toi. Je suis donc parti à ta poursuite. Et me voici devant toi.

— Que désires-tu ? bégaya le mage, toujours occupé à

battre vainement des manches dans ses efforts pour produire un sort de suppression.

— Une âme, dit le corps. La tienne, *la mienne*. Celle que j'ai possédée.

— Et moi, alors ? hurla Tavrosharak.

— Toi ? Vois la vie que tu as donnée à notre âme, enfermée jour et nuit, à bredouiller et trembloter, à détester toute l'humanité. Qu'apprendras-tu ici sinon que tu es un fou ? Allez, dit Tavir, noir, magnifique, seigneur de la mer, le cheveu et l'œil d'un vert luisant. Allez, chère âme, reviens en celui qui t'estime à ta juste valeur. Vois en moi ce que tu gagneras. Et songe à ce que tu auras perdu en lui.

— Reste, chère âme, jappa Tavrosharak. Je m'amenderai. Nous sortirons changer les hommes en pierres et les pierres en moutons, et nous bouleverserons la terre entière...

— Viens, chère âme, fit Tavir, enjôleur, et nous nous délecterons de la beauté du monde, et nous tâcherons d'en réparer les douleurs. Nous fonderons une ville sous la mer où les peuples de l'océan vivront en paix ensemble. Tous les enseignements du prêtre Dathandja, que celui qui te retient prisonnière a entendus (et rejetés), mais sur lesquels tu as médité... nous tenterons de les appliquer et de braquer sur eux ensemble notre vie à venir.

Le mage s'assit brutalement dans son fauteuil. Il lâcha un grognement et, de ses lèvres entrouvertes, jaillit une flamme. C'était un feu bas, à peine visible. Mais Tavir ouvrit largement les bras pour la recevoir.

Tavir dit alors :

— Il est une déesse dans cette maison, ainsi que le professeur qui a tant de dons. Mais ce corps que j'ai maintenant ne vivra pas éternellement. Je dois être prompt. Aucune distraction. Alors... adieu, sans aucune cérémonie...

Tavir prononça alors son propre mantra de disparition, en possession de son âme et redevenu magicien. Et il disparut.

Cependant, le corps de Tavrosharak, vidé de son âme, resta assis comme un corail dans le fauteuil, et il marmonna :

— Comment me consacrer à la science de l'occulte avec de telles perturbations ?

Et il lança un tourbillon dans la fenêtre simplement pour la réprimander. Car la chair immortelle du sage avait conservé une part importante de sa magie, même sans âme, et agissait ainsi, en tant que personnalité irritable, sans besoin d'âme pour l'alimenter. Il restait donc assis en ce lieu, et y resterait pendant des siècles, à grommeler et se plaindre, à étudier et dénigrer les livres, à se quereller avec le miroir et à accomplir des exploits de magie malveillante.

Les bergers qui passeraient sous la fenêtre dans trois cents ans, lorsque les arbres auraient traversé le plancher et le toit de la maison et que les berges du fleuve auraient presque atteint le seuil de la porte, lui diraient encore d'une voix apaisante :

— Nous t'en prions, ne nous fais aucun mal, l'Oncle.

7

L'hiver, qui avait si longtemps pesé de tout son poids sur la terre, lui ayant imposé sa volonté, la quitta soudain avec un simple baiser glacial et, montant dans son chariot nu comme une branche, s'en fut dans une tempête.

Des jours pâles et luisants, telles des gouttes de zircon, vinrent jusqu'à la terre et la revêtirent de jaunes diaphanes et de verts sauvages. Ils se posèrent aussi sur la glèbe brune, apportant des robes d'une teinte plus dense, enflammant les fleurs, aspergeant les champs de franges chuchotantes. Sur les arbres, les feuilles lourdes jaillirent. Les hippopotames se lavèrent de leur boue et se combattirent dans le fleuve. Les éléphants, rompant leurs entraves, trompetèrent et arpentèrent les collines durant la nuit.

La fille du prince, la princesse, s'écria dans son lit décoré :

— Il va maintenant me quitter.

Mais il sembla qu'il ne le ferait point, bien qu'il ne lui eût point promis l'éternité.

La jeune fille qui avait été la fille de Dathandja marchait sur la berge et fit une guirlande des derniers lotus de l'hiver. Sur sa gorge, dans une petite cage d'argent, une poussière d'améthyste resserra leur couleur. (Même le chaos, frôleur d'anges, n'avait pu fondre cette gemme. Ou il avait évité de le faire.) Son influence avait été et était en elle, pour le meilleur et pour le pire. Elle avait connu ses heures de folie, assurément, lorsqu'elle était demeurée et simple enfant ?

Un ibis blanc déambulait parmi les tiges. Il s'inclina en passant près d'elle et émit un cri étrange. *Atmeh.*

Car la terre connaissait le nom qu'elle s'était choisi, le nom qui signifiait en ces lieux Flamme, ou Flamme de Vie.

Un autre aussi, peut-être, connaissait sa nouvelle naissance et son nom.

Son regard qui était plus qu'un regard se porta de l'autre côté du fleuve brun, en direction des frontières du pays. La neige s'était dissoute sur les montagnes qui s'élevaient, flottant comme des vaisseaux de joyaux dans le ciel. En dessous, sur une unique colline, un point de neige asphodèle. Le Malukhim dépliait ses ailes.

Il se pouvait qu'il eût hiberné, ou même volé jusqu'à des terres plus chaudes. Ou bien qu'il fût resté assis durant cette saison. Qui pouvait deviner ce que faisaient les anges vengeurs durant les mois de froidure, la volonté des dieux étant libérée en eux ?

Dathandja avait quitté la maison et se tenait devant le montant de la porte. Atmeh le rejoignit.

— C'est aujourd'hui que je vais partir d'ici, dit-elle.

— Oui, c'est aujourd'hui.

Ils se regardèrent.

Elle lui prit la main et l'embrassa.

— Sage guérisseur, dit-elle, doux prêtre. Il se peut que nous ne nous revoyons jamais.

— Si, un jour lointain, peut-être.

— Me reconnaîtras-tu alors ?

— Ne nous rappelons-nous pas toujours, à travers nos différentes vies, les vieux amis et les anciens parents, malgré toutes les modifications que nous pouvons subir ? (Il l'attira contre lui et caressa ses cheveux longs, noirs et démoniaques.) Voici l'ange, dit-il.

— Je vais aller à sa rencontre. Les dieux ont assurément conscience que je ne suis plus déesse.

— Tu ne connais pas ta route avec certitude. Mais tu la trouveras.

— Oui. Cher amour, adieu.

— Adieu, cher amour.

Atmeh s'écarta de lui dans les rayons du soleil matinal, longea la berge et laissa la maison derrière elle.

Les hippopotames marquèrent une pause dans leurs

joutes pour la regarder partir. Les ibis blancs levèrent leurs têtes d'ébène. Tous les lotus d'hiver se transformèrent en fumée.

Quant à Dathandja, son visage, et ses yeux, demeurèrent indéchiffrables. Il la regarda, ou sembla la regarder, pendant un certain temps. Puis il se tourna vers l'arbre en haut de la rive.

La petite foule qui s'y trouvait déjà le vit approcher et lui adressa des cris de remerciement. Il leur sourit, à chaque groupe caractéristique, à chaque corps sain ou malade, car en chacun d'eux, comme en lui, brûlait la flamme de la vie. Et chez la jeune fille également, même si elle était d'un autre monde, à la manière des immortels, cette flamme brûlait encore. Ils ne faisaient qu'un, qu'ils fussent près ou loin. Tout n'était qu'un. Tous les hommes étaient des dieux. Et l'amour suffisait.

Atmeh marchait en direction de la montagne. Elle avançait comme l'aurait fait une adorable fille humaine, par le contact de ses pieds avec le sol. Avant les montagnes, elle atteindrait la colline, à l'ouest, où le Malukhim ouvrait et fermait ses ailes.

La jeune fille, la jeune femme, avait toute sa mémoire. Car elle avait retraversé l'enfance, l'avait connue puis abandonnée... et il ne lui manquait que les douleurs croissantes de l'adolescence. Le monde était donc à ses yeux des plus fascinants, connu mais neuf, vu à la fois à l'aube et à midi. Grâce à cela, elle en était venue à reconnaître le pouvoir utile, la leçon réelle de la naissance, de la mort et de la résurrection. Il lui semblait que son âme avait elle-même vécu charnellement, souvent, avant d'avoir été appelée dans l'enfant posé à l'intérieur des entrailles de Dunizel. Car, si Ajrarn croyait avoir inventé la vie vraie, en était-il réellement capable ? Le plus humble des paysans pouvait créer un enfant, ainsi que le moins raisonnable des hommes. Ajrarn lui-même constituait un cas charnel, bien que sa méthode n'eût rien d'orthodoxe (l'acte charnel était un art et un plaisir pour les démons, mais il n'entraînait pas de procréation). Néanmoins, pouvait-il, davantage que le paysan ou le demeuré qui, par une émission de semence, plaçait la vie dans une femme, créer l'âme elle-même ? Grâce à la variété de vies (et de morts) qu'Atmeh avait subies dans cette existence, elle avait décelé celles qui l'avaient faite et défaite dans le passé. Désormais immortelle, elle se posait cette question : n'y avait-il pas davantage à apprendre à travers une diversité de vies, une confusion de sexes, de tempéraments, de croyances, de souhaits... par l'absence même de connaissance naturelle chez le bébé, par le réapprentissage continu de la même leçon... car, en fait, n'était-elle pas à chaque occasion apprise différemment ?

C'est avec ces pensées qu'elle traversait les terres brunes, jour après jour, dormant la nuit en bordure des champs en bourgeons, ou sous un arbre de grande envergure au bord de la route. La prenant pour une sainte femme itinérante, les chevriers lui donnaient du lait de leurs troupeaux. Elle n'avait pas besoin de s'alimenter, mais elle l'acceptait toutefois. Parfois, lorsque cela était nécessaire, elle réalisait des actes de guérison ou de réparation, ainsi qu'elle l'avait vu faire à Dathandja, et à sa manière, avec quelques simples broderies pour contrebalancer le miracle.

Après une poignée de journées (combien tiennent dans une main, une main de femme ? sept en ce temps-là), elle arriva au pied des collines, se prépara des gâteaux à la lumière du matin, derrière laquelle se dressaient les montagnes occidentales. Mais Ebriel l'attendait entre les deux, l'épée tirée... car elle en voyait l'étincellement semblable à un glaçon brillant que l'hiver eût oublié.

Elle monta donc vers l'ange. Elle monta en plein midi et tout l'après-midi et, alors que le soleil descendait à l'ouest, elle franchit une crête et découvrit l'ange, le soleil derrière pareil à une boule d'or. Il paraissait noir sur cet arrière-plan éclatant, et elle fut (à nouveau) frappée par la façon dont les ténèbres pouvaient devenir lumière, puisque la pâleur pouvait être aussi noire que l'encre.

— Ebriel, dit Atmeh. (Elle connaissait son nom. Il y avait peu de choses qu'elle ignorât de la terre et de son voisinage.) Ebriel, regarde-moi et étudie-moi. Je ne défie point le ciel aujourd'hui. Si je l'ai jamais fait. Dis-moi donc ce qui doit se passer entre nous.

L'ange ne répondit pas, ni par la parole, ni par le geste.

Or elle avait été élevée par les Eshva. Et leur langue muette faisait partie de sa nature. Il n'est pas facile de dire (ce qui est, en soi, une sorte de jeu de mots) comment s'exprimait cette langue muette, ou comment elle était entendue. Ce n'était pas exactement un langage mental, télépathique. Pas entièrement corporel, bien que le souffle, les yeux et les mouvements des mains, des membres, du torse et même de la chevelure, en fissent partie. Un langage possédant un symbolisme, assurément. Quoi qu'il fût et par quelque manière qu'il s'exprimât, Atmeh eut l'inspiration de l'employer avec l'ange. Elle lui parla donc de nouveau ainsi. Elle dit :

— Tu as entendu ce que j'ai dit et tu as lu en moi comme dans une eau limpide. Mais nous ne pouvons rester ici éternellement, toi et moi. Ni continuer comme nous l'avons fait, l'un poursuivant, l'autre fuyant, hésitante et toujours surveillée.

— Eternellement, dit l'ange. N'est-ce point là l'état éternel de toute chose ? Pourquoi pas ?

Lui aussi utilisait le langage des Eshva, ou une approximation, qui lui semblait également naturel.

— Tes maîtres sont les dieux, dit Atmeh.

— Ils le sont.

— Que te demandent de faire les dieux ?

— J'ai leur directive. C'est la seule et unique motivation que j'aie reçue, comme mes frères.

— Les dieux, s'ils s'en inquiètent encore, ce qui n'est sans doute plus le cas, se rendent compte que je ne les dérange plus.

— Cela n'a aucun rapport avec ma constitution, ni mon existence.

Cela était vrai. En automate qu'il demeurait, Ebriel avait pour seule somme cet ordre primordial. Il avait détruit une cité et un empire en raison de celui-là. Et maintenant, la cause même de cet ordre se trouvait face à lui.

— Mais tu m'as laissée indemne, dit Atmeh.

— Tu dormais, dit l'ange.

Ses yeux brûlaient dans sa silhouette, deux topazes farouches, à la fois différents et semblables à ceux d'un aigle.

— Maintenant, tu te réveilles et tu viens ici, ainsi qu'il convient, pour que nous puissions nous affronter dans un combat. Lorsque tu t'es réveillée, j'ai senti que telle était ton intention.

— Combattre est un symbole, dit Atmeh. Le faut-il, Né du Soleil ? Le faut-il vraiment ?

— Vois. L'épée est dégainée. Lorsque je l'aurai rengainée, la question aura été réglée. Mais l'heure n'est pas encore venue.

— Je suis immortelle, dit-elle. Ainsi que toi, je pense. Nous pouvons nous transmuer mais non pas périr.

— Il en est de même de toute vie. Cela a déjà été discuté. Ce genre de choses ne s'oppose pas à notre combat.

— Misérable Ebriel, dit Atmeh (un éclair de ténèbres et de colère dans les yeux, à moins que ce ne fût le dernier éclair du soleil qui sombrait), tu n'es qu'un idiot.

Lorsque le soir franchit la colline pour affronter le mur bleu anthracite des montagnes, il découvrit deux guerriers. Un ange, les citrines de son plastron captant le soleil, la chevelure et l'épée dorées. Et Atmeh, qui était redevenue Sovaz, ou Ajriaz, en cotte de mailles de la couleur de la face de la montagne, la chevelure couleur de nuit, l'épée en un métal semblable à un pâle crépuscule. Et le soir miroita sur eux, puis passa. Mais ils restèrent et livrèrent combat.

Et quel combat ils se livrèrent !

L'on raconta que, à cent milles de distance, les hommes virent l'incendie de ces coups à un quart du chemin du ciel nocturne. L'on raconta que, lorsque les épées se heurtaient, un arc éclatant surgissait. Et parfois la colline elle-même fut touchée, ou l'air, et la lave jaillissait du premier et une vapeur brûlante du second. Il arrivait aussi que l'épée de l'un pénètre dans le corps de son adversaire. Sous le choc, l'atmosphère elle-même devait pousser un halètement de souffrance. Mais eux qui étaient l'un une créature élémentaire, l'autre à peine moins, souffraient mille tortures ou autres, guérissaient en un instant ou ne nécessitaient nul remède. Ce fut de plus d'une manière comparable au premier combat entre Ajrarn et Melqar, à part les blessures mutuelles, mais il faut dire que ces deux-là étaient plus jeunes. Comme pour le premier conflit, il est presque inutile de le décrire. Ce fut inexplicable, ce fut un affront à chaque guerrier mortel qui livrât duel. Un symbole, comme elle l'avait dit.

Minuit passa sur la colline dans le sillage du soir, puis la nuit absolue.

Atmeh recula et s'appuya sur son épée. Bien qu'elle eût pu combattre jusqu'à l'aube, toute la journée jusqu'au coucher du soleil, toute la nuit jusqu'au matin (éternellement, comme il l'avait dit), elle accepta sa lassitude et presque la fatigue... de l'âme sinon du corps.

— Si tu veux te reposer, dit Ebriel en langue Eshva, fais.

— Fou, dit Atmeh à voix haute avec la voix d'Ajriaz, se reposer et peiner jusqu'à la fin des temps. Fou. Et je suis aussi folle que toi de le permettre.

Elle se laissa alors tomber au sol, les yeux fermés. Son âme était tellement lasse qu'elle avait vidé le corps.

L'ange se tenait tout près, pour la garder si nécessaire. Elle lui était précieuse. Elle était, après tout, sa raison d'être.

Mais bientôt, comme si elle avait tiré sa force de la colline, Atmeh rouvrit les yeux. Elle resta allongée et leva les yeux sur l'ange à la lumière des étoiles.

— Ebriel, faisons un marché. Il est entre nous une sorte de lien de parenté ; nous avons tous deux le feu du soleil dans les veines. Disons que si je parviens à te frapper à trois reprises et que je ne sois point touchée avant le retour du soleil... ce soleil qui est directement ton père et ta mère et indirectement mon grand-père... si je parviens à accomplir cela, m'accorderas-tu une faveur ?

Ebriel considéra son adversaire. Ses yeux se firent particulièrement chatoyants, comme s'il s'était pris d'amour pour elle. Naturellement, ils étaient ennemis jurés ; peut-être était-ce donc de l'amour.

— Puisque nous lutterons éternellement, il est raisonnable que nous nous montrions courtois et nous amusions aux jeux que tu proposeras. Frappe-moi à trois reprises sans être frappée avant le lever du soleil et ta faveur te sera accordée dans la mesure de mes moyens.

— Oh, tu peux me croire, dit Atmeh en souriant, car

elle avait perçu (enfin) une trace faillible d'attachement aux choses terrestres dans le choix de ses expressions.

La querelle sur la colline changea alors de ton en voyant qu'elle avait désormais un but.

En tant que combattante, Atmeh était capricieuse, rusée et prompte. Elle avait une coordination et une vision parfaites... la rendant donc épéiste hors pair. Son habileté pouvait être innée, car les princes sorciers étaient mages dans de nombreux types de talents martiaux. Peut-être, au cours de ses années en tant que déesse qui s'ennuyait, s'était-elle, pour se distraire, entraînée grâce à ses capitaines de guerre dans l'art du combat général ou singulier. Pourtant, elle ne s'engagea point dans cette lutte sous une apparence féminine ou masculine. Son attitude n'était pas humaine. Non plus que celle du Malukhim... qui eût sans nul doute occis une fine lame humaine à l'intelligence inhabituelle en moins de sept secondes.

Trois heures de ténèbres n'avaient pas été utilisées.

La première heure, un croissant de lune, ayant jeté son carquois de lumière, descendit et, au même moment, Atmeh s'approcha du Malukhim et abaissa son épée.

Comme la lame d'Ebriel, plus brillante que la lune, bondissait vers son cœur, Atmeh déclara :

— Tu es très beau, Né du Soleil.

Et cela avec la voix d'Ajriaz. Le coup d'Ebriel rata son but... du fait de sa surprise, semblerait-il. Car qui aurait pensé ou eu l'audace d'adresser de telles paroles à un ange ? Au même moment, la lame de la démone perça le bras droit de l'ange (sans le blesser), et elle annonça :

— *Un !*

L'ange recula. Il la regarda fixement, l'aigle blanc du firmament.

Ils combattirent alors le restant de cette heure et, par sa compétence, elle ne le laissa pas la toucher. Mais, au cours de la deuxième heure précédant l'aube, elle lui parla de nouveau, avec la voix de Sovaz.

— Si tu étais un homme, Ebriel, tu aurais un moyen de me vaincre. Un moyen de me transpercer et de me tuer un bref instant. Le connais-tu ?

— Ne tente point de m'abuser à nouveau, dit l'ange. Ses ailes s'ouvrirent comme des éventails en action et

Atmeh bondit en dessous de son épée en assenant un coup brutal à son aile gauche.

— *Deux !* annonça Atmeh. Tu t'abuses toi-même. Je sais que ton espèce ne s'allonge pas pour aimer. Ni dans aucune autre position, d'ailleurs. Hormis ceci.

Ils bataillèrent alors comme deux éperviers tombés du ciel, comme deux lynx pour un morceau de viande. Ils bataillèrent finalement comme un homme et une femme, dans cette ancienne lutte que connaît chaque sexe, mais sans la saveur du désir.

A trois reprises, malgré ses finesses, l'ange faillit la toucher, retournant son assaut contre elle. A deux reprises, la chance la sauva, de petits détails... un caillou sur lequel elle se tordit le pied (elle qui ne trébuchait jamais) et qui lui fit éviter la lame, ou une soudaine rafale venue de la colline qui détourna l'épée de l'ange. (La chance ? Son oncle Kheshmet ?) Mais elle dut une fois s'envoler dans les airs pour lui échapper et Ebriel oublia-t-il que les créatures non ailées pouvaient aussi voler ?

A l'est, la nuit s'amincissait.

Brutalement, la jeune fille laissa retomber son corps, son bras mince et cruel et l'arme de métal bleu.

— Assez, dit-elle. Assez.

Ebriel abaissa à son tour son épée.

— Laisse-moi me reposer, dit Atmeh avec la voix de l'enfant Soveh.

Elle se laissa couler au sol et referma les yeux. Son corps était aussi souple que sa longue chevelure. Il semblait ne lui rester aucune vitalité.

Ebriel resta un moment debout à la regarder. Alors, levant les yeux, il regarda en direction de l'est, où commençait la première magnificence. Au même instant, Atmeh se projeta en l'air, rapide comme l'éclair, puis retomba contre lui et plongea en lui, en plein cœur (s'il en avait un), toute la longueur de son épée.

— Bien-aimé, dit Atmeh, il ne faut point se fier aux démons. Ni aux mortels. Et je suis les deux. *Et de trois,* Ebriel. J'ai gagné. tu me dois une faveur.

Elle embrassa brièvement sa bouche, à la manière dont un oiseau se pose sur une branche sur laquelle il sait qu'il ne pourra demeurer.

Ebriel éclata de rire. Il rit. Très fort, très harmonieusement. Il lui répondit :

— Je te l'accorde. Que dois-je faire ?

— Nous allons établir une trêve. Durant celle-ci, nous partirons ensemble à la recherche de tes deux frères. Yabael, l'Epée de Sang, le Second-Brûlé, bourreau de l'océan. Melqar, troisième à être sorti du soleil, l'Epée de Neige, celui avec qui a lutté le Prince des Démons.

— J'en suis d'accord.

Il *parlait*, maintenant, à voix haute, comme un homme, et Atmeh eut un nouveau sourire.

Ils s'élevèrent à nouveau dans le ciel, avec le soleil qui ne connaissait pas la jalousie, le Né du Soleil sur ses ailes et la née du démon sans aile, dans un nuage de cheveux.

Ils savaient où chercher Yabael. Ils pouvaient savoir presque tout. (Bien que cela pût alors être vrai de l'humanité et le soit peut-être encore.) Ainsi, ils allèrent par-dessus les pics montagneux et redescendirent dans les terres audelà, où la terre était aussi parfumée que les épices, et, passant ainsi du sucre au sel, ils parvinrent au bord de la soucoupe de la mer. Ils plongèrent alors et descendirent de l'azur vers l'ambre vert, puis la pénombre. Ils trouvèrent une niche dans une imposante falaise et attendirent, respirant l'eau, mais circonspects, puisque les lois de l'océan étaient différentes.

Peut-être un mille en dessous de la falaise, une grande ville du peuple de la mer reposait sur le sable, faite de coquillages. Ses cieux avaient pour colombes des baleines blanches qui chantaient leur mystérieuse mélopée interminable que, par magie, l'on pouvait entendre sous les eaux.

Bientôt, l'une de ces merveilleuses créatures pâles arriva tranquillement de la cité où leur musique était appréciée bien plus que l'or pris aux hommes. Elle s'approcha de la niche et fixa Atmeh et l'ange. Ses yeux étaient petits, par rapport à sa taille, mais énormes selon tous les autres critères, et bleus comme le saphir.

— Voyageurs, dit la baleine, qui chantait en fait ses paroles, poliment, dans une langue de la terre pour qu'ils pussent la comprendre parfaitement, comme je vois que vous m'entendez et comme je vois que vous respirez dans l'océan, j'en conclus que votre magie est grande. Mais ne sortez pas de la falaise avant un certain temps. Bientôt, une comète de la mer passera. Elle annihilera tout ce qui se trouvera sur sa route.

— Seigneur Blanc, nous te remercions, dit Atmeh en chantant, car elle était Vazdru, mélopée s'ajoutant à celle de la créature. Et la cité qui se trouve là, et ton propre peuple ?

— Une magie protège cette cité, dont notre chant est un ingrédient.

La baleine ayant parlé, elle retourna parmi les autres et reprit sa part dans la mélopée.

Un douzième d'heure plus tard, peut-être, une vaste lumière sanglante se diffusa dans la mer et un bruit terrifiant surgit, qui n'était pas un bruit, mais la falaise grondait et palpitait sous celui-ci, et des plaines plus bas montèrent des jets de sable. La comète se déplaçait si vite que son arrivée fut presque inopinée. Tout fut noyé dans le rouge, secoué et amarré à ses racines, et à travers la mer fila une épée brûlante et enflammée, sans forme mais terrible, avec une queue fouettante et flambante. C'était Yabael.

Quelle qu'eût été la capacité à raisonner du second des Malukhim, elle avait disparu tout comme sa forme. Le chaos s'était mélangé à Yabael, composé d'éther et de soleil, enflammant l'étincelle complémentaire de chaos qui se trouvait déjà dans ses atomes. Yabael était devenu un sauvage petit soleil qui chassait dans l'eau une proie dont il n'avait pas le souvenir... fondant en fait tout près de cette proie (Atmeh) et d'Ebriel, son frère, ainsi que de la ville dont les tours ondoyaient... puis s'éloignant dans sa quête aveugle et circulaire.

Tandis que les incendies s'éteignaient, l'eau passa doucement de l'écarlate à l'argent, les baleines continuèrent à chanter. La métropole en coquillage était toujours debout.

Atmeh regarda le visage d'Ebriel. Il ne lui apprit rien. Elle parla, à la manière des Eshva.

— Yabael est la première leçon que je t'offre. Il est possible même à un Malukhim de se transformer, ou de subir de force un changement. Il est également possible à un

Malukhim de continuer une tâche désespérée qui, comme l'arbre foudroyé, ne peut porter aucun fruit.

Le visage d'Ebriel resta muet, mais ses yeux brûlaient du feu de la comète, rouge à l'intérieur de l'or.

— Tu ne peux le suivre nulle part, bien-aimé. Tu ne peux changer ainsi qu'il l'a fait. Viens. Remontons sur le monde.

Ils bondirent vers le monde. Et les mers se séparèrent devant eux comme si toutes les princesses des eaux avaient projeté le contenu de leurs cassettes à bijoux vers le soleil.

Ils pouvaient presque tout découvrir : ils découvrirent où aller chercher Melqar. Néanmoins, cette découverte ne fut pas aussi facile que la première, car si la comète de Yabael faisait rage, la substance de Melqar était devenue absolument paisible.

Melqar, dernier sorti du creuset solaire, Melqar le soleil de l'aube estivale. Il avait combattu le Démon. Lui qui avait, un instant, vaincu le Démon. Lui qui avait trouvé en Ajrarn une lumière au soleil levant et l'avait laissé redescendre dans la terre et les ténèbres. Ou, selon certains récits, avait été abusé dans ce dessein. Ou bien avait agi ainsi pour des raisons plus ou moins obscures. Melqar qui avait volé la voix d'Ajrarn pour lui parler. Melqar qui, à la fin du combat, s'était tenu sur une tour d'Az-Nennafir avec ses yeux d'orichalque apparemment aveugles et avait fendu la Cité de part en part d'une lame de blancheur issue par sa propre main. Mais ensuite ?

Tandis qu'Ajrarn gisait en Terre Inférieure, qu'en était-il de l'ange qui l'avait ainsi réduit ? Et lorsque Ajrarn, sauvé par le feu de son jardin qui avait peut-être l'essence de son propre feu immortel, lorsque Ajrarn avait recouvré son pouvoir, abattu son ennemi et refait de lui son amant... où était donc Melqar ?

Atmeh et Ebriel couvrirent alors une distance notable en fendant les cieux. Le soleil pénétra dans l'ouest et s'évapora. Le toit noircit et la lune (elle-même non ailée mais traversant néanmoins les airs) fendit les cieux. Les étoiles s'épanouirent dans leurs parcs, qui n'étaient visibles que de nuit (car les étoiles ne bougeaient pas du tout comme dans la parabole de Dathandja). A travers les ténèbres comme le jour, l'ange et la démone continuaient de voler.

Et lorsque le jour reparaissait, ils continuaient toujours. Car si l'un ou l'autre pouvait atteindre instantanément n'importe quel lieu terrestre en un clin d'œil, le voile psychique qui enveloppait Melqar ne le permettait pas. Il exigeait d'eux la lenteur et des efforts. Une arrivée et non une simple venue.

Aucunes annales ne décrivent le chemin qu'ils suivirent. Elles parlent de jours, de nuits, du soleil, de la lune, des étoiles et de distance. Aucune route ni indice de nature géographique. On ne peut aller trop loin dans les suppositions.

C'était inévitablement un lieu élevé. C'était une montagne au milieu d'une étendue inhabitée ou d'un désert qui, peut-être, des siècles auparavant, avait été le lit d'un lac énorme ou d'une mer intérieure. Où était passée l'eau, nul ne sait, mais elle avait bel et bien disparu et seule la montagne se déversait statiquement vers le ciel.

Atmeh et Ebriel se posèrent sur la montagne, juste en dessous du sommet, et ils montèrent sur une plate-forme qui s'étendait sous le soleil comme un autel.

Au cente de cette plate-forme, qui n'était ni longue ni large, luisait une sorte de monticule de cristaux d'une couleur qui rappelait vaguement celle du miel. Mais cela n'avait rien à voir. Il s'était constitué à partir de la chaleur, du refroidissement et de l'haleine éthérée qui coulait contre la mince atmosphère de la montagne, issue d'une créature qui était couchée là et qui avait toujours respiré, ou qui avait appris à respirer.

Sous ce quartz brillant se trouvait Melqar. Il était profondément endormi dans une sorte de mort. Sa perfection, dans son sommeil, traversait le monticule d'une lumière éblouissante et blessait les yeux. Ses yeux étaient fermés. Les ailes extraordinaires étaient allongées sous son corps et près de ses flancs, l'encadrant dans les plumes musculeuses de cygnes gigantesques. Sa main droite reposait sur sa poitrine et étreignait légèrement mais complètement, même dans son inconscience, une épée de neige. Elle s'était formée à partir de la lumière qu'il avait maniée, ou à partir de sa propre chair bizarre. L'épée était Melqar, Melqar l'épée. Pourtant, il dormait.

— Il attend, peut-être ? dit Atmeh. Les ordres des

dieux. Quelque chose d'aussi crucial que cela. Comme la fin de la terre.

Ebriel baissa les yeux sur le dernier de sa race. Le visage d'Ebriel restait muet. Ses yeux s'entre-clorent alors.

— Ta deuxième leçon est comme la première, dit Atmeh : les Malukhim peuvent changer. Et ils peuvent poursuivre un but stérile. Et ils ne peuvent réussir rien d'autre qu'une course ou un sommeil. Mais la troisième leçon est également ici, Ebriel, fils du soleil. Il ne se dresse pas pour me combattre, n'est-ce pas ? Il étreint son épée, pourtant il ne la lève pas sur moi. (Elle assena alors trois coups sur le quartz.) Réveille-toi et combats !

Mais Melqar continua de dormir dans la lumière du soleil à travers le cristal couleur de miel. Il ne bougea point.

— Ebriel, dit Atmeh avec la voix d'Atmeh. Les dieux oublient, et c'est tout ce qu'ils font. Les hommes oublient, pourtant les hommes se souviennent même dans l'oubli. Je suis à demi démon et immortelle. Je vais te dire comment j'ai l'intention de procéder. Je chercherai à perdre mon immortalité, ce don fabuleux pour lequel les hommes se sont assassinés. Je m'efforcerai de devenir mortelle. Pour l'instant, j'en sais trop pour apprendre le reste. Et je dois apprendre le reste, car c'est beaucoup plus que tout ce que je sais. C'est le sang de ma mère qui comprend ceci. Ma quête, Ebriel, n'est point de devenir déesse ou démone. Mais un être humain qui vit, meurt... et renaît. Quand je me dépouillerai de mon immortalité... ce sera pour l'acquérir. Chercher la vraie vie, Ebriel, voilà mon espoir, et trouver mon âme. Fais donc la paix avec moi.

Ebriel se détourna de sa contemplation de son frère. Il ouvrit largement les yeux et regarda Atmeh.

Il vit une jeune fille adorable vêtue d'une robe bleue serrée à la taille par une cordelette de métal argenté, ses cheveux noirs encadrant un visage où se lisait l'absurdité et la joie de ce qu'elle venait de dire.

Alors, Ebriel (car les cieux étaient sourds et muets tout là-haut) leva son épée brillante, la brisa en deux morceaux et la jeta dans le lac mort. Mais, là où ils pénétrèrent dans la terre, des eaux scintillantes jaillirent en bouillonnant, et des fleurs sortirent comme de petits soleils, regardant autour d'elles de leurs yeux violets.

Ebriel s'envola dans le ciel, battant des ailes contre le plancher inférieur de la Terre Supérieure, et il se changea alors en aigle et le soleil le dissimula.

Atmeh descendit de la montagne.

Elle marcha sur les tuiles nues de l'étendue inhabitée qui ne tarderait pas à se remplir d'eau et de fleurs.

Elle marcha un certain temps, puis elle accomplit un acte de sorcellerie. Une bête plana jusqu'au sol. C'était le lion ailé de son passé, ou bien un autre qui était son jumeau, la crinière bleue et le visage d'un philosophe.

— Cher ami, dit Atmeh, me reconnais-tu ?

Le lion la salua et lui lécha la main. Elle l'enfourcha, car elle était enfin fatiguée. Et eux aussi s'en furent à tire-d'aile.

DEUXIÈME PARTIE

ONCLE LA MORT

1

Sur le rivage d'une mer se dressait un temple déserté. Ceux qui y venaient, car des gens rendaient visite à ce lieu en de rares occasions, descendaient un escalier de collines. La plage était de fine pierre ponce qui scintillait. La seule chose qui s'y trouvait était le temple, dont les dômes ressemblaient à une collection de ruches. Au-delà, la mer montait en marées étranges. De loin, elle paraissait simplement curieuse. Mais, en se rapprochant, l'on voyait que c'était un océan de nuages qui écumaient et couraient crémeusement de bas en haut et de haut en bas du rivage. Ces brumes montaient de quelque orifice souterrain, ou y étaient de temps à autre aspirées. Il arrivait que la marée fût si lointaine qu'une roche en forme de dure pâtisserie nue apparaissait, dans laquelle la chaleur et l'humidité avaient formé la pierre ponce branlante.

En fin de journée, sous le ciel grenade, un voyageur longea la plage et franchit une arcade à l'entrée du temple. Sous la voûte, où étaient sculptés des vierges, des chameaux, des iris et des chauves-souris aux ailes de dragons, était accrochée une cloche en bronze noir. Le voyageur frappa la cloche qui sonna.

Mais la clameur mourut le long du rivage et y fut oubliée. La mer de nuage fuma. Le ciel s'assombrit et une étoile apparut.

N'ayant obtenu aucune réponse, mais sans manifester ni déception ni impatience, le voyageur ou la voyageuse (avec son manteau et ses bottes, ce pouvait être un jeune homme ou une jeune femme) s'assit sous l'arcade et s'appuya sur une grosse chauve-souris en pierre.

La chauve-souris ne tarda pas à parler.

— Que cherches-tu ?

— Quelqu'un qui est censé résider en ce lieu, dit le voyageur d'une voix féminine extrêmement musicale. Une sorcière que, dans cette région, l'on appelle Kiras.

— C'est exact, dit la chauve-souris. Je t'en prie, ne t'appuie point sur mon ventre. De temps à autre, je deviens charnelle, je vole de nuit et je me nourris. Mon estomac est aujourd'hui rempli de mangues et de prunes qu'il est en train de digérer. Tu trouveras d'ailleurs mon aile gauche plus confortable. (La voyageuse obligea la chauve-souris. L'aile n'était pas plus confortable mais, par politesse, elle n'émit aucun commentaire.) Quant à Kiras, elle est ici et je suis son esclave. Elle me demande de m'enquérir de l'objet de ta visite.

— Le même que celui de tous ceux qui viennent la voir. Tu es son esclave et elle est l'esclave de quelqu'un d'autre, lequel est lui-même l'esclave de celui à qui je veux rendre visite.

— Taratata, Kiras n'est pas esclave. Elle sert, et celle que sert Kiras sert aussi, pourtant celle-ci est plus une familière et une conjointe qu'une servante de Celui à qui tu fais allusion. Et qui, de toute façon, ne peut recevoir de visites. Je dois t'avertir que tout le monde prendra ombrage de ta description.

— Regrettable, dit la voyageuse.

Elle donna à la chauve-souris un petit coup courtois. Elle tomba de la voûte et devint vivante en pépiant de soulagement sous cette transformation. Puis, au bout de quelques instants, apparemment oublieuse de sa tâche d'interrogatrice, elle fila dans le crépuscule avec force éructations.

Des volets s'ouvrirent brutalement dans un dôme du temple.

— Qui se permet de jouer ainsi avec mes créatures ? croassa une voix de femme.

— Invite-moi à entrer et tu le sauras, dit la voyageuse.

— Oh, une sorcière arrogante, n'est-ce pas ? s'écria à la fenêtre la femme à la voix rauque. Apprends donc ceci :

j'ai deux fois ton âge et je suis un parangon de mon art. D'autre part, je peux me vanter d'avoir des relations puissantes.

— Tiens, tiens, que cela doit t'être agréable. Tu ne dois donc nullement craindre de m'ouvrir tes portes.

— Gamine insupportable, ne peux-tu franchir une seule petite porte ?

— Qu'il en soit ainsi, dit la voyageuse.

Elle se leva et s'avança vers le dôme où s'était ouverte la fenêtre. Au même moment, le mur même du temple, toutes ses sculptures émettant une exclamation de surprise brutale, s'ouvrit largement.

Kiras, le parangon, battit en retraite. La voyageuse remonta l'allée et franchit le mur qui se referma derrière elle.

Le temple se trouvait dans des ténèbres fétides. Il ne s'y chuchotait peut-être que les discussions des créatures sculptées.

De grandes araignées aux bras semblables à des chandeliers étaient accrochées au plafond à des toiles lumineuses et fixaient la voyageuse de leurs yeux froids et intelligents.

— Salutations, sœurs, dit poliment la voyageuse.

Les araignées, qui ne se prenaient pas pour des associées de Kiras, la saluèrent. Remuant subtilement leurs huit bras couverts de fourrure, elles tissèrent davantage de lumière sur leurs métiers.

Mais Kiras entra alors en apportant sa propre lumière.

Sept torches de feu rouge dépourvues de support ronflaient autour d'elle et révélèrent qu'elle était vêtue de serpents qui sifflaient et que sa coiffure était le crâne épineux d'un monstre arraché au rivage, mais incrusté de joyaux pour satisfaire sa vanité féminine. Son âge devait être de vingt ans. Mais ses yeux étaient inquiétants et sa voix inhabituellement *forte*.

— Arriviste ! se mit-elle à hurler, car elle était accoutumée à toutes sortes de déférences. A genoux ! Si tu ne me respectes pas, tu dois honorer ma maîtresse, elle dont mon nom est dérivé.

La voyageuse rejeta sa capuche en arrière et sa chevelure noire tomba en cascade autour d'elle et jusqu'au sol. Elle s'agenouilla avec une modestie affectée.

Kiras la sorcière remarqua cette cascade, car une telle quantité de cheveux dénotait fréquemment un pouvoir ou un talent surhumain. Elle cria néanmoins :

— Dis-moi maintenant qui tu es !

— Je m'appelle Atmeh. J'ai une parenté particulière avec le maître de ta maîtresse. Il est une sorte de non-oncle, mon père étant d'une certaine manière son non-cousin.

Kiras en fut véritablement époustouflée. Mais elle éructa :

— Si tu as des pères et des oncles qui sont Seigneurs des Ténèbres, pourquoi approcher l'un d'eux en passant par un intermédiaire ?

— Pour respecter les formes, répondit Atmeh sans rancœur aucune. Mon oncle, le royal Uhlumé, n'a jamais formellement fait ma connaissance. Il est vrai que je puis trouver un moyen d'être instantanément en sa présence. Mais j'ai choisi de toquer à la porte.

— Tout ceci n'est que mensonges, dit Kiras qui, bien qu'elle servît des créatures rusées et merveilleuses, n'avait rien de tout cela. Prends ça pour ton insolence...

Kiras pointa le doigt sur Atmeh et produisit un essaim de gigantesques frelons qui s'abattirent sur la suppliante.

Atmeh se releva, ouvrit les mains et rassembla les frelons dans un filet d'argent. Les frelons se transformèrent en fleurs dorées dont le parfum emplit le temple.

Alors, Kiras (femme stupide s'il en était) claqua bruyamment des mains et, des dalles, surgit une bête hideuse, précurseur, peut-être, de sa coiffure. Elle arpenta le sol et fondit sur Atmeh.

Mais Atmeh chanta une unique note et la bête devint une bandelette de soie qui se drapa autour d'elle en plis gracieux.

Kiras recula d'un pas. Mais elle leva le bras dans une nouvelle tentative et, à ce moment-là, Atmeh sembla s'impatienter. Elle prononça une parole et toute la magie de Kiras l'abandonna. Elle se tenait vêtue de ses serpents et de son crâne, incapable de faire naître un seul grain de poussière. Kiras eut alors une lamentation de frayeur et d'humiliation.

— Tu retrouveras tes jouets, dit Atmeh, mais pour l'instant je ne te laisse qu'une seule capacité, celle d'appeler ta maîtresse, Kassafeh.

— Elle ne me prêtera pas attention, fut le sanglot cacophonique de Kiras qui se trouvait à son tour sur les dalles. Elle est *sa* courtisane, elle est sa *femme*... Il se peut qu'elle soit occupée.

— Oblige-moi et essaie.

Elle transforma les serpents de la robe de la sorcière en oiseaux... qui s'envolèrent en chantant tous joyeusement et l'abandonnèrent, nue et effrayée, sous son crâne de monstre.

Il ne faisait aucun doute qu'en cette époque les méthodes de La Mort avaient été révisées. Il ne s'occupait plus directement de l'humanité, comme dans les légendes... ou s'il le faisait, c'était de manière plus secrète. Finis les jours et les nuits où les hommes le voyaient marcher à leur côté sur les routes et où ils remerciaient les dieux de lui avoir échappé. Finis aussi les jours de marchandage où, pour accéder à quelque tombeau d'empereur, ou afin de retrouver la forme réanimée d'un défunt, les mortels vendaient mille ans de leur vie post mortem au Roi Uhlumé. De curieux événements s'étaient produits en Terre Intérieure qui était, ou avait été, son royaume. Désormais, il y régnait aussi une Reine La Mort, disaient les hommes, Naras, qu'adoraient certaines races obsédées par la mort. Quant à Kassafeh, qui avait été la servante de La Mort, elle lui était devenue de plus en plus chère. L'on racontait maintenant que La Mort ne résidait plus sous terre, mais sur terre, quelque part, dans une maison bizarre montée sur des roues qui appartenait à sa bien-aimée, ou alors dans quelque forteresse qu'il valait mieux éviter... Les modes changent. Même dans la mythologie.

Pourtant, il restait des personnes telles que Kiras qui se prétendaient à leur tour au service de Kassafeh et une voie demeurait donc ouverte pour le commerce macabre.

Comme l'avait dit la voyageuse en manteau bleu, Flamme de l'Ame, Atmeh, elle aurait pu trouver le moyen de pénétrer la retraite d'Uhlumé, où qu'elle fût, et s'imposer à lui, mais elle avait choisi les bonnes manières. Par la suite, elle ne s'était pas trop attardée sur le manque totale de celles-ci qu'avait manifesté Kiras.

Assez rapidement, Kiras fut donc dans un cabinet du temple sur le côté d'un tronçon de pilier et Atmeh de l'autre : elles étaient séparées par le noyau du pilier, petite roue d'os jauni sur un trépied de fer. Kiras avait frappé la roue qui tournait et tournait. Les minutes et les heures filaient en tourbillonnant.

La nuit était venue et recouvrait le temple. Plus tard, la lune le baigna et les sculptures s'éclaboussèrent de clair de lune, les nymphes flirtaient entre elles et les chameaux mâchonnaient les iris... qui les mordaient en retour. (Et la roue continuait de tourner, Kiras assise d'un côté, Atmeh de l'autre.) Les forêts rouges du matin fleurirent alors. Le soleil monta au galop dans les cieux. Les sculptures du temple s'immobilisèrent.

— Nous sommes faites de pierre, dirent-elles au soleil. Nous ne pouvons bouger.

Le lac nuageux bouillonnait et gazouillait sous le ciel héliotrope. Et la roue tournait. Atmeh était assise comme une fille en pierre du temple. Mais Kiras lâcha un cri :

— Vois, elle n'entend point. Vois, vois, nul ne me prête attention.

Dans l'après-midi, tous les oiseaux libérés de la robe de Kiras faisaient la course dans l'éther, ou commençaient à bâtir des nids sur les toits.

— Nous sommes toujours des serpents, disaient-ils au temple en étirant et en contorsionnant leur long cou. Nous allons pondre des œufs : un serpent peut-il faire autre chose ?

Mais le temple ne croyait pas davantage les oiseaux que le soleil ne croyait les sculptures du temple qui disaient qu'elles ne bougeaient pas... car si le soleil rencontrait parfois la lune, peut-être l'informait-elle de ce qui se passait la nuit. (Et la roue tournait.) Le soleil se coucha alors. Sous un ciel nectarin, loin sur la mer de nuages, un unique nuage doré apparut dans les airs. *Et la roue cessa de tourner.*

Le nuage doré plana jusqu'à l'intérieur et vint reposer entre les deux femmes dans le cabinet du temple. Le nuage prit la forme d'une femme qui portait un châle doré. Seuls ses yeux étaient visibles. Ils furent d'abord sombres, puis pâles et sauvages.

Kiras se prosterna. Mais l'apparition de Kassafeh aux Yeux Changeants ne considérait qu'Atmeh.

— Par le passé, ta race ne me disait rien qui vaille, dit l'apparition, désormais bien contrôlée.

— Je ne suis qu'à demi mortelle, un peu à ta manière, dit Atmeh. D'ailleurs, jadis, toi aussi tu haïssais le Seigneur La Mort..

Les yeux de l'apparition devinrent noirs, puis violets.

— Je ne suis pas venue ici pour parler de moi, dit-elle. Quel est ton problème ?

— Un détail secret que je voudrais connaître. Comme il concerne la mort des mortels, La Mort en connaît sûrement la réponse. Je voudrais donc le consulter.

— Il le permettra, dit Kassafeh, ou l'image de Kassafeh. Il m'a confié la mission de te le dire. Il te retrouvera en bas, dans l'endroit ancien, son royaume au cœur de la terre. En connais-tu le chemin ?

— Je suis aussi à demi démone, mais *pas* à ta manière. Bien que, pour chaque chose, il existe plus d'une seule manière. Laquelle l'offensera le moins, lui plaira le plus ?

— Le plaisir et l'offense sont peu de chose pour les êtres tels que lui. Mais je crois qu'il pourrait être satisfait que tu descendes le voir sous ta forme démoniaque. Car c'est ce dont tu voudrais être imbue, n'est-ce pas, la partie immortelle de toi-même par quoi tu fais valoir tes droits sur lui ?

— Oh, Kassafeh, dit Atmeh, tu es une immortelle. Telle est ta voie. Ne récuse point la mienne parce qu'elle est différente.

Kassafeh ferma alors les yeux (sur ses paupières étaient peints des yeux en or qui devinrent verts) et elle se volatilisa.

Atmeh se leva et regarda Kiras, qui était affalée sur le sol.

— Sois plus aimable, Kiras. Rappelle-toi, sur soixante-dix voyageurs qui viennent te voir et que tu plonges dans la détresse, il peut en venir un comme moi. Mais pas aussi mesuré que moi. Etant entendu que tu te souviendras de mon avertissement, je te rétablis dans tes arts.

Kiras parla alors doucement.

— Je m'en souviendrai.

Et lorsque Atmeh l'eut quittée, Kiras se fabriqua une robe de cristal et marcha comme une danseuse. Mais plus tard, lorsque les oiseaux pondirent leurs œufs, elle en vola et leur éclosion donna des serpents…

2

De quoi s'agissait-il donc sinon d'une simple politesse que de voyager en respectant l'apparence et le nom de la famille pour rendre visite à un parent ?

Elle avait appelé des collines sa monture, le lion ailé au visage de philosophe. Puis elle le chevaucha jusqu'en un lieu élevé, ou bas. Elle endossa la personnalité d'Ajriaz, tapa du pied (selon certains, elle arracha alors une grande herbe) et la terre se fendit, s'ouvrit. Puis elle remonta sur le lion, lui parla et le revêtit de diverses protections, dont une guirlande de sa propre chevelure.

Alors, ils descendirent comme un javelot.

Ils traversèrent les galeries de roche et de terre, les veines d'eau, les artères de minéraux et les racines d'herbe du monde entier. Ils s'enfoncèrent dans une ombre, une lueur, un flot paresseux de lave froide qui aurait pu être (et qui était) un fleuve mortel et langoureux, ils s'enfoncèrent dans les derniers torons de matière ordinaire, faisant éclater les ultimes liens avec le jour, le temps ou le prosaïque cœur palpitant de la vie...

Et ils atterrirent comme le ferait un javelot, heurtant fermement un sol de surface en Terre Intérieure, sphère de mort mortelle... ne fût-ce qu'en patois d'ignorant.

La Terre Intérieure était comme d'habitude et comme elle avait toujours été. L'on ne disait rien de neuf, ou rarement, de son paysage général. La répétition a ses vertus.

Atmeh-Ajriaz se tenait sur une plaine, une plaine entourée de collines ondoyantes avec, çà et là, une autre plaine plus loin, et, à gauche, une chaîne de falaises. La couleur du paysage était le gris; la plaine était un désert de poussière grise, les falaises étaient de plomb, les collines en pierre grise et noire là où tombait leur ombre. Au-dessus, le ciel de Terre Intérieure était d'un blanc terne et pourrait recevoir l'épithète d'inconfortable... bien que rien ne parût un soupçon douillet dans ce panorama. Ni soleil, ni lune, ni étoiles n'étaient éclairés. Le ciel ne changeait pas, hormis un rare nuage qui passait comme une poignée de cendres. Et si, dans cette uniformité muette, mugissait parfois une rafale de vent, elle avait à peine la force de pousser ces nuages devant elle.

Or le lion ailé, quoi qu'il fût réellement, demeurait une créature de la terre du dessus et il constituait donc une sorte de fantôme inverti dans ce pays de la mort. Il ne projetait aucune ombre et son pas ne dérangeait ni les mousses grises ni les cailloux ternes. Il semblait également peu enclin à voler, comme s'il doutait que ce ciel piteux pût le maintenir en l'air et il n'existait assurément pas de courants aériens assez robustes pour emplir ses ailes.

Atmeh prononça des paroles apaisantes à l'intention du lion qui se mit à marcher, portant la jeune femme sur son dos, les jambes croisées dans le pli de ses ailes. Etant ce qu'elle était, elle projetait une ombre, tout comme les falaises et les collines, allongée, mince et noire comme la bile sur le sol.

Ils marchèrent longuement. Le ciel ne changeait point ; le temps ne se comptait pas.

Ils errèrent dans l'ombre des falaises, sur les collines de pierre et près d'un fleuve blanc comme le ciel au bord duquel poussaient des gousses de coquelicots pétrifiées d'un gris aussi déprimant que tout le reste.

Finalement, en suivant le fleuve un certain temps incertain, il commença à apparaître à l'horizon une masse de nuages sombres, qui n'étaient pas des nuages, ni des pierres, ni des ombres. Mais une forêt avec des arbres adultes.

L'illusion était auparavant maîtresse en ces lieux. Elle avait été la clé et l'indice de la survie pour les cadavres vivants qui étaient les hôtes du Seigneur La Mort. N'importe quoi pouvait se construire à partir de rien. Pourtant, une personne telle qu'Atmeh décelait que ni illusion, ni aberration, ni délire d'aucune sorte n'avaient fabriqué la forêt. Elle avait été semée. Elle avait grandi. Et *vécu*.

Le lion et sa maîtresse pénétrèrent parmi les arbres.

Il y avait des pins noirs dont les aiguilles avaient de légers reflets bleus, des cèdres d'un noir plus marqué, mais vaguement verdâtres. Des cônes dorés d'argent et enclins à tinter étaient accrochés aux branches ou jonchaient le sol, où poussait une mousse sombre qui bourgeonnait vigoureusement.

Parmi les fourrés vivants, l'on s'agitait également. Des oiseaux se montraient, qui ne volaient pas mais sautillaient sur les branches. Ils ressemblaient à des corneilles, mais ils avaient le bec empourpré et leurs yeux étaient des prismes. Là où les arbres se faisaient moins denses, on rencontrait des étangs d'eau verte comme la mer... où buvaient des couples de léopards, à la robe noire tachetée d'anneaux d'or brisés. Ils levaient leur masque canin en direction du lion qui grognait alors, puis le rabaissaient pour reprendre leur abreuvement. Dans leurs oreilles se trouvaient des gouttes précieuses de la couleur de l'eau. Une fois, un paon traversa la route devant la cavalière et sa monture, les yeux de turquoise polie dans sa queue. C'étaient peut-être les animaux immortels de Simmurad. Uhlumé ne les avait-il pas offerts à Naras lorsqu'il avait rasé la cité ?

Les arbres divulguèrent bientôt une route de marbre couleur de raisins sombres qui se déversait dans une vallée. Des pylônes se dressaient vertigineusement le long de la route, obélisques d'un noir lisse et translucide ; de part et d'autre, dans toute la vallée, s'élevaient ces pierres, soit en groupe, soit isolées, parmi lesquelles s'insinuaient des avenues de marbre. Le reste de la vallée n'était que pelouse, gazon du vert le plus foncé comme le lierre. Des manoirs sombres s'agglutinaient, là où il n'y avait pas de pylônes. Ce pouvait être une ville de morts. Au bout de la vallée, près du ciel absurde, se trouvait un palais de sable héraldique avec des colonnes d'encre aux bracelets d'or, rayé de fenêtres semblables à des lézards et à des salmandres. Des peupliers albinos étaient rangés comme des plumes blanches le long des murs. Il y avait des jardins tachés de plantes écarlates et d'arbres dont les fruits semblaient empoisonnés. Devant le portique élevé, un trépied d'argent contenait un brasero enflammé qui crachait des flocons de suie, sans cesse et apparemment sans but.

Dans les légendes, le domicile de La Mort était une simple bâtisse. Mais dans les histoires concernant Naras, son palais n'était rien de tel. Car elle avait recréé en ce lieu la substance de sa vie terrestre... ou elle avait voulu le faire, disaient-elles. Il est possible que la nature et l'essence de la Terre Intérieure eussent corrompu son œuvre. A moins qu'elle ne se fût prise d'amour pour son nouvel état par rapport à l'ancien.

Naras avait dépassé les mille ans qu'elle devait passer ici, cela était certain. Naras, Reine La Mort... qu'était le modeste titre de Narasen de Merh à côté de cela ?

Atmeh marqua un temps d'arrêt au-dessus de la vallée. Un affluent du fleuve blanc coulait devant le palais et le palais s'y reflétait, ainsi que la suie, les fenêtres et les peupliers. Rien ne bougeait dans la demeure ni dans la ville. Si tous les anciens habitants étaient partis, plus rien n'avait été engrangé.

Atmeh poussa son lion à avancer sur la route en marbre.

A leur passage, nul brin d'herbe ne bougea.

Au fleuve, Atmeh descendit de sa monture. Elle attacha magiquement le lion à une branche de prunier venimeux. Comme elle reprenait son avance solitaire, les fruits insolents des arbres tombèrent dans ses mains, tentateurs, mais elle les lâcha. Elle traversa le fleuve en marchant sur l'eau et, à cet instant, deux ou trois des peupliers s'inclinèrent pour la saluer. Le liquide lui-même brûla doucement sous ses pas. A l'inverse, le feu fumant à la porte s'éteignit.

Les portes étaient d'ébène incrustée d'ivoire. Elles pivotèrent vers l'intérieur et Atmeh pénétra dans la grande salle de son non-oncle, le Roi Uhlumé, Maître des Morts, l'un des Seigneurs des Ténèbres.

Oui, il semblait y avoir eu compromis. La salle était comme suit : une pierre sinistre tapissée de peaux de créatures qui ne pouvaient (arriver à) mourir, de bannières de guerres qui n'avaient pas été livrées (chose sûre ?), des armes rodées, des tapis et des tentures qu'avaient tissés et brodés les doigts délicats de la terre, leurs teintes bizarrement modifiées, leurs dessins changeants...

Le sol, comme les portes, était incrusté d'ivoire, mais représentait la structure interne des hommes, des bêtes et des poissons, des tibias, des côtes, des bassins, des crânes, ces derniers ayant des gemmes à la place des yeux.

Entre les piliers ceints d'or, la cour de La Mort, des hommes et des femmes à la fois jeunes et antiques, prit la pose pour fixer celle qui entrait (mais l'on voyait à travers le corps de ces courtisans comme à travers le sol), réduite non pas à des squelettes mais à un vide. Ces attardés étaient des fantômes. Ames et chairs avaient disparu et le résidu psychique était mince comme de vieux gants.

Toutefois, à l'autre bout de la salle, à un quart de mille peut-être de la porte, s'élevaient deux trônes imposants en os des plus blancs. Des chiens blancs comme l'os étaient allongés à leurs pieds sculptés, ainsi que des chiens noirs et un chien qui était d'un bleu pastel.

Sur l'un des trônes était assise une femme et sur le second un homme. Elle portait une robe de la couleur qu'aurait le lait s'il était bleu. Sa peau était noire comme serait le noir si le noir était bleu. Ses yeux étaient d'un bleu plus clair, mais c'était leur blanc, et au centre brasillaient des enfers de jaune. Sur ses cheveux violets comme le raisin (comme le marbre et les fenêtres), se trouvait un diadème de reine et, comme les piliers, elle était cerclée d'or, hormis sa main droite qui était aussi squelettique que tout ce qui était enfoui dans le sol. C'était donc Naras, Reine La Mort.

Mais sur l'autre trône se trouvait un homme à la peau des plus noires, aux cheveux des plus blancs, vêtu de blanc et sans aucun bijou. Ses yeux étaient deux larmes, deux ouvertures dans un brouillard brillant, deux néants...

— Noble Oncle, dit Atmeh, je te présente mes hommages.

— Malgré ta mauvaise interprétation de notre parenté, tu as de bonnes manières. Tu ne les as pas apprises des Vazdru.

— Non, répondit Atmeh.

Elle salua (tel un mince peuplier), comme entre parenthèses, à l'adresse de Naras. Mais Naras se contenta de la foudroyer du regard.

— Que veux-tu ? demanda La Mort.

— Personne ne te l'a dit, noble non-Oncle-qui-ne-l'est-point ? Je l'ai confessé librement. Je voudrais devenir l'un de tes sujets.

Le Seigneur Uhlumé, Roi La Mort, ou encore Roi Uhlumé, Seigneur La Mort, reposa son menton noir sur sa main noire et la considéra merveilleusement dans une glaciale majesté infinie. (Sur l'autre trône, Naras fit claquer une seule fois ses doigts osseux. Aussitôt, tous ses chiens de chasse disparurent, sauf celui qui était d'un bleu glacial. Elle caressa ce chien, qui était une femelle. Mais elle ne fit rien de plus.)

— Tu es la fille d'Ajrarn, dit enfin La Mort. Et c'est son sang démoniaque qui t'a faite immortelle. Cela est dans l'ordre actuel des choses. Je ne me soucie point de toi.

— Tu es La Mort. Dis-moi comment apprendre à mourir.

— Pourquoi y aspires-tu ? dit La Mort en appuyant toujours son menton sculpté sur sa main dépourvue de bague.

— Pour libérer mon âme de mon corps. Pour que mon esprit puisse connaître de nombreuses vies et s'instruire ainsi, rejoignant par là l'aventure à laquelle ont droit toutes les âmes humaines.

— Les hommes ne voient pas la chose de la sorte, dit Uhlumé. Les hommes évitent avec terreur la mort du corps et envient ceux qui ne périssent point.

— Ce n'est que la garantie de l'oubli. Accrois ta réputation en me rendant mortelle et périssable. Elle en sera plus grande que par ta victoire sur Simmu, le Voleur de l'Immortalité... que l'on appelle aussi parfois le Maître de la Mort... tu réduiras en argile l'enfant d'un démon.

— Tu as soif de dénouements.

— Pas du tout, dit Atmeh avec un rire très mélodieux. Je vivrai longuement. J'apprendrai beaucoup, même sous cette forme. Mais cela ne me suffit pas. La métamorphose est nécessaire. M'accorderas-tu cette faveur ?

— Atmeh-Ajriaz, dit La Mort, cela n'est point de mon domaine.

— Tu refuses donc.

— Non, dit La Mort, Seigneur des Ténèbres, potentat du cœur de la terre, je n'ai pas le pouvoir de t'exaucer.

Atmeh se tourna alors vers Naras.

— Madame, demanda Atmeh, penses-tu qu'il mente ?

Le rôle de Naras exigeait apparemment qu'elle se mît alors à rire. Elle le fit. Ce rire presque inaudible possédait une chaleur glaciale. Elle parla alors d'une voix grave qui avait, pourrait-on dire, la même valeur tonale que sa chevelure.

— Tu as fait allusion à la métamorphose. En voici une. Une trêve a été signée entre lui et moi. Nous n'échangeons point de bavardages, mais, comme tu l'auras remarqué, nous nous présentons comme souverains égaux de ce tas de boue. Et, dans le monde, l'on parle souvent de moi. L'on dit : Elle *arpente le champ de bataille, La Mort.* Ou bien : *La Mort ?* Elle *rôdait sur la place du marché.* Vois, il y a des siècles, j'aurais pu abandonner ce fumier de pierre, dit Naras en se penchant un peu en avant. Afin de prendre part à cette aventure que tu convoites, cette envolée d'âmes à travers une absurde naissance-et-mort puis naissance-et-mort-et-naissance. Mais l'on m'a dérobé cette vie que j'appréciais, ma vie en tant que Narasen. Et je l'assume désormais en ce lieu, où je la mènerai jusqu'à satiété... ce qui n'est pas pour demain. Quant à lui, ce Roi sans couronne de la Mort, tu apprendras qu'il a perdu tout intérêt pour les sujets sérieux. Il fait le tour des vaisseaux de pestiférés et des zones de guerre, il repose sur des lits de soieries qui n'ont rien d'inanimé, il évite les tombeaux. N'est-ce point cela, ô Vautour noir ?

Uhlumé lui jeta un regard. Puis ses yeux se reportèrent sur Atmeh. Ils ressemblaient maintenant à des opales. Ils voyaient et pouvaient être vus. Il se trouvait en eux, détail des plus bizarres, des rêves de couleur. Changeants. (Comme ceux de Kassafeh ?)

— C'est cela, dit-il.

Atmeh regarda La Mort.

— Tu dis que tu ne veux ou ne peux m'aider. Mais toi-même...

— Il suffit, dit doucement Uhlumé. Tu vois que si j'abdique, je laisse derrière moi un successeur valable et bien formé.

C'était là une conversation fort bizarre, s'il faut la croire (et soyez sûrs que vous pouvez la croire). Mais il est un détail à prendre en compte. Si l'état de mort n'était qu'intérimaire et les hommes spirituellement éternels, ne mourant jamais que charnellement, La Mort, ne fût-ce que son symbole, n'avait finalement aucune fonction. Pourquoi ne pouvait-il se lasser, se fatiguer de ces mortels millénaires et se consacrer à d'autres visées ?

— Mon Oncle, dit alors Atmeh, je te souhaite beaucoup de joie dans ta nouvelle vie. Et j'irai ailleurs chercher la mienne.

Uhlumé tendit sa belle main et Atmeh, toujours immortelle, put prendre cette main dans un adieu consciencieux. Une mortelle, naturellement, serait morte sur l'instant.

Atmeh quitta donc la grande salle du palais de la Reine La Mort, où Uhlumé avait jugé bon de la recevoir. Comme les fantômes des courtisans depuis longtemps défunts papillonnaient autour d'elle, Atmeh les écarta comme des toiles d'araignée.

A peine était-elle à l'extérieur sous le ciel sinistre que quelque chose se précipita physiquement derrière elle en jappant. C'était le chien bleu. Il courut jusqu'à Atmeh et haleta d'une manière engageante. Il s'écria alors avec une voix de jeune fille :

— Ne m'abandonne pas, ô maîtresse des étonnements... délivre-moi !

— Cela se peut-il ? l'interrogea Atmeh.

— Je suis Lylas, gémit la chienne, jadis enchanteresse et désormais liée et *reléguée dans une niche* par cette *femme* qui, en remerciement de ma loyauté, m'a donné cette image permanente qui lui permet de satisfaire ses sadiques penchants.

— D'après ce que j'ai entendu dire de toi, n'est-ce point que justice ?

— Comme tous les grands, lâcha la chienne, tu es faible d'esprit. Trop bête dans ton orgueil pour voir que si tu m'aidais, je pourrais t'être utile. Je pourrais donner la réponse à ta devinette. Car je suis encore Lylas la rusée, je suis avenante, astucieuse, belle et *moi-même*.

— Je compatis mais ne te promets aucune aide. Quant à celle que tu me proposes, tu me l'as déjà donnée de manière incommensurable : car tes paroles m'ont fait découvrir qu'une réponse existe, ce dont j'avais fini par douter.

Sur ce, Lylas bondit pour caresser la jupe d'Atmeh et lui lécher les poignets, jusqu'à ce que le lion, toujours attaché à son prunier, grogne et batte des ailes.

— Laisse-moi te donner toute la réponse ! C'est une tâche si facile. Il est ici des miroirs qui révèlent toutes les portions du monde, ce qui s'y passe, qui fait quoi. J'y jette parfois un regard et, par ma perception, j'apprends beaucoup de choses en une seconde. (Ainsi gémit la pauvre Lylas en se laissant retomber.) Permets-moi de t'être utile. Puis récompense-moi.

Atmeh posa la main sur le front inquiet de la chienne bleue.

— Je ne puis rien permettre de cela. Ta voie n'est point la mienne. Il ne me revient pas de te châtier ou de te récompenser.

— Immondice cruelle, dit Lylas en s'efforçant, sans tenir compte du lion, de mordre les doigts d'Atmeh, en vain. Ton ignoble race maudite par le soleil a toujours été faite d'escrocs. Et de fous, par-dessus le marché. Sois maudite avec tous ces fous et ces démons.

Se précipitant contre le trépied d'argent où le feu avait recommencé à fumer, Lylas leva la patte comme un mâle. Elle avait toujours été une traînée. Cela fait, elle retourna en trottinant s'aplatir devant son bourreau, Naras.

Mais Atmeh, ayant détaché le lion, continua à arpenter la cité vide des morts, plongée dans ses réflexions.

Elle hésita enfin dans un jardin en pente où flamboyaient des coquelicots et, au bout d'un moment, en cueillit un. Car elle avait appris qu'il existait une réponse à l'énigme de la fin de l'immortalité, qu'elle était simple et qu'elle-même était... folle.

3

Atmeh pouvait presque tout savoir, mais pas tout. La querelle qu'elle avait avec sa propre condition était qu'elle en savait trop pour apprendre comme le peut l'innocent, ou le bébé, ou le sage qui voit qu'il est fou. Pourtant, du fait d'une loi de la terre, ou des dieux lorsqu'ils s'étaient donné la peine de les concevoir, il manquait çà et là un volume vital dans la bibliothèque de l'esprit d'une sorcière ou d'un démon. Il lui fallait trouver la voie de la renaissance.

Quant au reste, c'était un jeu d'enfant.

Un soir, donc, comme les étoiles sortaient, entra dans un misérable petit village entre les collines une vierge étincelante qui chevauchait un lion ailé.

— Regardez ! Regardez ! s'exclama la populace. C'est la plus jeune femme du roi !

— A moins que ce ne soit un démon, avancèrent quelques-uns des plus pauvres et des plus sots des habitants qui furent immédiatement ridiculisés et méprisés sans merci.

Atmeh descendit la rue du village entre les tristes cahutes. Un chien malade gisait près du puits boueux. Il avait aidé le village dans ses chasses et, maintenant qu'il était souffrant, on avait décidé qu'il fallait le tuer et en faire de la viande de boucherie... mais personne n'avait encore eu le cœur de s'en charger. De ses mains blanches, Atmeh fit une passe gracieuse au-dessus de l'animal. Le chien se redressa d'un bond en aboyant. Il était robuste et en bonne santé et vivrait cent années.

— Une sorcière, dirent les villageois comme un seul homme en s'approchant d'elle avec prudence.

Mais Atmeh adressa une ou deux paroles au village, à ses pierres et ses briques de boue, au puits et aux champs. Elle parla aux cours où étaient empilés les pots, aux garde-manger, aux vergers, aux trois chèvres et à l'air lui-même. Jadis, elle avait transformé des fromages en joyaux pour satisfaire Ajrarn. Elle savait désormais à quoi s'en tenir. Tous les entrepôts débordèrent, tous les champs bourgeonnèrent follement, toutes les fentes et tous les trous se bouchèrent ; tout était neuf, les chemises, les toits, les chaussures... tout ce qui était vieux était redevenu comme avant que des années d'utilisation l'eussent abîmé. Les chèvres se glissèrent joyeusement sous le bouc et le bouc introduisit obligeamment en chacune d'elles un bébé chèvre dans l'heure même. Le puits avait une eau douce comme du vin. Les jarres de vin aigrelet stockées à l'intérieur contenaient un vin digne du roi, voire trop bon pour lui. Tandis que dans les airs flottait un parfum qui était un véritable baume. Dans la vingt-cinquième année du chien qui avait été guéri, ce lieu serait célèbre dans toute la région pour ses vertus curatives et suffisamment prospère pour avoir prêté de l'argent aux fils du roi... et dans la trente-cinquième année du chien, un homme du village serait désigné comme roi.

Pour l'instant, lorsque le village eut fini de se féliciter de ce qui venait de lui arriver, il s'adressa à Atmeh. Pourquoi tant de bontés ?

— Vous aussi, répondit Atmeh, sans que rien vous ait été demandé et sans espoir de retour, vous avez manifesté votre bonté à un étranger, un parent à moi.

Les villageois se regardèrent en s'interrogeant.

— Nous ne connaissons qu'un seul étranger en dehors de toi, depuis l'époque de mon aïeule. Un dément absolument fou qui vit dans un état d'aliénation totale dans la chaumière située en haut de la colline. Ce ne peut être lui dont tu parles.

Mais c'était évidemment lui.

Ils l'avaient trouvé sept saisons auparavant, ou plus, car leur méthode de comptabilisation du temps était quelque peu inventive. Le chevrier qui gardait le troupeau de trois chèvres du village (qui devait par la suite s'élever à trente) avait été terrifié sur les collines par le hurlement soudain et la forme lourde qui l'accompagnait. Au moment où il s'était tourné pour s'enfuir, l'horreur avait trébuché et était tombée, bavant, croassant et donnant des coups de pied en direction des cieux. Puis il s'était écroulé. Il gisait comme mort. Et le chevrier curieux s'était approché.

La créature à terre ressemblait à un homme de quatre-vingts ans, maigre et émacié, la tête et le visage complètement perdus dans des poils enchevêtrés représentant toutes les couleurs et toutes les poussières de la terre. Il était nu et, par cette nudité, le chevrier vit que sa vie n'avait rien eu de paisible. De nombreux actes terribles avaient été accomplis à son encontre, des corrections, des flagellations, des empalements, et il semblait même que l'on avait tenté de le pendre, de le marquer au fer rouge, de lui arracher les yeux, de lui couper les oreilles et de le priver de sa virilité. Il était sorti intact de ces saccages, bien qu'ils eussent laissé d'horribles cicatrices. (Et il apparut par la suite aux femmes du village que, dans sa jeunesse, celui qui s'avéra un dément avait dû être assez beau.) Pourtant, la folie et les délires dont il souffrait tant qu'il en avait la force ne s'apaisèrent point. Au village, l'on n'avait aucun moyen de le guérir. On le vit dès le premier jour, comme c'était le cas pour tous ceux d'entre eux qui tombaient malades. Le premier jour, le chevrier alla chercher ses frères et, lorsqu'ils revinrent, ils rencontrèrent le fou sur le sentier, revitalisé, en train de yodler, de bondir et de se déchirer tout en grinçant de ses dents cassées. Mais sa vigueur faiblissante ne put soutenir indéfiniment ce paroxysme. Il s'écroula encore. On le porta jusqu'à la chaumière déserte. Là, on l'entrava, de peur qu'il ne fît à autrui ce qu'il se faisait subir quand il en avait la force.

Ainsi devint-il la propriété du village.

Lorsqu'il éait plus calme ou inconscient, ils nettoyaient ses blessures et le couvraient de paille et de leurs couvertures en haillons. S'ils se réveillait et les laissait faire, ils fourraient des cuillerées de bouillon dans sa bouche contorsionnée. Il y avait au village une jeune fille qui avait une voix douce ; elle montait jusqu'à la chaumière et chantait pour lui, ce qui l'apaisait. Au printemps, elle cueillait des fleurs blanches et les déposait près de son visage ; en été, elle lui apportait des roses dont elle avait ôté les épines pour qu'il ne se fasse pas de mal, lui qui s'était arraché les cheveux et se griffait la peau.

— Elle-même est un peu simplette, disait-on au village. Elle le comprend.

Mais la famine s'abattit alors, et chacun, au lieu de ne rien avoir, eut moins que rien. La jeune fille mourut. Cette nuit-là, sous le regard sec et moqueur des étoiles, le dément roula dans ses chaînes et émit un bruit si inhumain, si désespéré, que tout le village crut lui-même devenir fou.

— Depuis lors, dirent-ils, il agonise. Il se meurt dans une agonie horrible. Son énergie est épuisée, car même lorsqu'il hurle, aucun bruit ne sort de sa gorge et lorsqu'il se roule et donne des coups de pied, seule la chaumière tremble encore, alors que les roches dévalaient la pente auparavant. Pourtant, bien qu'il meure, il ne peut mourir. Nous le voyons fort bien. Il se débat pour se jeter à la porte de La Mort, mais une portion de lui-même ne le permet point. Ou en est incapable. Ainsi sont les immortels qui ne meurent jamais, s'ils existent.

Ils conduisirent alors la magnifique jeune fille sur la colline, jusqu'à la chaumière.

— Voici, dirent les hommes du village en ouvrant la porte.

La jeune fille les remercia poliment et les renvoya.

Plus bas, dans la rue du village, les femmes apportèrent au lion ailé des bols de lait et de miel, les enfants tressèrent des violettes dans sa crinière. Un festin se prépara grâce aux garde-manger remplis. En allumant les lampes et les torches, en sortant des coffres de vieux instruments de musique qu'ils se mirent à réparer, ils ne jetèrent pas un regard en direction de la ruine.

— Il est entre ses mains, disaient-ils.

Atmeh avait hermétiquement fermé la chaumière grâce à sa magie. Elle se trouvait hors du temps, hors du monde.

Peut-être n'était-ce que son cœur et non sa magie qui avait accompli cela.

Il n'y avait aucune lumière dans la ruine, pourtant il faisait clair comme sous les étoiles. Cela semblait couler d'Atmeh, de ses vêtements, de ses cheveux et, plus suave, plus brillant, de ses yeux. Elle resta debout à observer la misérable créature attachée par ses fers et enveloppée dans les couvertures. Elle était réveillée et la regardait. Elle ne cria point ni ne s'efforça de le faire, mais ses énormes yeux au regard fixe, au blanc ensanglanté et à l'iris presque réduit à une pointe, plongeaient dans les siens si beaux et si propres.

Lylas lui avait dit : « Vous êtes fous. » Et d'après le positionnement de la phrase, sa coïncidence avec les autres expressions en rapport avec la réponse à son énigme, Atmeh avait tiré son indice. Le Destin était de son côté. Cela étant, le hasard n'avait plus grande latitude. Comme elle s'était dépouillée de toutes ses colères, dépits et ressentiments d'antan, avait chassé toute la lie d'amertume, Atmeh voyait clairement jusqu'aux extrémités de la terre ; elle avait ainsi découvert par elle-même et à l'heure appropriée la réponse à sa question ainsi que (presque incidemment) l'amant de ses débuts.

Avait-il été séparé d'elle ? Même réduit en grains et fragments de folie, n'était-il pas toujours mystérieusement resté avec elle ? Les lotus qui s'ouvraient, les dés qui lui avaient été offerts, les pétales qui volaient et embrassaient, les nymphéas qui fleurissaient en plein hiver... il l'avait aimée dans le sein de sa mère, disait-on, Chuz le dingue, Prince La Folie.

Chuz était donc là devant elle, affalé sur la paille, dans le dernier des délires de folie, soumis à la malédiction d'Ajrarn, agonisant vulgairement ainsi que l'avait décrété Ajrarn... et pourtant immortel en essence, incapable de mourir véritablement. La colline tremblait dans sa gaine d'herbes de voir un tel événement se produire sur elle. Les étoiles crépitaient dans leur rosée sèche, n'ayant d'autre choix que de contempler cela.

Elle ne lui dit point :

— Me reconnais-tu ?

Il en était incapable. Mais il la reconnaissait.

Et elle ne lui dit point :

— Tu m'as abandonnée. Tu as préféré le jeu de la souffrance à la musique de l'amour.

Il l'avait fait. Il ne l'avait pas fait.

— Bien-aimé, dit-elle.

Et elle posa la main sur son visage déformé, marqué d'ocre, poilu et bestial. Lorsque les yeux injectés se fermèrent sous cette caresse, ce fut son tour de lui offrir sa fleur. C'était le coquelicot qu'elle avait cueilli dans le jardin de La Mort. Ses pétales retombèrent comme le sang le plus pur sur ses paupières, ses lèvres et sa poitrine. Il lui ôta toute douleur sur-le-champ, cet effeuillement de la fleur. Tel était le secret du coquelicot, qu'il n'a pas encore été capable de garder à ce jour.

Car la fleur avait été dépouillée de sa coque, son fruit. Atmeh et la nuit en avaient tiré une minuscule fiole de jus très amer. Comme tous les fruits du jardin de La Mort, il était empoisonné. Et elle offrit cela à son amant.

— Tu as fait tout ce qu'il t'avait demandé. Cela est accompli et terminé. Tu as payé le maximum pour un crime dont tu n'étais pas coupable, comme je t'entendrai me le dire dans l'avenir de tes propres lèvres. Bois, maintenant. Voici la vie.

Mais au dernier moment et en dépit de tout, alors qu'elle portait la fiole à sa bouche, sa main trembla. Elle ne put s'en empêcher. Une goutte du breuvage coula sur les couvertures et y inscrivit un symbole en langue des démons, probablement sans signification importante... mais cela suffit. La malédiction d'Ajrarn avait apparemment son énergie propre qui survivait à l'intention comme au règlement de la dette. Se rappelant sa peine, le fou rua dans ses chaînes. Il repoussa la fiole qui s'envola dans les airs, où une main la rattrapa. Ce n'était pas la main d'Atmeh, mais il n'y avait pas longtemps qu'elle l'avait serrée, noire comme le dos d'une corneille ; plus noire encore.

Uhlumé se tenait à l'intérieur de la chaumière, si grand que sa tête touchait presque les poutres. Il ne lui dit rien, passa à côté d'elle et se pencha sur le dément qui se débattait.

Lorsque la créature le vit, elle cessa de s'agiter. Même les fous entendaient les légendes. Même les fous connaissaient le Seigneur La Mort. L'excuse était suffisante pour se calmer.

Lorsque La Mort lui présenta la fiole (dans laquelle se trouvait le sang du coquelicot fait du sang même de La Mort), le dément se tordit la tête et s'étira pour s'en approcher. Goulûment, fièvreusement, il engloutit cette liqueur.

Un instant, ses yeux ne furent qu'embrumés. Ils étaient joyeux de voir dans leur aveuglement tous les spectacles que la vue lui avait refusés. Alors, comme une horlogerie qui s'arrête, il mourut.

— J'ai volé chez toi, murmura Atmeh. Ai-je mal agi ? (Elle baissa la tête et ses larmes tombèrent.) Tu m'as pardonné.

Nul ne saurait dire si elle s'adressait à Chuz ou Uhlumé.

Mais ce fut Uhlumé qui essuya ses larmes de l'ourlet de sa manche blanche.

— Il viendra une nuit, dit-il, où je m'approcherai de toi pour t'offrir un autre breuvage d'une autre tasse. Mais tu le boiras.

— Merci pour ta courtoisie. Mais seras-tu encore La Mort ?

— Il est possible que non. Mais pour toi je ferai cet office.

— Le blé pousse, dit-elle, et on le coupe. Et le blé repousse. Ta tâche était immense. Mais si tu n'es que la chrysalide, ô seigneur, que sera le papillon ?

— Demande cela à toute créature. Sans omettre ton père.

Atmeh éclata de rire comme une enfant... car elle serait éternellement enfant, un peu à la manière dont, étant enfant, elle avait paru âgée bien au-delà de la normale. Comme une enfant, elle embrassa Uhlumé et Uhlumé... le lui permit. L'on dit qu'il sourit, mais qui pourrait en être sûr, car même un crâne arbore un sourire joyeux comme s'il savait quelque chose qu'ignore la chair.

La nièce et l'oncle se séparèrent donc ainsi pour deux cents ans.

Après leur séparation, Atmeh effectua un acte mortel très ordinaire. Elle baigna le corps du dément et versa dessus des épices et des parfums. Elle redressa les membres, peigna la chevelure et rasa le visage. Lorsque tout cela fut terminé, par magie elle apporta pour le corps les atours d'un grand prince, les soieries, les gemmes, et l'en revêtit.

Il reposait enfin dans la mort, Oluru, ou la réplique d'Oluru, plutôt âgé et émacié, mais toujours beau, semblable même à un roi qui eût subi de terribles épreuves.

Au sujet de ce corps dans toute sa splendeur, le village fut amené à se poser par la suite de nombreuses questions ; car, comme une substance pétrifiée déjà ancienne, il ne connaissait pas la putréfaction et demeurait ferme et entier. Ils construisirent donc un tombeau tout autour, avec une fenêtre de cristal sur le côté. Ceux qui venaient profiter de l'air salubre du village fixaient aussi le miracle que représentait ce cadavre.

— Qu'est-ce que cela peut signifier ? demandait-on. Qu'est-ce que cela peut présager ?

Car il en était et il en est encore souvent ainsi de ce qui ne signifie ni ne présage rien.

Mais Atmeh avait abandonné le corps sur-le-champ, une fois qu'elle avait eu fini de le revêtir. Elle traversa sans se faire voir le festin au village, appela son lion ailé et s'envola dans le ciel nocturne.

Ils volèrent très haut, près des champs étoilés ; en bas, le monde déroulait ses tapis de mers, de rivages, de forêts et de montagnes.

— Je ne règne sur rien de cela, lança Atmeh à l'adresse des cieux. Ecoutez-moi, dieux sans âme et sans pareil, je ne règne sur rien ni personne et bientôt, oui, bientôt, je l'emporterai sur vous par mon éclat, car je serai mortelle. Un jour, j'accomplirai ce dont vous serez à jamais incapables : j'hériterai la terre.

TROISIÈME PARTIE

LE LOTUS

1

Il y avait toujours eu des errants. De la ville la plus choisie jusqu'au trou le plus sinistre, ils étaient probablement sinon toujours les bienvenus. On ne les remarquait pas tellement, à moins qu'ils ne vendent des marchandises, causent des scandales, soient sorciers ou provoquent la mort. Atmeh, jolie fille accompagnée par un gros chien qui ressemblait à un lion (et qui, selon certains, avait des ailes), voyageait paisiblement. Il était vrai que certains disaient aussi que cette fille réalisait des guérisons ; d'autres déclaraient qu'on leur avait parlé de gens qui avaient trouvé un plat rempli de perles alors qu'ils ne lui avaient donné qu'une jatte de lait. D'autres se rappelaient qu'elle avait raconté des histoires que les enfants et les anciens aimaient entendre. D'autres recommandaient cependant :

— Ne la prenez pas à rebrousse-poil.

Mais rares étaient ceux qui avaient tendance à le faire. Ceux qui le faisaient ne réussissaient pas, de toute façon. Par exemple, les riches propriétaires terriens qui chassaient les itinérants de leurs terres avec des chiens découvraient que leurs cerbères se contentaient d'adorer cette fille. En certains lieux, des personnes la suppliaient de rester pour la seule raison que son apparence leur remontait le moral. Mais elle ne restait jamais longuement en un même lieu. Dans ses exercices d'application à l'humanité et à la mortalité, elle mangeait et buvait, elle apprenait le tissage et l'horticulture, elle prenait dans ses bras un bébé qu'elle berçait, l'enfant de riche vêtu de velours, celui qui était nu pris parmi les cendres encore tièdes dans une caverne où subsistaient des miséreux. Et ces enfants prospéraient par la suite, comme si ces bras minces, ces mains fines, leur avaient instillé quelque chose de précieux. Pourtant, de temps à autre, malgré tout cela, certains pensaient voir la jeune femme voler dans le ciel vespéral, juchée sur son chien. De temps à autre aussi, les hommes nombreux qui se prenaient d'amour pour elle venaient lui demander d'être leur femme, ou leur épouse ; elle les repoussait doucement, bien qu'elle accordât ses faveurs à une poignée d'entre eux, mais seulement comme le font les femmes : elle les préservait du coït démoniaque, aussi bien parce qu'il leur faudrait se contenter par la suite de femmes mortelles que parce qu'elle aussi devrait s'en satisfaire.

De la sorte, le temps filait ; la fin de l'été arriva, une canicule brillante, dans le pays où Atmeh se promenait avec son lion canin sur les talons.

Un après-midi rosé, comme Atmeh suivait un sentier poussiéreux, un enfant de peut-être sept ans apparut devant elle, un gamin vêtu de haillons, aux traits grossiers, mais aux cheveux d'or rosé comme le ciel. Des deux côtés, les collines montaient et les ruisselets descendaient en scintillant, mais devant elle la route s'aplanissait et s'élargissait, sans rien d'autre que la poussière et la lumière dont l'enfant semblait avoir été formé.

— Lumineuse maîtresse, dit le gamin en s'inclinant jusqu'à terre, il se trouve devant toi, à trois milles d'ici, un humble village. T'y rendras-tu ?

— Peut-être, répondit Atmeh.

— Mon maître, qui a entendu parler de toi, car tu es célèbre, estime que tu feras halte dans ce village. Il se peut qu'il veuille alors t'y rencontrer. En signe de quoi il t'envoie ceci.

L'enfant s'approcha d'elle et lui présenta une minuscule graine.

Atmeh accepta cette graine.

— Est-ce que je peux caresser ton chien ? demanda le petit garçon.

Atmeh acquiesça. Il caressa donc le lion affublé de l'illusion partielle d'un chien. (Et le lion remua la queue.) Puis le gamin disparut, redevenant simple poussière ou lumière.

Mais la graine demeura bien dure et immobile dans la paume d'Atmeh.

Atmeh reprit sa route et, au bout de trois milles, parvint à une trouée dans les collines, au village. Il était petit mais prospère, habitué aux voyageurs, mais s'en méfiant gentiment. Il accueillit Atmeh et, tandis que tombait la nuit, l'on fit un banquet sous les étoiles qui étaient au-dessus des têtes aussi serrées que des raisins sur un cep de vigne.

Il semblait que le village savait qu'elle était sorcière, car on lui demanda impatiemment d'accomplir des tours. Elle réalisa donc des choses qu'elle jugeait agréables à leurs yeux et qui étaient la base de ce qu'ils pensaient son métier, comme de doubler et tripler la quantité de nourriture, de transformer l'eau en vin, de faire brûler des lumières en plein air et danser des visions étranges, ou de prédire des événements intéressants.

Mais elle ne vit aucun signe du maître du gamin qui avait dit qu'il la rencontrerait au village. Et lorsqu'elle chercha la graine minuscule, elle s'était réduite à néant, encore moins substantielle que la poussière ou la lumière.

Atmeh quitta le village dès le lendemain. Elle escalada une colline abrupte, le lion canin trottinant à son côté.

Comme l'après-midi s'étirait vers le coucher du soleil, Atmeh rencontra un bouquet d'orangers sauvages à côté d'un étang. Et près de l'étang se tenait un adolescent d'environ treize ans, qui l'attendait, semblait-il. Il était d'apparence posée, mais bien vêtu, comme le fils d'un marchand, pourtant sa chevelure était son seul bijou, d'un blond rosé lustré.

— Iridescente maîtresse, dit l'adolescent à Atmeh en s'inclinant jusqu'à terre, il se trouve devant toi, à trois milles d'ici, une ville fière. T'y rendras-tu ?

— Je me le demande, dit Atmeh.

— Mon maître, dit-il, qui a entendu parler de toi, car tu es illustre, estime que tu t'attarderas dans cette ville. Il se peut qu'il veuille t'y rencontrer. En signe de quoi il t'envoie ceci.

L'adolescent s'approcha et lui présenta un unique bouton pâle au bout d'une unique tige fragile.

— J'ai cherché ton maître, hier soir, dit Atmeh.

Mais elle accepta la fleur.

— Et puis-je caresser ton animal ?... qui n'est pas du tout un chien, demanda le garçon.

Atmeh acquiesça, aussi caressa-t-il le lion, qui était moins affublé que de coutume de son déguisement de chien... et il se mit à ronronner. Puis l'adolescent se volatilisa, devenant, sembla-t-il, l'un des orangers. Mais le bourgeon reposait, chaud et immobile, dans la paume d'Atmeh.

Atmeh continua le long du coteau et au bout de moins de trois milles elles franchit la crête de la colline et vit la ville en dessous. Elle était assurément fière et la laissa entrer après quelques questions, bien que le soleil fût alors en train de sombrer.

Comme la nuit tombait, Atmeh pénétra sur la place du marché, où les conteurs avaient installé leurs tentes et étaient assis sous leurs lampes colorées. Là étaient aussi assises les filles de la nuit, en rangées sous les torches voyantes, des anneaux de cuivre aux oreilles et des bleuets dans les cheveux. Atmeh prit place non loin d'elles, sur le sol, mais elle n'éclaira aucune lampe, bien que la lumière parût naître là où elle se trouvait. Un homme s'approcha rapidement et lui demanda si elle était une catin, une diseuse de bonne aventure ou une conteuse.

— Rien de tout cela, répondit Atmeh, pourtant nous appartenons à la même famille. Car toutes ces personnes font de la magie, comme moi.

— Comment une catin ferait-elle de la magie ? se moqua l'homme.

— Va coucher avec l'une d'elles et tu le découvriras.

Sur ce, les filles sous les torches se prirent d'intérêt pour Atmeh et ses manières amicales. Elles l'avaient prise pour une rivale et certaines avaient déjà comploté pour la chasser.

Petit à petit, les noctambules de la ville vinrent s'asseoir autour d'Atmeh, sur le sol dont les pierres avaient été chauffées par le four de la journée. Les gens discutaient avec elle et se taisaient parfois ; elle leur racontait des histoires qui n'en étaient pas et leur donnait des nouvelles de leur fortune sans aucune divination ; elle les séduisit tous sans s'allonger entre leurs bras. Ce qu'elle disait était également distrayant et réconfortant. Elle leur parla de vérités oubliées mais que tous les hommes ont en leur cœur. Et celles-ci étaient pour eux comme des amis perdus de vue qu'ils embrassaient joyeusement, ne fût-ce que l'espace d'un instant.

— Un homme peut se dire : pourquoi me donnerais-je la peine de faire quelque chose d'utile ou de compatissant pendant une demi-heure alors que dans une autre demi-heure je retournerai à mes anciennes habitudes cruelles et égoïstes ? Mais il a d'autant plus de raisons de faire le bien quand il le peut. Dix années de mal n'annulent pas un seul moment de gentillesse ou une pensée profonde et solitaire.

Une prostituée demanda alors à Atmeh :

— Mais qu'en est-il de nous qui péchons jour et nuit ?

— Ce que vous faites n'est point le péché, à moins que vous ne le pensiez. Cela le devient alors. Car qui peut dire qu'il fait le mal en donnant la joie à autrui ? Est-il moins noble de demander de l'argent pour un peu de joie que pour de l'huile, de la soie ou des épices ? Mais si vous pensez sans cesse *Oh, quel péché je commets !* et que vous vous méprisiez, vous amoindrissez et blessez l'esprit et le cœur. Et il n'est pire crime sur terre que de rendre amer ce qui est doux en vous. Car la douceur vient de l'âme, qu'aucun acte du corps ne pourra jamais corrompre, en fin de compte.

Tandis qu'elle parlait et discourait, Atmeh prit toutefois conscience de quelqu'un, un personnage en manteau obscur, assis au bord extérieur du cercle de la foule qui s'était rassemblée. De temps à autre, il relevait partiellement la tête et il lui sembla que sous la capuche sa chevelure ressemblait à l'or le plus pur. Mais il ne lui adressa pas une seule fois la parole ni ne se rapprocha, et la nuit finit par s'éclairer. Dans le premier rayon de soleil, Atmeh chercha du regard ce personnage récalcitrant qui resta invisible. Quant au bourgeon sur la tige, il s'était émietté dans l'air.

Ce jour-là, Atmeh quitta la ville. Elle traversa une vallée où poussait un blé nouveau et épais ; le lion flirta avec les épis et joua avec elle, comme un chien, la chose est certaine.

Au delà de la vallée s'ouvrait une large route pavée.

A peine Atmeh avait-elle posé le pied dessus qu'un jeune homme se tint à son côté, d'environ vingt-trois ans, gâté par la nature et vêtu comme un prince, bien que sa chevelure blonde fût sa plus grande gloire.

— Et maintenant ? demanda Atmeh en continuant de marcher.

— Ô maîtresse à l'éclat aveuglant, répondit le jeune homme, s'inclinant jusqu'à terre puis lui emboîtant le pas, il se trouve devant toi, à trois milles d'ici, une cité arrogante. T'y rendras-tu ?

— Pas du tout, dit Atmeh en éclatant de rire.

— Cela est dommage, dit le jeune homme en riant également, car mon maître...

— Qui a entendu parler de moi, car je suis célèbre et illustre...

— Et tu es aussi bénie et vénérée partout où tu te rends, enjoliva le jeune homme, et mon maître...

— Estime que j'y ferai halte, m'y attarderai, hésiterai et resterai dans cette cité, dit Atmeh. Pour qu'il puisse alors vouloir m'y rencontrer. Ou non. Ou bien il viendra et n'échangera pas avec moi un seul regard ni une seule parole. A moins qu'il ne vienne m'accueillir avant de tirer sa révérence. Tristesse et désolation, dit Atmeh qui éclata encore de rire. En signe de quoi, ajouta-t-elle, que m'offre-t-il ?

— Ceci, dit le jeune homme en lui tendant un lotus d'un ambre de miel des plus pâles, et une tige de quartz couleur prune.

Atmeh prit le lotus. Il avait un parfum ; le soleil reposait en lui comme un poisson enflammé dans un cercle de feu.

Atmeh pleura alors, un bref instant, mais ses larmes tombèrent dans le cœur de la fleur... et l'ambre et l'améthyste se gemmèrent de saphirs.

— Tu peux caresser mon lion, dit Atmeh au jeune homme.

Le jeune homme s'exécuta. Le lion l'embrassa affectueusement.

— Je dirai à mon maître que tu acceptes son présent. Et que j'ai été embrassé. Bien que ce ne soit point par toi.

Il disparut dans le néant absolu... mais le lotus luisait

et se reflétait dans la main d'Atmeh et son parfum emplissait le jour.

Il y avait un peu plus de trois milles jusqu'à la cité, mais Atmeh y parvint enfin alors que le soleil arrivait à l'occident. Ses tours et ses gradins s'élevaient dans l'air couleur de feuille dorée... mais Atmeh avait vu bien des cités et avait régné sur une ville qui était par rapport aux villes ce qu'est une année par rapport à un jour.

Pourtant, cette cité était grandiose, et arrogante, ainsi que l'avait promis le messager.

Pour entrer, Atmeh, qui aurait pu arborer la présence et les atours d'une impératrice (sinon d'une déesse, par considération pour la susceptibilité des dieux) et en ouvrir les portes par sa magnificence, Atmeh se transforma en colombe et le lion ailé en lion ailé aussi petit qu'une colombe. Ils voletèrent ensemble par-dessus les imposantes fortifications sur lesquelles étaient précisément affichés des colombes et des lions ailés émaillés, mais qui avaient chacun la taille d'un éléphant.

Tandis que le soleil se couchait et aspergeait la vaste ville, ses temples, ses palais et sa fourmilière de taudis, Atmeh la colombe se percha sur une haute corniche et regarda autour d'elle. La lumière était d'ambre et de miel et les derniers reflets qui montaient de l'est étaient couleur prune.

Elle vola en bas de l'escalier d'un temple. Là, durant la journée, se trouvait un marché. Maintenant, le commerce cessait et les cloches de bronze tonnaient en haut, appelant les hommes pour honorer les cieux. Dans l'ombre d'une colonne peinte, Atmeh reprit sa forme de jeune fille et le lion recouvra sa taille normale. Aucun des fidèles ne les remarqua en montant l'escalier pour aller implorer et soudoyer les images de marbre qu'ils croyaient sacrées et qu'ils pensaient pouvoir persuader. Ils ne se sentirent pas davantage poussés à préférer se tourner vers cette silhouette féminine subtilement vêtue de bleu, avec un chien à ses pieds, pour lui demander assistance.

La nuit tomba sous le front lourd du temple et le ciel s'emplit de pourpre et d'étoiles. Alors, un homme remonta les marches, également vêtu de pourpre avec des étoiles jusque dans ses plis. Il atteignit la colonne et, rejetant sa capuche en arrière, se pencha vers la femme. Il la considéra. Quelque part, une lampe s'alluma dans le portique qui les dominait, ou une autre lumière avait trouvé leur visage.

— Cela n'aura pas duré si longtemps, dit-il. Te souviens-tu de moi ?

— De toi ? Qui peux-tu être ?

Elle leva son visage et ses bras vers lui, qui les prit pour l'attirer contre lui. Ceux qui les auraient vus auraient pu être abasourdis par leur beauté et par quelque chose de plus qui les habitait et qui était également magnifique. Mais nul ne les vit, à part les peintures sur la colonne, les oiseaux qui nichaient sous le toit du temple, la flamme dans la lampe et les étoiles dans le ciel.

— Prononce mon nom, dit-il.

— Oluru.

— Non, ce n'est pas mon nom.

— Peut-être es-tu pareil à un autre, à un prince. Mais l'on dit qu'il est aussi hideux...

— Jamais avec toi. Comment quelque chose pourrait-il être hideux, en ta compagnie ? Celui-ci, qui est à demi hideux, à demi déformé, devient beau lorsqu'il t'approche. Ses deux yeux deviennent même dorés. Regarde, les vois-tu ?

Elle chuchota son nom. Lui seul l'entendit. Son visage était incomparable de part et d'autre, comme tout son corps (et les étoiles sur son manteau étaient des étoiles... non pas des éclats de verre brisé). Il sourit également. *Chuz*, avait-elle chuchoté.

— Mais l'on t'appelle Atmeh, dit-il. Comme tu as changé. Où sont les tours que tu jouais à l'humanité ? Les terres sont jonchées de ceux que tu as guéris et de ceux que tu as instruits et à qui tu as appris les philosophies de l'âme mortelle éternelle.

— Ne parlons point de cela. Parle-moi plutôt des trois fois où je t'ai rencontré déguisé sur ma route et de la raison pour laquelle tu m'as taquinée, apparaissant et disparaissant, faisant allusion à toi-même sous le nom de *maître*.

— Je suis arrivé au terme de la condamnation que m'avait infligée Ajrarn le Magnifique, répondit laconiquement Chuz. Ne suis-je donc point redevenu mon propre maître ?

— Nul ne te domine plus.

— Sauf toi.

Ils se rapprochèrent encore et leurs bouches se touchèrent comme le font celles des amants.

Il y avait cinq ou six décennies qu'ils étaient séparés, un demi-siècle, un peu plus... peu de temps. Mais sous ce baiser de curieux événements se produisirent. Les oiseaux sursautèrent sur les toits et se mirent à chanter comme pour saluer l'aube. Les cloches retentirent dans le haut des temples sans que personne se fût accroché à leurs cordes. Ailleurs, des miroirs se transformèrent en glaçons, ou fondirent, des colliers devinrent des grenouilles...

— Quelle est cette folie ? s'exclamèrent les citoyens. Un ennemi qui nous soumet à une plaisanterie ?

D'autres, en levant les yeux du haut de leurs boulevards et de leurs pavillons sur les toits, tendirent le bras et dirent :

— De quoi s'agit-il donc ? Un énorme oiseau, ou un tissu qui s'envole...

Un enfant déclara :

— C'est un homme et une femme assis sur un tapis de velours, et un lion vole à leur côté.

— Absurde, dit un ancien à l'enfant.

Et en haut des temples l'une des cloches en bronze s'envola dans une averse de feux d'artifice, des roses se mirent à pleuvoir et toutes les lampes éteintes s'allumèrent.

— Un noble qui fait la fête, dirent les anciens.

Que la vie était terre à terre. Un soir comme tous les autres. Car, déjà, le monde devenait sceptique, raisonnable, solide et aveugle.

Mais ces ténèbres de l'expérience et de la raison n'étaient pas pour eux. Ils étaient dépourvus de raison, sur leur tapis de nuage, ces magiciens dans les airs, ces amants les moins raisonnables qui fussent... le monde était un jardin à travers lequel ils passaient. A travers lequel ils pourraient passer à tout jamais. Ou non, s'ils le voulaient.

2

Ils voyagèrent donc un moment ensemble, ou ils abandonnèrent l'errance pour s'installer, tantôt dans une chaumière, tantôt dans un manoir. Ils étaient des troubadours, ils étaient un seigneur et son épouse, une reine et son maître de guerre, ou bien deux chats, l'un noir, l'autre jaune, ou deux oiseaux, deux lumières qui luisaient la nuit sur les marécages et les bois. Et l'on parle aussi d'un homme aux cheveux noirs et d'une fille blonde, car ils étaient tous deux transformistes...

Un an et un jour, ou une longue journée élémentaire qui était une année mortelle, ils restèrent ensemble. Ils exigeaient très peu l'un de l'autre, en dehors de changer des pierres en or ou de traverser les murs pour se distraire... de petits détails. Si les dieux les remarquèrent à cette date n'est point noté et il est probable qu'ils ne le firent point. Et si quelqu'un d'autre leur prêta attention, il n'en apporta point la preuve. Ajrarn, instigateur de leurs malheurs, s'était endormi puis réveillé, et son éveil était plus un sommeil que le sommeil. Les mortels n'étaient rien pour lui. Tels étaient les Seigneurs des Ténèbres. A cette époque, un dicton affirmait : *Il ne nous regarde pas.* Ceux qui le prononçaient savaient à peine ce qu'ils disaient. Mais la démonie le savait et montait sur terre comme la lune pour jouer d'autant plus avec les humains.

Quant aux deux amants, ils étaient heureux. Heureux même à la manière des mortels, car eux aussi comprenaient que leur idylle ne pourrait survivre à cette saison. C'était l'amertume de la joie de devoir s'achever, ou de se faner. Dunizel elle-même l'avait écrit, dans son sanctuaire de Bhelsheved, en plein désert.

Une scène peut donc être décrite. Une journée comme tant d'autres, dorée. Une prairie grumelée de fleurs, de montagnes le long de l'ourlet bleu du ciel, lointaines mais visibles, comme le signe avant-coureur d'une séparation.

Atmeh, ce jour-là, est la fille cadette la plus jolie d un roi. Sa robe est bleue comme ses yeux, elle a des fleurs dans les cheveux. Sur sa gorge se trouve un collier d'électrum incrusté de fleurs étrangement ouvragées, d'ambre et d'améthyste (qui, prétend-on, avait pu être fait pour un certain Seigneur des Ténèbres par les Drin). Devant Atmeh se tient un fier lion ailé, l'air de sortir directement des émaux installés sur la porte d'une orgueilleuse cité... alors qu'en fait ces émaux durent être inspirés par la vue d'animaux tels que ce lion.

Le lion ronronne tandis qu'Atmeh lui chante à l'oreille. Atmeh claque alors des mains et, d'un élan de ses ailes puissantes, le lion s'élève dans l'éther, prend son erre et devient une minuscule étoile en plein jour, puis disparaît.

Atmeh s'assied à même le sol et tresse une guirlande de fleurs jaunes.

Un arbre voisin s'ouvre et il en sort Chuz, poétique capitaine vêtu d'une cotte de mailles et de franges pourpres. Mais l'épée dans le fourreau qu'il porte au côté est un serpent aux yeux mauves qui n'attend que d'être tiré pour terrifier les spectateurs.

Chuz s'agenouille près d'Atmeh. Il est tellement beau, tellement différent de la légende, que l'on n'est plus vraiment sûr qu'il ne s'agisse après tout d'Oluru revenu d'entre les morts. Trop absolu. Les mortels n'ont jamais cette apparence de feu éclatant rendu froid et éternel.

— Où as-tu envoyé ton lion ? demanda Chuz tandis que la jeune fille posait sur sa chevelure dorée la guirlande également dorée.

— Là où il veut. Nous nous sommes dit adieu.

Chuz s'allongea. Il se coucha et sa tête reposa sur les genoux d'Atmeh. Il leva les yeux sur elle. Nulle mortelle, avec un tel amant auprès d'elle, n'aurait pu alors lui dire adieu. Atmeh n'était pas encore mortelle.

— Dis-moi ce que je désire savoir, fit-elle en baissant les yeux sur lui.

— Et de quoi s'agit-il ?

— Tu le sais.

— As-tu facilité mon retour vers toi uniquement pour obtenir de moi cette information ?

Atmeh le regarda fixement.

— Oh, dis-le moi.

— Tu pourras vieillir et mourir, cette peau exquise, ces cheveux, ces os, tes yeux qui sont deux fois le soleil si le soleil devenait le ciel... tout cela pourra dépérir, avoir une fin, nourrir le sol et les vers. Pour quoi ? Ma récompense pour te l'avoir dit, pour te voir détruite comme le fut ta mère ?

— Tu n'as point occis ma mère. Cela, je le sais. Je l'ai su quand j'ai oublié de la détester. Lorsque je l'ai aimée de nouveau, alors je l'ai su. Mais j'ignore comment cela s'est fait.

— Je vais te le dire. Si tu le désires.

— Sois prudent, car si tu me le dis, tu confirmeras le moyen qui me permettra d'atteindre à la mortalité. Tu remarqueras que j'en ai déjà conscience.

Ils s'étaient vêtus comme des humains. Comme des humains, ils reposaient ensemble dans la prairie, entourés par les montagnes, dominés par les cieux, touchant la terre.

Mais comment lui décrivit-il la mort de sa mère, la part qu'il y avait prise et son innocence... alors que pour ce même crime Ajrarn avait insisté pour que Chuz fût châtié ? Pas verbalement, assurément. Par un regard. Par une méthode de communication que même les Eshva et les Vazdru n'avaient pu inventer. Ceux qui vinrent par la suite, toutefois, n'avaient que des mots, et ce n'étaient pas des mots de la terre plate. Soyez patients, soyez attentifs, s'écrie le conteur. Jamais ces vertus n'auront été plus nécessaires que maintenant.

A l'époque de Bhelsheved, le sang d'Ajrarn avait été versé dans le désert, trois gouttes. Chuz les avait trouvées, ou cherchées, les avait prises et dissimulées. Son but pouvait être malveillant, admiratif, vengeur, ou les trois à la fois, et autre encore. Car si l'intellect d'un être tel qu'Ajrarn est malaisé à jauger, combien peut être plus étranger encore le cerveau de La Folie.

Il est un autre détail. En prenant ces trois gouttes d'obsidienne polie d'ichor inhumain, Chuz les préservait des mains et des complots des hommes.

Chuz se trouvait alors sur le lac de Bhelsheved ; il offrit à Dunizel, de manière fort courtoise, un dé d'améthyste, qu'Ajrarn refusa pour elle. Après cela, le dé, qui appartenait à une paire, peut-être, fut découvert par une secte démente qui adorait les pierres. Puis le dé, estimé comme une pierre irradiante, fut placé dans une bourse en cuir au cou d'un vieillard et vénéré comme un dieu. Mais bientôt, lorsque Dunizel fut présentée devant la populace en colère comme étant la putain des démons et que l'on discuta sur la manière de l'exécuter, Chuz tenta de nouveau de récupérer l'améthyste. Une empoignade s'ensuivit. Des dés, des cailloux et d'autres objets jaillirent de la robe de Chuz. Un cri s'éleva : l'on jetait des pierres sur la femme maudite et il fallait continuer d'en lancer sur elle avec des intentions meurtrières. Protégée par les charmes d'Ajrarn, rien ne la blessa jusqu'au moment où, avec d'autres débris, il arriva que quelqu'un prit et jeta sur elle l'une des gouttes du sang d'Ajrarn. Celle-ci étant le seul objet qui pouvait traverser ses protections, elle la tua sur-le-champ.

Finalement, lorsque l'enfant, Ajriaz, fut seule dans son grand temple, Chuz reparut et offrit au petit enfant qu'elle était l'améthyste, indice même, semblait-il, du meurtre de sa mère. Et Ajriaz n'avait pas accepté le joyau. Et ce ne fut pas avant qu'Ajrarn se fût vengé de Chuz, pas avant qu'elle fût devenue une femme solitaire que la fille de Dunizel prit l'améthyste dans le lotus en plein marécage, près du delta du fleuve. Par la suite, elle devait la porter sans cesse dans une petite cage d'argent sur sa gorge.

Elle avait commencé à deviner, ou bien elle avait tout compris. Chuz le lui expliqua ouvertement, et pour la première fois, dans ce langage silencieux et incompréhensible, ou par le simple fait qu'il acceptait qu'elle l'apprenne.

Peut-être s'était-il soucié de Dunizel, ou d'Ajrarn. Peut-être, dans sa fierté, n'avait-il point voulu que l'humanité pût avoir une emprise sur un prince comme lui. Ou bien s'agissait-il du désir de netteté tatillon de ce dément. Chuz, en les découvrant, avait mis les gouttes de sang en sécurité. Il les avait rangées *à l'intérieur du dé d'améthyste*. C'était donc une plaisanterie d'excentrique que d'offrir à Ajrarn son propre bien par l'entremise de son amante pour se voir refusé, méprisé, rejeté. Alors, tandis que la tempête s'amassait au-dessus de Bhelsheved, Chuz, forçant follement les choses, abattant le toit sur les machinations d'Ajrarn, se méfiant de soi-même (avec sagesse), avait donné le funeste joyau. Il l'avait repris aux fous qui adoraient les pierres, ses sujets. Et le vieillard avait rangé l'améthyste dans une bourse en cuir d'où il n'aurait jamais permis qu'elle fût sortie pour un quelconque usage grossier. Mais le destin (sinon Kheshmet, son essence, l'événement fortuit dont était issu Kheshmet)... Avant l'améthyste, le vieux philosophe avait conservé dans sa bourse en cuir une amulette en or. L'or, qui était contraire aux démons et aux tissus démoniaques.

L'écho, le fantôme de l'or, dans une telle proximité, avait agi sur les gouttes de sang Vazdru. Elles commencèrent à bouger à l'intérieur du dé, cherchant une issue. Chuz, percevant cela, essaya alors de récupérer l'améthyste, en vain. Dès l'instant où le dé fut dispersé avec les autres objets au cours de l'empoignade, une goutte démoniaque avait réussi à échapper à sa prison. Elle fit cela même que Chuz n'avait pas désiré. Et Dunizel périt, mais pas l'âme de Dunizel.

Deux gouttes de sang demeuraient à l'intérieur du dé. Elles y étaient restées et se trouvaient encore, protégées par l'argent, accrochées au cou de la fille d'Ajrarn.

— Par cela, dit alors Atmeh, tu confirmes qu'elles sont aussi l'instrument de ma mort. Comme ce fut le cas de ma mère. Ce pouvoir qui œuvre contre soi, le diamant qui coupe le diamant. Si j'absorbe cette énergie immortelle changée en pierre noire, j'userai *mon* immortalité. Je vivrai longtemps, finirai par vieillir et connaîtrai ma fin. Ainsi, je serai libre.

— Mais, comme tu le sais également, dit Chuz, j'ai hermétiquement fermé l'améthyste. Seule ma volonté pourra te donner ces deux gouttes de mort.

— Ou la seule action de l'or.

Elle leva le collier d'électrum incrusté d'un lotus. Dessous, au creux de sa gorge, reposait un gland doré au bout d'une chaîne en or. L'or s'était transformé en argent ; il y avait un certain temps qu'elle le portait.

— Le dé est ici, à l'intérieur de l'or. Je crois qu'il a déjà achevé son œuvre. Mais j'ai toujours été à demi mortelle. Il m'était nécessaire d'apprendre de toi et de nul autre que tu n'avais point tué ma mère.

— Jette ce colifichet. Je t'ai peut-être menti.

— Ajrarn t'a fait la guerre pour un acte dont tu étais innocent. Moi aussi je dois recevoir le droit à une folie brutale, la gloire du renoncement.

Atmeh tapa sur le gland. Il se réduisit en petits morceaux. Dans le creux de sa main scintillait une poussière brillante couleur lavande, tout ce qui restait du dé, moulu dans la lutte de l'or et des deux gouttes d'ichor. Elles étaient également visibles dans la paume d'Atmeh, noires et bouillonnantes, vives comme des météorites. Sa main se porta à ses lèvres. Elle prit dans sa bouche et sur sa langue ces gouttes de mort. Elle les avala.

Chuz se leva d'un bond. Comme un jeune homme dont la femme ou la sœur vient de manger du poison.

Tout autour, les oiseaux avaient cessé de chanter. Les fleurs se flétrirent. Une ombre masqua le soleil.

— Voilà qui est fait, dit Atmeh en levant les yeux sur lui. (Elle parla paisiblement, avec compassion.) Maintenant, je vivrai.

Le Prince La Folie la regardait fixement.

— Tu es Dunizel, dit-il. Lui, elle l'a trahi en mourant. Et maintenant, tu me fais subir le même sort.

— Ne m'as-tu point dit jadis que nous avons tout le temps pour nous retrouver ? Et il y a encore la vie. Dans mon cas, ce n'aura pas été une arme perçante... ce sera doux et lent. Je vivrai encore quelques jours, quelques centaines d'années.

— Tu seras une affreuse vieille sorcière, dit Chuz. (Son visage était pâle et sérieux.) Tu mourras. Tu reviendras sur terre sous une autre défroque, sans beauté, laide, malade, idiote, femme ou homme. Méconnaissable. Est-ce là ce que tu désirais ? Voir mon épaule se détourner de toi ? Voir de moi mon côté immonde et cette main qui fait hurler les hommes à la limite de la démence ?

— Chuz, n'es-tu point le symbole de toute chose... du beau comme du vil à la fois ? Toi qui fais commerce de folie, n'es-tu pas aussi un père plein de pitié, un sauveteur, un doux médecin qui panse les contusions de la vie ? Tu es l'esprit des poètes et des prophètes, le seigneur des frénésies, des religions, de la musique, de la magie, de l'amour et du vin. Tu es le maître de la clé qui ouvre le mystère de l'intérieur. Tu es le briseur de chaînes. Je suis ton sujet, mon seigneur, comme je suis ton amante. A tout jamais. Et tu me connaîtras jusqu'à ce que fleurisse et s'éteigne la dernière des étoiles. Tu me connaîtras au-delà de la fin de la terre.

Chuz s'agenouilla alors une nouvelle fois auprès d'elle. Comme deux humains, ils se serrèrent l'un contre l'autre, le nuage abandonna le soleil et les révéla. Les fleurs levèrent la tête. Les oiseaux échangèrent leurs bavardages chantants. Qu'était-ce que le monde sinon des créatures passagères ? Qu'est-il maintenant ?

— Que feras-tu, Atmeh, en tant que femme ?

— Ce que j'ai appris à faire. Mais je t'aimerai toujours.

— L'amour est partout, dit-il doucement en lui caressant les cheveux, ainsi que la mort de l'amour. Ainsi que le temps, qui est fait d'histoires de mort et d'amour. La mort et le temps, je les ai toujours acceptés et reconnus. Je vois maintenant clairement ce qu'est l'amour. Pas en toi, adorable enfant mortelle. Mais dans mes bras qui te réconfortent pour m'avoir blessé, dans mes mains qui t'apaisent, dans mes paroles qui te disent, par dépit de moi-même : *Fais ce que tu dois faire.* Cette leçon, je ne m'en souviendrai pas. Et je ne l'oublierai jamais.

Chuz abaissa les yeux, ses yeux sans pareils. Lui qui était un magnifique Seigneur des Ténèbres, tenait maintenant entre ses bras une femme mortelle. Ainsi que l'avait découvert Ajrarn, c'était comme d'étreindre les marées de l'océan, les vents du ciel. Les montagnes s'élèvent, massives, tandis que, tout près du sol, le sable souffle. Le sable souffle sans cesse. Puis il n'y a plus de montagnes, absolument plus, le sable les a fait disparaître par ses baisers et ses chuchotements. Et le sable continue de souffler.

EPILOGUE

TROIS FILS CHARMANTS

Par milliers, ils étaient venus consulter la prophétesse au cours des années. Elle était gentille et partiale, mais, détail plus significatif, elle était intelligente. Elle résidait dans un sanctuaire de marbre bleu azur, au fond de sa gorge, où les vapeurs s'élevaient de la montagne. Peut-être ces vapeurs favorisaient-elles la prophétie. D'énormes serpents logeaient, ou étaient venus loger, dans la montagne, et les pythons lisses et les anacondas décorés étaient les serviteurs de la prophétesse. Ils ne faisaient aucun mal, sauf en effrayant parfois les étourdis. Il semblait que la prêtresse prophétesse avait une certaine affinité avec les serpents.

Quel âge avait-elle, cette femme ? Certains disaient deux siècles, ou trois. D'autres disaient que c'était une jeune fille d'une perception exceptionnelle qui s'était donné l'apparence de la vieillesse afin de ne point tenter ni courroucer les dieux et les hommes. Il était certain qu'elle se trouvait en ce lieu depuis très longtemps, car les grands-pères et les grand-mères se rappelaient que leurs propres aïeux leur avaient raconté ce que leurs aïeux *à eux* disaient d'elle.

Auparavant, elle avait parcouru le monde jusqu'à ses quatre coins. Jusque dans ses profondeurs, jusque sur ses hauteurs. L'on disait même qu'elle était allée sous la mer. Et il semblait qu'elle avait été mariée, ou aimée, mais, normalement, l'on ne faisait que murmurer ceci : elle avait désormais dépassé l'âge des noces et des coïts. Elle n'était plus ici qu'un grain de sable poussé par le vent qui était venu se reposer en ce lieu.

Une cité mûrissait dans la vallée sous la montagne. Un temple bourgeonnait au flanc de la montagne. Lorsque les étrangers résidaient ici, ils demandaient :

— A quels dieux ce temple est-il dédié ?

Mais le temple n'était pas dédié aux dieux. Il était dédié à l'homme. Et l'homme y était vénéré. A tous ses stades : semence dans les entrailles, bébé, enfant du premier âge, petit garçon et petite fille, adolescent et adolescente, femme et homme, père et mère, vieux bossu et vieillard. Et, à l'intérieur du cloître, l'humanité était représentée dans toute sa beauté, sa laideur, le prince et le mendiant, le lépreux et l'athlète, l'infirme et le vigoureux. L'on trouvait des icônes de l'artisan et du guerrier, du savant et de l'esclave, du roi, du prêtre, du sage. Et taillées dans la pierre polie, des effigies de l'enragé et de l'ivrogne, du fou, de l'idiot, du malin, du génie, de l'artiste, du meurtrier, du sauveur, de l'innocent. Tous ceux-ci, et davantage. Tracés au ciseau dans les piliers, çà et là, ou dans le marbre du sol, se trouvaient aussi ces mots :

SOUVENEZ-VOUS : PEUT-ETRE AVEZ-VOUS ETE CECI
OU LE SEREZ-VOUS.
SOUVENEZ-VOUS : EN TOUT UN CHACUN
BRULE LA FLAMME.

L'on disait que c'était l'antique prophétesse aux serpents qui avait fait ou inspiré ce temple.

Peut-être avait-elle trouvé le temple par hasard et avait-elle été poussée à y demeurer.

L'on disait aussi qu'elle l'avait rêvé et que son rêve en avait fabriqué les fondations, mais c'était alors une enfant dans un pays lointain.

Quelle que fût la vérité, c'était la vieille femme que les pèlerins allaient voir pour être consolés après avoir adoré leur propre image dans les salles du rez-de-chaussée.

Le soleil s'était couché : rien de neuf en cela.

Les étoiles sortirent et couronnèrent la montagne. Rien de nouveau en cela non plus.

La lune se mit à voguer à l'est. Ceci s'était déjà produit auparavant.

Dans la vallée, où les peupliers poussaient le long de la route qui conduisait à la cité, montait un bruit de claquement : *clac-clac, clac-clac.* Le bétail avait été rentré à l'étable. Les voyageurs avaient trouvé à se loger. Les troupes de baladins, les compagnons, avaient installé leurs camps dans la prairie herbeuse sous les arbres. Et les indigènes se trouvaient chez eux. *Clac-clac.* Même les brigands n'étaient pas tapis dans cette avenue, par respect pour le temple où ils étaient eux aussi représentés avec tous leurs appétits. *Clac clac-clac.* Qui pouvait bien remonter la route dans la nuit, où la lune projetait en rayures les ombres des peupliers ? Le long de la route, en direction du temple, d'un pas posé et délibéré. *Clac.*

Avec les ténèbres, le temple restait aussi dans l'obscurité ; une lampe était simplement accrochée çà et là. Il y en avait une en particulier au-dessus de la porte sur la véranda extérieure où était assis un jeune prêtre, observant la nuit, regardant les étoiles, réfléchissant, et au cas où quelqu'un exprimerait un besoin ou un problème.

Le jeune homme devant le Temple de l'Homme vit alors un personnage couleur d'encre, plié en deux, aussi indistinct qu'une tache dans l'air, en train de remonter la pente de la montagne comme un escargot noir. Il était appuyé sur une crosse et avançait en tapant le sol. Pour une raison inconnue, les cheveux se hérissèrent sur le crâne du prêtre. Il continua de regarder l'escargot tapotant qui rampait sur la pente, suivant les courbes et virages de la montagne tout en continuant de se rapprocher. Le prêtre frémit et fut stupéfait. Il se dit : *Il y a déjà eu des visiteurs nocturnes. C'est vrai, ce n'est pas très rassurant. Mais il n'y a rien de grave en cela, assurément. De toute façon, quoi que ce soit, je suis humain et vivrai éternellement. Même si un dragon vient me réduire en pièces, il ne pourra étouffer le feu de ma vie. Je vais donc faire preuve de calme et de bravoure.*

Finalement, la créature noire gravit le chemin jusqu'à la porte du temple.

Elle leva alors la tête et la lumière de la lampe révéla un visage couturé et des yeux aux paupières de lézard. Un vieillard très âgé, peut-être presque aussi vieux que la prophétesse.

— Bonsoir, messire, dit le jeune prêtre en se maîtrisant péniblement, car, à son sentiment de peur, s'était maintenant ajoutée une curieuse terreur révérentielle.

Mais le vieillard hocha la tête et s'appuya sur sa crosse. De sous sa capuche dépassaient des boucles de charbon. Une main noueuse agrippait le haut de la crosse, mais les doigts de l'autre tapotaient la tête de celle-ci, qui avait la forme d'un chien noir au long museau, aux oreilles pointues, avec deux joyaux noirs en guise d'yeux. Et les yeux de l'ancien étaient exactement semblables lorsqu'il les écarquilla pour regarder le prêtre, noirs et brillants. De la même manière, les yeux de la prophétesse étaient restés éclatants dans son visage usé. *Assurément, il s'agit là d'un membre de sa famille,* songea le prêtre. Et il se mit à trembler.

— J'ai appris qu'il se trouve ici une prophétesse, dit le vieillard. Son nom serait Atmeh.

Le prêtre poussa un soupir. La voix du vieux était magnifique, remplie de musique et de puissance, mais aussi de ténèbres. Ce son inonda le jeune homme comme l'eau dans un chenal, comme une drogue dans les veines.

— Exactement, bégaya le prêtre. Et tu seras admis sans peine, sans doute. Comme le reste de sa famille.

— Sa famille ? fit le vieillard. Qui cela pourrait-il être ?

— Eh bien, elle est âgée, aussi âgée que les arbres et les collines, messire. Mais il semblerait que, à l'automne de sa vie (ou par un moyen magique), elle ait eu trois fils, de pères différents... trois rois, prétend-on. Mais je ne les ai jamais vus...

Le prêtre se tut, légèrement honteux d'avoir révélé cela et de plus à quelqu'un qui, il fallait le présumer, le savait déjà.

Mais le vieil homme réfléchit.

— Il faut que tu m'en dises davantage.

Le jeune prêtre eut alors l'impression qu'il n'avait absolument pas le choix.

Il raconta donc l'histoire telle qu'il l'avait souvent

entendue, de ceux qui avaient observé les trois visiteurs nocturnes de la prêtresse. Ils n'apparaissaient pas toujours ensemble. Et ils ne se ressemblaient pas.

Sauf que chacun était beau, et riche. Il était certain qu'au cours de sa longue vie Atmeh les avait conçus et portés. Et que leurs pères étaient des rois, car qui pouvait en douter devant leur richesse et leur port ? Apparemment, ils préféraient voyager incognito et se glisser seuls parmi les montagnes pour présenter leurs respects à leur mère.

L'un portait des vêtements de la couleur du soleil couchant, orange et dorés, et sa peau était aussi brune que celle d'une noix. C'était le fils le plus fidèle et il venait le plus souvent. Parfois même, il était tôt et plusieurs pèlerins l'avaient vu dans la lumière de l'occident, assis sur une roche au bord de la route. Ceux-ci avaient déclaré qu'il était habillé en mendiant pour dissimuler d'autant mieux sa royale personne. Le deuxième fils était moins déférent et on l'avait vu moins fréquemment. Il avait les cheveux et le teint clairs, portait des vêtements couleur magenta et des diamants, et sa beauté bouleversait les oiseaux du soir, qui se mettaient alors à bêler comme des moutons. (Il se passait aussi d'autres choses lorsqu'il était là : les portes s'ouvraient dans des directions inattendues, le lait fermentait et devenait de l'alcool, les cheveux des filles se tressaient d'eux-mêmes.) Le troisième fils portait des atours d'un blanc très pur et il était clair qu'il avait été engendré par un seigneur d'une race noire. Au commencement, il n'était jamais venu rendre visite à sa mère, car il était le moins fidèle des trois. Pourtant, ces derniers mois, on l'avait souvent remarqué.

— Il essaie de se rattraper, disait-on.

Le vieillard en noir, lorsqu'il eut entendu ce récit, lâcha un petit rire. Il était mélodieux mais mystérieusement désagréable à entendre.

— Et moi ? dit-il alors. Qui supposes-tu que je sois ? Le père de cette dame, peut-être ?

— Non, honorable seigneur, puisque tu n'es pas assez vieux.

— Néanmoins je vais entrer.

— Néanmoins, je ne suis pas enclin à t'en empêcher.

A ces mots, le vieillard se rapprocha du jeune homme

et, tendant une main griffue, toucha brièvement la poitrine du prêtre. Ce contact fut aussi doux qu'un baiser, pourtant il en surgit un tel flot d'extase qui se rua dans le corps du prêtre que celui-ci tomba à terre. Il tendit aveuglément la main et porta l'ourlet du manteau noir à ses lèvres.

— Ô maître suprême, tu es assurément un dieu, un dieu affectueux, car tu me réchauffes comme le vin, comme l'amour lui-même. Le soleil de nuit... tu es le soleil...

Mais il eut l'impression d'avoir sous les lèvres et les doigts un battement féroce semblable à celui d'ailes colossales...

Le prêtre revint à soi et regarda autour de lui.

Il n'y avait plus personne. La porte était fermée. La lampe brûlait placidement, ainsi que les étoiles immobiles.

— Ai-je rêvé ?

Le vent nocturne qui paissait dans les herbes lui répondit : *Oui.*

— Oui, acquiesça le jeune homme. Un rêve.

La prophétesse sorcière était assise à l'intérieur du sanctuaire. De jour, il avait la couleur du ciel, mais de nuit il était pâle, pareil à une lune brumeuse. A l'intérieur du sanctuaire, les vapeurs flottaient et les piliers étaient immobiles, les deux substances arborant des reflets liquides. Parmi elles, sur une bordure, se trouvait Atmeh.

Sa robe était bleue et fraîche à la lumière des petits plats d'huile qui brûlaient en ce lieu. Pourtant, elle était presque pliée en deux, elle s'était ratatinée et flétrie, sa peau n'étant plus que parchemin et sa chevelure gaze. Seuls ses yeux continuaient de flamboyer, comme si la flamme de la vie les alimentait directement. Ses yeux étaient pénétrants. Un serpent qui, s'il s'était dressé sur sa queue, eût cogné le toit élevé de son crâne, était lové aux pieds d'Atmeh comme un rouleau de cordage précieux, la tête paisiblement posée sur ses genoux. Atmeh dit alors au serpent :

— Vois, bien-aimé. Voici quelqu'un devant qui tu dois t'incliner. Sinon, il risque de te changer en chat.

Le serpent, obéissant, regarda dans la même direction

qu'Atmeh (dans l'obscurité), se leva et se glissa fluidement sur le sol. Ceci fait, il traversa le sanctuaire et alla s'enrouler autour d'un pilier, apparemment endormi, les yeux ouverts comme tous ceux de sa race.

Un homme sortit alors de l'ombre. Il était d'une beauté admirable, ses cheveux brillaient comme un feu noir bleuté et ses vêtements avaient toute la magnificence de la nuit. Si un membre du temple ou de la cité, un pèlerin ou un passant l'avait vu, il se fût exclamé :

— Mais nous croyions que la prophétesse n'avait que trois fils et en voici un quatrième !

Le visage des trois fils avait une similarité dans l'expression. Enigmatique, peut-être, mais bienveillante. Quelle expression arborait donc ce quatrième prince, si pâle, le cheveu si noir, dans son manteau de noir qui semblait contenir la lumière de mille éclairs bleu nuit ? S'il n'avait aucune expression, il n'avait rien de bienveillant, en tout cas.

— Seigneur des seigneurs, dit fermement et doucement Atmeh, pardonne-moi si je ne te rends point correctement hommage, ainsi que l'a fait ce serpent. Mais cette raideur est une faiblesse humaine. Mon esprit s'incline devant toi si ma carcasse ne le fait point. Cela suffira-t-il ?

— Te voici donc *mortelle*, dit-il.

Atmeh repartit :

— Te voici donc aussi, mon père.

Le visage d'Ajrarn eut alors une expression. C'était celle d'un mépris foudroyant, ou de la répugnance. Mais, après un temps d'arrêt, il lui parla de nouveau.

— Les Drin sont fiers de leur laideur, dit-il, car, à côté du charme éblouissant des Vazdru et des Eshva, que leur reste-t-il en dehors de leur hideur... une piètre beauté ne suffirait point. Les Drin, néanmoins, expriment la beauté qui leur est refusée par ce qu'ils fabriquent ; car tout ce qu'ils font, de l'artefact le plus complexe jusqu'à l'aiguille minuscule, tout est exquis. Pourtant, quand un Drin fabrique quelque chose qui ne lui plaît point et qui (à son avis) est imparfait, il le détruit sur-le-champ. C'est en fait une habitude des démons que d'éliminer un défaut. Et toi, dit Ajrarn, Prince des Démons, toi que j'ai faite à partir de l'ombre noire et d'une claire lumière nocturne, toi qui fus portée par le vase sans tache de Dunizel, je te contemple maintenant. Tu t'es réduite à cette abjection. Comment devrais-je réagir, confronté à ce fait ?

— Ma mort est proche, dit Atmeh. Il te suffit d'attendre.

— Oui, c'est ce que t'aura dit ton troisième « fils », Uhlumé. Il te prépare une tendre coupe de pierre. Mais la fin que je puis t'offrir t'apportera la douleur, je le crois.

— Si ton désir est de me faire mourir dans la souffrance, fais donc. Je ne lutterai pas ni ne te le refuserai.

Le visage d'Ajrarn se modifia. Il n'était pas plus amical, simplement différent.

— C'est avec des paroles similaires que ta mère est venue à moi la première fois.

— Elle t'a aimé dès la première fois.

— L'amour, fit-il. Pourquoi prétendre que tu l'as inventé ?

— N'étais-je pas un démon, naguère ? Et les démons n'ont-ils pas inventé l'amour ?

— Pas l'amour dont tu parles.

— Tous les amours ne sont-ils pas secrètement les mêmes ? Cent fleurs nées d'une seule racine ? L'amour du corps apprend à l'esprit à aimer. Le spasme du plaisir charnel, oubliant toute chose en dehors de l'extase de l'âme, oublie tout sauf soi-même, les moments d'unicité et de liberté. L'amour qu'un homme n'éprouve que pour un seul être au monde lui apprend, en fin de compte, à aimer tous les autres et le monde entier. Un cri de joie, quelle qu'en soit la cause, est l'unique souvenir véritable de ces miracles que la chair a bannis. Un cri d'amour est toujours un cri d'*amour.*

Le visage d'Ajrarn se modifia alors véritablement et totalement. Il la regarda et, bien qu'il fût les ténèbres incarnées, les ténèbres l'abandonnèrent.

— Petite fille, dit-il, je t'aurais tuée sept fois et chaque mort eût été plus vile que la précédente. L'humanité n'est plus mon jouet, elle ne sert plus qu'à ceux qui m'appartiennent sous la terre. Mais toi, tu es *son* enfant. Tu lui appartiens. Tu es Dunizel. Tu ne m'appartiens pas. Tu ne m'as jamais appartenu. Bien que je t'ai créée pour servir de malédiction contre le monde. Bien que je t'aie créée à mon image. Tu es Dunizel, que j'ai aimée, Dunizel qui était à la fois la lune et le soleil. La fille de ta mère. Je ne pourrais davantage te faire de mal que je ne pourrais arracher les étoiles des cieux.

Atmeh se leva alors, vieille, courbée et ratatinée dans sa robe d'azur ensoleillé, et elle descendit devant lui, sur le sol, bizarrement gracieuse, comme une feuille froissée. Lorsqu'elle fut tout près de lui, Ajrarn s'agenouilla devant elle. Il baissa la tête et elle posa les mains dessus, sur cet océan de cheveux bleu nuit, ce coffre d'ivoire qui contenait le firmament de son cerveau.

— Cher Père, dit la vieille femme, ne pleure point.

Il répondit :

— La moindre de tes paroles était une larme.

Elle était tellement courbée et ratatinée que, alors même qu'il était agenouillé, sa tête aurait pu reposer sur sa poitrine creuse. Il l'appuya donc contre elle et la vieille mère tint ainsi contre elle son quatrième fils et chanta pour lui comme le font les Vazdru... car certains mystères ne s'étaient jamais perdus en elle.

L'on ne parle pas de la substance de sa chanson.

Qui ne la connaît point ?

TABLE

Achevé d'imprimer en novembre 1990
sur les presses de l'Imprimerie Bussière
à Saint-Amand (Cher)

PRESSES POCKET - 8, rue Garancière - 75285 Paris
Tél. : 46-34-12-80

— N° d'imp. 3458. —
Dépôt légal : janvier 1989.

Imprimé en France